Maxim Gorki

Drei Menschen

Maxim Gorki

Drei Menschen

Reproduktion des Originals.

1. Auflage 2022 | ISBN: 978-3-36827-021-6

Verlag: Outlook Verlag GmbH, Zeilweg 44, 60439 Frankfurt, Deutschland
Vertretungsberechtigt: E. Roepke, Zeilweg 44, 60439 Frankfurt, Deutschland
Druck: Books on Demand GmbH, In de Tarpen 42, 22848 Norderstedt, Deutschland

I

Mitten in den Wäldern von Kershenez finden sich zahlreiche einsame Gräber zerstreut; in ihnen modern die Gebeine frommer Greise, die sich zur Lehre der Altgläubigen bekannten, und von einem dieser Greise – Antipa hieß er – erzählt man sich in den Dörfern der Umgegend noch heute mancherlei.

Antipa Lunew, ein reicher Bauer von strengem Charakter, war bis an sein fünfzigstes Jahr in weltlicher Sünde versunken gewesen, hatte dann Einkehr bei sich gehalten und, von Schwermut ergriffen, seine Familie verlassen, um sich in die Waldeinsamkeit zu begeben. Dort, am Abhang einer steilen Schlucht, hatte er seine Einsiedlerzelle zurechtgezimmert, und hier lebte er acht Jahre lang, Sommer und Winter, ohne irgendjemand, seien es Bekannte oder Verwandte, Einlass zu gewähren. Zuweilen stießen Leute, die sich im Walde verirrt hatten, zufällig auf seine Zelle und sahen Antipa, im Gebet versunken, an ihrer Schwelle knien. Sein Anblick erregte Furcht: Er war ausgemergelt vom Fasten und Beten und ganz mit Haaren bedeckt wie ein Tier. Wenn er einen Menschen sah, so stand er auf und verneigte sich schweigend vor ihm bis zur Erde. Fragte man ihn, wie man aus dem Walde hinausgelangen könne, so wies er, ohne ein Wort zu sagen, mit der Hand den Weg, verbeugte sich nochmals bis zur Erde, ging in seine Zelle und verschloss sich darin. Man hatte ihn häufig gesehen in den acht Jahren, aber kein Mensch hatte jemals seine Stimme vernommen. Seine Gattin und seine Kinder besuchten ihn; er nahm Speise und Kleidung von ihnen an und verneigte sich vor ihnen bis zur Erde, wie vor allen andern, doch sprach er auch zu ihnen, wie zu allen andern, nicht ein Wort.

Er starb in demselben Jahre, in dem die Einsiedeleien der Altgläubigen zerstört wurden, und sein Tod erfolgte auf solche Weise:

Der Polizeimeister kam mit einem Soldatenkommando in den Wald, und da sahen sie, wie Antipa mitten in seiner Zelle kniete und still für sich betete.

»Du!«, schrie der Polizeimeister – »mach', dass du fortkommst! Wir wollen deine Höhle hier zerstören! ...«

Doch Antipa hörte seine Stimme nicht. Und so laut auch der Polizeimeister schrie – der fromme Greis erwiderte ihm nicht ein Wort. Der Polizeimeister lies Antipa aus der Zelle herausschleppen. Aber seine Leute wurden verwirrt bei dem Anblick des Alten, der so andächtig und unentwegt im Gebet verharrte, ohne auf sie achtzugeben, und sie zögerten,

von solcher Seelenstärke erschüttert, den Befehl des Polizeimeisters aus-
zuführen. Nun gebot der Polizeimeister, die Zelle abzubrechen, und sie
begannen behutsam, um dem Betenden nicht wehzutun, das Dach der
Zelle abzutragen.

Die Beilhiebe erklangen über Antipas Haupte, die Bretter stürzten kra-
chend zur Erde nieder, das dumpfe Echo der Schläge hallte durch den
Wald, rings um die Zelle schwirrten unruhig die durch den Lärm aufge-
scheuchten Vögel, und das Laub der Bäume erzitterte. Der fromme Greis
aber betete, als wenn er nichts sähe noch hörte … Schon begannen sie die
Balkenlagen der Zelle abzutragen, und immer noch lag ihr Bewohner
unbeweglich auf den Knien. Und erst, als die letzten Balken zur Seite
geworfen waren und der Polizeimeister selbst an Antipa herantrat und
ihn bei den Haaren fasste, sprach Antipa, die Augen gen Himmel gewandt, leise zum Herrn: »Gnädiger Gott, verzeih ihnen!«

Und dann fiel er rücklings hin und war tot.

Als dies geschah, war Jakow, Antipas älterer Sohn, dreiundzwanzig
Jahre und Terentij, der jüngere, achtzehn Jahre alt. Der stattliche, kräftige
Jakow hatte schon als ganz junger Bursche den Spitznamen »Brausekopf« erhalten, und zur Zeit, da sein Vater starb, galt er als der tollste
Zechbruder und Raufbold weit und breit in der Runde. Alle Welt beklagte sich über ihn – die Mutter, der Dorfälteste, die Nachbarn; man sperrte
ihn ein, bestrafte ihn von Gerichts wegen mit Rutenhieben und prügelte
ihn auch so, ohne Urteil der Dorfrichter, doch alles das vermochte
Jakows leichtfertige Natur nicht zu zähmen, und immer enger ward es
ihm im Dorfe, unter seinen altgläubigen Landsleuten, die so emsig und
arbeitsam waren wie die Maulwürfe, jede Neuerung streng verdammten
und trotzig an den Geboten des alten Glaubens festhielten. Jakow rauchte Tabak, trank Branntwein, kleidete sich auf deutsche Art, nahm an den
Gebeten und Religionsübungen der Gemeinde nicht teil, und wenn ehr-
bare Leute ihm ins Gewissen redeten und ihn auf seinen frommen Vater
verwiesen, dann meinte er nur spöttisch:

»Habt Geduld, meine verehrten Alten – alles hat seine Zeit. Ist erst das
Maß meiner Sünden voll, dann will auch ich Buße tun. Jetzt ist es mir
noch zu früh. Könnt mir auch mein Väterchen nicht als Beispiel vorhal-
ten – der hat fünfzig Jahre lang gesündigt und nur acht Jahre Buße getan!
… Bis jetzt ist nur so viel Sünde an mir, wie Flaum am Leibe des jungen
Nestvogels; sind mir erst richtig die Sündenfedern gewachsen – dann ist
die Zeit zur Buße gekommen …«

6

»Ein schlimmer Ketzer!« hieß es von Jakow Lunew im Dorfe, und man hasste und fürchtete ihn. Zwei Jahre nach dem Tode des Vaters heiratete Jakow. Er hatte durch sein ausschweifendes Leben die schöne Wirtschaft, die sein Vater in dreißigjähriger, fleißiger Arbeit eingerichtet hatte, von Grund aus ruiniert, und kein Mensch im Dorfe wollte ihm seine Tochter zur Frau geben. Irgendwoher, aus einem entfernten Dorfe, hatte er eine hübsche Waise genommen, und um die Hochzeit auszurichten, hatte er den vom Vater angelegten Bienengarten verkauft. Sein Bruder Terentij, ein schüchterner, schweigsamer Mensch mit einem Buckel und ungewöhnlich langen Armen, hinderte ihn nicht in seinem wüsten Treiben; die Mutter lag krank auf dem Ofen und rief ihm mit Unheil verkündender, heiserer Stimme zu:

»Ruchloser! Hab' Mitleid mit deiner Seele! ... Komm zur Vernunft!«

»Sorgt euch nicht, liebes Mütterchen!« versetzte Jakow. »Der Vater wird bei Gott mein Fürsprecher sein ...«

Anfänglich, fast ein ganzes Jahr hindurch, lebte Jakow mit seinem Weibe still und friedlich, sogar zu arbeiten begann er. Dann aber wurde er wieder liederlich, verschwand für ganze Monate aus dem Hause und kehrte zerschlagen, abgerissen und verhungert zu seinem Weibe zurück ... Jakows Mutter starb, und beim Leichenschmause schlug Jakow in der Trunkenheit den Dorfältesten, seinen alten Feind, blutig, wofür er in die Arrestantenkompanie gesteckt wurde. Als er seine Zeit abgesessen hatte, erschien er wieder im Dorfe – mit glattgeschorenem Kopfe, finster, voll Bosheit. Das Dorf hasste ihn immer mehr und übertrug seinen Hass auch auf Jakows Familie, namentlich auf seinen harmlosen Bruder Terentij, der von klein auf den Knaben und Mädchen zum Gespött gedient hatte. Jakow nannte man einen Verbrecher und Räuber, Terentij eine Missgeburt und einen Hexenmeister. Terentij schwieg zu allen Schmähungen, die ihm zuteilwurden, Jakow dagegen drohte offen jedermann:

»Lasst gut sein! Wartet nur! ... Ich will's euch anstreichen!«

Er war gegen vierzig Jahre alt, als im Dorfe eine Feuersbrunst ausbrach; man beschuldigte ihn der Brandstiftung, und er wurde nach Sibirien verschickt.

In Terentijs Obhut verblieb nun Jakows Weib, das zur Zeit der Feuersbrunst den Verstand verloren hatte, und sein Sohn Ilja, ein ernster, kräftiger, schwarzäugiger Knabe von zehn Jahren. Sooft dieser Knabe sich auf der Dorfstraße zeigte, liefen die andern Kinder ihm nach und warfen ihn mit Steinen, die Großen aber riefen bei seinem Anblick:

»Hu, der junge Teufel! Die Sträflingsbrut! ... Krepieren sollst du! ...«

Zu schwerer Arbeit ungeeignet, hatte Terentij vor dem Brande mit Teer, Zwirn, Nadeln und allerhand Kleinkram Handel getrieben, aber der Feuersbrunst, die das halbe Dorf vernichtet hatte, war auch das Haus der Lunews und Terentijs ganzer Warenvorrat zum Opfer gefallen, sodass nach dem Brande die Lunews nichts weiter besaßen als ein Pferd und dreiundvierzig Rubel an barem Gelde. Da Terentij einsah, dass er in seinem Heimatdorfe auf keine Weise seinen Unterhalt finden konnte, ließ er die Schwägerin für fünfzig Kopeken monatlichen Pflegegeldes in der Obhut einer armen Bäuerin, erstand einen elenden alten Karren, setzte seinen Neffen hinein und beschloss, nach der Gouvernementsstadt zu fahren, in der Hoffnung, dass ihm dort ein entfernter Verwandter der Lunews, Petrucha Filimonow, der in einem Wirtshause Büfettier war, bei seinem Fortkommen behilflich sein würde.

Zur Nachtzeit, ganz heimlich wie ein Dieb, verließ Terentij mit seinem Wägelchen den heimischen Herd. Schweigend lenkte er sein Pferd und schaute mit seinen großen schwarzen Kalbsaugen immer wieder zurück. Das Pferd trottete im Schritt daher, der Wagen ward tüchtig gerüttelt, und Ilja, der sich ins Heu eingewühlt hatte, war bald in kindlich festen Schlaf gesunken ...

Mitten in der Nacht ward der Knabe durch einen beängstigenden, sonderbaren Ton geweckt, der wie das Heulen eines Wolfes klang. Die Nacht war hell, der Wagen hielt am Saume eines Waldes; das Pferd rupfte schnaubend das taufeuchte Gras in der Nähe des Wagens ab. Eine mächtige Kiefer stand einsam weit im Felde, wie wenn sie aus dem Walde vertrieben worden wäre. Die scharf blickenden Augen des Knaben spähten unruhig nach dem Onkel aus; in der Stille der Nacht vernahm man deutlich das dumpfe, vereinzelte Aufschlagen der Pferdehufe gegen den Boden und das Schnauben des Gaules, das wie ein schweres Seufzen klang, und jenen unerklärlichen, bebenden Ton, der Ilja so in Schrecken setzte.

»Onkelchen!«, rief er leise.

»Was gibt's?« versetzte Terentij hastig, während jenes Heulen plötzlich verstummte.

»Wo bist du?«

»Hier bin ich ... Schlaf nur ruhig! ...«

Ilja sah, dass der Onkel, ganz schwarz und einem aus der Erde emporgerissenen Baumstumpf gleichend, auf einem Hügel am Waldrande saß.

»Ich fürchte mich«, sagte der Knabe.

»Wovor kann man sich hier fürchten? ... Wir sind doch ganz allein ...«

»Es heult jemand so ...«

»Hast wohl nur geträumt ...«

»Bei Gott – er heult!«

»So ... vielleicht war's ein Wolf ... Doch er ist weit ... Schlaf nur! ...«

Aber dem kleinen Ilja war der Schlaf vergangen. Von der nächtlichen Stille ward ihm so bang ums Herz, und in den Ohren klang ihm in einem fort jener seltsam klagende Ton. Er betrachtete mit Aufmerksamkeit die Gegend und sah, dass der Onkel dahin schaute, wo auf dem Berge, weit, weit im Walde, die weiße Kirche mit ihren fünf Kuppeln sich erhob, über der hell der große, runde Mond erglänzte. Ilja erkannte, dass es die Kirche des Dorfes Romodanowsk war; zwei Werst von ihr entfernt lag oberhalb einer Schlucht mitten im Walde ihr Heimatort Kiteshnaja.

»Wir sind noch nicht weit fort«, sagte Ilja nachdenklich.

»Was?«, fragte der Onkel.

»Wir sollten doch weiter fahren, mein' ich ... Es wird noch jemand von dort herkommen ...«

Ilja nickte mit feindseligem Ausdruck nach der Richtung des Dorfes hin.

»Wir werden schon weiterfahren ... wart' nur! ...« versetzte der Onkel.

Wiederum ward es still. Ilja stützte sich mit den Ellbogen auf den Vorderteil des Wagens und begann gleichfalls dahin zu schauen, wohin der Onkel schaute. Das Dorf konnte man in dem dichten, schwarzen Waldesdunkel zwar nicht sehen, doch es schien Ilja, dass er es wirklich sah, mit allen Häusern und Menschen und der alten Weide mitten auf der Straße, dicht neben dem Brunnen. Auf dem Boden, am Stamme der Weide, liegt sein Vater, mit Stricken gebunden, im zerrissenen Hemd; seine Arme sind auf dem Rücken gefesselt, die entblößte Brust tritt hervor, und der Kopf scheint an dem Baume festgewachsen. Unbeweglich, wie ein Toter, liegt er da und schaut mit schrecklichem Ausdruck in den Augen auf die Bauern. Es sind ihrer so viele, und sie alle schauen so böse drein, und sie schreien und schelten. Diese Erinnerung stimmte den Kleinen traurig, und es kitzelte ihn etwas in der Kehle. Es war ihm, als ob er im nächsten Augenblick in Tränen ausbrechen müsste, aber er wollte den Onkel nicht beunruhigen, und so hielt er an sich und krümmte, um sich zu erwärmen, seinen kleinen Körper noch mehr zusammen ...

Plötzlich vernahm er wieder jenen seltsamen, heulenden Ton. Wie ein schwerer, schluchzender Seufzer klang er zuerst, und dann wie ein unsagbar trauriges Wehklagen:

»O-o-u-o-o! ...«

Der Knabe fuhr ängstlich zusammen und horchte. Der Ton aber klang noch immer zitternd durch die Luft und nahm an Stärke zu.

»Onkelchen! Bist du es, der so heult?« schrie Ilja.

Terentij antwortete nicht und regte sich nicht. Da sprang der Knabe vom Wagen, lief zum Onkel hin, schmiegte sich fest an ihn und begann gleichfalls zu schluchzen. Mitten durch sein Schluchzen vernahm er die Stimme des Onkels:

»Ausgestoßen ... haben sie uns ... o Gott! Wohin sollen wir gehen? ... Wohin?«

Und der Knabe sprach mit tränenerstickter Stimme:

»Wart' nur ... wenn ich groß bin ... will ich's ihnen vergelten! ...«

Als er sich ausgeweint hatte, schlief er ein. Der Onkel nahm ihn auf seine Arme und trug ihn in den Wagen, er selbst aber ging wieder auf die Seite und begann von Neuem zu heulen, so lang gezogen, kläglich ... wie ein kleiner Hund.

II

Ganz deutlich erinnerte sich später Ilja seiner Ankunft in der Stadt. Er erwachte früh am Morgen und sah vor sich einen breiten, trüb fließenden Strom und jenseits desselben, auf einem hohen Berge, einen Häuserhaufen mit roten und grünen Dächern und dichte Gärten. Die Häuser stiegen dicht gedrängt und malerisch an dem Bergrücken immer höher empor, und oben auf dem Kamme des Berges zogen sie sich in gerader Linie hin und schauten von dort stolz über den Fluss hinweg. Die goldenen Kreuze und Kuppeln der Kirchen ragten über die Dächer hoch zum Himmel auf. Soeben war die Sonne aufgegangen; ihre schrägen Strahlen spiegelten sich in den Fenstern der Häuser, und die ganze Stadt flammte in grellen Farben, glänzte in lauter Gold.

»Ach, wie hübsch das ist!«, rief der Knabe, während er mit weit geöffneten Augen das wunderbare Bild betrachtete, und war ganz in schweigende Bewunderung versunken. Dann tauchte in seiner Seele der beunruhigende Gedanke auf, wo sie denn in diesem Häuserhaufen wohnen würden – er, der kleine Junge in den Höschen aus buntem Hanfleinen, und sein unbeholfener, buckliger Onkel? Wird man sie überhaupt da hineinlassen, in die saubere, reiche, große, goldschimmernde Stadt? Er glaubte, ihr Wägelchen stehe nur darum hier am Ufer des Flusses, weil man so arme Menschen nicht in die Stadt hineinlasse. Der Onkel, dachte er, war wohl nur fortgegangen, um Einlass zu erbitten.

Mit bekümmertem Herzen schaute Ilja nach dem Onkel aus. Rings um ihren Karren stand noch viel anderes Fuhrwerk: Hier sah man hölzerne Fässer mit Milch, dort große Körbe mit Geflügel, Gurken, Zwiebeln, Rindenkörbe mit Beeren, Säcke mit Kartoffeln. Auf den Wagen und um sie herum saßen und standen Männer und Frauen von ganz besonderer Art. Sie sprachen laut, mit harter Betonung, und ihre Kleider waren nicht aus blauem Hanfgewebe, sondern aus buntem Zitz und grellrotem Baumwollstoff gefertigt. Fast alle trugen Stiefel an den Füßen, und obschon ein Mann mit einem Säbel an der Seite neben ihnen auf und ab ging, so hatten sie doch nicht nur keine Angst vor ihm, sondern grüßten ihn nicht einmal. Das gefiel Ilja ganz besonders. Er saß auf dem Wagen, betrachtete das in hellen Sonnenschein getauchte, lebensvolle Bild und träumte von der Zeit, da auch er Stiefel und ein Hemd aus rotem Baumwollstoff tragen würde.

In der Ferne, mitten unter den Bauern, tauchte jetzt Onkel Terentij auf. Er kam mit großen, festen Schritten durch den tiefen Sand daher und trug den Kopf hoch erhoben; sein Gesicht hatte einen heiteren Ausdruck, und schon von Weitem lächelte er Ilja zu, wobei er ihm die Hand entgegenstreckte und ihm irgendetwas zeigte:

»Der Herr ist uns gnädig, Iljucha! Hab' den Onkel gleich gefunden ... Da, nimm, kannst vorläufig was verbeißen! ...«

Und er reichte Ilja einen Kringel hin.

Der Knabe nahm ihn fast ehrfürchtig entgegen, steckte ihn hinter sein Hemd und fragte besorgt:

»Sie wollen uns wohl nicht 'reinlassen in die Stadt?«

»Gleich werden sie uns 'reinlassen ... Die Fähre wird kommen – dann setzen sie über den Fluss.«

»Wir auch?«

»Gewiss, auch wir werden 'rüberfahren ...«

»Ach! Und ich dachte schon, sie wollten uns nicht aufnehmen ... Und wo werden wir wohnen?«

»Das weiß ich nicht ...«

»Vielleicht in dem großen Hause dort, in dem roten . . .«

»Das ist eine Kaserne! ... Dort wohnen Soldaten ...«

»Oder in diesem hier – da, in dem!«

»Nicht doch! Das ist für uns zu hoch! ...«

»Tut nichts«, meinte Ilja in überzeugtem Tone – »wir werden schon hinaufkriechen! ...«

»Ach, du!«, seufzte Onkel Terentij und verschwand wieder irgendwohin.

Sie fanden ein Unterkommen ganz am Ende der Stadt, in der Nähe eines Marktplatzes, in einem großen, grauen Hause. Von allen Seiten lehnten sich an die Wände dieses Hauses allerhand Anbauten, die einen aus neuerer Zeit, die andern ebenso schmutziggrau wie das Haus selbst. Die Fenster und Türen in diesem Hause waren schief, und alles knarrte und knackte darin. Die Anbauten, der Zaun, das Tor – alles stützte sich gleichsam gegenseitig und vereinigte sich zu einem großen Haufen halb verfaulten Holzes. Die Fensterscheiben waren trüb vom Alter, und ein paar Balken der Fassade standen weit vor, wodurch das Haus ein Ebenbild seines Besitzers wurde, der in ihm eine Schankwirtschaft betrieb. Dieser Besitzer war gleichfalls alt und grau; die Augen in seinem verlebten Gesichte glichen den Glasscheiben in den Fenstern; er stützte sich beim Gehen auf einen dicken Stock – offenbar war es ihm nicht leicht, seinen weit vorspringenden Bauch zu tragen.

In den ersten Tagen, die Ilja in diesem Hause verlebte, kroch er überall herum und beschaute sich alles. Das Haus setzte ihn durch seine außerordentliche Geräumigkeit in Erstaunen. Es war so dicht mit Menschen vollgepfropft, dass man glauben konnte, es wohnten mehr Leute darin als im ganzen Dorfe Kiteshnaja.

Beide Stockwerke wurden für die Schankwirtschaft benutzt, die stets von zahlreichen Gästen besucht war, während in den Dachstuben eine Art ewig betrunkener Weiber logierte, von denen eine, Matiza mit Namen, eine mächtig große, schwarze Person mit tiefer Bassstimme, dem Knaben mit ihren dunklen, wild blickenden Augen Angst einjagte. Im Keller lebte der Schuster Perfischka mit seinem kranken, gelähmten Weibe und seinem siebenjährigen Töchterchen, ferner ein alter Lumpensammler, »Großvater« Jeremjej, eine magere alte Bettlerin, die wegen ihrer Gewohnheit, immer laut zu keifen, der »Schreihals« genannt wurde, und der Droschkenkutscher Makar Stepanytsch, ein bejahrter, gesetzter, schweigsamer Mensch. In einer Ecke des Hofes befand sich eine Schmiede; hier flammte vom Morgen bis zum Abend das Feuer, Radschienen wurden zusammengeschweißt, Pferde beschlagen, die Hämmer erklangen, und der hochgewachsene, sehnige Schmied Ssawel Gratschew sang mit seiner tiefen, schwermütigen Stimme endlos lange Lieder. Zuweilen erschien in der Schmiede Ssawels Gattin, eine kleine, üppige Frau, dunkelblond, mit blauen Augen, Sie trug stets ein weißes Tuch auf dem Kopfe, und dieser weiß umhüllte Kopf nahm sich ganz seltsam aus in der dunklen Höhle der Schmiede. Sie ließ ein silbernes Lachen hören, während Ssawels Lachen ihr laut, als wenn er mit dem Hammer aufschlüge, antwortete. Öfter jedoch hörte man ihn brüllen als Antwort auf ihr Lachen.

In jeder Ritze des Hauses saß ein Mensch, und vom frühen Morgen bis zum späten Abend erzitterte das Haus von Lärm und Geschrei, wie wenn in ihm gleichwie in einem alten, rostigen Kessel irgendetwas siedete und kochte. An den Abenden krochen alle diese Menschen aus den Ritzen auf den Hof heraus, nach der Bank, die neben dem Haustor stand; der Schuster Perfischka spielte auf seiner Harmonika, Ssawel brummte seine Lieder, und Matiza sang – wenn sie betrunken war – irgendetwas ganz Besonderes, sehr Trauriges, mit Worten, die niemand verstand – sang und weinte dazu bitterlich.

Irgendwo in einem Winkel des Hofes sammelten sich im Kreise um Großvater Jeremjej alle Kinder des Hauses und baten ihn:

»Großväterchen! Erzähl' uns doch eine Geschichte!«

Der alte Lumpensammler schaute sie mit seinen kranken roten Augen an, aus denen beständig über das runzelige Gesicht trübe Tränen rannen; dann zog er seine fuchsige alte Mütze tiefer in die Stirn und begann mit zitternder, dünner Stimme in singendem Tone zu erzählen:

»In einem Lande, ich weiß nicht wo, ward, ich weiß nicht wie, ein Freimaurer-Ketzerkind von unbekannten Eltern geboren, die für ihre Sünden von Gott dem Allwissenden mit diesem Sohne gestraft wurden ...«

Der lange graue Bart Großvater Jeremjejs bewegte sich zitternd, wenn er seinen schwarzen, zahnlosen Mund öffnete, sein Kopf wackelte hin und her, und über die Runzeln seiner Wangen rollte eine Träne nach der andern.

»Und gar vermessen war dieses Ketzerkind: glaubte nicht an Christus den Herrn, liebte die Muttergottes nicht, ging an den Kirchen vorüber, ohne den Hut zu ziehen, wollte Vater und Mutter nicht gehorchen ...«

Die Kinder hörten auf die dünne Stimme des Alten und schauten ihm schweigend ins Gesicht.

Aufmerksamer als alle andern hörte der blonde Jakow zu, der Sohn des Büfettiers Petrucha, ein mageres, spitznäsiges Bürschchen mit einem großen Kopfe auf dem dünnen Halse. Wenn er lief, schwankte sein Kopf immer von einer Schulter nach der andern, als wenn er sich losreißen wollte. Seine Augen waren gleichfalls groß und auffallend unruhig. Sie schweiften ängstlich über alle Gegenstände, wie wenn sie sich fürchteten, irgendwo haften zu bleiben, und wenn sie endlich auf irgendetwas ruhten, traten sie seltsam rollend aus den Höhlen und gaben den Zügen des Knaben einen schafsmäßigen Ausdruck. Er fiel in der Schar der Kinder sogleich durch sein zartes, blutleeres Gesicht und seine saubere, solide Kleidung auf. Ilja befreundete sich sehr schnell mit ihm; gleich am ersten Tage ihrer Bekanntschaft fragte Jakow seinen neuen Kameraden mit geheimnisvoller Miene:

»Gibt's bei euch im Dorfe Zauberer?«

»Gewiss gibt's welche«, antwortete ihm Ilja. »Unser Nachbar konnte zaubern.«

»War er rothaarig?«, erkundigte sich Jakow im Flüstertone.

»Nein, grau ... Sie haben alle graue Haare.«

»Die Grauen sind nicht schlimm, die sind gutherzig ... Aber die mit roten Haaren – ach, ich sag' dir! ... Die trinken Blut ...«

Sie saßen im hübschesten, gemütlichsten Winkel des Hofes, hinter einem Schutthaufen, unter den Holunderbüschen, die sich dort befanden. Auch eine große, alte Linde stand da. Man gelangte dahin durch eine schmale Spalte zwischen dem Schuppen und dem Hause; hier war es still, und außer dem Himmel über dem Kopfe und der Wand des Hauses mit den drei Fenstern, von denen zwei vernagelt waren, konnte man aus diesem Winkel nichts sehen. Auf den Zweigen der Linde hüpften zwitschernd die Spatzen hin und her, und unten, am Fuße des Stammes, saßen die Knaben und plauderten über alles, was sie interessierte.

Ganze Tage lang wälzte sich gleichsam vor Iljas Augen lärmend und schreiend irgendein großes, buntes Etwas, das ihn blendete und betäubte. Anfangs ward er ganz verwirrt in dem wüsten Durcheinander dieses Lebens. In der Schenke neben dem Tische, auf dem Onkel Terentij, schweißtriefend und nass vom Aufwaschwasser, das Geschirr spülte, stand Ilja oftmals und sah zu, wie die Leute kamen, tranken, aßen, schrien, sangen, sich küssten und prügelten. Wolken von Tabaksqualm umwogten sie, und in diesem Qualm tummelten sie sich wie Halbverrückte.

»Ei, ei!«, sagte der Onkel zu ihm, seinen Buckel schüttelnd und mit den Gläsern klappernd. »Was suchst du denn hier? Mach', dass du auf den Hof kommst! Sonst sieht dich der Wirt und schimpft ...«

»Aha, so geht es hier zu!«, dachte Ilja und lief, betäubt von dem Schenkenlärm, auf den Hof. Hier klopfte Ssawel laut mit dem Hammer auf den Amboss und zankte mit seinem Gesellen. Aus dem Keller drang das muntere Lied des Schusters Perfischka ins Freie, und von oben vernahm man das Schelten und Schreien der betrunkenen Weiber. Ssawels Sohn Pascha, der »Zankteufel« genannt, ritt auf einem Stocke im Hofe herum und schrie mit zorniger Stimme seinem Rosse zu:

»Vorwärts, du Racker!«

Sein rundes, keckes Gesicht war ganz voll Schmutz und Ruß; auf der Stirn hatte er eine Beule; durch die unzähligen Löcher seines Hemdes schimmerte sein gesunder, kräftiger Körper. Paschka war der schlimmste Raufbold und Krakeeler auf dem Hofe; er hatte den unbeholfenen Ilja schon zweimal tüchtig durchgeprügelt, und als sich Ilja darüber weinend beim Onkel beklagte, zuckte dieser nur mit den Achseln und meinte:

»Was lässt sich da schon tun? Musst es halt ertragen ...«

»Ich will ihn aber nächstens verhauen, dass er genug hat!«, drohte Ilja unter Tränen.

»Tu's nicht!«, warnte der Onkel ihn streng. »Das darfst du auf keinen Fall! ...«

»Er darf es also tun – und ich nicht?«

»Er! ... Er ist ein Hiesiger ... und du bist fremd am Ort ...«

Ilja fuhr fort, gegen Paschka heftige Drohungen auszustoßen, aber der Onkel wurde böse und schrie auf ihn los, was bei ihm nur sehr selten vorkam. Da dämmerte in Ilja das Bewusstsein, dass er sich den »hiesigen« Kindern nicht gleichstellen durfte, und während er fortan sein feindliches Gefühl gegen Paschka verheimlichte, schloss er sich noch mehr an Jakow an.

Jakow führte sich stets sehr anständig auf; er prügelte sich nie mit andern Kindern und schrie sogar nur selten. An den Spielen nahm er fast gar nicht teil, doch sprach er gern davon, was für Spiele die Kinder in den Höfen der reichen Leute und im Stadtpark spielten. Unter den übri-

gen Kindern des Hauses war Jakow, außer Ilja, nur noch mit der siebenjährigen Maschka, der Tochter des Schusters Perfischka, einem zarten,
gebrechlichen Mädchen, befreundet. Ihr kleines, dunkles Lockenköpf-
chen huschte vom Morgen bis zum Abend auf dem Hofe hin und her.
Ihre Mutter saß gleichfalls beständig in der Tür, die zum Keller führte.
Sie war hochgewachsen, trug einen langen Zopf auf dem Rücken und
nähte immer, tief über ihre Arbeit gebeugt. Sobald sie den Kopf erhob,
um nach ihrer Tochter auszuschauen, konnte Ilja ihr Gesicht sehen. Es
war ein gedunsenes, bläuliches, starres Gesicht – wie das Antlitz einer
Toten. Auch ihre gutmütig blickenden schwarzen Augen hatten etwas
Starres, Unbewegliches. Nie sprach sie mit jemandem, und auch ihre
Tochter winkte sie nur durch Zeichen zu sich heran. Selten nur rief sie
mit heiserer, halberstickter Stimme:

»Mascha!«

Anfangs gefiel Ilja irgendetwas an dieser Frau. Als er jedoch erfuhr,
dass sie schon seit drei Jahren gelähmt war und bald sterben würde, bekam er Furcht vor ihr.

Einstmals, als Ilja in ihrer Nähe vorüberging, streckte sie den Arm aus,
fasste ihn am Ärmel und zog den ganz Erschrockenen zu sich heran.

»Ich bitte dich, mein Sohn«, sagte sie, »sei gut zu unserer Mascha! ...«

Das Sprechen fiel ihr schwer, sie kam ganz außer Atem dabei.

»Sei zu ihr ... recht gut, mein Lieber! ...«

Sie schaute dabei bittend in Iljas Gesicht und ließ ihn dann los. Von
diesem Tage an nahm Ilja sich gemeinsam mit Jakow der Schusterstochter ganz besonders an und ließ ihr seinen Schutz angedeihen. Es tat ihm
wohl, die Bitte eines Erwachsenen zu erfüllen, umso mehr, als sonst alle
großen Leute nur befehlend zu den Kindern sprachen und sie prügelten.
Der Droschkenkutscher Makar stieß mit den Füßen nach ihnen und
schlug sie mit dem nassen Lappen übers Gesicht, wenn sie beim Reini-
gen seiner Droschke zusehen wollten. Ssawel war wütend auf alle, die
ihm aus Neugier in die Schmiede sahen, und warf mit den Kohlensäcken
nach den Kindern. Der Schuster schleuderte jedem, der vor seinem Kel-
lerfenster stehen blieb und ihm das Licht verstellte, den ersten besten
Gegenstand, der ihm zur Hand war, an den Kopf ... Zuweilen schlugen
sie die Kinder einfach aus Langerweile, oder um mit ihnen zu spaßen.
Nur Großvater Jeremjej schlug sie niemals.

Bald kam Ilja zu der Überzeugung, dass das Leben im Dorfe doch angenehmer sei als das Leben in der Stadt. Im Dorfe konnte man hingehen,

wohin man wollte, und hier hatte ihm der Onkel verboten, den Hof zu verlassen. Dort ist es geräumiger und stiller, dort haben alle Leute dieselbe, jedem verständliche Beschäftigung – hier dagegen tut jeder, was er will, und alle sind arm, alle essen fremdes Brot und sind halb verhungert.

Eines Tages beim Mittagessen sprach Onkel Terentij tief aufseufzend zu seinem Neffen:

»Der Herbst kommt heran, Iljucha ... Er wird uns beiden den Schmachtriemen anziehen! ... O Gott!«

Er versank in Nachdenken und sah sorgenvoll in seine Schüssel mit Kohlsuppe. Auch der Knabe wurde nachdenklich. Sie aßen beide an dem Tische, auf dem der Bucklige das Geschirr abwusch.

»Petrucha meint, du solltest zusammen mit seinem Jaschka in die Schule gehen ... Es wäre wohl nötig, glaub's schon ... Ohne Bildung ist der Mensch hier wie ohne Augen. Aber da müsstest du neue Schuhe und neue Kleider haben für die Schule ... O Gott, auf dich setz' ich meine Hoffnung!«

Die Seufzer des Onkels und sein trauriges Gesicht machten Ilja das Herz schwer, und er schlug mit leiser Stimme vor:

»Komm, Onkel! Wir wollen von hier fortgehen! ...«

»Wohin denn?«, fragte der Bucklige düster.

»Vielleicht in den Wald?!«, meinte Ilja und ward plötzlich ganz begeistert von seinem Einfall. Der Großvater hat auch so viele Jahre im Walde gelebt, wie du mir erzähltest! Und wir sind doch zu zweien! Bast könnten wir von den Bäumen schälen ... Füchse und Eichhörnchen könnten wir fangen ... Du schaffst dir eine Flinte an, und ich fange die Vögel in Dohnen. Weiß Gott! Auch Beeren gibt es dort, und Pilze ... Wollen wir hin, Onkel?«

Der Onkel sah ihn freundlich an und fragte lächelnd:

»Und die Wölfe? Die Bären?«

»Wenn wir eine Flinte haben?!«, rief Ilja mutig. »Ich werde mich vor wilden Tieren nicht fürchten, wenn ich groß bin! Mit den Händen werde ich sie erwürgen! Ich fürcht' mich auch jetzt schon vor nichts. Hier ist das Leben nicht leicht. Wenn ich auch klein bin – das begreif' ich schon! Hier hauen sie auch viel derber als im Dorfe ... Wenn der Schmied einem ein Kopfstück gibt, brummt der Schädel davon den ganzen Tag! ...«

»Ach du, Waise Gottes!«, sagte Terentij weich, legte seinen Löffel fort und ging vom Tische weg.

Am Abend desselben Tages saß Ilja, müde von seinen Entdeckungs-fahrten im Hofe, auf dem Fußboden neben dem Tische des Onkels. Er hörte im Halbschlaf ein Gespräch zwischen Terentij und Großvater Je-remjej, der gekommen war, um in der Schenke ein Glas Tee zu trinken. Der alte Lumpensammler hatte mit dem Buckligen innige Freundschaft geschlossen und setzte sich mit seinem Tee stets in die Nähe Terentijs.

»Tut nichts«, hörte Ilja Jeremjejs knarrende Stimme. »Hab' nur immer den einen Gedanken: Gott! Wie Sein Leibeigener bist du ... ein Knecht, heißt es in der Schrift! Er sieht dein Leben. Es wird ein herrlicher Tag für dich kommen, da wird Er zu Seinem Engel sagen: Mein himmlischer Diener, geh hin, erleichtere meinem treuen Knechte Terentij das Leben! ...«

»Ich vertraue auch auf den Herrn, Großväterchen – was bleibt mir denn sonst übrig?« sprach Terentij leise.

Mit veränderter Stimme, die fast so klang wie die Stimme des Büfet-tiers Petrucha, wenn er zornig ward, sagte der Alte zu Terentij:

»Ich will dir Geld geben, damit du Iljuschka für die Schule einkleiden kannst ... Will sehen, dass ich's zusammenkratze ... Borgen will ich's dir ... Wenn du mal reich bist, gibst du es mir wieder ...«

»Großväterchen!«, rief Terentij leise.

»Halt, sei still! Unterdessen kannst du mir den Jungen lassen – er hat doch sonst hier nichts zu tun. Er kann mir behilflich sein ... statt der Zin-sen ... Kann mir 'nen Knochen aufheben, oder ein Stück Lumpenzeug zu-reichen ... Brauch' dann nicht mehr so oft meinen Rücken zu krümmen, ich alter Mann ...«

»Ach du! Der Herr segne dich!« rief der Bucklige mit freudig bewegter Stimme.

»Der Herr gibt es mir, ich gebe es dir, du – dem Jungen, und der Junge wieder dem Herrn. So geht alles bei uns im Kreise ... Und keiner wird dem andern etwas schuldig sein ... Ist das nicht gut so? Ach, Bruderherz! Ich hab' gelebt, gelebt, habe geschaut, geschaut – und habe nichts ge-schaut außer Gott. Alles ist Sein, alles gehört Ihm, alles ist von Ihm, alles für Ihn! ...«

Ilja schlief ein während ihres Geflüsters. Am nächsten Morgen aber weckte ihn der alte Jeremjej frühzeitig mit dem fröhlichen Rufe:

»He, steh auf, Iljuschka! Wirst mit mir kommen – na, munter, munter!«

III

Nicht übel gestaltete sich Iljas Tagewerk unter der gütigen Hand des Lumpensammlers Jeremjej. An jedem Morgen weckte er den Knaben schon frühzeitig, und sie gingen dann bis zum späten Abend in der Stadt umher und sammelten Lumpen, Knochen, altes Papier, altes Eisen, Lederstückchen und so weiter. Groß war die Stadt, und viel Merkwürdiges gab es darin zu schauen, sodass Ilja in der ersten Zeit dem Alten nur wenig half, sondern sich immer nur die Leute und Häuser anschaute, alles anstaunte und über alles den Großvater ausfragte ...

Jeremjej plauderte gern. Den Kopf nach vorn geneigt und mit den Augen den Boden absuchend, ging er von Hof zu Hof, klopfte mit der eisernen Spitze seines Stockes auf das Pflaster, wischte sich mit dem zerrissenen Ärmel oder mit einem Zipfel des schmutzigen Lumpensacks die Tränen aus den Augen und erzählte seinem kleinen Begleiter beständig mit singender, monotoner Stimme allerhand Geschichten:

»Dieses Haus da gehört dem Kaufmann Ssawa Petrowitsch Ptschelin; ein reicher Herr, der Kaufmann Ptschelin!«

»Großväterchen«, fragte Ilja – »sag' doch, wie wird man reich?«

»Man arbeitet darauf hin, man müht sich, heißt das ... Tag und Nacht arbeiten sie und häufen Geld auf Geld. Dann bauen sie sich ein Haus, schaffen sich Pferde an und allerhand Geräte und was sonst noch alles ... Lauter neue Sachen! Und dann mieten sie sich Kommis, Hausknechte und andere Leute, die statt ihrer arbeiten – sie selbst aber ruhen aus und leben einen guten Tag. Wenn's einer so gehalten hat, sagt man von ihm: Er hat es mit ehrlicher Arbeit zu etwas gebracht ... Hm ja! ... Aber es gibt auch solche, die durch die Sünde reich werden. Vom Kaufmann Ptschelin erzählen die Leute, dass er eine Seele auf dem Gewissen habe, noch von seiner Jugend her. Vielleicht ist's nur Neid, dass sie so reden; vielleicht ist's auch Wahrheit. Ein böser Mensch, dieser Ptschelin; seine Augen gucken so scheu – immer irren sie hin und her, als ob sie sich verstecken wollten ... Aber vielleicht ist's Lüge, wie gesagt, was sie von Ptschelin erzählen ... Manchmal kommt's auch vor, dass ein Mensch mit einem Mal reich wird ... wenn er nämlich Glück hat ... Das Glück lächelt ihm eben ... Ach – nur Gott allein lebt in der Wahrheit, und wir alle wissen gar nichts! ... Wir sind eben Menschen, und die Menschen sind der Same Gottes, Samenkörner sind die Menschen, mein Lieber! Gott hat uns ausgesät auf der Erde – wachset nun! Und ich will sehen, was für ein Brot ihr ergeben werdet ... So steht's! Und jenes Haus dort gehört einem gewissen Ssabanjejew, Mitrij Pawlytsch mit Namen ... Er ist noch reicher als Ptschelin. Das ist nun freilich ein richtiger Spitzbube – ich weiß es! ... Ich urteile nicht, denn zu urteilen ist Gottes Sache, aber ich weiß es ganz bestimmt ... Er war nämlich in unserem Dorfe Gutsvogt und hat uns alle ausgeplündert, alle verkauft! ... Lange hat Gott Geduld mit ihm gehabt, dann aber begann er, mit ihm abzurechnen. Zuerst ist Mitrij Pawlytsch taub geworden, dann wurde sein Sohn von einem Pferde erschlagen. Und neulich ist ihm die Tochter aus dem Hause gelaufen ...«

Ilja hörte aufmerksam zu, während er zugleich die großen Häuser betrachtete, und warf zuweilen ein:

»Wenn ich doch nur mal mit einem Auge hineinschauen könnte!«

»Wirst schon hineinschauen! Lern' nur fleißig! Bist du erst groß geworden, dann wirst du schon da hineinschauen. Vielleicht wirst du auch selbst einmal reich ... Lern' erst mal leben und schauen ... ach ja, auch ich hab' gelebt, gelebt, habe geschaut, geschaut! ... Die Augen habe ich mir dabei verdorben. Da fließen nun meine Tränen ... und davon bin ich so mager und schwächlich geworden. Ausgeflossen, scheint's, ist meine Kraft mit den Tränen ...«

Angenehm war es Ilja, den Alten mit soviel Überzeugung und Liebe von Gott reden zu hören. Es erwuchs beim Anhören dieser Reden in seinem Herzen ein starkes, erfrischendes Gefühl der Hoffnung auf irgendetwas Gutes, Frohes, das ihn in der Zukunft erwartete. Er ward heitrer und war jetzt mehr Kind als während der ersten Zeit seines Aufenthalts in der Stadt.

Mit Eifer half er dem Alten in den Schutthaufen wühlen. Sehr anziehend war es für ihn, mit dem Stock diese Haufen von allerhand Plunderkram zu untersuchen, und ganz besonders angenehm war es Ilja, die Freude des Alten zu sehen, wenn er in dem Müll irgendeinen ungewöhnlichen Fund machte. Eines Tages hatte Ilja einen großen silbernen Löffel gefunden, der Alte kaufte ihm dafür ein halbes Pfund Pfefferkuchen. Dann buddelte er einmal einen kleinen, mit grünem Schimmel bedeckten Geldbeutel aus, in dem mehr als ein Rubel Geld enthalten war. Öfter fand er auch Messer, Gabeln, Metallringe, zerbrochene Messingsachen, und in einer Schlucht, in der der Schutt aus der ganzen Stadt abgeladen wurde, grub er einmal einen unversehrten, schweren Messingleuchter aus. Für jeden kostbaren Fund dieser Art erhielt Ilja von dem Alten irgendeine Näscherei zum Lohne.

Hatte Ilja etwas Besonderes gefunden, dann schrie er freudig:

»Großväterchen! Guck' doch mal, guck' – wie hübsch!«

Der Alte aber sah sich unruhig nach allen Seiten um und ermahnte ihn flüsternd:

»So schrei doch nicht so, schrei nicht! ... Ach Gott!«

Er war stets in Angst, wenn sie solch einen seltenen Fund machten, nahm den gefundenen Gegenstand rasch aus Iljas Händen und versteckte ihn in seinem großen Sacke.

Auch für Ilja hatte Großvater Jeremjej einen kleinen Sack genäht, und auch einen Stock mit eiserner Spitze hatte er ihm geschenkt. Der Junge war nicht wenig stolz auf diese Ausrüstung. In seinen Sack sammelte er allerhand Schachteln, zerbrochenes Spielzeug, hübsche Scherben, und es machte ihm Vergnügen, alle diese Sächelchen in dem Sack auf seinem Rücken zu wissen und zu hören, wie sie klapperten und klirrten. Der alte Jeremjej hatte ihn dazu angehalten, all diesen Kleinkram zu sammeln.

»Sammle dir nur diese hübschen Sachen und trag sie mit nach Hause. Wirst sie dort unter die Kinder verteilen, wirst ihnen Freude machen. Gern hat's der Herr, wenn der Mensch seinen Brüdern eine Freude macht ... Alle Menschen sehnen sich nach Freude, und doch ist so wenig davon in der Welt! So wenig, dass mancher Mensch sein Leben lang niemals der Freude begegnet, niemals!«

Das Suchen auf den städtischen Abladestellen gefiel Ilja besser als das Abklappern der Höfe. Dort, auf den öffentlichen Abladestellen, gab es keine Menschen, außer zwei, drei ebensolchen alten Leuten, wie Jeremjej war, da brauchte man nicht immer ängstlich nach allen Seiten Umschau zu halten, ob nicht der Hausreiniger kam, mit dem Besen in der Hand, und sie unter heftigen Scheltworten oder gar mit Schlägen vom Hofe jagte.

Jeden Tag sagte Jeremjej zu dem Knaben, wenn sie so zwei Stunden lang ihre Nachforschungen fortgesetzt hatten:

»Genug für jetzt, Iljuscha! Wollen uns ein Weilchen setzen und ausruhen, wollen 'ne Kleinigkeit essen ...«

Er holte ein Stück Brot aus der Tasche hervor, bekreuzte sich und zerbrach das Brot. Nun aßen sie beide, und als sie gegessen hatten, rasteten sie wohl eine halbe Stunde, am Rande der Schlucht gelagert. Die Schlucht öffnete sich nach dem Flusse hin, und sie konnten diesen ganz deutlich sehen. Als breiter, Silber schimmernder Streifen wälzte er langsam seine Fluten an der Schlucht vorüber, und wenn Ilja dem Spiel seiner Wellen folgte, verspürte er in sich den lebhaften Drang, mit ihnen zugleich dahinzugleiten. Jenseits des Ufers dehnten sich die Wiesen, Heuschober ragten dort gleich grauen Türmen empor, und weit am Horizont hob sich die dunkle, zackige Linie des Waldes vom blauen Himmel ab. Eine ruhige, milde Stimmung lag auf der Wiesenlandschaft – man spürte, dass dort drüben eine reine, durchsichtige, lieblich duftende Luft wehte ... Und hier war es so stickig von dem Geruch des gärenden Mülls; dieser Geruch legte sich beklemmend auf die Brust und kitzelte die Nase, und wie dem Alten, so rannen auch Ilja davon die Tränen über die Wangen ...

Auf dem Rücken liegend, schaute der Knabe zum blauen Himmel empor und konnte seine Grenzen nicht erschauen. Schwermut und Schläfrigkeit befielen ihn, und unbestimmte Bilder traten vor seine Seele. Es war ihm, als ob am Himmel droben ein gewaltiges, durchsichtig klares, mild wärmendes, zugleich gutes und strenges Wesen dahinschwebte, und dass er, der kleine Knabe, samt dem alten Großvater Jeremjej und der ganzen Erde sich in jene endlosen Weiten mit ihrem blauen Lichtmeer und ihrer leuchtenden Reinheit erhöbe ... Und sein Herz ward erfüllt vom Gefühl einer stillen Freude.

Am Abend, wenn sie heimkehrten, betrat Ilja den Hof mit der wichtigen, selbstbewussten Miene eines Menschen, der sein Tagewerk ehrlich vollbracht hat. In dem berechtigten Wunsche nach Ruhe hegte er durchaus keine Lust mehr, sich mit solchen Albernheiten abzugeben, wie sie anderen kleinen Knaben und Mädchen gefallen. Allen Kindern auf dem Hofe flößte er durch seine solide Haltung und den Sack auf seinem Buckel, in dem verschiedene interessante Raritäten steckten, eine entschiedene Hochachtung ein.

Der Großvater lächelte den Kindern freundlich zu und scherzte mit ihnen:

»Seht, Kinder, da sind die Lazarusse heimgekommen! Die ganze Stadt haben sie abgesucht. Überall haben sie die Nase 'reingesteckt! ... Geh, Ilja, wasch dir das Gesicht und komm dann in die Schenke, Tee trinken ...«

Ilja ging mit gewichtigem Schritt nach seinem Winkel im Keller, und der Schwarm der Kinder folgte ihm dahin und befühlte unterwegs vorsichtig den Inhalt seines Sackes. Nur Paschka verstellte ihm den Weg und fragte keck:

»Na, Lumpensammler! Zeig' mal, was du mitgebracht hast ...«

»Wirst doch warten können«, versetzte Ilja streng. »Lass mich erst Tee trinken, dann zeig' ich's euch.«

22

In der Schenke empfing ihn Onkel Terentij mit freundlichem Lächeln:

»Na, Arbeitsmann, bist du da? Hast dich wohl müde gelaufen, kleiner Brausekopf?«

Ilja hörte es gerne, dass man ihn einen Arbeitsmann nannte, und er erhielt diesen Titel nicht bloß vom Onkel. Eines Tages hatte Paschka irgendeinen dummen Streich gemacht, und Vater Ssawel hatte seinen Kopf zwischen die Knie genommen und ihm eine gehörige Tracht Prügel verabfolgt.

»Dir will ich's besorgen, Schelm du! Du sollst mir noch mal frech werden. Da hast du – da ... und noch eins! Andre Kinder in deinen Jahren verdienen sich selber ihr Brot, und du kannst nichts als fressen und die Kleider zerreißen! ...«

Paschka schrie, dass es im ganzen Hause widerhallte, und zappelte mit den Beinen, während der Strick auf seinen Buckel niedersauste. Ilja hörte nicht ohne Genugtuung die Schmerzensschreie seines Feindes, und zugleich erfüllten ihn die Worte des Schmiedes, die er auf sich bezog, mit dem Bewusstsein seiner Überlegenheit über Paschka. Das weckte andrerseits in ihm das Mitleid mit dem Gezüchtigten.

»Onkel Ssawel, hör' auf!«, rief er plötzlich.

Der Schmied versetzte seinem Sohne noch einen Hieb, sah sich dann nach Ilja um und sprach ärgerlich:

»Halt's Maul, du! Wird sich hier als Fürsprecher aufspielen ... Nimm dich in acht! ...«

Dann schleuderte er seinen Sohn zur Seite und ging in die Schmiede. Paschka erhob sich und schwankte mit strauchelnden Schritten, wie ein Blinder, nach einer dunklen Ecke des Hofes. Ilja folgte ihm mitleidig. In dem Winkel kniete Paschka hin, presste seine Stirn gegen den Zaun und begann, während er mit den Händen seinen Rücken rieb, noch lauter zu schreien. Ilja fühlte das Verlangen, dem gedemütigten Feinde irgendetwas Freundliches zu sagen, doch brachte er nur die Frage heraus:

»Hat's weh getan?«

»Mach', dass du fortkommst!« schrie Paschka.

Der erboste Ton dieser Worte kränkte Ilja, und er sagte schulmeisternd:

»Sonst haust du immer die andern, und diesmal ...«

Er hatte noch nicht geendet, als Paschka sich blitzschnell auf ihn warf und ihn zu Boden riss. Ilja wurde gleichfalls von Wut gepackt, und nun wälzten sich beide in einem Knäuel auf dem Boden. Paschka biss und kratzte, während Ilja den Feind an den Haaren gepackt hatte und solange mit dem Kopfe gegen die Erde schlug, bis Paschka schrie:

»Lass los!«

»Siehst du!«, meinte Ilja, stolz auf seinen Sieg, während er vom Boden aufstand. »Hast du gesehen? Ich bin stärker als du. Fang also nicht wieder mit mir an!«

Er entfernte sich, während er mit dem Ärmel sich das Blut von dem zerkratzten Gesicht wischte. Mitten im Hofe stand mit finster gerunzelten Brauen der Schmied. Als Ilja ihn sah, fuhr er vor Schreck zusammen und blieb stehen, überzeugt, dass der Schmied nur darauf brenne, Paschka an ihm zu rächen. Der Schmied aber zuckte nur mit den Achseln und sagte:

»Na, was guckst du mich so an mit deinen Glotzaugen? Hast mich noch nie gesehen? Geh deiner Wege!«

Am Abend jedoch, als Ilja durch das Tor schritt und Ssawel ihm wieder begegnete, tippte der Schmied ihm leicht mit dem Finger auf den Scheitel und fragte lächelnd:

»Na, kleiner Müllgräber, wie geht's Geschäft? He?«

Ilja kicherte freudig – er war glücklich. Der finstre Schmied, der stärkste Mann im Hofe, vor dem alle Furcht und Respekt hegten, hatte mit ihm gescherzt. Der Schmied fasste mit seinen ehernen Armen nach der Schulter des Knaben und erhöhte seine Freude noch, indem er sagte:

»Oho, du bist ja ein recht kräftiges Kerlchen! ... Bist nicht so leicht unterzukriegen, Junge! ... Wenn du erst größer geworden bist, nehm' ich dich zu mir in die Schmiede!«

Ilja umfasste das kräftige Bein des Schmiedes und schmiegte sich fest mit seiner Brust daran. Der Riese Ssawel musste wohl das Schlagen des kleinen Herzens spüren, das seine Liebkosung in Wallung gebracht hatte: er legte seine schwere Hand auf Iljas Kopf, schwieg eine Weile und sprach dann mit seiner tiefen Stimme:

»Ach, du arme Waise! ... Na, lass schon gut sein! ...« Strahlend vor Vergnügen, machte sich Ilja an diesem Abend an sein gewohntes Werk – die Verteilung der von ihm im Laufe des Tages gesammelten Raritäten. Die Kinder setzten sich rings um Ilja auf die Erde und schauten mit begehrlichen Augen nach seinem schmutzigen Sacke. Ilja holte aus dem Sacke ein paar Fetzen Kattun, einen von Wind und Wetter ausgebleichten

Holzsoldaten, eine Wichsschachtel, eine Pomadebüchse und eine Teetasse ohne Henkel, mit zerbrochenem Rande, hervor.

»Das ist für mich, für mich, für mich!« hörte man die begehrlichen Rufe der Kinder, und die kleinen, schmutzigen Händchen griffen von allen Seiten nach den seltenen Dingen.

»Wartet! Nicht anfassen!« kommandierte Ilja. »Heißt denn das spielen, wenn ihr alles auf einmal wegschleppt? Na – ich mache also einen Laden auf! Ich verkaufe zuerst hier des Stück Kattun ... ganz wunderschöner Kattun! Kostet einen halben Rubel! ... Maschka, kauf doch!«

»Sie hat's gekauft!«, rief Jakow statt der Schusterstochter, holte aus seiner Tasche eine bereitgehaltene Scherbe hervor und drückte sie dem Verkäufer in die Hand. Doch Ilja wollte sie nicht nehmen.

»Was ist denn das für 'n Spiel! So handle doch was ab, zum Donnerwetter! Niemals handelst du! ... Auf dem Markte wird doch auch gehandelt!«

»Ich hab's vergessen«, suchte Jakow sich zu rechtfertigen. Ein leidenschaftliches Feilschen begann. Verkäufer und Käufer gerieten förmlich in Hitze, und während sie miteinander schacherten, wusste Paschka geschickt aus dem Haufen der Waren das, was ihm gefiel, herauszugreifen, lief damit weg und schrie höhnisch, während er lustig umherhüpfte:

»Haha, ich hab' gemaust! Solche Schlafmützen! Dummköpfe! Teufel!«

Paschkas Raubgelüste hatten alle Kinder empört. Die Kleinen schrien und weinten, während Jakow und Ilja im Hofe hinter dem Dieb herliefen, ohne ihn jedoch fassen zu können. Mit der Zeit hatten sie sich an seine Frechheit gewöhnt, erwarteten von ihm nichts Besseres und vergalten ihm dadurch, dass sie mit ihm böse waren und nicht mit ihm spielten. Paschka lebte für sich und war nur stets darauf bedacht, andern einen Schabernack zu spielen. Der großköpfige Jakow wiederum war zumeist wie ein Kindermädchen um die kraushaarige Tochter des Schusters herum. Sie nahm seine Sorge um ihr Wohlergehen als etwas Selbstverständliches hin, und wenn sie ihn auch immer liebkosend »Jaschetschka« nannte, kratzte und schlug sie ihn doch nicht selten. Jakows Freundschaft mit Ilja wuchs von Tag zu Tag, und er erzählte dem Freunde beständig allerhand sonderbare Träume:

»Da träumte ich heute, dass ich 'ne Masse Geld hätte, lauter Rubel, einen ganzen Sack voll. Und ich trug den Sack auf dem Buckel in den Wald. Mit einem Mal – kommen Räuber auf mich zu! Mit Messern, schrecklich anzusehen. Ich rückte natürlich aus. Und plötzlich ist es mir, als ob der Sack lebendig würde ... Ich werf ihn hin, und – hast du nicht gesehen? – fliegen dir allerhand Vögel heraus – pfrrrr! ... Zeisige, Meisen, Stieglitze – eine schreckliche Menge! Sie hoben mich auf und trugen mich durch die Luft – so hoch, so hoch trugen sie mich!«

Er unterbrach seine Erzählung und blickte Ilja mit seinen weit hervorquellenden Augen an, während sein Gesicht einen schafähnlichen Ausdruck annahm ...

»Na – und weiter was?« ermunterte ihn Ilja zum Weitererzählen, da er darauf brannte, das Ende zu hören.

»Na – ich flog also weit weg«, schloss Jakow nachdenklich seinen Bericht.

»Wohin denn?«

»Wohin? Na, so ... ganz weg flog ich!«

»Ach, du«, meinte der enttäuschte Ilja in geringschätzigem Tone. »Du behältst auch gar nichts.«

Aus der Schenke kam Großvater Jeremjej und rief, die Hand an seine Augen haltend:

»Iljuschka! Wo bist du denn? Komm schlafen, es ist Zeit!«

Ilja folgte gehorsam dem Alten und suchte sein Lager auf, das aus einem mit Heu gefüllten Sacke bestand. Prächtig schlief er auf diesem Sacke, trefflich lebte er bei dem alten Lumpensammler, doch nur zu rasch verging dieses angenehme und leichte Leben.

IV

Großvater Jeremjej kaufte für Ilja ein Paar Stiefel, einen großen, schweren Paletot, eine Mütze – und so ausgerüstet schickte man den Jungen in die Schule. Neugierig und ängstlich zugleich ging er dahin – und finster, gekränkt, mit Tränen in den Augen, kam er aus der Schule heim. Die Knaben hatten in ihm den Begleiter des alten Jeremjej erkannt und im Chor zu spotten begonnen:

»Lumpensammler! Stinker!«

Die einen kniffen ihn, andere zeigten ihm die Zunge, und ein besonders Kecker trat auf ihn zu, zog die Luft in die Nase und schrie laut, während er mit einer Grimasse des Abscheus sich von ihm abwandte:

»Wie eklig der Kerl riecht!«

»Warum lachen sie mich aus?«, fragte Ilja den Onkel voll Entrüstung und Zweifel. »Ists denn eine Schande, Lumpen zu sammeln?«

»Nicht doch«, versetzte Terentij, den Kopf seines Neffen streichelnd, während er sein Gesicht vor den forschenden Augen des Knaben zu verbergen suchte. »Das tun sie nur ... einfach so ... aus Ungezogenheit ... Musst es eben tragen! ... Wirst dich dran gewöhnen ...«

»Auch über meine Stiefel lachen sie, und über den Paletot! ... Fremde Lumpen wären's, sagen sie, aus 'ner Müllgrube hätt' ich sie 'rausgezogen!«

Auch Großvater Jeremjej tröstete ihn, wobei er vergnügt mit den Augen blinzelte:

»Trag's, mein Lieber! Gott wird's ihnen schon vergelten! ... Er! Außer Ihm – gibt es niemand!«

Der Alte sprach von Gott mit einer solchen Freude und solchem Vertrauen auf seine Gerechtigkeit, als ob er ganz genau alle Gedanken Gottes wüsste und in alle seine Absichten eingeweiht wäre. Und Jeremjejs Worte beschwichtigten ein wenig das Gefühl der Kränkung im Herzen des Knaben. Am nächsten Tage jedoch wallte dieses Gefühl von Neuem umso heftiger in ihm auf. Ilja hatte sich bereits daran gewöhnt, sich als eine wichtige Person, einen richtigen Arbeiter zu betrachten. Mit ihm sprach sogar der Schmied Ssawel in freundlicher Weise, und diese Schuljungen lachten ihn aus und verspotteten ihn! Er vermochte sich mit dieser Tatsache nicht zu befreunden: die beleidigenden und bitteren Eindrücke der Schule verstärkten sich mit jedem Tage, prägten sich immer tiefer seinem Gemüte ein. Der Schulbesuch wurde für ihn zu einer lästigen Pflicht. Durch sein leichtes Auffassungsvermögen hatte er sogleich die Aufmerksamkeit des Lehrers auf sich gelenkt; der Lehrer hielt ihn den andern als Muster vor, was wieder dazu beitrug, seine Beziehungen zu den Schülern zu verschlechtern. Er saß auf der ersten Bank und fühlte die Anwesenheit der Feinde in seinem Rücken, sie aber hatten ihn nun allezeit vor Augen, wussten geschickt alles herauszufinden, was irgend an ihm lächerlich scheinen konnte, und lachten über ihn. Jakow besuchte dieselbe Schule und war gleichfalls bei seinen Kameraden schlecht angeschrieben. Sie nannten ihn nur den »Kalbskopf«. Er war zerstreut, lernte schwer und wurde fast täglich vom Lehrer gestraft, doch verhielt er sich gleichgültig gegen alle Strafen. Er schien überhaupt alles, was um ihn her vorging, zu übersehen, und in der Schule wie zu Hause in seiner ganz besondren Welt zu leben. Fast jeden Tag setzte er Ilja durch seine seltsamen Fragen in Erstaunen.

»Sag' mal, Ilja – wie kommt's denn, dass die Menschen so kleine Augen haben und doch damit alles sehen? ... Die ganze Straße sieht man, die ganze Stadt – wie kommt's nur, dass sie, die doch so groß ist, in unserm kleinen Auge Platz hat?«

Anfänglich sann Ilja über Jakows seltsame Reden ernsthaft nach, dann aber begannen ihn seine Einfälle zu stören, da sie seine Gedanken von jenen Dingen ablenkten, die ihn zunächst angingen. Und solcher Dinge waren doch gar viele, und der Knabe hatte schon gelernt, recht scharf auf sie zu achten.

Eines Tages kam er aus der Schule nach Hause und sagte mit höhnischem Ausdruck um die Lippen zum alten Jeremjej:

»Unser Lehrer?! Haha! Der ist mir auch schön! ... Gestern hat der Sohn des Kaufmanns Malafjejew eine Fensterscheibe zerschlagen, und er hat ihn dafür nur ganz leicht gescholten. Und heute hat er die Scheibe einsetzen lassen und aus seiner Tasche bezahlt ...«

»Siehst du, was für ein guter Mensch das ist?!« versetzte Jeremjej gerührt.

»Ein guter Mensch, jawohl! Und wie neulich Wanjka Klutscharew eine Scheibe zerschlug, da ließ er ihn ohne Mittagessen nachsitzen, und dann ließ er Wanjkas Vater kommen und sagte ihm: ›Du, zahl' mal für die Scheibe vierzig Kopeken‹ ... Und Wanjka bekam dann Prügel von seinem Vater! ...«

»Musst auf so was nicht achten, Iljuscha«, sprach der Alte, während er unruhig mit den Augen blinzelte. »Sieh es so an, als ob es dich gar nichts anginge. Zu entscheiden, was unrecht ist, kommt Gott zu und nicht uns. Wir verstehen das nicht. Er aber kennt Maß und Gewicht aller Dinge. Ich zum Beispiel – ich habe gelebt, gelebt, geschaut und geschaut – und wie viel Unrecht ich gesehen habe, vermag niemand zusammenzuzählen. Die Wahrheit aber hab' ich nie geschaut! ... Das achte Jahrzehnt ist nun schon über mich hingegangen ... Es kann doch nicht sein, dass in dieser langen Zeit die Wahrheit nicht ein einziges Mal in meiner Nähe gewesen ist! ... Ich aber hab' sie nicht gesehen ... Kenne sie nicht ...«

»Na,« sprach Ilja zweifelnd, »was ist da viel zu wissen? Wenn der eine vierzig Kopeken zahlen muss, muss es auch der andre: Das ist die Wahrheit!«

Der Alte wollte ihm durchaus nicht recht geben. Er sprach noch gar vielerlei von sich selbst, von der Blindheit der Menschen und davon, dass sie nicht imstande seien, einander gerecht zu beurteilen, sondern dass Gottes Urteil allein gerecht sei. Ilja hörte ihn aufmerksam an, doch ward sein Gesicht dabei immer düstrer, und seine Augen schauten immer finstrer.

»Wann wird denn Gott kommen, um zu richten?«, fragte er plötzlich den Alten.

»Das weiß man nicht! ... Sobald die Stunde schlägt, wird er herabkommen von den Wolken, zu richten die Lebendigen und die Toten; aber wann es sein wird, das weiß man nicht ... Wir wollen doch mal beide in den Abendgottesdienst gehen ...«

»Gut, gehen wir!«

»Abgemacht! ...«

Am Sonnabend stand Ilja mit dem Alten auf den Treppenstufen der Kirche, zusammen mit den Bettlern, zwischen den beiden Türen. Sobald die Außentür geöffnet wurde, verspürte Ilja den kalten Luftzug, der von der Straße hereindrang, die Füße wurden ihm steif, und er trippelte leise auf den Fliesen hin und her. Durch die Glasscheiben der Tür aber sah er, wie die Flammen der Kerzen sich gleichsam zu schönen, aus zitternden Goldpunkten gefügten Mustern vereinigten und das Metall der Messgewänder, die dunklen Köpfe der andächtigen Menge, die Gesichter der Heiligenbilder und das prachtvolle Schnitzwerk des Heiligenschreins beleuchteten.

Die Menschen erschienen in der Kirche besser und friedlicher als auf der Straße. Sie waren auch schöner in dem goldenen Lichtglanz, der ihre dunklen, in ehrfurchtsvollem Schweigen verharrenden Gestalten beleuchtete. Sobald die innere Kirchentür sich öffnete, strömte die weihrauchduftende, warme Woge des Gesanges auf die Vortreppe hinaus: Liebkosend umfächelte sie den Knaben, und er atmete entzückt die wohlriechende Luft ein. Es war ihm angenehm, so dazustehen neben dem Großvater Jeremjej, der seine Gebete flüsterte. Er lauschte, wie der feierlich schöne Gesang durch das Gotteshaus flutete, und wartete mit Ungeduld, bis die Tür sich wieder öffnen und der Gesang von Neuem auf ihn einströmen, der balsamische warme Luftstrom ihn wieder umfangen würde. Er wusste, dass oben auf dem Kirchenchor Grischka Bubnow sang, einer der schlimmsten Spötter in der Schule, und auch Fedjka Dolganow, ein kräftiger, raufsüchtiger Bursche, der ihn schon mehr als einmal geprügelt hatte. Jetzt aber empfand er ihnen gegenüber keinen Hass und kein Rachegefühl, sondern nur ein wenig Neid. Er selbst hätte dort oben auf dem Chor singen und von da auf die Leute herabschauen mögen. Es musste gar zu schön sein, dort an der goldenen

Mitteltür der Altarwand zu stehen und zu singen. Als Ilja die Kirche verließ, hatte er das Gefühl, als sei er besser geworden, und er war bereit, sich mit Bubnow und Dolganow und überhaupt mit allen Schülern zu versöhnen. Am folgenden Montag jedoch kam er, ebenso wie früher, finster und beleidigt aus der Schule heim ...

Überall, wo Menschen in größerer Zahl zusammen sind, befindet sich einer darunter, der sich unter ihnen nicht wohlfühlt, und es ist nicht gerade notwendig, dass er darum besser oder schlechter sei als die andern. Man kann das Übelwollen der andern gegen sich schon durch ein Mindermaß an Verstand oder durch eine lächerliche Nase hervorrufen. Die Menge wählt sich einfach irgendjemanden zum Gegenstand ihrer Belustigung, wobei sie nur von dem Wunsche beseelt ist, sich die freie Zeit mit ihm zu vertreiben. Hier war die Wahl auf Ilja Lunew gefallen. Die Sache hätte ohne Zweifel für ihn ein schlechtes Ende genommen, wenn nicht in seinem Leben Ereignisse eingetreten wären, die sein Interesse an der Schule herabminderten und ihn gegen ihre kleinen Unannehmlichkeiten gleichgültig machten.

Es begann damit, dass eines Tages, als Ilja und Jakow zusammen von einem Ausgang heimkehrten, sie im Torweg des Hauses einen Auflauf bemerkten.

»Sieh doch«, sagte Jakow zu seinem Freunde, »da scheinen sie sich wieder zu prügeln! Komm, lass uns rasch hinlaufen!«

Hals über Kopf eilten sie nach Hause, und als sie auf den Hof kamen, sahen sie, dass dort fremde Menschen sich angesammelt hatten und wirr durcheinander schrien:

»Ruft die Polizei! Bindet ihn doch!« Vor der Schmiede standen dichtgedrängt Menschen mit erschrockenen Gesichtern. Kinder hatten sich vorgedrängt und wichen nun entsetzt zurück. Zu ihren Füßen auf dem Schnee lag mit dem Gesicht zur Erde eine Frau. Ihr Nacken war mit Blut und mit einer teigartigen Masse bedeckt, und der Schnee rings um ihren Kopf war gleichfalls rot von Blut. Neben ihr lag ein zerknülltes weißes Kopftuch und eine große Schmiedezange. In der Tür der Schmiede hockte Ssawel und starrte stumm auf die Arme des Weibes. Sie waren vorgestreckt, die Finger waren tief in den Schnee eingegraben. Die Brauen des Schmiedes waren finster zusammengezogen, das Gesicht war verzerrt; man sah, dass er die Zähne fest zusammenbiss; die Backenknochen traten wie zwei große Zapfen hervor. Mit der rechten Hand stützte er sich gegen den Türpfosten. Seine schwarzen Finger bewegten sich zuckend, wie die Krallen einer Katze, und außer diesen Fingern war alles an ihm unbeweglich. Schweigend starrten die Umstehenden ihn an. Ihre Gesichter waren streng und ernst, und während sonst im Hofe Lärm und Verwirrung herrschte, war hier, um die Schmiede herum, alles still.

Da mit einem Mal kroch aus der Menge der alte Jeremjej hervor, ganz zerzaust und mit Schweiß bedeckt; mit zitternder Hand reichte er dem Schmied einen Eimer voll Wasser:

»Da, nimm ... trink! ...«

»Gib ihm doch kein Wasser, dem Mörder! 'nen Strick um den Hals verdient er«, sagte jemand halblaut.

Ssawel nahm den Eimer mit der linken Hand und trank lange, lange, und als er alles Wasser ausgetrunken hatte, schaute er in das leere Gefäß und sprach mit dumpfer Stimme:

»Ich hab' sie gewarnt ... Lass es sein, du Aas, sagte ich, sonst schlag' ich dich tot! Ich hab' ihr verziehen! ... Wie oft hab' ich ihr verziehen! ... Aber sie wollt's nicht lassen ... na ... und da ist es so gekommen! ... Mein Paschka ... ist jetzt eine Waise ... schau' nach ihm, Großväterchen ... dich liebt der Herr ...«

»A-a-ach, du-u!«, klagte wehmütig der Greis und fasste mit seiner zitternden Hand den Schmied an der Schulter, während jemand aus der Menge rief:

»Hört mal den Bösewicht! ... Er redet noch von Gott!!«

Da runzelte der Schmied die Brauen und brüllte plötzlich wie ein wildes Tier:

»Was wollt ihr? Packt euch alle!«

Sein Aufschrei wirkte wie ein Peitschenschlag auf die Menge. Sie murrte dumpf und wich von ihm zurück. Der Schmied erhob sich und schritt auf sein totes Weib zu, machte jedoch plötzlich kehrt und wandte sich kerzengerade, in ganzer Höhe aufgerichtet, der Schmiede zu. Alle sahen, wie er dort, in seiner Werkstatt, sich auf den Amboss setzte, mit den Händen nach dem Kopfe griff, als wenn er plötzlich einen unerträglichen Schmerz darin fühlte, und den Oberkörper langsam auf und nieder bewegte. Ilja empfand Mitleid mit dem Schmied; er schritt wie im Traume von der Schmiede hinweg und irrte im Hofe umher, von einer Gruppe zur andern, ohne von den Gesprächen, die er vernahm, etwas zu begreifen.

Die Polizei erschien an der Mordstätte und trieb die Leute vom Hofe. Dann nahm sie den Schmied fest und führte ihn ab.

»Leb' wohl, Großväterchen!«, schrie Ssawel, als er aus dem Tore schritt.

»Leb' wohl, Ssawel Iwanytsch, leb' wohl, mein Lieber!«, rief der alte Jeremjej mit seiner dünnen Stimme – hastig, wie wenn er ihm nacheilen wollte.

Niemand außer ihm nahm Abschied von dem Schmied ...

In kleinen Gruppen standen die Leute noch immer auf dem Hofe, besprachen das Ereignis und schauten mit düsterem Blick auf den Körper der Erschlagenen. Irgendjemand bedeckte ihren Körper mit einem Kohlensack. In der Tür der Schmiede, an der Stelle, wo Ssawel gesessen hatte, saß jetzt ein Polizeiwachtmann mit der Pfeife im Munde. Er rauchte, spuckte zur Seite aus, schaute mit seinen trüben Augen den alten Jeremjej an und hörte ihm zu.

»War er's denn, der gemordet hat?« sprach leise, geheimnisvoll der Alte. »Die schwarze Macht hat's getan, sie allein! Der Mensch kann den Menschen nicht morden ... Nicht er ist's, der mordet, meine guten Leute!«

Jeremjej legte seine Hände auf die Brust, als wehrte er mit ihnen etwas von sich ab, und suchte hüstelnd den Umstehenden die Bedeutung des Ereignisses darzulegen.

»Schon lange hat der Schwarze es ihm ins Herz geflüstert: Schlag sie doch tot!« sprach er, zu dem Wachtmann gewandt.

»Aber mit der Zange hat doch nicht der Teufel, sondern der Schmied geschlagen«, meinte der Polizist und spuckte aus.

»Und wer hat's ihm eingegeben?«, schrie der Alte. »Das zieh mal in Betracht! Wer hat's ihm eingegeben?«

»Sag' mal,« versetzte der Polizist, »in welchen Beziehungen stehst du denn zu dem Schmied? Ist er dein Sohn?«

»Nicht doch, bewahre! ...«

»Aber verwandt bist du sicher mit ihm, was?«

»Nein. Ich hab' gar keine Verwandten ...«

»Warum regst du dich dann so auf?«

»Ich? O Gott ...«

»Ich will dir mal was sagen«, sprach streng der Polizist. »Aus Altersschwäche schwatzt du so ... Mach' lieber, dass du fortkommst!«

Der Wachtmann stieß eine dichte Rauchwolke aus seinem Mundwinkel hervor und wandte dem Alten den Rücken, Jeremjej aber ließ sich nicht abschrecken, sondern sprach immer noch weiter, rasch, weinerlich, mit den Händen fuchtelnd.

Ganz blass, mit weit geöffneten Augen war Ilja im Hofe herumgegangen und bei einer Gruppe stehen geblieben, in der sich der Kutscher Makar, der Schuster Perfischka und Matiza mit ein paar anderen Weibern aus den Dachstuben befanden.

»Sie hat sich ja schon vor der Hochzeit mit andern abgegeben, meine Lieben!«, meinte eins von den Weibern. »Wahrscheinlich ist auch Paschka nicht Ssawels Sohn, sondern der Sohn eines Lehrers, der beim Kaufmann Malafjejew wohnte ...«

»Meinst du den, der sich erschossen hat?«, fragte Perfischka.

»Ganz recht ... Sie hatte sich mit ihm eingelassen ...«

Auch Perfischkas gelähmte Frau war aus dem Keller hervorgekrochen und saß, ganz mit Lumpen umwickelt, an ihrem gewohnten Platz im Kellereingang. Ihre Arme ruhten unbeweglich auf den Knien; sie hatte den Kopf emporgehoben und schaute mit ihren schwarzen Augen zum Himmel auf. Ihre Lippen waren fest zusammengepresst, die Mundwinkel nach unten verzogen. Ilja schaute bald in die dunkeln Augen der Schustersfrau, bald gleichfalls, wie sie, zum Himmel empor, und er dachte bei sich, dass Perfischkas Weib vielleicht dort oben den Herrgott sehe und ihn schweigend um etwas bitte.

Bald hatten sich alle Kinder des Hauses an dem Kellereingange zusammengefunden. Sie hüllten sich fester in ihre Kleider, saßen dicht beieinander auf den Stufen der Kellertreppe und horchten in angstvoller Neugier auf das, was Ssawels Sohn von der Untat erzählte. Paschkas Gesicht war verstört, und seine sonst so kecken Augen schauten unsicher und verwirrt drein. Doch fühlte er sich als Held des Tages: Noch niemals hatten die Leute ihm soviel Aufmerksamkeit geschenkt wie heute. Wohl zum zehnten Male erzählte er immer wieder dasselbe, und seine Erzählung klang nun schon ganz gleichgültig und mürrisch.

»Wie sie vorgestern wegging«, berichtete er, »da hat der Vater schon mit den Zähnen geknirscht, und von der Zeit an war er in einem fort wütend und brüllte immer. Mich zog er jeden Augenblick an den Haaren ... Ich sah schon was voraus – ja wohl! Und endlich kam sie. Die Wohnung war fest verschlossen – wir waren in der Schmiede, ich stand beim Blasebalg. Mit einem Mal seh' ich, wie sie näher kommt und in der Tür steht. Gib den Schlüssel, sagt sie. Der Vater aber nahm die Zange und ging auf sie los ... Ganz leise ging er, wie schleichend ... Ich machte sogar die Augen zu – schrecklich war's! Ich wollt' schon rufen: Lauf weg, Mutter! Aber ich rief nicht ... Wie ich die Augen aufmachte, ging er immer noch auf sie zu. Und seine Augen brannten so! Da wollte sie zurückweichen ... Sie drehte ihm den Rücken zu und wollte weglaufen ...«

Paschkas Gesicht erzitterte, und sein magerer, eckiger Körper begann zu zucken. Tief aufseufzend sog er die Brust voll Luft, atmete dann langsam wieder aus und sprach:

»Da schlug er sie mit der Zange auf den Schädel! ...«

Die Kinder, die bisher unbeweglich gesessen hatten, kamen in Bewegung.

»Sie streckte die Arme aus und fiel hin ... wie, wenn sie ins Wasser plumpste ...«

Er nahm ein Spänchen auf, betrachtete es aufmerksam und warf es dann über die Köpfe der Kinder hinweg. Sie saßen alle unbeweglich, als wenn sie von ihm noch irgendetwas erwarteten. Doch er schwieg und senkte den Kopf tief auf die Brust.

»Hat er sie ganz totgeschlagen?«, fragte Mascha mit ihrer feinen, zitternden Stimme.

»Dummes Ding!« versetzte Paschka, ohne den Kopf aufzuheben.

Jakow legte den Arm um die Kleine und zog sie dicht an sich heran, während Ilja näher an Paschka heranrückte und ihn leise fragte:

»Tut sie dir leid?«

»Was geht's dich an?« versetzte Paschka böse.

Die Kinder schauten ihn an – schweigend, alle zugleich.

»Sie hat sich immer 'rumgetrieben ...« ließ sich Mascha vernehmen, aber Jakow fiel ihr sogleich eifrig ins Wort:

»'Rumgetrieben! ... Was war das auch für 'n Mensch, der Schmied! ... Immer so schwarz und brummig – Angst musste man vor ihm haben ... Und sie war so lustig wie Perfischka ...«

Paschka schaute ihn an und sprach ernst und düster, wie ein Großer:

»Ich sagte ihr immer: Mutter, sagt' ich, nimm dich in acht! Er wird dich totschlagen ... Aber sie hörte nicht. Sie bat mich nur immer, ich sollte ihm nichts sagen. Dafür kaufte sie mir Naschwerk. Und der Feldwebel schenkte mir jedes Mal einen Fünfer. Bracht' ich ihm 'nen Brief von ihr, gleich bekam ich meinen Fünfer ... Er ist ein guter Kerl! ... Und so stark ... und 'nen mächtigen Schnurrbart hat er ...«

»Hat er auch einen Säbel?«, fragte Mascha.

»Und was für einen!«, sagte Paschka, und mit Stolz fügte er hinzu: »Ich hab' ihn mal aus der Scheide gezogen. Ganz zis'liert ist die Klinge!«

»Jetzt bist du also auch eine Waise, wie Iljuschka ...«, meinte Jakow nach einer Weile nachdenklich.

»Mag ich's doch sein!« versetzte Paschka unwirsch. »Meinst wohl, ich werde auch unter die Lumpensammler gehen? Da spuck' ich drauf!«

»Das meine ich nicht! ...«

»Ich werde jetzt leben, wie es mir passt«, versetzte Paschka stolz, während er den Kopf erhob und seine Augen grimmig funkeln ließ. »Ich bin gar keine Waise ... ich stehe nur so ... allein in der Welt. Und ich will auch ganz für mich bleiben. Der Vater wollt' mich nicht in die Schule schicken – und jetzt werden sie ihn ins Gefängnis sperren ... Und ich werde einfach in die Schule gehen und lernen ... noch mehr als ihr!«

»Woher wirst du denn die Kleider nehmen?«, fragte ihn Ilja und lachte dabei triumphierend. »In zerrissenen Sachen darfst du da nicht hinkommen!«

»Kleider? Ich werde ... die Schmiede verkaufen.«

Alle blickten respektvoll auf Paschka, und Ilja fühlte sich besiegt. Paschka bemerkte den Eindruck, den seine Worte hervorgebracht hatten, und verstieg sich noch höher.

»Auch ein Pferd werde ich mir kaufen, ein lebendiges, richtiges Pferd! ... Ich werde in die Schule reiten ...«

Dieser Gedanke gefiel ihm so gut, dass er sogar lächelte, wenn es auch nur ein ganz, ganz schüchternes Lächeln war, das flüchtig um seinen Mund zuckte und sogleich wieder verschwand.

»Hauen wird dich jetzt niemand«, sagte plötzlich Mascha zu Paschka, während sie ihn voll Neid betrachtete.

»Werden sich schon Liebhaber finden«, versetzte Ilja in überzeugtem Tone.

Paschka sah ihn an, spuckte wegwerfend zur Seite aus und fragte:

»Was willst du damit sagen? Fang nur mit mir an!«

Von Neuem mischte sich Jakow ins Gespräch:

»Wie merkwürdig ist es doch, Kinder! Da lebte also ein Mensch, ging umher und sprach, und so weiter ... war voll Leben, wie alle andern. –

Und mit einem Mal kriegt er eins mit der Zange über den Schädel – und ist nicht mehr!«

Die Kinder schauten voll Spannung auf Jakow, dessen Augen mit lächerlichem Ausdruck unter der Stirn hervorquollen.

»Ja, darüber hab' ich auch schon nachgedacht«, meinte Ilja.

»Es heißt immer: Er ist gestorben«, fuhr Jakow leise und geheimnisvoll fort. »Aber was ist denn das – – ›gestorben‹?«

»Die Seele ist fortgeflogen«, erklärte Paschka finster.

»In den Himmel«, fügte Mascha hinzu, und während sie sich an Jakow anschmiegte, schaute sie zum Himmel empor.

Dort waren bereits die Sterne aufgeflammt; einer von ihnen – ein großer, heller Stern, der gar nicht flimmerte – war der Erde näher als die andern und schaute wie ein kaltes, unbewegliches Auge auf sie nieder. Nach Mascha hoben auch die drei Knaben ihre Köpfe empor. Paschka blickte auf und lief gleich darauf irgendwohin weg. Ilja schaute lange und scharf hinauf, mit furchtsamem Ausdruck, und Jakows große Augen irrten an dem blauen Himmel auf und ab, als ob sie dort oben irgendetwas suchten.

»Jakow!«, rief sein Kamerad und senkte wieder den Kopf.

»Was?«

»Ich denke immer darüber nach ...« Ilja hielt in seiner Rede inne.

»Worüber denkst du nach?«, fragte Jakow ebenso leise wie jener.

»Über die Leute ... Da ist ein Mensch totgeschlagen worden ... Und alle laufen hin und her und tun so wichtig ... und reden allerhand ... aber keiner hat geweint ... nicht ein Einziger! ...«

»Jeremjej hat geweint.« »Der hat immer Tränen in den Augen ... Aber Paschka ... wie der sich aufführt! Als ob er ein Märchen erzählte ...«

»Er stellt sich nur so ... Ihm tut sie schon leid, aber er schämt sich vor uns ... Und jetzt ist er irgendwohin gelaufen und heult jedenfalls, was das Zeug hält ...«

Fest aneinandergeschmiegt saßen sie noch ein paar Minuten da. Mascha war auf Jakows Knien eingeschlafen, das Gesicht noch immer zum Himmel gewandt.

»Hast du Angst?«, fragte Jakow ganz leise.

»Ja«, versetzte Ilja ebenso leise.

»Jetzt wird ihre Seele hier umgehen ...«

»Ja – a ... Und Mascha ist eingeschlafen ...«

»Wir müssen sie in die Wohnung bringen ... Ich habe sogar Angst, hier wegzugehen ...«

»Gehen wir zusammen!«

Jakow legte den Kopf des schlafenden Mädchens gegen seine Schulter, umfasste ihren schmächtigen Körper mit den Armen und erhob sich mit Anstrengung, wobei er Ilja, der ihm im Wege stand, zuflüsterte:

»Wart', lass mich vorausgehen ...«

Unter seiner schweren Last schwankend, schritt er die Kellerstufen hinab, während Ilja, der ihm folgte, fast mit der Nase an seinen Nacken stieß. Es war Ilja, als ob eine unsichtbare Gestalt hinter ihm herschliche, als ob er ihren kalten Hauch an seinem Halse fühlte und jeden Augenblick fürchten müsste, von ihr gepackt zu werden. Er stieß den Freund in den Rücken und rief ihm kaum hörbar zu:

»Geh schneller!«

V

Bald nach diesem Ereignis begann der alte Jeremjej, zu kränkeln. Immer seltener ging er aus, um Lumpen zu sammeln, hielt sich meist zu Hause, drückte sich gelangweilt im Hofe herum oder lag auf dem Bett in seiner dunklen Kabine.

Der Frühling kam heran, und wenn die Sonne warm vom blauen Himmel niederstrahlte, saß der Alte irgendwo an einem sonnigen Plätzchen, zählte mit besorgter Miene irgendetwas an seinen Fingern ab und bewegte tonlos seine Lippen. Immer seltener erzählte er den Kindern Geschichten, immer schwerer wurde dabei seine Zunge. Kaum hatte er angefangen zu reden, so musste er auch schon husten. In seiner Brust röchelte etwas heiser, als ob es um Befreiung bäte ...

»So erzähl' doch weiter«, bat ihn Mascha, die seine Geschichten ganz besonders liebte.

»Wa – arte«, sprach der Alte, mühsam Atem holend. »Gleich ... wird's aufhören ...«

Aber der Husten hörte nicht auf, sondern schüttelte den ausgemergelten Körper des Alten immer heftiger. Zuweilen gingen die Kinder auseinander, ohne das Ende der Geschichte abzuwarten. Wenn sie fortgingen, schaute ihnen Jeremjej mit wehmütigem Blicke nach.

Ilja hatte bemerkt, dass die Krankheit des Lumpensammlers den Büfettier Petrucha und Onkel Terentij ganz besonders beunruhigte. Mehrmals am Tage erschien Petrucha auf der Hoftreppe der Schenke, hielt mit seinen pfiffigen grauen Augen Umschau nach dem Alten und fragte ihn dann:

»Na, wie geht's Geschäft, Großvater? Fühlst dich besser, wie?«

Selbstbewusst sah man seine stämmige Gestalt in dem rosa Baumwollhemd einherschreiten, die Hände in den Taschen der weiten, in blankgewichsten Faltenstiefeln steckenden Tuchhosen. Immer hörte man Geld in seinen Taschen klimpern. Sein runder Schädel begann über der Stirn bereits kahl zu werden, doch saß noch ein tüchtiger Schopf dunkelblonden, gelockten Haares darauf, und er liebte es, wie ein Geck sein langes Haar in den Nacken zu werfen. Ilja war ihm nie recht zugetan gewesen; und jetzt wuchs dieses Gefühl der Abneigung bei dem Knaben immer mehr. Er wusste, dass Petrucha Großvater Jeremjej nicht liebte, und eines Tages hörte er, wie der Büfettier dem Onkel bezüglich des Alten Verhaltungsmaßregeln gab.

»Hab' nur acht auf ihn, Terecha! Er ist ein alter Filz! ... Er muss 'nen hübschen Batzen Geld im Kopfkissen eingenäht haben. Halt ja die Augen offen! ... Hat nicht mehr lange zu machen, der alte Maulwurf; du bist ihm befreundet, und er hat keine lebendige Seele auf der Welt! ... Merk' dir das, mein Lieber! ...«

Die Abende brachte Großvater Jeremjej, wie früher, in der Schenke bei Terentij zu; er unterhielt sich mit dem Buckligen über Gott und die menschlichen Angelegenheiten. Der Bucklige war, seit er in der Stadt lebte, noch missgestalteter geworden. Es war, als wenn er von seiner Arbeit aufgeschwemmt worden wäre. Seine Augen hatten einen trüben, scheuen Ausdruck bekommen, und der Körper war gleichsam in dem heißen Dunst der Schenke zerschmolzen. Das schmutzige Hemd kroch ihm beständig auf den Buckel hinauf und ließ seine nackten Lenden sehen. Wenn Terentij mit jemandem sprach, hielt er die ganze Zeit seine Hände auf dem Rücken und suchte beständig mit rascher Handbewegung das Hemd zurechtzuzupfen, was den Eindruck erweckte, als ob er etwas in seinen Buckel hineinzustopfen suchte.

Wenn Großvater Jeremjej draußen im Hofe saß, ging Terentij auf die Vortreppe und schaute nach ihm aus, wobei er die Augen zusammenkniff und mit der Hand beschattete. Das strohgelbe Bärtchen in seinem spitzen Gesichte zuckte, wenn er den Alten mit schuldbewusster Stimme fragte:

»Großväterchen Jerema! Habt Ihr nicht was nötig?«

»Danke schön! ... Habe nichts nötig ... nichts hab' ich nötig! ...« versetzte der Alte.

Der Bucklige machte langsam auf seinen dürren Beinen kehrt und ging in die Schenke zurück.

»'s wird wohl nichts mehr werden mit mir«, sagte Jeremjej immer häufiger, »'s ist wohl Zeit für mich, zu sterben! ...«

Eines Tages, als er sich in seinem Winkel schlafen legte, begann er nach einem Hustenanfall zu murmeln:

»Zu früh sterb' ich, o Herr! Hab' mein Werk noch nicht vollbracht! ... Geld hab' ich angehäuft ... so manches Jahr lang ... für eine Kirche in meinem Heimatsdorfe ... Gar not tut es den Menschen, dass sie Gottestempel haben, die uns eine Zuflucht sind ... Zu wenig hab' ich gesammelt ... o Gott! Das Rabenvolk flattert um mich her, es spürt den fetten Bissen! ... Merk' dir's, Iljuschka: Ich hab' Geld ... Sag's keinem Menschen, aber merk' dir's! ...«

Ilja horchte auf das Geflüster des Alten – er fühlte sich gehoben als Mitwisser eines wichtigen Geheimnisses und begriff, wen der Alte mit dem Rabenvolk meinte. Und ein paar Tage später, als er aus der Schule kam und sich in seinem Winkel auszog, hörte er, wie Jeremjej röchelte und schluckte, als wenn ihn jemand würgte, und dabei ganz seltsame Laute ausstieß:

»Ksch ... kschsch ... weg da! ...«

Ängstlich versuchte der Knabe die Tür zur Kammer des Alten zu öffnen, doch sie war verschlossen. Hinter der Tür ließ sich als Antwort nur ein ängstliches Flüstern vernehmen:

»Ksch ... kschsch! ... O Herr ... erbarme Dich ... erbarme Dich! ...«

Ilja trat an den Bretterverschlag und schaute, zitternd vor Erregung, durch eine Spalte. Er sah den Alten auf seinem Bett liegen und mit den Armen in der Luft fuchteln.

»Großväterchen!«, rief der Knabe noch einmal voll Angst.

Der Alte fuhr zusammen, hob den Kopf auf und murmelte laut:

»Ksch! ... Petrucha ... lass sein, denk' an Gott! Ihm gehört's! ... Einen Tempel will ich ihm davon bauen ... Ksch! ... Weg, du Rabe! ... O Herr ... es ist Dei–ein! ... Schütze es ... Nimm's an Dich ... erbarme Dich ... erbarme Dich!«

Ilja erbebte vor Furcht und vermochte nicht, sich von der Stelle zu rühren: Er sah nur immer, wie die schwarze, dürre Hand Jeremjejs sich kraftlos in der Luft bewegte und mit dem gekrümmten Finger drohte.

»Schau her! Es gehört Gott! ... Rühr's nicht an! ...«

Dann erhob sich der Alte und saß plötzlich aufrecht auf seinem Bett. Sein weißer Bart zitterte wie der Fittich einer Taube im Fluge. Er streckte die Arme vor, als ob er mit dem letzten Kraftaufwand jemanden von sich stoßen wollte, und stürzte zu Boden.

Ilja schrie auf und rannte davon. In seinen Ohren klang immerzu das Zischen:

»Ksch ... ksch ...«

Der Knabe stürzte in die Schenke und rief atemlos:

»Er ist gestorben ...«

Terentij stieß ein erstauntes Ach! Aus, trippelte unruhig auf einer Stelle hin und her und zupfte krampfhaft an seinem Hemd, wobei er Petrucha ansah, der hinter dem Büfett stand.

»Na, was wartest du denn?«, sagte Petrucha streng und bekreuzte sich. »So geh doch! Gott sei seiner Seele gnädig! Ein wackerer Alter war es ... Ich will mal hingehen ... will ihn sehen ... Ilja, bleib so lange hier ... Wenn was nötig sein sollte, dann hol' mich – hörst du? Jakow, geh hinters Büfett ...«

Petrucha verließ ohne besondere Eile die Schenke, wobei er laut mit den Absätzen auftrat. Die Knaben hörten, wie er hinter der Tür von Neuem auf den Buckligen einredete:

»Lauf doch, lauf rasch, du Tölpel! ...«

Ilja hatte von allem, was er gesehen und gehört, einen heftigen Schrecken bekommen, der ihn jedoch nicht hinderte, genau zu beobachten, was ringsum vorging.

»Hast du gesehen, wie er gestorben ist?«, fragte Jakow, der hinter dem Schenktisch stand.

Ilja sah ihn an und fragte, statt zu antworten, seinerseits:

»Weshalb sind sie nur hingegangen?«

»Um sich ihn anzusehen! ... Du hast sie doch gerufen! ...«

Ilja schloss die Augen und sagte:

»Schrecklich war's! ... Wie er ihn von sich stieß ...«

»Wen?«, fragte Jakow, neugierig den Kopf vorstreckend.

»Den Teufel! ...« versetzte Ilja nach einem Weilchen.

»Hast du den Teufel gesehen?«, rief Jakow gespannt, während er hastig auf Ilja zutrat. Doch Ilja hatte die Augen wieder geschlossen und antwortete nicht.

»Bist wohl sehr erschrocken?« forschte Jakow weiter und zupfte Ilja am Ärmel.

»Wart'!«, sagte Ilja plötzlich. »Ich lauf noch mal hin ... auf einen Augenblick ... ja? Sag' deinem Vater nichts!«

Von heftigem Argwohn getrieben, war Ilja im nächsten Augenblick wieder unten im Keller, stahl sich geräuschlos wie eine Maus an den Spalt in dem Verschlage und spähte wieder hindurch. Der Alte lebte noch und röchelte: Er lag auf dem Fußboden, zu Füßen zweier schwarzen Gestalten, die im Halbdunkel zu einem einzigen großen, unförmlichen Wesen verwachsen schienen. Dann sah Ilja seinen Onkel neben dem Bett des Alten knien und ein Kissen hastig vernähen. Ganz deutlich hörte man den Faden durch, das Zeug des Inletts schwirren. Petrucha stand hinter Terentij, beugte sich über ihn und flüsterte:

»Mach' rascher ... Ich sagte dir immer: Halt Nadel und Zwirn bereit ... Aber nein, du musst erst lange einfädeln ... Ach, du!«

Das Flüstern Petruchas, die gurgelnden Seufzer des Sterbenden, das Schwirren des Fadens und das eintönige Rieseln des Wassers, das in die Grube vor dem Fenster rann – all das floss zu einem dumpfen Geräusch zusammen, unter dessen Einfluss das Bewusstsein Iljas sich verwirrte. Er verließ leise den Spalt, an dem er gelauscht hatte, und huschte aus dem Keller. Ein großer, schwarzer Fleck drehte sich wie ein Rad schwirrend vor seinen Augen. Er musste sich, während er die Treppe zur Schenke hinaufstieg, am Geländer festhalten und fühlte eine seltsame Schwere in den Beinen. Als er endlich die Tür erreicht hatte, blieb er stehen und begann still zu weinen. Jakow war auf ihn zugeeilt und sprach lebhaft auf ihn ein. Dann erhielt er einen Stoß in den Rücken und vernahm Perfischkas Stimme:

»Wer? ... Was ist los? So sprich doch! Er ist tot? Ach! ...«

Und von Neuem stieß der Schuster Ilja in die Seite und stürzte so hastig hinaus, dass die Treppenstufen unter seinen Schritten erzitterten. Als er aber unten stand auf der letzten Stufe, schrie er laut und kläglich:

»Ach, diese Spitzbuben!«

Dann hörte Ilja, wie der Onkel und Petrucha die Treppe heraufkamen; er wollte vor ihnen nicht weinen, doch vermochte er seine Tränen nicht zurückzuhalten.

»Ach, du!«, sagte Perfischka, der mit ihnen heraufgekommen war, zu Petrucha. »So wart ihr also schon dort bei ihm? ...«

Terentij schritt an seinem Neffen vorüber und vermochte ihm nicht ins Gesicht zu sehen. Petrucha aber legte seine Hand auf Iljas Schulter und sagte:

»Du weinst, mein Junge? Das ist recht ... Es zeigt, dass du ein dankbares Herz hast und begreifst, was der Alte für dich getan hat. Er war dir ein gro–ößer Wohltäter! ...«

Dann schob er Ilja leicht auf die Seite und sagte:

»Darum brauchst du aber nicht gerade hier in der Tür zu stehen.«

Ilja wischte sich mit dem Hemdärmel die Tränen vom Gesichte und ließ seinen Blick über die Anwesenden streifen. Petrucha stand schon wieder hinter dem Büfett und schüttelte seine Locken. Vor ihm stand Perfischka und grinste höhnisch. Sein Gesicht hatte einen Ausdruck, als ob er eben sein letztes Fünfkopekenstück in »Schrift oder Adler« verspielt hätte.

»Na, woran fehlt es denn, Perfischka?«, fragte Petrucha barsch und zog die Brauen empor.

»Zum Besten gibst du wohl nichts?« versetzte Perfischka plötzlich.

»Ich soll was zum Besten geben? ... Aus welchem Anlass?«, fragte der Büfettier gleichmütig.

»Ach, du Schelm!«, rief der Schuster ärgerlich und stampfte mit dem Fuße auf. »Da hält man nun's Maul offen – und die gebratene Taube fliegt vorbei! Na, 's ist mal geschehen! ... Wünsche von Herzen Glück, Peter Jakimytsch!«

»Was schwatzt du?«, fragte Petrucha und lächelte dabei so harmlos wie möglich.

»Ich rede nur so ... aus lauter Herzenseinfalt ...«

»Ein Gläschen möchtest du also trinken – darauf willst du doch hinaus? He he!«

»Hahaha!«, ließ sich laut das muntere Lachen des Schusters vernehmen.

Ilja bewegte heftig den Kopf, wie wenn er etwas herausschütteln wollte, und verließ die Schankstube.

Er legte sich diesmal nicht unten in seinem Kellerwinkel schlafen, sondern in der Schenke, unter dem Tische, auf dem Terentij das Geschirr wusch. Dort machte der Bucklige seinem Neffen ein Lager zurecht, während er selbst die Tische abzuwaschen begann. Auf dem Schenktisch brannte eine Lampe, welche die bauchigen Teekannen und die Flaschen im Wandschrank beleuchtete. In der Schenke selbst war es dunkel. Ein feiner Regen schlug gegen die Scheiben, und der Wind rauschte leise ...

Einem großen Igel gleichend, kroch Terentij zwischen den Tischen umher und seufzte. Sooft er in die Nähe der Lampe kam, warf seine Gestalt einen großen, schwarzen Schatten auf den Fußboden. Es schien Ilja, dass die Seele des alten Jeremjej hinter dem Onkel herschleiche und ihm ins Ohr zische:

»Ksch ... kschsch! ...«

Dem Knaben war ängstlich zumute, und er fröstelte. Der feuchte Dunst der Schenke bedrückte ihn. Es war Sonnabend. Der Fußboden war eben gewaschen worden und strömte einen modrigen Geruch aus. Ilja wollte den Onkel bitten, sich doch so rasch wie möglich neben ihm niederzulegen, doch hielt ihn ein peinliches, widerstrebendes Gefühl zurück, ihn anzureden. Er sah im Geiste die krumme Gestalt des alten Jeremjej mit dem weißen Barte, und seine freundlichen Worte klangen ihm heiser im Ohre wieder:

»Der Herr kennt das Maß aller Dinge! ... Merk' dir's!«

»Leg' dich doch schon hin!« stieß Ilja endlich ärgerlich hervor.

Der Bucklige fuhr zusammen und blickte erschrocken auf. Dann antwortete er leise und schüchtern:

»Gleich! Gleich!« Und er begann rasch, wie ein Kreisel, sich um die Tische zu drehen. Ilja merkte, dass auch der Onkel sich fürchtete, und er dachte im Stillen:

»Recht so, fürchte dich nur! ...«

In feinen Wirbeln trommelte der Regen gegen die Fensterscheiben. Die Flamme der Lampe zuckte auf. Ilja bedeckte seinen Kopf mit der Pelzjacke des Onkels und lag, den Atem anhaltend, da. Plötzlich begann sich, neben ihm etwas zu bewegen. Ein Schauer überlief ihn – ängstlich steckte er den Kopf heraus und sah, wie Terentij auf der Erde kniete, den

Kopf vorgeneigt, sodass sein Kinn die Brust berührte. Und Ilja hörte, wie er flüsternd betete:

»O Herr und Vater im Himmel ... O Herr! ...«

Dieses Flüstern erinnerte ihn an das Röcheln des sterbenden Jeremjej. Das Dunkel im Zimmer geriet gleichsam in Bewegung, auch der Boden schien sich im Kreise zu drehen, und in den Schornsteinen heulte der Wind.

»Lass das Beten!«, rief Iljas helle Stimme.

»Wie? Was ist dir denn?« rief der Bucklige halblaut. »Schlaf doch, um Christi willen!«

»Lass das Beten!« wiederholte der Knabe eindringlich.

»Gut ... ich will's lassen ...«

Die Feuchtigkeit und das Dunkel in dem Zimmer drückten immer schwerer auf Ilja, er atmete beklommen, und sein Inneres war erfüllt von Furcht, von Trauer um den heimgegangenen Alten und von einem tiefen Groll gegen den Onkel. Er warf sich auf dem Fußboden hin und her, richtete sich auf und stöhnte vernehmlich.

»Was willst du denn? Was ist?« rief der Onkel erschrocken und legte seinen Arm um ihn.

Ilja stieß ihn zurück und sprach mit tränenerstickter Stimme, aus der bittre Pein und Entsetzen klang:

»O Gott! Wenn ich doch ... irgendwohin laufen ... mich irgendwo verstecken könnte! ... O Gott! ...«

Er konnte vor Tränen nicht sprechen. Mühsam atmete er die dumpfe Luft der Schenke und barg das Gesicht schluchzend in seinem Kissen.

VI

Diese Ereignisse hatten zur Folge, dass im Charakter des Knaben eine starke Wandlung vor sich ging. Früher hatte er sich nur von seinen Mitschülern ferngehalten, denen nachzugeben er nicht geneigt war. Zu Hause war er gegen alle offen und zutraulich gewesen, und schenkte ihm jemand von den Großen auch nur einige Beachtung, so bereitete ihm das eine ganz besondere Freude. Jetzt hielt er sich fern von allen und erschien weit über sein Alter ernst. Sein Gesicht zeigte eine unfreundliche Miene, die Lippen waren fest zusammengekniffen, er beobachtete mit Aufmerksamkeit die Erwachsenen und horchte mit einem forschenden Aufblitzen der Augen auf ihre Reden. Schwer lastete auf ihm die Erinnerung an das, was er am Todestage des alten Jeremjej gesehen, und es schien ihm, dass auch er gleich Petrucha und dem Onkel dem Verstorbenen gegenüber schuldig sei. Vielleicht war der Alte, als er sterbend dalag und sah, wie man sein Besitztum plünderte, der Meinung gewesen, dass er, Ilja, ihnen den Schatz verraten habe. Dieser Gedanke hatte sich Iljas unmerklich bemächtigt, er füllte seine Seele mit Verwirrung und qualvoller Pein und steigerte sein Misstrauen gegen alle Welt. Sobald er an jemand etwas Schlechtes bemerkte, ward ihm leichter ums Herz, als ob seine eigene Schuld dem Toten gegenüber dadurch vermindert würde.

Und er sah so viel Schlechtes rings um sich! Alle Leute nannten den Büfettier Petrucha einen Hehler und Betrüger. Ins Gesicht jedoch schmeichelten ihm alle, verneigten sich respektvoll vor ihm und bedachten ihn mit der ehrenvollen Anrede Peter Akimytsch. Die große Matiza aus der Dachstube bezeichneten sie mit einem hässlichen Schimpfwort; war sie betrunken, dann stießen und schlugen sie alle, und eines Tages, als sie schwer bezecht unter dem Küchenfenster saß, hatte der Koch ihr gar einen Eimer Spülicht über den Kopf gegossen. Und doch nahmen alle von ihr kleine Gefälligkeiten und Dienste an, ohne ihr je dafür anders als mit Scheltworten und Rippenstößen zu danken. Perfischka rief sie häufig, dass sie ihm seine kranke Frau wasche, Petrucha ließ sie vor den Feiertagen ohne Entgelt die Schenkstube scheuern, und für Terentij nähte sie umsonst die Hemden. Sie ging zu allen, machte alles ohne Murren und sehr geschickt, pflegte mit Hingebung die Kranken und liebte es, mit den Kindern zu spielen ...

Ilja sah, dass der fleißigste Mensch im ganzen Hause, der Schuster Perfischka, von allen als ein lächerlicher Patron angesehen wurde, und dass sie nur dann von ihm Notiz nahmen, wenn er betrunken, mit seiner Harmonika auf dem Schoße, in der Schenke saß oder sich auf dem Hofe herumdrückte und seine lustigen kleinen Lieder auf dem Instrument begleitete. Niemand jedoch mochte es sehen, wie behutsam derselbe Perfischka seine gelähmte Frau auf die Treppe hinaustrug, wie er seine kleine Tochter zu Bett brachte, sie mit Küssen bedeckte und ihr, um sie zu unterhalten, allerhand drollige Grimassen schnitt. Niemand mochte ihm zusehen, wenn er lachend und scherzend Mascha das Mittagessen kochen und das Zimmer aufräumen lehrte, sich dann an die Arbeit setzte und bis spät in die Nacht hinein, über irgendeinen schmutzigen, krummen Stiefel gebeugt, dasaß.

Als der Schmied ins Gefängnis abgeführt worden war, hatte sich kein Mensch außer dem Schuster um seinen Jungen gekümmert. Dieser hatte Paschka sogleich zu sich genommen, und der wilde Bursche pichte ihm den Schusterdraht, fegte das Zimmer, holte Wasser und ging zum Krämer nach Brot, Kwas und Zwiebeln. Alle hatten den Schuster am Feiertage betrunken gesehen, aber niemand hatte es gehört, wie er am nächsten Tage, als er nüchtern geworden, sich vor seiner Frau entschuldigte:

»Verzeih mir, Dunja! Ich bin ja doch schließlich kein Trunkenbold, sondern nahm nur so, zur Erheiterung, ein Schlückchen. Die ganze Woche arbeitet man – zu langweilig ist's! Na, und da trinkt man mal einen! ...«

»Aber beschuldige ich dich denn? Du lieber Gott – ich bedaure dich doch bloß«, versetzte seine Frau mit ihrer heiseren Stimme, die wie ein Schluchzen in der Kehle klang. »Meinst du, ich seh' nicht, wie du dich quälst? Wie einen schweren Stein hat der Herr mich dir an den Hals gehängt. Wenn's doch schon ans Sterben ginge! ... Dann wärst du befreit von mir ...«

»Rede nicht so! Ich hör' solche Worte von dir nicht gern. Ich hab' dich gekränkt, nicht du mich! ... Aber ich tat es nicht aus Schlechtigkeit, sondern weil ich schwach wurde ... Lass es gut sein, wir wollen in 'ne andere Gasse ziehen. Dann soll alles anders werden, die Fenster, die Tür ... alles! Die Fenster werden auf die Straße gehen, einen Stiefel wollen wir aus Papier ausschneiden und ans Fenster kleben. Das ist dann unser Schild! Alle Welt wird zu uns gelaufen kommen. Da wird unser Geschäft erst blühen! ... Immer klopf, immer klopf – schaff Grütze in den Topf!«

Ilja kannte das Leben Perfischkas bis ins kleinste. Er sah, wie er sich quälte gleich einem Fisch, der durchs Eis brechen möchte, und achtete ihn darum, weil er stets mit aller Welt scherzte, allezeit lachte und so prächtig auf der Harmonika spielte.

Inzwischen saß Petrucha hinter seinem Büfett, spielte eine Partie Dame nach der andern, trank vom Morgen bis zum Abend Tee und schimpfte auf die Kellnerburschen. Bald nach dem Tode Jeremjejs hatte er Terentij als Verkäufer hinter das Büfett gestellt, während er selbst sich darin gefiel, pfeifend auf dem Hofe hin und her zu spazieren, das Haus von allen Seiten zu betrachten und seine Wände mit den Fäusten zu beklopfen.

Noch mancherlei anderes bemerkte Ilja, und alles war hässlich und unerfreulich und stieß ihn mehr und mehr von den Menschen zurück. Zuweilen riefen all die Eindrücke und Gedanken, die sich in ihm anhäuften, den lebhaften Wunsch in ihm hervor, sich mit jemand auszusprechen.

Mit dem Onkel aber wollte er nicht sprechen: nach dem Tode Jeremjejs war zwischen Ilja und dem Onkel etwas wie eine unsichtbare Wand emporgewachsen, die den Knaben davon abhielt, sich dem Buckligen ebenso offen und zutraulich zu nähern wie früher. Jakow hätte ihm kaum über die Vorgänge in seinem Innern Aufklärung geben können: Der lebte gleichfalls abseits von allen, wenn auch auf seine besondere Weise.

Auch ihn hatte der Tod des alten Jeremjej betrübt. Oft hatte er mit trauriger Miene seiner gedacht:

»Langweilig ist's geworden! ... Wenn doch noch Großvater Jerema lebte, der hat uns immer Märchen erzählt! Nichts Schöneres gibt es als Märchen!«

Eines Tages sagte Jakow geheimnisvoll zu Ilja:

»Soll ich dir mal was ganz Besonderes zeigen? Willst du es sehen?«

»Freilich will ich's sehen!«

»Aber schwör' mir erst, dass du es niemandem verraten wirst! Sag': Verflucht soll ich sein ...«

Ilja wiederholte die Schwurformel, worauf ihn Jakow zu der alten Linde im äußersten Winkel des Hofes führte. Dort entfernte er von dem Stamme der Linde ein künstlich daran befestigtes Rindenstück, und Ilja erblickte dahinter eine große Höhlung in dem Baumstamm. Es war ein Astloch, das mit dem Messer künstlich erweitert und mit bunten Läppchen, Papierchen und Stanniolblättchen ausgeschmückt war. In der Tiefe dieser Höhlung stand ein kleines, aus Erz gegossenes Bildnis, vor dem das Ende einer Wachskerze befestigt war.

»Hast du gesehen?«, fragte Jakow, während er das Rindenstück wieder vor die Öffnung brachte.

»Ich hab's gesehen ... Was ist denn das?«

»Eine Kapelle!«, erklärte Jakow. »Hierher werde ich immer in der Nacht ganz leise kommen und werde hier beten ... Ist das nicht hübsch?«

Ilja gefiel der Einfall seines Freundes, doch stellte er sich sogleich die Gefährlichkeit des Wagnisses vor.

»Und wenn man das Licht sieht? Dann gibt's gehörige Prügel vom Alten! ...«

»Wer soll's in der Nacht sehen? In der Nacht schlafen doch alle; ganz still ist's auf der Erde ... Ich bin doch klein, da hört der liebe Gott am Tage mein Gebet nicht ... In der Nacht wird er es eher hören ... Meinst du nicht?«

»Ich weiß es nicht ... Vielleicht wird er's hören«, meinte Ilja nachdenklich, während er in das großäugige, bleiche Antlitz des Kameraden schaute.

»Wirst du mit mir beten gehen?«, fragte Jakow.

»Um was willst du denn beten?«, fragte Ilja. »Ich würde Gott bitten, dass er mich recht klug mache ... und dann noch, dass ich immer alles habe, was ich mir wünsche. Und du?«

»Ich? Ich würde um dasselbe bitten ...« antwortete Jakow.

Nach einer Weile jedoch fügte er hinzu:

»Ich wollte es eigentlich nur so, ohne besondere Absicht ... einfach beten wollt' ich, weiter nichts! Und er mag mir geben, was er will ...«

Sie kamen überein, schon in der nächsten Nacht mit ihrem Gebet vor der Linde anzufangen, und legten sich beide mit der festen Absicht zu Bett, in der Nacht aufzuwachen und sich in dem Winkel zu treffen. Sie erwachten jedoch weder in dieser noch in der nächsten Nacht, und noch manche andere Nacht verschliefen sie. Und dann wirkten neue Eindrücke auf Ilja ein und ließen die Kapelle in den Hintergrund treten.

In den Zweigen derselben Linde, in der Jakow seine Kapelle eingerichtet hatte, pflegte Paschka seine Vogelfallen aufzustellen, um darin Zeisige und Meisen zu fangen. Er hatte ein schweres Dasein, war dürr und schmal geworden und hatte keine Zeit mehr, sich im Hofe herumzutreiben. Den ganzen Tag war er bei Perfischka beschäftigt, und nur an Feiertagen, wenn der Schuster betrunken war, sahen ihn die Kameraden. Paschka fragte sie aus, was sie in der Schule lernten, und schaute neidisch und finster drein, wenn er ihre vom Bewusstsein der eignen Überlegenheit erfüllten Berichte hörte.

»Bildet euch nur nicht zu viel ein«, sagte er, »auch ich werde noch mal lernen! ...«

»Aber Perfischka wird's dir nicht erlauben! ...«

»Dann lauf ich weg«, versetzte Paschka kurz entschlossen.

Und in der Tat ging bald darauf der Schuster umher und erzählte lachend:

»Mein Geselle ist weggelaufen – der kleine Teufel!«

Es war ein regnerischer Tag. Ilja musterte den zerzausten Schuster, sah dann zu dem grauen, düstern Himmel auf und empfand Mitleid mit Paschka, der sich jetzt Gott weiß wo herumtreiben mochte. Er stand mit Perfischka unter dem Dache eines Schuppens, drückte sich gegen die

Wand und schaute nach dem Hause hinüber. Es schien Ilja, dass das Haus immer niedriger wurde, als ob es in die Erde versänke. Die alten Rippen traten immer schärfer hervor, wie wenn der Schmutz, der sich seit Jahrzehnten in den Eingeweiden dieses Bauwerks angesammelt hatte, nicht mehr in ihm Platz hätte und es auseinandertriebe. Ganz und gar vom Elend durchtränkt, immer nur von wüstem Lärm und gramvollen, trunkenen Liedern erfüllt, beständig zerstampft und durch Fußtritte misshandelt, vermochte dieses Haus nicht länger sein Leben zu fristen und zerfiel langsam, indem es mit den trüben Glasaugen traurig in Gottes Welt hinausschaute.

»Äh«, meinte der Schuster, »die alte Bude wird bald zusammenkrachen, und der ganze Krempel wird auf der Erde herumkollern. Und wir, die wir drin wohnen, gehen in alle Winde ... Neue Löcher werden wir uns anderwärts suchen ... Wir werden schon welche finden, nicht schlechter als diese hier. Ein ganz neues Leben wird dann beginnen: Andre Fenster, andre Türen werden wir haben, sogar andre Wanzen werden uns beißen! ... Wenn's nur recht bald wäre! Hab' ihn schon über, diesen Palast.«

Doch der Traum des Schusters sollte sich nicht erfüllen: Das Haus krachte nicht zusammen, sondern wurde von dem Büfettier Petrucha gekauft. Sobald der Kauf perfekt geworden war, kroch Petrucha zwei Tage lang in allen Ecken und Winkeln herum und befühlte und untersuchte den alten Rumpelkasten an allen Enden. Dann wurden Ziegelsteine und Bretter angefahren, das Haus ward mit einem Gerüst umgeben, und zwei Monate lang hintereinander ächzte und bebte es nun unter der Axtschlägen der Werkleute. Es wurde daran herumgesägt und herumgehackt, Nägel wurden eingeschlagen, alte Rippen wurden unter lautem Krachen und Aufwirbeln von Staub herausgebrochen und neue dafür eingesetzt, und zu guter Letzt wurde um die alte Bude eine Bretterverkleidung gelegt, nachdem ihre Fassade um einen neuen Anbau verbreitert worden war. Untersetzt und breit ragte das Haus jetzt über den Erdboden empor, gerade und fest, wie wenn es neue Wurzeln tief in ihn hineingetrieben hätte. An der Fassade hatte Petrucha ein großes Aushängeschild anbringen lassen, das in Goldlettern auf blauem Grunde die Aufschrift trug:

»Fröhlicher Zufluchtsort der Freunde des P. J. Filimonow.«

»Und inwendig ist es doch durch und durch verfault«, meinte Perfischka spöttisch.

Ilja, zu dem er die Bemerkung machte, lächelte verständnisinnig. Auch ihm erschien das Haus nach seinem Umbau als ein großer Betrug. Er dachte an Paschka, der jetzt irgendwo an einem andern Orte lebte und ganz andre Dinge sah. Auch Ilja träumte, wie der Schuster, von anderen Fenstern, Türen, Menschen ... Jetzt ward es im Hause noch ungemütlicher als früher. Die alte Linde war der Axt zum Opfer gefallen, der trauliche Winkel in ihrem Schatten war verschwunden und auf dem Platze ein neuer Anbau entstanden. Auch die übrigen Lieblingsplätzchen, an denen die Kinder früher plaudernd zusammengesessen hatten, waren nicht mehr vorhanden. Nur an der Stelle, wo früher die Schmiede gestanden, hinter einem großen Haufen von Spänen und modrigem Holz, war ein stilles Plätzchen geblieben. Aber dort zu sitzen, war nicht geheuer – Ilja hatte immer das Gefühl, als ob unter dem Holzhaufen Ssawels Weib mit dem zerschmetterten Schädel läge.

Petrucha hatte für Onkel Terentij eine neue Wohnung bestimmt – es war ein kleines Zimmer hinter dem Büfett, in das durch den dünnen, mit grünen Tapeten beklebten Bretterverschlag der ganze Lärm der Schenke samt dem Branntweindunst und dem Tabaksqualm hereindrang. Es war sauber und trocken in Terentijs neuer Kammer, und doch war es unbehaglicher darin als im Keller. Das Fenster ging auf die graue Schuppenwand hinaus, die Himmel und Sonne und Sterne verdeckte, während man alles das aus dem Fenster des Kellers, wenn man niederkniete, ganz bequem sehen konnte.

Onkel Terentij kleidete sich fortan in ein fliederfarbiges Hemd, über dem er ein Jackett trug, das an ihm wie über eine Kiste gespannt hing. Vom frühen Morgen bis zum späten Abend steckte er jetzt hinter dem Büfett. Er sprach nun alle Leute nur noch mit »Ihr« an, redete im Übrigen nur wenig, in abgerissener, trockener Weise, wie wenn er bellte, und schaute seine Kunden hinter dem Büfett hervor mit den Augen eines Hundes an, der das Gut seines Herrn bewachte. Für Ilja kaufte er eine graue Tuchjacke, Stiefel, Paletot und Mütze, und als der Knabe diese Sachen zum ersten Male anzog, fiel ihm wieder lebhaft der alte Lumpensammler ein. Er sprach mit dem Onkel fast gar nicht, und sein Leben verlief einförmig und still. Und obschon die eigentümlichen, unkindlichen Gefühle und Gedanken, die in ihm aufgekeimt waren, seinen Geist beschäftigten, so lastete doch auf ihm der Druck einer erstickenden Langweile. Immer häufiger musste er an das Dorf zurückdenken. Jetzt schien es ihm ganz klar und deutlich, dass es sich dort besser lebe: Alles war dort stiller, einfacher, verständlicher. Er erinnerte sich der dichten Wälder von Kershenez und der Erzählungen Onkel Terentijs von dem Einsiedler Antipa, und der Gedanke an Antipa rief in ihm die Erinnerung an einen andern Einsamen wach: an Paschka. Wo war er nur? Vielleicht war er gleichfalls in die Wälder geflüchtet, hatte sich da eine Höhle gegraben und lebte darin. Der Sturmwind braust durch den Wald, die Wölfe heulen. Es ist so schauerlich und doch auch so schön anzuhören. Und im Winter, bei Sonnenschein, blitzt dort alles wie Silber, und es ist so still, dass man gar nichts hört außer dem Knirschen des Schnees unter den Füßen, und wenn man unbeweglich stehen bleibt, vernimmt man nichts weiter als das Klopfen des eignen Herzens.

In der Stadt ist es immer so wüst und geräuschvoll, selbst die Nacht ist von Lärm erfüllt. Die Menschen singen Lieder, schreien nach der Polizei, skandalieren, Droschken fahren hin und her und machen mit ihrem Gerassel die Fensterscheiben erzittern. Auch in der Schule war ein solcher Lärm, die Knaben schrien und trieben allerhand Unfug. Und die Großen auf den Gassen schimpfen und prügeln sich in der Betrunkenheit. Die Menschen sind hier alle wie von Sinnen, die einen sind Betrüger, wie Petrucha, andere böse und zornig, wie Ssawel, und wiederum andere so jammervoll elend wie Perfischka, oder Onkel Terentij, oder auch Matiza ... Ganz besonders aufgebracht war Ilja über das Benehmen des Schusters.

Eines Morgens, als Ilja sich für die Schule fertigmachte, kam Perfischka in die Schenke. Ganz zerzaust, unausgeschlafen und schweigsam stand er am Büfett und schaute Terentij an. Sein linkes Auge zuckte beständig und blinzelte, und seine Unterlippe hing in ganz seltsamer Weise herab. Onkel Terentij sah ihn an, lächelte und goss ihm ein Gläschen zu drei Kopeken ein, die gewöhnliche Morgenportion Perfischkas. Perfischka nahm mit zitternder Hand das Glas und goss es in die Kehle, schmatzte jedoch nicht dazu und bestätigte auch die Güte des Getränks nicht, wie sonst, durch einen Fluch. Wiederum schaute er dann in ganz merkwürdiger Weise mit dem linken, zuckenden Auge auf den neuen Büfettier, während das rechte trüb und unbeweglich war und gar nichts zu sehen schien.

»Was ist denn mit deinem Auge?«, fragte ihn Terentij.

Perfischka fuhr mit der Hand über das Auge, schaute dann auf die Hand und sagte laut und mit scharfer Betonung:

»Unsere Gattin Awdotja Petrowna ist mit Tode abgegangen ...«

»Was? ... Wirklich?« fragte Onkel Terentij, während er einen Blick nach dem Heiligenbilde warf und sich bekreuzte. »Der Herr sei ihrer Seele gnädig!«

51

»Wie?«, fragte Perfischka, immer noch still in Terentijs Gesicht schauend.

»Ich meinte; der Herr sei ihrer Seele gnädig!«

»So, so ... Ja ... sie ist tot! ...« sagte der Schuster. Dann machte er plötzlich kehrt und ging hinaus.

»Ein sonderbarer Mensch«, murmelte Terentij kopfschüttelnd. Auch Ilja fand das Benehmen des Schusters recht sonderbar ... Als er in die Schule ging, sprach er auf einen Augenblick im Keller vor, um sich die Tote anzusehen. Dort war es dunkel und eng. Die Weiber aus den Dachstuben waren gekommen, sie standen in einer Gruppe um das Bett der Toten und plauderten halblaut. Matiza passte der kleinen Maschka gerade ein Kleid an und fragte sie:

»Schneidet es unter den Armen?«

Und Mascha, die mit seitwärts gestreckten Armen dastand, sagte mit kapriziöser Stimme:

»Ja–a–a!«

Der Schuster saß, nach vorn gebeugt, auf dem Tisch und schaute seine Tochter an, während sein Auge beständig zuckte. Jlja betrachtete das bleiche, aufgedunsene Gesicht der Toten, erinnerte sich ihrer dunklen Augen, die jetzt für immer geschlossen waren, und ging hinaus, ein peinliches, nagendes Gefühl im Herzen.

Und als er aus der Schule heimkehrte und in die Schenke trat, hörte er, wie Perfischka auf der Harmonika spielte und in keckem Tone sang:

> »Ach, du meine liebe Braut,
> Hast das Herze mir geraubt!
> Warum hast du es genommen,
> Und wohin ist es gekommen?«

»Ach ja! ... Da haben mich nun die Weiber hinausgejagt! Mach', dass du fortkommst, schrien sie, Scheusal! Alter Saufsack, sagten sie zu mir ... Ich fühl' mich dadurch nicht gekränkt ... bin ein geduldiges Lamm ... Schimpft, soviel ihr wollt, schlagt mich meinetwegen ... Nur lasst mich ein bisschen aufleben! Bitte, erlaubt es! ... Ach, ihr Brüder! Jeder Mensch will doch mal das Leben genießen. Ist's nicht so? Ob's Waska oder Jakob sei – die Seele bleibt stets einerlei:

> »Sagt mir doch – wer weint denn dort?
> Was will er hier an diesem Ort?

Sei still, mein Freund, und klage nicht,
Steck' dir 'n Stück Brot ins Angesicht!«

Es lag ein Ausdruck verzweifelter Lustigkeit in Perfischkas Gesicht. Ilja schaute ihn an und empfand zugleich Widerwillen und Furcht. Er dachte in seinem Innern, dass Gott den Schuster für eine solche Aufführung am Todestage seines Weibes ganz bestimmt schwer strafen werde. Perfischka aber war noch am nächsten Tage betrunken, ja auch hinter dem Sarge der Frau ging er schwankend einher, blinzelte mit dem einen Auge und lächelte sogar. Alle schalten ihn wegen seines Benehmens, sogar ein paar Kopfstücke bekam er ...

»Weißt du was?«, sagte Ilja am Abend des Begräbnistages zu Jakow – »der Perfischka ist doch ein richtiger Ketzer!«

»Hol' ihn der Kuckuck!« versetzte Jakow gleichgültig.

Ilja hatte schon früher bemerkt, dass Jakow sich in der letzten Zeit sehr verändert hatte. Er ließ sich gar nicht mehr im Hofe sehen, sondern saß immerfort zu Hause und schien sogar absichtlich einer Begegnung mit Ilja aus dem Wege zu gehen. Zuerst dachte Ilja, dass Jakow ihn wegen seiner Erfolge in der Schule beneide und zu Hause sitze, um für die Schule zu arbeiten. Es zeigte sich jedoch, dass er jetzt noch schlechter lernte als früher; der Lehrer musste ihn immer wieder wegen seiner Zerstreutheit und seiner Unfähigkeit, die einfachsten Dinge zu begreifen, tadeln. Jakows Äußerung über Perfischka wunderte Ilja gar nicht: Jakow hatte für die Vorgänge im Hause nie besondere Teilnahme gezeigt. Ilja wollte jedoch um jeden Preis dahinterkommen, was eigentlich mit seinem Freunde vorging, und er fragte ihn:

»Wie bist du denn eigentlich jetzt gegen mich? Willst nicht mehr mit mir Freund sein?«

»Ich? Nicht mehr Freund sein? Was redest du da?«

Rief Jakow ganz verwundert und sagte dann plötzlich mit lebhafter Miene:

»Hör', du – geh mal jetzt nach Hause! ... Ich komme gleich nach ... Was ich dir zeigen werde!«

Er sprang auf und lief fort, während Ilja, aufs Höchste gespannt, sich in seine Kammer begab. Hier erschien auch Jakow bald. Er verschloss die Tür hinter sich, ging ans Fenster und zog ein rotes Buch aus seiner Jacke.

»Komm her«, sagte er ganz leise, während er sich auf Onkel Terentijs Bett setzte und Ilja neben sich Platz machte. Dann schlug er das Buch auf, legte es auf seine Knie, beugte sich darüber und begann, mit dem Finger auf dem grauen Papier hin und her fahrend, laut vorzulesen:

»Und plötz... plötzlich sah der tapfere Ritter in der Ferne einen Berg ... so hoch, dass er bis an den Himmel reichte, und mitten darin war eine eiserne Tür. Da entflammte das Feuer des Mutes ... in seinem tap... tapferen Herzen ... Er legte die Lanze ein und stürzte mit gewaltigem Rufen vorwärts, wobei er sein Pferd ansp... spornte, und rannte mit seiner ganzen gewaltigen Kraft gegen das Tor an. Da erdröhnte ein furchtbarer Donnerschlag ... Das Eisen der Tür flog in Stücke ... Und zu gleicher Zeit strömte aus dem Berge Feuer und Qu... Qualm, und eine Donnerstimme ließ sich vernehmen ... von welcher die Erde erbebte und die Steine vom Berge zu den Füßen des Rosses niederrollten. ›Aha! Da bist du ja ... kecker Tollkopf! ... Ich und der Tod erwarten dich schon längst.‹ Der Ritter war von dem Feuer und Rauch geblendet ...«

»Wer ... wer ist denn das?«, fragte Ilja ganz erstaunt, während er auf die vor Erregung zitternde Stimme des Freundes lauschte.

»Wie?«, sagte Jakow, das blasse Antlitz vom Buche emporhebend.

»Wer ist denn ... der Ritter?«

»Das ist so einer, der auf dem Pferde reitet ... mit einer Lanze ... Raoul Ohnefurcht heißt er ... Ein Drache hat ihm seine Braut geraubt, die schöne Luisa ... Aber hör' weiter«, brach Jakow ungeduldig ab.

»Gleich, gleich! ... Sag' nur – wer ist der Drache?«

»Das ist eine Schlange mit Flügeln ... und mit Füßen, eiserne Krallen sind dran ... Drei Köpfe hat sie und atmet Feuer aus – verstehst du?«

»Wetter noch mal!«, rief Ilja, die Augen weit aufreißend. »Die wird's ihm aber besorgen! ...«

Dicht beieinandersitzend, feierten die beiden Knaben, zitternd vor Neugier und seltsam freudiger Spannung, ihren Einzug in eine neue Wunderwelt, in der gewaltige, böse Ungeheuer unter den mächtigen Streichen tapferer Ritter verröchelten, in der alles großartig, schön und wunderbar war und nichts dem grauen, eintönigen Alltagsleben glich. Da gab es keine betrunkenen, zerlumpten Zwergmenschen, und statt der halb verfaulten hölzernen Baracken standen da goldschimmernde Paläste und himmelaufstrebende, unnahbare eiserne Burgen. Und während sie in Gedanken dieses wunderbare, fantastische Reich der Dichtung durchwanderten, spielte nebenan der tolle Schuster Perfischka auf seiner Harmonika und sang dazu seine gereimten Schnurren:

»Und bin ich einmal mausetot,
Soll mich der Teufel doch nicht kriegen,
Weil ich schon bei lebend'gem Leib
Ihm sicher werd' erliegen!«

»Klopf lustig morgen wie heute, Gott liebt die fröhlichen Leute!«

Die Harmonika begann von Neuem zu wimmern, wie wenn sie sich bemühte, die vorauseilende Stimme des Schusters einzuholen, er aber sang um die Wette mit ihr irgendeine lustige Tanzmelodie:

»Klag' nicht, dass in der Jugend du
Viel Kälte hast ertragen –
Dafür wird in der Hölle dich
Die Hitze weidlich plagen!«

Jede Strophe rief bei den Zuhörern Lachsalven und reichen Beifall hervor. In der kleinen Kabine aber, die nur durch eine dünne Bretterwand gegen dieses wirre Chaos von Tönen abgegrenzt war, saßen die beiden Knaben, über das Buch gebeugt, und der eine von ihnen las leise:

»Da packte der Ritter das Ungetüm mit seinen ehernen Armen, und es brüllte donnergleich auf vor Schmerz und Wut ...«

VII

Nach dem Buche vom Ritter und dem Drachen kam ein ähnliches wunderbares Buch an die Reihe: »Guak oder die unbesiegliche Treue«, dann folgte die »Geschichte vom tapferen Prinzen Franzil von Venedig und der jungen Königin Renzivena«. Die Eindrücke der Wirklichkeit machten in Iljas Seele ganz den Rittern und Damen Platz. Die beiden Kameraden stahlen abwechselnd aus der Ladenkasse Zwanzigkopekenstücke und hatten somit durchaus keinen Mangel an Büchern. Sie machten sich mit den kühnen Fahrten des »Jaschka Smertenskij« bekannt. Sie gerieten in Entzücken über »Japantscha«, den tatarischen Räuberhauptmann, und entfernten sich immer mehr von der unbarmherzigen Wirklichkeit des Lebens in ein Gebiet, in dem die Menschen stets die drückenden Fesseln des Schicksals zu zerreißen und allezeit das Glück zu erjagen wissen.

Eines Tages wurde Perfischka auf die Polizei gerufen. Mit ziemlich bangem Gefühl ging er hin, kam jedoch umso vergnügter wieder zurück und brachte Paschka Gratschew mit, den er an der Hand festhalten musste, damit er ihm nicht wieder fortlief. Paschkas Augen blickten noch

immer so scharf und hell wie früher, er war jedoch ganz schrecklich ab-
gemagert und gelb geworden, und sein Gesicht hatte nicht mehr den alten, vorwitzigen Ausdruck. Der Schuster brachte ihn mit in die Schenke
und begann dort zu erzählen, während sein linkes Auge krampfartig
zuckte:

»Seht nur, meine Lieben, da haben wir Herrn Pawlucha Gratschew
wieder, in eigenster Person! Eben ist er aus der Stadt Pensa angelangt,
per Polizeischub ... Was gibt's doch für Menschen auf Gottes Erden –
wollen daheim nicht glücklich werden! Kaum haben sie sich auf zwei
Beine gestellt, suchen sie's Glück in der weiten Welt!«

Paschka stand neben ihm, die eine Hand in der Tasche seines zerrissenen Beinkleides haltend, während er die andere aus der Hand des Schusters zu befreien suchte, den er von der Seite finster ansah. Irgendjemand
riet Perfischka, Paschka ordentlich durchzuprügeln. Dieser aber sagte
ernsthaft, indem er Paschka losließ:

»Weshalb? Mag er doch wandern durch die Welt, vielleicht findet er
mal sein Glück dabei.«

»Aber er wird gewiss Hunger haben!« warf Terentij ein, und während
er dem Jungen ein Stück Brot reichte, sagte er freundlich:

»Da – iss, Paschka!«

Gelassen nahm Paschka das Brot und ging nach der Schenkentür zu.

»Fi–juh!« pfiff der Schuster hinter ihm her. »Auf Wiedersehen, liebes
Freundchen!«

Ilja, der diese Szene von der Tür seiner Kammer aus beobachtet hatte,
rief Paschka zurück. Dieser besann sich einen Augenblick, bevor er Iljas
Rufe folgte, ging dann jedoch zu ihm hinein und fragte, während er sich
misstrauisch in dem Kämmerchen umsah:

»Was willst du von mir?«

»Guten Tag wollt' ich dir sagen ...«

»Na, guten Tag!«

»Setz' dich doch!«

»Warum?«

»So! Wir wollen plaudern ...«

Die mürrischen Fragen Gratschews und seine heisere Stimme machten
auf Ilja einen schmerzlichen Eindruck. Er hätte Paschka gar zu gern gefragt, wo er gewesen, und was er alles gesehen. Aber Paschka, der auf

dem Stuhle Platz genommen hatte und an dem Stück Brot kaute, begann seinerseits ihn auszufragen:

»Bist du schon fertig mit der Schule?«

»Zum Frühjahr komme ich raus ...«

»Und ich hab' schon ausgelernt, siehst du! ...«

»Wieso denn?«, rief Ilja ungläubig.

»Das ging schnell bei mir, was?«

»Wo hast du denn gelernt?«

»Im Gefängnis, bei den Arrestanten! ...«

Ilja ging näher zu ihm heran, und während er respektvoll in Paschkas mageres Gesicht schaute, fragte er:

»War's dort schlimm?«

»Durchaus nicht! ... Vier Monate ... hab' ich gesessen, ich war in vielen Gefängnissen und in verschiedenen Städten. Feine Leute hab' ich dort kennengelernt, mein Lieber, auch Damen waren darunter! ... Wirkliche Herrschaften! Redeten alle möglichen Sprachen ... Ich hab' ihnen immer die Zelle aufgeräumt. Sehr vergnügte Leute waren es, wenn's auch Arrestanten waren ...«

»Sind's Räuber gewesen?«

»Nein, aber richtige Spitzbuben«, versetzte Paschka stolz.

Ilja blinzelte mit den Augen, und sein Respekt vor Paschka wuchs noch mehr.

»Waren es Russen?«

»Ein paar Juden waren auch dabei ... Prächtige Leute! ... Ich sag' dir, Bruder, die haben's verstanden! Jeden haben sie geplündert, den sie in die Finger kriegten, aber gehörig! ... Na, schließlich wurden sie gefasst, und jetzt geht's nach Sibirien! ...«

»Wie hast du denn da gelernt?«

»So ... ich sagte einfach: Lehren Sie mich doch lesen – und da haben sie mir's beigebracht ...«

»Hast du auch schreiben gelernt?«

»Mit dem Schreiben geht's noch schwach, aber lesen kann ich dir, soviel du willst! Hab' schon 'ne Menge Bücher gelesen ...«

Als auf Bücher die Rede kam, wurde Ilja lebendig.

»Auch ich lese immer mit Jaschka zusammen«, sagte er. »Und was für Bücher!«

Beide begannen nun um die Wette all die Bücher zu nennen, die sie schon gelesen hatten. Mit einem Seufzer musste Paschka zugeben:

»Ich sehe, ihr habt mehr gelesen, ihr Teufelskerle! Ich hab' meistens Verse gelesen. Dort hatten sie eine Menge Bücher, aber schön waren nur die mit Versen! ...«

Bald kam auch Jakow herein. Er riss ganz erstaunt die Augen auf und lachte.

»Na, Schaf, was lachst du denn?« begrüßte ihn Paschka.

»Wo bist du gewesen?«

»Da wirst du nie hinkommen! ...«

»Denk dir,« warf Ilja ein, »auch er hat dort Bücher gelesen! ...«

»Wirklich?«, sagte Jakow, und sogleich begann er, sich Paschka freundlicher zu nähern.

In lebhaftem, wenn auch zusammenhanglosem Geplauder saßen die drei Knaben nebeneinander.

»Ich hab' euch Sachen gesehen – gar nicht erzählen lässt sich's!«, rief Paschka ganz stolz und begeistert. »Einmal hab' ich zwei Tage lang nichts gefressen ... nicht 'nen Happen! Im Walde hab' ich genächtigt ...«

»War's ängstlich?«, fragte Jakow.

»Geh doch hin, versuch's mal – dann wirst du's wissen! Und einmal haben mich die Hunde beinah totgebissen ... In der Stadt Kasan war ich, dort haben sie einem Manne ein Denkmal aufgestellt – dafür, dass er Verse gemacht hat. Ein schrecklich großer Mann war's! Beine, sag' ich euch – so dick! Und die Faust so groß wie dein Kopf, Jaschka! Ich werde auch Verse machen, Brüder, ich hab's schon ein wenig gelernt ...«

Er reckte sich plötzlich auf, zog die Beine zurück, und während er nach einem Punkte sah, sprach er mit ernster, wichtiger Miene rasch die Verse:

»Viel Menschen, satt und wohlgekleidet,
Gehn auf der Straße ab und zu,
Und bitt' ich um ein Stückchen Brot sie,
So heißt's: Geh deiner Wege, du!«

Er schwieg, sah die beiden Knaben an und senkte still den Kopf. Eine Minute etwa verharrten alle in verlegenem Schweigen. Dann fragte Ilja zögernd:

»Sind das Verse?«

»Hörst du's denn nicht?«, schrie Paschka ihn ärgerlich an. »Es reimt sich doch: zu – du, also sind's eben Verse!«

»Natürlich sind's Verse«, warf Jakow lebhaft ein. »Du hast immer was auszusetzen, Ilja!«

»Ich hab' noch mehr Verse gedichtet«, wandte sich Paschka lebhaft zu Jakow um und platzte von Neuem heraus:

»Grau sind die Wolken, die Erde feucht,
Bald kommt heran des Herbstes Zeit,
Und ich – ich hab' nicht Haus noch Hof,
Und Loch bei Loch ist in meinem Kleid! ...«

»Ei, ei«, sagte Jakow und sah Paschka mit großen Augen an.

»Das waren richtige Verse«, gab diesmal Ilja zu.

Ein flüchtiges Erröten ging über Paschkas Gesicht, und er kniff die Augen zusammen, wie wenn ihm Rauch hineingekommen wäre.

»Ich werde auch lange Gedichte machen«, rühmte er sich, »Es ist gar nicht so schwer. Man geht im Freien und schaut um sich: Wald, Wälder – Feld, Felder ... Oder: Bäume – Träume! ... Ganz von selbst kommt es ...«

»Und was wirst du jetzt machen?«, fragte ihn Ilja.

Paschka ließ seinen Blick in die Runde schweifen, schwieg eine Weile und sagte endlich leise und unsicher:

»Irgendetwas ...«

Gleich darauf fügte er in entschlossenem Tone hinzu:

»Wenn es mir nicht passt, lauf ich wieder weg.«

Vorderhand blieb er jedoch bei dem Schuster, und an jedem Abend kamen die Kinder bei ihm zusammen. Im Keller war es stiller und gemütlicher als in Terentijs Kammer. Perfischka war nur selten zu Hause – er hatte alles vertrunken, was irgend zu vertrinken war, und arbeitete jetzt tagweise in fremden Werkstätten. Und wenn er keine Arbeit hatte, saß er in der Schenke. Er ging halb nackt und barfuß umher und trug allezeit seine alte Harmonika unterm Arm. Sie war gleichsam mit seinem Körper verwachsen, er hatte einen Teil seines fröhlichen Gemüts in sie hineingelegt. Sie waren einander beide so ähnlich – beide so reduziert und so eckig, dabei voll lustiger Lieder und Triller. In allen Werkstätten der Stadt kannte man Perfischka als unermüdlichen Sänger kecker, spaßiger Reimereien. Überall, wo er erschien, war er ein wohlgelittener Gast. Man hatte ihn gern, weil er es verstand, mit seinen Schnurren, Geschichten und Anekdoten das schwere, trübselige Dasein des arbeitenden Volkes zu erleichtern.

Hatte er ein paar Kopeken verdient, so gab er die Hälfte davon seiner Tochter – darauf beschränkte sich seine ganze Sorge um ihre Existenz. Im Übrigen war Mascha ganz und gar Herrin ihres Schicksals. Sie war hübsch groß geworden, ihr schwarzes Lockenhaar fiel ihr tief auf die Schultern herab, die dunklen, großen Augen blickten so ernst, und mit ihrer zarten, geschmeidigen Gestalt spielte sie in ihrem Kellerwinkel vortrefflich die Rolle der Wirtin. Sie sammelte Späne auf den Bauplätzen, versuchte damit irgendeine Suppe zu kochen und ging bis zum Mittagessen mit hochgeschürztem Röckchen umher, ganz rußig, nass und geschäftig. Hatte sie sich ihre Mahlzeit bereitet, so räumte sie das Zimmer auf, wusch sich, zog ein sauberes Kleid an und setzte sich an den Tisch vor dem Fenster, um irgendetwas an ihrer Kleidung auszubessern. Oft bekam sie Besuch von Matiza, die ihr Semmel, Tee und Zucker brachte und ihr einmal sogar ein blaues Kleid schenkte. Mascha benahm sich ihrem Besuch gegenüber wie eine erwachsene Person, eine richtige Hausfrau: sie stellte einen kleinen Samowar aus Blech auf den Tisch, und während sie den heißen, erquickenden Trank genossen, plauderten sie von verschiedenen Angelegenheiten und schimpften auf Perfischka. Matiza ließ sich förmlich hinreißen, wenn es über den Schuster herging, während Mascha mit ihrem feinen Stimmchen ihr zwar aus Höflichkeit recht gab, da jene ihr Gast war, aber doch eigentlich ohne Gehässigkeit von Perfischka sprach. In allem, was sie über den Vater sagte, klang eine entschiedene Nachsicht.

»Dass ihm die Leber verdorre!«, brummte Matiza mit ihrem tiefen Bass, während sie wild die Augenbrauen zusammenzog. »Hat denn der Saufsack ganz vergessen, dass er ein kleines Kind zu Hause sitzen hat? So 'n widerlicher Kerl! Krepieren soll er wie 'n Hund!«

»Er weiß doch, dass ich schon groß bin und alles selber machen kann!« versetzte Mascha.

»Mein Gott, mein Gott!«, seufzte Matiza tief auf. »Was geht denn vor in Gottes großer Welt? Was wird mit dem Mädelchen geschehen? Auch ich hatte so'n Mädelchen, wie du bist! ... Es ist dort geblieben, zu Hause ... in der Stadt Chorol ... Und es ist so weit nach der Stadt Chorol, dass, wenn ich auch hinfahren könnte, ich den Weg dahin nicht finden würde ... So geht's mit dem Menschen! ... Er lebt, lebt auf Erden und vergisst, wo er geboren ist ...«

Mascha hörte gern die tiefe Stimme dieses Weibes mit den braunen Augen, die denen einer Kuh glichen. Und wenn auch Matiza stets nach Branntwein roch, so hinderte das Mascha doch nicht, sich auf ihren Schoß zu setzen, sich fest an ihren starken, wie ein Hügel hervortretenden Busen zu schmiegen und sie auf die vollen Lippen des hübsch geformten Mundes zu küssen. Matiza pflegte des Morgens zu kommen, und am Abend versammelten sich die Kinder bei Mascha. Sie spielten allerhand Kartenspiele, wenn sie keine Bücher hatten, doch waren sie mit diesen meist gut versehen. Mascha hörte mit Spannung zu, wenn sie lasen, und bei besonders schauerlichen Stellen schrie sie sogar leise auf.

Jakow war um die Kleine jetzt noch weit besorgter als früher. Er brachte ihr beständig von Hause Brot und Fleisch, Tee, Zucker und Petroleum in Bierflaschen, gab ihr zuweilen auch Geld, das ihm vom Bücherkaufen übrigblieb. Es war ihm zur Gewohnheit geworden, das alles zu tun, und es geschah von seiner Seite alles so heimlich, dass niemand es merkte. Mascha nahm ihrerseits seine Bemühungen als etwas ganz Selbstverständliches hin und machte nicht viel Aufhebens davon.

»Jascha!«, sagte sie – »es sind keine Kohlen mehr da!« Und nach einiger Zeit brachte er ihr entweder Kohlen, oder er gab ihr ein Zweikopekenstück und sagte:

»Geh, kauf welche! ... Ich konnte keine stehlen!« Er brachte Mascha eine Schiefertafel und begann das Mädchen an den Abenden zu unterrichten. Es ging mit dem Unterricht langsam, nach zwei Monaten jedoch konnte Mascha immerhin alle Buchstaben lesen und auf die Tafel niederschreiben.

Ilja hatte sich gleichfalls an diese Beziehungen gewöhnt, und alle Leute im Hause schienen sie gleichsam zu übersehen. Manchmal stahl auch wohl Ilja im Auftrage seines Freundes irgendetwas aus der Küche oder dem Büfett und schleppte es zum Schuster in den Keller. Ihm gefiel das schlanke, brünette Mädchen, das verwaist war wie er selbst, namentlich aber gefiel es ihm, dass sie es verstand, sich so allein durch die Welt zu schlagen, und alles ganz so machte wie eine Erwachsene. Er hörte Mascha gern lachen und war beständig darauf bedacht, sie zum Lachen zu bringen. Und wenn ihm das nicht gelang, ärgerte er sich und reizte das Mädchen.

»Schwarze Schmudellotte!«, rief er höhnisch.

Sie blinzelte mit den Augen und höhnte ihrerseits:

»Knochiger Satan! ...«

Ein Wort gab das andere, und bald zankten sie sich in allem Ernst. Mascha wurde leicht heftig und warf sich auf Ilja in der Absicht, ihn zu kratzen, aber er lief vergnüglich lachend von ihr weg.

Eines Tages, als sie Karten spielten, wies er Mascha nach, dass sie betrogen hatte, und rief ihr in seiner Wut zu:

»Du ... Liebste von Jaschka!«

Und dann ließ er noch ein hässliches Wort folgen, dessen Bedeutung er bereits kannte. Jakow war anwesend. Anfänglich lachte er, wie er jedoch sah, dass das Gesicht seiner Freundin sich schmerzlich verzog und Tränen in ihren Augen blitzten, wurde er blass und verstummte. Und plötzlich sprang er vom Stuhl auf, warf sich auf Ilja, versetzte ihm einen Faustschlag gegen die Nase, packte ihn bei den Haaren und warf ihn zu Boden. Alles das geschah so rasch, dass Ilja gar nicht dazu kam, sich zu verteidigen. Dann stand er auf und stürzte, blind vor Wut und Schmerz, mit dem Kopfe voran auf Jakow los.

»Wart', mein Freund! Dich will ich ...« rief er zornig.

Da sah er, wie Jakow, mit den Ellbogen auf den Tisch gestützt, bitterlich weinte, während Mascha neben ihm stand und mit tränenerstickter Stimme zu ihm sprach:

»Lass ihn laufen, den Heiden ... den Bösewicht! ... Sie sind alle schlecht ... sein Vater ist auf Zwangsarbeit ... und sein Onkel ist bucklig! ... Ihm wird auch ein Buckel wachsen! Gemeiner Kerl du!« schrie sie, furchtlos auf Ilja losgehend. »Ekliger Grindkopf! ... Lumpensammlerseele! Na, so komm doch her! Dir will ich schön das Gesicht zerkratzen! Na, geh doch los auf mich!«

Ilja rührte sich nicht vom Fleck. Es ward ihm schwer ums Herz beim Anblick des weinenden Jaschka, dem er nicht hatte wehtun wollen, und er schämte sich, mit einem Mädchen sich herumzuprügeln. Ihr wäre es nicht darauf angekommen, das sah er ihr schon an. Ohne ein Wort zu sagen, verließ er den Keller und ging lange im Hofe umher, ein quälendes, bitteres Gefühl im Herzen. Dann trat er an das Fenster von Perfischkas Wohnung und spähte vorsichtig von oben hinein. Jakow spielte wieder Karten mit seiner Freundin. Mascha, deren untere Gesichtshälfte von dem Fächer der Karten bedeckt war, schien zu lachen, während Jakow in seine Karten schaute und unentschlossen mit der Hand bald die eine, bald die andere berührte. Es ward Ilja schwer ums Herz. Er spazierte noch ein Weilchen im Hofe hin und her und ging dann kühn entschlossen in den Keller zurück.

»Nehmt mich wieder auf!«, sagte er, an den Tisch herantretend.

Sein Herz schlug heftig, sein Gesicht glühte, und die Augen waren niedergeschlagen. Jakow und Mascha schwiegen.

»Ich werde nicht mehr schimpfen! ... Bei Gott, ich werde es nicht mehr tun!«, fuhr Ilja fort und schaute die beiden an.

»Na, dann setz' dich schon ... ach, du!«, sagte Mascha.

Und Jakow fügte ernst hinzu:

»Dummkopf! Bist doch nicht mehr klein! ... Musst doch wissen, was du sprichst!«

»Nein, wir sind alle noch klein!« fiel Mascha Jakow ins Wort und schlug mit der Faust auf den Tisch auf. »Darum dürfen wir auch keine gemeinen Worte gebrauchen.«

»Du hast mich aber gehörig geschlagen!«, sagte Ilja vorwurfsvoll zu Jakow.

»Hast es verdient!« warf Mascha in schulmeisterndem Tone und mit strenger Miene hin.

»Na, gut ... ich bin nicht böse darum ... Ich war schuld ...«, bekannte Ilja und lächelte verlegen Petruchas Sohne zu. »Wir wollen uns wieder vertragen – was?«

»Mir ist's recht. Nimm die Karten ...«

»Wilder Teufel du!«, sagte Mascha.

Damit war alles erledigt. Eine Minute später war Ilja wieder stirnrunzelnd in das Kartenspiel vertieft. Er setzte sich immer so, dass er gegen Mascha ausspielen konnte: Es gefiel ihm ungemein, wenn sie verspielte, und während der ganzen Dauer des Spiels war Ilja immer nur darauf bedacht, sie hineinzulegen. Aber die Kleine spielte recht geschickt, und für gewöhnlich war Jakow der Verlierer.

»Ach, du – Glotzäugiger«, sagte dann Mascha mitleidig – »bist wieder der Dumme!«

»Hol' der Teufel die Karten!« versetzte Jakow. »'s ist langweilig, das ewige Spielen. Lasst uns lieber lesen!«

Sie holten ein zerrissenes, schmutziges Buch hervor und lasen die Leidensgeschichte der verliebten und unglücklichen »Kamtschadalin«.

Als Paschka Gratschew die drei Kinder so vergnügt sich die Zeit vertreiben sah, meinte er im Tone eines welterfahrenen Mannes:

»Ihr führt hier ein angenehmes Leben, ihr Schlauberger!«

Dann sah er auf Jakow und Mascha und fügte lächelnd, doch zugleich mit Ernst hinzu:

»Später kannst du ja Maschka heiraten, Jakow...«

»Dummkopf!«, sagte Mascha lachend, und schließlich lachten alle vier im Chore.

Paschka war meist mit ihnen zusammen. Hatten sie ein Buch ausgelesen, oder machten sie eine Pause im Lesen, dann gab er seine Erlebnisse zum Besten, und seine Erzählungen waren nicht weniger interessant als die Bücher.

»Wie ich's raus bekam, Brüder, dass die Sache ohne einen Pass ihre Schwierigkeiten hatte, da gebrauchte ich allerhand Kniffe. Sah ich 'nen Polizisten, so ging ich gleich schneller, wie wenn mich jemand geschickt hätte, oder ich hielt mich zu dem ersten besten Erwachsenen, als ob's mein Herr, oder mein Vater, oder sonst jemand wäre ... Der Polizist guckt mich an und lässt mich laufen – er hat nichts gemerkt ... In den Dörfern war's schön, dort gibt's überhaupt keine Polizisten: nur alte Männer, alte Weiber und Kinder, die Bauern sind auf dem Felde. Fragt mich jemand, wer ich bin, sag' ich: ein Bettler ... Wem ich gehöre? Keinem, bin ohne Anhang ... Woher ich komme? Aus der Stadt. Das ist alles! Sie geben mir zu essen, zu trinken – alles reichlich. Und gehen kannst du dort, wie du willst: Kannst ganz schnell rennen oder auf dem Bauche kriechen ... Überall ist Feld und Wald... Die Lerchen singen ... auffliegen möchtest du am liebsten zu ihnen. Bist du satt – dann hast du keinen Wunsch weiter, könntest immer so gehen bis ans Ende der Welt. Ganz so ist's, wie wenn dich jemand vorwärtszieht ... wie, wenn die Mutter dich trägt. Aber ich hab' auch manchmal tüchtig gehungert – oho! Die Därme haben mir nur so geknurrt – so trocken war mir darin! Erde hätt' ich fressen können. Schwindlig wurde mir im Kopfe ... Wenn ich dann aber ein Stück Brot kriegte und mit den Zähnen einhieb – a–ach, das schmeckte! Tag und Nacht hätt' ich essen können. Das war 'ne Lust! ... Und doch war ich froh, wie ich schließlich ins Loch kam ... Anfangs hatte ich schreckliche Angst, dann wurde ich aber ganz vergnügt. Ich hatte mich immer vor den Polizisten sehr gefürchtet. Ich dachte, wenn sie mich erst kriegen und zu hauen anfangen, schlagen sie mich tot. Und wie war's in Wirklichkeit? Ganz leise kommt er von hinten und fasst mich am Kragen – schwapp! Ich hatte mir bei einem Uhrmacher die Uhren im Schaufenster angesehen ... Eine Masse Uhren waren da – goldene und andere. Mit einem Mal: Schwapp! Ich fang' an zu brüllen. Und er fragt mich ganz freundlich: »Wer bist du? Woher kommst du?« Na, ich sagte es natürlich – sie erfahren es ja doch schließlich: sie wissen alles ... »Wohin willst du?« fragen sie weiter ... »Ich wandre so durchs Land« ... Sie lachen ... Dann geht's ins Gefängnis ... Dort lachen sie auch alle. Und dann nahmen jene Herren mich zu sich ... Das waren euch Teufel, hoho!«

Von den »Herren« sprach Paschka fast nur in lauter Empfindungswörtern – sie hatten offenbar einen tiefen Eindruck auf ihn gemacht, doch hatten ihre Gestalten in seiner Erinnerung etwas Verschwommenes bekommen, sodass sie ihm wie ein großer, trüber Fleck erschienen. Beim Schuster blieb Paschka etwa einen Monat, dann verschwand er wieder. Später erfuhr Perfischka, dass er in eine Druckerei als Lehrling eingetreten sei und irgendwo in einem entfernten Stadtviertel wohne. Als Ilja davon hörte, war er voll Neid und sagte seufzend zu Jakow:

»Und wir beide werden wohl hier versauern müssen! ...«

VIII

In der ersten Zeit nach Paschkas Verschwinden war es Ilja, als ob ihm etwas fehlte, bald jedoch geriet er wieder in das alte Geleise seiner weltfremden Wunderwelt. Abermals wurden fleißig Bücher gelesen, und Iljas Seele verfiel in einen süßen Zustand des Halbschlummers.

Das Erwachen war jäh und unerwartet. Ilja ging noch in die Schule, als eines Tages der Onkel zu ihm sagte:

»Steh auf und wasch dich hübsch sauber ... Mach' rasch! ...«

»Wohin geht's denn?«, fragte Ilja verschlafen.

»Auf deine Stelle. Es hat sich was gefunden, Gott sei Dank! ... Bei einem Fischhändler wirst du eintreten.«

Ein unangenehmes Vorgefühl machte Iljas Herz beklommen. Der Wunsch, dieses Haus zu verlassen, in dem er alles kannte und an alles gewöhnt war, schwand plötzlich in ihm, und Onkel Terentijs Kammer, die ihm nie gefallen hatte, erschien ihm mit einem Mal sauber und hell. Die Augen auf den Boden heftend, saß er auf seinem Bett und hatte gar keine Lust, sich anzuziehen ... Jakow kam herein, ungekämmt und ganz grau im Gesicht, den Kopf zur linken Schulter geneigt; er ließ einen flüchtigen Blick über seinen Kameraden gleiten und sagte:

»Komm rasch, der Vater wartet ... Du wirst doch öfter hierher kommen?«

»Gewiss komm' ich ...«

»Na ja ... Geh nur zu Mascha, nimm von ihr Abschied!«

»Aber ich geh' doch nicht für immer fort!«, rief Ilja unwirsch aus.

Mascha kam selbst herauf – sie stand an der Tür, schaute auf Ilja und sagte traurig:

»So leb' also recht wohl, Ilja ...«

Ilja zerrte ärgerlich an der Jacke, die er eben anzog, und schimpfte. Mascha und Jakow seufzten beide zu gleicher Zeit tief auf.

»Besuch' uns nur bald!«, sagte Jakow.

»Schon gu–ut!« versetzte Ilja grob.

»Sieh doch, wie er sich aufspielt – der Herr Kommis!«, bemerkte Mascha.

»Ach, du ... dumme Gans!«, antwortete ihr Ilja leise, im Tone des Vorwurfs.

Ein paar Minuten später ging er über die Straße – an der Seite Petruchas, der feierlich mit einem langen Überrock und knarrenden Stiefeln angetan war.

»Ich führ' dich zu einem sehr ehrenwerten Manne, den die ganze Stadt zu schätzen weiß,« sprach der Büfettier in eindringlichem Tone zu Ilja – »nämlich zu Kiril Iwanytsch Strogany... Er hat für seine Herzensgüte und seinen wohltätigen Sinn Medaillen erhalten, und was sonst noch. Er ist Stadtverordneter und vielleicht wird er sogar einmal zum Bürgermeister gewählt! Diene ihm treu und redlich, und er wird dafür schon aus dir etwas machen! ... Du bist ein ernstes Bürschchen, kein verwöhntes Muttersöhnchen ... Einem Menschen 'ne Wohltat erweisen, ist für ihn dasselbe wie ausspucken ...«

Ilja hörte ihn an und suchte sich ein Bild von dem Kaufmann Strogany zu machen. Er stellte sich sonderbarerweise vor, dass der Kaufmann dem Großvater Jeremjej ähnlich sehe – dass er ebenso dürr, ebenso gutmütig und umgänglich sein müsse. Als er jedoch in dem Fischladen anlangte, sah er dort hinter dem Schreibpult einen großen Mann mit einem mächtigen Schmerbauch. Auf dem Kopfe hatte er nicht ein einziges Haar mehr, sein Gesicht jedoch war von den Augen bis an den Hals hinunter mit einem dichten roten Bart bedeckt. Seine Augenbrauen waren gleichfalls dicht und rot, und unter ihnen liefen ein paar kleine, grünliche Äuglein zornig hin und her.

»Verneig' dich!«, flüsterte Petrucha Ilja zu, indem er mit den Augen nach dem rotbärtigen Manne hin winkte. Ilja ließ enttäuscht den Kopf auf die Brust sinken.

»Wie heißt er?«, dröhnte eine tiefe Bassstimme durch den Laden.

»Ilja ist sein Name«, antwortete Petrucha.

»Na, Ilja, halt mir ja die Augen offen und gib acht! Jetzt gibt's für dich niemanden sonst in der Welt als deinen Prinzipal! Weder Verwandte noch Bekannte – hast verstanden? Ich bin dir Vater und Mutter – weiter hab' ich dir nichts zu sagen ...«

Ilja ließ seinen Blick heimlich durch den Laden schweifen. In Körben mit Eis lagen ungeheure Störe und Welse, in Fächern an den Wänden waren schichtenweise gedörrte Zander und Karpfen aufgestapelt, und überall blinkten blecherne Dosen. Ein durchdringender Geruch von Salzlake erfüllte die Luft, und es war stickig, eng und feucht in dem Laden. Auf dem Boden schwammen in großen Bottichen die lebenden Fische – Sterlets, Aalraupen, Barsche, Schleie. In einem der Gefäße tummelte sich ein kleiner Hecht keck und lebhaft im Wasser, stieß die anderen Fische und spritzte mit kräftigen Schwanzschlägen das Wasser über den Boden. Ilja hatte Mitleid mit dem armen Kerl.

Einer der Kommis – ein kleiner, dicker Mensch namens Michailo, mit runden Augen und einer Hakennase, der eine große Ähnlichkeit mit einem Uhu hatte – hieß Ilja die abgestorbenen Fische aus dem Bottich herausnehmen. Der Junge streifte seine Ärmel auf und griff aufs Geratewohl in das Wasser hinein.

»Bei den Köpfen musst du sie fassen, Dummkopf!«, rief der Kommis leise. Zuweilen fasste Ilja aus Versehen einen lebendigen Fisch, der unbeweglich im Wasser stand; er entschlüpfte seinen Fingern, begann krampfhaft im Wasser hin und her zu schießen und stieß mit dem Kopfe gegen die Wandung des Gefäßes.

»Immer munter, munter!« kommandierte der Kommis.

Ilja hatte sich an einer spitzen Flossengräte in den Finger gestochen, und er steckte ihn nun in den Mund und begann daran zu saugen.

»Nimm den Finger aus dem Munde!« ertönte die Bassstimme des Prinzipals.

Dann gab man dem Jungen ein schweres Beil und hieß ihn in den Keller gehen und dort Eis zerklopfen, dass es sich gleichmäßig lagerte. Die Eissplitter sprangen ihm ins Gesicht und glitten ihm hinter den Kragen, es war kalt und dunkel im Keller, und das Beil schlug, wenn er unvorsichtig damit hantierte, gegen die Decke. Nach ein paar Minuten kam Ilja, von oben bis unten nass, aus dem Keller herauf und erklärte dem Prinzipal:

»Ich hab' dort irgendein Glas zerschlagen ...«

Der Prinzipal sah ihn aufmerksam an und sagte:

»Das erste Mal verzeih' ich dir – und zwar deshalb, weil du es selbst gesagt hast ... Das nächste Mal – reiß' ich dir die Ohren ab ...«

Ganz mechanisch lebte sich Ilja nach und nach in seine neue Umgebung ein – wie eine kleine Schraube sich in eine große, lärmende Maschine einfügt. Er stand um fünf Uhr des Morgens auf, putzte die Stiefel des Prinzipals, seiner Familie und der Kommis, ging dann in den Laden, fegte ihn aus und wusch die Tische und Wagschalen ab. Kamen die Kunden, so reichte er die Ware zu und trug sie in die Wohnung der Käufer, dann kehrte er wieder heim, um zu Mittag zu essen. Nach dem Mittagessen gab es wenig zu tun, und wenn man ihn nicht irgendwohin schickte, stand er in der Ladentür, schaute auf das Markttreiben und sann darüber nach, wie viel Menschen es doch auf der Welt gibt, und welche Unmengen von Fischen, Fleisch und Obst sie verzehren. Eines Tages fragte er den Kommis, der einem Uhu ähnlich war:

»Michail Ignatitsch! ...«

»Na – was denn?«

»Was werden denn die Menschen essen, wenn sie alle Fische gefangen und alles Vieh geschlachtet haben?«

»Dummkopf!«, antwortete ihm der Kommis.

Ein anderes Mal nahm er ein Zeitungsblatt vom Ladentisch, stellte sich damit in die Ladentür und las darin. Der Kommis aber riss ihm die Zeitung aus den Händen, gab ihm einen Nasenstüber und sagte grob:

»Wer hat dir das erlaubt, he? Esel ...«

Dieser Kommis gefiel Ilja durchaus nicht. Wenn er mit dem Prinzipal sprach, begleitete er fast jedes Wort mit einem ehrerbietigen, pfeifenden Zahnlaut, hinter dem Rücken aber nannte er den Kaufmann Strogany einen Betrüger und rothaarigen Teufel. An jedem Sonnabend und vor den Feiertagen, wenn der Prinzipal zur Abendandacht in die Kirche gefahren war, bekam der Kommis Besuch von seiner Frau oder Schwester, und denen gab er dann ein ganzes Paket mit Fischen, Kaviar und Konserven mit. Einen Hauptspaß machte es ihm, arme Bettelleute zu foppen, unter denen so mancher alte Mann war, der Ilja an Großvater Jeremjej erinnerte. Wenn solch ein Alter in die Ladentür trat und, sich demütig verneigend, um ein Almosen bat, nahm der Kommis einen kleinen Fisch beim Kopfe und reichte ihn dem Armen hin, und sobald dieser zufasste, stach er sich an den Rückenflossen des Fisches den Handteller blutig. Der Bettler zuckte vor Schmerz zusammen, der Kommis aber lachte höhnisch und schrie zornig auf ihn los:

»Willst ihn nicht? Ists dir zu wenig? Dann mach', dass du fortkommst! ...«

Einmal hatte eine alte Bettlerin heimlich einen gedörrten Zander genommen und in ihren Lumpen verborgen. Der Kommis hatte es bemerkt – er packte die Alte beim Wickel, nahm ihr den gestohlenen Fisch wieder ab, drückte ihren Kopf herunter und schlug sie mit der rechten Hand von unten nach oben übers Gesicht. Sie ließ nicht einen Schmerzenslaut hören und sprach nicht ein Wort, sondern ging schweigend, mit vorgebeugtem Kopfe, hinaus, und Ilja sah, wie aus ihrer zerschlagenen Nase das dunkle Blut in zwei Strömen niederrann.

»Hast du dein Teil gekriegt?«, rief der Kommis hinter ihr her.

Und zu dem zweiten Kommis Karp gewandt, sprach er:

»Ich hasse dieses Bettlervolk! ... Müßiggänger sind's! Gehn betteln – und sind dabei satt! Die wissen gut zu leben ... Die Brüder Christi nennt man sie. Und was bin ich denn für Christus? Vielleicht ein Fremder? Ich dreh' und winde mich mein ganzes Leben lang, wie ein Wurm in der Sonne – und find' keine Ruhe, werd' von niemand geachtet ...«

Der zweite Kommis, Karp, war ein schweigsamer, frommer Mensch. Er sprach nur von Kirchen, Kirchensängern und Andachtsübungen und war jeden Sonnabend sehr beunruhigt bei dem Gedanken, dass er zur Abendandacht zu spät kommen könnte. Außerdem interessierte er sich für allerhand Taschenspielerkünste, und wenn in der Stadt sich irgendein »Magier und Zauberkünstler« produzierte, ging Karp sicher hin, um sich ihn anzusehen ... Er war hochgewachsen, mager und von großer körperlicher Geschmeidigkeit: Wenn die Kunden sich im Laden drängten, wand er sich zwischen ihnen wie eine Schlange hindurch, lächelte allen zu, plauderte mit allen und schielte dabei beständig nach der großen Gestalt des Prinzipals, als ob er vor diesem mit seiner Geschicklichkeit prahlen wollte. Ilja wurde von ihm mit Geringschätzung behandelt, und der Knabe war ihm gleichfalls nicht zugetan. Der Prinzipal dagegen gefiel Ilja. Vom Morgen bis zum Abend stand er hinter seinem Pult, öffnete immer wieder seinen Geldkasten und warf das Geld hinein. Ilja sah, dass er das ganz gleichgültig, ohne Habgier tat. Und es bereitete ihm ein angenehmes Gefühl, das zu sehen. Angenehm war es ihm auch, dass der Prinzipal mit ihm öfter und freundlicher sprach als mit den Kommis. In den stillen Geschäftsstunden, wenn keine Käufer da waren, redete der Kaufmann Ilja öfters an, der in Gedanken versunkenen der Ladentür stand:

»He, Ilja – schläfst du?«

»Nein ...«

»Warum bist du immer so ernst?«

»Ich ... weiß es nicht ...«

»'s ist dir wohl hier langweilig, wie?«

»Ja-a! ...«

»Na, immer langweil' dich! Auch ich hab' mich mal früher gelangweilt ... Vom neunten bis zum zweiunddreißigsten Jahre hab' ich mich unter fremden Leuten gelangweilt ... Und jetzt seh' ich seit dreiundzwanzig Jahren zu, wie andere sich langweilen ...«

Und er wiegte dabei den Kopf auf und ab, als ob er sagen wollte:

»Daran lässt sich mal nichts ändern!«

Nach zwei, drei Gesprächen dieser Art begann Ilja, die Frage zu beschäftigen: warum eigentlich dieser reiche, geachtete Mensch den ganzen Tag in dem schmutzigen Laden steckte und den herben, unangenehmen Geruch der gesalzenen Fische einatmete, während er doch ein so großes, sauberes Haus besaß. Das war ein ganz merkwürdiges Haus: Es ging in ihm so still und streng zu, und alles geschah darin nach einer festen, unverrückbaren Ordnung. Und obschon in seinen beiden Etagen außer dem Besitzer, seiner Gattin und seinen drei Töchtern niemand weiter wohnte als eine Köchin, die zugleich Stubenmädchen war, und ein Hausknecht, der zugleich als Kutscher fungierte, so war es doch eng darin. Alle Hausbewohner sprachen mit gedämpfter Stimme, und wenn sie über den geräumigen, sauberen Hof gingen, drückten sich alle auf die Seite, als ob sie sich fürchteten, den offenen Hofraum zu betreten. Wenn Ilja dieses ruhige, solide Haus mit dem Hause Petruchas verglich, kam er wider Erwarten zu dem Ergebnis, dass das Leben in Petruchas Hause doch vorzuziehen sei, wenn es dort auch ärmlich, lärmend und schmutzig zuging. Gar zu gern hätte er den Kaufmann gefragt, weshalb er eigentlich den ganzen Tag in der Unruhe, dem Lärm und Wirrwarr des Marktes zubringe und nicht in seinem Hause, wo es doch so still und friedlich sei.

Eines Tages, als Karp gerade irgendeinen Geschäftsgang erledigte und Michail im Keller die verdorbenen Fische für das Armenhaus aussuchte, begann der Prinzipal wieder ein Gespräch mit Ilja, in dessen Verlauf der Knabe zu ihm sagte:

»Sie könnten doch Ihr Geschäft schon aufgeben, Kiril Iwanowitsch! ... Sie sind so reich ... Bei Ihnen zu Hause ist's so hübsch, und hier ... so langweilig ...«

Strogany setzte beide Ellenbogen auf das Pult, stützte seine Stirn darauf und musterte seinen Lehrling aufmerksam. Der rote Bart des Kaufmanns zuckte dabei ganz seltsam.

»Nun?«, fragte er, als Ilja schwieg. »Hast du alles gesagt?«

»Ja ...«, sagte Ilja verwirrt und mit Angst im Herzen.

»Komm einmal her! ...«

Ilja trat näher an das Pult heran. Da fasste der Kaufmann sein Kinn, hob seinen Kopf empor, sah ihm mit halb zugekniffenen Augen ins Gesicht und fragte:

»Hat dir das jemand vorgesagt, oder hast du es dir selbst ausgedacht?«

»Ich selbst, bei Gott! ...«

»So–o! ... Wenn du es aus dir selbst hast, dann ... soll's gut sein ... Aber ich will dir mal etwas sagen: In Zukunft untersteh dich nicht wieder, mit mir, deinem Prinzipal – verstehst du? Deinem Prinzipal! – in solcher Weise zu reden! Merk' dir das – und jetzt geh an deine Arbeit! ...«

Und als Karp zurückkam, begann der Prinzipal plötzlich, ohne irgendeinen ersichtlichen Grund, sich mit ihm zu unterhalten, wobei er jedoch beständig von der Seite nach Ilja schaute, und zwar so, dass dieser es wohl bemerkte:

»Der Mensch muss sein ganzes Leben lang irgendein Geschäft betreiben – sein ganzes Leben lang! ... Wer das nicht begreift, ist ein Dummkopf. Wie kann man leben, ohne etwas zu tun? Ein Mensch, der seinem Geschäft nicht mit dem rechten Eifer vorsteht, taugt zu gar nichts.«

»Stimmt vollkommen, Kiril Iwanowitsch!«, ließ der Kommis sich vernehmen, während er seine Augen wie suchend durch den Laden schweifen ließ, als ob er darin eine Beschäftigung für sich suchte. Ilja sah den Prinzipal an und verfiel in Nachdenken. Immer langweiliger wurde ihm das Leben unter diesen Menschen. Die Tage zogen sich hin, einer nach dem andern, wie lange graue Fäden, die sich von einem unsichtbaren Knäuel abwickelten. Und es schien dem Knaben, dass diese Tage gar kein Ende mehr haben würden, dass er sein ganzes Leben lang an dieser Ladentür stehen und auf den Lärm des Marktes lauschen würde. Aber sein Denken, das bereits vorher durch die empfangenen Eindrücke und das Lesen der Bücher geweckt worden war, unterlag der einschläfernden Wirkung dieses einförmigen Lebens nicht, sondern arbeitete ununterbrochen, wenn auch langsam, weiter. Zuweilen war es dem ernsten, schweigsamen Knaben so peinlich, dem Treiben der Menschen zuzuschauen, dass er am liebsten die Augen geschlossen und irgendwohin recht weit fortgegangen wäre – noch weiter, als Paschka Gratschew gegangen war –, um nie mehr hierher, in diese graue Langeweile und unbegreifliche menschliche Nichtigkeit, zurückzukehren.

An den Feiertagen schickte man ihn in die Kirche. Er kehrte von dort jedes Mal mit einem Gefühl zurück, als ob sein Herz in einer duftigen, warmen Flüssigkeit reingewaschen worden wäre. Den Onkel hatte er während eines halben Jahres zweimal besuchen dürfen. Dort ging alles in der alten Weise zu. Der Bucklige wurde immer magerer, und Petrucha pfiff immer lauter, während sein Gesicht, das früher rosig geschimmert hatte, jetzt ganz rot aussah. Jakow klagte Ilja, dass sein Vater ihm arg zusetze.

»Immerfort brummt er: ›Musst endlich was Vernünftiges beginnen ... Einen Bücherwurm kann ich nicht brauchen ‹... Aber wenn's mir nun mal zuwider ist, hinterm Schenktisch zu stehen? Nichts als Lärm und Gezänk ... sein eigenes Wort versteht man nicht! ... Ich sage: Gib mich irgendwohin in die Lehre ... Vielleicht in einen Heiligenbilder-Laden... Da ist nicht viel zu tun, und ich liebe die Heiligenbilder ...«

Jakows Augen blinzelten traurig, die Haut auf seiner Stirn erschien auffallend gelb und glänzte wie die Glatze auf dem Kopfe seines Vaters.

»Lest ihr noch immer Bücher?«, fragte Ilja.

»Gewiss doch ... es ist noch meine einzige Freude ... Solange ich lese, kommt's mir vor, als ob ich in einer andern Stadt wäre ... und ist das Buch zu Ende, dann ist mir, als ob ich von einem Kirchturm 'runterstürzte ...«

Ilja schaute ihn an und sagte:

»Wie alt du geworden bist ... Und wo ist denn Maschutka?«

»Ins Armenhaus ist sie gegangen, nach milden Gaben. Jetzt kann ich ihr nicht viel helfen, der Vater passt zu scharf auf ... Und Perfischka ist immerwährend krank ... Da musste Maschka ins Armenhaus gehen ... Kohlsuppe gibt man ihr dort, und noch sonst was ... Matiza hilft ihr auch ein bisschen ... Muss sich sehr quälen, die arme Mascha ...«

»'s ist also auch hier bei euch langweilig«, meinte Ilja nachdenklich.

»Ists dir denn im Geschäft langweilig?«

»Ganz schrecklich! ... Ihr habt wenigstens Bücher ... und bei uns gibt's im ganzen Hause nur ein Buch, den »Neuesten Zauberer und Taschenspieler«, den hat der Kommis in seinem Koffer. Aber glaubst du, er borgt ihn mir, der Spitzbube? ... Fällt ihm nicht ein ... Es geht uns beiden nicht zum Besten, lieber Freund ...«

»So scheint's wirklich, Bruder ...«

Sie plauderten noch ein Weilchen und nahmen dann, beide recht betrübt, Abschied voneinander.

Noch ein paar Wochen gingen auf diese Weise hin, bis plötzlich in Iljas Leben eine jähe Wendung eintrat. Eines Morgens, als das Geschäft gerade recht lebhaft war, begann der Prinzipal irgendetwas auf seinem Pult sehr eifrig zu suchen. Zornesröte bedeckte seine Stirn, und die Adern an seinem Halse schwollen dick an.

»Ilja!«, schrie er – »sieh doch mal auf dem Fußboden nach ... ob da nicht ein Zehnrubelschein liegt! ...«

Ilja schaute den Kaufmann an, ließ dann seinen Blick rasch über den Fußboden gleiten und sagte ruhig:

»Nein, es liegt nichts da ...«

»Ich sag' dir: sieh nach, wie es sich gehört!« brüllte der Prinzipal mit seiner groben Bassstimme ihn an.

»Ich hab' doch schon nachgesehen ...«

»Hm ... wart', du trotziger Schelm!« drohte ihm der Kaufmann.

Und als die Kunden fort waren, rief er Ilja zu sich heran, fasste mit seinen kräftigen, dicken Fingern sein Ohr und zerrte es hin und her, wobei er mit seiner knarrenden Stimme ihn angrunzte:

»Wenn man dich suchen heißt – dann suche, wenn man dich suchen heißt – dann suche ...«

73

Ilja stemmte sich mit beiden Händen kräftig gegen den Bauch des Prinzipals, entzog sein Ohr dessen Fingern und schrie, am ganzen Leibe vor Empörung zitternd, laut und heftig:

»Warum prügeln Sie mich? Das Geld hat Michail Ignatitsch heimlich weggenommen! – Es steckt in seiner linken Westentasche ...«

Das Uhugesicht des Kommis verlängerte sich plötzlich, es nahm einen bestürzten Ausdruck an und begann zu beben. Und dann holte er mit dem rechten Arm aus und schlug Ilja gegen das Ohr. Der Knabe sprang jäh auf, stürzte mit lautem Stöhnen zu Boden und kroch heftig weinend auf allen vieren in eine Ecke des Ladens. Wie im Traume vernahm er den dröhnenden Ruf des Prinzipals:

»Halt! Wohin? Gib das Geld heraus! ...«

»Aber er lügt ja! ...«, ließ die quiekende Stimme des Kommis sich vernehmen.

»Ich werf' dir die Gewichte an den Schädel! ...«

»Kiril Iwanytsch ... es ist mein Geld! ... Der Schlag soll mich treffen ...«

»Halt's Maul! ...«

Dann ward es still. Der Prinzipal begab sich in sein Zimmer, und gleich darauf vernahm man von dort das laute Klappern der Kugeln am Rechenbrett. Ilja saß am Boden, hielt mit den Händen seinen Kopf und schaute voll Hass auf den Kommis, der in einer zweiten Ecke des Ladens stand und dem Knaben seinerseits grimmige Blicke zuwarf.

»Na, du Strolch – hast du's ordentlich gekriegt von mir?«, fragte er leise und fletschte die Zähne.

Ilja zuckte die Achseln und schwieg.

»Wart', ich will dir gleich noch ... 'nen Denkzettel geben!«

Er schritt langsam auf den Knaben los und sah ihm mit seinen runden, boshaften Augen ins Gesicht. Ilja aber erhob sich vom Boden, nahm mit einer raschen Bewegung ein langes, schmales Messer vom Ladentisch und sagte:

»Komm her!«

Da blieb der Kommis stehen, maß mit starren Augen die stämmige, kräftige Gestalt mit dem Messer in der einen Hand und murmelte verächtlich:

»Pah, du ... Sträflingsbrut! ...«

»So komm doch her, komm her!« wiederholte der Knabe und ging ihm einen Schritt entgegen. Vor Iljas Augen drehte sich alles im Kreise, in seiner Brust aber fühlte er eine große Kraft, die ihn kühn vorwärtstrieb.

»Leg' das Messer hin!«, ließ sich die Stimme des Prinzipals vernehmen.

Ilja fuhr zusammen, als er den roten Bart und das blutunterlaufene Gesicht des Kaufmanns erblickte, doch rührte er sich nicht vom Fleck.

»Das Messer sollst du hinlegen, sag' ich!« wiederholte der Kaufmann leiser.

Ilja legte das Messer auf den Ladentisch, schluchzte laut auf und setzte sich wieder auf den Fußboden. Er hatte einen Schwindelanfall, der Kopf schmerzte ihn und sein wundes Ohr gleichfalls. Ein schwerer Druck, der auf seiner Brust lastete, benahm ihm den Atem, hemmte seinen Puls und stieg langsam, ihn am Reden hindernd, in seine Kehle empor. Wie irgendwoher aus der Ferne vernahm er die Stimme des Prinzipals:

»Hier ist deine Abrechnung, Mischka ...«

»Aber erlauben Sie ...« suchte der Kommis einzuwenden.

»Hinaus mit dir! Sonst ruf ich die Polizei ...«

»Gut! Ich geh' schon ... Aber auf das Bürschchen da geben Sie acht, das rat' ich Ihnen ... Er geht mit dem Messerchen auf die Leute los ... he he!«

»Hinaus!«

Es ward wieder still im Laden. Ilja wurde von einem unangenehmen Gefühl beschlichen: Es war ihm, als laufe etwas über sein Gesicht hin. Er wischte mit der Hand die Tränen von seinen Backen, schaute um sich und bemerkte, dass der Prinzipal hinter seinem Pult hervor ihn mit einem scharfen Blicke musterte. Da stand er vom Boden auf und ging mit unsicherem Schritt nach der Tür zu, an seinen Platz.

»Halt! Wart' einmal!« rief der Prinzipal. »Hättest du's fertigbekommen, ihn mit dem Messer zu stechen?«

»Ich hätt' ihn gestochen«, antwortete der Knabe leise, doch mit Bestimmtheit.

»So, so ... Wofür ist dein Vater nach Sibirien geschickt worden? Wegen Mordes?«

»Nein – wegen Brandstiftung ...«

»Auch recht nett ...«

Karp, der zweite Kommis, kam eben von einem Ausgang heim. Er nahm auf einem Taburett neben der Tür Platz und sah auf die Straße hinaus.

»Hör' mal, Karpuschka«, begann der Prinzipal, während er ihn lächelnd ansah – »ich habe eben den Mischka fortgejagt ...«

»Es steht in Ihrer Macht, Kiril Iwanowitsch!«

»Denk' dir nur: Er hat mich bestohlen!«

»Nicht möglich!«, rief Karp leise, doch sichtlich erschrocken. »Ists wirklich wahr? Der Bösewicht!«

Der Prinzipal lachte hinter seinem Pult, dass er sich den Bauch halten musste und sein roter Bart sich zitternd hin und her bewegte.

»Ho ho ho!«, rief er. »Ach, Karpuschka ... du mein Taschenspieler ... demütige Seele du! ...«

Dann hörte er plötzlich auf zu lachen, seufzte tief auf und sagte streng und nachdenklich:

»Ach, Leute, Leute! Menschenkinder ... Alle wollt ihr leben, alle müsst ihr fressen! ... Sag' mal, Ilja,« redete er plötzlich den Knaben an, »hast du schon früher bemerkt, dass Michailo stiehlt?«

»Freilich hab' ich's bemerkt ...«

»Und warum hast du mir nichts davon gesagt? Hast wohl Angst vor ihm gehabt, wie?«

»Angst hab' ich nicht gehabt ...«

»Du hast es also jetzt nur aus Groll gesagt?«

»Ja«, antwortete Ilja trotzig.

»Seht doch ... was für ein Bürschchen!«, rief der Kaufmann. Dann strich er lange seinen roten Bart und sah Ilja schweigend, mit ernster Miene an.

»Und du selber, Ilja – hast du auch gestohlen?«

»Nein ...«

»Ich glaub's dir ... du – hast nicht gestohlen ... Na, und Karp – dieser Karp, der hier steht – stiehlt der?«

»Freilich stiehlt er!«, versetzte Ilja in bestimmtem Tone.

Karp sah ihn ganz erstaunt an, blinzelte mit den Augen und wandte sich ruhig ab, als ob ihn die Sache gar nichts anginge. Der Prinzipal zog die Augenbrauen finster zusammen und begann von Neuem seinen Bart zu streichen. Ilja fühlte deutlich, dass irgendetwas ganz Besonderes vorging, und erwartete voll Spannung das Ende. In der scharf duftenden Luft des Ladens flogen summend die Fliegen hin und her, und man vernahm das Plätschern des Wassers in dem Bottich mit den lebenden Fischen.

»Karpuschka!«, rief der Prinzipal den Kommis, der unbeweglich an der Tür stand und mit Aufmerksamkeit auf die Straße hinaussah.

»Was ist gefällig?« versetzte Karp, während er rasch auf den Prinzipal zueilte und ihm mit seinen dienstfertigfreundlichen Augen ins Gesicht sah.

»Hast du gehört, was man von dir gesagt hat?«, fragte Strogany lächelnd.

»Ich hab's gehört ...«

»Nun – und was weiter?«

»Nichts weiter ...«, sagte Karp und zuckte die Achseln.

»Nichts weiter? Was soll das heißen?«

»Sehr einfach, Kiril Iwanowitsch. Ich bin ein Mensch, der Selbstachtung besitzt – und darum steht es mir nicht an, mich durch einen Knaben beleidigt zu fühlen. Sie sehen doch selbst, dass der Junge unglaublich dumm ist und von nichts 'ne Ahnung hat ...«

»Mach' mir keine Flausen vor, sondern sag' lieber: Hat er die Wahrheit gesagt?«

»Was heißt ›die Wahrheit‹, Kiril Iwanowitsch?« versetzte Karp leise, zuckte mit den Achseln und legte den Kopf auf die Seite. »Wenn Sie durchaus wollen, können Sie seine Worte als Wahrheit nehmen, es steht ganz bei Ihnen ...«

Karp schloss mit einem Seufzer, verneigte sich vor dem Prinzipal und machte eine Handbewegung, die bewies, dass er sich tief gekränkt fühlte.

»Hm ja – das steht allerdings bei mir ...« stimmte der Kaufmann ihm bei. »Nach deiner Meinung ist der Junge also dumm?«

»Unglaublich dumm«, versetzte Karp im Brustton der Überzeugung.

»Nein, mein Lieber – da lügst du ...«, sagte Strogany und lachte plötzlich laut auf. »Wie er dir vorhin mit der Wahrheit ins Gesicht sprang! Hoho! Stiehlt der Karp? – Freilich stiehlt er! Ho ho ho!«

Als Ilja den Prinzipal lachen hörte, fühlte er, wie in seinem Herzen die freudige Empfindung der Rache aufloderte, und er blickte triumphierend zu Karp, zu dem Prinzipal aber mit dem Ausdruck der Dankbarkeit hin. Strogany kniff die Augen zusammen und lachte aus vollem Halse, und Karp ließ, als er den Kaufmann so lachen hörte, gleichfalls ein vorsichtiges Lachen aus seiner Kehle:

»He he he!«

Als jedoch Strogany diese dünnen Meckerlaute vernahm, kommandierte er streng:

»Schließ den Laden zu! ...«

Auf dem Wege zum Hause des Kaufmanns sagte Karp kopfschüttelnd zu Ilja:

»Ein Dummkopf bist du doch, ein richtiger Dummkopf! Warum hast du nur diese langweilige Geschichte angefangen? Sag' mal! Erwirbt man sich so die Gunst der Prinzipale? Tölpel! Meinst du vielleicht, er wüsste nicht, dass wir beide, Mischka und ich, ihn bestehlen? Er hat doch mal genau ebenso angefangen ... Dafür, dass er Mischka fortgejagt hat, muss ich dir ja, wenn ich ehrlich sein will, Dank sagen. Aber dass du auch mich verklatscht hast – das wird dir nie verziehen werden! ... Das nennt man dumm und frech zugleich. Ein solches Wort von mir zu sagen, noch dazu in meiner Gegenwart! Das werd' ich dir nie vergessen ... du hast damit bewiesen, dass du mich nicht achtest ...«

Ilja hörte seine Ausführungen an, verstand sie jedoch nicht recht. Nach seiner Überzeugung hätte Karps Groll gegen ihn sich ganz anders äußern sollen: Er hatte bestimmt erwartet, dass der Kommis ihn unterwegs gehörig durchprügeln werde, und hatte sich sogar gefürchtet, heimzugehen. Aus Karps Worten aber hörte er statt des Grolls nur den Spott heraus, und die Drohungen Karps schreckten Ilja nicht. Noch am Abend dieses Tages jedoch sollte der Sinn von Karps Reden Ilja klar werden – als ihn nämlich der Prinzipal in seine Wohnung nach dem oberen Stockwerk beschied.

»Aha! Siehst du? Geh nur hin!« rief Karp in einem Tone, der Schlimmes ahnen ließ, hinter ihm her.

Als Ilja oben ankam, blieb er an der Tür eines großen Zimmers stehen, in dem unter einer schweren Hängelampe ein großer Tisch mit einem großen Samowar darauf stand. Rings um den Tisch saß der Prinzipal mit seiner Gemahlin und seinen Töchtern, drei rothaarigen, sommersprossigen jungen Mädchen, von denen immer eins um einen Kopf kleiner war als das andere. Bei Iljas Eintritt drängten sich alle drei eng aneinander und schauten ihn mit ihren drei blauen Augenpaaren ängstlich an.

»Da ist er!«, sagte der Prinzipal.

»Sagt doch mal – so 'n Bürschchen!«, rief ängstlich die Frau Prinzipalin und sah auf Ilja mit einem Blick, als ob sie ihn noch nie gesehen hätte. Strogany lächelte, strich seinen Bart, trommelte mit den Fingern auf dem Tische und sagte in eindringlichem Tone:

»Ich hab' dich rufen lassen, Ilja, um dir zu sagen, dass ich dich nicht mehr brauche – nimm also deine Siebensachen und geh deiner Wege ...«

Ilja zuckte zusammen und öffnete vor Verblüffung den Mund, vermochte jedoch kein Wort herauszubringen, sondern machte kehrt und ging aus dem Zimmer.

»Halt!«, rief der Kaufmann, den Arm hinter ihm ausstreckend, und während er mit der flachen Hand auf den Tisch schlug, rief er noch einmal:

»Halt!«

Dann hob er den Finger auf und fuhr langsam und wohlgesetzt fort:

»Nicht darum allein hab' ich dich rufen lassen ... Nein! ... Auch eine Lehre wollt' ich dir mit auf den Weg geben ... Ich wollte dir erklären, warum ich dich nicht mehr brauchen kann. Nichts Böses hast du mir getan ... bist ein Junge, der was gelernt hat ... bist fleißig, ehrlich und kräftig ... ja wohl! Das sind deine Trümpfe – und doch bist du für mich ungeeignet ... passt nicht für mein Geschäft ... Wieso – fragst du? ... Hm ja ...«

Ilja wunderte sich, dass man ihn zu gleicher Zeit lobte und fortjagte. Das wollte sich in seinem Kopfe durchaus nicht zusammenreimen, rief eine seltsam zwiespältige Empfindung in ihm hervor und brachte ihn auf den Gedanken, dass der Prinzipal vielleicht selbst nicht wisse, was er tue ... Er trat vor und sagte in aller Ehrerbietung:

»Sie jagen mich wohl fort, weil ich vorhin mit dem Messer losging? ...«

»Um des Himmels willen!«, rief die Frau des Prinzipals ganz erschrocken. »Wie frech er ist! O Gott! ...«

»Das ist's!«, sagte der Prinzipal selbstzufrieden, während er Ilja zulächelte und mit dem Finger nach ihm tippte. »Du bist – frech! Das ist das richtige Wort: Frech bist du ... Ein junger Bursche, der in fremden Diensten steht, muss demütig sein ... demütig und bescheiden, wie es in der Heiligen Schrift heißt ... Er hat ganz in dem aufzugehen, was seines Herrn ist. Sein Verstand, seine Redlichkeit ... alles muss nur auf den Vorteil des Herrn gerichtet sein ... Und du hast deinen eignen Gesichtspunkt ... Das geht entschieden nicht, siehst du ... Du sagst zum Beispiel einem

Menschen ins Gesicht – er sei ein Dieb! Das ist nicht schön, das ist frech ... Wenn du schon selbst so ehrlich bist, dann konntest du es mir ja sagen, was mit den Leuten los ist – aber ganz insgeheim ... Ich würde schon alles andere veranlasst haben, dafür bin ich ja der Prinzipal! ... Und du sagst ganz laut: Er stiehlt! ... Du drängst den Leuten deine Ehrlichkeit auf. Wenn von dreien nur einer ehrlich ist, so hat das für mich gar nichts zu bedeuten ...«

Strogany wischte sich mit der flachen Hand den Schweiß von der Stirn, stieß einen Seufzer aus und fuhr mit einem Ausdruck, in dem zugleich Rührung und Selbstzufriedenheit lag, also fort:

»Dann greifst du auch gleich zum Messer ...«

»O Jesus Christus!«, rief erschrocken die Frau Prinzipalin, während die drei Mädchen sich noch enger aneinander schmiegten.

»Es heißt in der Schrift: ›Wer zum Schwert greift, wird durch das Schwert sterben‹ ... Aus diesem Grunde kann ich dich ganz und gar nicht brauchen ... Geh deiner Wege ... hast mir nichts Schlimmes nachzutragen, so wenig, wie ich dir ... Ich schenke dir sogar den halben Rubel hier – nimm ihn! ... Gesprochen hab' ich mit dir, wie man sonst mit 'nem Jungen nicht spricht – ganz ernst, dass du's zu Herzen nimmst ... und so weiter ... Vielleicht tust du mir sogar leid ... aber du passt eben nicht für mich! Passt der Pflock nicht ins Loch, dann ist's am besten, ihn wegzuwerfen ... Na, geh also jetzt!«

Ilja hatte die Rede des Prinzipals mit Aufmerksamkeit angehört und sehr einfach gedeutet: Der Kaufmann jagte ihn fort, weil er Karp nicht fortjagen konnte, da er sonst ohne Kommis geblieben wäre. Dieser Gedanke erleichterte sein Herz und stimmte ihn freudig, und der Prinzipal erschien ihm als ein lieber, einfacher Mensch.

»Halt nur das Geld fest!«, rief Strogany.

»Leben Sie wohl!«, wiederholte Ilja, während er die Silbermünze fest in der Hand hielt. »Ich dank' auch schön!«

»Seht doch! Nicht 'ne Träne hat er vergossen!« hörte Ilja die Frau des Prinzipals vorwurfsvoll hinter seinem Rücken ausrufen.

Als Ilja, mit dem Bündel auf dem Rücken, aus dem schweren Tor des Kaufmannshauses trat, war's ihm, als ob er aus einem grauen und öden Lande käme, von dem er in einem Buche gelesen hatte, in dem es nichts gab, keine Menschen, keine Dörfer, sondern nur Steine – und mitten unter diesen Steinen lebte ein guter, alter Zauberer, der freundlich jedem, dessen Schritt sich in dieses Land verirrte, den Weg aus demselben zeigte.

Es war am Abend eines klaren Frühlingstages. Die Sonne ging unter, in den Fenstern der Häuser flammte ihr roter Feuerschein. Das rief in Ilja die Erinnerung an jenen andern Tag wach, da er zum ersten Mal vom Ufer des Flusses die Stadt erblickte. Das Bündel mit seinen Habseligkeiten lastete schwer auf seinem Rücken, und er verlangsamte seinen Schritt. Auf dem Bürgersteig hasteten die Menschen daher und stießen in der Eile gegen sein Bündel an; Equipagen rollten an ihm vorüber; in den schrägen Strahlen der Sonne tanzte der Staub, und überall herrschte lautes, lebhaftes, munteres Treiben. Im Gedächtnis des Knaben ward alles das lebendig, was er während all der Jahre in der Stadt erlebt hatte. Er fühlte sich als erwachsenen Menschen, sein Herz schlug stolz und frei, und in seinen Ohren klangen die Worte des Kaufmanns:

»Du bist ein Junge, der was gelernt hat, bist nicht dumm, bist kräftig und nicht träg ... Das sind deine Trümpfe ...«

»Wir wollen das Spiel wagen!«, sagte sich Ilja im Stillen, während er seinen Schritt wieder beschleunigte. Ein berauschendes Gefühl der Freude erfüllte ihn, und unwillkürlich lächelte er bei dem Gedanken, dass er am nächsten Morgen nicht mehr nach dem Fischladen zu gehen brauchte ...

IX

In das Haus des Petrucha Filimonow zurückgekehrt, überzeugte sich Ilja mit Genugtuung davon, dass er in der Tat während der Zeit, die er in dem Fischgeschäft verbracht hatte, recht groß geworden war. Alle Leute im Hause begegneten ihm mit Aufmerksamkeit und schmeichelhafter Neugier, und Perfischka reichte ihm sogar die Hand.

»Meine Hochachtung dem Herrn Kommis!« begrüßte ihn der Schuster. »Na, Bruder, hast du deine Zeit abgedient? Ich hab' von deinen kühnen Streichen gehört – ha ha! Sie lieben es, Bruder, dass ihnen die Zunge die Fersen leckt, aber nicht die Wahrheit steckt ...«

Als Mascha Ilja erblickte, rief sie hocherfreut:

»Oho! Wie groß du geworden bist!«

Auch Jakow freute sich darüber, den Kameraden wieder zu sehen.

»Das ist schön«, sprach er. »Jetzt können wir wieder zusammenleben, wie früher ... Weißt du, ich hab' ein Buch, ›Die Albigenser‹ heißt es – eine

Geschichte, sag' ich dir! Da kommt einer vor, Simon Montfort heißt er – ein wahres Ungeheuer!«

Und Jakow bemühte sich in seiner wirren, hastigen Art, den Inhalt des Buches wiederzugeben. Ilja schaute ihn an und dachte im Stillen mit Befriedigung, dass sein großköpfiger Kamerad doch eigentlich genau derselbe geblieben war, der er früher gewesen. In Iljas Benehmen gegenüber dem Kaufmann Strogany sah Jakow nichts Besonderes. Er sagte ganz einfach:

»Das war recht so ...«

Petrucha hatte, als er Iljas Bericht über die Vorgänge in dem Laden vernommen, die Aufführung des Knaben gutgeheißen und mit seinem Beifall nicht zurückgehalten.

»Recht geschickt hast du's ihnen gegeben, mein Lieber! Sehr geschickt! ... Na, Kiril Iwanowitsch konnte natürlich seinen Karp nicht deinetwegen laufen lassen ... Karp kennt das Geschäft und ist schwer zu ersetzen ... Du hast es mit der Wahrheit gehalten, hast mit offenen Karten gespielt ... Da musste eben der andere die Oberhand behalten ...«

Tags darauf jedoch meinte Onkel Terentij leise zu seinem Neffen:

»Hör' mal ... sei gegen Petrucha nicht zu offenherzig! ... Nur vorsichtig ... Er hat dich nicht gern ... schimpft in einem fort ... Seht doch, sagt er, wie wahrheitsliebend er ist!«

»Und gestern hat er mich gelobt!«, meinte Ilja lachend.

Petruchas zweideutiges Verhalten vermochte Iljas gesteigertes Selbstgefühl keineswegs zu mindern. Er fühlte sich ganz und gar als Helden und war davon überzeugt, dass er bei dem Kaufmann sich besser benommen habe, als sich ein anderer unter denselben Umständen benommen hätte.

Zwei Monate darauf, nachdem sehr eifrig, jedoch vergebens, nach einer neuen Stelle für Ilja gesucht worden war, fand zwischen diesem und Onkel Terentij die nachfolgende Unterhaltung statt:

»Ja, 's ist schlimm,« sprach der Bucklige düster, »es ist für dich keine Stelle zu finden ... Überall heißt es – er ist zu groß! ... Was fangen wir nun an, mein Lieber?«

Ilja entgegnete darauf in gesetztem, überzeugungsvollem Tone:

»Ich bin jetzt fünfzehn Jahre ... kann lesen und schreiben, bin nicht dumm ... Und wenn ich frech bin, wird man mich eben auch von jeder anderen Stelle fortjagen.«

»Was sollen wir da anfangen, mein Junge?«, fragte ängstlich Terentij, der auf seinem Bett saß und sich mit den Armen fest darauf stützte.

»Ich will dir was sagen: Lass mir einen Kasten machen und kauf mir etwas Ware – Seife, Parfüms, Nadeln, Bücher ... allerhand Kram ... Ich geh' dann damit herum und treibe Handel ...«

»Wie? Wie meinst du das, Iljuscha? Ich begreif nicht recht ... In der Schenke hier ... in dem Lärm geht's immer tuck, tuck, tuck! ... Bin etwas schwach geworden im Kopfe ... Und dann beschäftigt mich auch eine Sache ... für nichts anderes hab' ich mehr rechten Sinn ...«

In den Augen des Buckligen lag ein seltsam gequälter Ausdruck – als ob er irgendetwas nachrechnen wollte und damit nicht zurecht käme.

»Versuch's doch, Onkel, lass mich einmal gehen!«, bat ihn Ilja, ganz begeistert von seinem Gedanken, der ihm die Freiheit versprach.

»Nun, Gott mit dir! Wir können's ja versuchen ...«

»Wirst sehen, dass es gehen wird«, rief Ilja freudig aus.

»A–ach«, seufzte Terentij tief auf und sagte in gramvollem Tone:

»Wenn du doch recht bald erwachsen wärst! A–ach! Dann könnt' ich gehen ... So aber bist du wie ein Anker, der mich festhält ... nur deinetwegen steh' ich hier in dieser faulen Pfütze ... Zu den heiligen Nothelfern möcht' ich gehen ... Möcht' ihnen sagen: Ihr Diener Gottes! Wohltäter und Fürsprecher! Ich habe gesündigt, ich Ruchloser!«

Der Bucklige begann leise zu weinen. Ilja begriff, von welcher Sünde der Onkel sprach, und erinnerte sich selbst dieser Sünde. Sein Herz erbebte. Er hatte Mitleid mit dem Onkel, doch fand er keine Worte ihm zum Troste und schwieg. Und erst als er sah, dass aus den eingefallenen, kläglich dreinschauenden Augen des Buckligen die Tränen immer reichlicher flossen, sagte er:

»Na, so wein' doch nicht mehr!« Er schwieg, dachte eine Weile nach und fuhr dann tröstend fort: »Lass gut sein, sie werden dir schon verzeihen ...«

So warf sich nun Ilja ganz auf den Hausierhandel. Vom Morgen bis zum Abend ging er durch die Straßen der Stadt, mit dem Kasten auf der Brust, hob die Nase empor und schaute voll Selbstbewusstsein auf die Menschen. Die Mütze tief in die Stirn gezogen, reckte er den Hals heraus und schrie mit seiner jugendlichen, im Wechsel begriffenen Stimme:

»Seife! Wichse! Haarnadeln, Stecknadeln, Nähnadeln und Zwirn! Bücher ... sehr schöne Bücher!«

Wie ein bunter, geräuschvoller Strom floss ringsum das Leben dahin, und er schwamm in diesem Strome frei und leicht dahin, trieb sich auf den Basaren umher, ging in die Wirtshäuser, bestellte sich mit wichtiger Miene eine Portion Tee und trank ihn langsam zu einem Stück Weißbrot, wie jemand, der sich seines Wertes wohl bewusst ist. Das Leben erschien ihm sehr einfach, leicht und angenehm. Seine Träumereien nahmen einfache, klare Formen an: Er stellte sich vor, wie er nach ein paar Jahren in einem eignen kleinen Laden sitzen würde, irgendwo in einer besseren, nicht allzu lärmenden Straße – und in diesem Laden würde er hübsche, saubere Galanteriewaren feilhalten, die keine Flecke geben und die Kleider nicht ruinieren. Er selbst wird gleichfalls sauber, gesund und hübsch aussehen. Alle Leute in der Straße werden ihn achten, und die Mädchen werden mit freundlichen Augen auf ihn schauen. Nach Ladenschluss wird er in dem sauberen, hellen Zimmerchen neben dem Laden sitzen, wird seinen Tee trinken und Bücher lesen. Sauberkeit in allen Dingen erschien ihm als unerlässliche, ja hauptsächlichste Bedingung eines geordneten Lebens.

So träumte er, wenn niemand ihn durch grobes Benehmen gekränkt hatte – seit der Zeit nämlich, dass er sich als anständiger Mensch fühlte, war er sehr empfindlich und übelnehmerisch geworden. Hatte er jedoch nichts verkauft, und saß er dann müde in der Schenke oder irgendwo auf der Straße, dann fielen ihm sogleich all die Grobheiten und Rippenstöße der Polizisten, die beleidigenden Redensarten der Käufer, die Schimpfworte und Spöttereien seiner Konkurrenten, der andern Hausierer, ein, und er empfand in seinem Innern ein schmerzliches Gefühl der Unruhe. Seine Augen weiteten sich und schauten tiefer auf den Grund des Lebens, und sein Gedächtnis, das an Eindrücken so reich war, schob immer einen dieser Eindrücke nach dem andern in den Mechanismus seines Denkens hinein. Er sah deutlich, dass alle Menschen dem gleichen Ziele zustrebten, wie er selbst, dass sie dasselbe ruhige, satte und saubere Leben begehrten, auf das auch sein Sehnen gerichtet war. Und keiner machte sich ein Gewissen daraus, jeden andern zur Seite zu stoßen, der ihm hinderlich war; alle waren so begehrlich, so mitleidlos und schädigten einander oft ohne jede Notwendigkeit, ohne jeden eigenen Nutzen, nur um des Vergnügens willen, einem andern wehzutun. Zuweilen lachten sie sogar, wenn sie den andern recht tief kränken konnten, und nur selten hatte einer Mitleid mit dem Gekränkten ...

Solche Vorstellungen verleideten ihm seine Beschäftigung. Der Traum von dem sauberen kleinen Laden zerrann in nichts, und er fühlte in seiner Brust eine erschlaffende Schwere. Es schien ihm, dass er bei seinem

Handel niemals so viel Geld zusammensparen würde, als zur Eröffnung eines Ladengeschäfts erforderlich war, und dass er bis in sein Alter hinein mit dem Kasten auf der Brust und dem Schmerz, den die Riemen ihm in den Schultern verursachten, auf den staubigen, heißen Straßen der Stadt umherziehen würde. Aber jeder Erfolg in seinem Geschäft weckte von Neuem seinen Mut und belebte seine Träume ...

Eines Tages stieß Ilja in einer belebten Straße ganz unverhofft auf Paschka Gratschew. Der Sohn des Schmiedes ging im sicheren Schritt eines sorglosen Spaziergängers den Bürgersteig entlang, die Hände in den Taschen seiner zerrissenen Beinkleider, mit einer blauen, gleichfalls zerrissenen und schmutzigen Bluse angetan. Die Absätze seiner großen, abgetretenen Stiefel klapperten auf den Pflastersteinen, und die Mütze mit dem zerbrochenen Schild saß keck auf dem linken Ohr und überließ die eine Hälfte des kurz geschorenen Kopfes schutzlos den heißen Sonnenstrahlen, während Gesicht und Hals von einer dicken, fettigen Schmutzschicht bedeckt waren. Schon von Weitem hatte er Ilja erkannt und nickte ihm vergnügt zu, ohne im Übrigen seine gemächliche Gangart zu beschleunigen.

»Trifft man dich auch mal?«, sagte Ilja.

Paschka schüttelte kräftig seine Hand und lachte. Seine Zähne und Augen blitzten munter unter der Schmutzmaske.

»Wie geht es dir denn?«, fragte ihn Ilja.

»Wie man's treibt, so geht's. Hat man was zu beißen, dann beißt man zu, und ist nichts da, dann winselt man und liegt krumm ... Ich freu' mich aber, dass ich dich getroffen habe, weiß der Teufel!«

»Warum bist du denn nie mehr gekommen?«, fragte Ilja lächelnd.

Es war ihm angenehm, den alten Kameraden trotz seines schmierigen Aufzuges so vergnügt zu sehen. Er sah auf Paschkas schadhaftes Schuhwerk und dann auf seine neuen, blitzblanken Stiefel, die neun Rubel gekostet hatten, und er lächelte selbstzufrieden.

»Weiß ich denn, wo du wohnst?«, sagte Paschka.

»Immer noch bei Filimonow ...«

»So – und Jaschka sagte doch, du wärst irgendwo in einem Fischladen ...«

Mit Stolz erzählte nun Ilja dem alten Kameraden seine Erlebnisse im Hause des Kaufmanns Strogany.

»Ei der Tausend!«, rief Gratschew beifällig. »Und mich haben sie gleichfalls weggejagt – aus der Buchdruckerei, weißt du, wegen Frechheit ... Bei 'nem Maler war ich dann, hab' da die Farben gemischt und so weiter ... Bis ich mich mal auf ein frisch gestrichenes Schild setzte, da ging's natürlich los! Gehauen haben sie mich, die Bande – der Meister, und die Meisterin, und der Geselle ... bis sie die Arme nicht mehr rühren konnten ... Jetzt bin ich bei einem Brunnenmacher ... Sechs Rubel monatlich hab' ich ... Komme eben vom Mittagessen, und nun geht's zurück zur Arbeit ...«

»Scheinst es nicht sehr eilig zu haben mit der Arbeit?«

»Ach, hol' sie der Teufel! Wer Arbeit kennt, reißt sich nicht danach ... Ich muss doch wieder mal bei euch vorsprechen ...«

»Komm nur!« lud Ilja ihn freundschaftlich ein.

»Lest ihr immer noch Bücher?«

»Gewiss – und du?«

»Na, so gelegentlich ...«

»Und machst du auch noch Verse?«

»Auch Verse mach' ich ...«

Paschka lachte von Neuem höchst vergnügt.

»Du kommst also, nicht wahr? Und vergiss die Verse nicht!«

»Gewiss komm' ich ... Will auch Schnaps mitbringen ...«

»Trinkst du denn?«

»Na, so 'n bisschen säuft man ... Aber leb' wohl!«

»Leb' wohl!«, sagte Ilja.

Er ging seiner Wege, in Gedanken an Paschka versunken. Es schien ihm sonderbar, dass dieser zerlumpte Bursche beim Anblick seiner schmucken Stiefel und sauberen Kleider gar keinen Neid gezeigt hatte, ja sie überhaupt nicht bemerkt zu haben schien. Und als Ilja von seinem selbstständigen, freien Leben erzählt hatte, da hatte Paschka sich ganz aufrichtig gefreut. Ilja versank in Nachsinnen und dachte bei sich: Will denn dieser Gratschew nicht dasselbe, was alle andern wollen – ein sauberes, ruhiges, unabhängiges Leben?

Ganz besonders deutlich fühlte Ilja jene Traurigkeit und Unruhe, wenn er die Kirche besucht hatte. Nur selten versäumte er den Mittags- und Abendgottesdienst. Er betete nicht, sondern stand einfach irgendwo im Winkel und lauschte, ohne an irgendetwas zu denken, auf den Kirchengesang. Die Menschen standen schweigsam und unbeweglich da, und es lag etwas Einmütiges in ihrem Schweigen. Die Wogen des Gesanges schwebten durch das Gotteshaus zugleich mit den Wolken des Weihrauchs, und zuweilen schien es Ilja, dass auch er selbst mit den Tonwellen zugleich emporgetragen werde und in den weichen, kosigen Lüften hoch oben im Kirchenraum dahinschwebe. In der feierlichen Stimmung, die das Gotteshaus erfüllte, lag etwas so Friedliches, das der Seele wohltat, das so ganz verschieden war von dem Wirrwarr des Lebens und gar nicht mit ihm vereinbar schien. Anfangs blieb dieser Eindruck in Iljas Seele gesondert von den Eindrücken des Alltagslebens, er vermischte sich mit ihnen nicht und beunruhigte ihn nicht. Dann aber war es ihm, als ob in seinem Herzen etwas lebte, das ihn gleichsam ständig beobachtete. Es blieb scheu und ängstlich in irgendeinem Winkel seiner Seele versteckt, wenn er seinen gewohnten Geschäften nachging, begann jedoch in der Kirche zu wachsen und rief in ihm einen seltsamen, beunruhigenden Gedanken hervor, der seinen Träumen von einem behaglichen, sauberen Leben entgegengesetzt war. In solchen Momenten fielen ihm stets die Erzählungen vom Einsiedler Antipa und die frommen Reden des alten Lumpensammlers ein:

»Der Herr sieht alles, kennt aller Dinge Maß! Außer Ihm gibt es Keinen!«

Voll innerer Unruhe und Verwirrung kam Ilja nach Hause, in dem Gefühl, dass sein Zukunftstraum mehr und mehr verblich, und dass in ihm selbst irgendein Jemand steckte, dem die Sehnsucht nach dem kleinen Galanteriewarengeschäft fremd war. Aber das Leben machte sein Recht geltend, und dieser jemand tauchte in der Tiefe seiner Seele unter ...

Jakow, mit dem sonst Ilja über alles mögliche zu reden pflegte, erfuhr nichts von dem Zwiespalt in seiner Seele. Ihm selbst kam dieser Zwiespalt nur unwillkürlich zum Bewusstsein – niemals lenkte er freiwillig seine Gedanken auf jene ihm unbegreifliche Empfindung.

Seine Abende brachte er sehr angenehm zu. Wenn er aus der Stadt heimkehrte, ging er in den Keller zu Mascha und fragte sie, wie wenn er der Herr im Hause wäre:

»Na, Maschutka – ist der Samowar schon bereit?«

Der Samowar war schon bereit und stand brodelnd und singend auf dem Tische. Ilja brachte stets etwas Leckeres mit: Kringel, oder Pfefferkuchen, oder gar Eingemachtes, und Mascha bewirtete ihn dafür mit Tee. Das junge Mädchen hatte gleichfalls angefangen, Geld zu verdienen: Matiza hatte sie gelehrt, Blumen aus Papier zu machen, und es bereitete Mascha Vergnügen, aus den feinen, rauschenden Blättchen rote Rosen zusammenzusetzen. Sie verdiente bis zu zehn Kopeken an einem Tage. Ihr Vater war am Typhus erkrankt, hatte ein paar Monate im Krankenhaus gelegen und war ganz mager und ausgetrocknet, mit schönen, dunklen Locken auf dem Kopfe, von dort zurückgekehrt. Er hatte sich seinen zerzausten, struppigen Bart abrasieren lassen, und trotz seiner eingefallenen, gelben Backen sah er jünger aus als vorher. Er arbeitete, wie früher, in fremden Werkstellen und schlief sogar selten zu Hause, sodass seine Tochter vollkommen über die Wohnung verfügen konnte. Sie nannte ihn, wie alle andern Leute, einfach Perfischka; dem Schuster machte ihr Verhalten gegen ihn viel Spaß, und er hatte sogar Achtung vor seinem kraushaarigen Mädchen, das ebenso herzhaft zu lachen verstand wie er selber.

Die Teeabende bei Mascha wurden Ilja und Jakow ganz und gar zur Gewohnheit. Sie tranken lange und viel, gerieten dabei in Schweiß und plauderten über alle möglichen Dinge, die sie interessierten. Ilja berichtete, was er alles in der Stadt gesehen hatte, und Jakow, der den ganzen Tag las, erzählte von seinen Büchern, von den Skandalszenen in der Schenke, beklagte sich über seinen Vater und schwatzte oft ein Zeug zusammen, das Ilja und Mascha ganz ungereimt und unverständlich vorkam. Der Tee schmeckte ihnen allen ausgezeichnet, und der Samowar, der ganz von einer dicken Oxidschicht bedeckt war, grinste sie mit seiner drolligen alten Fratze pfiffig-freundlich an. Fast jedes Mal, wenn die Kinder ebenso recht auf den Geschmack gekommen waren, begann er gutmütig-boshaft zu summen und zu surren, und es fand sich, dass kein Wasser darin war. Mascha nahm ihn und lief damit fort, um Wasser nachzugießen – und das musste sie an jedem Abend mehrmals wiederholen.

Wenn der Mond am Himmel stand, trug sein Licht zu dem Freudenfest der Kinder sein Teil bei. In dieser Höhle, die durch halb verfaulte Wände und eine niedrige, schwer lastende Decke eingeengt wurde, empfand man stets den Mangel an Luft und Licht; dafür ging es darin umso fröhlicher zu, und an jedem Abend wurden da viele edle Empfindungen und jugendlich naive Gedanken geboren.

Zuweilen nahm auch Perfischka an der Teegesellschaft teil. Gewöhnlich saß er in einem dunklen Winkel des Zimmers auf einer Art Gestell neben dem behäbigen, halb in die Erde eingesunkenen Ofen, oder er kletterte auf den Ofen selbst hinauf und ließ seinen Kopf ins Zimmer hineinhängen, dass man, wenn er sprach oder lachte, seine kleinen weißen Zähne durchs Dunkel schimmern sah. Seine Tochter reichte ihm eine große Kanne Tee, ein Stückchen Zucker und Brot; er nahm lachend das Dargebotene und sagte:

»Danke ganz ergebenst, Marja Perfiljewna. Bin tief gerührt von Ihrer Güte ...«

Manchmal rief er mit einem neidischen Seufzer:

»Ihr lebt wirklich nicht übel, Kinder – dass euch das Mäuslein beiße! Ganz und gar wie Menschen!«

Und dann fuhr er, lächelnd und seufzend zugleich, also fort:

»Das Leben der Menschen wird immer schöner ... von Jahr zu Jahr angenehmer wird's! Ich hab' in euren Jahren mich nur mit dem Knieriemen unterhalten. Er fuhr mir immer streichelnd über den Rücken – und ich heulte vor Vergnügen, so laut ich konnte. Hörte der Knieriemen auf – dann wurde mein Rücken böse, er begann zu schmollen und zu grollen, hatte Sehnsucht nach seinem lieben Freunde. Na, er ließ nicht lange auf sich warten – es war nämlich ein sehr gefühlvoller Knieriemen. Das war meine ganze Unterhaltung in der Lehrzeit, bei Gott! Ihr werdet nun bald größer, werdet immer gern zurückdenken ... an die Gespräche, die verschiedenen Vorkommnisse und das ganze gemütliche Leben hier. Und ich bin groß und alt geworden – sechsundvierzig Jahre zähl' ich schon – und habe nichts, woran ich mich erinnern könnte! Nicht 'nen Funken! Gar nichts ist in meinem Gedächtnis geblieben. Als ob ich taub und blind gewesen wäre in meinen jungen Jahren ... Nur daran erinnere ich mich, dass mir immer vor Hunger und Kälte die Zähne im Munde geklappert haben, und dass ich blaue Flecke im Gesicht hatte ... Wie meine Knochen, meine Ohren und Haare heil bleiben konnten – das kann ich nicht begreifen. Gehauen haben sie mich, dass die Fetzen flogen – mit Verlaub zu sagen. Ach ja, das war eine Lehrzeit ... wie 'nen Strick haben sie mich zurechtgedreht ... Aber obschon sie mich schlugen, mir das Blut aussogen und das Fell über die Ohren zogen – der Russe in mir ist doch am Leben geblieben! Eine ausdauernde Rasse, diese Russen! Im Mörser kann man sie zerstampfen – sie werden immer wieder auf dem Posten sein. Nehmt mich zum Beispiel: Mich haben sie zu Mehl zermahlen und zu Spleißen zerspalten – und ich lebe vergnügt, wie der Kuckuck im Walde, flattre vergnügt von einer Kneipe zur andern und bin mit der ganzen Welt zufrieden! Gott der Herr hebt mich eben ... Wie Er mich mal sah, musste Er lachen ... ›Ach, du bist es!‹ sagte Er – und ließ mich laufen ...«

Die jungen Leute hörten sich die humorvollen Reden des Schusters an und lachten. Auch Ilja lachte, zugleich jedoch weckten die Reden Perfischkas in ihm einen Gedanken, der ihn lebhaft beschäftigte. Eines Tages fragte er den Schuster misstrauisch lächelnd:

»Begehrst du wirklich sonst nichts weiter auf der Welt?«

»Wer sagt denn das? Ein Schnäpschen zum Beispiel hab' ich noch nie aufgehört zu begehren ...«

»Nein, sag' mal die Wahrheit! Du musst doch irgendwas wollen auf der Welt!?« setzte Ilja ihm hartnäckig zu.

»Die Wahrheit möchtest du wissen? Na, also ... eine neue Harmonika will ich ... Eine recht, recht schöne Harmonika wünsch' ich mir ... so für fünfundzwanzig Rubel!«

Er lachte still vor sich hin. Plötzlich jedoch durchzuckte ihn ein Gedanke – er wurde ernst und sagte in überzeugtem Tone zu Ilja:

»N–nein, Bruder – auch 'ne neue Harmonika mag ich nicht ... Denn erstens: Ist sie teuer, dann versauf ich sie ganz bestimmt. Und zweitens: Wenn es sich herausstellt, dass sie schlechter ist als meine jetzige – was dann? Meine jetzige Harmonika ist nämlich ein wahres Prachtstück! Unbezahlbar ist sie! In ihr hat meine Seele sich einquartiert! Eine wahre Seltenheit ist meine Harmonika – keine zweite von der Art gibt's vielleicht in der Welt ... Eine Harmonika – ist wie 'ne Frau ... Auch 'ne Frau hab' ich gehabt – die war ein Engel und kein Mensch! Und wenn ich jetzt wieder heiraten sollte – wie könnt' ich's denn? Eine zweite solche, wie meine Selige war, find' ich nicht mehr ... An 'ne neue Frau legst du, ob du willst oder nicht, den alten Maßstab an – und wenn sie dir nicht genug ist, kann's schlimm werden, für mich wie für sie! ... Ach, Bruder, nicht das ist gut, was gut ist, sondern das, was einem gefällt ...«

In das Lob, das Perfischka seiner Harmonika spendete, konnte Ilja gleichfalls einstimmen. Perfischkas Instrument rief durch seinen wohlklingenden, zarten Ton bei allen, die es hörten, einmütige Bewunderung hervor. Aber Ilja konnte sich mit dem Gedanken, dass der Schuster sonst keine Wünsche haben sollte, durchaus nicht befreunden. Die Frage stellte sich für ihn klar und scharf also dar: kann ein Mensch sein ganzes Leben lang im Schmutz leben, in Lumpen umhergehen, Branntwein trinken, auf der Harmonika spielen und sonst nichts anderes, nichts Besseres begehren? Er hatte nicht übel Lust, den wunschlosen Perfischka halb und halb als einen Schwachsinnigen zu betrachten. Zugleich beobachtete er diesen sorglosen Menschen stets mit großem Interesse und hatte das Gefühl, dass der Schuster in seinem Herzen besser war als alle übrigen Leute im Hause, wenn er auch ein unverbesserlicher Trunkenbold war.

Zuweilen wagten die jungen Leute sich auch an jene großen und tiefgreifenden Fragen heran, die sich gleich bodenlosen Abgründen vor dem Menschen öffnen und seinen wissensdurstigen Geist wie sein Herz mit Macht in ihre geheimnisvolle Tiefe hinabziehen. Jakow war es stets, der diese Fragen berührte. Er hatte eine sonderbare Gewohnheit angenommen: Er musste sich überall anlehnen, als ob er sich auf seinen Beinen nicht ganz sicher fühlte. Wenn er saß, stützte er sich entweder mit der Schulter an den nächsten besten Gegenstand, oder er hielt sich mit den Händen daran fest. Ging er mit seinem raschen, doch ungleichmäßigen Schritt auf der Straße, so fasste er mit der Hand nach den Prellsteinen, als ob er sie zählte, oder er tastete mit ihr nach den Zäunen, als wollte er ihre Festigkeit prüfen. War er bei Mascha zum Tee, dann saß er stets am Fenster, mit dem Rücken gegen die Wand gelehnt, und die langen Finger seiner Hände hielten sich am Stuhle öder am Tischrande fest. Den großen, mit feinem, glattem, bastblondem Haar bedeckten Kopf zur Seite neigend, schaute er die Sprechenden an, und die blauen Augen in seinem bleichen Gesichte waren abwechselnd halb geschlossen oder weit geöffnet. Er liebte es immer noch, seine Träume zu erzählen, und konnte niemals den Inhalt eines Buches, das er gelesen hatte, wiedergeben, ohne dass er von sich aus irgendetwas Absonderliches hinzufügte. Ilja tadelte ihn deshalb, Jakow aber machte sich nichts daraus und sagte einfach:

»So, wie ich's erzähle, ist's besser. Nur die Heilige Schrift darf man nicht ändern, wie man will – bei andern Büchern aber ist's erlaubt. Sie sind von Menschen geschrieben – und ich bin doch auch ein Mensch! Ich kann sie verbessern, wenn sie mir nicht gefallen ... Aber sag' mir mal was anderes: Wenn du schläfst – wo ist dann deine Seele?«

»Woher soll ich das wissen?«, antwortete Ilja, der solche Fragen nicht liebte, da sie in ihm eine ihm peinliche Beunruhigung hervorriefen.

»Ich glaube ganz bestimmt – sie fliegt fort!«, erklärte Jakow.

»Natürlich fliegt sie fort«, pflichtete Mascha ihm in überzeugtem Tone bei.

»Woher weißt du das?«, fragte Ilja sie streng.

»So ... ich denk' mir's ...«

»Freilich fliegt sie fort«, sagte Jakow nachdenklich lächelnd. »Sie muss doch auch ausruhen ... Davon kommen eben die Träume ...«

Ilja wusste nicht, was er auf diese Bemerkung antworten sollte, und schwieg, obschon er stets den lebhaften Wunsch empfand, dem Freunde zu antworten. Sie schwiegen alle drei eine ganze Weile. In der dunklen

Kellerhöhle wurde es gleichsam noch dunkler. Die Lampe schwelte, man roch den Dunst der Kohlen unterm Samowar. Von Weitem hallte ein dunkles, sonderbares Geräusch herüber: Es war die Schenke, die dort oben heulte und tobte. Und abermals ließ sich Jakows feine Stimme vernehmen:

»Da lärmen nun die Menschen ... und arbeiten ... und so weiter. Das nennt man – leben! Und dann mit einem Mal – schwapp! Ist der Mensch tot. Was bedeutet das? Wie denkst du darüber, Ilja?«

»Das bedeutet gar nichts ... Sie sind eben alt geworden, da müssen sie sterben ...«

»Es sterben doch auch junge Menschen und Kinder ... Auch gesunde Menschen sterben ...«

»Wenn sie sterben, sind sie eben nicht gesund gewesen ...«

»Und warum leben die Menschen überhaupt?«

»Fragst du aber schlau!«, rief Ilja spöttisch. »Sie leben, um zu leben! Sie arbeiten und wollen ihr Glück machen. Jeder Mensch will gut leben, sucht Gelegenheit, vorwärtszukommen. Alle suchen solche Gelegenheiten, um reich zu werden und behaglich zu leben ...«

»Das tun wohl die Armen. Aber die Reichen? Die haben doch schon alles! ... Was brauchen sie noch zu suchen!«

»Bist du ein kluger Kopf! Die Reichen! Wenn es, die nicht gäbe – für wen sollten da die Armen arbeiten?«

Jakow dachte nach und fragte:

»Du meinst also, dass alle nur der Arbeit wegen leben?«

»Na, gewiss ... das heißt, nicht alle ... Die einen arbeiten, und die andern – leben einfach so. Sie haben schon früher gearbeitet, haben Geld erspart ... und genießen das Leben.«

»Und wozu lebt man überhaupt?«

»Ach, zum Teufel! Weil man leben will! Willst du vielleicht nicht leben?« rief Ilja, aufgebracht über seinen Freund. Er hätte jedoch kaum sagen können, worüber er eigentlich aufgebracht war – ob darüber, dass Jakow überhaupt nach solchen Dingen fragte, oder darüber, dass er so ungeschickt fragte.

»Warum lebst du selbst denn? Sag' mal, warum?« schrie er auf Jakow los.

»Das weiß ich eben nicht«, versetzte Jakow resigniert. »Ich könnte meinetwegen auch sterben. Schrecklich muss es ja sein ... aber man möchte doch auch wissen, wie es ist.«

Und dann begann er plötzlich im Tone freundschaftlichen Vorwurfs:

»Du ärgerst dich ganz ohne Grund. Denk doch mal nach: Die Menschen leben der Arbeit wegen, und die Arbeit geschieht wieder der Menschen wegen ... Das ist gerade, wie wenn man ein Rad dreht ... immer auf derselben Stelle, und warum sich's dreht, kann man nicht begreifen. ... Wo bleibt aber Gott? Er ist doch die Achse von allem! Er sagte zu Adam und Eva: Seid fruchtbar, mehret euch und bevölkert die Erde – aber wozu?«

Und während er sich zu Ilja hinüberbeugte, flüsterte er leise, mit dem Ausdruck des Schreckens in den blauen Augen:

»Weißt du was? Ich glaube, der liebe Gott hat es ihnen auch gesagt, wozu ... Aber da ist einer gekommen und hat die Erklärung geraubt ... Hat sie gestohlen und versteckt ... und das war der Satan! Wer sollte es sonst sein als er? Und darum weiß auch kein Mensch, wozu er lebt ...«

Ilja hörte die zusammenhangslosen Reden des Freundes, fühlte, wie sie seine Seele beschäftigten, und schwieg.

Jakow aber sprach immer hastiger und leiser. Seine Augen traten weit heraus, auf seinem blassen Gesichte zitterte die Angst, und seine Rede ward immer verworrener.

»Was will Gott eigentlich von dir – weißt du es? Aha!« tönte es wie ein Triumphgeschrei aus dem Schwall der von ihm herausgestoßenen Worte. Und von Neuem flossen aus seinem Munde zusammenhangslose Worte. Mascha blickte staunend, mit offenem Munde, auf ihren Freund und Beschützer. Ilja runzelte ärgerlich die Stirn. Es war ihm peinlich, dass er Jakows Reden nicht begriff. Er hielt sich für klüger als Jakow, dieser aber hatte ihn durch sein wunderbares Gedächtnis und die Geläufigkeit, mit der er über allerhand höhere Fragen sprach, in Erstaunen gesetzt. Ward er endlich des bloßen Zuhörens überdrüssig und gar zu sehr von dem erdrückenden Nebel befangen, den Jakows Worte in ihm erzeugten, dann unterbrach er ärgerlich den Redner:

»So hör' doch schon auf, zum Teufel! Hast zu viel gelesen, das ist's ... Verstehst selber nicht, was du redest! ...«

»Aber davon sprech' ich ja auch, dass ich nichts verstehe«, rief Jakow verwundert.

»So sag' es doch gerade heraus: ›Ich verstehe nichts‹ – Statt zu schwatzen wie'n Verrückter ... Und ich soll dir zuhören! ...«

»Nein, wart' mal!« redete Jakow weiter. »Eigentlich ist uns doch alles unbegreiflich. Zum Beispiel ... nehmen wir mal die Lampe. Ich sehe, es ist Feuer drin, aber woher ist das Feuer? Mit einem Mal ist's da – und dann ist es wieder mit einem Mal weg! Du streichst das Zündholz an ... es brennt ... Das Feuer muss also immer darin gewesen sein ... Fliegt es vielleicht unsichtbar in der Luft herum?«

Ilja ließ sich durch diese neue Frage wieder hinreißen. Der verächtliche Ausdruck schwand von seinem Gesichte, und während er die Lampe betrachtete, sagte er:

»Wenn's in der Luft wäre – dann wär's da immer warm. Das Zündholz aber brennt doch auch, wenn Frost ist ... Also ist's nicht in der Luft ...«

»Und wo ist's sonst?«, fragte Jakow und sah erwartungsvoll auf seinen Kameraden.

»Im Zündholz ist's!«, ließ sich Maschas feine Stimme vernehmen. Bei den wichtigen Erörterungen der beiden Freunde jedoch blieben die Bemerkungen des Mädchens stets unbeachtet. Sie hatte sich schon daran gewöhnt und fühlte sich nicht beleidigt.

»Wo es sonst ist?«, schrie Ilja wieder ganz erregt. »Das weiß ich nicht, und ich will's auch gar nicht wissen! Ich weiß nur, dass man die Hand nicht hineinstecken darf, und dass es wärmt, wenn man in seiner Nähe ist. Das ist mir genug ...«

»Sieh doch, wie schlau!«, rief Jakow mit lebhaftem Unwillen. »›Ich will's nicht wissen!‹ Das kann ich auch sagen – und jeder Dummkopf kann es ... Nein, erkläre du mir's nur – woher kommt das Feuer? Vom Brot will ich nichts fragen, da ist mir alles klar. Aus dem Korn werden Körner, aus den Körnern Mehl, aus dem Mehl Teig – und das Brot ist fertig. Aber wie wird der Mensch geboren?«

Ilja betrachtete mit Erstaunen und Neid den mächtigen Kopf seines Freundes. Zuweilen, wenn er sich durch Jakows Fragen in die Enge getrieben fühlte, sprang er von seinem Platze auf und stieß grobe Worte hervor. Gewöhnlich zog er sich dann nach dem Ofen hin zurück, lehnte sich mit seiner breiten, stämmigen Gestalt dagegen und sprach, seinen lockigen Kopf schüttelnd und seine Worte scharf betonend:

»Lass mich schon in Ruhe mit deinem ungereimten Zeug! Bist etwas verdreht, das kommt daher, dass du nichts zu tun hast. Was für ein Leben führst du auch? Hinterm Büfett stehen – das ist keine große Kunst!

Das ganze Leben wirst du da stehen, wie 'ne Bildsäule ... Müsstest, wie ich, in der Stadt herumwandern, vom Morgen bis zum Abend, Tag für Tag und dir selbst dein Stück Brot verdienen – dann würdest du über solche albernen Dinge nicht nachdenken! Würdest immer nur darauf sinnen, wie du es zu etwas bringst, wie du dein Glück machst. Davon ist dein Kopf auch so groß, dass all das dumme Zeug sich darin breitmacht. Kluge Gedanken sind klein – die treiben den Kopf nicht so auf ...«

Jakow saß da, über den Stuhl vorgebeugt, klammerte sich mit den Händen an dem Tische fest und schwieg. Zuweilen bewegten seine Lippen sich lautlos, und seine Augen blinzelten. Und wenn dann Ilja geendet hatte und sich setzte, begann Jakow von Neuem zu philosophieren:

»Man sagt, es soll ein Buch geben, eine Wissenschaft – ›Schwarze Magie‹ soll sie heißen. Darin ist alles erklärt ... Dieses Buch möcht' ich mal finden und durchlesen ... Gruselig muss es sein ...«

Mascha hatte sich auf ihr Bett gesetzt und schaute von hier aus mit ihren schwarzen Augen bald den einen, bald den andern an. Dann begann sie zu gähnen, wankte müde hin und her und streckte sich endlich auf ihrem Lager aus.

»Na, 's ist Zeit zum Schlafen«, meinte Ilja.

»Wart' ... ich sag' nur Mascha Gute Nacht und lösch' die Lampe aus.«

Als er sah, dass Ilja bereits die Hand nach der Tür ausstreckte, um sie zu öffnen, rief er kläglich:

»So wa–art' doch! Ich fürcht' mich allein ... im Dunkeln ...«

»Ach, bist du ein Kerl!«, meinte Ilja geringschätzig. »Sechzehn Jahre bist du alt und bist immer noch wie 'n kleines Kind. Ich hab' vor gar nichts Angst – und wenn mir der Teufel in den Weg käme! Nicht 'nen Mucks gäb' ich von mir.«

Jakow schaute noch einmal, gleich einer besorgten Wärterin, nach Mascha und blies dann die Lampe aus. Die Flamme zuckte auf und verlöschte, und in das Zimmer drang von allen Seiten unhörbar das nächtliche Dunkel. Und stand der Mond draußen am Himmel, dann fiel sein mildes Licht durchs Fenster auf den Fußboden.

X

Einstmals, an einem Feiertag, kam Ilja Lunew ganz blass, mit verbissenem Gesichtsausdruck, nach Hause und warf sich unausgekleidet auf sein Bett. In seiner Brust lag der Zorn wie ein kalter Klumpen, ein dumpfer Schmerz im Nacken hinderte ihn, den Kopf zu bewegen, und es schien ihm, als ob von der bittern Kränkung, die ihm widerfahren war, der ganze Körper ihm wehtäte.

Am Morgen dieses Tages hatte ein Polizist für ein Stück Eierseife und ein Dutzend Haken ihm erlaubt, mit seiner Ware vor dem Zirkus zu stehen, in dem gerade eine Tagesvorstellung stattfand, und Ilja hatte sich so recht bequem dicht am Eingang aufgepflanzt. Da kam der Gehilfe des Reviervorstehers, gab ihm eins in den Nacken, warf das Gestell um, auf dem sein Kasten stand – und Iljas ganzer Warenbestand lag am Boden. Einige Gegenstände fielen in den Schmutz und wurden verdorben, andere gingen verloren. Während Ilja seine Ware vom Boden aufhob, sagte er zu dem Gehilfen:

»Das ist ungesetzlich, Euer Wohlgeboren ...«

»Wa–as? ...«, fragte der Beleidiger, an seinem roten Schnurrbart drehend.

»Sie dürfen nicht schlagen ...«

»Meinst du? – Migunow, führ' ihn mal auf die Wache!« sagte der Gehilfe ruhig.

Und derselbe Polizist, der Ilja erlaubt hatte, vor dem Zirkus zu stehen, führte ihn nach der Wache, wo Lunew bis zum Abend festgehalten wurde.

Schon früher hatte Lunew kleine Konflikte mit der Polizei gehabt, auf der Wache aber hatte er zum ersten Mal gesessen, und zum ersten Mal empfand er in seinem Innern dieses bittere Gefühl der erlittenen Schmach und des Hasses.

Er lag mit geschlossenen Augen auf seinem Bett und vertiefte sich ganz in die qualvolle Empfindung des schmerzlichen Druckes, der auf seiner Brust lastete. Hinter der Wand, die seine Kammer von der Schenke trennte, vernahm man ein dumpfes Getöse und Stimmengewirr, wie wenn rasche, trübe Bäche vom Berge in den nebeligen Herbsttag hinabstürzten. Man hörte das Klappern der blechernen Präsentierteller, das Klirren des Geschirrs, das laute Rufen der Gäste, die Branntwein, Tee oder Bier bestellten ... Die Kellnerburschen schrien:

»Sof–fort!«

Und den Lärm durchschnitt, wie ein zitternder Stahlfaden, eine hohe Kehlstimme, die schwermütig sang:

»Ich ho–offte nicht, dich zu verli–ieren ...«

Eine zweite Stimme, ein volltönender Bass, der in dem Chaos des Schenkenlärms zerfloss, sang leise und harmonisch weiter:

»O Ju–ugend und nun gi–ingst du hin!«

Irgendjemand schrie mit einer Stimme, die aus einer hölzernen, trockenen, rissigen Kehle zu kommen schien:

»Red' keinen Unsinn! Denn es steht geschrieben: ›Harre aus in Geduld, und ich werde dich stärken in der Stunde der Versuchung ... ‹«

»Redest selber Unsinn«, fiel eine zweite Stimme lebhaft ein. »Denn es steht ebenda geschrieben: ›Weil du weder kalt bist noch warm, werde ich dich ausspeien aus meinem Munde ...‹ Siehst du! Was hast du also bewiesen? ...«

Lautes Lachen ertönte, und gleich darauf ließ sich eine quiekende Stimme vernehmen:

»Und ich gab ihr gleich eins in ihr niedliches Gesicht, und ans Ohr, und in die Zähne – schwapp, schwapp, schwapp!«

Die andern lachten, und die quiekende Stimme fuhr laut und schrill, sich überhastend, fort:

»Sie stürzt – pardauz! Auf die Erde, und ich schlag' sie wieder in ihre hübsche Larve – da hast du! Hab' ich dich zuerst geküsst, darf ich dich auch hauen ...«

»Heda, du – Bibelkundiger!«, rief irgendjemand höhnisch.

»Nein, ich kann mich nicht halten, ich bin mal so hitzig!«

»›Ich liebe, klage an und strafe‹ ... hast du vergessen? ... Und dann noch eins: ›Richte nicht, damit du nicht gerichtet werdest!‹ ... Und die Worte König Davids – hast du die vergessen?«

Ilja hörte den Streit, das Lied und das Lachen, doch alles das fiel in seiner Seele gleichsam daneben und weckte in ihm gar keine Vorstellung. Vor ihm im Dunkel schwebte das magere Gesicht des Polizeibeamten, der ihn so tief gekränkt hatte – mit der großen Hakennase, den boshaft blitzenden Augen und dem zuckenden roten Schnurrbart. Er starrte in dieses Gesicht und biss seine Zähne immer fester zusammen. Aber das Lied hinter der Wand tönte immer lauter, die Sänger waren ganz hingerissen, und ihre Stimmen klangen immer freier und lauter. Die schwermütigen Töne fanden den Weg in Iljas Brust und brachten den eisigen Klumpen von Groll und Bitterkeit darin zum Schmelzen.

»Gewandert bi–in ich wackrer Bursche ...«, sang die hohe Stimme.

»Vom hohen Berg zur Me–eeresbucht«, fuhr die zweite Stimme in dem Liede fort. Und dann vereinigten sich beide in der Klage:

»Hab' ganz Sibi–irien durchzogen.

»Den Weg zum Ha–eim hab' ich gesucht ...«

Ilja seufzte, als er die traurigen Worte des Liedes vernahm. In dem betäubenden Lärm der Schenke nahmen sie sich aus wie kleine Sterne am bewölkten Himmel. Die Wolken eilen rasch dahin, und die Sterne erscheinen und verschwinden abwechselnd ...

»Der Hunger quälte ma–eine Zunge.

»Der Frost macht' meine Gli–ieder steif ...«, berichtete das Lied klar und anschaulich.

»Da singen sie nun so prächtig«, dachte Ilja bei sich, »dass das Lied einem ans Herz greift ... Und dann betrinken sie sich und prügeln sich vielleicht gar ... Nicht lange hält der Mensch beim Guten aus ...«

»Ach du mein hartes, ha–artes Schicksal«, klagte die hohe Stimme.

Und der Bass dröhnte tief und kräftig:

»Bist mir wie eine La–ast von Stahl ...«

In Iljas Erinnerung tauchte das Bild des Großvaters Jeremjej auf. Der Alte schüttelte den Kopf und sprach, während die Tränen seine Wangen netzten:

»Geschaut hab' ich, geschaut – und hab' doch die Wahrheit nie erschaut ...«

Ilja dachte daran, dass auch Jeremjej, der doch Gott so von Herzen geliebt, insgeheim Geld aufgespart hatte. Und Onkel Terentij fürchtete Gott – und hatte das Geld gestohlen. Alle Menschen sind so gleichsam in sich zerspalten. In ihrer Brust ist eine Waage, und das Herz neigt sich, als Zünglein an der Waage, bald zur einen, bald zur andern Seite und wägt so das Gute und Böse.

»Aha–a!«, brüllte jemand in der Schenke. Und gleich darauf stürzte etwas zu Boden und schlug mit solcher Gewalt auf, dass sogar das Bett unter Ilja erzitterte.

»Halt! ... Um Himmelswillen ...«

»Halt ihn! ... A–ah!«

»Zu Hilfe! Polizei! ...«

Der Lärm ward mit einem Mal stärker und wilder, eine Menge neuer Laute ertönte, und als ein wüstes, wirbelndes Geheul dröhnten sie in der

Luft, gleich einer Meute böser, hungriger, fest aneinandergeketteter Hunde.

Ilja horchte mit Genugtuung auf das rohe Lärmen: Es war ihm angenehm, zu hören, dass gerade das geschehen war, was er vorausgesetzt hatte. Es war wie eine Bestätigung dessen, was er von den Menschen dachte. Er schob die Hände unter den Kopf und überließ sich wieder seinen Gedanken.

»... Mein Großvater Antipa muss wohl eine große Sünde begangen haben, wenn er acht volle Jahre lang schweigend büßte ... Und alle Leute verziehen ihm, sprachen mit ihm voll Achtung und nannten ihn einen Gerechten ... Aber seine Kinder stürzten sie ins Verderben. Den einen Sohn schickten sie nach Sibirien, den andern jagten sie aus dem Dorfe ...«

Eine Äußerung des Kaufmanns Strogany fiel Ilja ein: »Ist unter zehn Menschen ein Ehrlicher auf neun Spitzbuben,« hatte er damals, als er ihn entließ, gesagt, »dann hat keiner was gewonnen, und der Eine geht zugrunde ... Wo mehr sind, da ist das Recht ...«

Ilja musste lächeln. Seine Brust durchzuckte gleich einer kalten Natter ein böses Gefühl gegen die Menschen. In seinem Gedächtnis tauchten bekannte Bilder auf. Die große, plumpe Matiza wälzte sich mitten auf dem Hofe im Schmutz und ächzte:

»A–ach, mein Mütterchen! ... Mein liebes Mütterchen! Wenn du mir doch verge-eben möchtest!«

Der betrunkene Perfischka stand dabei, schwankte selbst hin und her und sagte vorwurfsvoll:

»Wie sie sich vollgetrunken hat! Das Schwein ...«

Und von der Vortreppe sah ihnen Petrucha zu, gesund, rotbäckig, und lächelte verächtlich ...

Der Skandal in der Schenke war vorüber. Drei Stimmen – zwei weibliche und eine männliche – versuchten ein Lied zu singen, es gelang ihnen jedoch nicht. Irgendjemand hatte eine Harmonika gebracht; er spielte darauf ein wenig, und zwar recht schlecht, und schwieg dann.

Ilja vernahm plötzlich in der Schenke Perfischkas helle Stimme, die aus dem Lärm und Geräusch deutlich hervorklang. Der Schuster rief laut in seiner raschen, singenden Weise:

»Ei, so schenk' ein ins Glas, schenk' ein, schenk' ein! Nicht soll deines Herrn Gut leid dir sein! Lass uns trinken und lieben die Frauen und die weite Welt uns anschauen! Und wer etwas hat dagegen, mag den Strick um den Hals sich legen, und kann er nicht leiden den Strick, so brech' er sich das Genick ...«

Vergnügtes Lachen und Beifallsrufe ertönten. Ilja stand auf, ging in den Hof hinaus und blieb auf der Vortreppe stehen. Eine Sehnsucht ergriff ihn, irgendwohin zu entfliehen – wohin, wusste er selbst nicht. Es war schon spät; Mascha schlief; mit dem Sonderling Jakow ließ sich nicht reden, und er lag wohl auch schon zu Hause in seinem Bett. Ilja besuchte ihn überhaupt nicht gern, da Petrucha jedes Mal, wenn er hinkam, unangenehm berührt schien und die Stirn in Falten zog. Ein kalter Herbstwind wehte. Dichte, fast schwarze Finsternis erfüllte den Hof, und der Himmel war nicht sichtbar. Die zahlreichen Anbauten im Hofe erschienen wie große, im Winde festgeronnene Stücke der Finsternis. In der feuchten Luft vernahm man ein Huschen, Rauschen und Flüstern, das an die Klagen des Menschen über den Jammer des Lebens gemahnte. Der Wind streifte Iljas Brust, fuhr ihm rau ins Gesicht, blies ihm seinen kalten Atem hinter den Kragen ... Ein Frostschauer überlief Ilja. So geht's unmöglich weiter, dachte er, ganz unmöglich! Nur weg aus all diesem Schmutz, dieser Unruhe, diesem Wirrwarr! Einsam wollte er leben, rein und still ...

»Wer steht denn da?« ertönte plötzlich eine dumpfe Stimme.

»Ich ... Ilja ... Und wer spricht da?«

»Ich ... Matiza...«

»Wo bist du denn eigentlich?«

»Hier sitz' ich, auf dem Holzstoß ...«

»Warum?«

»So ...«

Und beide verstummten.

»Heute ist der Sterbetag meiner Mutter«, tönte nach einer Weile Matizas Stimme aus dem Dunkel.

»Ist sie schon lange tot?«, fragte Ilja, um nur irgendetwas zu sagen.

»Schon sehr lange ... an die fünfzehn Jahre ... oder noch mehr ... Und deine Mutter, lebt die noch?«

»Nein ... sie ist auch schon tot ... Wie alt bist du denn schon?«

»So gegen dreißig«, sagte Matiza nach einer Weile ... »Der Fuß tut mir weh ... Ganz geschwollen ist er, wie 'ne Melone, und schmerzt so ... Ich hab' schon eingerieben, eingerieben, mit allerhand ... es wird nicht besser.«

Irgendjemand öffnete die Tür der Schenke: Ein Schwall von lauten Tönen drang auf den Hof hinaus. Der Wind fing sie auf und verstreute sie rings in der Dunkelheit.

»Und du ... warum stehst du denn hier?«, fragte Matiza.

»So ... Ich hatte Langeweile ...«

»Ganz wie ich ... Bei mir oben ist's wie in einem Sarge ...«

Ilja vernahm einen schweren Seufzer. Dann sprach Matiza zu ihm:

»Wollen wir zu mir hinaufgehen?«

Ilja schaute nach der Richtung, aus der die Stimme des Weibes kam, und antwortete gleichgültig:

»Gehen wir ...«

Matiza ging vor Ilja die Treppe hinauf nach ihrer Dachstube. Sie setzte immer den rechten Fuß zuerst auf die Stufen und zog dann langsam, unter leisem Ächzen, den linken nach. Ilja folgte ihr gedankenlos, ebenfalls langsam, als ob er durch seine innere Verstimmtheit behindert würde, wie Matiza durch ihr krankes Bein.

Die Kammer Matizas war schmal und lang, und ihre Decke hatte in der Tat die Form eines Sargdeckels. Neben der Tür stand ein holländischer Ofen, und an der Wand, mit dem Kopfende an den Ofen anstoßend, befand sich ein breites Bett; gegenüber dem Bett – ein Tisch und zwei Stühle, ein dritter Stuhl stand vor dem Fenster, das als ein dunkler Fleck an der grauen Wand erschien. Ganz deutlich hörte man hier oben das Heulen und Rauschen des Windes. Ilja setzte sich auf den Stuhl am Fenster, beschaute sich die Wände und fragte, auf ein kleines Bild in einer Ecke deutend:

»Was für ein Bild ist denn das?«

»Die heilige Anna ...«, sagte Matiza leise und andachtsvoll.

»Und wie heißt du eigentlich?«

»Auch Anna ... wusstest du es nicht?«

»Nein ...«

»Kein Mensch weiß es!«, sagte Matiza, während sie schwerfällig auf ihrem Bett Platz nahm. Ilja sah sie an, doch hatte er nicht den Wunsch, mit ihr zu sprechen. Auch Matiza schwieg. So saßen sie stumm eine ganze

Weile da, und keins schien die Anwesenheit des andern zu bemerken. Endlich fragte Matiza:

»Nun, was werden wir denn machen?«

»Ich weiß es nicht ...«, antwortete Ilja.

»Das wär' auch!«, rief das Frauenzimmer und lächelte misstrauisch.

»Was also?«

»Kannst mich erst mal bewirten. Geh, hol' einen Krug Bier ... Oder nein: Kauf mir lieber was zu essen! ... Nichts weiter, nur etwas zu essen ...«

Sie stockte in ihrer Rede, hustete und sagte dann, wie wenn sie sich schuldig fühlte:

»Seit mir nämlich das Bein wehtut, siehst du, hab' ich nichts verdient ... Weil ich doch gar nicht ausgehen kann ... Was ich hatte, ist alles aufgezehrt ... Schon den fünften Tag sitz' ich zu Hause ... Gestern schon war's recht knapp ... Und heute hab' ich überhaupt nichts gegessen ... bei Gott, 's ist wahr!«

Jetzt erst kam es Ilja zum Bewusstsein, dass Matiza eine Dirne war. Er blickte scharf in ihr großes Gesicht und sah, dass ihre Augen fast unmerklich lächelten, und dass ihre Lippen sich bewegten, als ob sie etwas Unsichtbares einsaugten ... Er empfand ihr gegenüber eine gewisse Unbeholfenheit und zugleich ein ganz besonderes, ihm selbst nicht klares Interesse.

»Ich hol' dir gleich was ...«

Er erhob sich rasch, eilte hastig die Treppe hinunter und blieb im Flur der Schenke, vor der Küchentür, stehen. Plötzlich empfand er einen Widerwillen dagegen, wieder nach der Dachstube zurückzukehren. Aber dieser Widerwille zuckte in dem trostlosen Dunkel seiner Seele nur wie ein Fünkchen auf und verlöschte sogleich wieder. Er ging in die Küche, kaufte beim Koch für zehn Kopeken Fleischabfälle, dazu ein paar Schnitten Brot und noch irgendetwas Essbares. Der Koch legte alles in ein schmutziges Sieb. Ilja nahm dieses wie eine Schüssel in beide Hände, ging damit auf den Flur hinaus und blieb im Nachdenken darüber, wie er wohl zu dem Bier gelangen könnte, eine Weile stehen. Er selbst konnte es am Büfett nicht holen, Terentij hätte ihn gleich ausgefragt. Er rief den Aufwäscher aus der Küche und bat ihn, ihm das Bier zu holen. Der Aufwäscher lief nach dem Büfett, kam gleich wieder zurück, stellte ihm schweigend die Flaschen zu und fasste nach der Klinke der Küchentür.

»Hör' mal«, sagte Ilja – »das ist nicht für mich ... Ein Freund ist bei mir zu Besuch ... für den ist es ...«

»Wie?«, fragte der Aufwäscher.

»Einen Freund bewirt' ich ...«

»Ach so ... na, was schadet's denn?«

Ilja fühlte, dass er gar nicht nötig hatte zu lügen, und empfand ein leichtes Unbehagen. Die Treppe hinauf ging er ohne Eile, aufmerksam lauschend, ob nicht jemand ihn anrief. Doch außer dem Tosen des Sturmes war nicht ein Laut zu hören, niemand hielt den Jüngling zurück, und er kehrte mit einem ihm vollkommen klaren, wenn auch noch schüchternen Gefühl der Wollust in die Dachstube zu dem Weibe zurück.

Matiza stellte das Sieb auf ihren Schoß, holte daraus schweigend mit ihren großen Fingern die grauen Fleischstücke hervor, steckte sie in den Mund und begann laut schmatzend zu essen. Ihre Zähne waren groß und scharf, und bevor sie ihnen einen Bissen anvertraute, betrachtete sie ihn aufmerksam von allen Seiten, als ob sie die schmackhafteste Stelle an ihm heraussuchen wollte.

Ilja schaute sie trotzig an, suchte sich vorzustellen, wie er sie umarmen würde, und fürchtete andrerseits, dass er sich dabei ungeschickt anstellen und von ihr ausgelacht werden würde. Bei diesem Gedanken wurde ihm abwechselnd heiß und kalt.

Durch das Dachfenster drang der Wind auf den Bodenraum und rüttelte an der Tür der Mansarde. Jedes Mal, wenn die Tür erzitterte, fuhr Ilja zusammen, vor Angst, dass jemand hereinkommen und ihn ertappen könnte.

»Soll ich nicht die Tür verriegeln?«, sagte er.

Matiza nickte schweigend mit dem Kopfe. Sie stellte das Sieb auf die Ofenbank, sah nach dem Bilde der Heiligen und bekreuzte sich.

»Ehre sei Dir, o Heilige – nun ist man wenigstens satt! Ach, wie wenig braucht doch der Mensch!« sagte sie.

Ilja schwieg. Das Weib sah ihn an, seufzte und fuhr fort:

»Und wer viel verlangt, von dem wird auch viel verlangt werden ...«

»Wer wird's von ihm verlangen?«

»Na – Gott, wer sonst?«

Ilja antwortete wiederum nicht. Der Name Gottes, von ihren Lippen kommend, rief in ihm ein jähes, dabei jedoch unklares, nicht in Worte fassbares Gefühl hervor, das seinem sinnlichen Begehren widerstrebte. Matiza stützte sich mit den Armen auf das Bett, hob ihren großen Körper empor und schob ihn an die Wand zurück. Dann sagte sie in gleichgültigem Tone:

»Hab' eben, während ich aß, an Perfischkas Tochter gedacht ... Lange schon denk' ich an sie ... Sie lebt da mit euch zusammen – mit dir und Jakow – das wird nicht gut für sie sein, scheint mir ... Ihr werdet das Mädchen vor der Zeit verderben, dann wird sie auf den Weg geraten, den ich gehe ... Mein Weg ist ein unreiner, ein verfluchter Weg ... und die Weiber und Mädchen, die ihn wandeln, gehen nicht aufrecht wie Menschen, sondern kriechen wie die Würmer ...«

Sie schwieg eine Weile, betrachtete ihre Hände, die auf ihren Knien lagen, und begann dann von Neuem:

»Das Mädel ist bald groß. Ich fragte schon unter meinen Bekannten, Köchinnen und andern Weibern, ob nicht irgendwo 'ne Stelle für das Mädel wäre. Nein, es gibt keine Stelle, sagten sie ... verkauf sie lieber! Es wird für sie besser sein, sagten sie ... sie kriegt Geld, kriegt Kleider und – Wohnung ... Es kommt ja vor, das ist richtig ... Mancher Reiche, der schon hinfällig am Körper und dabei noch unflätigen Sinnes ist ... kauft sich, wenn die Weiber ihn nicht mehr lieben mögen, ein junges Mädchen ... Vielleicht hat es das Mädchen sogar gut bei ihm ... Aber es ist doch widerlich, im Grunde genommen ... 's ist besser ohne das ... Besser, sie lebt hungrig und in Ehren, als ...«

Sie begann zu husten, als ob ihr ein Wort in der Kehle stecken geblieben wäre, und mit derselben gleichgültigen Stimme beendete sie ihre Rede:

»... als in Schande und ebenfalls hungrig ...«

Der Wind pfiff noch immer durch die Bodenräume und rüttelte frech an der Tür. Der schläfrige Ton, in dem Matiza sprach, und ihre plumpe, unbewegliche Gestalt wirkten hemmend auf das in Ilja emporkeimende Gefühl und benahmen ihm den Mut, seine Wünsche zum Ausdruck zu bringen. Matiza stieß ihn immer mehr ab, und er bemerkte das und ward böse auf sie ...

»Gott, mein Gott!«, seufzte sie leise. »Heilige Mutter ...«

Ilja rückte ärgerlich auf seinem Stuhl hin und her und sagte finster:

»Nennst dich eine Unreine – und dabei sprichst du immer nur: Gott, Gott! Denkst wohl, ihm liege was dran, dass du ihn immer im Munde führst?«

Matiza sah ihn an und schwieg.

»Ich versteh' deine Rede nicht«, sagte sie nach einer Weile kopfschüttelnd.

»Zu verstehen ist da gar nichts«, fuhr Ilja, vom Stuhl aufstehend, fort. »Erst treibt ihr Unzucht, und dann heißt es: O Gott! Wenn du's schon mit Gott halten willst – so lass die Unzucht! ...«

»Was denn?«, rief Matiza beunruhigt. »Wie meinst du das? Wer soll denn Gottes gedenken, wenn nicht die Sünder?«

»Das weiß ich nicht, wer sonst«, rief Ilja, der die unbezwingliche Begierde verspürte, dieses Weib, wie überhaupt alle Menschen, recht tief und bitter zu verletzen. »Ich weiß nur, dass es euch nicht zukommt, von Ihm zu reden. Euch ganz gewiss nicht! Ihr nehmt Ihn nur zum Deckmantel für eure Sünde ... Ich bin doch kein Kind mehr ... halt' die Augen offen ... Alle jammern und klagen ... aber warum sind sie so gemein? Warum betrügen und berauben sie einander? Haha! Erst wird gesündigt – und dann geht's in den Betwinkel: ›Herr, erbarme Dich!‹ ... Ich durchschau' euch ... ihr Betrüger, ihr Teufel! Betrügt euch gegenseitig, und den lieben Gott dazu ...«

Matiza schaute ihn schweigend an, mit aufgerissenem Munde und vorgestrecktem Halse, und in ihren Augen lag der Ausdruck stumpfsinnigen Staunens. Ilja schritt auf die Tür zu, zog mit einer kräftigen Bewegung den Riegel zurück und ging, die Tür laut hinter sich zuschlagend, hinaus. Er fühlte, dass er Matiza schwer beleidigt hatte, und das war ihm angenehm – es ward ihm leichter ums Herz und klarer im Kopfe. Mit festem Schritt ging er die Treppe hinunter und pfiff dabei durch die Zähne – sein Zorn aber gab ihm immer noch verletzende, harte, Steinen ähnliche Worte ein. Es schien ihm, dass alle diese Worte wie Flammen glühten und das Dunkel seiner Seele erhellten, und dass sie ihm den Weg zeigten, der ihn abseits von den Menschen führte. Und seine Worte galten jetzt nicht mehr jener Matiza allein, sondern auch dem Onkel Terentij, und Petrucha und dem Kaufmann Strogany – kurz, allen Menschen.

»So steht's!«, dachte er, als er wieder auf den Hof gelangte. »Nur nicht viel Umstände mit euch machen ... Gesindel! ...«

Bald nach seinem Besuche bei Matiza trat Ilja zu den Weibern in Beziehung. Das erste Mal geschah dies auf folgende Weise. Eines Abends, als er nach Hause ging, sprach ein Mädchen ihn an:

»Willst du mit mir kommen? ...«

Er sah sie an und ging schweigend neben ihr her. Beim Gehen jedoch senkte er den Kopf und blickte sich beständig um, in steter Furcht, dass ein Bekannter ihn sehen könnte. Als sie ein paar Schritte nebeneinander hergegangen waren, sagte das Mädchen in warnendem Tone:

»Du musst aber einen Rubel zahlen! ...«

»Schon gut!«, sagte Ilja, »Gehn wir nur schneller ...«

Und bis zur Wohnung des Mädchens verharrten sie so in Schweigen. Das war alles ...

Die Bekanntschaft mit den Weibern führte jedoch mit einem Mal zu großen Ausgaben, und immer öfter sann Ilja darüber nach, dass doch eigentlich sein Hausierhandel nur unnütz seine Zeit aufzehre und ihm nie die Möglichkeit bieten werde, ein behagliches Leben, wie er es wünschte, zu führen. Eine Zeit lang dachte er daran, nach dem Beispiel anderer Hausierer Lotterien zu veranstalten und dabei, wie jene, das Publikum zu betrügen. Bei reiflicher Überlegung jedoch fand er, dass diese Methode doch zu kleinlich und sorgenvoll sei. Er hätte sich entweder vor den Polizisten verstecken oder sie bestechen müssen. Und beides war Ilja zuwider. Er liebte es, allen Menschen gerade und offen in die Augen zu schauen, und empfand eine Genugtuung darin, dass er stets besser angezogen war als die übrigen Hausierer, dass er keinen Branntwein trank und keine Gaunereien verübte, wie die andern. Gemessen und selbstbewusst schritt er durch die Straßen, und sein scharf geschnittenes Gesicht mit den starken Backenknochen hatte stets einen ernsten, nüchternen Ausdruck. Wenn er sprach, kniff er seine dunklen Augen zusammen, er sprach jedoch überhaupt nicht viel und immer mit Überlegung. Oft träumte er davon, wie schön es doch wäre, wenn er einmal tausend Rubel oder noch mehr finden würde. Alle Diebesgeschichten erregten in ihm ein brennendes Interesse. Er kaufte sich Zeitungen, las mit Aufmerksamkeit alle Einzelheiten der Diebstähle und forschte dann noch lange in den Notizen der Blätter, ob man die Diebe entdeckt hatte oder nicht. Wurden sie abgefasst, dann war Ilja wütend und schalt sie, indem er zu Jakow sagte:

»Solche Esel! Haben sich erwischen lassen! Hätten's lieber lassen sollen, wenn sie es nicht verstehen ... die Dummköpfe!«

Eines Abends sagte er zu Jakow:

»Die Spitzbuben haben es doch besser in der Welt als die ehrlichen Leute ...«

Jakows Gesicht nahm einen geheimnisvollen Ausdruck an. Seine Augen blinzelten, und er sagte in jenem gedämpften, geheimnisvollen Tone, in dem er stets von außergewöhnlichen Dingen zu reden pflegte:

»Vorgestern hat dein Onkel in der Schenke mit einem alten Manne Tee getrunken ... ein Bibelkundiger muss es wohl gewesen sein. Der alte Mann meinte, dass in der Bibel stände: ›Friedlich sind die Zelte der Räuber, und gemächlich die Häuser jener, so den Herrn erzürnen, Ihn aber offen vor den Leuten auf ihren Händen tragen‹ ...«

»Fantasierst du nicht wieder?«, fragte ihn Ilja, während er Jakow aufmerksam ansah.

»Es sind doch nicht meine Worte«, versetzte Jakow und streckte die Arme zur Seite, als ob er in der Luft etwas zu greifen suchte. »Vielleicht hat er sich das nur ausgedacht ... der alte Fuchs ... vielleicht steht das gar nicht in der Bibel. Ich fragte ihn einmal, zweimal ... und jedes Mal wiederholte er die Worte genau so wie vorher.«

Und während er sich zu Ilja vorbeugte, fuhr er leise fort:

»Nehmen wir zum Beispiel meinen Vater ... Wie ruhig der lebt – und doch reizt er Gott zum Zorne ...«

»Und wie!«, rief Ilja aus.

»Jetzt haben sie ihn gar zum Stadtverordneten gewählt ...«

Jakow ließ seinen Kopf auf die Brust sinken, seufzte schwer und sprach weiter:

»Jede menschliche Angelegenheit sollte vor dem Gewissen so klar sein wie Quellwasser! Und hier ... ach, es widert mich an! ... Ich weiß nicht mehr, was ich denken soll ... Ich weiß mich in dieses Leben gar nicht zu schicken, hab' gar keine Lust dazu ... Der Vater hackt immer auf mich los: ›'s ist endlich Zeit‹, sagt er, ›dass du aufhörst mit deinen Spielereien. Werde endlich vernünftig und mache dich nützlich ...‹ Wie aber soll ich mich nützlich machen? Ich steh' manchmal hinterm Büfett, wenn Terentij nicht da ist ... Zuwider ist es mir, doch ich ertrag's schließlich ... Aber von selbst etwas anzufangen – das bring' ich nicht fertig ...«

»Musst es eben lernen«, sagte Ilja in gesetztem Tone.

»Das Leben ist so schwer«, meinte Jakow leise.

»Schwer? Für dich? ... Rede keinen Unsinn!« rief Ilja, während er vom
Bett aufsprang und auf den Freund zuging, der am Fenster saß. »Mein
Leben ist wohl schwer – aber das Deinige? Was fehlt dir denn noch?
Wird dein Vater alt, so übernimmst du das Geschäft und bist dein eige-
ner Herr ... Und ich? Ich drücke mich den ganzen Tag auf der Straße
herum, sehe in den Schaufenstern Hosen, Westen, Uhren und so weiter
... sehe sie mir an und denke: ›Ich kann keine solchen Hosen tragen, kann
mir keine solche Uhr kaufen! ...‹, Hast verstanden? Und doch möcht'
ich's gar zu gern ... Ich will, dass mich die Leute achten. Worin bin ich
schlechter als andere? Besser bin ich als sie! Ich kenne Leute, die sich wer
weiß was dünken und doch Spitzbuben sind ... Und die wählt man zu
Stadtverordneten! Sie haben Häuser ... Schankwirtschaften ... Warum
haben solche Gauner Glück, und warum hab' ich kein Glück? Auch ich
will vorwärtskommen ...«

Jakow schaute den Freund an und sagte leise, doch mit scharfer Betonung:

»Gott gebe es, dass du kein Glück hast!«

»Was? Warum denn!« schrie Ilja, während er mitten im Zimmer stehen
blieb und erregt auf Jakow blickte.

»Du bist zu habgierig – wirst nie genug kriegen«, erklärte dieser.

Ilja lachte trocken und boshaft.

»Ich werde nie genug kriegen? Sag' doch mal deinem Vater, er soll mir
nur die Hälfte von dem Gelde abgeben, das er mit meinem Onkel zusammen dem Großvater Jeremjej gestohlen hat – dann hätt' ich schon
genug! Ja!«

Jakow erhob sich von seinem Stuhle und ging still, mit gesenktem Kopfe, nach der Tür zu. Ilja sah, wie seine Schultern zuckten, und wie sein
Hals sich überneigte, als ob ihm jemand einen schmerzlichen Schlag in
den Nacken versetzt hätte.

»Bleib doch!«, rief Ilja verwirrt und fasste den Freund bei der Hand.
»Wohin willst du denn?«

»Lass mich, Bruder!« sprach Jakow fast flüsternd, blieb jedoch stehen
und sah Ilja an. Sein Gesicht war bleich, die Lippen waren fest aufeinan-
dergepresst, und seine Gestalt erschien wie gebrochen.

»Na, sei nicht böse ... bleib schon«, bat Ilja schuldbewusst, während er
Jakow behutsam von der Tür wegführte. »Ärgre dich nicht über mich.
Schließlich ist's doch wahr ...«

»Ich weiß es«, sagte Jakow.

»Du weißt es? Wer hat's dir gesagt?«

»Alle sagen es ...«

»Hm-ja ... Aber die es sagen, sind ebenfalls Spitzbuben ...«

Jakow sah ihn mit traurigen Augen an und seufzte.

»Ich hab's nicht geglaubt ... Ich dachte immer, sie sagten es nur aus Niederträchtigkeit, aus Neid. Dann aber glaubte ich's, und wenn auch du ...«

Er machte eine Handbewegung, die seine Verzweiflung ausdrücken sollte, wandte sich von Ilja ab und blieb unbeweglich stehen, wobei er seine Arme fest auf den Stuhlsitz stützte und den Kopf auf die Brust sinken ließ.

Ilja setzte sich in derselben Haltung wie Jakow auf sein Bett und schwieg, da er nicht wusste, was er dem Freunde als Trost sagen sollte.

»Hier soll man nun leben!«, sagte Jakow halblaut.

»Ach ja-a«, versetzte Ilja in demselben Ton. »Ich kann's schon begreifen, Bruder, dass du dich hier nicht wohl fühlst. Der einzige Trost ist, dass es überall so ist. Die Menschen sind schließlich alle gleich.«

»Weißt du das wirklich so genau ... das von meinem Vater und Jeremjej?«, fragte Jakow schüchtern, ohne den Freund anzusehen.

»Erinnerst du dich noch, wie ich damals fortlief? Ich hab's durch eine Spalte gesehen, wie sie das Kopfkissen zunähten ... er röchelte noch ...«

Jakow zuckte mit den Achseln. Er erhob sich, schritt auf die Tür zu und sagte zu Ilja:

»Leb' wohl!«

»Leb' wohl! ... Nimm's nicht zu schwer! Was kannst du schließlich dazu tun?«

»Ich? Leider gar nichts ...« sagte Jakow, während er die Tür öffnete.

Ilja folgte ihm mit den Augen und sank dann schwer auf sein Bett. Er hatte Mitleid mit Jakow, und von Neuem brach in ihm der Hass gegen seinen Onkel, gegen Petrucha, gegen alle Menschen hervor. Ein so schwaches Wesen wie Jakow, der ein so gutes, stilles, reines Menschenkind war, konnte unter ihnen nicht leben. Ilja ließ seinen Gedanken über die Menschen freien Lauf, und in seinem Geiste tauchten verschiedene Erinnerungen auf, die ihm die Menschen als boshafte, grausame, verlogene Geschöpfe zeigten. Er kannte gar viele Begebenheiten, in denen er sie so gesehen hatte, und es war ihm eine Erleichterung, im stillen seinen Hohn an ihnen auszulassen. Je düsterer sie ihm erschienen, desto schwerer drückte ihn andrerseits ein seltsames Gefühl, in dem sich eine unbestimmte Sehnsucht mit boshafter Schadenfreude vermischte und mit der Furcht, ganz einsam zu bleiben inmitten dieses lichtlosen, traurigen Daseins, das wie ein toller Strudel ihn umwirbelte.

Schließlich verlor er die Geduld, so allein in dem kleinen Zimmer zu liegen, durch dessen Wand der Lärm und Qualm der Schenke zu ihm drang, und er erhob sich und ging ins Freie. Lange lief er in dieser Nacht in den Straßen der Stadt umher und trug mit sich die schwere Last seiner quälenden, düstren Gedanken. Er hatte die Empfindung, als ob jemand, der ihm feind war, im Dunkel hinter ihm hergehe und ihn immer unbemerkt dahin stoße, wo es recht traurig und langweilig war. Immer nur solche Dinge zeigte ihm dieser unsichtbare Feind, die in seiner Seele Gram und Bitterkeit erzeugten. Es gibt doch auch Gutes in der Welt – gute Menschen, und frohe Ereignisse, und Lustigkeit – warum sah er das alles nicht, kam er immer nur mit dem Düstren und Schlimmen in Berührung? Wer lenkte ihn stets auf das Schmutzige, Trostlose und Böse im Leben?

Ganz im Bann dieser Gedanken schritt er durch die Felder, an der steinernen Mauer eines vor der Stadt gelegenen Klosters vorüber, und schaute vor sich hin. Ihm entgegen zogen die Wolken, schwer und langsam, aus weiter, dunkler Ferne. Da und dort schimmerte aus dem Dunkel über seinem Kopfe zwischen den Wolken der Himmel hindurch, und kleine Sterne blinkten schüchtern von ihm nieder. Durch die Stille der Nacht klang von Zeit zu Zeit vom Turm der Klosterkirche der metallene Ton der Glocke – es war der einzige Laut in der Totenstille, welche die Erde umfing. Selbst aus der dunklen Masse der Stadthäuser hinter Ilja drang kein Ton des lärmenden Treibens hierher, obschon es noch nicht spät war. Es war eine kalte, frostige Nacht. Im Dahinschreiten stieß Ilja gegen den hartgefrorenen Schmutz. Ein banges Gefühl der Vereinsamung und die Furcht, die sein Grübeln hervorgerufen hatte, ließen ihn haltmachen. Er lehnte sich mit dem Rücken gegen das kalte Gestein der Klostermauer und sann von Neuem darüber nach, wer es wohl sein möchte, der ihn durchs Leben führte und dabei voll Tücke stets alles Böse und Hässliche auf ihn losließ ...

Ein kalter Schauer überlief seinen Körper, und wie im bangen Vorgefühl eines Unglücks, das ihm bevorstand, riss er sich von der Mauer los und eilte mit hastigen Schritten, immer häufiger gegen den gefrorenen

Schmutz stoßend, nach der Stadt zurück. Die Arme dicht an den Körper pressend, lief er vorwärts und wagte, von Furcht erfüllt, nicht ein einziges Mal, rückwärts zu schauen ...

XI

Ein paar Tage darauf traf Ilja mit Paschka Gratschew zusammen. Es war Abend, in der Luft tanzten träg kleine Schneeflocken, die im Licht der Laternen schimmerten. Trotz der Kälte war Pawel nur mit einem Baumwollhemd ohne Gürtel bekleidet. Er schritt langsam dahin, den Kopf auf die Brust gesenkt, die Arme in den Taschen, den Rücken gekrümmt, als ob er etwas auf seinem Wege suchte. Als Ilja den alten Kameraden eingeholt hatte und ihn anredete, hob Paschka den Kopf auf, sah Ilja ins Gesicht und sagte gleichgültig:

»Ah!«

»Wie geht es dir?«, fragte Ilja, neben ihm hergehend.

»Es könnte noch schlechter gehen, wenn's überhaupt möglich wäre ... Und wie geht es dir?«

»Es macht sich ...«

»Auch nicht besonders, wie es scheint ...«

Sie schritten schweigend nebeneinander her, sodass ihre Ellenbogen sich berührten.

»Warum kommst du nicht zu uns?«, fragte Ilja.

»Hab' nie recht Gelegenheit, Bruder ... Weißt doch, dass man unsereinem nicht viel Zeit lässt ...«

»Könntest schon kommen, wenn du wolltest!«, sagte Ilja vorwurfsvoll.

»Sei doch nicht gleich böse ... Sagst immer, ich soll kommen – und dabei hast du noch nie gefragt, wo ich hause, und noch weniger denkst du dran, mich zu besuchen ...«

»Wirklich, du hast recht«, rief Ilja lächelnd.

Pawel sah ihn an, lächelte gleichfalls und begann nun lebhafter als vorher:

»Ich lebe für mich, hab' keine Freunde – finde keine, die mir passen. Krank war ich, habe fast drei Monate im Hospital gelegen – kein Mensch ist in der ganzen Zeit gekommen, mich zu besuchen ...«

»Was hat dir denn gefehlt?«

111

»Erkältet hatte ich mich, wie ich mal betrunken war ... Unterleibstyphus war's ... Als es dann besser wurde, hatt' ich erst meine Qual! Ganz allein lag ich den ganzen Tag und die ganze Nacht ... stumm und blind glaubt man zu sein ... wie 'n junger Hund kommt man sich vor, den sie in die Grube geworfen haben. Dank dem Doktor hab' ich wenigstens Bücher gehabt ... sonst wär' ich verreckt vor Langerweile ...«

»Waren es schöne Bücher?«, fragte Lunew.

»Ja-a, sehr schön waren sie! Gedichte hab' ich meistens gelesen – Lermontow, Nekrassow, Puschkin ... Manchmal, wenn ich las, war es mir, als ob ich Milch tränke. Verse gibt's dir, Bruder – wenn du sie liest, ist's, wie wenn die Geliebte dich küsst. Manchmal fährt dir ein Vers übers Herz, dass die Funken sprühen: Ganz in Feuer gerätst du ...«

»Und ich habe das Bücherlesen aufgegeben«, sprach Ilja mit einem Seufzer. »Was steht schließlich in den Büchern? Liest du im Buche, so scheinen dir die Dinge so, und siehst du sie in Wirklichkeit, so sind sie ganz anders.«

»Da hast du recht ... Wollen wir irgendwo einkehren? Können da weiterplaudern ... Ich hab' noch einen Gang, aber es hat Zeit ... vielleicht kannst du auch dahin mitkommen ...«

Ilja war mit Paschkas Vorschlag einverstanden und nahm freundschaftlich seinen Arm. Pawel sah ihm noch einmal ins Gesicht und sagte lächelnd:

»Wir waren eigentlich nie recht befreundet, aber ich freu' mich immer, wenn ich dich treffe.«

»Das ist deine Sache«, meinte Ilja ... »Ich seh' dich jedenfalls immer gern ...«

»Ach, Bruder«, sagte Pawel, »ich hatte eben was ganz Besonderes im Sinn, wie du mich einholtest. Aber lassen wir das ...«

Sie gingen in die erste beste Schenke, die sie trafen, setzten sich dort in einen Winkel und bestellten Bier. Beim Licht der Lampe sah Ilja, dass Pawels Gesicht mager und eingefallen war. Seine Augen hatten etwas Unruhiges, und die Lippen, die früher in munterer Spottsucht halb offen gestanden hatten, waren jetzt fest geschlossen.

»Wo arbeitest du denn?«, fragte Ilja.

»Wieder in einer Buchdruckerei«, sagte Pawel missmutig.

»Ists schwer da?«

»Das nicht ... mehr Spielerei als Arbeit ...«

112

Ilja fühlte eine unbestimmte Genugtuung, als er den sonst so munteren, kecken Paschka traurig und sorgenvoll sah. Er hätte gern erfahren, was Pawel so verändert hatte, und während er Paschkas Glas füllte, begann er ihn auszufragen:

»Und wie steht es mit dem Versemachen?«

»Das hab' ich jetzt sein lassen ... Aber früher hab' ich viel Gedichte gemacht. Ich hab' sie dem Doktor gezeigt – der hat sie gelobt. Eins hat er sogar in einer Zeitung abdrucken lassen ...«

»Oho!«, rief Ilja aus. »Was waren denn das für Verse? Sag' sie doch mal her!«

Iljas brennende Neugier und ein paar Gläser Bier brachten Gratschew in Stimmung, seine Augen blitzten, und die gelben Wangen röteten sich.

»Was soll ich dir aufsagen?«, sagte er, sich mit der Hand die Stirn reibend. »Ich hab' alles vergessen, bei Gott, ich hab's vergessen! Wart', vielleicht fällt es mir wieder ein ... Ich hab' immer so viel von dem Zeug im Schädel – wie Bienen schwärmen sie darin herum ... summen nur so! Manchmal, wenn ich anfange zu dichten, gerat' ich ganz in Hitze ... Es kocht förmlich in der Seele, und die Tränen kommen dir in die Augen ... Du willst es recht geschickt ausdrücken und findest keine Worte ...« Er seufzte, schüttelte den Kopf und fuhr fort:

»Eh' dir's entschlüpfte, schien's gar wichtig, und schreibst du's nieder, ist's so nichtig ...«

»Sag' doch ein paar von deinen Versen her«, bat ihn Ilja. Je genauer er Pawel anschaute, desto mehr wuchs seine Neugier, und nach und nach gesellte sich zu dieser Neugier ein anderes, gutes, warmes und zugleich wehmütiges Gefühl.

»Ich mache meistens solche lächerlichen Verse ... auf mein eignes Leben«, sagte Gratschew und lächelte befangen. Dann schaute er sich um, hustete und begann mit gedämpfter Stimme zu sprechen, ohne dabei den Freund anzusehen:

»Nacht ist's ... und so traurig! Durchs Fenster herein
Wirft der Mond mir ins Kämmerchen seinen Schein,
Er lächelt und winket gar freundlich mir,
Und bläuliche Muster malt er als Zier
An die steinerne Wand, so feucht und so kalt,
Auf die Tapeten, zerrissen und alt.

Ich sitze in finstrer Gedanken Bann –
Und den Schlaf ich nimmermehr finden kann ...«

Pawel machte eine Pause, seufzte tief auf und fuhr dann langsamer und leiser fort:

»So grausam tat mich das Schicksal packen,
Zerfleischt' mir das Herz, schlug mich rau in den Nacken,
Entriss mir mein Letztes – mein trautes Lieb,
Und zum Tröste mir nur die Flasche verblieb ...
Da steht sie, mit Branntwein gefüllt, und blinkt
Im Mondenscheine und lächelt und winkt ...
Und ich heile mit Branntwein mein Herz so krank,
Meinen Sinn umnebelt der Feuertrank –
Die Gedanken fliehn, es naht mir der Schlummer ...
Vielleicht noch ein Gläschen ... für den Kummer? ...
Und ich trinke noch eins ... Wer schläft, kann's entbehren –
Ich muss mich des Kummers erwehren ...«

Als Gratschew seinen Vortrag beendet hatte, blickte er forschend auf Ilja, ließ dann seinen Kopf noch tiefer sinken und sagte leise:

»Von dieser Art, siehst du, sind sie meistens, meine Verse ...«

Er trommelte mit den Fingern auf dem Tischrand und rückte unruhig auf dem Stuhle hin und her.

Ein paar Sekunden sah Ilja mit durchdringendem Blick auf Gratschew, und sein Gesicht zeigte den Ausdruck ungläubigen Staunens. In seinen Ohren tönten noch die glattgereimten Worte – es schien ihm kaum glaubhaft, dass dieser magere Knabe mit den unruhigen Augen, in dem alten Baumwollhemd und den schweren Stiefeln, diese Verse gedichtet haben sollte.

»Na, Bruder, lächerlich ist das gerade nicht«, sagte er langsam und nachdenklich, während er Pawel immer noch ansah. »Im Gegenteil, schön ist's ... am Herzen hat es mich gepackt ... wirklich! Sag's doch noch einmal her ...«

Pawel warf rasch den Kopf in die Höhe, sah mit freudigem Blick auf seinen Zuhörer, und während er näher an ihn heranrückte, fragte er ganz leise:

»Nein, wirklich – gefällt es dir?«

»Wie sonderbar du bist ... ich werde doch nicht lügen!«

Pawel deklamierte leise, in melancholischem Tonfall, stockte öfters und seufzte tief, wenn die Stimme ihm versagte. Als er zu Ende war, hatten Iljas Zweifel, dass Pawel selbst der Dichter der Verse sei, sich noch mehr verstärkt.«

»Und die andern?«, sagte er zu Pawel.

»Ach, weißt du –«, meinte dieser, »ich will lieber mal mit meinem Heft zu dir kommen ... Denn die meisten meiner Gedichte sind lang ... und ich habe jetzt keine Zeit! Ich merk' sie mir auch nicht gut, die Anfänge und Enden verwirren sich mir immer auf der Zunge ... Eins zum Beispiel endet so: Ich geh' durch den Wald, zur Nachtzeit, und hab' mich verirrt und bin müde ... Na, und mir wird so bang ums Herz ... ich bin allein ... und nun such' ich einen Ausweg aus meiner Not und klage:

So matt die Füße,
Das Herz so müde,
Keinen Weg ich seh'!
O Mutter Erde,
Willst du mir raten,
Wohin ich geh'?
Ich leg' mich nieder
An deinen Busen
Und horch' und späh' –
Und aus der Tiefe
Ertönt ein Flüstern:
› *Hier* birg dein Weh! ...‹

Hör' mal, Ilja – willst du nicht mit mir kommen? Komm! Ich möcht' noch nicht von dir Abschied nehmen ...«

Gratschew erhob sich hastig, zupfte Ilja am Ärmel und sah ihm freundlich ins Gesicht.

»Gut, ich geh' mit«, sagte Ilja. »Möcht' gleichfalls noch mit dir plaudern ... Die Wahrheit zu sagen: Ich weiß noch nicht, ob ich's dir glauben soll, dass du die Verse gemacht hast ...«

»Du glaubst es mir nicht?«

»Wenn's deine Verse sind – dann bist du ein ganzer Kerl!«, rief Ilja in aufrichtiger Bewunderung.

»Lass gut sein, Bruder – wenn ich's erst richtig gelernt hab' – dann will ich schon schreiben! Die sollen's zu hören bekommen! ...«

»Recht so! Nimm sie dir ordentlich vor!«

Sie schritten rasch auf der Straße dahin und fingen begierig die hastig hingeworfenen, leidenschaftlichen Worte auf, die sie sich gegenseitig zuwarfen. Immer erregter wurden sie, immer näher traten sie einander. Jeder von ihnen empfand eine tiefe, ehrliche Freude darüber, dass der andere ebenso dachte wie er selbst, und diese Freude hob noch ihre Stimmung. Der Schnee, der in großen Flocken fiel, zerschmolz auf ihren glühenden Gesichtern, setzte sich auf ihren Kleidern fest, hing sich an ihre Stiefel – sie schritten dahin wie in einem trüben Brei, der sich geräuschlos zur Erde senkte.

»Zum Teufel auch!«, schalt Ilja, der in eine tiefe Schmutzlache getreten war.

»Halt dich mehr links ...«

»Wohin gehen wir denn eigentlich?«

»Zur Ssidoricha ... Kennst du sie nicht?«

»Doch, ich kenne sie«, sagte Ilja nach kurzem Schweigen und lachte dabei. »Kurz ist der Weg nicht, den wir gehen ...«

»Ach«, sagte Pawel leise – »ich muss eben hin ... hab' da zu tun ... Ich will's dir übrigens erzählen ... wenn es mir auch bitter ist, davon zu reden ... Es handelt sich um ein Mädchen. Na, du wirst sie ja sehen ... Das Herz kann sie einem versengen! ... Sie war Stubenmädchen bei dem Arzte, der mich kuriert hat. Ich holte mir Bücher bei ihm ... Damals, wie es schon besser mit mir ging ... Na, man kam und wartete ... Und da war sie nun ... hüpfte umher und lachte. Wir wurden einig ... sehr rasch ging's, ohne viele Worte. Ach, war das ein Glück ... als wenn der Himmel zu uns herabgekommen wäre ... Wie die Feder ins Feuer – so flog ich auf sie zu ... Wir küssten uns, dass die Lippen uns wund waren – ach! So sauber und niedlich war sie wie ein Spielzeug. Schloss ich sie in die Arme, so war's, als ob sie verschwände! Wie ein Vögelchen war sie mir ins Herz geflogen und sang und sang dort ...«

Er schwieg, und ein seltsamer Laut, wie ein Schluchzen, kam aus seinem Munde.

»Und weiter was?«, fragte Ilja, von seiner Erzählung hingerissen.

»Die Frau des Doktors überraschte uns ... Hol' sie der Teufel! War auch ein hübsches Weibsbild, und hatte früher so freundlich mit mir gesprochen ... Na, es gab natürlich einen Mordsspektakel. Wjerka wurde hinausgeworfen, und ausgeschimpft haben sie uns beide ganz gehörig. Wjerka blieb bei mir ... Ich hatte gerade keine Stelle, und wir litten Hunger, verkauften alles bis zum letzten Faden ... Aber Wjerka ist ein Mädel von Charakter ... Sie lief fort, blieb vierzehn Tage lang weg und kam dann wieder ... geputzt wie 'ne Modedame ... hatte Armbänder ... und Geld in der Tasche ...«

Paschka knirschte mit den Zähnen und sagte düster:

»Ich hab' sie durchgeprügelt, ganz gehörig ...«

»Ist sie dir weggelaufen!«, fragte Ilja.

»N–nein! ... Wäre sie von mir gegangen, ich hätt' mich ins Wasser gestürzt ... Schlag mich meinetwegen tot, sagte sie – aber prügle mich nicht! Ich weiß, dass ich dir zur Last bin ... Meine Seele, sagt sie, soll keiner haben ...«

»Und was tatest du nun?«

»Was ich tat? Ich schlug sie noch einmal ... und weinte. Was hätt' ich sonst tun sollen? Ernähren konnt' ich sie doch nicht ...«

»Warum nahm sie denn keine neue Stelle an?«

»Der Teufel mag es wissen! Sie meinte – es wär' so besser. Wenn Kinder kämen – was sollten wir mit ihnen anfangen? ... Und so ...«

Ilja Lunew sann eine Weile nach und sagte: »Ein verständiges Mädchen ...«

Paschka ging schweigend ein paar Schritte voraus. Dann wandte er sich jäh um, blieb vor Ilja stehen und sprach mit dumpfer, zischender Stimme: »Wenn ich so dran denke, dass andere sie küssen, dann ist es mir, als ob heißes Blei durch meine Glieder strömte ...«

»Warum lässt du sie nicht laufen?«

»Sie laufen lassen?«, rief Pawel höchst erstaunt.

Ilja begriff, als er das Mädchen gesehen hatte, Pawels Erstaunen.

Sie kamen an die Peripherie der Stadt, zu einem einstöckigen Hause. Seine sechs Fenster waren mit dichten Laden fest verschlossen, das gab dem Hause das Aussehen eines lang gestreckten, alten Speichers. Der feuchte, weiche Schnee klebte an Dach und Wänden, wie wenn er dieses Haus verbergen wollte.

Paschka klopfte ans Tor und sagte:

»Hier haben sie ihre besondere Einrichtung. Die Ssidoricha gibt ihren Mädchen Quartier und Kost und nimmt dafür fünfzig Rubel von jeder ... Sie hat im ganzen nur vier Mädchen ... Natürlich hält sie auch Wein und Bier feil, und Konfekt ... Im übrigen lässt sie ihre Mädchen machen, was sie wollen: willst du – so geh aus, und willst du nicht ... so bleib zu Hause, nur zahl' dein halbes Hundert monatlich ... Es sind alles prächtige Mädchen ... sie verdienen ihr Geld mit Leichtigkeit ... Eine darunter, Olympiada, nimmt nie weniger als vier Rubel ...«

»Und wie viel nimmt denn ... deine?«, fragte Ilja, während er den Schnee von seinen Kleidern abklopfte.

»Ich weiß es nicht ... billig ist sie auch nicht«, antwortete Gratschew nach einer Weile unwirsch.

Hinter der Tür ließ sich ein Geräusch vernehmen. Ein goldiger Lichtstreifen erzitterte in der Luft.

»Wer ist da?«

»Ich bin's, Wassa Ssidorowna ... Gratschew ...«

»Ach so! ...«

Die Tür ging auf, und eine kleine, dürre Alte mit einer mächtigen Nase in dem welken Gesichte hielt Pawel die Kerze vor das Gesicht, während sie freundlich sagte:

»Guten Tag, Pascha! ... Wjerunka wartet schon lange und ist ganz böse. Wer ist denn da mit dir gekommen?«

»Ein Freund ...«

»Wer ist gekommen?«, tönte aus dem dunklen, langen Korridor eine angenehme Stimme.

»Besuch für Wjera«, sagte die Alte.

»Wjera, dein Schatz ist da«, rief dieselbe, hell durch den Korridor klingende Stimme.

Im Hintergrunde des Korridors öffnete sich rasch eine Tür, und in der hell erleuchteten Öffnung erschien die zierliche Gestalt eines Mädchens, ganz in Weiß gekleidet, von einer reichen Fülle blonder Haarsträhnen umwallt.

»Du bleibst ja so lange!« sprach sie schmollend mit einer tiefen Altstimme. Dann stellte sie sich auf die Zehenspitzen, legte ihre Arme auf Pawels Schultern und schaute mit ihren sanften braunen Augen auf Ilja.

»Das ist mein Freund Ilja Lunew ... Ich hab' ihn getroffen und komme darum etwas später ...« sagte Pawel.

»Seien Sie willkommen!«, sagte sie, Ilja die Hand reichend, wobei der weite Ärmel ihres weißen Negligés fast bis zur Schulter zurückfiel. Ilja drückte respektvoll, ohne ein Wort zu sagen, ihr heißes Händchen. Er blickte auf Pawels Freundin mit jenem Gefühl freudiger Überraschung, mit dem man im dichten Walde, mitten im Gestrüpp und Sumpfgehölz, eine schlanke Birke begrüßt. Als sie zur Seite trat, um ihn eintreten zu lassen, ging er gleichfalls auf die Seite und sagte höflich:

»Bitte, nach Ihnen!«

»Welch ein Kavalier!« lachte sie.

Ihr Lachen war angenehm, munter und hell. Pawel lachte gleichfalls und meinte:

»Hast ihm schon den Kopf verdreht, Wjerka ... Sieh doch, wie er dasteht ... wie der Bär vorm Honigtopf!«

»Ists wahr?«, fragte das Mädchen Ilja schelmisch.

»Gewiss!«, antwortete dieser lächelnd. »Ganz weg bin ich von Ihrer Schönheit ...«

»Du, hör' mal – verlieb dich bloß in sie! Dann stech' ich dich tot«, drohte Pawel scherzend. Es war ihm angenehm, dass die Schönheit seiner Geliebten auf Ilja einen solchen Eindruck machte, und seine Augen blitzten vor Stolz. Auch sie prahlte in naiver Koketterie mit ihren Reizen, von deren Wirkung sie überzeugt war. Sie trug nichts weiter als ein weites Ärmelleibchen über dem Hemd und einen blendend weißen Unterrock. Das Leibchen stand offen und ließ ihren kernigen, schneeweißen Körper sehen. Um die himbeerfarbigen Lippen ihres kleinen Mundes spielte ein selbstzufriedenes Lächeln; sie schien an sich selbst ihre Freude zu haben, wie ein Kind an einem Spielzeug, dessen es noch nicht überdrüssig ist. Ilja konnte die Augen nicht von ihr losreißen. Er sah, wie sie graziös im Zimmer auf und ab schritt, wie sie das Näschen rümpfte, wie sie lachte und plauderte und dabei zärtlich auf Pawel blickte. Und es ward ihm weh ums Herz bei dem Gedanken, dass er nicht gleichfalls eine solche Freundin hatte. Schweigend saß er da und schaute um sich.

Mitten in dem kleinen, nett aufgeräumten Zimmer stand ein weißgedeckter Tisch; auf dem Tische brodelte lustig ein Samowar, und alles ringsum war frisch und heiter. Die Tassen, die Flasche Wein, der Teller mit Wurst und Brot – alles gefiel Ilja ganz ausnehmend und erregte seinen Neid gegen Pawel. Dieser saß ganz glücklich da und begann, aus dem Stegreif zu reimen:

»Seh' ich dich – ist's, als ob Sonnenschein mir strahlte in mein Herz hinein! Vergessen ist aller Gram und Schmerz, und auf das Glück hofft wieder mein Herz ... Ein schönes Mädchen sein eigen zu nennen – wer mag ein größeres Glück wohl kennen?«

»Mein lieber Paschka, wie schön ist's doch hier!«, rief Wjera ganz entzückt.

»Ach, ist's hier heiß! ... He, du – Ilja! Lass das mal! Kannst dich an ihr nicht sattsehen?! Schaff dir doch selber eine an!«

»Aber hübsch muss sie sein«, sagte Wjera mit ganz besonderer Betonung, während sie Ilja in die Augen sah.

»Eine hübschere, als Sie sind, gibt es nicht«, seufzte Ilja und lächelte.

»Reden Sie doch nicht von Dingen, die Sie nicht verstehen!«, sagte Wjera leise.

»Er weiß Bescheid«, warf Paschka ein und fuhr dann, zu Ilja gewandt, stirnrunzelnd fort: »Da ist nun hier alles so nett und vergnügt ... und dann fällt einem plötzlich das ein! ... Ins Herz schneidet's einem ...«

»So denk' doch nicht daran«, sagte Wjera und neigte den Kopf über den Tisch. Ilja schaute sie an und sah, wie ihre Ohren sich röteten.

»Du musst so denken,« fuhr das Mädchen leise, doch bestimmt fort – »wenn's auch nur ein Tag ist, so gehört er doch mir! Mir ist's auch nicht leicht ... Ich will's so halten, wie es im Liede heißt: ›Den Schmerz will tragen ich allein, die Freude soll gemeinsam sein‹.«

Pawel hörte ihre Rede, verharrte jedoch in seiner mürrischen Stimmung. Ilja hätte ihnen gern etwas recht Tröstendes, Ermutigendes gesagt und sprach nach einer Weile:

»Was lässt sich tun, wenn man den Knoten nicht auflösen kann? Wenn ich so recht viel Geld hätte, tausend Rubel vielleicht – ich gäbe sie euch. Da habt ihr! Nehmt sie, bitte, um eurer Liebe willen ... Denn ich seh' und fühle: Es ist euch Herzenssache, und die ist immer rein vor dem Gewissen ... Auf alles übrige könnt ihr spucken.«

Ein heißes Gefühl flammte in ihm auf und durchdrang ihn ganz und gar. Er stand sogar vom Stuhl auf, als er sah, wie das Mädchen den Kopf emporhob und ihn mit dankbaren Augen anschaute, während Pawel ihm zulächelte, als ob er erwartete, dass Ilja noch mehr solche Worte sagen würde.

»Zum ersten Mal im Leben seh' ich, wie Leute einander lieben«, fuhr Ilja fort ... »Und dich, Pawel, hab' ich heut' erst so recht kennengelernt ... Ich hab' in deine Seele geschaut ... Hier sitz' ich, und ich sag's offen: Ich beneide dich ... Und was ... das andere betrifft, so will ich euch was sagen: Ich liebe die Tschuwaschen und Mordwinen nicht, sie sind mir zuwider, weil sie triefäugig sind. Aber ich bade doch in demselben Flusse wie sie ... trinke dasselbe Wasser wie sie. Soll ich ihretwegen den Fluss verabscheuen? Gott reinigt ihn doch wieder ...«

»Das stimmt, Ilja! Bist ein Prachtkerl!« rief Pawel mit Leidenschaft.

»Trinken Sie denn auch aus dem Flusse! ...«, ließ sich Wjeras Stimme leise vernehmen.

»Wenn ich ihn erst finde!« lachte Ilja. »Vorläufig gießen Sie mir ein Glas Tee ein, Wjera!«

»Sie sind ein prächtiger Junge!«, rief das Mädchen.

»Danke recht sehr« sagte Ilja ernsthaft.

Auf Pawel wirkte diese kleine Szene wie ein Trunk Wein. Sein lebhaftes Gesicht rötete sich, die Augen blitzten begeistert, und er sprang von seinem Stuhl auf, um lustig durchs Zimmer zu rennen.

»Ach, hol' mich der Teufel!«, rief er. »Prächtig lebt sich's auf der Welt, wenn die Menschen wie Kinder sind! Hab' meiner Seele eine Freude bereitet, wie ich dich hierher brachte, Ilja! Lass uns trinken, Bruder!«

»Jetzt ist er ganz aus dem Häuschen«, sagte das Mädchen, ihm zärtlich zulächelnd, und wandte sich dann zu Ilja: »So ist er immer – entweder Feuer und Flamme, oder grau, langweilig und boshaft ...«

Es wurde an die Tür geklopft, und eine Stimme fragte:

»Wjera! Darf man eintreten? ...«

»Komm, komm! ... Ilja Jakowlewitsch, das ist meine Freundin Lipa ...«

Ilja stand vom Stuhl auf und wandte sich nach der Tür um: Vor ihm stand ein hohes, stattliches Weib und sah ihm mit seinen ruhigen blauen Augen ins Gesicht. Ihre Kleider strömten einen starken Parfümduft aus, die Wangen waren frisch und rot, und ihr Kopf war mit einem kronenartigen dunklen Haaraufbau geschmückt, der ihre Gestalt noch höher erscheinen ließ.

»Ich sitze allein in meinem Zimmer und langweile mich ... und mit einem Mal hör' ich bei dir Geplauder und Lachen – na, und da bin ich hergekommen ... Es tut doch nichts, was? Da ist ja ein Kavalier ohne Dame ... ich will ihn unterhalten – wollt ihr?«

Sie stellte mit einer graziösen Bewegung ihren Stuhl neben denjenigen Iljas, nahm darauf Platz und fragte ihn:

»Sie langweilen sich wohl mit denen da – sagen Sie? Die kosen und girren miteinander, und Sie sind neidisch, nicht wahr?«

»Ich langweile mich nicht mit ihnen«, sprach Ilja, durch ihre Nähe verwirrt.

»Schade!«, sagte sie ruhig, wandte sich von Ilja ab und fuhr, zu Wjera gewandt, fort:

»Denk mal – ich war gestern zur Messe im Jungfrauenkloster und hab' da eine so hübsche Chornonne gesehen ... Ein herrliches Mädchen! ... Ich musste sie immer wieder ansehen und dachte im stillen: Warum ist die nur ins Kloster gegangen? Wirklich leid tat sie mir ...«

»Warum? Ich würde sie nicht bedauern«, sagte Wjera.

»Ach – wer dir glauben wollte! ...«

Ilja atmete den süßlichen Wohlgeruch ein, der wie eine Wolke dieses Weib umschwebte, er betrachtete sie von der Seite und horchte auf ihre Stimme. Sie sprach mit bewundernswerter Ruhe und Gelassenheit. In ihrer Stimme lag etwas Einschläferndes, und es war, als ob ihre Worte gleichfalls einen angenehmen, starken Duft ausstrahlten ...

»Weißt du, Wjera – ich überlege immer noch, ob ich zu Poluektow gehen soll oder nicht ...«

»Ich kann dir da nicht raten ...«

»Vielleicht geh' ich doch ... Er ist alt ... und reich ... Aber geizig ist er ... Ich will, dass er in der Bank fünftausend Rubel für mich niederlegt, und dass er mir hundertfünfzig Rubel monatlich gibt – und er bietet nur dreitausendundhundert ...«

»Sprich jetzt nicht davon, Lipotschka!«, bat Wjera sie.

»Gut, wie du willst«, sagte Lipa ruhig und wandte sich wieder an Ilja: »Nun, junger Mann, plaudern wir ein bisschen ... Sie gefallen mir ... Sie haben ein hübsches Gesicht und ernste Augen ... Was werden Sie mir darauf antworten?«

»Ich? Nichts werde ich antworten ...« sagte er verlegen lächelnd, während er deutlich fühlte, wie dieses Weib ihn mit seinem Zauber umstrickte.

»Nichts? Ach, Sie sind langweilig ... Was sind Sie denn?«

»Hausierer ...«

»Wi-irklich? Und ich dachte, Sie wären Kommis in einer Bank ... oder in einem feinen Magazin. Sie sehen sehr anständig aus ...«

»Ich liebe die Sauberkeit«, sagte Ilja. Es ward ihm bedrückend heiß, und von dem Parfümduft war sein Kopf benommen.

»Sie lieben die Sauberkeit? Das ist nett ... Können Sie leicht erraten? ...«

»Wie soll ich das verstehen?«

»Haben Sie schon erraten, dass Sie Ihrem Freunde hier im Wege sind – oder nicht?«, sagte sie, während sie ihn mit ihren blauen Augen durchdringend ansah.

»Ach so ... na, ich geh' sofort! ...« sprach Ilja verwirrt.

»Warten Sie doch noch! Wjera, darf ich dir diesen Jüngling hier entführen?«

»Meinetwegen – wenn er mit dir geht ...« versetzte Wjera lachend.

»Wohin denn?«, fragte Ilja in heftiger Erregung.

»So geh doch mit, dummes Kerlchen!«, rief Paschka.

Ilja stand ganz verblüfft da und lächelte zerstreut, die Schöne aber nahm ihn bei der Hand, zog ihn mit sich fort und sagte in ihrer ruhigen Weise:

»Sie sind noch ungezähmt – und ich bin launisch und halsstarrig. Wenn ich mir vornehme, die Sonne auszulöschen, dann steig' ich aufs Dach und werde so lange nach ihr blasen, bis ich den letzten Atemzug ausgehaucht habe ... Jetzt wissen Sie, wie ich bin ...«

Ilja ging Hand in Hand mit ihr, verstand ihre Worte nicht und hörte sie kaum, er fühlte nur, dass sie so warm, so weich und so duftig war ...

XII

Das Verhältnis zu Olympiada, das so unerwartet, rein aus einer weiblichen Laune, entstanden war, nahm Ilja ganz und gar in Anspruch. Es erweckte in ihm ein stolzes, selbstgefälliges Empfinden und brachte ihm gleichsam Heilung für die kleinen Wunden, die das Leben seinem Herzen zugefügt hatte. Der Gedanke, dass ein schönes, nett gekleidetes Weib ihm aus freiem Antrieb seine teuren Küsse antrug und nichts dafür als Entgelt forderte, hob ihn noch mehr in seinen eigenen Augen. Es war ihm, als ob er in einem breiten Strome dahinglitte, von einer ruhigen Woge getragen, die seinen Körper liebkoste.

»Mein Eigensinn!« sprach Olympiada zu ihm, während sie mit seinen Locken spielte oder mit dem Finger über den dunklen Flaum fuhr, der seine Lippe bedeckte. »Du gefällst mir alle Tage besser ... Du hast ein so tapferes, zuversichtliches Herz, und ich sehe, dass, wenn du etwas willst, du es sicher erreichen wirst ... Auch ich bin von solcher Art ... Wenn ich jünger wäre – würde ich dich heiraten, dann würden wir zwei miteinander ein herrliches Leben führen ...« Ilja begegnete ihr mit großer Achtung. Sie erschien ihm so verständig, und es gefiel ihm, dass sie trotz ihres lasterhaften Wandels doch auf sich hielt. Sie betrank sich nicht und gebrauchte keine unflätigen Worte, wie andere Weiber, die er kannte. Ihr Körper war ebenso geschmeidig und kräftig wie ihre volle Bruststimme und ebenso straff wie ihr Charakter. Auch ihre Sparsamkeit, ihre Vorliebe für Sauberkeit und das Geschick, mit dem sie über alles zu reden und allen gegenüber ihren Stolz zu wahren wusste, gefielen ihm sehr. Zuweilen jedoch, wenn er sie besuchte und sie mit bleichem, welkem Gesicht und zerzaustem Haar im Bett antraf, regte sich in ihm ein Gefühl des Ekels. Und wenn er dann hart und finster in ihre trüben, ausgebleichten Augen schaute, brachte er nicht einmal einen Gruß über seine Lippen.

Sie musste dieses Gefühl wohl begreifen, denn sie hüllte sich dann jedes Mal ganz in ihre Bettdecke und sagte zu ihm:

»Geh fort, geh zu Wjera! ... Sag' der Alten, sie soll mir Schneewasser bringen! ...«

Er betrat das saubere Zimmerchen, in dem Pawels Freundin wohnte, und Wjera lächelte schuldbewusst beim Anblick seines finstren Gesichtes. Eines Tages fragte sie ihn:

»Na, Ilja Jakowlewitsch, wie steht's? Wie gefallen wir Ihnen hier?«

»Ach, Wjerotschka, Ihnen kann die Sünde nichts anhaben! ... Wenn Sie nur lächeln, schmilzt sie wie der Schnee ...«

»Ihr tut mir recht leid, ihr beiden armen Jungen«, sagte sie in mitleidigem Tone.

Ilja hatte Wjera recht gern, er bedauerte sie wie ein kleines Kind, war sehr beunruhigt, wenn sie sich mit Pawel zankte, und versöhnte sie jedes Mal miteinander. Es machte ihm Vergnügen, in ihrem Zimmer zu sitzen und zuzusehen, wie sie ihr goldenes Haar kämmte oder irgendetwas für sich nähte und dabei leise sang. Öfters bemerkte er in ihren Augen einen zehrenden Kummer, und zuweilen zuckte über ihr Gesicht ein hoffnungsloses, schmerzliches Lächeln. In solchen Momenten gefiel sie ihm noch mehr, er empfand ihr Unglück noch peinlicher und sprach ihr Trost zu, so gut er konnte. Sie aber meinte:

»Nein, nein, Ilja Jakowlewitsch – so kann man nicht leben! ... Ganz unmöglich ist's ... Nun ... ich muss ja schon so weiter leben in dem Schmutz ... Aber Pawel ... was soll der hier bei mir? ...«

Ihre Unterhaltung wurde von Olympiada unterbrochen, die, in einen weiten blauen Mantel gehüllt, geräuschlos, wie ein kalter Mondstrahl bei ihnen eintrat.

»Komm Tee trinken, mein Eigensinn! Und später komm auch du herüber, Wjerotschka ...«

Frisch und rosig von dem kalten Wasser, sauber, adrett und ruhig führte sie ohne langes Fragen Ilja in ihr Zimmer, und er folgte ihr und dachte darüber nach, ob es denn wirklich dieselbe Olympiada war, die er vorher ganz welk, von lüsternen Händen besudelt, gesehen hatte.

Während sie Tee tranken, sagte sie zu ihm:

»Schade, dass du gar so wenig gelernt hast ... Da wird's dir schwerfallen im Leben ... Aber jedenfalls musst du deinen Handel lassen und etwas anderes versuchen ... Wart', ich will eine Stelle für dich suchen ... Du musst untergebracht werden ... Sobald ich mit Poluektow einig bin, werde ich das machen können ...«

»Gibt er dir wirklich die fünftausend?«, fragte Ilja.

»Gewiss gibt er sie«, antwortete sie fest überzeugt. »Na, wenn ich ihn aber mal bei dir treffe – dann reiß' ich ihm den Kopf ab«, rief Ilja eifersüchtig.

»Warte damit wenigstens, bis ich das Geld habe«, meinte sie lachend.

Der Kaufmann tat alles für sie, was sie verlangte. Bald saß Ilja in Olympiadas neuer Wohnung, betrachtete die dicken Teppiche auf dem Boden und die mit dunklem Plüsch überzogenen Möbel. Er lauschte dabei den gesetzten Reden seiner Geliebten. Er bemerkte an ihr keine besondere Freude über die Veränderung ihrer Lage, sie war ebenso ruhig und gesetzt wie immer. »Ich zähle jetzt siebenundzwanzig Jahre«, sagte sie, »wenn ich dreißig bin, werde ich zehntausend Rubel haben. Dann gebe ich dem Alten einen Fußtritt und bin frei ... Bei mir kannst du lernen, wie man das Leben anzufassen hat, mein trotziger Eigensinn!«

Ilja lernte von ihr jene standhafte Ausdauer bei der Erreichung eines vorgesteckten Zieles – zuweilen jedoch quälte ihn bei dem Gedanken, dass er ihre Liebkosungen mit einem andern teilen müsse, ein peinliches Gefühl der Erniedrigung. Dann lebte in ihm wieder mit besonderer Deutlichkeit der Traum von einem Laden auf, von einem sauberen Zimmer, in dem er dieses Weib empfangen würde. Er glaubte nicht, dass er Olympiada liebte, doch schien sie ihm unentbehrlich.

So gingen drei Monate hin ... Eines Tages, als er von seinen Hausier-gängen heimkam, begab sich Ilja zum Schuster Perfischka in den Keller und sah mit Erstaunen, dass am Tische vor einer Branntweinflasche Per-fischka mit einem glücklichen Lächeln und ihm gegenüber – Jakow saß. Schwer auf den Tisch gestützt, saß Jakow da, wackelte mit dem Kopfe hin und her und sagte unsicher: »Wenn Gott alles sieht – dann sieht er auch mich ... Mein Vater liebt mich nicht, er ist ein Spitzbube! ... Ists rich-tig, Perfischka?«

»Ganz richtig, Jascha. Schön ist's nicht, aber richtig ist's«, sagte der Schuster.

»Wie soll ich da leben?«, fragte Jakow mit lallender Zunge, während er sein zerzaustes Haar schüttelte.

Ilja stand an der Tür und hörte die trunkenen Reden seines Freundes. Ein peinliches Gefühl beschlich sein Herz. Er sah, wie kraftlos Jakows Kopf auf dem dünnen Halse schwankte, sah das magere, gelbe Gesicht Perfischkas, das von einem seligen Lächeln verklärt war, und er wollte nicht glauben, dass es wirklich Jakow, der stille, bescheidene Jakow war, den er da sah.

»Was treibst du denn hier?«, fragte er ihn vorwurfsvoll.

Jakow fuhr zusammen, sah mit erschrockenen Augen in Iljas Gesicht und sagte mit verzweifeltem Lächeln:

»Ach, Ilja ... du bist es! Ich dachte – der Vater ...«

»Was soll das eigentlich, sprich!«, unterbrach ihn Ilja.

»Lass ihn in Ruhe, Ilja Jakowlitsch!«, rief Perfischka und erhob sich schwankend vom Stuhle. »Er ist in vollem Recht ... Gott sei Dank we-nigstens, dass ihm noch der Branntwein schmeckt ...«

»Ilja!«, schrie Jakow krampfhaft heraus – »mein Vater hat mich ... ge-prügelt!«

»So ist's – ich war Zeuge der Sache«, erklärte Perfischka und schlug sich mit der Faust vor die Brust. »Ich hab' alles gesehen ... unterm Eid kann ich's aussagen.«

Jakows Gesicht schien in der Tat geschwollen, und die Oberlippe war blutunterlaufen. Er stand vor dem Kameraden und sagte kläglich lä-chelnd: »Wie darf man mich denn schlagen?«

Ilja hatte das Gefühl, dass er den Freund weder trösten noch tadeln könne.

»Warum hat er dich geschlagen? ...«, fragte er.

Jakow zuckte mit den Lippen, als wenn er etwas sagen wollte, doch schwieg er schließlich. Er nahm seinen Kopf in die Hände und begann laut zu schluchzen, während sein ganzer Körper in Bewegung geriet. Perfischka goss sich ein Glas Branntwein ein und sagte:

»Lass ihn weinen! ... Es ist gut, wenn ein Mensch noch weinen kann ... Auch Maschutka hat was abbekommen ... Ganz in Tränen gebadet war sie ... ›Die Augen kratz' ich ihm aus‹, schrie sie in einem fort. Da hab' ich sie zur Matiza gebracht ...«

»Was ist denn eigentlich vorgefallen?«, fragte Ilja.

»Es war 'ne ganz tolle Sache«, sagte Perfischka. »Terentij nämlich, dein Onkel, fing die Musik an ... Mit einem Mal sagt er zu Petrucha: ›Lass mich nach Kiew gehen‹, sagt er, ›zu den heiligen Nothelfern!‹ ... Petrucha war damit ganz zufrieden: Schon lange sticht ihm der Buckel Terentijs in die Augen, und die Wahrheit zu sagen – er ist froh, dass Terentij geht ... Nicht immer ist ein Mitwisser heimlicher Dinge angenehm! ›Na‹, sagte er, ›dann geh nur und leg' auch für mich bei den heiligen Nothelfern ein Wörtchen ein‹ ... Und plötzlich fängt Jakow an: ›Lass auch mich gehen‹, spricht er ...«

Perfischka begann die Augen zu rollen, schnitt eine wilde Grimasse und rief, Petrucha nachahmend, mit rauer Stimme:

‚»Wa–a–as willst du!' ... ›Zu den Heiligen möcht' ich mit dem Onkel‹ ... ›Wie denn?‹ ... ›Ich möcht'‹, spricht Jakow, ›gleichfalls für dich beten‹ ... Da fängt Petrucha an, zu brüllen: ›Ich will dich beten lehren!‹ Und Jakow bleibt immer bei seinem: ›Lass mich gehen! Das Gebet des Sohnes für die Sünden des Vaters ist Gott angenehm‹. Wie ihm da Petrucha eins ins Maul pfefferte ... und noch eins ... und noch eins ...« »Ich kann nicht mit ihm zusammenleben!« schrie Jakow. »Ich häng' mich auf! Warum hat er mich geschlagen? Es kam mir aus dem Herzen, was ich sagte ...«

Ilja ward peinlich berührt von seinem Geschrei, er zuckte ratlos die Achseln und verließ den Keller. Die Nachricht, dass der Onkel eine Pilgerfahrt antreten wolle, war ihm angenehm: Geht der Onkel fort, dann wird auch er das Haus verlassen, wird sich ein kleines Zimmerchen nehmen und sein eigner Herr sein ...

Als er seine Kammer betrat, erschien gleich hinter ihm Onkel Terentij. Sein Gesicht hatte einen frohen Ausdruck, seine Augen glänzten lebhaft; den Buckel schüttelnd, kam er auf Ilja zu und sagte:

»Nun, ich geh' also! O Herr! Wie aus einer Höhle tret' ich in Gottes Welt hinaus ...«

»Weißt du schon, was mit Jakow ist? Betrunken hat er sich ...« sagte Ilja trocken.

»Was du sagst! Das ist nicht schön von ihm!«

»Warst du dabei, wie der Vater ihn schlug?«

»Freilich war ich dabei ... Warum?«

»Begreifst du denn nicht, dass er sich eben darum betrunken hat?«, fragte Ilja barsch.

»Wirklich darum? Nicht möglich! ...«

Ilja sah klar, dass Jakows Schicksal dem Onkel höchst gleichgültig war, und das verstärkte noch sein feindseliges Gefühl gegen den Buckligen. Er hatte Terentij noch nie so freudig erregt gesehen, und diese Freude des Onkels, so unmittelbar nach Jakows Tränen, berührte ihn ganz seltsam. Er setzte sich an das Fenster und sagte zum Onkel:

»So geh doch in die Schenke ...«

»Dort ist Petrucha ... Ich muss mit dir reden ...«

»So? Wovon denn?«

Der Bucklige trat auf ihn zu und sprach geheimnisvoll:

»Ich breche bald auf. Du bleibst hier allein zurück ... das heißt ...«

»So mach' doch rasch«, sagte Ilja.

»Gleich, gleich ... Ich möchte nämlich ... es ist nicht leicht zu sagen ...« sprach Terentij in gedämpftem Tone, während seine Augen blinzelten. »Ich hab' etwas Geld gespart ...«

Ilja sah ihn an und lachte boshaft. »Was ist denn? Warum lachst du?« rief der Onkel erschreckend.

»Na, du hast also Geld gespart ...«, sagte Ilja und betonte das Wort »gespart« ganz besonders.

»Ja, so ist es ...«, sagte Terentij, ohne ihn anzusehen. »Zweihundert Rubel will ich dem Kloster stiften ... und hundert bekommst du ...«

»Hundert?«, fragte Ilja jäh. Und mit einem Mal ward ihm klar, dass auf dem Grunde seiner Seele schon lange die Hoffnung lebte, der Onkel würde ihm nicht hundert Rubel, sondern eine weit größere Summe schenken. Er ärgerte sich zugleich über sich selbst, dass er einer so hässlichen, berechnenden Erwartung in seinem Herzen Raum gab, wie über den Onkel, der ihm so wenig schenkte. Er stand vom Stuhl auf, richtete sich hoch auf und sagte voll Trotz und Hohn:

»Ich mag dein gestohlenes Geld gar nicht ... verstanden?«

Der Bucklige wich zurück und sank, ganz bleich und elend, auf sein Bett. Sein Haar sträubte sich, sein Mund stand offen, und schweigend, mit stumpfsinniger Furcht im Blick, schaute er auf Ilja.

»Was guckst du mich so an? Ich brauch' dein Geld nicht ...«

»Herr Jesus Christus!«, krächzte Terentij heiser. »Iljuscha! ... Du warst mir wie ein Sohn ... Ich hab' doch nur ... für dich ... aus Angst um dein Schicksal ... die Sünde auf mich genommen ... Nimm das Geld ... nimm's ... Sonst wird mir der Herr nicht verzeihen ...«

»So-o-o!«, rief Ilja spöttisch. »Mit 'nem Rechenbrett in der Hand willst du vor Gott treten! ... Ach, ihr ... Hab' ich dich gebeten, das Geld des alten Jeremjej zu stehlen? Was war das für ein guter Mensch, den ihr da bestohlen habt!«

»Iljuscha! Du hast auch nicht gebeten, dass du geboren werdest ...« sprach der Onkel und streckte mit lächerlicher Miene die Hand nach Ilja aus. »Nein, nimm du ruhig das Geld ... um Christi willen! Um meiner Seelenrettung willen ... Gott wird mir die Sünde nicht vergeben, wenn du das Geld nicht nimmst ...«

Er bettelte förmlich, seine Lippen bebten, und in seinen Augen lag der Ausdruck des Schreckens. Ilja schaute ihn an und ward sich nicht klar darüber, ob ihm der Onkel eigentlich leidtat oder nicht.

»Gut, ich will's nehmen ...«, sagte er schließlich und ging gleich darauf aus dem Zimmer. Es war ihm peinlich, dass er dem Onkel schließlich nachgegeben hatte – er kam sich selbst dadurch erniedrigt vor. Was sollten ihm schließlich hundert Rubel? Was konnte er groß mit ihnen anfangen? Ja, wenn ihm der Onkel so tausend Rubel statt hundert angeboten hätte – dann wäre er imstande gewesen, sein unruhiges, düsteres Dasein in ein besseres umzuwandeln, das fern von den Menschen in ruhiger Einsamkeit dahingeflossen wäre ... Wie wäre es, wenn er den Onkel fragte, wie viel er eigentlich von dem Gelde des Lumpensammlers bekommen hatte? Aber dieser Gedanke widerstrebte ihm doch gar zu sehr ...

Seit der Zeit, da Ilja die Bekanntschaft Olympiadas gemacht hatte, erschien ihm das Haus Filimonows noch schmutziger und enger als früher. Diese Enge und dieser Schmutz riefen in ihm das Gefühl physischen Ekels hervor, wie wenn kalte, schlüpfrige Hände seinen Körper berührten. Heute hatte er dieses Gefühl ganz besonders peinlich empfunden, er konnte in diesem Hause durchaus keinen Platz finden, der ihm behagte, und er stieg ohne jeden weiteren Anlass die Treppe hinauf zu Matizas

Dachstube. Er sah die Bewohnerin neben ihrem breiten Bett auf einem Stuhle sitzen. Sie richtete ihre Augen auf ihn, drohte ihm mit dem Finger und flüsterte im tiefen Bass, wie wenn ein Sturmwind von ferne rauschte:

»Still! Sie schläft! ...«

Auf dem Bett schlief Mascha, zu einem Klumpen gekrümmt.

»Was sind das für Geschichten!«, flüsterte Matiza und rollte grimmig ihre großen Augen. »Die Kinder schlagen sie zu Krüppeln, die verdammten Bösewichte! Dass die Erde sie verschlinge, die Schurken! ...«

Ilja hörte ihr drohendes Flüstern, während er am Ofen stand und die in eine graue Hülle gewickelte zarte Gestalt der Schustertochter betrachtete.

»Was soll mit dem armen Dinge werden? ...« ging's ihm durch den Kopf.

»Weißt du denn, dass der Kerl auch Maschka geschlagen hat?«, fuhr Matiza fort. »Am Zopf hat er sie gezerrt, der verfluchte Spitzbube, der alte Schnapsplantscher! Seinen Sohn hat er geprügelt, und auch das Mädchen, und aus dem Hause will er beide jagen – weißt du schon, he? Wohin soll sie gehn, die arme Waise? Wie?«

»Vielleicht kann ich ihr eine Stelle verschaffen ...« sprach nachdenklich Ilja, der sich erinnerte, dass Olympiada ein Stubenmädchen suchte.

»Du!«, flüsterte Matiza vorwurfsvoll. »Du kommst jetzt immer nur hierher wie ein großer Herr ... Du wächst ganz für dich, wie eine junge Eiche ... gibst weder Schatten noch Eicheln ...« »So warte doch ab und keife nicht«, sagte Ilja. Es war für ihn ein passender Vorwand, um sogleich zu Olympiada zu gehen, und er fragte Matiza: »Wie alt ist denn Maschutka?«

»Fünfzehn Jahre ... Warum? Was tut ihr Alter zur Sache? Sie sieht aus, als ob sie noch nicht zwölf wäre – so zart und schmächtig ist sie ... Ach Gott ja, das reine Kind ist sie noch! Zu nichts, zu nichts ist sie tauglich! Was soll sie im Leben? Am besten wär's, sie erwachte gar nicht mehr bis zum Jüngsten Tage ...«

Ein dumpfer Nebel erfüllte Iljas Kopf, als er die Mansarde verließ. Eine Stunde später stand er an der Tür von Olympiadas Wohnung und wartete, dass man ihm öffnen würde. Eine ganze Weile musste er in der Kälte dastehen, bis endlich hinter der Tür eine dünne, mürrische Stimme fragte:

»Wer ist da?«

»Ich ...«, antwortete Lunew, der nicht wusste, wer denn eigentlich fragte. Olympiadas Aufwärterin, eine pockennarbige, plumpe Person, hatte eine grobe, laute Stimme und öffnete die Tür immer, ohne zu fragen.

»Zu wem wollen Sie?«, fragte die Stimme hinter der Tür von Neuem.

»Ist Olympiada Danilowna zu Hause?«

Die Tür ging plötzlich auf, und in Iljas Gesicht fiel ein greller Lichtschein. Der Jüngling trat einen Schritt zurück, kniff die Augen zusammen und schaute betroffen nach der Türöffnung, als ob ihm das, was er da sah, als Täuschung erschiene.

Vor ihm stand, mit der Lampe in der Hand, ein kleines, altes Männchen in einem schweren, weiten, himbeerfarbigen Schlafrock. Der Schädel des Alten war fast ganz kahl, und am Kinn zitterte unruhig ein kurzer, spärlicher grauer Bart. Er schaute auf Iljas Gesicht, und seine scharfen, grellen Augen blinzelten boshaft, während die dünn behaarte Oberlippe sich zuckend auf und ab bewegte. Auch die Lampe zuckte und zitterte in der dürren, dunklen Hand.

»Wer bist du denn? Na, so komm doch herein! ...« sagte der Alte. »Wer bist du?«

Ilja begriff, wer vor ihm stand. Er fühlte, dass das Blut ihm zu Kopfe stieg: Das also war sein Nebenbuhler, der mit ihm die Gunstbezeigungen dieses stattlichen, sauberen Weibes teilte! ...

»Ich bin – ein Hausierer ...« sprach er dumpf, während er die Schwelle überschritt.

Der Alte blinzelte ihm mit dem linken Auge zu und lächelte. Seine Augenlider waren rot, entzündet, ohne Wimpern, und aus seinem Munde starrten statt der Zähne ein paar gelbe, spitze Knöchelchen.

»So, so – ein Hausierer! Was für ein Hausierer denn? He?« fragte der Alte mit einem listigen Lächeln, während er mit der Lampe in Iljas Gericht hinüberleuchtete.

»Ich handle mit allerhand Kleinkram ... mit Parfüm, mit Bändern ... und so weiter«, sagte Ilja und senkte den Kopf. Ein Schwindel hatte ihn erfasst, und rote Flecke tanzten vor seinen Augen.

»So ... so ... so! Mit Bändchen und Posamentchen! ... Ja, ja, ja ... Bändchen und feine Düftchen ... Die verbessern das Lüftchen ... Was willst du denn hier, mein lieber Hausierer? ... He?«

»Ich will zu Olympiada Danilowna ...«

»Wi–i–ie? Zu ihr? Na, na ... Was willst du denn von ihr, he?«

»Ich ... hab' noch Geld zu bekommen, für Ware ...« brachte Ilja mit Mühe heraus.

Er fühlte eine unbegreifliche Furcht vor diesem abscheulichen Alten und hasste ihn zugleich. In der leisen, dünnen Stimme des Alten wie in seinen boshaften Augen lag etwas, das sich in Iljas Herz hineinbohrte, ihn tief verletzte und demütigte.

»Geld bekommst du noch? Eine kleine Schuld? Schö–ön, mein Junge ...«

Der Alte nahm plötzlich die Lampe von Iljas Gesicht fort, stellte sich auf die Fußspitzen, brachte sein gelbes, verwittertes Gesicht ganz nahe an Iljas Ohr und fragte ihn leise, mit einem listigen Lächeln:

»Und wo ist denn die Rechnung? Gib mal die Rechnung her!«

»Was für eine Rechnung?«, fragte Ilja und trat erschrocken zurück.

»Na, von deinem Herrn?! Die Rechnung für Olympiada Danilowna! Du hast sie doch mitgebracht? Wie? Gib sie mal her! Ich trag' sie ihr hin ... Na, nur rasch, rasch!«

Der Alte rückte Ilja förmlich zu Leibe, während dieser nach der Tür zurückwich. Es ward ihm vor Angst ganz trocken im Munde.

»Ich hab' doch gar keine Rechnung!« sprach er laut und voll Verzweiflung; es war ihm, als ob im nächsten Augenblick etwas Schreckliches geschehen müsste.

In diesem Moment jedoch erschien hinter dem Alten die hohe, stattliche Gestalt Olympiadas. Ruhig, ohne mit der Wimper zu zucken, schaute sie über den Kopf des Greises hinweg auf Ilja und fragte in ihrer gemessenen Weise:

»Was gibt's denn da, Wassilij Gawrilowitsch?«

»Ein Hausierer ist da ... Er sagt, er bekäme von Ihnen noch Geld. Sie haben Bändchen bei ihm gekauft? Haben ihn nicht bezahlt, wie? Da ist er nun jetzt ... und verlangt sein Geld ...«

Er trippelte vor Olympiada hin und her und blinzelte misstrauisch bald sie, bald Ilja an. Sie schob ihn mit einer gebieterischen Bewegung ihrer rechten Hand zur Seite, fuhr mit derselben Hand in die Tasche ihres Mantels und sagte zu Ilja in strengem Tone:

»Was ist denn das? Konntest du nicht zu einer andern Zeit kommen?«

»Ganz recht!«, schrie der Alte mit quiekender Stimme. »So 'n Dummkopf, nicht wahr? Kommst, wenn man dich am wenigsten braucht, Esel!«

Ilja stand da wie versteinert.

»Schreien Sie nicht, Wassilij Gawrilowitsch! Es schickt sich nicht!« sprach Olympiada und wandte sich dann zu Ilja: »Wie viel bekommst du doch? Drei Rubel vierzig Kopeken, nicht wahr? Da, nimm!«

»Und mach', dass du fortkommst!« quiekte der Alte von Neuem. »Erlauben Sie, ich selbst werde zuriegeln ... ich selbst, ich selbst!«

Er schlug die Schöße seines Schlafrockes übereinander, öffnete die Tür und schrie Ilja an:

»Da, geh! ...«

Ilja stand im Frost vor der verschlossenen Tür und starrte stumpfsinnig nach ihr hin. Er begriff noch nicht recht, ob alles das, was er eben gesehen, nur ein hässlicher Traum oder Wirklichkeit war. In der einen Hand hatte er seine Mütze, mit der andern hielt er das Geld fest, das ihm Olympiada gegeben hatte. So stand er lange da, bis er fühlte, dass der Frost einen Eisreif um seinen Schädel legte und seine Beine vor Kälte starr wurden. Da setzte er seine Mütze auf, steckte das Geld in die Tasche, schob die Hände in die Ärmel des Paletots, zog die Schultern ein und ging mit vorgebeugtem Kopfe langsam die Straße hinunter. Es war ihm, als ob sein Herz erstarrt wäre, und als ob in seinem Kopfe ein paar schwere Kugeln hin und her rollten und gegen seine Schläfen klopften. Vor seinen Augen schwebte die dunkle Gestalt des Alten mit dem gelben, vom kalten Lampenlicht beleuchteten Schädel ...

Das Gesicht dieses Alten lächelte boshaft, listig, triumphierend ...

XIII

Am folgenden Tage schritt Ilja langsam und schweigend in der Hauptstraße der Stadt auf und ab. Beständig sah er vor sich das höhnische Gesicht des Alten, die ruhigen blauen Augen Olympiadas und die Handbewegung, mit der sie ihm gestern das Geld gegeben hatte. In der frostigen Luft jagten sich scharfe, kleine Schneeflocken, die sein Gesicht wie Nadelspitzen trafen ...

Er war soeben an einem kleinen Laden vorübergegangen, der in einer Vertiefung der Straße zwischen einer Kapelle und dem großen Hause eines reichen Kaufmanns versteckt lag. Über dem Eingang zu dem Laden hing ein verrostetes Schild mit der Aufschrift:

»Wechselgeschäft des W.G. Poluektow. Einkauf von altem Gold und Silber, Metallschmuck von Heiligenbildern, Kostbarkeiten jeder Art und alten Münzen.«

Als Ilja an der Tür des Ladens vorüberkam, war es ihm, als ob er hinter den Fensterscheiben das Gesicht eines kahlköpfigen alten Mannes gesehen hätte, das ihn höhnisch angrinste und ihm zunickte. Lunew fühlte einen unwiderstehlichen Drang, sich diesen Alten in der Nähe anzusehen. Einen Vorwand hatte er leicht gefunden: Wie alle Kleinkrämer, hob er jede alte Münze auf, die ihm in die Hände fiel, und verkaufte sie an die Wechsler mit einem Aufschlag von zwanzig Kopeken für den Rubel. Auch jetzt steckten ein paar solche Münzen in seinem Beutel. Er kehrte zurück, öffnete keck die Tür des Ladens, trat mit seinem Hausierkasten ein, nahm die Mütze ab und grüßte:

»Wünsch' einen guten Tag!«

Der Alte saß hinter dem schmalen Ladentisch und nahm gerade die Metallbeschläge von einem Heiligenbilde ab, indem er die Nägelchen mit einem kleinen Stemmeisen lockerte. Er war ganz vertieft in seine Arbeit. Mit flüchtigem Blick streifte er den eintretenden Burschen, wandte sich sogleich wieder seiner Arbeit zu und sagte trocken, ohne aufzublicken:

»Guten Tag ... Was ist gefällig? ...«

»Haben Sie mich erkannt?«, fragte ihn Ilja.

Der Alte blickte ihn zum zweiten Mal an.

»Vielleicht hab' ich dich erkannt ... Was willst du?«

»Sie kaufen doch alte Münzen?«

»Zeig' mal her!«

Ilja schob seinen Kasten auf den Rücken und suchte die Tasche, in der er den Beutel mit den Münzen hatte. Seine Hand vermochte die Tasche jedoch nicht zu finden: Sie zitterte gleich seinem Herzen, das in Hass gegen den Alten und in Furcht vor ihm erbebte. Während er mit der Hand unter dem Schoße seines Paletots suchte, schaute er hartnäckig nach dem kahlen kleinen Schädel des Wechslers, und über seinen Rücken lief es wie ein kalter Schauer.

»Na, hast du sie bald?«, fuhr ihn der Alte in ärgerlichem Tone an.

»Sogleich! ...«, antwortete Ilja leise.

Endlich gelang es ihm, seinen Geldbeutel herauszuziehen; er ging dicht an den Ladentisch heran und schüttete seine Münzen aus. Der Alte überflog sie mit einem Blicke.

»Weiter nichts? ... Hm ...«

Er nahm die Silbermünzen mit seinen dünnen gelben Fingern und betrachtete sie einzeln, wobei er vor sich hinmurmelte:

»Katharina die Zweite ... Anna ... Katharina ... Paul ... noch ein Paul ... ein Kreuzrubel ... ein Zweiunddreißiger ... der Teufel mag die Prägung erkennen! Da – den mag ich nicht, er ist ganz abgegriffen ...«

»Aber man sieht doch nach der Größe, dass es ein Viertelrubel ist«, sagte Ilja grob.

»Für fünfzehn Kopeken nehm' ich ihn ... mehr gibt's nicht!«

Der Alte schob die Münzen auf die Seite, holte mit einer raschen Handbewegung seine Geldkasse hervor und begann in ihr zu suchen. Ilja holte mit dem Arm aus, und seine kräftige Faust traf den Alten gegen die Schläfe. Der Geldwechsler flog gegen die Wand und schlug mit dem Kopfe dagegen, er stemmte sich jedoch sogleich mit der Brust gegen den Ladentisch, hielt sich daran mit den Händen fest und streckte seinen dünnen Hals nach Ilja aus. Lunew sah, wie in dem kleinen, dunklen Gesichte die erschrockenen Augen blinzelten und die Lippen bebten, und er hörte das durchdringende, krächzende Flüstern des Alten:

»Um Gottes willen! ... Mein Täubchen! ...«

»Ha, du Lump!«, rief Ilja leise und presste mit Ekel den Hals des Alten zusammen. Er würgte und drückte ihn und begann ihn zu schütteln, der Alte aber röchelte, und suchte ihn krampfhaft von sich abzuwehren. Seine Augen füllten sich mit Blut, wurden größer und größer und quollen von Tränen über. Die Zunge trat aus dem dunklen Munde hervor und bewegte sich hin und her, als ob sie den Mörder verspottete. Der warme Speichel tropfte auf Iljas Hand, und aus der Kehle des Alten drang ein heiseres, pfeifendes Gurgeln. Die kalten, gekrümmten Finger griffen nach Lunews Halse – er aber biss die Zähne zusammen, warf seinen Kopf zurück und schüttelte den schmächtigen Körper des Alten immer stärker, während er ihn über die Bank emporzog. Und er hätte die unter seinen Fingern knirschende Gurgel des Alten nicht losgelassen, wenn selbst jemand gekommen wäre und von hinten auf ihn losgeschlagen hätte. Voll Hass und Grauen sah er, wie die trüben Augen Poluektows immer größer wurden, und immer leidenschaftlicher, wilder würgte er ihn. Und in dem Maße, wie der Körper des Alten schwerer und schwerer ward, schwand der lastende Druck in Iljas Herzen. Endlich ließ er den Geldwechsler los und stieß ihn von sich, dass der leblose Körper am Ladentisch herunter schlaff zu Boden sank.

Lunew sah sich um: In dem Laden war es still und öde, und hinter der Tür, auf der Straße, fiel dichter Schnee. Auf dem Boden zu Iljas Füßen lagen zwei Stücke Seife, ein Portemonnaie und eine Strähne Band. Er begriff, dass diese Gegenstände aus seinem Kasten gefallen waren, nahm sie auf und legte sie an ihren Platz zurück. Dann beugte er sich über den Ladentisch und schaute noch einmal nach dem Alten. Dieser kauerte in dem schmalen Raum zwischen dem Ladentisch und der Wand. Sein Kopf hing auf die Brust herab, man sah nichts davon als den gelben, kahlen Hinterschädel. Da erblickte Lunew die offene Geldkasse – goldene und silberne Münzen blinkten ihm entgegen, Päckchen mit Papiergeld fielen ihm in die Augen ... Er griff hastig nach einem der Päckchen, dann nach einem zweiten und dritten und steckte sie unter sein Hemd.

Vorsichtig, ohne sich zu beeilen, trat er auf die Straße hinaus, blieb drei Schritte von dem Laden entfernt stehen, deckte seine Waren sorgfältig mit der Wachstuchdecke zu und ging dann weiter inmitten der dichten Schneemasse, die aus unsichtbaren Höhen herabfiel. Rings um ihn, wie in ihm, wogte geräuschlos ein kalter, trüber Nebel. Mit gespannter Aufmerksamkeit suchte Iljas Auge ihn zu durchdringen. Plötzlich verspürte er einen dumpfen Schmerz in den Augen – er berührte sie mit den Fingern seiner rechten Hand und blieb, von Entsetzen gepackt, stehen, als ob seine Füße plötzlich am Boden festgefroren wären. Es schien ihm, dass seine Augen aus den Höhlen getreten waren, wie bei dem alten Poluektow, und er befürchtete, dass sie für immer so stark herausgequollen bleiben, sich nie wieder schließen und alle Leute in ihnen sogleich das begangene Verbrechen lesen würden. Es war, als ob sie ganz abgestorben wären. Er betastete mit den Fingern die Pupillen, fühlte einen jähen Schmerz in ihnen und versuchte, lange Zeit vergeblich, die Lider zu schließen. Die Furcht benahm ihm den Atem in der Brust. Endlich gelang es ihm, die Augen zu schließen. Er freute sich der Finsternis, die ihn plötzlich umgab, und ohne etwas zu sehen, stand er unbeweglich an einer Steile und atmete in tiefen Zügen die kalte Luft ein ...

Irgendjemand stieß ihn an. Er sah sich rasch um und erblickte einen hochgewachsenen Menschen in einem kurzen Pelze, der an ihm vorüberging. Ilja sah dem Unbekannten nach, bis dieser in dem dichten Schneegestöber verschwunden war. Dann rückte er seine Mütze zurecht und schritt auf dem Trottoir weiter, wobei er immer noch den Schmerz in den Augen und eine Schwere im Kopfe verspürte. Seine Schultern zuckten, die Finger der Hand krampften sich unwillkürlich zusammen, und in seinem Herzen erwachte ein verwegener Trotz, der die Furcht daraus verbannte.

Er ging bis zur Straßenkreuzung, sah dort die graue Gestalt eines Polizisten und ging wie von ungefähr leise, ganz leise gerade auf ihn zu. Sein Herz stockte, während er sich jenem näherte.

»Das ist mal ein Wetterchen!«, sagte er, trat dicht an den Polizisten heran und sah ihm keck ins Gesicht.

»Ja–a, das schneit nicht schlecht! Nu wird's, Gott sei Dank, auch wärmer werden«, antwortete der Polizist mit gemütlichem Ausdruck in dem großen, roten, bärtigen Gesicht.

»Wie spät ist es eigentlich?«, fragte Ilja.

»Wollen mal sehen!« Der Polizist klopfte den Schnee von seinem Ärmel ab und steckte die Hand unter seinen Mantel.

Lunew fühlte sich zu gleicher Zeit beruhigt und doch auch wieder geängstigt in Gegenwart dieses Menschen. Er stieß plötzlich ein trockenes, gezwungenes Lachen aus.

»Was lachst du denn?«, fragte ihn der Polizist, während er mit dem Nagel den Uhrdeckel öffnete.

»Wie du aussiehst – so förmlich vom Schnee verschüttet!«, rief Ilja.

»Das soll einen nicht verschütten – wie mit Scheffeln schneit's ja! Halb zwei ist's jetzt. Fünf Minuten fehlen noch dra ... Ja, Bruder, das setzt unsereinem bös zu, das Wetter ... Du wirst jetzt in die Kneipe gehen, ins Warme, und ich muss hier noch bis sechs Uhr herumstehen. Da – sieh mal, wie dein Kasten vollgeschneit ist!«

Der Polizist seufzte und klappte den Uhrdeckel zu.

»Ja, ich geh' jetzt in die Schenke«, sagte Ilja mit spöttischem Lächeln und fügte aus irgendeinem Grunde hinzu: »Da drüben in die geh' ich.«

»Hab' mich nicht noch zum besten!«, rief der Polizist mürrisch.

In der Schenke nahm Ilja am Fenster Platz. Aus diesem Fenster konnte man, wie er wusste, die Kapelle sehen, neben der Poluektows Laden lag. Jetzt aber war alles wie mit einer weißen Decke verhängt. Ilja schaute aufmerksam zu, wie die Flocken leise am Fenster vorüberhuschten, sich auf den Boden legten und die Fußspuren der Passanten, wie mit weicher Watte zudeckten. Sein Herz schlug lebhaft und kräftig, doch dabei leicht. Er saß da und wartete gedankenlos, was weiter geschehen würde ...

Als der Aufwärter ihm den Tee brachte, konnte er sich nicht enthalten zu fragen:

»Na, was ist auf der Straße los? Gibt's nichts Neues?«

»Wärmer ist's geworden, viel wärmer«, antwortete der Gefragte rasch und eilte davon.

Ilja goss sich ein Glas Tee ein, trank jedoch nicht; er rührte sich nicht und ging ganz in Erwartung auf. Dann stieg es plötzlich heiß in ihm auf – er knöpfte den Kragen seines Paletots auf, und als er mit den Händen sein Kinn berührte, fuhr er zusammen. Es schien ihm, dass es nicht seine Hände waren, sondern die fremden, kalten Hände eines andern, die ihn da berührt hatten. Er hielt sie ans Gesicht und betrachtete aufmerksam seine Finger – die Hände waren rein, doch kam ihm der Gedanke, dass es wohl nötig sein würde, sie tüchtig mit Seife zu waschen ...

»Poluektow ist ermordet worden!«, schrie plötzlich jemand in die Schenke hinein.

Ilja sprang vom Stuhle auf, wie wenn dieser Ruf ihm gegolten hätte. Aber auch alle übrigen Gäste gerieten in Bewegung und stürzten, unterwegs ihre Mützen aufsetzend, nach der Tür. Ilja warf ein Zehnkopekenstück auf das Tablett, hing seinen Warenkasten über die Schulter und folgte rasch den andern.

Vor dem Laden des Geldwechslers hatte sich eine große Menschenmenge angesammelt. Polizisten liefen hin und her und schrien voll Amtseifer die Leute an; auch der Bärtige, mit dem Ilja gesprochen hatte, war darunter. Er stand an der Tür, hielt die Leute, die nach der Ladentür drängten, zurück, schaute alle mit verstörten Augen an und fuhr beständig mit seiner Hand über die linke Backe, die noch röter erschien als die rechte.

Ilja hatte sich in seiner Nähe aufgestellt und horchte auf die Gespräche der Menge. Neben ihm stand ein hochgewachsener, schwarzbärtiger Kaufmann mit einem strengen Gesichte, der stirnrunzelnd einem lebhaft erzählenden Alten in einem Fuchspelze zuhörte.

»Der Laufbursche kommt nach Hause«, berichtete der Alte, »und denkt, der Prinzipal sei ohnmächtig geworden. Er läuft zu Peter Stepanowitsch... ›Ach‹, sagt er, ›kommen Sie doch rasch zu uns, der Herr ist krank geworden!‹ Na, der macht sich natürlich gleich auf, und wie er hinkommt, sieht er: Der Alte ist tot! Wenn man so bedenkt: die Frechheit, mitten am hellen Tage, in einer so belebten Straße ... nicht zu glauben ist's!«

Der schwarzbärtige Kaufmann hustete laut und sagte in strengem Tone:

»Das ist der Finger Gottes! Der Herr wollte offenbar seine Buße nicht annehmen ...«

Lunew drängte sich vor, um noch einmal in das Gesicht des Kaufmanns zu schauen, und stieß ihn dabei mit seinem Kasten an. Der Kaufmann schob ihn mit dem Ellbogen zur Seite, warf ihm einen strafenden Blick zu und schrie:

»Wohin kriechst du denn mit deinem Kasten?«

Dann wandte er sich wieder zu dem Alten:

»Es steht geschrieben: Auch nicht ein Haar fällt vom Haupte des Menschen ohne Gottes Willen ...«

»Was soll man schon sagen«, sprach der Alte und stimmte ihm mit einem Kopfnicken bei. Und dann fügte er, mit den Augen zwinkernd, halblaut hinzu: »Es ist ja bekannt, dass Gott den Schelmen zeichnet ... Der Herr verzeih' mir! Sündhaft ist's, darüber zu reden, aber auch das Schweigen ist schwer ...«

Lunew lachte auf. Beim Anhören dieses Gespräches war es ihm, als ob neue Kraft und neuer Mut ihm zuströmte. Wenn ihn in diesem Augenblick jemand gefragt hätte: ›Hast du ihn ermordet?‹ – er würde ohne Furcht geantwortet haben:

»Ja! ...«

Mit diesem Gefühl in der Brust drängte er sich durch die Menge, dicht neben den Polizisten. Dieser stieß ihn ärgerlich gegen die Schulter und schrie:

»Wohin denn? Was hast du hier zu suchen? ... Geh deiner Wege!«

Ilja wich zurück, stieß auf einen der Umstehenden und bekam von Neuem einen Stoß.

»Gebt ihm doch eins auf den Schädel! Ist der Kerl betrunken?« schrie jemand.

Da verließ Lunew das Gedränge, setzte sich auf die Stufen der Kapelle und lachte im stillen über die Menschen. Er hörte das Knirschen des Schnees unter ihren Füßen und die leise Unterhaltung, von der einzelne Brocken zu ihm herüberklangen:

»Musste der Schuft gerade jetzt, wo ich Dienst habe, die Schweinerei hier anrichten!«

»In der ganzen Stadt hat er die höchsten Zinsen genommen ...«

»Das hört ja heute nicht auf zu schneien ...«

»Das Fell hat er seinen Schuldnern ohne Erbarmen über die Ohren gezogen ...«

»Da, sieh! Seine Frau ist angekommen ...«

»A–ach, die Unglückliche!«, seufzte ein zerlumpter Bauer.

Lunew stand auf und sah, dass aus einem breiten Schlitten mit einem Bärenfell eine dicke, ältliche Frau in einer Saloppe und einem schwarzen Tuche schwerfällig ausstieg. Der Reviervorsteher und ein Herr mit einem roten Schnurrbart waren ihr beim Aussteigen behilflich.

»Ach, du lieber Gott!« ertönte ihre entsetzte Stimme. Alles ringsum schwieg.

Ilja schaute die Alte an und dachte an Olympiada.

»Ist denn sein Sohn nicht hier?«, fragte jemand leise.

»Er ist in Moskau ...«

»Der wird sich schon zu trösten wissen! ...«

»Das will ich meinen! ...«

Lunew war es angenehm, dass niemand Poluektow bedauerte, gleichzeitig jedoch erschienen ihm alle diese Menschen, mit Ausnahme des schwarzbärtigen Kaufmanns, dumm und unausstehlich. In dem Kaufmann steckte eine gewisse Strenge und Glaubensstärke, die andern aber standen da wie die Baumstämme im Walde und gefielen sich in ihrem widerlichen, schadenfrohen Geschwätz.

Er wartete noch so lange, bis der schmächtige Körper des Geldwechslers aus dem Laden getragen wurde, und ging dann nach Hause – erfroren, müde, doch ruhig. Zu Hause verriegelte er sich in seinem Zimmer und begann sein Geld zu zählen: In zwei dicken Päckchen befanden sich je fünfhundert Rubel in kleinen Scheinen, im dritten achthundertundfünfzig Rubel. Es war noch ein Päckchen mit Coupons da, die zählte er jedoch nicht. Er wickelte das ganze Geld in Papier ein und dachte, den Kopf mit den Händen stützend, darüber nach, wo er es verstecken sollte. Während er nachsann, fühlte er, dass er schläfrig wurde. Er beschloss, das Geld auf dem Boden zu verstecken, und begab sich, das Paket offen in den Händen tragend, sogleich hinauf. Im Hausflur begegnete er Jakow.

»Ah, du bist schon gekommen!«, sagte Jakow. »Was trägst du denn da?«

»Das da?«, tönte es von Iljas Lippen. Er fuhr zusammen aus Furcht, dass er sein Geheimnis ausplaudern könnte, und sprach hastig, während er das Paket in der Luft schwang: »Das ist Band ... aus meinem Hausierkasten ...«

»Kommst du Tee trinken?«, fragte Jakow.

»Gleich komm' ich, sofort ...«

Er ging rasch weiter; seine Füße traten unsicher auf, und sein Kopf war benommen, wie wenn er einen Rausch hätte. Als er die Bodentreppe hinaufstieg, ging er vorsichtig, in beständiger Angst, dass er ein Geräusch verursachen oder jemand begegnen könnte. Als er das Geld vergrub – neben dem Rauchfang, im Estrich – da schien's ihm mit einem Mal, als ob jemand im Bodenwinkel, ganz im Dunkeln, sich versteckt hätte und ihn beobachtete. Er verspürte den lebhaften Wunsch, einen Ziegelstein nach jener Richtung zu werfen, doch kam er rasch zur Besinnung und stieg wieder leise hinunter. Er hatte nun keine Furcht mehr – es war, als ob er sie zugleich mit dem Gelde oben auf dem Boden gelassen hätte. Aber schwere Zweifel erwachten nun in seinem Herzen.

»Weshalb hab' ich ihn denn ermordet?«, fragte er sich.

Als er den Keller betrat, empfing ihn Mascha, die sich am Ofen mit dem Samowar zu schaffen machte, mit dem freudigen Ausruf:

»Wie früh du heute da bist!«

»Das macht der Schnee«, sagte er. Und gleich darauf fügte er gereizt hinzu: »Was heißt überhaupt früh? Ich bin gekommen, wie immer ... wenn's Zeit ist, zu kommen ... Du siehst doch, dass es dunkel ist! ...«

»Hier ist's auch zur Mittagszeit dunkel ... Was schreist du überhaupt so?«

»Ich schreie, weil ihr alle wie Geheimpolizisten redet – ›bist so früh gekommen – wohin gehst du? – was trägst du da?‹ ... Was geht euch das alles an?« Mascha sah ihn durchdringend an und sagte vorwurfsvoll:

»Ei, ei, Ilja – wie hochmütig du geworden bist!«

»Hol' euch der Teufel!«, schalt Lunew, während er am Tische Platz nahm. Mascha fühlte sich beleidigt, fuhr ihn heftig an und wandte sich dann ab, um in die Zugröhre des Samowars zu blasen. Zart und klein, wie sie war, schüttelte sie die schwarzen Locken, hustete und blinzelte, wenn der Rauch ihre Augen reizte. Ihr Gesicht war mager, und die dunklen Ringe um die Augen ließen diese noch glänzender erscheinen. Sie glich einer jener Blumen, die in verwachsenen Gartenwinkeln mitten unter Gras und Unkraut aufsprießen.

Ilja schaute sie an und sann darüber nach, dass dieses Kind so ganz allein lebte in der unterirdischen Höhle, dass es arbeitete wie die Erwachsenen, dass es keine Freuden kannte, vielleicht auch nie im Leben welche kennenlernen würde. Er aber konnte jetzt, wenn er nur wollte, so leben, wie er es sich immer gewünscht hatte – in Ruhe und Sauberkeit. Es war ihm wohl zumute bei diesem Gedanken, zugleich aber fühlte er sich vor Mascha schuldig.

»Mascha!«, rief er leise.

»Na, was denn, du Wilder?«, ließ sich Mascha vernehmen.

»Weißt du ... ich bin ein recht schlechter Mensch«, sprach Lunew, und seine Stimme zitterte. Ob er es ihr sagen sollte?

Sie richtete sich aus und sah ihn lächelnd an.

»'s ist keiner da, der dich mal durchprügelte – das ist's!«, sagte sie. Und dann trat sie rasch auf ihn zu und sprach hastig:

»Ach, lieber Ilja – bitte doch deinen Onkel, dass er mich mitnimmt – ja? Bitt' ihn darum! Ich wäre dir so dankbar!«

»Wohin denn?«, fragte in müdem Tone Lunew, der ganz mit seinen Gedanken beschäftigt war und nicht auf ihre Worte geachtet hatte.

»Zu den heiligen Orten, mein Lieber – bitt' ihn!«

Sie faltete die Hände und stand vor ihm wie vor einem Heiligenbilde, während in ihre Augen Tränen traten.

»Wie schön wäre das doch!« sprach das Mädchen seufzend. »Im Frühjahr würden wir aufbrechen. Alle Tage sinn' ich darüber nach, ja ich träume sogar davon, dass ich gehe, gehe ... Mein Lieber, sprich mit deinem Onkel, sag' ihm, er soll mich mitnehmen! Er hört ja auf dich ... Sein Brot werde ich nicht essen ... um Almosen will ich bitten ... Ich bin so klein – man wird mir schon was geben. Willst du's tun, Iljuscha? Ich küsse dir die Hand dafür! ...«

Und plötzlich fasste sie seine Hand und beugte sich darüber. Ilja stieß sie zurück und sprang vom Stuhle auf.

»Dummes Mädchen!«, rief er laut. »Was tust du denn? Ich hab' einen Menschen erwürgt ...«

Er erschrak über seine eignen Worte und fügte sogleich hinzu:

»Vielleicht ... vielleicht hab' ich etwas sehr Böses mit diesen Händen getan ... und du willst sie küssen?«

»So lass mich doch!« sprach Mascha, dicht an ihn herantretend. »Was wär' denn dabei? Gewiss küsse ich sie dir! Petrucha ist schlechter als du, und doch küss' ich ihm für jedes Stückchen Brot die Hand ... Mir ist es zuwider, er will's aber haben – und so küss' ich sie ihm. Und dazu kneift und betastet er mich noch ... der Unverschämte!«

Es war Ilja mit einem Mal leicht und froh zumute – vielleicht davon, dass er jene schrecklichen Worte ausgesprochen, vielleicht auch davon, dass er nicht alles gesagt hatte. Er lächelte und sprach leise, mit gütiger Stimme zu dem Mädchen:

»Gut, ich will das beim Onkel durchsetzen. Weiß Gott, ich setz' es durch! Du sollst auf die Pilgerschaft gehen ... Auch Geld will ich dir auf den Weg mitgeben ...«

»Du mein Guter!«, rief Mascha, hüpfte auf ihn zu und fiel ihm um den Hals.

»Hör' doch auf!«, sagte Lunew ernst. »Ich hab's gesagt – du gehst mit. Wirst für mich beten, Maschutka!«

»Für dich? O Gott! ...«

In der Tür erschien Jakow und fragte Mascha verwundert:

»Was quiekst du denn so? Man hört's ja sogar auf dem Hofe!«

»Jascha!«, schrie das Mädchen freudig bewegt und erzählte hastig: »Ich geh' auf die Pilgerfahrt ... Ilja hat mir versprochen, dem Buckligen zuzureden ...«

»So, so! ...«, sagte Jakow, schwieg ein Weilchen und begann dann leise zu pfeifen. »Jetzt bin ich ganz verloren!«, fuhr er fort. »Ganz allein bleib' ich hier, wie der Mond am Himmel ...«

»Miete dir doch eine Kinderfrau ...«, riet Ilja ihm lachend.

»Branntwein werde ich trinken«, sprach Jakow kopfschüttelnd.

Mascha sah ihn an, senkte den Kopf auf die Brust und ging nach der Tür zu. Von hier aus sprach sie in vorwurfsvollem, traurigem Tone:

»Was für ein schwacher Mensch bist du doch, Jakow!«

»Und ihr seid mal stark! Lasst einen Freund im Stich!«

Er setzte sich mit düstrer Miene an den Tisch, Ilja gegenüber, und sagte:

»Soll ich am Ende auch mit Terentij gehen – ganz heimlich, wie?«

»Tu's! ... Ich würde fortgehen! ...« riet ihm Ilja.

»Du! ... Aber mir wird der Vater die Polizei nachschicken!«

Sie schwiegen alle drei. Und dann begann Jakow mit erzwungener Heiterkeit:

»Es ist doch hübsch, betrunken zu sein! Man denkt an nichts, begreift nichts ...«

Mascha stellte den Samowar auf den Tisch und sagte kopfschüttelnd:

»Ach, du ... schämst du dich nicht, so zu reden?«

»Du kannst davon nicht sprechen«, rief Jakow ärgerlich. »Dein Vater kümmert sich nicht um dich ... lässt dich machen, was du willst ... Lebst ganz nach deinem Willen.«

»Ein schönes Leben!« versetzte Mascha. »Fortlaufen möcht' ich und mich gar nicht umsehen ...«

»Es geht uns allen schlecht«, sagte Ilja leise und verfiel wieder in Nachdenken.

Dann begann Jakow, während er sinnend zum Fenster hinaussah:

»Wenn man so ganz und gar fortkönnte ... irgendwohin! ... Am Waldrande sitzen, oder an einem Flussufer, und über alles nachdenken ...«

»Das wär' eine dumme Art, dem Leben aus dem Wege zu gehen!« sprach Ilja verdrießlich.

Jakow sah ihm forschend ins Gesicht und sprach mit einer gewissen Scheu:

»Weißt du – ich hab' da ein Buch gefunden ...«

»Was für ein Buch?« »Ein ganz altes... In Leder ist's gebunden, wie ein Psalter sieht's aus, und ist wohl ... ein Ketzerbuch. Bei einem Tataren hab' ich's für siebzig Kopeken gekauft ...«

»Wie ist sein Titel?«, fragte Ilja obenhin. Er hatte durchaus keine Lust zum Reden, doch fühlte er, dass das Schweigen ihm gefährlich werden konnte, und zwang sich daher zum Sprechen.

»Der Titel ist abgerissen«, berichtete Jakow in gedämpftem Tone. »Es ist darin vom Ursprung der Dinge die Rede. Schwer ist's zu lesen ... Es heißt dort, dass nach dem Ursprung der Dinge zuerst Thales von Milet geforscht hat: ›Der sagte, dass aus dem Wasser alles Sein herstammt, und dass Gott als eine Lebenskraft in den Dingen wohnet.‹ Und dann war noch ein Gottloser namens Diagoras, der lehrte, dass ›es nicht einen einzigen Gott gebe‹ – er hat also wohl an Gott nicht geglaubt. Und auch

Epikur ist genannt, der meinte, dass wohl ›ein Gott ist, der sich aber um niemand bekümmert und für niemand sorgt‹. Das heißt also – wenn's auch einen Gott gibt, so gehn ihn die Menschen doch nichts an, so verstehe ich's wenigstens. Lebe, wie du willst – es gibt keinen, der auf deine Taten achtgibt ...«

Ilja erhob sich vom Stuhle und unterbrach stirnrunzelnd die breiten Ausführungen des Freundes:

»Man sollte dieses Buch nehmen und dir damit eins auf den Schädel geben!«

»Weshalb?«, rief Jakow, der sich durch Iljas Bemerkung verletzt fühlte, ganz verwundert.

»Damit du nicht mehr darin liest – Dummkopf! Und jener, der das Buch geschrieben hat, ist gleichfalls ein Dummkopf!«

Lunew ging um den Tisch herum, beugte sich über den dasitzenden Freund und begann leidenschaftlich, voll Ingrimm auf Jakow loszuschreien, wie wenn er seinen großen Kopf mit Hammerschlägen bearbeitete:

»Es gibt einen Gott! Er sieht alles! Er weiß alles! Neben Ihm – gibt's keinen! Das Leben ist dir gegeben, um dich zu erproben, und die Sünde, um dich zu prüfen. Wirst du standhalten – oder nicht? Hast du nicht standgehalten – trifft dich die Strafe ... erwarte sie bestimmt! Nicht von den Menschen erwarte sie, sondern von Ihm – verstanden? Immer warte!«

»Halt ein!«, rief Jakow. »Hab' ich denn davon etwas gesagt?«

»Ganz gleich! Wart' deine Strafe ab! Wie kannst du mein Richter sein, he?« schrie Lunew, bleich vor Erregung und Wut, die plötzlich über ihn gekommen war. »Kein Haar fällt von deinem Kopfe ohne Seinen Willen, hörst du? Wenn ich der Sünde verfallen bin – dann war das Sein Wille! Dummkopf!«

»Hast du den Verstand verloren – oder was sonst?«, rief Jakow ganz erschrocken und lehnte sich an die Wand. »Was für einer Sünde bist du denn verfallen?«

Lunew hörte durch das Rauschen und Sausen in seinen Ohren diese Frage Jakows, und es war ihm, als ob ein kalter Hauch ihn anwehte. Er sah misstrauisch auf Jakow und Mascha, die durch seine Aufregung und sein Schreien gleichfalls beunruhigt war.

»Ich rede doch nur beispielshalber«, sagte Ilja dumpf.

»Scheinst nicht gesund zu sein«, bemerkte Mascha schüchtern.

»Deine Augen sind so trübe«, fügte Jakow hinzu und musterte ihn aufmerksam. Ilja fuhr unwillkürlich mit der Hand über seine Augen und antwortete leise:

»Es ist nichts weiter, es wird vorübergehen.«

Es war ihm jedoch peinlich und unbehaglich, mit Menschen zusammen zu sein, und er ging auf sein Zimmer, ohne den Tee abzuwarten.

Kaum hatte er sich auf sein Bett gestreckt, als Onkel Terentij erschien. Seit der Bucklige sich entschlossen hatte, an den heiligen Orten Vergebung seiner Sünden zu suchen, lag auf seinem Gesichte ein verklärter, seliger Ausdruck, als hätte er schon jetzt einen Vorgeschmack der Freude, die ihm die Lossprechung von seiner Sündenschuld bereiten sollte. Leise, mit lächelnden Lippen, trat er an das Bett seines Neffen und sprach, während er an seinem Bärtchen zupfte, mit freundlicher Stimme:

»Ich sah dich vorhin kommen ... und da dacht' ich: ›Willst doch mal reingehen und mit ihm plaudern! ...‹ Nicht lange mehr werden wir hier zusammen hausen!«

»Du gehst also wirklich?«, fragte Ilja trocken.

»Sowie es wärmer wird. Zur Karwoche möcht' ich schon in Kiew sein.«

»Sieh mal an! Sag', möchtest du nicht die kleine Mascha mitnehmen?«

»Was? Nein, das geht nicht«, rief der Bucklige mit einer abweisenden Handbewegung.

»So hör' doch einmal«, sprach Ilja hartnäckig. »Sie ist hier ganz überflüssig ... und steht jetzt in dem Alter ... Jakow, Petrucha ... und so weiter ... Du verstehst mich doch? Dieses Haus hier ist für alle wie ein Abgrund ... ein verfluchtes Haus! Mag sie gehen ... vielleicht kommt sie nicht mehr zurück ...« »Aber wie kann ich sie denn mitnehmen?« entgegnete Terentij kläglich.

»Nimm sie nur, nimm sie«, sprach Ilja, auf seinem Vorhaben beharrend. »Kannst die hundert Rubel, die du mir geben willst, für sie verwenden ... Ich hab' dein Geld nicht nötig ... und sie wird für dich beten ... Ihr Gebet hat viel zu bedeuten! ...«

Der Bucklige sann nach und sprach nach einer Weile:

»Es hat viel zu bedeuten ... das stimmt! Das hast du ... ganz richtig gesagt ... Das Geld aber kann ich von dir nicht nehmen. Damit bleibt's, wie wir es beschlossen haben ... Und was Maschka anbelangt –so will ich's überlegen ...«

146

Onkel Terentijs Augen leuchteten glücklich auf, und während er sich zu Ilja hinneigte, sprach er flüsternd, in freudiger Begeisterung:

»Was für einen Mann hab' ich gestern kennengelernt, mein Lieber! Einen berühmten Menschen, Peter Wassilitsch mit Namen ... Hast noch nichts von dem Bibelkundigen Ssisow gehört? Ein Mensch von höchster Weisheit! Nur Gott der Herr selber kann ihn zu mir gesandt haben, damit er meine Seele befreie von den Zweifeln an der Gnade des Herrn gegen mich Sünder ...«

Ilja lag schweigend da – er hatte nur den Wunsch, dass der Onkel ihn allein ließe. Mit halbgeschlossenen Augen schaute er zum Fenster hinaus, auf die hohe, dunkle Wand des Anbaus.

»Wir haben von den Sünden geredet, und von der Rettung der Seelen«, flüsterte Terentij in frommem Eifer. – »Er sprach: ›Wie der Meißel des Steines bedarf, damit er die rechte Schärfe erlange, so bedarf der Mensch auch der Sünde, damit seine Seele zerknirscht werde und er sie in den Staub niederwerfe zu Füßen des allbarmherzigen Herrn‹...«

Ilja sah den Onkel an und sprach mit höhnischem Lächeln:

»Sag' mal – ist dieser Bibelkundige nicht etwa dem Satan ähnlich?«

»Wie kann man nur so reden!«, rief Terentij, von ihm abrückend. »Er ist doch ein gottesfürchtiger Mensch! ... Viel berühmter ist er schon, als dein Großvater Antipa war ... Ja–a, mein Lieber!«

Und während er vorwurfsvoll den Kopf schüttelte, schmatzte er mit den Lippen.

»Na, schon gut!«, sagte Ilja unwirsch. »Was hat er denn sonst noch gesagt?«

Ilja ließ ein unangenehmes Lachen hören. Der Onkel rückte verwundert von ihm weg und sagte:

»Was ist denn mit dir?«

»Nichts weiter. Es war ganz richtig, was er da gesagt hat, dieser Bibelkundige ... Passt ganz auf mich ... ach, hol's der Teufel! Bin ganz der gleichen Meinung ... Punkt für Punkt! ...«

Er schwieg, sah dem Onkel durchdringend in die Augen und kehrte sein Gesicht der Wand zu.

»Er sagte auch noch«, begann Terentij von Neuem, gleichsam vorsichtig tastend, »dass die Sünde der Seele Flügel gibt – Flügel der Reue, auf denen sie sich zum Throne des Allerhöchsten erhebt ...«

»Weißt du was?«, unterbrach ihn Ilja wieder mit leisem Lachen – »auch du hast einige Ähnlichkeit mit dem Satan!«

Der Bucklige streckte die Arme zur Seite aus, wie ein großer Vogel, der die Flügel spreizt, und war ganz starr vor Entrüstung und Schrecken. Lunew aber richtete sich auf seinem Bett empor, stieß den Onkel mit der Hand in die Seite und sagte finster:

»Hebe dich weg von mir!«

Terentij erhob sich rasch und stand, seinen Buckel schüttelnd, mitten im Zimmer. Er schaute düster auf seinen Neffen, der auf dem Bett saß, mit beiden Armen sich stützend, die Schultern hoch emporgezogen und den Kopf tief auf die Brust gesenkt.

»Aber wenn ich nicht bereuen will?«, fragte Ilja trotzig. »Wenn ich so denke: Sündigen wollte ich nicht ... alles ist von selbst gekommen ... Alles geschieht nach Gottes Willen, was brauch' ich mich zu beunruhigen? Er weiß alles und lenkt alles ... Wenn er es nicht gewollt hätte, hätte er mich zurückgehalten ... Also hatte ich in dem, was ich tat, vollkommen recht! Alle Menschen leben in Unrecht und Sünde, wie viele sind's denn, die Buße tun?«

»Ich verstehe deine Worte nicht – Christus sei mit dir!« sprach Onkel Terentij traurig und stieß einen Seufzer aus.

»Verstehst du mich nicht«, rief Ilja lachend, »dann sprich erst gar nicht mit mir ... lass mich ungeschoren!«

Er streckte sich wieder auf dem Bett aus und sagte nach einer Weile zu Terentij:

»Ich glaube wirklich, ich bin krank ...«

»So scheint's auch mir«, sprach der Onkel.

»Schlafen möcht' ich ... Geh, lass mich allein!«

Als Ilja allein war, fühlte er, wie in seinem Kopfe gleichsam ein Strudel sich wirbelnd drehte. All das Seltsame, das er in diesen wenigen Stunden durchlebt hatte, floss zu einem stickigen, heißen Nebel zusammen, der schwer auf sein Hirn drückte. Es schien ihm, dass er schon lange sich in diesem qualvollen Zustande befand, dass er den Alten nicht heute, sondern irgend einmal vor langer Zeit erdrosselt hatte ...

Er schloss die Augen und lag unbeweglich da. In seinen Ohren ertönte die quiekende Stimme des Alten:

»Na, her mit deinen Münzen – mach' rasch!«

Die raue Stimme des schwarzbärtigen Kaufmanns, die rührende Bitte Maschas, die Worte des alten Ketzerbuches, die frommen Reden des Bibelkundigen – alles das tönte wirr und wüst durcheinander. Alles schwankte hin und her und zog ihn irgendwohin in die Tiefe. Er hatte nur noch das Bedürfnis nach Ruhe, nach Vergessen. Und er schlief ein ...

Als er am Morgen erwachte, sah er an der hell bestrahlten Wand gegenüber dem Fenster, dass ein klarer, frostkalter Tag angebrochen war. Er rief sich die Ereignisse des gestrigen Tages ins Gedächtnis, belauschte gleichsam sich selbst und hatte das Gefühl, dass er nun schon wissen würde, wie er sich zu benehmen habe. Eine Stunde später ging er mit seinem Hausierkasten auf der Brust die Straße entlang, blinzelte mit den Augen, da der Schnee ihn blendete, und musterte ruhig die Leute, die ihm begegneten. Kam er an einer Kirche vorüber, so nahm er die Mütze ab und bekreuzte sich. Auch vor der Kapelle neben dem geschlossenen Geschäft Poluektows bekreuzte er sich und ging weiter, ohne eine Spur von Furcht, Bedauern oder sonst einem beunruhigenden Gefühl zu empfinden. Als er zur Mittagszeit in einer Schenke saß, las er in einer Zeitung den Bericht über die freche Ermordung des Geldwechslers. Der Schluss des Artikels lautete: »Von der Polizei sind energische Maßnahmen zur Ergreifung des Täters eingeleitet.« Als Ilja diese Worte las, schüttelte er ungläubig lächelnd den Kopf: Er war fest davon überzeugt, dass man den Mörder niemals ergreifen würde, wenn er nicht selbst wünschte, dass man ihn fasste ...

XIV

Am Abend schickte Olympiada ihre Aufwärterin mit einem Briefe zu Ilja.

»Komm um neun Uhr an die Ecke der Kusnezkajastraße, nach den Badehäusern«, schrieb sie.

Als Ilja diese Worte las, fühlte er, dass sein Inneres sich krampfhaft zusammenzog und wie im Frost erzitterte. Er sah wieder den geringschätzigen Ausdruck im Gesicht seiner Geliebten, und in seinen Ohren klangen die schroffen, verletzenden Worte:

»Konntest du nicht zu einer anderen Zeit kommen?«

Er betrachtete den Brief und dachte nach, weshalb ihm wohl Olympiada dieses Stelldichein gab. Er fürchtete sich, den Grund zu erraten, und sein Herz begann wieder, ängstlich zu schlagen. Um neun Uhr war er pünktlich zur Stelle. Als er unter den Frauen, die in der Nähe der Badehäuser paarweise oder einzeln spazieren gingen, die hohe Gestalt Olympiadas erblickte, verstärkte sich noch seine Angst und Unruhe. Olympiada trug einen alten Pelz und ein Tuch auf dem Kopfe, das Ilja von dem Gesichte nur die Augen sehen ließ. Schweigend blieb er vor ihr stehen ...

»Komm!«, sagte sie, und gleich darauf fügte sie leise hinzu:

»Schlag deinen Kragen hoch, dass man dein Gesicht nicht sieht!«

Sie schritten durch den Korridor der Badeanstalt, wandten ihre Gesichter wie aus Schamgefühl zur Seite und verschwanden in einer reservierten Zelle. Olympiada warf sogleich ihr Tuch ab, und beim Anblick ihres ruhigen, vom Frost rosig angehauchten Gesichtes fasste auch Ilja wieder Mut. Gleichzeitig jedoch fühlte er, dass es ihm unangenehm war, sie so ruhig zu sehen. Sie setzte sich neben ihn auf den Diwan und sprach, während sie ihm freundlich ins Gesicht sah:

»Du mein Eigensinn! Jetzt kommen wir beide bald vor den Untersuchungsrichter ...«

»Warum?«, fragte Ilja, während er den tauenden Reif von seinem Schnurrbart wischte.

»Wie dumm er sich doch stellen kann! ... Als ob er gar nichts wüsste«, rief Olympiada leise, mit spöttischem Ausdruck.

Sie zog die Brauen zusammen und fuhr flüsternd fort:

»Heut' war ein Geheimpolizist bei mir!«

Ilja sah sie an und meinte trocken:

»Lass mich mit deinem Geheimpolizisten und überhaupt mit allem, was du treibst, ungeschoren. Sag' mir einfach – warum hast du mich hierher bestellt?«

Olympiada sah ihm forschend ins Gesicht und sagte verächtlich lächelnd:

»Ach so! Du spielst den Beleidigten ... Na, dafür habe ich jetzt keine Zeit. Hör' jetzt einmal: Wenn der Untersuchungsrichter dich verhört und dich fragt, wann du mich kennengelernt hast, und ob du oft bei mir warst, dann sag' nur alles der Wahrheit gemäß, ganz genau, hörst du?«

»Ich höre«, sagte Ilja und lächelte.

»Und wenn er wegen des Alten fragt – dann sag', du habest ihn nie gesehen. Niemals! Weißt gar nichts von ihm. Hast nicht gehört, dass ich von jemandem ausgehalten werde – verstehst du?«

Sie sah Ilja durchdringend, mit herrischer Miene an. Er fühlte, wie in ihm ein boshafter Gedanke emporkeimte, der ihn mit Genugtuung erfüllte. Es schien ihm, dass Olympiada ihn fürchtete, und er verspürte die Lust, sie zu quälen. Er kniff seine Augen zusammen und schaute ihr verstohlen lächelnd, ohne ein Wort zu sagen, ins Gesicht.

Jetzt ging es wie ein schreckhaftes Zucken über ihre Züge, und während sie erbleichend einen Schritt zurücktrat, fragte sie flüsternd:

»Was siehst du mich so an, Ilja?«

»Sag', warum soll ich lügen?« fragte er und wies ihr höhnisch die Zähne. »Ich habe den Alten doch bei dir gesehen! ...«

Und während er seine Ellbogen auf die Marmorplatte des Tisches legte, fuhr er in einem plötzlichen Anfall von bittrem Ingrimm langsam und leise fort:

»Ich hab' mir ihn damals angesehen und dachte: Der also ist's, der mir im Wege steht, der mein Leben zertrümmert hat! Und wenn ich ihn damals nicht erwürgt habe ...«

»Lüg' doch nicht!«, rief Olympiada laut, während sie mit der Hand auf den Tisch aufschlug ... »Du lügst ja – er hat dir nie im Wege gestanden!«

»Wieso denn nicht?«, fragte Ilja barsch.

»Er hat dir nichts getan. Du brauchtest nur zu wollen, und ich hätte ihm den Laufpass gegeben. Hab' ich dir nicht gesagt, dass ich ihm ohne Weiteres die Tür weise, wenn du es verlangst? Du schwiegst dazu und lächeltest nur ... Du hast mich eben nie wirklich geliebt! Du selbst hast, nach deinem eigenen Willen, mit ihm geteilt ...«

»Halt, schweig still!«, rief Ilja. Er sprang vom Diwan auf, setzte sich jedoch sogleich wieder hin, als fühlte er sich durch Olympiadas Tadel niedergeschmettert.

»Ich will nicht schweigen!«, rief sie. »Ich liebte dich, weil du ein so prächtiger, gesunder Junge warst ... Und du, was hast du mir angetan? Hast du mir etwa gesagt: Olympiada, wähle – er oder ich? Hast du das gesagt? Nein, du warst nur ... ein verliebter Kater, wie alle andern ...«

Ilja fuhr auf bei diesem beleidigenden Vorwurf. Es ward ihm dunkel vor den Augen, und mit geballter Faust sprang er von Neuem empor:

»Wie kannst du es wagen?«

»Schlagen willst du mich, wie?«, schrie das Weib mit drohend blitzenden Augen und knirschte mit den Zähnen. »Na, so schlag doch zu! Ich reiße sofort die Tür auf und schrei', dass du ihn totgeschlagen hast, nach Verabredung mit mir ... Na, so schlag mich doch!«

Ilja war wie vom Schreck gelähmt, doch das Gefühl des Schreckens streifte sein Herz nur und schwand alsbald. Er vermochte nur mühsam zu atmen, wie wenn unsichtbare Hände seine Kehle würgten.

Er sank wieder auf den Diwan zurück, schwieg eine Weile und stieß dann ein gepresstes Lachen aus. Er sah, wie Olympiada sich auf die Lippen biss und in der schmutzigen, vom warmen Dunst der Badequaste und der Seife durchzogenen Zelle mit den Augen irgendetwas suchte. Dann setzte sie sich auf den Diwan dicht neben der Tür, ließ den Kopf sinken und sagte:

»Lach' nur ... du Teufel!«

»Das will ich auch!«

»Wie ich dich sah, dachte ich: Das ist der Rechte, der wird mir behilflich sein, mich retten ...«

»Lipa!« sprach Ilja leise.

Sie saß unbeweglich und antwortete nicht.

»Lipa!«, rief Lunew abermals, und mit einem Gefühl, als ob er sich jäh in einen Abgrund stürzte, sprach er langsam, gemessen:

»Ich hab' den Alten erwürgt ... bei Gott!«

Sie zuckte zusammen, hob den Kopf empor und sah ihn mit weit geöffneten Augen an. Dann begannen ihre Lippen zu zittern, und mit stockendem Atem brachte sie mühsam hervor:

»Dummer Kerl!«

Ilja begriff, dass sie über seine Worte erschrocken war, jedoch an ihre Wahrheit nicht glauben wollte. Er erhob sich, trat an sie heran und setzte sich zerstreut lächelnd neben sie. Sie aber fasste plötzlich nach seinem Kopfe, presste ihn an ihre Brust und flüsterte, während sie sein Haar küsste, mit ihrer sonoren Stimme:

»Warum kränkst du mich so? Ich war ja so froh, dass sie ihn erwürgt haben, den alten Schleicher ...«

»Ich hab's getan«, sagte er, mit dem Kopf nickend.

»So schweig doch!«, rief das Weib unruhig. »Ich bin froh, dass er weg ist. Allen sollte es so gehen! Allen, die mich berührt haben! ... Nur du allein warst zu mir wie ein Mensch ... in meinem Leben bist du der erste, dem ich begegnet bin ... Du, mein Lieber!«

Ihre Worte zogen Ilja immer stärker zu ihr hin. Er schmiegte sich mit seinem Gesicht fest an ihre Brust, und obschon er kaum atmen konnte, vermochte er sich doch von ihr nicht loszureißen, da er das Gefühl hatte, dass sie ihm menschlich nahe stehe, und dass er ihrer jetzt mehr denn je benötigen würde.

»Wenn du so frisch und gesund, wie eine junge Eiche, vor mir stehst ... und mich zornig anschaust ... dann fühle ich die ganze Niedrigkeit meines Lebens. Und eben darum liebe ich dich ... um deines Stolzes willen ...«Ihre schweren Tränen fielen auf Lunews Gesicht, und als er die Berührung der warmen Tropfen spürte, flossen ihm selbst befreiende Tränen über die Wangen.

Sie aber nahm seinen Kopf in die Hände, küsste seine feuchten Augen, seine Wangen und Lippen und sprach:

»Ich weiß ja, dass dich nur meine Schönheit reizt ... dass du mich nicht mit dem Herzen liebst und mich verurteilst ... Du kannst mir einmal mein Leben und jenen Alten ... nicht verzeihen ...«

»Sprich nicht von ihm«, sagte Ilja. Er trocknete sein Gesicht mit ihrem Kopftuch ab und erhob sich.

»Komme, was kommen will«, sprach er mit leiser, fester Stimme. »Will Gott den Menschen strafen, dann findet er ihn überall. Für deine Worte danke ich dir, Lipa ... Was du sagst, ist richtig – ich bekenne mich schuldig vor dir. Ich dachte, du wärest ... eine solche, nichts weiter ... und du ... Nun, schon gut, ich bitt' dich um Verzeihung.«

Seine Rede stockte, seine Lippen bebten, und die Augen wurden ihm trübe. Langsam, mit zitternder Hand glättete er sein wirres Haar und sagte dann nochmals dumpf und hoffnungslos:

»Ich bin an allem schuld! ... Weshalb musste das sein?«

Olympiada fasste seine Hand. Er sank neben ihr auf den Diwan und sagte, ohne auf ihr Geflüster zu achten:

»So begreif doch – ich hab' ihn erwürgt, ich!«

»Still doch!«, rief Olympiada ängstlich, mit gedämpfter Stimme. »Was redest du denn?«

Und sie umarmte ihn fest und sah ihm mit ihren angsterfüllten Augen ins Gesicht.

»Lass nur! Es ist ganz unerwartet gekommen. Gott weiß es ... ich wollte es nicht tun! Ich wollte mir nur sein widerliches Gesicht ansehen, darum ging ich in den Laden. Nichts Bestimmtes hatte ich im Sinn. Und dann –

kam das so plötzlich ... Der Teufel trieb mich an, und Gott hinderte ihn nicht ... Das Geld hätt' ich nicht nehmen sollen, es war töricht ... ach!«

Er seufzte tief auf, und es war ihm, als ob von seinem Herzen eine Rinde sich löste. Olympiada zitterte am ganzen Leibe, sie drückte ihn immer fester an sich und redete in abgerissenem, zusammenhangslosem Flüstern auf ihn ein.

»Dass du Geld genommen hast, ist gut ... Man glaubt jetzt, es sei ein Raubmord ... Sonst hätten sie gedacht, es sei aus Eifersucht geschehen ...«

»Reue empfinde ich nicht«, sprach Ilja nachdenklich. »Möge Gott mich strafen! ... Menschen – sind keine Richter ... was wären mir das für Richter?! Ich kenne keine Menschen, die selbst ohne Sünde wären ... hab' keinen gesehen ...«

»O Gott!«, stöhnte Olympiada, »was wird nun werden? ... Mein Lieber! Ich bin ganz fassungslos ... kann nicht reden noch denken ... Lass uns jetzt weggehen von hier.«

Sie stand auf und schwankte wie eine Betrunkene. Als sie jedoch ihr Tuch um den Kopf gebunden hatte, sprach sie plötzlich ganz ruhig:

»Was wird nun werden, Iljuschaf. Ob's uns schlecht gehen wird? ...«

Ilja schüttelte verneinend den Kopf.

»Sag' nur beim Untersuchungsrichter so aus, wie es war ...«

»So will ich's auch sagen. Denkst wohl, ich werde für mich nicht einstehen? Meinst, ich würde wegen dieses alten Kerls nach Sibirien gehen? Nein, da hab' ich noch anderes zu tun im Leben!«

Sein Gesicht ward rot vor Erregung, und seine Augen blitzten. Das Weib aber trat ganz nahe an ihn heran und fragte flüsternd:

»Hast du wirklich nur zweitausend genommen?«

»Zweitausend ... und noch etwas drüber ...«

»Armer Junge, auch darin hast du kein Glück!«, sagte Olympiada betrübt; in ihren Augen schimmerten Tränen.

Ilja sah sie an und lächelte bitter:

»Hab' ich's denn des Geldes wegen getan? Versteh mich doch recht! – Wart'! Lass mich zuerst gehen, die Männer gehen hier immer zuerst hinaus ...«

»Komm nur recht bald zu mir ... Zu verstecken brauchen wir uns nicht ... Recht bald!« rief Olympiada voll Besorgnis.

Sie verabschiedeten sich mit einem langen, leidenschaftlichen Kusse. Sobald Lunew auf die Straße hinaustrat, rief er eine Droschke heran. Unterwegs schaute er immer wieder zurück, ob nicht jemand hinter ihm herfahre. Das Gespräch mit Olympiada hatte sein Herz erleichtert und in ihm ein warmes, zärtliches Gefühl für dieses Weib geweckt. Nicht mit einem Worte, nicht mit einem Blick hatte sie sein Herz verwundet, als er ihr seine Tat bekannte; nicht von sich gestoßen hatte sie ihn, sondern einen Teil der Schuld auf sich genommen. Eine Minute vorher, als sie noch gar nichts wusste, war sie bereit gewesen, ihn zu verderben – er hatte das an ihrem Gesichte gesehen. Und dann war sie plötzlich wie umgewandelt ... Ein mildes Lächeln lag auf seinem Gesicht, wenn er an sie dachte.

Am folgenden Tage fühlte sich Lunew bereits als das Wild, dem die Jäger auf der Spur sind. Frühmorgens begegnete ihm in der Schenke Petrucha; als Ilja ihn begrüßte, antwortete er kaum mit einem Kopfnicken und sah ihn dabei mit einem ganz besonderen, durchbohrenden Blicke an. Auch Terentij schaute ihn so seltsam an, seufzte dabei und sprach nicht ein Wort. Jakow rief ihn in Maschas Stube und sagte dort in ängstlichem Tone:

»Gestern Abend war der Reviervorsteher hier, er fragte den Vater ganz genau über dich aus ... Was hat das zu bedeuten?«

»Wonach fragte er denn?«, erkundigte sich Ilja ruhig.

»Wie du lebst ... ob du Branntwein trinkst ... in Bezug auf Weiber ... Er nannte auch eine gewisse Olympiada – ›Kennen Sie die nicht?‹ sprach er. Warum fragt er das alles?«

»Der Teufel mag's wissen«, versetzte Ilja und ließ Jakow allein.

Am Abend dieses Tages bekam er wieder eine Nachricht von Olympiada. Sie schrieb:

»Man hat mich über Dich verhört. Ich habe alles genau angegeben. Das hat durchaus nichts auf sich und ist nicht gefährlich. Hab' keine Angst. Ich küsse Dich, Geliebter.«

Er warf den Zettel ins Feuer. In Filimonows Hause, wie in der Schenke, sprachen alle von der Ermordung des Kaufmanns. Ilja hörte diese Erzählungen, und es bereitete ihm ein eignes Vergnügen, sie anzuhören. Es gefiel ihm, zwischen den Menschen umherzugehen, sie über die Einzelheiten des Falles auszufragen, die sie selbst hinzugedichtet hatten, und dabei zu wissen, dass er sie alle in höchstes Erstaunen versetzen konnte, wenn er sagte:

»Ich bin's ja, der es getan hat! ...«

Einige rühmten die Geschicklichkeit des Täters, andere bedauerten, dass er nicht alles Geld mitnehmen konnte, noch andere sprachen ihre Befürchtung aus, dass man ihn vielleicht doch noch fassen würde, und nicht eine einzige Stimme fand sich, die den Ermordeten bedauert hätte, niemand äußerte über ihn auch nur ein freundliches Wort.

Der Umstand, dass Ilja bei den Menschen gar kein Mitleid mit dem Ermordeten fand, weckte in ihm ein Gefühl der Geringschätzung gegen sie. Er dachte im übrigen gar nicht mehr an Poluektow, sondern nur daran, dass er eine schwere Schuld auf sich geladen habe, und dass ihn in Zukunft sein Strafgericht erwarte! Dieser Gedanke beunruhigte ihn jetzt gar nicht weiter: Er hatte sich in seinem Innern festgesetzt und war gleichsam ein Teil seiner Seele geworden. Er glich einer Beule, die von einem Schlage zurückbleibt – sie schmerzt nicht, wenn man nicht daran rührt. In ihm lebte die tiefe Überzeugung, dass die Stunde kommen müsse, in der die Strafe Gottes ihn treffen würde – Gottes, der alles weiß und dem Übertreter Seines Gesetzes nicht verzeiht. Diese stetige Bereitschaft, zu jeder Stunde die Strafe über sich ergehen zu lassen, gestattete Ilja, seine Ruhe fast ungestört zu bewahren und mit Eifer den Schwächen der Menschen nachzuspüren. Dieses Spüren und Beobachten bereitete ihm eine gewisse Genugtuung, wenn er auch wusste, dass für ihn darin keine Rechtfertigung lag.

Er wurde finsterer, in sich gekehrter, doch ging er ganz wie früher vom Morgen bis zum Abend mit seiner Ware in der Stadt umher, besuchte die Schenken, beobachtete die Menschen und hörte aufmerksam auf ihre Reden. Eines Tages fiel ihm das Geld ein, das er oben auf dem Boden versteckt hatte, und er dachte daran, es an irgendeinem anderen Orte zu verbergen, aber gleich darauf sagte er sich:

»Es ist unnötig. Mag es dort liegen ... Sucht man danach und findet es – dann gesteh' ich ...«

Es wurde jedoch nicht nach dem Gelde gesucht, und auch vor den Untersuchungsrichter wurde Ilja erst am sechsten Tage geladen. Bevor er sich nach dem Gerichtsgebäude begab, wechselte er seine Wäsche, zog sein bestes Jackett an und putzte seine Stiefel ganz blank. In einer Schlittendroschke fuhr er hin. Der Schlitten flog auf dem unebenen Straßendamm hin und her, Ilja aber war bemüht, sich gerade und unbeweglich zu halten. In seinem Innern war alles so straff gespannt, dass er befürchtete, es könnte bei einer unvorsichtigen Bewegung irgendetwas in ihm zerbrechen. Auch die Treppe des Gerichtsgebäudes stieg er ganz langsam und vorsichtig empor, als wenn er Kleider aus Glas anhätte.

Der Untersuchungsrichter, ein junger Mann mit gelocktem Haar und einer Adlernase, über der eine goldene Brille saß, rieb, als er Ilja erblickte, zuerst kräftig seine schlanken, weißen Hände, dann nahm er die Brille ab, putzte sie sorgfältig mit seinem Taschentuche und schaute dabei Ilja mit seinen großen, dunklen Augen an. Ilja verneigte sich schweigend vor ihm.

»Guten Tag! Setzen Sie sich ... dahin! ...«

Er wies mit einer Handbewegung nach einem Stuhl an einem großen, mit himbeerfarbigem Tuch überzogenen Tische. Ilja setzte sich und schob vorsichtig mit dem Ellbogen einen Aktenstoß fort, der auf dem Rande des Tisches lag. Der Untersuchungsrichter bemerkte das, nahm höflich die Akten fort und setzte sich dann Ilja gegenüber an den Tisch. Schweigend begann er in einem Buche zu blättern und musterte dabei Ilja von der Seite. Dieses Schweigen gefiel Ilja nicht, er wandte sich von dem Untersuchungsrichter ab und schaute sich im Zimmer um. Zum ersten Mal sah er einen so sauber und vornehm ausgestatteten Raum. An den Wänden hingen Bildnisse in Rahmen und Gemälde. Auf einem derselben war Christus dargestellt. Er ging in Gedanken versunken, den Kopf vorgebeugt, traurig und einsam zwischen Ruinen daher, zu seinen Füßen lagen menschliche Leichname und Waffen, und im Hintergrunde des Bildes stieg schwarzer Rauch empor – es brannte dort etwas. Ilja schaute lange auf dieses Bild und suchte zu begreifen, was es vorstellte, und er hatte sogar Lust, danach zu fragen, als plötzlich der Untersuchungsrichter das Buch laut zuklappte. Ilja fuhr zusammen und sah ihn an. Das Gesicht des Untersuchungsrichters hatte einen trockenen, gelangweilten Ausdruck, und seine Lippen hingen in komischer Weise herab, als wenn ihn jemand verletzt hätte.

»Nun«, sagte er und klopfte mit dem Finger auf den Tisch – »Sie sind Ilja Jakowlewitsch Lunew, nicht wahr?«

»Ja ...«

»Sie erraten, weshalb ich Sie vorgeladen habe?«

»Nein«, antwortete Ilja und blickte wieder flüchtig nach dem Gemälde. Dann ließ er seinen Blick über die saubere, solide Einrichtung des Zimmers schweifen und sog das feine Parfüm ein, nach dem der Untersuchungsrichter duftete. Es zerstreute und beruhigte ihn, seine Umgebung zu beobachten, und der Neid regte sich in seinem Herzen.

»So also lebt solch ein Herr ...« ging's ihm durch den Kopf. »Es muss wohl einträglich sein, Räuber und Mörder zu fangen ... Wieviel Gehalt mag er haben? ...«

»Sie erraten es also nicht?« wiederholte der Untersuchungsrichter wie erstaunt. »Hat Ihnen denn Olympiada nichts gesagt?«

»Nein ... ich hab' sie schon lange nicht gesehen ...«

Der Untersuchungsrichter warf sich mit dem Rücken gegen die Lehne des Sessels und ließ wieder die Lippen hängen.

»Wie lange denn? ...«, fragte er.

»Ich weiß es nicht ... vielleicht acht, neun Tage ...«

»Aha! So so! ... Und sagen Sie mal – haben Sie den alten Poluektow oft bei ihr getroffen?«

»Den, der neulich ermordet wurde?«, fragte Ilja, indem er dem Untersuchungsrichter in die Augen sah.

»Ganz recht, den mein' ich ...«

»Den hab' ich dort niemals getroffen ...«

»Niemals? Hm ...«

»Niemals!«

Der Untersuchungsrichter warf seine Fragen rasch und wie von ungefähr hin, und wenn Ilja, der sehr bedächtig antwortete, mit seiner Antwort gar zu lange zögerte, trommelte er ungeduldig mit den Fingern auf dem Tische.

»Sie wussten, dass Olympiada Petrowna von Poluektow ausgehalten wurde?«, fragte er plötzlich, indem er durch seine Brille scharf nach Ilja hinsah.

Lunew errötete unter diesem Blick, der für ihn etwas Verletzendes hatte.

»Jawohl, sie wurde von ihm ausgehalten«, wiederholte der Untersuchungsrichter in gereiztem Tone. »Nach meiner Ansicht ist das nicht schön«, fügte er hinzu, als er sah, dass Ilja keine Miene machte, ihm zu antworten.

»Was sollte daran wohl schön sein!«, sagte Ilja endlich leise.

»Nicht wahr? ...«

Aber Ilja ließ ihn wiederum ohne Antwort.

»Und Sie ... sind Sie schon lange mit ihr bekannt?«

»Über ein Jahr ...«

»Sie haben sie also noch vor ihrer Bekanntschaft mit Poluektow kennengelernt?«

»Du bist mir ein schlauer Fuchs«, dachte Ilja und sagte dann ruhig: »Wie kann ich Ihnen das sagen, wenn ich doch nicht wusste, dass sie ... mit dem Verstorbenen zusammenlebte?«

Der Untersuchungsrichter spitzte den Mund, ließ einen Pfiff hören und begann in einem Aktenstück zu blättern. Lunew betrachtete wieder das Bild – er fühlte, wie das Interesse für dieses ihm seine Ruhe bewahren half. Irgendwoher drang das helle, muntere Lachen eines Kindes an sein Ohr. Dann sang eine fröhliche, sanfte Frauenstimme zärtlich:

»Ännchen mein ... Kindchen mein ... Herzchen mein ... Schätzchen mein! ...«

»Das Bild da scheint Sie sehr zu interessieren?«, ließ die Stimme des Untersuchungsrichters sich vernehmen.

»Wohin geht denn eigentlich Christus?«, fragte Ilja leise.

Der Untersuchungsrichter sah ihm mit gelangweiltem, enttäuschtem Ausdruck ins Gesicht und sagte nach einer Weile:

»Sie sehen ja – er ist auf die Erde herabgekommen, um sich zu überzeugen, wie die Menschen seine Gebote erfüllen. Er geht über ein Schlachtfeld, ringsum sieht er getötete Menschen, zerstörte Häuser, Feuersbrünste, Plünderungen ...«

»Kann er denn das vom Himmel aus nicht sehen?«, fragte Ilja.

»Hm ... Der größeren Anschaulichkeit wegen ist es so dargestellt ... um zu zeigen, wie wenig das wirkliche Leben mit den Lehren Christi übereinstimmt ...«

Wiederum folgte eine ganze Anzahl kleiner, unwesentlicher Fragen, die Ilja lästig fielen wie die Herbstfliegen. Er wurde durch sie ermüdet und fühlte, wie sie seine Aufmerksamkeit einschläferten, und wie seine Vorsicht unter ihrem eintönigen, öden Geknatter ermattete. Und er ward böse auf den Untersuchungsrichter, der, wie er wohl begriff, absichtlich diese Fragen stellte, um ihn zu ermüden.

»Können Sie mir vielleicht sagen,« warf der Richter rasch, wie ohne besondere Absicht hin – »wo Sie am Donnerstag zwischen zwei und drei Uhr gewesen sind?«

»Im Wirtshaus ... Tee hab' ich getrunken ...«, antwortete Ilja.

159

»Ah! In welchem Wirtshause denn? Wo?«

»In der ›Plewna‹ ...«

»Wie kommt es, dass Sie darüber so genau Bescheid wissen ... dass Sie gerade zu jener Zeit in dem Wirtshaus gewesen sind?«

Das Gesicht des Untersuchungsrichters nahm einen gespannten Ausdruck an, er legte sich mit der Brust über den Tisch und sah mit seinen flammenden Augen forschend in die Augen Lunews. Ilja antwortete nicht sogleich. Er schwieg ein paar Sekunden, dann seufzte er und sagte, ohne sich zu beeilen:

»Ich hatte, bevor ich in das Wirtshaus ging, einen Polizisten nach der Zeit gefragt.«

Der Untersuchungsrichter lehnte sich wieder in den Sessel zurück, nahm einen Bleistift und begann damit auf seine Fingernägel zu klopfen.

»Der Polizist sagte mir, es sei in der zweiten Stunde, zwanzig Minuten vor zwei, oder so was ...« sprach Ilja langsam.

»Er kennt Sie?«

»Ja ...«

»Haben Sie keine Taschenuhr?«

»Nein ...«

»Hatten Sie ihn auch schon früher einmal nach der Zeit gefragt?«

»Es ist wohl vorgekommen ...«

»Haben Sie lange in der ›Plewna‹ gesessen?«

»Bis die Nachricht von dem Morde kam ...«

»Und wohin gingen Sie dann?«

»Ich ging, mir den Ermordeten anzusehen.«

»Hat Sie dort ... vor dem Laden ... jemand gesehen?«

»Jener Polizist hat mich gesehen ... Er hat mich sogar fortgejagt ... mich gestoßen ...«

»Sehr gut ... sehr wichtig für Sie«, sagte der Untersuchungsrichter beifällig und fragte dann obenhin, ohne Ilja anzusehen:

»Haben Sie den Polizisten vor dem Morde oder nach dem Morde nach der Zeit gefragt?«

Ilja begriff die Absicht des Fragenden. Er wandte sich auf seinem Stuhle schroff ab, voll Wut über diesen Menschen in dem blendend weißen

Hemd, mit den feinen, schlanken Fingern, den wohlgepflegten Nägeln und der goldenen Brille vor den stechenden, dunklen Augen. Statt einer Antwort stellte er die Frage:

»Wie kann ich denn das wissen?«

Der Untersuchungsrichter hustete trocken und rieb sich die Hände, dass seine Finger knackten.

»Ausgezeichnet!«, sagte er in unzufriedenem Tone. »Großa–artig! ... Nur noch ein paar Fragen.«

Jetzt fragte der Richter schon in gleichgültigem, gelangweiltem Tone – offenbar erwartete er nicht mehr, irgendetwas Interessantes zu hören. Ilja gab ihm Bescheid und war immer noch darauf gefasst, plötzlich eine ähnliche Frage, wie jene über die Zeit des Mordes, zu vernehmen. Jedes Wort, das er sprach, hallte in seiner Brust wie in einem leeren Raume wider, als ob es dort an einer straff gespannten Saite rührte. Doch der Untersuchungsrichter stellte ihm keine so verschmitzten Fragen mehr.

»Als Sie an jenem Tage dort auf der Straße gingen – ist Ihnen da nicht ein hochgewachsener Mensch in einem kurzen Pelz und schwarzer Lammfellmütze begegnet? Erinnern Sie sich nicht?«

»Nein ...« sprach Lunew barsch.

»Nun hören Sie mal zu: ich werde Ihnen Ihre Aussage vorlesen, und Sie unterschreiben dann ...«

Er hielt einen beschriebenen Bogen Papier vor sein Gesicht und begann rasch und eintönig zu lesen. Als er mit dem Lesen fertig war, steckte er Lunew eine Feder in die Hand. Ilja beugte sich über den Tisch, unterschrieb, erhob sich langsam von seinem Stuhle und sagte, während er den Untersuchungsrichter ansah, mit lauter, sicherer Stimme:

»Leben Sie wohl! ...«

Jener antwortete ihm mit einem kurzen, vornehmen Kopfnicken, beugte sich über seinen Schreibtisch vor und begann zu schreiben. Ilja stand sinnend da – er hätte diesem Menschen, der ihn so lange gequält hatte, noch gern irgendetwas gesagt. In der Stille des Zimmers hörte man das Kratzen der Feder, und die singende Frauenstimme ließ sich wieder vernehmen:

»Tanzet lustig, tanzet lustig, meine kleinen Püppelchen! ...«

»Was wollen Sie noch?«, fragte der Untersuchungsrichter plötzlich und hob den Kopf empor.

»Nichts ...« versetzte Lunew düster.

»Ich sagte Ihnen ja: Sie können gehen ...«

»Ich geh' schon ...«

Sie sahen einander unfreundlich an, und Lunew fühlte, dass in seiner Brust irgendetwas wuchs – etwas Schweres, Furchtbares. Rasch wandte er sich um und ging auf die Straße hinaus. Ein kalter Wind wehte ihm entgegen, und er merkte jetzt erst, dass sein Körper ganz in Schweiß gebadet war. Eine halbe Stunde später saß er bei Olympiada. Sie hatte ihm selbst die Tür geöffnet, nachdem sie aus dem Fenster ihn hatte vorfahren sehen. Mit mütterlicher Freude begrüßte sie ihn. Ihr Gesicht war bleich, und sie blickte ihn unruhig, mit weit geöffneten Augen, an.

»Mein kluger Junge!«, rief sie, als Ilja ihr sagte, dass er eben vom Untersuchungsrichter komme. »Na, so erzähl' doch – wie war es denn dort?«

»Der Spitzbube!« sprach Ilja voll Wut. »Er hat mir Fallen gestellt ...«

»Er kann doch nicht anders«, belehrte ihn Olympiada.

»Warum sagt er's nicht gerade heraus? ›So und so ... das und das denkt man von Ihnen‹ ...«

»Hast du ihm denn alles gerade herausgesagt?«, fragte Olympiada lächelnd.

»Ich?«, rief Lunew erstaunt. »Ach ja ... in der Tat ... hol' ihn der Teufel! ...«

Er schien ganz verdutzt und meinte nach einer Weile:

»Und wie ich dort vor ihm saß, dacht' ich, bei Gott ... ich wär' im Recht!«

»Nun, Gott sei Dank ... es ist alles gut abgelaufen!«, rief Olympiada froh bewegt.

Ilja sah sie lächelnd an und sagte langsam:

»Ich brauchte gar nicht viel zu lügen ... Hab' wirklich Glück, Lipa! ...«

Er lachte ganz seltsam bei diesen Worten.

»Mir sind die Geheimpolizisten scharf auf den Fersen,« sprach Olympiada mit gedämpfter Stimme, »und jedenfalls auch dir ...«

»Natürlich!«, sagte Lunew voll Hohn und Grimm. »Sie schnüffeln herum und wollen mich einschließen, wie die Treiber den Wolf im Walde. Aber es wird ihnen nicht gelingen ... sie sind nicht die Kerle danach! Und ich bin auch kein Wolf, sondern ein unglücklicher Mensch ... Ich wollte

162

keinen würgen, mich selber würgt das Schicksal ... wie Paschka in seinen Versen sagt ... Auch den Paschka würgt es, und Jakow ... uns alle!«

»Lass gut sein, Iljuscha,« sprach Olympiada, die gerade Wasser in den Samowar goss – »alles wird noch gut werden! ...«

Lunew erhob sich vom Diwan, trat ans Fenster und sagte, während er auf die Straße hinaussah, mit dumpfer, verzweiflungsvoller Stimme:

»Mein ganzes Leben lang hab' ich mit der Nase im Schmutz gewühlt ... immer auf das wurde ich gestoßen, was ich nicht liebte, was ich hasste. Nie hab' ich einen Menschen gefunden, den ich mit frohem Blick hätte anschauen mögen ... Gibt's denn nichts Reines, nichts Edles im Leben? Jetzt hab' ich diesen da ... den Deinigen ... erwürgt ... weshalb? Nur besudelt hab' ich mich dabei, und meine Seele verdorben ... Geld hab' ich genommen ... ich hätt's nicht tun sollen ...«

»Klage nicht!« suchte ihn Olympiada zu trösten. »Er verdient kein Mitleid ...«

»Ich bemitleide ihn auch nicht ... Nur mich selbst will ich rechtfertigen. Jeder sucht sich zu rechtfertigen – denn er muss doch leben! ... Der Untersuchungsrichter – ja, der lebt wie das Zuckerplätzchen in der Schachtel ... Der wird niemanden erwürgen! Der kann brav und rechtlich bleiben ... in seinem sauberen Neste ...«

»Lass gut sein, wir ziehen beide fort aus dieser Stadt ...«

»Nein, ich ziehe nirgends hin!«, rief Lunew und wandte sich trotzig zu ihr um. »Ich will warten und zusehen, was weiter wird.«

Olympiada sann einen Augenblick nach. Sie saß am Tische vor dem Samowar, üppig und schön, in einem weißen, weiten Mantel.

»Ich will noch kämpfen!«, rief Lunew und schüttelte vielsagend mit dem Kopfe, während er im Zimmer auf und ab schritt.

»Ach so!«, rief das Weib in gekränktem Tone – »du willst nicht mit mir gehen, weil du dich vor mir fürchtest? Du meinst, ich würde dich jetzt für immer in der Hand haben, denkst, ich werde es mir zunutze machen ... dass ich dein Geheimnis kenne? Da irrst du, mein Lieber, ja! Mit Gewalt will ich dich nicht fortschleppen ...«

Sie sprach in ruhigem Tone, doch ihre Lippen zuckten, wie wenn sie Schmerzen darin hätte.

»Was redest du da?«, fragte Lunew ganz verwundert.

»Zwingen will ich dich zu nichts ... Hab' keine Angst! Geh, wohin du willst – bitte ...«

»Wart' doch mal!« sprach Ilja, während er sich neben sie setzte und ihre Hand nahm. »Ich hab' nicht begriffen, was du da sagtest ...«

»Verstell' dich doch nicht!«, rief Olympiada schmerzlich und entzog ihm ihre Hand. »Ich weiß – du bist stolz ... und hart. Den Alten kannst du mir nicht verzeihen, und mein Leben ist dir zuwider ... Du denkst jetzt, das alles sei nur um meinetwillen so gekommen ...«

»Du redest töricht«, sprach Ilja gemessen. »Nicht im geringsten hab' ich dich beschuldigt. Ich weiß, dass es für uns keine Weiber gibt, die sauber und fein und dabei ohne Sünde wären ... Solche Weiber sind teuer ... Die sind nur für die reichen Leute, unsereins muss schon mit dem Abgenagten und Ausgesogenen ... dem Bespienen und Verbrauchten vorliebnehmen ...«

»Dann lass doch ab von mir, der Bespienen, Verbrauchten!«, schrie Olympiada, vom Stuhl aufspringend. »Mach', dass du fortkommst!«

Doch plötzlich blitzten Tränen in ihren Augen auf, und sie überschüttete Ilja mit einer Flut von flammenden Worten, die wie Kohlen brannten:

»Ich selbst bin freiwillig in diese Höhle gekrochen ... weil in ihr viel Geld zu holen ist ... Mit diesem Gelde wollte ich wie auf einer Leiter wieder emporklettern ... gedachte ein anständiges Leben zu beginnen ... Du hast mir dazu verholfen, ich weiß es! ... Und ich liebe dich und werde dich lieben, wenn du auch zehn Menschen erwürgst ... Nicht die Tugend liebe ich in dir, sondern den Stolz ... und deine Jugend, deinen Lockenkopf, deinen starken Arm, deine finstern Augen ... Auch deine Vorwürfe, die mir wie Dolche ins Herz gehen ... für alles das werde ich dir bis ans Grab dankbar sein, die Füße werde ich dir küssen – ja!«

Sie stürzte zu seinen Füßen nieder und begann seine Knie zu küssen, während sie rief:

»Gott ist mein Zeuge! Ich habe gesündigt um meines Seelenheils willen. Es muss Ihm doch lieber sein, wenn ich nicht mein ganzes Leben im Schmutz verbringe, sondern durch ihn hindurchschreite und wieder ein reines Leben führe ... Dann will ich Seine Verzeihung erflehen ... Ich will nicht mein ganzes Leben lang diese Marter tragen! Sie haben mich mit Schmutz besudelt ... und mit Kot ... Alle meine Tränen reichen nicht hin, um ihn abzuwaschen ...«

Ilja suchte sich von ihr loszumachen und sie vom Boden aufzuheben, doch sie hatte sich an ihm festgeklammert, hatte ihren Kopf an seine Knie gepresst und rieb ihre Wangen an seinen Füßen. Und dabei sprach sie in einem fort mit leidenschaftlicher, dumpfer keuchender Stimme. Da begann er sie mit zitternder Hand zu streicheln, zog sie empor, umarmte sie und legte ihren Kopf an seine Schulter. Die heiße Wange des Weibes presste sich fest an sein Gesicht, und während Olympiada noch, von seinen starken Armen umfangen, auf den Knien vor ihm lag, flüsterte sie mit gedämpfter Stimme:

»Kann's denn jemandem nützen, wenn ein Mensch, der einmal gesündigt hat, fast sein ganzes Leben in Erniedrigung zubringt? ... Als ich ein junges Mädchen war und sich mein Stiefvater mir in unreiner Lüsternheit näherte – da stach ich nach ihm mit dem Messer ... Dann haben sie mich mit Wein betrunken gemacht und mich entehrt ... Ich war ein Mädchen, so sauber, so hübsch und rotwangig wie ein Apfel! Ich weinte um mich ... tat mir selber leid ... weinte um meine Schönheit ... Ich wollt' es nicht, wollt' es nicht! ... Und dann sagte ich mir: es ist alles gleich ... es gibt keine Rückkehr ... Gut, dachte ich – dann will ich wenigstens meine Schande so teuer wie möglich verkaufen ... Ich hasste sie alle, ich bestahl sie, wenn ich mit ihnen zechte ... Vor dir hab' ich keinen von Herzen geküsst ...«

Ihre Worte gingen zuletzt in ein stilles Flüstern über. Und plötzlich riss sie sich dann aus Iljas Umarmung los.

»Lass mich sein!«

Er aber umfing sie noch fester mit seinen Armen und begann voll Leidenschaft und Verzweiflung ihr Antlitz zu küssen.

»Ich habe nichts zu sagen auf deine Worte«, sprach er wie im Fieber. »Nur eins sag' ich dir: niemand hat mit uns Mitleid gehabt, und auch wir brauchen mit niemand Mitleid zu haben! Du hast so schön gesprochen ... Komm, lass dich küssen ... Wie soll ich dir's anders vergelten? Du meine Schöne ... ich liebe dich ... ach, ich weiß nicht, wie! Nicht mit Worten kann ich's aussprechen ...«

Ihre klagenden Reden hatten in ihm ein heißes Gefühl der Zuneigung zu diesem Weibe geweckt. Ihr Schmerz schmolz gleichsam mit seinem Unglück in ein Ganzes zusammen, und ihre Herzen kamen einander näher und näher. Sie hielten sich fest umschlungen und erzählten sich lange mit leiser Stimme gegenseitig all die Kränkungen, die sie im Leben erduldet. In Lunews Brust reifte eine trotzige, mutvolle Entschlossenheit ...

»Wir sind einmal nicht für das Glück geboren, wir beiden«, sprach das Weib und schüttelte hoffnungslos den Kopf.

»Gut, dann wollen wir unser Unglück feiern! ... Wollen wir beide ver-
eint nach Sibirien gehen, in die Zwangsarbeit? Wie? ... Aber das hat noch
Zeit. Vorläufig werden wir unsern Schmerz und unsere Liebe genießen
... Jetzt mögen sie mich mit glühenden Zangen zwicken ... Ums Herz ist's
mir so leicht! ...«

Erhitzt von ihren Gesprächen und erregt von ihren Liebkosungen
schauten sie einander wie durch einen Nebel an. Es war ihnen heiß und
eng in ihren Kleidern ...

Durch das Fenster schaute eintönig grau der Himmel. Ein kalter Nebel
umhüllte die Erde und setzte sich an den Bäumen als weißer Reif fest. Im
Gärtchen vor den Fenstern wiegte eine junge Birke leise ihre dünnen
Zweige hin und her und schüttelte den Schnee von ihnen ab. Der Win-
terabend brach an ...

XV

Ein paar Tage später brachte Lunew in Erfahrung, dass als mutmaßli-
cher Mörder des Kaufmanns Poluektow ein hochgewachsener Mensch in
einer Lammfellmütze gesucht werde. Bei den Nachforschungen, die in
dem Geschäft des Ermordeten angestellt worden waren, hatte man zwei
silberne Metallbeschläge von Heiligenbildern gefunden, und es stellte
sich heraus, dass sie gestohlen waren. Der Laufbursche, der in dem
Wechselgeschäft angestellt war, hatte angegeben, dass diese Beschläge
drei Tage vor dem Morde von einem hochgewachsenen Menschen in
kurzem Pelz mit Namen Andrej gekauft worden waren, dass dieser
Andrej an Poluektow bereits zu verschiedenen Malen silberne und goldene Gegenstände verkauft hatte, und dass Poluektow ihm Geld auf
Vorschuss gab. Ferner wurde bekannt, dass am Abend vor dem Morde
und am Tage der Tat ein Mensch, auf den die Beschreibung des Laufburschen passte, in den öffentlichen Häusern der Stadt viel Geld verjubelt
habe.

Jeden Tag hörte Ilja irgendetwas Neues in dieser Angelegenheit. Die
ganze Stadt interessierte sich lebhaft für das so raffiniert ausgeführte
Verbrechen, und überall, in den Schenken wie auf den Straßen, sprach
man von dem Morde. Für Lunew hatten alle diese Gespräche nur geringen Reiz. Die Furcht vor der Gefahr war von seinem Herzen abgefallen,
wie der Schorf von einer Wunde, und statt ihrer empfand er jetzt nur das
Gefühl einer gewissen Unbeholfenheit. Er dachte nur an eins: Wie wird
sich jetzt wohl sein Leben gestalten? Er kam sich vor wie ein Rekrut vor

der Aushebung, oder wie ein Mensch, der sich nach einem weiten, unbekannten Ziel auf den Weg macht.

In der letzten Zeit hatte sich ihm Jakow wieder mehr genähert. Zerzaust und unordentlich angezogen, drückte er sich zwecklos in der Schenke und auf dem Hofe herum, blickte auf alles zerstreut, wie mit irren Augen, und hatte das Aussehen eines Menschen, der von ganz besonderen Vorstellungen in Anspruch genommen war. Wenn er Ilja traf, fragte er ihn geheimnisvoll, mit halblauter Stimme oder im Flüsterton:

»Hast du keine Zeit, mal mit mir zu plaudern?«

»Hab' Geduld! Jetzt kann ich nicht ...«

»Ach, du! 's ist was sehr Wichtiges ...«

»Was denn?«, fragte Ilja.

»Ein Buch! Ich sag' dir, Bruder, was da drin steht – oh, oh!« sprach Jakow mit schreckhafter Miene.

»Lass mich mit deinen Büchern! Sag' mir lieber – warum sieht mich dein Vater jetzt immer so finster an?«

Aber für das, was in Wirklichkeit geschah, hatte Jakow nun einmal keinen Sinn. Auf Iljas Frage machte er ein ganz erstauntes Gesicht, als ob er sie nicht recht verstände, und sagte:

»Was? Ich weiß nichts. Das heißt ... einmal hörte ich, wie er mit deinem Onkel sprach ... irgendwas, du sollst falsches Geld vertreiben ... Aber das hat er nur so aus Unsinn gesagt ...«

»Woher weißt da denn, dass er's nur aus Unsinn sagte?«, fragte Ilja lächelnd. »Na, was heißt denn das? Falsches Geld! Dummes Gerede!« Und mit einer abweisenden Handbewegung schnitt er Ilja das Wort ab. »Plaudern also willst du mit mir nicht? Hast keine Zeit?« fragte er dann nach einer Weile, während er mit seinen unsteten Augen den Kameraden ansah.

»Von deinem Buche?«

»Ja-a ... Da ist dir eine Stelle, die ich neulich las ... au, au, au, mein Lieber!«

Und der Philosoph schnitt eine Grimasse, als ob er sich mit irgendetwas verbrüht hätte. Lunew schaute auf den Freund wie auf einen Sonderling, einen halben Idioten. Zuweilen erschien ihm Jakow wie ein Blinder. Er hielt ihn für einen unglücklichen Menschen, der dem Leben nicht gewachsen war. Im Hause sprach man davon – und die ganze Straße wusste es bereits –, dass Petrucha Filimonow sich mit seiner Geliebten, die in der Stadt ein öffentliches Haus hielt, verheiraten wolle. Doch Jakow verhielt sich gegen dieses Gerücht vollkommen gleichgültig. Als Lunew sich bei ihm erkundigte, wann die Hochzeit sein würde, fragte er einfältig:

»Wessen Hochzeit?«

»Na, deines Vaters Hochzeit ...«

»Ach – wer mag's wissen ... Der Schamlose! Eine schöne Hexe hat er sich ausgesucht!«

»Weißt du auch, dass sie einen Sohn hat – einen großen Jungen, der das Gymnasium besucht?«

»Nein, ich wusste es nicht ... Warum?«

»Er wird deinen Vater mal beerben ...«

»Aha!«, sagte Jakow gleichgültig. Plötzlich aber wurde er lebendig:

»Einen Sohn? Das wäre für mich ganz günstig, nicht? Mein Vater könnte ihn hinters Büfett stecken – und ich könnte dann machen, was ich will. Das würde mir passen ...«

Und wie im Vorgeschmack der ersehnten Freiheit schmatzte er mit den Lippen. Lunew sah ihn mitleidig an und sagte spöttisch:

»Das Sprichwort hat doch recht: Gib dem dummen Kinde eine kleine Möhre, dann will's kein Brot haben! Ach, du! Ich kann mir's wirklich nicht vorstellen, wie du einmal leben wirst!«

Jakow stutzte, sah Ilja mit seinen großen, vorquellenden Augen an und sagte dann hastig flüsternd:

»Ich hab' schon darüber nachgedacht, wie ich leben werde! Vor allem muss man Ordnung schaffen in seiner Seele ... Man muss begreifen, was Gott von einem verlangt! Jetzt seh' ich nur eins: Die Wege der Menschen haben sich verwirrt wie Fäden, und nun werden sie nach verschiedenen Seiten gezogen; keiner weiß, woran er sich halten, nach welcher Seite er sich ziehen lassen soll! Da wird nun der Mensch geboren – niemand weiß, warum, und lebt – ich weiß nicht, weshalb, und der Tod kommt – und bläst allen das Lebenslicht aus ... Vor allem muss ich doch wissen, wozu ich auf der Welt bin – nicht wahr?«

»Ach, du! Hast dich ganz in deine Hirngespinste eingesponnen!« sagte Ilja. »Möcht' wissen, was für einen Sinn die haben!«

Er fühlte, dass Jakows dunkle Reden ihm jetzt doch stärker ans Herz fassten als früher, und dass die Worte des Kameraden in ihm ganz besondere Gedanken weckten. Es schien ihm, dass irgendein geheimnisvolles Wesen in ihm – eben jenes, das stets seinen einfachen und klaren Vorstellungen von einem sauberen, behaglichen Leben widersprach – mit besonderer Begier auf Jakows Reden lauschte und sich dabei in seiner Seele wälzte, wie das Kind im Mutterleibe. Das war Ilja unbequem, es verwirrte ihn und schien ihm überflüssig, und darum ging er den Gesprächen mit Jakow aus dem Wege. Es war jedoch nicht so leicht für ihn, diesen loszuwerden, wenn er sich einmal mit ihm eingelassen hatte.

»Was für einen Sinn? Sehr einfach! Wenn du dir nicht darüber klar wirst, wohin du gehst, ist's, als wenn du brennen wolltest ohne Feuer«, erklärte ihm Jakow.

»Du bist wie ein alter Mann, Jakow ... langweilig bist du. Ich denke mit dem Sprichwort: ›Sehnt nach dem Glück sich selbst das Schwein, wie kann's beim Menschen anders sein?‹«

Es war ihm nach solchen Gesprächen zumute, als ob er zu viel Gesalzenes gegessen hätte: Ein starker Durst bemächtigte sich seiner, es gelüstete ihn nach irgendetwas Besonderem. Seine schwerfälligen, nebelhaften Gedanken über Gott hatten jetzt etwas Erbittertes, Unbotmäßiges.

»Er sieht alles – und lässt es doch zu!«, sagte er sich in dem dunklen Gefühl, dass seine Seele in einen unlöslichen Widerspruch verwickelt war. Er ging dann zu Olympiada und suchte in ihren Armen Vergessen und Ruhe vor seinen quälenden Gedanken.

Zuweilen besuchte er auch Wjera. Das lustige Leben, das sie führte, hatte sie nach und nach in seinen tiefen Strudel hineingezogen. Sie erzählte Ilja voll Begeisterung von den Schmausereien mit reichen jungen Kaufleuten, mit Beamten und Offizieren, von den Restaurants und den Spazierfahrten in der Troika, zeigte ihm die Kleider, Jäckchen und Ringe, die ihre Verehrer ihr geschenkt hatten. Üppig, wohlgebaut und kräftig, wie sie war, brüstete sie sich stolz damit, wie ihre Anbeter sich um ihren Besitz stritten. Lunew hatte seine Freude an ihrer Gesundheit, Schönheit und Munterkeit, doch sprach er mehr als einmal warnend zu ihr:

»Dass Sie nur nicht schwindlig werden bei diesem Spiel, Wjerotschka ...«

»Was schadet's denn? Das ist doch mein Weg ... Wenigstens lebt man mit Schick. Ich nehme vom Leben, soviel ich kann ... damit basta!«

»Und Pawel? ...«

Ihre Brauen zuckten, und ihre Heiterkeit verschwand.

»Wenn er mich doch laufen ließe«, sagte sie. »Es macht ihm so viel Kummer ... und er quält sich so. Ich kann nicht mehr haltmachen ... die Fliege sitzt im Sirup fest.«

»Lieben Sie ihn denn nicht?«, fragte Ilja.

»Ihn muss man doch lieben«, entgegnete sie ernsthaft. »Er ist ein so prächtiger Junge ...«

»Na also, dann sollten Sie doch mit ihm zusammenleben!«

»Ich sollt' ihm auf dem Halse sitzen? Er hat ja kaum sein Stückchen Brot für sich, wie soll er mich da erhalten? Nein, da tut er mir viel zuleid ...«

»Sehen Sie sich vor, dass nichts Böses geschieht ... er ist ein Hitzkopf«, warnte sie Lunew eines Tages.

»Ach, mein Gott!«, rief Wjera ärgerlich. »Wie soll ich's nun machen? Bin ich denn nur für einen Menschen geboren? Ein jeder will doch lustig leben ... Und jeder lebt, wie es ihm gefällt ... Er genau so wie Sie und wie ich.«

»N–nein, so ist's doch nicht«, sprach Ilja düster und nachdenklich. »Wir leben wohl alle ... aber nur nicht für uns ...«

»Und für wen denn?«

»Nehmen wir Sie zum Beispiel: Sie leben für die Kaufleute, für allerhand leichtlebige Menschen ...«

»Ich bin doch selbst leichtlebig«, sagte Wjera und lachte vergnügt.

Lunew verließ sie in niedergeschlagener Stimmung. Pawel hatte er in dieser ganzen Zeit nur zweimal ganz flüchtig gesehen. Als er ihn einmal bei Wjera traf, hatte er finster und verdrossen da gesessen ... schweigsam, die Zähne fest aufeinander gepresst, mit roten Flecken auf den mageren Wangen. Ilja begriff, dass Pawel auf ihn eifersüchtig war, und das schmeichelte seiner Eitelkeit. Zugleich aber sah er deutlich, dass Gratschew hier in ein Netz verstrickt war, aus dem er sich kaum ohne Schaden würde befreien können. Er bedauerte Pawel, noch mehr aber Wjera, und er hörte auf, sie zu besuchen. Mit Olympiada verlebte er einen neuen Honigmonat. Doch auch hier schlich sich ein kalter Schatten ein, der Ilja die Ruhe benahm. Zuweilen versank er mitten in der Unterhaltung plötzlich in schweres Brüten; dann sagte Olympiada in verliebtem Geflüster zu ihm:

»Mein Lieber, so lass doch das dumme Grübeln! ... Es gibt so wenig Menschen in der Welt, deren Hände rein sind!«

»Hör' mal,« versetzte er dann trocken und ernst, »ich bitte dich, sprich nicht so mit mir! Nicht an die Hände denk' ich. Du bist ein kluges Mädchen, aber was mich bewegt, kannst du nicht begreifen ... Sag' einmal, wie soll man's anfangen, um ehrbar und gerecht unter den Menschen zu leben? ... Von dem Alten schweig nur ...«

Aber sie brachte es nicht fertig, von dem Alten zu schweigen, und beschwor Ilja immer wieder, ihn zu vergessen. Lunew ärgerte sich dann und ging fort. Und wenn er wiederkam, schrie sie wie toll, dass er sie nur aus Furcht liebe, dass sie das nicht möge und lieber von ihm lassen, lieber ganz aus der Stadt wegziehen wolle. Und sie weinte, kniff Ilja, biss ihn in die Schultern, küsste seine Füße, und dann warf sie wie eine Rasende ihre Kleider von sich, stellte sich nackt vor ihn hin und rief:

»Bin ich nicht schön? Ist mein Körper nicht voll Reiz? Und mit jeder Ader, mit jedem Tropfen meines Blutes liebe ich dich ... Zerfleische mich – ich werde dazu lachen! ...«

Ihre blauen Augen wurden dunkler, die Lippen bebten in heißer Gier, und ihr Busen wogte empor, wie wenn er Ilja entgegenstrebte. Er umarmte und küsste sie mit aller Kraft, und wenn er dann nach Hause ging, dachte er bei sich: Wie konnte sie, die so voll Leben, so heißblütig ist – wie konnte sie die widerlichen Liebkosungen dieses Greises ertragen? Olympiada erschien ihm dann so verabscheuenswert, dass er mit Ekel ausspeien musste, wenn er an ihre Küsse dachte.

Eines Tages, nach einem solchen Ausbruch ihrer Leidenschaft, sagte er, von ihren Liebkosungen ermüdet:

»Seit ich den alten Satan erwürgt habe, liebst du mich viel leidenschaftlicher!«

»Nun ja ... und was weiter?«

»Nichts weiter. Ich muss nur lachen, wenn ich dran denke ... Es gibt eben Leute, denen ein faules Ei besser schmeckt als ein frisches, und die den Apfel erst essen, wenn er angegangen ist ... Sonderbar!«

Olympiada sah ihn mit trüben Augen an und sprach mit müder Stimme:

»Jedes Tierchen hat sein Pläsierchen, wie das Sprichwort sagt ... Der eine liebt die Eulen, der andere die Nachtigallen ...« Und sie versanken beide in dumpfes Brüten.

Eines Tages, als Ilja aus der Stadt zurückkehrte und sich eben umzog, kam ganz leise Onkel Terentij ins Zimmer. Er schloss die Tür fest hinter sich zu, blieb ein paar Sekunden vor ihm stehen, als ob er auf etwas horchte, und schob dann, seinen Buckel schüttelnd, den Riegel vor. Ilja bemerkte alles das und blickte spöttisch in sein Gesicht.

»Iljuscha«, begann Terentij halblaut, während er auf einem Stuhle Platz nahm.

»Nun?«

»Es sind hier über dich verschiedene Gerüchte im Umlauf ... man spricht schlecht von dir!«

Der Bucklige seufzte schwer und schlug die Augen nieder.

»Was denn zum Beispiel?«, fragte Ilja, während er seine Stiefel auszog.

»Die einen reden das, die andern jenes ... Diese meinen, du wärst in die Geschichte mit dem erwürgten Kaufmann verwickelt ... Und jene sagen wieder, du vertreibest falsches Geld ...«

»Sind wohl neidisch, was?«, fragte Ilja.

»Es waren hier verschiedene Leute ... Geheimpolizisten schienen es ... so eine Art Spione ... Sie fragten alle den Petrucha nach dir aus ...«

»So lass sie doch! Mögen sie nur kommen!« sagte Ilja gleichgültig.

»Gewiss, was gehen sie uns an, wenn wir uns keiner Sünde bewusst sind?«

Ilja lachte und streckte sich auf seinem Bett aus.

»Jetzt kommen sie nicht mehr her ... Aber Petrucha selbst fängt immer davon an«, sagte Terentij verlegen und schüchtern. »Du solltest dir vielleicht irgendwo ein kleines Stübchen nehmen, Iljuscha ... ein eignes Zimmerchen, um darin zu wohnen? ... ›Ich kann dunkle Ehrenmänner in meinem Hause nicht dulden ‹, sagt Petrucha, ›ich bin eine bekannte Persönlichkeit ... ‹«

Ilja wandte sein von Zorn gerötetes Gesicht dem Onkel zu und sagte laut:

»Wenn seine lackierte Fratze ihm lieb ist, dann soll er schweigen! Sag' ihm das! Hör' ich von ihm nur ein einziges ungehöriges Wort über mich – dann schlag' ich ihm den Schädel ein ... Wer ich auch sein mag – jedenfalls hat er, dieser Spitzbube, nicht über mich zu richten ... Und von hier werde ich fortziehen, wann's mir beliebt. Will noch vergnügt sein mit frohen und ehrlichen Leuten ...«

Der Bucklige erschrak, als er Iljas Zornesausbruch sah. Er saß ein Weilchen schweigend auf dem Stuhle, kratzte sich den Rücken und schaute voll Angst auf seinen Neffen. Ilja presste die Lippen fest zusammen und starrte mit weit geöffneten Augen zur Decke empor. Terentij musterte aufmerksam seinen Lockenkopf, sein schönes, ernstes Gesicht mit dem kleinen Schnurrbärtchen und dem trotzigen Kinn, betrachtete die breite Brust und den ganzen straffen und wohlgebildeten Körper seines Neffen und sprach dann leise:

»Was für ein stattlicher Junge du geworden bist! ... Im Dorfe würden dir die Mädchen in Herden nachlaufen ... Hm – ja ... Da würdest du ein Leben führen! Ich gäbe dir Geld, würde dir ein Geschäft einrichten – du heiratest ein reiches Mädchen! ... Dann würde dein Leben hinfliegen wie ein Schlitten, der bergab fährt ...«

»Aber vielleicht will ich bergauf!«, meinte Ilja mürrisch.

»Ein leichtes Leben wär's, mein' ich«, sprach Terentij erklärend. »Und natürlich geht's schließlich nach oben, zum Gipfel.«

»Und wenn ich oben bin – was dann?«, fragte Ilja.

Der Bucklige sah ihn an und kicherte in sich hinein. Er redete noch weiter, doch Ilja hörte nicht auf ihn, sondern dachte an das, was er selbst durchlebt hatte. Wie glatt doch alles im Leben sich aneinanderreiht, gleich den Fäden im Netz! Da umgeben nun die Zufälle den Menschen und führen ihn, wohin sie wollen, wie die Polizei den Spitzbuben. Immer schon hatte er daran gedacht, dieses Haus zu verlassen, um für sich zu leben – und nun kommt ihm von selbst ein solcher Zufall zu Hilfe! In seine Gedanken versunken, richtete er den Blick auf den Onkel, als plötzlich an die Tür geklopft wurde und Terentij von seinem Sitz auffuhr.

»So öffne doch!«, rief Ilja ärgerlich dem Onkel zu.

Der Bucklige zog den Riegel zurück, und auf der Schwelle erschien Jakow, mit einem großen braunroten Buche in den Händen.

»Ilja, hör' mal ... komm doch mit zur Maschutka«, sagte er lebhaft, an das Bett herantretend.

»Was ist denn mit ihr?«, fragte Ilja rasch.

»Mit ihr? Das weiß ich nicht ... Sie ist nicht zu Hause.«

»Wo treibt sie sich denn jetzt immer des Abends herum?«, fragte der Bucklige in argwöhnischem Tone.

»Sie geht immer mit Matiza fort«, sagte Ilja.

»Viel Gutes wird sie da nicht lernen!« versetzte Terentij gedehnt. Jakow fasste Ilja am Ärmel und zog ihn mit sich fort.

»Sag' mal,« sprach Lunew, »was ist mit dir? Du bist ja aus Rand und Band!«

»Denk dir – es ist da! Die ›Schwarze Magie‹ ist da!« flüsterte Jakow mit strahlender Miene.

»Wer?«, fragte Ilja, während er seine Filzstiefel anzog.

»Na, das Buch, weißt du ... bei Gott! Wirst ja sehen ... Komm! Wunderdinge, kann ich dir sagen!« schwärmte Jakow, während er den Freund durch den dunklen Flur hinter sich herzog. »Schrecklich zu lesen ist's ... wie in einen Abgrund zieht es einen hinein ...«

Ilja sah die Aufregung des Freundes und hörte, wie seine Stimme zitterte. Als sie in das Stübchen des Schusters gekommen waren und Licht angemacht hatten, sah er, dass Jakows Gesicht blass war und seine Augen vergeistert und selig dreinschauten, wie die Augen eines Betrunkenen.

»Hast du Branntwein getrunken, was?«, fragte Ilja und sah Jakow misstrauisch dabei an.

»Ich? Nein – heut' nicht einen Tropfen! ... Ich trink' jetzt überhaupt nicht ... höchstens mal, wenn der Vater zu Hause ist – um mir Mut zu machen ... So zwei, drei Gläschen! Ich fürcht' mich vor dem Vater ... Ich trinke auch immer nur, was nicht zu stark riecht ... Nun, hör' zu!«

Er ließ sich auf einen Stuhl fallen, dass es krachte, schlug das Buch auf, beugte sich tief darüber, und während er mit dem Finger über die dicken, vom Alter vergilbten Blätter hinfuhr, las er mit hohler, zitternder Stimme:

»›Drittes Kapitel. Über den Ursprung des Menschen‹ ... So hör' doch zu!«

Er seufzte tief auf, nahm die linke Hand herauf und las laut, während der Zeigefinger der rechten Hand schrittweise in der alten Scharteke vorrückte:

»Es wird berichtet, dass das erste Sein der Menschen, nach dem Zeugnis des Diodor, von tugendhaften Männern, die über das Wesen der Dinge geschrieben haben, also aufgefasst ward: dass die Welt nicht geschaffen, sondern unvergänglich ist und das Menschengeschlecht ohne Anfang von Urzeiten her bestand ...«

Jakow hob den Kopf von dem Buche auf und sagte flüsternd, während er mit der Hand in der Luft herumfuchtelte:

»Hörst du? Ohne Anfang! ...«

»Lies weiter«, sprach Ilja, während er das alte, in Leder gebundene Buch misstrauisch betrachtete. Und abermals ließ sich Jakows Stimme leise und feierlich vernehmen:

»Dieser Meinung waren – nach dem Zeugnis des Cicero – Pythagoras von Samos, Archytas von Tarent, Plato von Athen, Xenokrates, Aristoteles von Stagira und viele andere Peripatetiker, welche der Meinung waren, dass alles, was ist, von Ewigkeit her ist und keinen Anfang hat – siehst du? Wieder ›keinen Anfang‹! – Es gibt jedoch einen, gewissen Kreis von Wesen ...«

Ilja streckte die Hand aus, schlug das Buch zu und sagte spöttisch:

»Wirf's fort! Zum Teufel damit! ... Irgendein Deutscher hat da seine Schlauheit ausgekramt! Gar nichts versteht man davon ...«

»Erlaub' doch mal!«, rief Jakow, während er sich ängstlich umsah, schaute den Freund mit großen Augen an und fragte leise:

»Kennst du vielleicht deinen Anfang?«

»Was für einen Anfang?«, schrie Ilja ärgerlich.

»Schrei nicht so! ... Nehmen wir mal die Seele ... Mit der Seele wird doch der Mensch geboren, nicht wahr?«

»Na – und?«

»Also müsste er doch wissen, woher er kommt, und auf welche Weise?! Die Seele ist unsterblich, heißt es ... sie war immer da ... nicht wahr? Doch nicht darum handelt es sich, zu wissen, wie du geboren wurdest, sondern wie du begriffen hast, dass du lebst? Du bist lebend geboren worden – nun, und wann bist du denn lebendig geworden? Im Mutterleibe? Schön! Und warum erinnerst du dich nicht mehr dessen, was vor deiner Geburt war, und nicht einmal dessen, was bis zu deinem fünften Jahre war? Und wenn du eine Seele hast – wie ist sie in dich hineingeschlüpft? Na? Sag's einmal!«

Jakows Augen strahlten triumphierend, sein Gesicht erhellte ein zufriedenes Lächeln, und mit einer Freude, die Ilja recht seltsam erschien, rief er:

»Siehst du – da hast du die Seele!«

»Dummkopf!«, sagte Ilja und warf ihm einen strengen Blick zu. »Was freust du dich denn so?«

»Aber ich freu' mich doch nicht ... ich sag' nur eben ...«

»,Ich sag' nur eben!' Nicht darauf kommt's an, wie ich lebendig geworden bin, sondern wie ich leben soll! Wie ich leben soll, dass alles rein sei, dass niemand mir wehtue und auch ich niemanden kränke! Such' mir ein Buch, das mir darüber Klarheit schafft! ...«

Den Kopf auf die Brust geneigt, saß Jakow nachdenklich da. Seine freudige Stimmung war verschwunden, da sie kein Echo fand. Und nach einer Weile meinte er dann zu Ilja:

»Wenn ich dich so anseh' ... gefällt mir irgendwas nicht an dir ... Deine Gedanken begreif' ich nicht ... Doch seh' ich: seit einiger Zeit bist du so stolz auf irgendetwas ... als wenn du ein Gerechter wärst ...«

Ilja lachte laut auf.

»Was lachst du denn? Es ist doch richtig! Urteilst über alle so streng ... Liebst keinen Menschen ...«

»Da hast du recht!« fiel Ilja trotzig ein. »Wen soll ich lieben? Und wofür? Was haben mir die Menschen Gutes getan? Jeder will sein Stück Brot mühelos, durch fremde Arbeit erwerben, jeder ruft: Liebe mich! Achte mich! Gib mir einen Teil von dem Deinigen, vielleicht werde ich dich dann in mein Herz schließen! Alle sind in gleicher Weise nur aufs Fressen bedacht ...«

»Na, ich meine, die Menschen suchen doch nicht bloß ihr Fressen«, versetzte Jakow mürrisch und unzufrieden.

»Das weiß ich wohl! Jeder sucht sich mit irgendwelchen schönen Eigenschaften zu schmücken, aber das ist nur eine Maske. Ich sehe, wie mein Onkel mit dem Herrgott feilschen will, gleich dem Kommis, der mit seinem Herrn abrechnet. Dein Papa hat ein paar Kirchenfahnen gestiftet – ich schließe daraus, dass er entweder jemanden begaunert hat oder es noch tun will ... Und so treiben es alle, wohin ich nur seh' ... Da hast du einen Groschen – aber gib mir fünf zurück! ... Und so suchen alle einander Sand in die Augen zu streuen und sich voreinander zu rechtfertigen. Meine Ansicht aber ist: Hast du gesündigt, ob freiwillig oder unfreiwillig – halt deinen Hals hin! ...«

»Darin hast du recht«, sprach Jakow nachdenklich. »Was du vom Vater und vom Buckligen sagtest – beides war richtig ... Ach, wir zwei sind unter einem schlimmen Stern geboren! Du hast wenigstens deine Bosheit ... tröstest dich damit, dass du alle verurteilst, und zwar immer strenger verurteilst ... Ich aber habe nicht einmal das ... Könnt' ich doch fort von hier, irgendwohin!« sprach er mit schmerzlichem Aufschrei.

176

»Fort von hier ... wohin willst du denn gehen?«, fragte Ilja mit flüchtigem Lächeln.

Sie saßen am Tische einander gegenüber, finster und schweigend. Auf dem Tische aber lag das große, rotbraune Buch mit dem Ledereinband und dem Stahlschloss ...

Aus dem Flur des Kellers ließ sich mit einem Mal ein Geräusch vernehmen, man hörte leise Stimmen, und eine Hand suchte lange an der Tür nach dem Klopfer. Die beiden Freunde warteten lautlos. Die Tür ging langsam auf, und in den Keller stürzte der Schuster Perfischka. Er war über die Schwelle gestolpert und zu Falle gekommen, und nun lag er auf den Knien, den rechten Arm mit der Harmonika hoch emporstreckend.

»Prrr!«, rief er und stieß ein trunkenes Lachen aus. Gleich hinter ihm kam Matiza ins Zimmer gekrochen. Sie beugte sich über den Schuster, fasste ihn unter den Armen und suchte ihn aufzurichten, wobei sie mit lallender Stimme ihn schalt:

»Da – wie er sich vollgetrunken hat ... Ach, du Saufsack!«

»Gevatterin! Rühr' mich nicht an, ... Ich steh' ganz allein auf ... ganz allein!«

Er schwankte hin und her, kam schließlich auf die Beine und ging auf die beiden Freunde zu. Er streckte ihnen seine Linke hin und rief:

»Seid gegrüßt! Willkommen in meinem Hause!«

Matiza ließ ein grunzendes, albernes Lachen hören.

»Woher kommt ihr denn?«, fragte Ilja.

Jakow sah lächelnd auf die beiden Betrunkenen und schwieg.

»Woher? Vom weiten Meer! ... Ha ha! Ihr lieben, guten Jungen ... ach ja!«

Perfischka stampfte mit den Füßen auf den Boden auf und sang dazu:

»Knöchelchen, ihr kleinen,
Ich möchte um euch weinen,
Kaum seid ihr ausgewachsen,
Müsst ihr beim Kaufmann knacksen ...«

»Gevatterin! Sing mit!« schrie er, zu Matiza gewandt. »Oder singen wir lieber das Lied, das du mich gelehrt hast ... Na, los!«

Er lehnte sich mit dem Rücken gegen den Ofen, an dem auch Matiza bereits eine Stütze gefunden hatte, und stieß sie mit dem Ellbogen in die Seite, während er mit den Fingern an den Tasten der Harmonika herumsuchte.

»Wo ist Maschutka?«, fragte plötzlich Ilja in finsterem Tone.

»Ja, sagt mal«, schrie auch Jakow und sprang vom Stuhl auf – »wo ist Marja? Sagt mal!«

Aber das betrunkene Paar achtete nicht auf die Fragen. Matiza neigte den Kopf zur Seite und sang:

»Ei, Herr Gevatter, wie schmeckt der Branntwein gut! ...«

Und Perfischka fiel mit seinem hohen Tenor ein:

»Trink, Herr Gevatter, das wärmet uns das Blut!«

Ilja trat auf den Schuster zu, packte ihn an der Schulter und schüttelte ihn, dass er mit dem Genick gegen den Ofen flog.

»Wo ist deine Tochter?«, herrschte er ihn an.

»Und ach! Sein Töchterlein verschwund ... just um die mitternächt'ge Stund'«, schwatzte Perfischka, während er mit der Hand nach seinem Kopfe fasste.

Jakow versuchte es, von Matiza die Wahrheit zu erfahren, aber sie meinte schmunzelnd:

»Ich sag's nicht! Ich sag's und sag's nicht!«

»Sie haben sie ganz gewiss verkauft, die Teufel!« sprach Ilja mit finsterem Lachen zu seinem Freunde. Jakow sah ihn erschrocken an und fragte den Schuster mit kläglicher Stimme:

»Perfilij! So hör' doch – wo ist Maschutka? ...«

»Ma–aschut–ka?« wiederholte Matiza höhnisch. »Jetzt hast du dich gefangen! ...«

»Ilja, was meinst du? Was sollen wir jetzt tun?« fragte Jakow bekümmert.

Ilja blickte finster auf die Betrunkenen und schwieg. Matiza sah mit ihren unheimlichen großen Augen bald Ilja, bald Jakow an und brüllte plötzlich unter plumpen Armbewegungen los:

»Hinaus aus meiner Hütte! Das ist hier meine Hütte! Wir machen nämlich Hochzeit ...«

Der Schuster hielt sich den Bauch vor Lachen.

»Komm, Jakow«, sagte Ilja. »Der Teufel soll aus ihnen klug werden! ...«

»Wart' noch!«, rief Jakow in ängstlicher Aufregung. »Perfischka ... sag' – wo ist Mascha?«

»Matiza! Meine Gemahlin – pack' sie doch an! Fass', fass' ... Bell' auf sie los, beiß sie! ... Wo Mascha ist?«

Perfischka spitzte den Mund, als ob er pfeifen wollte, doch konnte er keinen Ton herausbringen, und statt zu pfeifen, zeigte er Jakow die Zunge und lachte wieder. Matiza drang mit ihrer mächtigen Brust auf Ilja ein und brüllte laut:

»Wer bist du denn, eh? Denkst wohl, man weiß es nicht!«

Ilja gab ihr einen Stoß und verließ den Keller. Im Hausflur holte ihn Jakow ein, er fasste ihn an der Schulter, hielt ihn im Dunkeln fest und sagte:

»Darf denn das sein? Ist denn das erlaubt? Sie ist doch noch so klein, Ilja! Haben sie sie wirklich verheiratet?«

»Na, so winsle doch nicht!«, fuhr Ilja ihn heftig an. »Es hat keinen Zweck. Hättest früher die Augen offen halten sollen ... Du hast den Anfang gesucht, und sie haben, ehe du dich versehen, ihre Sache zu Ende gebracht ...«

Jakow schwieg, doch schon in der nächsten Minute, als er hinter Lunew über den Hof schritt, begann er von Neuem:

»Ich bin nicht schuld ... Ich wusste nur, dass sie irgendwo aufwartet ...«

»Was geht's mich an, ob du es wusstest oder nicht!«, sagte Ilja grob und blieb mitten im Hofe stehen. »Fort will ich endlich aus diesem Hause ... anzünden sollte man's!«

»O Gott ... Gott!«, seufzte Jakow, der sich hinter Lunew hielt, leise, ließ die Arme kraftlos herabhängen und neigte seinen Kopf, als erwarte er einen Schlag.

»Wein' doch!«, sagte Ilja spöttisch, ließ den Freund mitten in dem dunklen Hofe stehen und ging davon.

Am nächsten Morgen erfuhr Ilja von Perfischka, dass Maschutka an den Krämer Chrjenow, einen fünfzigjährigen Witwer, der vor Kurzem seine Frau verloren hatte, verheiratet war.

»Ich hab' zwei Kinder, sagte er mir,« berichtete Perfischka, »und ich müsste ihnen eine Kinderfrau halten ... Aber eine Kinderfrau, sagt er, ist doch 'ne fremde Person ... wird mich bestehlen, und so weiter ... Rede also mit deiner Tochter, ob sie mich heiraten will ... Na, und so redete ich mit ihr ... Und auch Matiza redete ihr zu ... Und weil eben Mascha ein vernünftiges Kind ist, so begriff sie die Sache gleich ... was sollte sie sonst anfangen? ... Gut, ich will's tun, sagt sie – und so ging sie zu ihm. In drei Tagen war alles abgemacht ... Wir beide – ich und Matiza – bekamen je drei Rubel ... die haben wir gestern gleich vertrunken! ... Himmel, kann diese Matiza trinken ... Kein Pferd kann so viel saufen! ...«

Ilja hörte zu und schwieg. Er begriff, dass Mascha es besser getroffen hatte, als man erwarten konnte. Gleichwohl aber tat ihm das Mädchen leid. In der letzten Zeit hatte er sie fast gar nicht gesehen und kaum an sie gedacht, und jetzt schien's ihm auf einmal, dass dieses Haus ohne Mascha noch hässlicher sein würde.

Das fahle, aufgedunsene Gesicht Perfischkas grinste vom Ofen herab auf Ilja, und seine Stimme knarrte wie ein abgebrochener Ast im Herbstwind.

»Eine Bedingung hat mir der Krämer Chrjenow gestellt: dass ich mich niemals bei ihm zeige! In den Laden, sagt er, kannst du ab und zu mal kommen, ich will dir 'ne Kleinigkeit auf Schnaps geben ... aber mein Haus bleibt dir verschlossen, wie das Paradies! ... Wie wär's, Ilja Jakowlewitsch – möchtest du nicht mit 'nem Fünfer rausrücken? Ich möcht' meinen Kater ersäufen ... gib mir doch, bitte ...«

»Was wirst du jetzt anfangen?«, fragte ihn Lunew.

Der Schuster spuckte aus und antwortete:

»Ich werde jetzt ganz und gar zum Säufer werden ... Wie Mascha noch nicht versorgt war, hab' ich mir noch Zwang angetan ... hab' manchmal gearbeitet ... aus Gewissenhaftigkeit gegen sie, sozusagen ... Na, und jetzt weiß ich, dass sie satt ist, dass sie Schuhe und Kleider hat und wie im Spind, sozusagen, eingeschlossen ist. Ich kann mich also jetzt ungehindert dem Trinkerberuf widmen ...«

»Kannst du wirklich den Branntwein nicht lassen?«

»Niemals!«, antwortete der Schuster und schüttelte energisch verneinend den zottigen Kopf. »Warum denn auch? Der Mensch hängt doch nicht von seinem Willen ab, sondern vom Schicksal. Wenn freilich ein Mensch ohne Boden ist, dass das Schicksal nichts in ihn hineinlegen kann, vermag auch das Schicksal nichts für ihn zu tun. Einmal hab' ich's versucht, selbst etwas zu wollen ... zu Lebzeiten meiner Verstorbenen war's noch ... Auf Großvater Jeremas Schatz hatt' ich's damals abgesehen, hätte da gern 'nen Griff hineingetan ... Bestehl' ich ihn nicht – bestiehlt ihn ein anderer, dacht' ich ... na, und Gott sei Dank: Wirklich sind sie mir in dieser Sache zuvorgekommen! ... Ich beklag' mich darum nicht ... Aber damals hab' ich begriffen, dass man auch das Wollen verstehen muss ...«

Der Schuster lachte, kletterte vom Ofen herunter und sagte:

»Na, gib mal jetzt den Fünfer her ... Die Leber brennt mich so ... ich halt's nicht länger aus ...«

»Da, trink ein Gläschen!«, sagte Ilja, sah lächelnd auf Perfischka und meinte: »Du bist ein Scharlatan und ein Trunkenbold, das ist ganz sicher. Manchmal aber scheint es mir, dass ich keinen besseren Menschen kenne als dich.«

Perfischka schaute ungläubig in Lunews ernstes, doch dabei freundliches Gesicht.

»Beliebst wohl zu scherzen?«, sagte er.

»Glaub's oder glaub's nicht – es ist so. Ich sag's nicht, um dich zu loben ... sondern nur so ... die andern taugen eben nichts ...«

»Das ist mir zu hoch ... Mein Schädel scheint zu dumm, umso feinen Zucker damit zu klopfen ... Hab' dich wirklich nicht verstanden! Lass mich erst mal 'nen Schluck nehmen ... vielleicht werde ich dann klüger ...«

»Noch eine Frage!« sprach Lunew, ihn am Hemdärmel zurückhaltend. »Fürchtest du Gott?«

Perfischka trat ungeduldig von einem Fuß auf den andern und sagte in einem Tone, der fast beleidigt klang:

»Ich hab' doch keinen Grund, Gott zu fürchten! ... Ich füge den Menschen kein Leid zu ...«

»Und wie ist's – betest du?«, fragte Ilja leise.

»Na ja ... ich bete, freilich ... nicht oft ...«

Ilja sah, dass der Schuster keine Lust hatte zu reden, dass es ihn mit aller Gewalt nach der Schenke zog.

»Geh schon, geh!«, sagte er nachdenklich. »Aber merk' es dir: Wenn du gestorben bist, wird der Herr dich fragen: ›Wie hast du gelebt, o Mensch?‹«

»Dann sprech' ich: ›O Herr! Wie ich geboren wurde, war ich klein, und wie ich starb, war ich betrunken – ich kann also nichts wissen ...‹ Da wird er lachen und mir vergeben ...«

Der Schuster lächelte zufrieden und ging fort.

Lunew blieb allein in dem Keller. Es ward ihm so sonderbar zumute, als er sich vorstellte, dass in dieser engen, schmutzigen Höhle niemals mehr Maschas zarte Gestalt erscheinen würde, und dass man auch Perfischka bald hinausjagen würde.

Durchs Fenster schaute die Aprilsonne herein und beschien den lange nicht mehr gefegten Fußboden des Zimmers. Alles war so unordentlich, so hässlich und traurig darin – als hätte man eben einen Toten hinausgetragen ... Ilja saß gerade aufgerichtet auf dem Stuhle, betrachtete den mächtigen, an den Seiten abgeriebenen Ofen, und finstere Gedanken gingen ihm, einer nach dem andern, durch den Kopf.

»Soll ich vielleicht doch hingehen und ... meine Sünde bekennen?« blitzte es plötzlich hell in ihm auf.

Aber er wies diesen Gedanken sogleich unwillig zurück.

XVI

Am Abend desselben Tages ward Ilja gezwungen, das Haus des Petrucha Filimonow zu verlassen. Es geschah dies in folgender Weise. Als er aus der Stadt zurückkehrte, empfing ihn im Hofe der Onkel mit ganz verzagtem Gesichte, führte ihn in den Winkel hinter einem Holzstoß und sagte dort:

»Nun, Iljuschka, jetzt musst du fort von hier ... Was es hier bei uns heut' gegeben hat!«

Der Bucklige schloss in seiner Angst die Augen, fuchtelte mit den Armen und schlug sich auf die Hüften.

»Jaschka hat sich betrunken und seinem Vater ins Gesicht gesagt: Du Dieb! ... Und noch andere böse Worte sagte er: schamloser Lüstling, herzloser Wicht ... wie ein Wahnsinniger hat er geschrien! ... Und Petrucha schlug ihn in die Zähne, riss ihn bei den Haaren, trat ihn mit den Füßen und so weiter ... ganz blutig schlug er ihn! Jetzt liegt Jaschka in der Stube und stöhnt ... Und dann fing Petrucha mit mir an: Du bist schuld, brüllte er. Bring mir den Ilja weg! ... Du habest nämlich, meint er, den Jaschka gegen ihn aufgehetzt ... Ganz fürchterlich schrie er ... Zum Erschrecken war's ...«

Ilja nahm den Riemen von seiner Schulter, reichte seinen Kasten dem Onkel hin und sagte:

»Halt mal ...«

»Wart' doch! Wohin denn? ...«

Die Hände zitterten Ilja vor Wut über Petrucha und aus Mitleid mit Jakow.

»Halt mir den Kasten, sag' ich ...« sprach er ungeduldig zu Terentij und ging in die Schenke hinein. Er biss die Zähne so fest aufeinander, dass ihm die Kiefer wehtaten und ein Sausen ihm durch den Kopf ging. Mitten durch dieses Sausen hörte er, wie der Onkel ihm irgendetwas von der Polizei, von sich zugrunde richten, vom Gefängnis nachrief, doch ließ er sich nicht aufhalten.

In der Schenke stand Petrucha hinter dem Büfett und unterhielt sich lächelnd mit einem zerlumpten Menschen. Auf seinen kahlen Kopf fiel das Licht der Lampe, und es schien, als lächle sein glänzender Schädel zufrieden mit.

»Ach, Herr Kaufmann!«, rief er spöttisch bei Iljas Anblick und zog finster die Brauen empor. »Du kommst mir gerade recht ...«

Er stand vor der Tür zu seinem Zimmer, die er mit seiner Gestalt verdeckte. Ilja ging an ihn heran, barsch und trotzig, und sagte laut:

»Tritt zur Seite!«

»Wa–as?«, fragte Petrucha gedehnt.

»Lass mich durch ... ich will zu Jakow!«

»Ich will dir den Jakow anstreichen!«

Ohne ein Wort zu sagen, holte Ilja mit aller Kraft aus und schlug Petrucha auf die Backe. Der Büfettier brüllte laut auf und stürzte zu Boden. Aus allen Winkeln eilten die Kellnerburschen herbei, und irgendjemand schrie:

»Haltet ihn! Haut ihn! ...«

Die Gäste sprangen auf, als wenn sie plötzlich mit heißem Wasser begossen worden wären. Aber Ilja sprang über Petrucha hinweg, ging durch die Tür ins Zimmer und verriegelte sie hinter sich. In dem kleinen Zimmer, das ganz mit Weinkisten und allerhand Koffern verstellt war, brannte flackernd eine Blechlampe. In dem engen, dunklen Raume sah Lunew den Freund nicht sofort. Jakow lag auf dem Boden, sein Kopf war im Schatten, und sein Gesicht erschien ganz schwarz und schrecklich entstellt. Ilja nahm die Lampe in die Hand, kauerte sich nieder und betrachtete den Misshandelten bei Lichte. Blaue Flecke und Beulen bedeckten Jakows Gesicht gleich einer scheußlichen, dunklen Maske. Seine Augen waren ganz verschwollen. Er atmete schwer und ächzte und sah offenbar nichts, denn er fragte, als Ilja eingetreten war:

183

»Wer ist da?«

»Ich bin es«, sprach Lunew leise, während er sich aufrichtete.

»Gib mir zu trinken!«

Ilja wandte sich um. Es wurde laut gegen die Tür gepocht, und irgendjemand rief:

»Von der Hintertreppe aus wollen wir's versuchen ...«

Petruchas winselnde Stimme ließ sich durch den Lärm vernehmen:

»Ich hab' ihn nicht angerührt ...«

Ilja lächelte schadenfroh. Er trat vor und begann durch die Tür hindurch mit den Belagerern zu verhandeln.

»Heda, ihr da draußen, hört auf zu grölen! Wenn er eins ins Maul gekriegt hat, dann wird er nicht gleich krepieren, und ich krieg' meine Strafe vom Gericht. Mischt euch also nicht ein ... drängt nicht so gegen die Tür, ich mach' gleich auf ...«

Er öffnete die Tür und stand in der Öffnung wie in einem Rahmen, indem er für den Fall eines Angriffs die Fäuste ballte. Die Andrängenden wichen vor seiner kraftvollen Gestalt und seiner kampfbereiten Miene zurück. Nur Petrucha brüllte, die andern zur Seite stoßend:

»Aha–a, du Räuber! ...«

»Schiebt ihn mal beiseite und seht hierher – bitte, wenn's gefällig ist!«, rief Ilja, während er die Gäste zum Nähertreten einlud. »Seht's euch mal an, wie er den armen Menschen zugerichtet hat!«

Etliche der Gäste traten, indem sie Ilja von der Seite anschielten, ins Zimmer und beugten sich über Jakow. Einer von ihnen sprach ganz bestürzt und erschüttert:

»Der ist ja geradezu verstümmelt!«

»Bringt Wasser!« sprach Ilja. »Und dann muss die Polizei geholt werden ...«

Die Gäste waren auf seiner Seite, er merkte es an ihren Mienen und sagte laut und mit scharfer Betonung:

»Ihr alle kennt Petruschka Filimonow und wisst, dass er der größte Betrüger in der ganzen Straße ist ... Wer aber kann von seinem Sohne etwas Böses sagen? Nun – und eben dieser Sohn liegt hier, ganz blutig geschlagen, vielleicht ein Krüppel für sein ganzes Leben, und seinem Vater wird dafür nichts geschehen. Ich habe Petruschka nur einen Schlag versetzt – dafür wird man mich verurteilen ... Ist das recht und billig? Ist das der

Gerechtigkeit gemäß? Und so ist's in allem – dem einen ist alle Willkür erlaubt, und der andere darf nicht mit der Wimper zucken ...«

Ein paar von den Anwesenden seufzten mitleidvoll, andere gingen schweigend aus dem Zimmer. Petrucha trieb alle mit quiekender Stimme zur Tür hinaus.

»Geht! Geht! Das ist hier meine Angelegenheit ... es ist mein Sohn! Macht, dass ihr fortkommt ... Vor der Polizei hab' ich keine Angst ... und auch das Gericht brauch' ich nicht ... Ich werde mit dir auch so fertig werden, mein Lieber ... Mach', dass du hinauskommst!«

Ilja kniete am Boden, reichte Jakow ein Glas Wasser und sah mit tiefem Mitgefühl die zerschlagenen, verschwollenen Lippen des Freundes. Jakow trank das Wasser und sagte flüsternd:

»Das Atmen wird mir so schwer ... Bring' mich aus dem Hause ... Iljuscha, mein Lieber! ...«

Aus den verschwollenen Augen flossen Tränen über seine Wangen.

»Er muss ins Krankenhaus gebracht werden«, sprach Ilja finster, zu Petrucha gewandt.

Der Büfettier sah auf seinen Sohn und murmelte irgendetwas unverständlich vor sich hin. Das eine seiner Augen war weit geöffnet, das andere gleichfalls, wie bei Jakow, von Iljas Faustschlag dick aufgeschwollen.

»Hast du gehört?«, schrie Ilja ihn an.

»Schrei nicht so!« sprach Petrucha auffallend still und friedlich. »Ins Krankenhaus kann er nicht gebracht werden – das gibt 'nen Skandal und schadet meiner Reputation! ...«

»Alter Schurke!«, sagte Ilja und spuckte verächtlich vor Filimonow aus. »Ich sage dir – bring' ihn ins Krankenhaus! Tust du's nicht – dann gibt's noch 'nen ganz andren Skandal ...«

»Nun, nun, nun! ... Ärgre dich nicht! Glaub' mir's, er verstellt sich nur ...« Ilja sprang empor bei diesen Worten, aber Filimonow stand schon an der Tür und rief einem Kellner zu:

»Iwan, hol' rasch eine Droschke – ins Krankenhaus, in die letzte Klasse! ... Jakow, zieh dich an ... Verstell' dich nicht länger ... Es war kein Fremder, der dich geschlagen hat, sondern dein eigner Vater ... Ich wurde noch ganz anders geprügelt!«

Er lief im Zimmer auf und ab, nahm Jakows Kleider von der Wand und warf sie Ilja zu, wobei er immer wieder eifrig zu erzählen wusste, wie viel Prügel er in seiner Jugend erhalten habe ...

Hinter dem Büfett stand Onkel Terentij. In Iljas Ohr klang seine höfliche, schüchterne Stimme: »Wie viel soll ich eingießen? Für drei oder für fünf Kopeken? ... Etwas Kaviar? Kaviar ist leider ausgegangen. Vielleicht essen Sie ein Sardinchen ...«

Am nächsten Tage mietete Ilja sich ein Quartier – ein kleines Zimmerchen neben einer Küche. Eine Dame in einem roten Jäckchen vermietete es ihm. Ihr Gesicht war rosig, mit einem keck geschwungenen Vogelnäschen und einem niedlichen kleinen Munde; die schmale Stirn war von schwarzem Lockenhaar eingerahmt, das sie häufig mit einer raschen Bewegung ihrer feinen, kleinen Hand zurechtstrich.

»Fünf Rubel für ein so hübsches Zimmerchen – das ist nicht teuer!«, sagte sie lebhaft und lächelte, als sie sah, dass ihre dunklen, munteren Äuglein den breitschultrigen jungen Burschen in einige Verlegenheit brachten. »Die Tapeten sind ganz neu ... das Fenster geht auf den Garten hinaus – was wünschen Sie noch mehr? Frühmorgens stell' ich Ihnen den Samowar hin – hineintragen müssen Sie ihn sich schon selbst ...«

»Sind Sie hier das Stubenmädchen?«, fragte Ilja neugierig.

Die Dame hörte auf zu lächeln, ihre Augenbrauen zuckten, und während sie sich hoch aufrichtete, sagte sie würdevoll: »Ich bin kein Stubenmädchen, sondern die Inhaberin dieser Wohnung und mein Mann ...«

»Sind Sie denn verheiratet?«, rief Ilja erstaunt und sah ungläubig auf ihre schlanke, zierliche Gestalt.

Diesmal ärgerte sie sich nicht, sondern lachte hell und munter.

»Wie komisch Sie sind!«, sagte sie. »Bald halten Sie mich für ein Stubenmädchen, bald wollen Sie nicht glauben, dass ich verheiratet bin ...«

»Wie soll ich's denn glauben, wenn Sie ganz wie ein junges Mädchen aussehen?« sprach Lunew gleichfalls lachend.

»Ich bin schon im dritten Jahre verheiratet, und mein Mann ist Revieraufseher ...«

Ilja sah ihr ins Gesicht und lächelte still – er wusste selbst nicht, weshalb.

»Was für ein Sonderling!«, rief die Dame achselzuckend, während sie Ilja neugierig musterte. »Na, wie ist's also – mieten Sie das Zimmer?«

»Abgemacht! Soll ich ein Angeld geben?«

»Natürlich!«

»In zwei, drei Stunden zieh' ich ein ...«

»Bitte sehr ... Ich freue mich, einen solchen Mieter zu haben ... Sie sind, wie es scheint, ein lustiger Herr ...«

»Nicht besonders lustig ...«, sagte Lunew lächelnd.

Er trat schmunzelnd, mit einem angenehmen Gefühl in der Brust, auf die Straße hinaus. Ihm gefiel sowohl das Zimmer mit den blauen Tapeten als auch das kleine, flinke Frauchen. Ganz besonders angenehm aber schien es ihm, dass er bei einem Revieraufseher wohnen sollte. Er fand darin etwas Spaßhaftes, eine gewisse Ironie, und zugleich eine Gefahr für seine Person. Er wollte Jakow im Krankenhause besuchen, und um recht schnell hinzukommen, nahm er eine Droschke. Während der Fahrt dachte er darüber nach, was er mit seinem Gelde anfangen, wo er es verstecken sollte.

Im Krankenhause sagte man ihm, dass Jakow vor einer Weile ein Wannenbad genommen habe und jetzt schlafe. Ilja blieb im Korridor am Fenster stehen und wusste nicht, was er beginnen – ob er fortgehen oder warten sollte, bis Jakow erwacht wäre. An ihm vorüber schritten, leise mit den Pantoffeln schlurrend, hintereinander die Kranken in ihren gelben Schlafröcken und schauten ihn mit vergrämter Miene an. In ihr halblautes Geflüster klang ein schmerzliches Gestöhn, das irgendwoher aus der Ferne herüberhallte ... Ein dumpfes Echo, das jeden Laut verstärkte, tönte durch den lang gestreckten Korridor ... Es war, als ob in der von Gerüchen erfüllten Luft des Krankenhauses unsichtbar und geräuschlos irgendjemand dahinschwebte und ächzend klagte ...

Es drängte Ilja, diese gelben Mauern so rasch wie möglich zu verlassen. Da trat einer der Kranken auf ihn zu, streckte ihm die Hand hin und sagte leise:

»Sei gegrüßt! ...«

Lunew blickte auf und trat erstaunt einen Schritt zurück.

»Pawel? Auch du bist hier?«

»Wer ist denn noch da?«, fragte Gratschew rasch. Sein Gesicht war eigentümlich grau, seine Augen blinzelten unruhig und verlegen.

Ilja erzählte ihm kurz, was mit Jakow vorgefallen war, und rief dann aus:

»Und du – wie verändert siehst du aus!«

Pawel seufzte; seine Lippen zuckten, und er senkte den Kopf, als ob er sich schuldig fühlte.

»Verändert seh' ich aus?« versetzte er mit heiser flüsternder Stimme.

»Was fehlt dir denn?«, fragte Lunew teilnehmend.

»Was mir fehlt? Kannst dir's wohl denken ...«

Pawel blickte flüchtig in Iljas Gesicht und ließ den Kopf wieder sinken. »Hast du dich angesteckt?«, fragte Lunew flüsternd.

»Leider ...«

»Doch nicht von Wjera?«

»Von wem denn sonst?«, antwortete Pawel düster.

Ilja schüttelte den Kopf.

»So wird's wohl auch mir einmal gehen«, meinte er.

Pawel blickte ihm zutraulich in die Augen und sagte:

»Ich dachte, du würdest dich vor mir ekeln ... Ich geh' hier spazieren und seh' mit einem Mal: Ilja! ... Ich schämte mich und wandte mich erst ab, als ich an dir vorüberging ...«

»Das war mal schlau«, sagte Ilja vorwurfsvoll.

»Wer kann's gleich wissen, wie jemand darüber denkt? 's ist eine widerwärtige Krankheit. Schon die zweite Woche sitz' ich hier ... Was für eine Qual, was für eine Langeweile! ... Die Nächte besonders sind schlimm – als ob man auf glühenden Kohlen läge ... Die Zeit zieht sich so lang hin, wie ein Haar in der Milch ... Es ist, als zöge dich etwas in einen Sumpf hinein, und du könntest niemand zu Hilfe rufen ...«

Er sprach fast flüsternd, und sein Gesicht zuckte, während die Hände krampfhaft an den Schößen des Schlafrocks herumzupften.

»Wo ist denn Wjera?«, fragte Ilja nachdenklich.

»Der Teufel mag's wissen«, sprach Gratschew mit bitterem Lächeln.

»Besucht sie dich nicht?«

»Einmal war sie da – aber ich hab' sie fortgejagt ... Nicht sehen kann ich sie, die gemeine Dirne!« flüsterte Pawel zornig.

Ilja blickte vorwurfsvoll in sein entstelltes Gesicht und sprach: »Schwatz' nicht so törichtes Zeug! Wenn du Gerechtigkeit verlangst, dann sei auch selber gerecht ... Worin liegt denn ihre Schuld?«

»Wen soll ich sonst beschuldigen?«, rief Pawel leidenschaftlich, wenn auch mit gedämpfter Stimme. »Wen? Ich lieg' oft die ganze Nacht da und denke darüber nach, wie es kommt, dass mein Leben so verpfuscht ist. Ob es wohl davon kommt, dass ich Wjera so lieb gewann? ... Wie ich sie geliebt habe, ist nicht mit Worten zu sagen, noch mit Sternenschrift an den Himmel zu schreiben ...«

Pawels Augen röteten sich, und zwei große Tränen rollten von ihnen nieder. Er wischte sie mit dem Ärmel seines Schlafrocks von den Wangen ab.

»Alles das sind leere Worte«, sagte Lunew, der Wjera noch mehr bedauerte als Pawel ...,»Du hast den Met getrunken und hast ihn gerühmt, er sei stark! Und jetzt, da du betrunken bist, schiltst du, dass er berauschend sei. ... Wie steht's denn mit ihr? Sie ist doch auch angesteckt?«

»Gewiss, auch sie ist's«, sprach Pawel und fuhr dann mit bebender Stimme fort: »Meinst du, sie tue mir nicht auch leid? Als ich sie fortjagte und sie von mir ging und zu weinen begann ... so ganz leise, so bitterlich, da krampfte sich mir das Herz zusammen ... Selbst hätt' ich weinen mögen, doch ich hatte in jener Stunde nur Steine in meiner Seele ... Und da begann ich über alles das nachzudenken ... Ach, Ilja, das Leben meint es nicht gut mit uns ...«

»Ja«, sprach Lunew gedehnt, mit seltsamem Lächeln. »Es geht schon merkwürdig zu ... hier im Leben! Es hat uns alle an der Kehle gepackt und würgt und würgt uns. Dem armen Jakow verbittert sein Vater das Leben, Maschutka wird an einen alten Satan verkuppelt, du steckst hier im Spital ...«

Er begann plötzlich leise zu lächeln und sagte in gedämpftem Tone:

»Nur ich allein habe Glück! Sobald ich mir etwas wünsche – bitte, es steht bereit!«

»Es gefällt mir nicht, was du da sagst«, sprach Pawel und musterte ihn forschend. »Machst dich über dich lustig, wie?«

»Nein – es ist ein anderer, der sich über mich lustig macht! Über uns alle macht sich irgendjemand lustig ... Wohin ich sehe im Leben – nirgends gibt es Gerechtigkeit ...«

»Das sehe auch ich«, rief Pawel leise, doch aus seinem Innersten heraus. Auf seinen Wangen wurden rote Flecke sichtbar, und seine Augen funkelten hell und lebhaft wie früher, da er noch gesund war.

Sie standen in einem halbdunklen Winkel des Korridors, neben dem Fenster, dessen Scheiben mit gelber Farbe bestrichen waren, und hier, dicht aneinandergeschmiegt, redeten sie leidenschaftliche Worte, und jeder von ihnen suchte die Gedanken des andern gleichsam im Fluge zu erhaschen. Irgendwoher aus der Ferne ertönte ein lang gedehntes Stöhnen, ähnlich dem dumpfen Klange einer Saite, die irgendjemand in bestimmten Zwischenräumen anschlägt, und die erzittert und hoffnungslos weiterklingt, als wüsste sie, dass nirgends ein lebendiges Herz ist, welches fähig wäre, ihr schmerzliches Zittern zu beschwichtigen. Pawel war entflammt von Empörung über die Kränkungen, die das Leben ihm mit schwerer Hand zugefügt hatte. Auch er zitterte, wie jene Saite, vor Erregung und flüsterte hastig, ohne Zusammenhang, dem Freunde seine Beschwerden und Anklagen zu. Ilja fühlte, dass Pawels Worte ihm wie Funken aus dem Herzen sprangen und in seiner eigenen Brust jenes dunkle, widerstrebende etwas weckten, das ihn immer wieder beunruhigte. Es war ihm, als wäre anstelle der Zweifel, mit denen er bisher dem Leben gegenübergestanden hatte, jetzt mit einem Mal etwas anderes in seiner Seele aufgelodert, das ihre Finsternis erhellen und ihr für immer Ruhe schaffen würde.

»Warum bist du heilig und unverletzbar, wenn du satt bist, warum hast du recht, wenn du gelehrt bist?«, flüsterte Pawel, während er Herz an Herz neben Ilja stand. Und er schaute ringsum, wie wenn er die Nähe des Feindes witterte, der sein Leben so verpfuscht hatte.

»Wer wird unsere Worte verstehen? Wir sind allen fremd ...« sagte Ilja hart.

»So ist's ... mit wem sollen wir reden?« versetzte Pawel und verstummte dann.

Lunew schaute, in Nachdenken versunken, vor sich hin in die weite Korridorflucht. Das dumpfe Stöhnen ließ sich wieder vernehmen – jetzt, da sie schwiegen, unterschied man es deutlicher. Es war, als ob es aus der Brust eines großen, starken Wesens käme, die einen schweren Schmerz erlitt ...

»Bist du immer noch mit Olympiada zusammen?«, fragte Pawel den Freund.

»Ja – noch immer«, antwortete Ilja. »Und denk' dir«, sagte er dann lächelnd, in gedämpftem Tone – »Jakow ist jetzt mit seinem Lesen glücklich so weit gekommen, dass er an Gott zweifelt ...«

»Wirklich?«, fragte Pawel obenhin, während er ihm ins Gesicht sah.

»Ja ... Er hat solch ein Buch gefunden ... Und du – wie denkst du über diesen Punkt?«

»Ich, siehst du ...«, sagte Pawel leise und nachdenklich – »ich hab' darüber nicht weiter nachgedacht ... In die Kirche geh' ich nicht ...«

»Und ich denk' viel darüber nach ... Ich kann nicht begreifen, wie Gott das alles duldet ...«

Wieder begannen sie, in hastigem Gespräch miteinander zu reden. Und ganz in ihre Unterhaltung vertieft, blieben sie so lange beieinander, bis ein Wärter auf sie zutrat und Lunew in strengem Tone fragte:

»Was versteckst du dich hier – he?«

»Ich verstecke mich nicht ...«, sagte Ilja.

»Siehst du nicht, dass bereits alle Besucher fort sind:«

»Hab's nicht gesehen ... leb' wohl, Pawel! Besuch' auch Jakow einmal! ...«

»Na, vorwärts, vorwärts ... raus!«, rief der Wärter.

»Komm bald wieder!«, bat ihn Gratschew.

Auf der Straße versank Lunew in Nachsinnen über das Schicksal seiner Freunde. Er sagte sich, dass es ihm doch noch besser ging als den andern. Aber dieses Bewusstsein bereitete ihm durchaus keine Befriedigung. Er lächelte nur und schaute misstrauisch um sich ...

XVII

In seiner neuen Wohnung hatte Ilja sich ruhig eingelebt, und seine Wirtsleute interessierten ihn ganz besonders. Die Wirtin hieß Tatjana Wlassjewna. Munter und stets zum Plaudern aufgelegt, hatte sie schon wenige Tage nach Iljas Einzug in dem blauen Zimmerchen dem neuen Mieter die ganze Einrichtung ihres Lebens geschildert.

Des Morgens, wenn Ilja in seinem Zimmer den Tee trank, machte sie sich mit vorgebundener Schürze und bis zum Ellbogen aufgestreiften Ärmeln in der Küche zu schaffen, guckte auch wohl einmal zu ihm hinein und sagte lebhaft:

»Wir sind keine reichen Leute, ich und mein Gatte – aber wir besitzen Bildung ... Ich habe das Progymnasium besucht, und er war sogar im Kadettenkorps, wenn er's auch nicht ganz durchgemacht hat. Aber wir wollen reich sein, und wir werden es erreichen ... Kinder haben wir nicht – die verursachen die größten Ausgaben. Ich koche selber, gehe selbst auf den Markt, und für die sonstige Arbeit halte ich mir ein Mädchen, das zu Hause wohnt, für anderthalb Rubel monatlich. Sie sehen, was ich alles spare! ...« Sie blieb in der Tür stehen, und während sie ihre Löckchen schüttelte, begann sie aufzuzählen: »Lohn für die Köchin – drei Rubel, Kost für die Köchin – sieben Rubel, macht zehn Rubel ... Für drei Rubel stiehlt sie monatlich zusammen – dreizehn Rubel. Ihr Zimmer vermiete ich an Sie – achtzehn Rubel. So teuer, sehen Sie, kommt eine Köchin zu stehen! Dann kauf ich alles im großen ein: Butter – ein halbes Pud; Mehl – einen ganzen Sack; Zucker gleich im ganzen Kopf, und so weiter ... Daran spar' ich wieder zwölf Rubel – macht dreißig Rubel. Wenn ich irgendwo, bei der Polizei oder bei der Telegrafie, eine Stellung hätte, würde ich nur für die Köchin arbeiten. Und jetzt koste ich meinen Mann gar nichts und bin stolz darauf. So muss man verstehen, sich das Leben einzurichten ... Lernen Sie es, junger Mann! ...«

Sie guckte mit den muntern Augen Ilja schelmisch ins Gesicht, und er lächelte sie verlegen an. Sie gefiel ihm und flößte ihm doch auch zu gleicher Zeit Achtung ein. Des Morgens, wenn er erwachte, wirtschaftete sie schon in der Küche herum, zusammen mit einem pockennarbigen, halbwüchsigen Mädchen, das seine Herrin, wie alles andere ringsum, mit seinen erschrockenen, farblosen Augen anstarrte. Des Abends, wenn Ilja nach Hause kam, öffnete Tatjana Wlassjewna ihm die Tür – lächelnd, schlank und adrett, nach irgendeinem Parfüm angenehm duftend. Wenn ihr Gatte zu Hause war, spielte er auf der Gitarre, und sie begleitete ihn mit ihrer klaren Stimme, oder sie setzten sich an den Kartentisch und spielten um Küsse. Ilja konnte in seinem Zimmer alles hören: das Tönen der Saiten, die bald lustig, bald gefühlvoll klangen, das Aufschlagen der Karten und das Schmatzen der Lippen. Ihre Wohnung bestand aus zwei Zimmern: dem Schlafzimmer und einem zweiten, an Iljas Stübchen angrenzenden Raume, der den Ehegatten als Ess- und Gastzimmer diente und in dem sie ihre Abende zubrachten ... Des Morgens vernahm man in diesem Zimmer helle Vogelstimmen: die Meise piepte, Zeisig und Stieglitz sangen um die Wette, der Gimpel pfiff würdevoll dazwischen, und mitten in diese lauten Töne ließ der Hänfling sein nachdenkliches, leises Lied erschallen.

Tatjanas Gatte, Kirik Nikodimowitsch Awtonomow, war ein Mann von sechsundzwanzig Jahren, hochgewachsen, voll, mit großer Nase und schwarzen Zähnen. Sein gutmütiges Gesicht war voll Finnen, und seine wasserblauen Augen schauten auf alles mit unerschütterlicher Ruhe. Das kurz geschorene, helle Haar stand von seinem Kopfe wie eine Bürste ab, und in der ganzen plumpen Gestalt Kirik Awtonomows lag etwas Unbeholfenes und Lächerliches. Seine Bewegungen waren schwerfällig, und gleich bei der ersten Begegnung fragte er Ilja aus irgendeinem Grunde:

»Hast du Singvögel gern?«

»Sehr gern ...«

»Fängst du welche?«

»Nein ...«, antwortete Ilja, während er den Revieraufseher verwundert ansah.

Dieser rümpfte die Nase, dachte ein Weilchen nach und fragte weiter:

»Hast du früher welche gefangen?«

»Nein, auch früher nicht ...«

»Niemals?«

»Niemals ...«

Da lächelte Kirik Awtonomow herablassend und meinte:

»Du liebst sie also nicht, wenn du sie nicht gefangen hast ... Ich habe welche gefangen und bin darum sogar aus dem Kadettenkorps hinausgeworfen worden ... Auch jetzt würde ich noch Vögel fangen, doch will ich mich in den Augen meiner Vorgesetzten nicht kompromittieren. Denn wenn auch die Liebe zu den Singvögeln eine edle Leidenschaft ist, so ist doch das Fangen der Singvögel eine Unterhaltung, die eines soliden Menschen nicht würdig ist ... Wenn ich an deiner Stelle wäre, würde ich unbedingt Zeisige fangen! Der Zeisig ist ein munterer Vogel. Darum nennt man ihn auch den Vogel Gottes ...«

Awtonomow sah beim Sprechen mit schwärmerischem Ausdruck in Iljas Gesicht, und Lunew fühlte eine gewisse Verlegenheit, als er seine sonderbaren Worte hörte. Es schien ihm, dass der Revieraufseher vom Vogelfang in allegorischem Sinne, mit Anspielungen auf irgendetwas sprach. Aber die wasserblauen Augen Awtonomows beruhigten ihn, und er gewann die Überzeugung, dass der Revieraufseher ein ganz harmloser Mensch war. Ein Lächeln war Iljas Antwort auf die Ausführungen Kiriks. Diesem gefiel offenbar das bescheidene Wesen und das ernste Gesicht des Mieters, und er schlug ihm vor:

»Komm doch des Abends zu uns zum Tee ... Mach' keine großen Umstände ... wir werden Karten spielen ... Gäste sind bei uns selten. Gäste haben ist eine angenehme Sache, aber man muss sie bewirten, und das ist unangenehm, denn es kostet Geld.«

Je länger Ilja das behagliche Leben seiner Wirtsleute beobachtete, desto besser gefielen sie ihm. Alles war bei ihnen sauber und solid, alles geschah in Ruhe, und sie waren einander offenbar sehr zugetan. Die kleine, flinke Frau glich einer munteren Meise, ihr Gatte einem unbeholfenen

Gimpel, und in ihrer Wohnung war es so nett wie in einem Vogelnest. Wenn Lunew des Abends zu Hause war, lauschte er auf die Unterhaltung der Wirtsleute und dachte bei sich:

»So lass' ich mir das Leben gefallen!«

Und er seufzte voll Neid und träumte immer lebhafter von der Zeit, da er seinen Laden aufmachen und ein eignes, kleines, sauberes Zimmer haben würde – darin würde er sich Vögel halten und ganz für sich, still und ruhig leben, wie im Traume ... Hinter der Wand erzählte Tatjana Wlassjewna ihrem Manne, was sie alles auf dem Markte gekauft hatte, wie viel sie ausgegeben und gespart hatte, und ihr Gatte lachte vergnügt und lobte sie:

»Ach, mein kluges Weibchen! ... Komm, gib mir einen Kuss ...«

Er erzählte ihr von den Vorkommnissen in der Stadt, von den Protokollen, die er aufgenommen hatte, von dem, was der Polizeimeister oder sonst ein Vorgesetzter ihm gesagt hatte ... Sie sprachen von der Möglichkeit einer Gehaltserhöhung und erwogen reiflich die Frage, ob sie im Fall einer solchen eine größere Wohnung würden nehmen müssen.

Ilja hörte zu, und plötzlich befiel ihn eine ihm unbegreifliche trostlose Langeweile. Es ward ihm zu eng in dem kleinen blauen Zimmer, er sah sich unruhig darin um, als ob er die Ursache seiner üblen Stimmung suchte, und als er den Druck, der auf seiner Brust lag, nicht länger zu ertragen vermochte, ging er zu Olympiada oder lief lange in den Straßen der Stadt auf und ab.

Olympiada war ihm gegenüber immer anspruchsvoller geworden, sie plagte ihn mit Eifersucht, und es kam zwischen ihnen immer häufiger zum Streit. Wenn sie sich zankten, sprach sie niemals von der Ermordung Poluektows, in ihren guten Augenblicken jedoch bat sie Ilja immer wieder, »diese Geschichte« zu vergessen. Lunew wunderte sich über ihre Hartnäckigkeit und fragte sie eines Tages nach einem Streit:

»Lipa! Sag' doch – warum sprichst du, wenn du mit mir zankst, nie von dem Alten?«

Sie antwortete ohne Besinnen:

»Weil diese Angelegenheit weder die Meinige noch die Deinige ist. Wenn sie dich nicht gefunden haben – dann ist ihm eben recht geschehen. Du warst dabei der Arm, nicht die Kraft ... Du hattest keinen Grund, ihn zu erwürgen, wie du selbst sagst. Also hat er durch dich nur seine Strafe bekommen ...«

Ilja lachte ungläubig.

»So–o ... Ich dachte eben, dass, wenn ein Mensch nicht ganz dumm ist, er unbedingt ein Gauner sein muss ... Alles vermag er zu rechtfertigen ... Und ebenso kann er aus allem ein Verbrechen machen ...«

»Ich versteh' dich nicht«, sagte Olympiada und schüttelte den Kopf.

»Was ist denn da unverständlich?«, fragte Ilja, seufzte und zuckte die Achseln. »Sehr einfach! Zeig' mir irgendetwas im Leben, das für alle Zeiten unerschütterlich dastände; finde etwas, das nicht irgendein Schlaukopf anzufechten vermöchte: Du wirst nichts finden! Es gibt eben nichts Feststehendes im Leben.«

Nach einer der gewohnten Zänkereien, als Ilja bereits vier Tage lang nicht bei Olympiada gewesen war, erhielt er von ihr einen Brief ... Sie schrieb:

»So leb' denn wohl, mein lieber Iljuscha, auf immer, denn wir werden uns niemals wiedersehen. Suche mich nicht – Du wirst mich nicht finden. Mit dem nächsten Dampfer verlasse ich diese unselige Stadt: In ihr hab' ich meine Seele für mein ganzes Leben zugrunde gerichtet. Ich fahre weit, weit fort und kehre nie mehr wieder – denk' nicht an mich und erwarte mich nicht. Für alles Gute, das Du mir getan, danke ich Dir von ganzem Herzen, und das Böse will ich vergessen. Ich muss Dir noch der Wahrheit gemäß sagen, dass ich nicht ins Blaue hineinlaufe, sondern mit dem jungen Ananjin einig geworden bin, der mich schon lange umschwärmt und mir klagte, dass ich ihn auf dem Gewissen haben werde, wenn ich nicht mit ihm zusammenleben will. Da hab' ich schließlich eingewilligt: meinetwegen! Wir fahren ans Meer, in ein Dorf, wo Ananjin Fischereiplätze hat. Er ist sehr einfältig und will mich sogar heiraten, der gute, dumme Junge! Leb' wohl! Wie im Traume hab' ich Dich gesehen, und da ich erwachte – war nichts da! Verzeih auch Du mir! – Wenn Du wüsstest, wie mein Herz von Sehnsucht brennt! Ich küsse Dich, Du mein Einziger. Brüste Dich nicht vor den Leuten: Wir sind alle unglücklich. Demütig bin ich geworden, ich, Deine Lipa, und ich geh' wie unters Beil – so sehr schmerzt mich meine zerrissene Seele. Olympiada Schlykowa. Mit der Post hab' ich Dir ein Andenken geschickt – einen Ring. Trag ihn, bitte. Ol. Sch.«

Ilja las den Brief und biss seine Lippen zusammen, dass sie ihn schmerzten. Er las ihn immer und immer wieder. Und je öfter er den Brief las, desto besser gefiel er ihm – es war ihm zugleich schmerzlich und angenehm, die einfachen, mit ungleichmäßigen, großen Buchstaben geschriebenen Worte zu lesen. Früher hatte Ilja nicht weiter darüber nachgedacht, von welcher Art das Gefühl war, das dieses Weib für ihn empfand, jetzt aber schien es ihm, dass Olympiada ihn stark und heftig geliebt hatte, und als er ihren Brief las, fühlte er eine tiefe Befriedigung in seinem Herzen. Aber diese Befriedigung machte allmählich dem Bewusstsein von dem Verluste eines teuren Wesens Platz, und der Gedanke, dass er nun niemand haben würde, dem er in den bittren Stunden der Schwermut sein Herz eröffnen konnte, drückte ihn nieder. Das Bild dieses Weibes stand lebhaft vor seinen Augen, er erinnerte sich ihrer leidenschaftlichen Liebkosungen, ihrer verständigen Reden, ihrer Scherze, und immer deutlicher empfand er in seiner Brust ein herbes Gefühl des Bedauerns. Er stand mit düstrer Miene am Fenster und schaute in den Garten – dort, in der Dunkelheit, rauschten leise die Holunderbüsche, und die dünnen, bindfadenartigen Zweige der Birke schwankten im Winde hin und her. Hinter der Wand tönten elegisch die Saiten der Gitarre, und Tatjana Wlassjewna sang mit ihrem hohen Sopran:

»Mag, wer da will, im tiefen Meer
Den goldnen Bernstein finden ...«

Ilja hielt den Brief der Geliebten in der Hand, er fühlte sich schuldig vor Olympiada und Gram und Mitleid drückten schwer auf seine Seele.

»Mir hol' nur meinen kleinen Ring
Empor aus seinen Gründen!«

tönte es hinter der Wand. Dann lachte der Revieraufseher laut auf, und die Sängerin lief, gleichfalls mit hellem Lachen, in die Küche. Hier jedoch schwieg sie sogleich still. Ilja fühlte ihre Gegenwart irgendwo ganz in der Nähe, doch mochte er sich nicht umdrehen, um nach ihr hinzusehen, obschon er wusste, dass die Tür zu seinem Zimmer geöffnet war. Er horchte gleichsam auf seine eignen Gedanken, stand unbeweglich da und fühlte sich vereinsamt.

Die Bäume draußen im Garten schüttelten ihre Wipfel, und es war Lunew, als hätte er sich losgerissen von der Erde, als schwebe er irgendwo dort draußen im kalten Dämmerschein dahin ...

»Ilja Jakowlewitsch! Wollen Sie Tee trinken?« ließ sich die laute Stimme der Wirtin vernehmen.

»Nein ...« lautete Iljas Antwort.

Durch das Fenster drang das feierliche Läuten einer Glocke; der tiefe, weiche Ton versetzte das Fenster in Schwingungen, und es erzitterte kaum hörbar ... Ilja bekreuzte sich, erinnerte sich, dass er schon lange nicht in der Kirche gewesen, und benutzte die Gelegenheit, das Haus zu verlassen.

»Ich gehe zur Abendandacht«, rief er seiner Wirtin zu, als er fortging.

Tatjana Wlassjewna stand in der Tür, stützte sich mit den Händen gegen die Pfosten und sah ihn neugierig an. Ihr forschender Blick setzte Ilja in Verwirrung, und wie zur Entschuldigung sagte er:

»Bin schon lange nicht in der Kirche gewesen ...«

»Gut, ich will den Samowar zu neun Uhr bereitstellen«, versetzte sie.

Auf dem Wege nach der Kirche dachte Lunew an den jungen Ananjin. Ilja kannte ihn: Er war ein reicher junger Kaufmann, Mitinhaber der Fischereifirma »Gebrüder Ananjin« – ein blonder, hagerer junger Mann mit blassem Gesicht und blauen Augen. Er war erst vor Kurzem in die Stadt gekommen und führte ein Leben auf großem Fuße.

»Das nenn' ich leben«, dachte Ilja bitter. »Wie ein junger Habicht treibt der es: Kaum ist er flügge geworden, so fängt er sich auch schon ein Täubchen ...«

Er betrat die Kirche in ärgerlicher Stimmung und stellte sich in die dunkle Ecke, in der die Leiter zum Anzünden des Kronleuchters stand.

»Herr, erbarme Dich!«, sang man auf dem linken Kirchenchor. Ein Chorknabe sang mit einer unangenehmen, schrill in die Ohren gellenden Stimme und vermochte sich durchaus nicht dem heiseren, dumpfen Bass des Vorsängers anzupassen. Der unharmonische Gesang verdarb Ilja die Laune und erregte in ihm den Wunsch, den Jungen bei den Ohren zu nehmen. Der geheizte Ofen verbreitete eine starke Hitze in dem Winkel, es roch nach verbrannten Lumpen. Eine alte Frau in einer Saloppe trat an Ilja heran, sah ihm ins Gesicht und sprach griesgrämlich:

»Sie stehen da nicht an Ihrem Platz, mein Herr ...« Ilja betrachtete den mit Fuchsschwänzen verzierten Kragen ihrer Saloppe und trat schweigend zur Seite.

»Auch in der Kirche geht es nach dem Range ...«

Es war das erste Mal seit Poluektows Ermordung, dass er in einer Kirche war, und als er dessen inneward, fuhr er unwillkürlich zusammen.

»Herr, erbarme dich!«, flüsterte er und bekreuzte sich.

Laut und harmonisch erschallte der Gesang des Chores. Die Stimmen der Soprane, die den Text des Liedes klar und deutlich aussprachen, klangen unter der Kuppel wie hell tönende kleine Glöckchen. Die Altstimmen bebten wie eine wohlklingende, straff gespannte Saite, und auf dem Hintergrund ihres ununterbrochenen Schalles, der wie ein Fluss dahinglitt, zitterten die Soprantöne gleich dem Widerschein der Sonne im durchsichtigen Wasserspiegel. Die tiefen, vollen Noten der Basspartie schwebten feierlich durch die Luft und schienen den Gesang der Kinder zu tragen; von Zeit zu Zeit drangen die schönen, kräftigen Töne des Tenors hindurch, und von Neuem erklangen dann laut die Stimmen der Kinder und stiegen in den Dämmerschein der Kuppel empor, von wo der Allerhalter, mit weißem Gewand angetan, nachdenklich niederblickte und die Betenden mit majestätisch ausgebreiteten Armen segnete. Der Gesang des Chors vereinigte sich zu einer einzigen, harmonisch gestimmten Masse von Tönen, die dahinschwebte wie eine Wolke bei Sonnenuntergang, wenn die Strahlen des sinkenden Tagesgestirns sie rosig und purpurn färben und sie allmählich sich aufzehrt im Selbstgenuss ihrer eignen Schönheit.

Der Gesang verstummte, und Ilja seufzte leicht und tief auf. Es war ihm wohl ums Herz, er fühlte nichts mehr von jener Gereiztheit, die ihn beim Eintritt in die Kirche beunruhigt hatte. Seine Gedanken flohen immer wieder von seiner Sündenschuld hinweg zu andern Dingen. Der Gesang hatte seiner Seele Erleichterung geschaffen und sie geläutert. Er wollte seinem eignen Empfinden nicht trauen, als er sich so unerwartet beruhigt und zufrieden fühlte, und er suchte mit Gewalt die Reue in sich zu wecken. Doch es war vergebens.

Plötzlich ging es ihm wie ein Nadelstich durchs Hirn: »Wie, wenn jetzt die Wirtin aus Neugier in mein Zimmer geht, dort zu suchen anfängt und das Geld findet?«

Er verließ rasch seinen Platz, trat aus der Kirche heraus und nahm eine Droschke, umso schnell wie möglich nach Hause zu kommen. Unterwegs quälte jener Gedanke ihn mehr und mehr und versetzte ihn in lebhafte Erregung.

»Angenommen, sie finden das Geld – was dann? Anzeigen werden sie mich nicht ... sie werden es einfach stehlen! ...«

Und der Gedanke, dass sie den Fund nicht anzeigen, sondern das Geld stehlen würden, erregte ihn noch mehr. Er war sich ganz klar darüber, dass, wenn dies geschehen sollte, er sofort mit der nächsten Droschke auf die Polizei fahren und gestehen würde, dass er Poluektow ermordet habe. Nein, er will sich nicht abquälen und in ewiger Unruhe leben, während andere von dem Gelde, um dessentwillen er so schwere Schuld auf sich genommen, sich in Ruhe und Behaglichkeit gütlich taten. Diese

Vorstellung versetzte ihn förmlich in Raserei. Als die Droschke vor dem Hause hielt, in dem er wohnte, stürzte er hastig auf die Tür zu und riss jäh an der Klingel. Die Zähne aufeinander pressend und die Fäuste ballend, wartete er ungeduldig, dass ihm die Tür geöffnet würde.

Die Tür ging auf, und Tatjana Wlassjewna erschien auf der Schwelle.

»Hu, wie laut Sie klingeln! ... Was gibt's denn? ... Was ist Ihnen?« rief sie ganz erschrocken, als sie ihn sah.

Er stieß sie schweigend zur Seite, ging rasch in sein Zimmer und erkannte sogleich auf den ersten Blick, dass seine Befürchtungen überflüssig gewesen waren.

Das Geld lag hinter der oberen Fensterverkleidung, an die er eine kleine Flaumfeder so festgeklebt hatte, dass sie unbedingt herunterfallen musste, wenn jemand sich an dem Gelde zu schaffen machte. Er sah jedoch ganz deutlich das weiße Flöckchen auf dem braunen Hintergrunde.

»Sind Sie krank?«, fragte besorgt die Wirtin, die an der Tür seines Zimmers erschien.

»Ich bin nicht recht wohl ... Entschuldigen Sie nur: Ich stieß Sie vorhin ...«

»Das tut nichts ... Sagen Sie ... wie viel bekommt der Droschkenkutscher?«

»Fragen Sie ihn, bitte ... und bezahlen Sie ihn ...«

Sie eilte hinaus, und Ilja sprang sogleich auf einen Stuhl, holte das Geld hinter der Fensterverkleidung hervor und steckte es mit einem Seufzer der Erleichterung in die Tasche ... Er schämte sich jetzt seiner Besorgnis, und die Vorsichtsmaßregel mit der Flaumfeder erschien ihm lächerlich und albern.

»Eine Einflüsterung war's!«, dachte er und lachte in sich hinein. In der Tür erschien wieder Tatjana Wlassjewna.

»Zwanzig Kopeken hab' ich dem Kutscher gegeben«, sagte sie hastig. »Was ist Ihnen denn? Wohl ein Schwindelanfall?«

»Ja ... ich stand in der Kirche, wissen Sie ... und mit einem Mal ...«

»Legen Sie sich doch hin«, sagte sie und Team in sein Zimmer. »Legen Sie sich ruhig hin. Genieren Sie sich nicht ... Und ich setz' mich ein bisschen neben Sie ... Ich bin allein zu Hause ... mein Mann hat noch Dienst und geht dann in den Klub ...«

Ilja setzte sich auf sein Bett, während sie auf dem einzigen Stuhl, der im Zimmer war, Platz nahm.

»Ich habe Sie beunruhigt«, sprach Ilja mit verlegenem Lächeln.

»Tut nichts«, versetzte Tatjana Wlassjewna, während sie ihm neugierig und ungeniert ins Gesicht sah. Sie schwiegen eine Weile – Ilja wusste nicht, wovon er mit ihr sprechen sollte. Sie aber sah ihn in einem fort an und lachte dann plötzlich ganz seltsam.

»Warum lachen Sie?«, fragte Lunew, die Augen niederschlagend.

»Soll ich's sagen?«, fragte sie schelmisch.

»Sagen Sie es ...«

»Sie können sich nicht verstellen – wissen Sie das?«

Ilja zuckte zusammen und blickte unruhig auf seine Wirtin.

»Nein, Sie können es nicht. Sie sind nicht krank – sondern haben einfach einen unangenehmen Brief bekommen. Ich hab's ja gesehen, hab's gesehen ...«

»Ja, ich bekam einen Brief«, sagte Ilja zurückhaltend.

Draußen im Garten rauschte etwas im Gezweig. Tatjana Wlassjewna blickte scharf zum Fenster hinaus und wandte ihr Gesicht dann wieder Ilja zu.

»Es war nur der Wind, oder vielleicht ein Vogel«, sprach sie. »Sagen Sie, mein hübscher junger Mann – wollen Sie mal meinen Rat hören, ja? Ich bin zwar nur eine junge Frau, aber ich bin nicht dumm ...«

»Wenn Sie mir raten wollen ... dann bitte recht sehr«, sprach Lunew, sie neugierig anschauend.

»Zerreißen Sie diesen Brief und werfen Sie ihn fort«, sprach die Wirtin in überlegenem Ton. »Wenn sie Ihnen abgeschrieben hat, dann hat sie ganz recht gehandelt, als ein braves Jüngferchen. Zum Heiraten ist's für Sie noch zu früh, Sie haben keine sichere Stellung, und Leute ohne sichere Stellung sollten nicht heiraten. Sie sind ein kräftiger junger Mann, sind arbeitsam und hübsch – Ihnen kann's nicht fehlen ... Seien Sie nur auf der Hut, dass Sie sich nicht am Ende verplempern! Verdienen Sie recht viel Geld, sparen Sie und suchen Sie etwas Größeres anzufangen. Machen Sie einen Laden auf – und dann, wenn Sie festen Grund unter den Füßen haben, können Sie heiraten. Es muss Ihnen ja gelingen: Sie trinken nicht, Sie sind bescheiden, haben keinen Anhang ...«

Ilja hörte zu, ließ den Kopf sinken und lächelte im stillen. Am liebsten wäre er laut herausgeplatzt mit seinem Lachen.

»Nichts dümmer, als den Kopf hängen lassen«, fuhr Tatjana Wlassjewna im Tone eines lebenserfahrenen Menschen fort. »Es wird vorübergehen. Die Liebe ist eine Krankheit, die sich leicht heilen lässt. Ich war, bevor ich heiratete, selbst dreimal so verliebt, dass ich am liebsten ins Wasser gegangen wäre – und doch ist's vorübergegangen! Und wie ich sah, dass es für mich mit dem Heiraten Ernst wurde – da hab' ich ohne alle Liebe geheiratet ... Später lernte ich dann meinen Mann ... lieben ... Es kommt wirklich manchmal vor, dass eine Frau sich in ihren Mann verliebt ...«

»Wie soll ich das verstehen?«, fragte Ilja und riss die Augen weit auf.

Tatjana Wlassjewna ließ ein munteres Lachen hören.

»Ich hab' nur gespaßt ... Doch in allem Ernst: Man kann sich verheiraten, ohne den Mann zu lieben, und ihn dann später lieb gewinnen ...«

Und sie begann immer von Neuem zu plappern und kokettierte dabei mit ihren Äuglein. Ilja hörte aufmerksam zu, betrachtete mit großem Interesse die kleine, zierliche Gestalt und war ganz erstaunt. So klein und schmächtig war sie und hatte doch so viel Zuversicht, Willenskraft und Verstand ...

»Wer eine solche Frau hat – der kann nicht zugrunde gehen«, dachte er. Es war ihm angenehm, so dazusitzen mit einem gebildeten Weibe – einer verheirateten Frau und keiner ersten besten, einer sauberen, feinen, wirklichen Dame, die nicht zu stolz war, mit ihm, dem einfachen Burschen, zu plaudern und ihn sogar mit »Sie« anredete. Ein Gefühl der Dankbarkeit gegen seine Wirtin erwachte in ihm, und als sie sich erhob, um zu gehen, sprang er gleichfalls auf, verneigte sich vor ihr und sagte:

»Dank' Ihnen auch ergebenst, dass Sie mir die Ehre erwiesen haben ... Ihre Unterhaltung hat mich sehr erfreut ...«

»Wirklich? Sehen Sie doch mal an!« sagte sie still lächelnd, während ihre Wangen sich röteten und ihre Augen ein paar Sekunden lang unbeweglich in Iljas Antlitz sahen. »Na ~– auf Wiedersehen also ... vorläufig!« sprach sie mit einer ganz besonderen Betonung und hüpfte graziös wie ein junges Mädchen davon.

XVIII

Mit jedem Tage fand Ilja an dem Ehepaar Awtonomow größeren Gefallen. Er hatte von Polizeibeamten schon viel Schlimmes gesehen, Kirik jedoch erschien ihm, wie ein einfacher Arbeitsmensch, dabei gutmütig und beschränkt. Er war der Körper, seine Frau – die Seele. Er war selten zu Hause und hatte daheim nicht viel zu sagen. Tatjana Wlassjewna benahm sich Ilja gegenüber immer formloser, sie bat ihn, ihr Holz zu hacken, Wasser zu holen, den Spüleimer auszugießen. Er erfüllte diensteifrig ihre Bitten, und ohne dass er es merkte, wurden diese kleinen Verrichtungen für ihn zur täglichen Pflicht. Da entließ die Wirtin das pockennarbige Mädchen, das bei ihr aufwartete, und ließ sie nur noch am Sonnabend kommen ...

Zuweilen kamen zu Awtonomows auch Gäste. Öfters erschien der Assistent des Stadtteilaufsehers Korsakow, ein hagerer Mensch mit langem Schnurrbart. Er trug eine dunkle Brille, rauchte dicke Zigaretten, konnte die Droschkenkutscher nicht leiden und sprach stets von ihnen in großer Erregtheit.

»Niemand verstößt so oft gegen Ordnung und Anstand wie diese Droschkenkutscher«, räsonierte er. »Ein zu freches Volk! Die Fußgänger kann man im Straßenverkehr stets in Ordnung halten, es bedarf dazu nur einer Bekanntmachung in den Zeitungen vonseiten des Polizeimeisters: ›Wer die Straßen abwärtsgeht, hat sich rechts, und wer aufwärtsgeht, hat sich links zu halten‹ – und sofort ist in der Bewegung der Passanten die schönste Disziplin da. Aber diesen Kutschern ist mit gar keiner Bekanntmachung beizukommen. So 'n Kutscher – der ist ... na, weiß der Teufel, was er eigentlich ist! ...«

Über die Droschkenkutscher konnte er einen ganzen Abend reden, und Lunew hörte ihn nie von etwas anderem sprechen.

Ferner kam zu Awtonomows noch der Inspektor des Kinderasyls, Gryslow, ein schweigsamer Mensch mit einem schwarzen Vollbart. Er liebte es, mit seiner Bassstimme das Lied »Übers Meer, übers blaue Meer« vorzutragen, und seine Gattin, eine stattliche, üppige Frau mit großen Zähnen, aß jedes Mal bei Tatjana Wlassjewna das ganze Konfekt auf, was den Awtonomows Veranlassung gab, nach ihrem Weggehen gehörig über sie herzuziehen.

»Das tut sie mir zum Possen!«, meinte Tatjana Wlassjewna.

Dann erschien auch, in Begleitung ihres Gatten, Alexandra Wiktorowna Trawkina, eine hochgewachsene, schlanke Person mit rotem Haar, die sich oft mit einem seltsamen Laut schnäuzte – es klang, als ob ein Stück Shirting zerrissen würde. Ihr Gatte litt an einer Halskrankheit und sprach darum stets flüsternd, doch redete er unaufhörlich, und es kam aus seinem Munde wie das Rascheln trockenen Strohes. Er war ein vermögender Mann, hatte bei der Akziseverwaltung gedient und war im Vorstand irgendeiner wohltätigen Gesellschaft. Beide, er wie seine Gattin, zogen beständig über die Armen her, die sie der Verlogenheit, der Habgier und der Unehrerbietigkeit gegen ihre Wohltäter beschuldigten.

Lunew saß in seinem Zimmer und hörte aufmerksam zu, wie diese Leute über das Leben redeten. Was er hörte, blieb ihm unverständlich. Es schien, als ob diese Leute längst alle Fragen des Lebens entschieden hätten, als ob sie alles wüssten und alle, die anders dachten und lebten als sie selbst, unnachsichtlich verurteilten.

Zuweilen luden die Wirtsleute des Abends ihren Mieter zum Tee ein. Beim Tee scherzte Tatjana Wlassjewna munter, und ihr Gatte schwärmte davon, wie schön es doch wäre, wenn er mit einem Mal reich werden und sich ein Haus kaufen könnte.

»Dann würde ich mir Hühner halten ...«, sagte er und kniff lüstern die Augen zusammen. »Alle Sorten von Hühnern: Brahmaputra, Cochinchina, Perlhühner, Truthühner ... Und einen Pfau! Und dann so im Schlafrock am Fenster sitzen, eine Zigarette rauchen und zusehen, wie auf dem Hofe der Pfau – mein eigner Pfau! – sein Rad schlägt – das wär' ein Leben! Wie ein Polizeimeister würde er herumspazieren und in einem fort kollern: Brlju ... brlju ... brlju!«

Tatjana Wlassjewna lächelte und schwelgte, während sie Ilja ansah, auf ihre Weise in zukünftigen Genüssen:

»Und ich würde dann jeden Sommer eine Reise machen, in die Krim oder in den Kaukasus, und im Winter würde ich in den Vorstand irgendeines Wohltätigkeitsvereins eintreten. Dann würde ich mir ein ganz schwarzes Tuchkleid machen lassen, ganz einfach, ohne allen Ausputz, und würde nichts weiter dazu tragen als eine Brosche mit einem Rubin, und Ohrringe mit Perlen. Ich hab' in der ›Niwa‹ ein Gedicht gelesen, darin hieß es, dass das Blut und die Tränen der Armen im Jenseits sich in Perlen und Rubine verwandeln ...« Und mit einem leisen Seufzer fügte sie hinzu: »Rubine stehen brünetten Damen ausgezeichnet ...«

Ilja schwieg und lächelte. Im Zimmer war es mollig und sauber, ein angenehmer Teegeruch und noch irgendein anderer angenehmer Duft erfüllten den Raum. In den Käfigen schliefen, zu kleinen Federklümpchen geballt, die Vögel, an den Wänden hingen ein paar grelle Bilder. Ein kleines Wandbrett zwischen den Fenstern war mit allerhand hübschen Büchschen, Hühnchen aus Porzellan und bunten Ostereiern aus Zucker oder Glas bedeckt. Alles das gefiel Ilja und erfüllte ihn mit sanfter, wohliger Wehmut.

Zuweilen jedoch – namentlich, wenn er bei seinem Handel nichts verdient hatte – wandelte sich diese Wehmut in eine unruhige Verdrießlichkeit. Die Hühnchen, Büchschen und Eierchen ärgerten ihn dann. Er hätte sie am liebsten auf den Boden werfen und zertreten mögen. Sobald diese Stimmung über ihn kam, schwieg er trotzig, sah immer nach einem Punkt und fürchtete sich zu sprechen, um die lieben Leute nicht durch irgendetwas zu beleidigen. Eines Abends, als er mit seinen Wirtsleuten Karten spielte, fragte er Kirik Awtonomow, während er ihm trotzig ins Gesicht sah:

»Sagen Sie, Kirik Nikodimowitsch – den Mörder, der den Kaufmann in der Dworjanskaja erwürgt hat – den haben sie noch nicht gefasst? ...«

Als er die Frage heraushatte, fühlte er in der Brust ein angenehmes, prickelndes Kitzeln.

»Den Kaufmann Poluektow?« sprach der Revieraufseher nachdenklich, während er in seine Karten sah. »Den Poluektow? Wa–wa–wa! Nein, den Poluektow haben sie noch nicht gefasst. Wa–wa–wa ... Das heißt natürlich nicht den Poluektow, sondern den, der ihn ... Ich hab' ihn ja gar nicht gesucht ... ich brauch' ihn überhaupt gar nicht ... ich brauch' nur zu wissen: Wer hat die Pikdame? Pikpikpik! Du hast die Drei gegen mich ausgespielt, Tanja – Treffdame, Karodame, und was noch?«

»Die Karosieben ... mach' doch schneller! ...«

»Er ist also einfach verschwunden?«, fragte Ilja mit höhnischem Lachen.

Doch der Revieraufseher achtete nicht weiter auf ihn, er war ganz in den Gang des Spiels vertieft.

»Einfach verschwunden«, wiederholte er mechanisch. »Und dem armen Poluektow hat er den Hals umgedreht – wa–wa–wa ...«

»Kirja, lass doch dein Wa–wa–wa«, sagte seine Frau. »Mach' rascher! ...«

»Ein geschickter Kerl muss es sein, der ihn ermordet hat«, setzte Ilja ihm von Neuem zu. Die Gleichgültigkeit, mit der Kirik seine Worte aufnahm, reizte ihn nur noch mehr dazu an, von dem Morde zu sprechen.

»Ein geschickter Kerl?« sprach der Revieraufseher gedehnt. »Nein – ein geschickter Kerl bin ich! Schwapp!«

Und mit den Karten laut auf den Tisch aufschlagend, spielte er eine Fünf aus. Ilja verlor die Partie. Die beiden Ehegatten lachten über ihn, was seinen Trotz nur noch steigerte.

»Am hellen Tage, in der Hauptstraße der Stadt einen Menschen zu ermorden – dazu muss man wirklich Kühnheit besitzen«, sagte er, während er die Karten gab.

»Glück war's, nicht Kühnheit«, belehrte ihn Tatjana Wlassjewna.

Ilja sah zuerst sie und dann ihren Gatten an, lachte leise und fragte:

»Jemand totschlagen – das nennen Sie Glück haben?«

»Totschlagen und nicht ins Loch kommen ...«

»Wieder haben sie mir den Karodaus aufgebrummt«, rief der Revieraufseher.

»Den könnt' ich jetzt gerade brauchen«, sagte Ilja ernst.

»Schlagen Sie einen reichen Geldprotzen tot – das ist der beste Daus«, scherzte Tatjana Wlassjewna.

»Wart' noch mit dem Totschlagen – hier ist vorläufig ein Kartendaus«, rief Kirik laut lachend und warf zwei Neunen und ein As zu.

Lunew musterte wiederum ihre fröhlichen Gesichter, und er verlor die Lust, noch weiter über den Mord zu reden.

Seite an Seite mit diesen Leuten lebend, nur durch eine dünne Wand von ihrem behaglichen, ruhigen Leben getrennt, hatte Ilja immer häufiger Anfälle eines schmerzlichen Missbehagens. Von Neuem tauchten in ihm Gedanken über die Kontraste des Lebens auf, und über Gott, der alles weiß und nicht straft, sondern geduldig wartet ... Worauf mag er warten?

Aus Langerweile begann Lunew, wieder zu lesen. Seine Wirtin hatte ein paar Bände der »Niwa« und der »Illustrierten Rundschau« und noch einige andere zerlesene Bände.

Ganz wie in seiner Kindheit gefielen ihm auch jetzt nur solche Erzählungen und Romane, in denen ein ihm unbekanntes Leben geschildert war, wie er es selbst nicht führte. Erzählungen aus der Wirklichkeit, aus den Kreisen des einfachen Volkes fand er langweilig und voll falscher Darstellungen. Manchmal belustigten sie ihn, noch häufiger jedoch schien es ihm, als seien sie von schlauen Leuten geschrieben, die dieses düstre, trostlose Leben absichtlich mit hellen Farben malten. Er kannte dieses Leben und lernte es immer genauer kennen. Wenn er durch die Straßen ging, sah er jeden Tag irgendetwas, das ihn zu kritischen Betrachtungen stimmte. So beobachtete er einst, als er auf dem Wege nach dem Krankenhause zu seinen Freunden war, eine Szene, die er sogleich Pawel erzählte:

»Schöne Zustände! Da sah ich vorhin, wie ein paar Zimmerleute und Stukkateure auf dem Trottoir gingen. Plötzlich erscheint ein Polizist: ›Heda, ihr Teufelskerle!‹ schreit er und jagt sie vom Trottoir herunter. ›Geht dort, wo die Pferde gehen, sonst macht ihr mit euren schmutzigen Kitteln den besseren Leuten Flecke in die Kleider! ...‹ Bau' mir ein Haus – dich aber werf ich 'raus! ...«

Pawel war gleichfalls voll Empörung und schürte noch den Brand. Er fühlte sich beengt in dem Krankenhause, wie in einem Gefängnis, seine Augen glühten in Schwermut und grimmem Trotz, und er wurde mager und elend. Jakow Filimonow gefiel Pawel nicht, er hielt ihn für einen halben Narren.

Jakow aber, bei dem sich Anzeichen der Schwindsucht eingestellt hatten, verlebte im Krankenhause glückliche Tage. Er hatte sich mit seinem Bettnachbar befreundet, einem Kirchenwächter, dem vor Kurzem das Bein amputiert worden war. Es war ein dicker Mann von kleinem Wuchse, mit einem großen, kahlen Kopf und einem schwarzen Vollbart, der ihm die ganze Brust bedeckte. Seine Augenbrauen waren voll und buschig, wie ein Schnurrbart, und er bewegte sie ständig auf und nieder; seine Stimme klang hohl, wie wenn sie aus dem Bauche käme. Jedes Mal, wenn Lunew im Krankenhause erschien, traf er Jakow auf dem Bett des Wächters sitzend an. Der Wächter lag da und bewegte schweigend seine Brauen, Jakow aber las ihm halblaut aus der Bibel vor, die ebenso kurz und dick war wie der Wächter.

»Des Nachts kommt Verstörung über Ar in Moab,« las Jakow, »sie ist dahin. Des Nachts kommt Verstörung über Kir und Moab; sie ist dahin!«

Jakows Stimme klang schwach und knarrend, wie das Geräusch einer Säge, die in Holz einschneidet. Wenn er las, hob er die linke Hand empor, als wollte er die Kranken des Saales herbeirufen, damit sie die unheilvollen Prophezeiungen des Jesaias anhörten. Die großen, grüblerischen Augen gaben seinem gelben Gesichte einen unheimlichen Ausdruck. Sobald er Ilja sah, warf er jedes Mal das Buch hin und richtete an den Freund die besorgte Frage:

»Hast du Maschutka nicht gesehen?«

Ilja hatte sie nicht gesehen.

»O Gott!« sprach Jakow traurig. »Wie seltsam ist das doch ... ganz wie im Märchen! Sie war da, und plötzlich hat ein Zauberer sie geraubt, und sie ist verschwunden!«

»Hat dein Vater dich besucht?«, fragte Ilja.

Ein Zittern ging über Jakows Gesicht, und seine Augen irrten ängstlich hin und her.

»Ja, er war da«, erwiderte er. »›Hast dich lange genug hier herumgewälzt‹, sagte er. ›Lass dich gesundschreiben!‹ Ich hab' aber den Doktor gebeten, dass er mich noch nicht weglassen soll ... Hier ist es hübsch ... so still, so gemütlich ... Da ist Nikita Jegorowitsch – wir lesen zusammen – in der Bibel. Sieben Jahre lang hat er darin gelesen. Alles kennt er auswendig und versteht die Prophezeiungen auszulegen ... Wenn ich gesund werde, will ich mit Nikita Jegorowitsch zusammenleben, will weggehen vom Vater! Ich werde Nikita Jegorowitsch in der Kirche helfen und auf dem linken Chor singen ...«

Der Wächter hob langsam seine Brauen empor, unter denen ein Paar runde, dunkle Augen sich trag in den tiefen Höhlen auf und nieder bewegten. Ruhig und glanzlos, mit starrem, mattem Blick schauten sie in Iljas Gesicht.

»Was für ein schönes Buch ist doch die Bibel!«, rief Jakow mitten in einem Hustenanfall. »Auch jene Stelle ist drin – erinnerst du dich? – die der Bibelkundige in der Schenke zum Onkel sagte: ›Friedlich sind die Zelte der Räuber ...‹ Sie ist drin – ich hab' sie gefunden! Noch Ärgeres steht drin!«

Jakow schloss die Augen und sprach mit aufgehobener Hand, in feierlichem Tone:

»Warum leben denn die Gottlosen, werden alt und nehmen zu mit Gütern ... Gott behält das Unglück für seine Kinder ... Wer ist der Allmächtige, dass wir ihm dienen sollen? Oder was sind wir's gebessert, dass wir ihn anrufen?«

»Steht das wirklich drin?«, fragte Ilja ungläubig.

»Wort für Wort!«

»Nach meiner Meinung ist das sündhaft!«, sagte Ilja.

Der Wächter verzog seine buschigen Brauen, dass sie seine Augen bedeckten. Sein Bart bewegte sich hin und her, und er sprach mit dumpfer, seltsamer Stimme:

»Die Kühnheit des Menschen, der die Wahrheit sucht, ist nicht sündhaft, denn sie entspringt aus höherer Eingebung ...«

Ilja überlief ein Schauer. Der Wächter aber seufzte tief auf und fuhr ebenso langsam und vernehmlich fort:

»Die Wahrheit selbst gibt es dem Menschen ein: Suche mich! Denn die Wahrheit – ist Gott ... und es steht geschrieben: ›Ein großer Ruhm ist es, dem Herrn zu folgen‹ ...«

Das mit dichtem Haarwuchs bedeckte Gesicht des Wächters flößte Ilja Achtung und Scheu ein: Es lag in diesem Gesicht etwas Erhabenes, Strenges. Seine Brauen hoben sich eben wieder empor, er richtete die Augen gegen die Decke, und sein riesiger Bart geriet von Neuem in Bewegung.

»Lies ihm doch aus Hiob vor, Jascha ... den Anfang des zehnten Kapitels ...« sprach er zu Jakow.

Dieser schlug rasch ein paar Blätter in dem Buche um und las mit leiser, bebender Stimme:

»Meine Seele verdrießet mein Leben; ich will meine Klage bei mir gehen lassen, und reden von Betrübnis meiner Seele, und zu Gott sagen: Verdamme mich nicht; lass mich wissen, warum du mit mir haderst? Gefällt dir's, dass du Gewalt tust und mich verwirfst, den deine Hände gemacht haben?«

Ilja reckte den Hals in die Höhe und sah mit blinzelnden Augen in das Buch.

»Glaubst es wohl nicht?«, rief Jakow. »Bist doch ein Sonderling! ...«

»Nicht ein Sonderling, sondern ein Feigling«, sprach gemessen der Wächter.

Er wandte mit Mühe seinen matten Blick von der Decke nach Iljas Gesicht hin und fuhr streng, als wollte er ihn mit Worten zermalmen, also fort:

»Es gibt Stellen, die noch wuchtiger sind als die vorgelesenen. Vers drei, Kapitel dreiundzwanzig, sagt dir ohne Umschweife: ›Meinest du, dass dem Allmächtigen gefalle, dass du dich so fromm machest? Oder was hilft es ihm, ob du deine Wege gleich ohne Wandel achtest?‹ ... Man muss fleißig nachdenken, dass man in diesen Dingen nicht irre und sie begreife ...«

»Und Sie ... begreifen Sie sie?«, fragte Lunew leise.

»Er?«, rief Jakow – »Nikita Jegorowitsch? Der begreift alles!«

Aber der Wächter sagte, seine Stimme noch mehr dämpfend:

»Für mich ist's – schon spät .. Für mich ist's Zeit, den Tod zu begreifen ... Sie haben mir das Bein abgenommen – aber weiter oben schwillt es wieder ... Auch das andere schwillt ... und auch die Brust .. ich werde bald daran sterben ...«

Seine Augen starrten unverwandt auf Iljas Gesicht, und ruhig und langsam fuhr er fort:

»Und ich will noch nicht sterben ... denn ich hab' traurig gelebt, in Kränkungen und Bitternissen, Freuden gab's nicht in meinem Leben. Von klein auf hab' ich, wie Jaschka, unter der Zuchtrute des Vaters gelebt. Er war ein Trunkenbold, ein grausamer Mensch ... Dreimal hat er mir den Schädel durchgeschlagen, einmal mir die Beine mit heißem Wasser verbrüht. Eine Mutter hatte ich nicht – sie war bei meiner Geburt gestorben. Ich heiratete. Gezwungen wurde ich, ein Weib zu nehmen, das mich nicht liebte ... Drei Tage nach der Hochzeit hängte sie sich auf ... Einen Schwager hatte ich – der hat mich bestohlen, und die eigne Schwester sagte mir ins Gesicht, ich hätte mein Weib in die Schlinge getrieben. Und alle sagten es, obschon sie wussten, dass ich sie nicht berührt hatte, dass sie als Mädchen gestorben ist ... Neun Jahre hab' ich dann noch gelebt, allein und einsam. Schrecklich ist's, so einsam zu leben! ... Immer hab' ich gewartet, ob die Freuden nicht endlich kommen – und jetzt sterb' ich. Das war mein ganzes Leben ...«

Er schloss die Augen, schwieg ein Weilchen und fragte dann:

»Wozu hab' ich nun gelebt? ...«

Ilja hörte seine düstre Rede mit beklommenem Herzen. Auf Jakows Gesicht lag ein dunkler Schatten, und in seinen Augen schimmerten Tränen.

»Wozu hab' ich gelebt? Frag' ich ... Hier lieg' ich nun und denke: Wozu hab' ich gelebt?«

Die Stimme des Wächters stockte. Er brach mit einem Mal ab – wie wenn ein trüber Bach auf der Erde dahinfließt und sich plötzlich unter die Erde versteckt.

»Wer unter den Lebenden ist, der hat noch Hoffnung, denn ein lebendiger Hund ist besser als ein toter Löwe«, zitierte der Wächter wieder nach einer Weile. Abermals zogen seine Brauen sich empor, die Augen öffneten sich, und sein Bart geriet in Wallung.

»Ebenda, im Ecclesiastes, heißt es auch: ›Am guten Tage sei guter Dinge, und am bösen Tage denke: Dies und das hat Gott getan, dass der Mensch nichts rede gegen ihn‹ ...«

Weiter konnte Ilja nicht zuhören. Er stand still auf, reichte Jakow die Hand und verneigte sich vor dem Wächter tief – so, wie man von einem Toten Abschied nimmt. Ganz unwillkürlich geschah das von seiner Seite.

Er verließ das Krankenhaus mit einem neuen, seltsam beklemmenden Eindruck. Das düstre Bild dieses Menschen prägte sich tief in sein Gedächtnis ein. Zu all den Unglücklichen, vom Leben Betrogenen, die er kannte, gesellte sich hier eine neue Gestalt. Er hatte sich die Worte des Wächters wohl gemerkt und wälzte sie lange in seinem Kopfe hin und her, um ihren geheimen Sinn zu erraten. Sie verwirrten ihn und wühlten die Tiefen seiner Seele auf, in denen sein Glaube an die Gerechtigkeit Gottes ruhte. Es schien ihm, dass dieser Glaube schon irgendeinmal, ihm selbst unbewusst, einen Stoß erlitten haben musste, dass er nicht mehr so fest war wie früher: Irgendetwas hatte ihn zersetzt, gleich dem Rost, der das Eisen frisst. In seiner Brust lagen Empfindungen miteinander im Streit, die unvereinbar waren wie Feuer und Wasser. Und mit erneuter Kraft brach in ihm die Erbitterung hervor gegen seine eigne Vergangenheit, gegen alle Menschen und alle Ordnungen des Lebens.

... Die Awtonomows waren gegen Ilja mit jedem Tage freundlicher und zuvorkommender geworden. Kirik klopfte ihn mit Gönnermiene auf die Schulter, scherzte mit ihm und meinte überlegen:

»Du gibst dich mit Lappalien ab, mein Lieber. Ein so bescheidener, ernster Bursche muss sich auf breiterer Grundlage entwickeln. Wenn jemand das Zeug zum Stadtteilaufseher hat, ziemt es sich nicht, dass er Revieraufseher bleibe ...«

Tatjana Wlassjewna begann Ilja sehr angelegentlich und eingehend darüber auszufragen, wie sein Hausierhandel gehe, wie viel er wohl monatlich zurücklege. Er plauderte gern mit ihr, und sein Respekt vor dieser Frau, die es verstand, mit lauter Kleinigkeiten das Leben so nett und behaglich zu gestalten, wuchs mit jedem Tage ...

Eines Abends, als Ilja übel gelaunt in seinem Zimmer am offenen Fenster saß und in Gedanken an die ungetreue Olympiada in den Garten schaute, begab sich Tatjana Wlassjewna aus dem Speisezimmer nach der Küche und rief Ilja zum Tee hinüber. Er folgte ihrer Einladung nur mit Widerwillen: Er mochte sich von seinen Grübeleien nicht trennen und hatte keine Lust, sich zu unterhalten. Mürrisch und schweigsam setzte er sich an den Teetisch, sah auf seine Wirtsleute und bemerkte, dass sie beide eine ungewöhnlich feierliche, wichtige Miene aufgesetzt hatten. Lustig brodelte der Samowar; ein Vogel, der in seinem Käfig erwacht war, schlug mit den Flügelchen, und es duftete nach gebratenen Zwiebeln und Eau de Cologne. Kirik drehte sich auf seinem Stuhle um, trommelte mit den Fingern auf dem Rande des Teebretts und sang:

»Bum, bum, tru–tu–tu, tru–tu–tu! ...«

»Ilja Jakowlewitsch«, begann seine Gattin in eindringlichem Tone, »wir haben uns da ... eine Sache zurechtgelegt, ich und mein Mann ... und möchten im Ernst mit Ihnen reden ...«

»Ho ho ho!« lachte der Revieraufseher und rieb sich die großen roten Hände. Ilja erschrak und sah ihn ganz verblüfft an.

»Wir haben uns zurechtgelegt!«, rief Kirik mit einem breiten Lachen, während er Ilja ansah und nach seiner Gattin hinüberblinzelte. »Ein geniales Köpfchen!«

»Wir haben etwas Geld gespart, Ilja Jakowlewitsch ...«

»Wir haben gespart! Hoho! Mein liebes, schlaues Weibchen! ...«

»Hör' doch auf!« sprach Tatjana Wlassjewna streng, und ihr Gesicht erschien noch magerer und spitzer als sonst.

»Wir haben gegen tausend Rubel gespart«, fuhr sie halblaut fort, während sie sich zu Ilja hinüberneigte und ihre scharfen, kleinen Augen sich in seinen Augen festsaugten. »Das Geld liegt auf der Bank und gibt uns vier Prozent ...«

»Und das ist uns zu wenig!«, schrie Kirik und schlug mit der Hand auf den Tisch auf. »Wir wollen ...«

Seine Frau zwang ihn mit einem strafenden Blick zum Schweigen.

»Wir sind natürlich mit diesem Prozentsatz ganz zufrieden – aber wir würden Ihnen behilflich sein, falls Sie etwas Größeres anfangen wollten ...«

Sie machte Ilja ein paar Komplimente und fuhr dann fort:

»Sie sagten, dass ein Galanteriewarenladen zwanzig Prozent und mehr abwerfen kann, wenn man's richtig anfängt. Nun, wir sind bereit, Ihnen unser Geld gegen einen Wechsel zu geben – auf Sicht natürlich, nicht anders – damit Sie einen Laden aufmachen können. Sie werden das Geschäft unter meiner Kontrolle führen, und den Profit teilen wir zur Hälfte. Die Ware versichern Sie auf meinen Namen, außerdem geben Sie mir noch ein Papierchen ... ein nichtssagendes Papierchen, nur der Form wegen ... Überlegen Sie sich die Sache und sagen Sie: ja oder nein?«

Ilja hörte ihre feine, trockene Stimme und rieb sich heftig die Stirn. Mehrmals hatte er, während sie sprach, in den Winkel geschaut, in dem der goldene Beschlag des Heiligenbildes zwischen den beiden Hochzeitskerzen blinkte. Ihr Vorschlag verwirklichte seinen alten Glückstraum und erfüllte sein Herz mit Freude. Zerstreut lächelnd blickte er auf die kleine Frau und dachte:

»Da ist es – mein Schicksal ...«

Sie aber sprach zu ihm im Tone einer Mutter:

»Überlegen Sie es ganz genau, betrachten Sie die Angelegenheit von allen Seiten! Ob Sie sich's zutrauen, ob Sie Kraft genug, Erfahrung genug dafür besitzen? Und dann sagen Sie uns, was Sie außer Ihrer Arbeitskraft noch einlegen können. Unser Geld reicht nicht weit hin ... nicht wahr?«

»Ich kann ...«, sagte Ilja bedächtig, »tausend Rubel einschießen. Mein Onkel wird sie mir geben ... Vielleicht auch noch mehr ...«

»Hurra!«, rief Kirik Awtonomow.

»Sie sind also einverstanden?«, fragte Tatjana Wlassjewna.

»Na, ich sollt's meinen!«, schrie der Revieraufseher. Und dann steckte er die Hand in die Tasche und rief ganz aufgeräumt und laut: »Jetzt trinken wir Champagner! Champagner, hol' der Teufel meine Seele! Lauf in die Weinhandlung, mein Lieber, hol' eine Flasche! ... Hier ist Geld – du bist natürlich unser Gast. Verlange Don-Champagner, zu neunzig Kopeken, und sag', dass er für mich, für Awtonomow sei – dann bekommst du ihn für fünfundsechzig Kopeken ... Mach' rasch, alter Freund!«

Ilja sah lächelnd auf die strahlenden Gesichter des Ehepaares und ging.

Da hatte nun das Schicksal ihn gedrängt und gestoßen, ihn zu schwerer Sünde verführt, seine Seele verwirrt – und jetzt schien es ihn gleichsam um Verzeihung zu bitten, schien ihm zuzulächeln und ihm seine Gunst zuzuwenden ... Jetzt lag der Weg vor ihm offen zu einem behaglichen Winkel im Leben, in dem er ruhig für sich existieren und seiner Seele den Frieden schaffen wird. Die Gedanken kreisten in Iljas Kopfe im fröhlichen Reigen und flößten seinem Herzen ein ihm bis dahin unbekanntes Selbstvertrauen ein.

Er brachte aus der Weinhandlung eine Flasche echten Champagners, für die er sieben Rubel bezahlt hatte.

»Oho–o!«, rief Awtonomow. »Das nenn' ich schick, mein Lieber! Das ist 'ne Idee, ja–a!«

Tatjana Wlassjewna war anderer Meinung – sie schüttelte missbilligend den Kopf und sagte, die Flasche betrachtend, in vorwurfsvollem Tone:

»Sieben Rubel?! Ei, wie unpraktisch!«

Lunew stand vor ihr, so gerührt und glücklich, und lächelte.

»Es ist echter!«, rief er voll Freude. »Zum ersten Mal im Leben will ich vom Echten kosten! Wie war denn mein bisheriges Leben? Ganz verfälscht ... Schmutz, Rohheit, Enge ... Kränkungen jeder Art ... Kann ein Mensch denn immer so leben?«

Er hatte die wunde Stelle in seiner Seele berührt und fuhr fort:

»Von klein auf hab' ich das Echte gesucht, und hab' dabei gelebt wie ein Holzspan im Bache – bald dahin, bald dorthin ward ich geworfen, und alles rings um mich war trüb, schmutzig und unruhig. Nirgends fand ich einen Halt. Da hat mich das Schicksal zu Ihnen verschlagen. Zum ersten Mal im Leben seh' ich, wie Menschen ruhig, behaglich, in Liebe dahinleben ...«

Er sah sie mit verklärtem Gesichte an und verneigte sich vor ihnen.

»Ich dank' Ihnen! Bei Ihnen hab' ich Erleichterung gefunden für meine Seele ... bei Gott! Sie haben mir geholfen für mein ganzes Leben. Jetzt will ich mutig weiterschreiten! Jetzt weiß ich, wie man leben soll!«

Tatjana Wlassjewna sah ihn an mit dem Blick der Katze, die dem von seinem eignen Gesang entzückten Vogel auflauert. In ihren Augen blitzte ein grünliches Feuer, ihre Lippen zuckten. Kirik machte sich mit der Flasche zu schaffen, nahm sie zwischen die Beine und beugte sich über sie. Seine Halsadern schwollen an, die Ohren bewegten sich ...

Der Pfropfen knallte, fuhr gegen die Decke und fiel auf den Tisch. Ein Glas, auf das er fiel, erklirrte zitternd.

Kirik schnalzte mit den Lippen, schenkte den Wein in die Gläser und kommandierte:

»Angefasst! –«

Und als seine Gattin und Lunew die Gläser ergriffen hatten, hielt er das Seinige hoch über seinen Kopf empor und rief:

»Auf das Blühen und Gedeihen der Firma ›Tatjana Awtonomowa und Lunew‹ – hurra!«

XIX

Während der nächsten Tage beriet Lunew gemeinsam mit Tatjana Wlassjewna die Einzelheiten des neuen Unternehmens. Sie wusste alles und sprach von allem mit solcher Sicherheit, als ob sie ihr Leben lang mit Galanteriewaren gehandelt hätte. Ilja hörte sie mit Erstaunen an, lächelte und schwieg. Er wollte so bald wie möglich mit der Sache beginnen und ging auf alle Vorschläge der Awtonomowa ein, ohne weiter über sie nachzudenken.

Es stellte sich heraus, dass Tatjana Wlassjewna auch bereits einen passenden Laden in Bereitschaft hatte. Er war ganz so beschaffen, wie Ilja sich ihn vorgestellt hatte: in einer sauberen Straße gelegen, klein und nett, mit einem Zimmer für den Mieter. Alles ging nach Wunsch, bis in die geringste Kleinigkeit, und Ilja triumphierte.

Frisch und fröhlich erschien er bei seinen Freunden im Krankenhause; dort begegnete ihm Pawel, der gleichfalls in guter Stimmung war.

»Morgen werde ich gesundgeschrieben!«, erzählte er Ilja freudig erregt, bevor er noch seinen Gruß erwidert hatte. »Von Wjerka hab' ich einen Brief bekommen ... Sie schimpft darin ... der kleine Satan! ...«

Seine Augen glänzten, seine Wangen waren gerötet. Er konnte nicht ruhig auf einem Fleck stehen, scharrte mit den Pantoffeln auf der Erde, fuchtelte mit den Armen.

»Nimm dich jetzt nur in acht,« sprach Ilja zu ihm – »sei auf der Hut!«

»Natürlich! Ich frage ganz einfach: Mamsell Wjera, wollen Sie heiraten? Bitte! Nein? Dann gibt's einen Messerstich ins Herz!«

Über Pawels Gesicht und Körper ging ein krampfhaftes Zittern.

»Na, na!«, sagte Ilja lachend. »Wer wird gleich mit dem Messer drohen!«

»Nein, glaub's mir – ich hab' es satt! Ohne sie leben kann ich nicht ... Schmutzereien hat sie genug getrieben – die muss sie endlich satthaben ... Ich hab' jedenfalls genug von der Sache. Morgen entscheidet es sich zwischen uns ... so oder so ...« Lunew sah dem Freunde ins Gesicht, und plötzlich tauchte in seinem Kopfe ein einfacher, heller Gedanke auf. Er errötete, und ein Lächeln ging über sein Gesicht ...

»Paschutka, denke dir: Ich hab' mein Glück gemacht!« begann er nach einem. Weilchen.

Und er erzählte dem Freunde in aller Kürze, was ihm in den letzten Tagen begegnet war. Pawel hörte ihm zu, ließ seufzend den Kopf hängen und sagte:

»Ja–a, du hast Glück ...«

»Ich schäm' mich sogar vor dir meines Glücks ... wahrhaftig! Ich spreche ganz aufrichtig.«

»Schönen Dank auch dafür!«, sagte Pawel lachend.

»Weißt du was?«, sagte Ilja leise. »Ich will mich nicht etwa brüsten, sondern sag's im Ernst, dass ich mich schäme ...«

Pawel sah ihn schweigend an und senkte dann wieder nachdenklich den Kopf.

»Ich will dir nun etwas sagen«, fuhr Ilja fort – »wir haben in der Not zusammengehalten, lass uns auch die Freude teilen!«

»Hm–m«, brummte Pawel –»ich hörte, dass man die Freude so wenig teilen kann, wie ein Weib ...«

»Man kann's! ... Erkundige dich einmal, was alles nötig ist, um ein Brunnenmachergeschäft einzurichten – was für Instrumente, Materialien und so weiter ... und wie viel das kostet ... das Geld dazu will ich dir geben ...«

»Nanu–u–u?«, rief Pawel gedehnt und sah den Freund ungläubig an. Lunew fasste voll Herzlichkeit seine Hand und drückte sie fest.

»Wirklich, du Sonderling ... ich geb' es dir!«

Er musste jedoch noch lange auf Pawel einreden, um ihn von der Ernsthaftigkeit seiner Absicht zu überzeugen. Pawel schüttelte in einem fort den Kopf, brummte und sagte:

»Nein, das wird nichts ...«

Endlich gelang es Lunew, ihn gefügig zu machen. Und dann umarmte ihn Paschka seinerseits und sprach mit vor Rührung bebender Stimme:

»Ich danke dir, Bruder! Ziehst mich heraus aus dem Loche ... Nur hör', was ich sage: Eine eigne Werkstatt mag ich nicht – die hol' der Teufel! Das ist nichts für mich ... Gib mir etwas Geld – ich will Wjerka zu mir nehmen und von hier fortmachen. So ist's für dich leichter – denn du brauchst nicht so viel zu geben – und für mich bequemer. Ich fahr' irgendwohin und tret' als Geselle in eine Werkstatt ein ...«

»Unsinn!«, sagte Ilja. »Es ist doch besser, sein eigner Herr zu sein ...«

»Ich und mein eigner Herr!«, rief Pawel vergnügt. »Nein, ein eignes Geschäft, und was sonst Drum und Dran hängt, ist nicht nach meinem Geschmack ... Einen Bock kannst du nicht mit einem Mal zum Schwein umwandeln ...«

Lunew begriff Paschkas Auffassung vom Wesen eines Prinzipals nicht recht, doch fand er an ihr Gefallen.

»'s ist wahr: Du siehst wirklich einem Bock ähnlich,« sagte er scherzend, »bist ebenso mager ... Weißt du, an wen du mich erinnerst? An den Schuster Perfischka! ... Na, also morgen treffen wir uns, und da geb' ich dir Geld für den Anfang ... solange du keine Stellung hast ... Und jetzt will ich mal nach Jakow sehen ... Wie stehst du denn mit ihm?«

»Wie früher ... wir können uns nicht recht besehen ...« sprach Gratschew lachend.

»Er ist ein unglücklicher Mensch ...«, sagte Ilja nachdenklich.

»Davon haben wir alle etwas ...«, versetzte Pawel achselzuckend. »Es scheint mir immer, als sei er nicht ganz bei Verstande. Ein Pechvogel sozusagen ...«

Als Ilja ihn bereits verlassen hatte, rief er, mitten im Korridor stehend, noch einmal hinter ihm her:

»Ich danke dir, Bruder!«

Ilja nickte ihm lächelnd zu.

Den armen Jakow traf er ganz traurig und niedergeschlagen. Er lag auf seinem Bett, das Gesicht der Decke zugekehrt, schaute mit weit geöffneten Augen nach oben und bemerkte es gar nicht, als Ilja an ihn herantrat.

»Nikita Jegorytsch ist in einen andern Saal gekommen«, sprach er düster zu Ilja.

»Das ist gut,« versetzte Lunew – »er sah schon gar zu schrecklich aus.«

Jakow sah ihn vorwurfsvoll an und begann zu husten.

»Geht's dir besser?«, fragte Ilja.

»Ja–a ...«, antwortete Jakow mit einem Seufzer. »Nicht mal krank sein darf ich, solange ich will ... Gestern war der Vater wieder da. Er hat ein zweites Haus gekauft, sagt er. Noch eine Schenke will er aufmachen. Und das alles soll ich mal auf den Hals kriegen ...«

Ilja hätte zu ihm gern von seinen eignen Erfolgen gesprochen, doch hielt ihn irgendetwas davon zurück.

Die Frühlingssonne lachte heiter zum Fenster herein, und die gelben Wände des Krankenhauses erschienen in ihrem Lichte noch gelber. Der Anstrich zeigte in der hellen Beleuchtung allerhand Flecke und Risse. Zwei von den Kranken saßen schweigend auf ihren Betten und spielten Karten. Ein hochgewachsener, magerer Mensch ging geräuschlos, den verbundenen Kopf tief auf die Brust gesenkt, im Saale hin und her. Es war still in dem Raume, nur ein unterdrücktes Husten vernahm man irgendwoher, und vom Korridor hörte man die Pantoffeln der Kranken schlurren. Jakows gelbes Gesicht erschien wie leblos, und seine Augen hatten einen bekümmerten Ausdruck.

»Ach, ich möchte sterben!« sprach er mit seiner knarrenden Stimme. »Wenn ich so daliege, sag' ich mir: Es muss interessant sein, zu sterben.« Seine Stimme klang immer leiser, gedämpfter. »Freundliche Engel sind da ... Sie können dir alles erklären, jede deiner Fragen beantworten ...«

Er schwieg und beobachtete blinzelnd, wie an der Decke der bleiche Reflex eines Sonnenstrahls spielte.

»Hast du Maschutka nicht gesehen!«, fragte er dann plötzlich.

»N-nein ... Ich hab' nicht dran gedacht, sie zu besuchen ... es hat nicht alles Platz im Kopfe ...«

»Ins Herz musst du dir's schreiben, nicht in den Kopf!«

Lunew ward verlegen und schwieg. Jakow seufzte und warf unruhig seinen Kopf auf dem Kissen hin und her.

»Nikita Jegorytsch muss nun sterben«, sagte er, »und er will nicht ... Der Feldscher sagte es mir: Er muss sterben! ... Und ich will sterben – und kann nicht! Ich werde wieder gesund und geh' hinters Büfett, wo ich keinem was nütze.«

Seine Lippen verzogen sich zu einem traurigen Lächeln. Er sah den Freund ganz sonderbar an und sprach weiter:

»Um es in diesem Leben auszuhalten, müsste man eiserne Lenden und ein eisernes Herz haben ...«

Ilja hörte aus Jakows Worten etwas Feindseliges, Kaltes heraus, und er runzelte die Stirn.

»Und ich bin wie Glas zwischen Steinen«, fuhr Jakow fort – »dreh' ich mich um – dann gibt's einen Sprung ...«

»Du jammerst schon gar zu gern«, sagte Lunew obenhin.

»Und du?«, fragte Jakow.

Ilja wandte sich ab und schwieg. Dann, als er merkte, dass Jakow sich nicht zum Weiterreden anschickte, sagte er nachdenklich:

»Wir haben es alle schwer. Nimm zum Beispiel Pawel! ...«

»Ich lieb' ihn nicht«, sagte Jakow und verzog mürrisch sein Gesicht.

»Warum nicht?«

»So ... ich lieb' ihn einmal nicht ...«

»Hm ja ... ich muss jetzt gehen ...«

Jakow reichte ihm schweigend die Hand und bat dann plötzlich mit kläglicher, bettelnder Stimme:

»Erkundige dich doch ... nach Maschutka! Ja? Um Christi willen! ...«

»Gut, ich will's tun«, sprach Ilja.

Er atmete erleichtert auf, als er Jakow verlassen hatte. Seine Bitte aber, er möchte sich doch nach Mascha erkundigen, hatte bewirkt, dass Ilja sich seines Verhaltens gegen Perfischkas Tochter schämte, und er beschloss, Matiza aufzusuchen, die sicherlich wusste, wie sich Maschutka in ihre neue Lage gefunden hatte.

Ilja ging in der Richtung auf Filimonows Schenke zu, und in seiner Seele drängten sich allerhand Gedanken über seine Zukunft. Sie schien ihm hold zu lächeln, diese Zukunft, und ganz seinem Grübeln hingegeben, ging er, ohne es zu merken, an der, Schenke vorüber. Als er dann zurückschaute, hatte er keine Lust, wieder umzukehren. Er ging aus der Stadt hinaus: Weithin breiteten sich die Felder, die in der Ferne durch den dunkel emporragenden Wald begrenzt wurden. Die Sonne ging unter, auf dem jungen Rasengrün lag ihr rosig schimmernder Abglanz. Ilja schritt erhobenen Hauptes vorwärts und schaute zum Himmel auf, wo in der Ferne rötliche Wolken unbeweglich über der Erde standen und in den Sonnenstrahlen flammten. Es war ihm angenehm, so dahinzuwandern: Jeder Schritt vorwärts und jeder Atemzug erweckte in seiner Seele einen neuen Gedanken. Er stellte sich vor, dass er reich und mächtig geworden sei und es in der Gewalt habe, Petrucha Filimonow zu ruinieren. Er hatte ihn schon an den Bettelstab gebracht, und Petrucha stand vor ihm und weinte, er aber, Ilja Lunew, sprach zu ihm:

»Mitleid soll ich mit dir haben? Und du – hast du mit jemand Mitleid gehabt? Hast du nicht deinen Sohn getreten und misshandelt? Hast du nicht meinen Onkel zur Sünde verführt? Hast du mich nicht von oben herab angesehen und verhöhnt? In deinem verfluchten Hause ist niemand glücklich gewesen, hat niemand die Freude gesehen. Durch und durch verfault ist dein Haus, ein Gefängnis für die Menschen, die darin wohnen ...«

Petrucha steht da, zitternd und stöhnend vor Furcht, ganz jämmerlich wie ein Bettler, und Ilja fährt in seiner Strafpredigt fort:

»Ich will dein Haus verbrennen, denn es bringt allen Unglück, die darin wohnen. Du aber geh umher in der Welt und bitte alle, die du beleidigt hast, um Vergebung; bis zu deinem Tode geh so umher, und stirb dann vor Hunger, wie ein Hund! ...«

Die abendliche Dämmerung hatte sich auf das Feld gesenkt; der Wald erhob sich in der Ferne wie eine dichte, dunkle Wand, wie ein Berg. Eine Fledermaus flog geräuschlos wie ein kleiner schwarzer Fleck durch die Luft, und es schien, als ob sie es wäre, die die Finsternis säete. Von Weitem, vom Flusse her, vernahm man das Rauschen und Klatschen der Räder eines Dampfers. Es war, als wenn irgendwo in der Ferne ein ungeheurer Vogel dahinschwebe und mit mächtigen Schlägen seiner Fittiche die Luft aufwühle. Lunew erinnerte sich aller jener Leute, die ihm auf seinem Lebenswege hindernd entgegengetreten waren, und sie alle zog er schonungslos vor sein Strafgericht. Er hatte davon ein angenehmes Gefühl der Erleichterung, und wie er so einsam durch die Felder schritt, überall von Finsternis umwogt, begann er leise zu singen ...

Plötzlich machte sich ein modriger, herber Düngergeruch in der Luft bemerkbar. Ilja hörte auf zu singen: Dieser Duft erweckte in ihm angenehme Erinnerungen. Er war an die städtische Abladestelle gelangt, zu der Schlucht, in der er früher so oft mit Großväterchen Jeremjej nach brauchbaren Abfällen gesucht hatte. Das Bild des alten Lumpensammlers tauchte in Iljas Erinnerung auf, und er ließ seinen Blick umherschweifen, um im Dunkel das Plätzchen zu finden, an dem der Alte einst mit ihm auszuruhen pflegte. Doch er vermochte den Platz nicht zu entdecken: Offenbar war er unter den Bergen von Schutt und Müll verschwunden. Ilja stieß einen Seufzer aus – er fühlte, dass auch in seiner Seele irgendetwas unter dem Schutt des Lebens verschwunden war.

»Hätt' ich den Kaufmann nicht erwürgt ... dann würde mir jetzt nichts mehr fehlen zum Leben«, fuhr's ihm plötzlich durch den Kopf. Gleich darauf aber erfolgte aus seinem Herzen gleichsam die Antwort eines andern:

»Was hat der Kaufmann damit zu tun? Er ist nur mein Unglück, nicht meine Sünde ...«

Ein leises Geräusch ließ sich plötzlich vernehmen. Ein kleiner Hund huschte an Iljas Füßen vorüber und flüchtete mit leisem Gewinsel. Ilja fuhr zusammen. Es war, als sei vor ihm ein Teil dieser nächtlichen Finsternis lebendig geworden und unter Gestöhn entschwunden.

»'s ist alles gleich,« ging's ihm durch den Sinn, »auch ohne diesen Kaufmann wäre in meinem Herzen kein Friede. Wieviel Kränkungen habe ich selbst erfahren, wie viel andere erdulden sehen! Ist das Herz einmal verwundet, dann wird es nie aufhören zu schmerzen ...«

Er ging langsam am Rande der Schlucht entlang. Seine Füße versanken im Schmutz, und er vernahm das Knistern der Holzspäne und das Rascheln des Papiers unter seinen Tritten. Ein freies, noch nicht verschüttetes Stück des Bodens zog sich vor ihm als schmaler Pfad in die Schlucht hinein. Er ging auf diesem schmalen Streifen weiter bis dahin, wo er jäh zu Ende war, setzte sich dort nieder und ließ die Füße in die Schlucht hinunterbaumeln. Die Luft war hier frischer, und als sein Auge die Schlucht entlang schweifte, erblickte Ilja in der Ferne das stählerne Band des Stromes. Auf dem Wasser, das unbeweglich wie Eis schien, zitterten sanft die Lichter der unsichtbaren Fahrzeuge, und eins derselben schwankte wie ein roter Fleck in der Luft. Ein zweites, grünlich schimmernd, wie Unheil kündend, brannte unbeweglich, ohne Strahlen ... Und zu Iljas Füßen lag, von dichtem Nebel angefüllt, der weite Rachen der Schlucht, die selbst wie ein Strombett erschien, in dem die schwarzen Luftmassen unhörbar dahinflossen. Schwermut kehrte in Lunews Herz ein; er schaute in die Schlucht und dachte:

»Eben noch war mir so wohl zumute, das Schicksal schien mir zuzulächeln – und nun ist alles wieder weg ...«

Es fiel ihm ein, wie feindselig sich Jakow heute gegen ihn verhalten hatte, und es ward ihm noch trauriger zumute bei dieser Erinnerung ... Aus der Schlucht ertönte plötzlich ein Geräusch: Ein Erdklumpen hatte sich wahrscheinlich losgelöst. Ilja streckte den Hals vor und spähte hinunter in das Dunkel. Der feuchte Nachthauch umwehte sein Gesicht ... Er blickte zum Himmel empor. Dort flammten schüchtern die Sterne auf, und über dem Walde erhob sich langsam die große, rötliche Scheibe des Mondes wie ein gewaltiges, fühlloses Auge. Und wie kurz vorher die Fledermaus durch die Dämmerung geflattert war, so schwirrten jetzt dunkle Vorstellungen und Erinnerungen durch Iljas Seele: Sie erschienen und schwanden, ohne die Rätsel, die ihn beschäftigten, zu lösen. Und immer dichter und schwerer senkte sich Finsternis in seine Seele.

Er saß lange da, dachte nach und schaute bald in die Schlucht hinab, bald zum Himmel empor. Das Licht des Mondes, der in die finstere Schlucht hineinschaute, beschien die tiefen Risse und das Gebüsch an ihrem Abhang. Von dem Gebüsch fielen förmliche Schatten auf die Erde. Der Himmel war klar und rein, kein Wölkchen verdeckte die flimmernden Sterne. Es war kühl geworden; Ilja erhob sich und ging, in der Nachtkälte zitternd, langsam übers Feld nach der Stadt zu, deren Lichter in der Ferne blinkten. Er wollte an nichts mehr denken. Die kalte Ruhe und einsame Leere des Himmels, in dem er früher seinen Gott gefühlt, hatte sich in der nächtlichen Stille in seine Brust gesenkt ...

Er kam spät nach Hause, stand nachdenklich vor der Tür und zögerte, die Klingel zu ziehen. Die Fenster waren bereits dunkel – seine Wirtsleute schliefen also schon. Es war ihm peinlich, Tatjana Wlassjewna, die stets selbst die Tür zu öffnen pflegte, noch so spät zu beunruhigen, aber er musste doch schließlich ins Haus hinein. Leise zog Lunew an dem Griff der Klingel. Fast in demselben Augenblick öffnete sich die Tür, und vor Ilja stand, in Weiß gehüllt, die schlanke Gestalt seiner Wirtin.

»Schließen Sie rasch zu!« sprach sie zu Ilja mit seltsam veränderter Stimme. »Es ist kühl ... ich bin entkleidet ... Mein Mann ist nicht zu Hause.«

»Ich bitte um Entschuldigung«, murmelte Lunew.

»Wie spät Sie kommen! Woher denn? Wie?«

Ilja schloss die Tür zu, wandte sich um, um ihr zu antworten und – streifte plötzlich ihre Brust; sie wich vor ihm nicht zurück, sondern schmiegte sich vielmehr noch dichter an ihn an. Auch er konnte nicht zurückweichen, die Tür war in seinem Rücken. Sie ließ ein Lachen hören – ein leises, zitterndes Lachen. Lunew hob seine Arme auf und legte behutsam die Hände auf ihre Schultern. Er bebte vor Aufregung und Verlangen, sie zu umarmen. Da reckte sie selbst sich in die Höhe, umfing seinen Hals fest mit ihren schlanken, heißen Armen und sagte mit wohlklingender Stimme:

»Wo treibst du dich denn herum in den Nächten? Warum denn das? Du kannst es doch hier näher haben ... mein Geliebter ... mein schöner ... starker Junge! ...«

Ilja suchte wie im Traume ihre herben Küsse und wankte unter den stürmischen Bewegungen ihres schlanken Leibes. Sie aber hing an seiner Brust wie eine Katze und küsste ihn in einem fort. Er umfasste sie mit seinen starken Armen und trug sie in sein Zimmer – leicht, wie wenn er durch die Luft schwebte, schritt er mit seiner Last daher ...

Am Morgen erwachte Ilja mit Angst in der Seele.

»Wie soll ich jetzt Kirik in die Augen schauen?«, dachte er. Und zu der Angst vor dem Revieraufseher gesellte sich auch die Scham.

»Wenn ich wenigstens auf ihn erzürnt wäre, oder er mir nicht gefiele ... Aber so ohne Weiteres ... ihn zu kränken, um nichts und wieder nichts ...« dachte er mit bangem Herzen, und in seiner Seele regte sich ein Gefühl der Abneigung gegen Tatjana Wlassjewna. Es schien ihm, dass Kirik unbedingt die Untreue seiner Gattin erraten würde.

»Wie sie sich auf mich gestürzt hat – gleich einer Hungrigen!«, dachte er in beunruhigendem, peinigendem Zweifel und fühlte zugleich in seinem Herzen den angenehmen Kitzel der Eigenliebe. Eine Frau, die von aller Welt respektiert wurde – eine saubere, gebildete, verheiratete Frau hatte ihr Auge auf ihn geworfen!

»Es muss doch etwas Besonderes an dir sein«, flüsterte seine Eitelkeit ihm zu. »Es ist schändlich, schändlich ... aber ich bin doch nicht von Stein ... ich konnte sie doch nicht fortjagen ...«

Er war schließlich jung, und seine Fantasie beschäftigte sich unwillkürlich mit den Liebkosungen dieses Weibes – ganz besonderen, ihm bisher unbekannten Liebkosungen. Andererseits sagte ihm auch sein praktischer Sinn, dass diese neue Beziehung ihm verschiedene Vorteile bieten könne. Aber diesen Vorstellungen folgten auf dem Fuße – gleich einer dunklen Wolke – andere, düstre Gedanken.

»Da bin ich nun wieder in die Sackgasse geraten ... Wollte ich das? Ich habe dieses Weibchen geachtet ... Nie hatte ich auch nur einen bösen Gedanken mit Bezug auf sie ... und nun ist es so gekommen ...«

Und dann verdeckte wieder den Aufruhr seiner Seele und all die Widersprüche darin die angenehme Vorstellung, dass nun bald für ihn das saubere, behagliche Leben beginnen werde. Zuletzt aber blieb doch der peinliche, stechende Gedanke:

»Es wäre schließlich ohne das besser gewesen ...«

Er blieb absichtlich so lange im Bett, bis Awtonomow in den Dienst gegangen wäre, und er hörte, wie der Revieraufseher, mit den Lippen schmatzend, zu seiner Frau sagte:

»Also zum Mittagessen machst du mir Fleischpasteten, Tanja. Nimm etwas mehr Schweinefleisch, und dann mach' sie ganz klein wenig braun

– dass sie mich vom Teller wie rosige junge Ferkelchen angucken ... Du weißt doch, Mamachen! Und tu hübsch ordentlich Pfeffer dazu, mein Täubchen – du weißt, wie ich's gern habe!«

»Na, geh schon, geh! Als ob ich deinen Geschmack nicht wüsste ...« sprach seine Frau zärtlich zu ihm.

»Und jetzt, mein Täubchen, mein Tatjanchen ... erlaub' mir noch ein Küsschen! ...«

Als Lunew das Schmatzen des Kusses vernahm, fuhr er zusammen. Peinlich und lächerlich zugleich erschien ihm die Sache.

»Tschik! tschik! tschik!« rief Awtonomow, während er seine Frau küsste, und sie lachte dazu. Als sie die Tür hinter ihm verriegelt hatte, kam sie sogleich in Iljas Zimmer gehüpft, sprang auf sein Bett und rief munter:

»Küss' mich, rasch – ich hab' keine Zeit.«

»Sie haben doch eben erst Ihren Mann geküsst«, meinte Ilja finster.

»Wa–as? ›Sie‹?... Ach, er ist eifersüchtig!« rief sie mit Genugtuung, sprang lachend vom Bett und zog den Fenstervorhang zu.

»Eifersüchtig!«, sagte sie, »das ist nett! Eifersüchtige Männer lieben mit Leidenschaft ...«

»Nicht aus Eifersucht sagte ich das ...«

»Mund gehalten!« kommandierte sie schelmisch, während sie ihm den Mund mit der Hand zuhielt ...

Als sie genug gekost hatten, sah Ilja sie lächelnd an und konnte es sich nicht versagen, zu bemerken:

»Das heißt – dreist bist du doch ... ein richtiger Tollkopf! Dicht unter der Nase des Mannes solche Streiche zu machen ...«

Ihre grünlich schillernden Augen funkelten gereizt, und sie entgegnete:

»Das ist doch etwas ganz Gewöhnliches! Gar nichts Besonderes ist dabei! Meinst wohl, es gibt viele Frauen, die ihren Männern treu sind? Nur die Hässlichen und Kranken sind's ... Einer hübschen Frau wird es immer Vergnügen machen, einen kleinen Roman zu haben ...«

Den ganzen Morgen gab sie Ilja Belehrungen über diesen Punkt, erzählte ihm vergnüglich allerhand Geschichten von Weibern, die ihre Männer betrogen. In ihrem roten Jäckchen, die Schürze vorgebunden und die Ärmel aufgestreift, geschmeidig und leicht, hüpfte sie in der Küche umher, bereitete für ihren Gatten die Fleischpasteten und ließ in einem fort ihre helle Stimme erklingen:

»Der Herr Gemahl ... meinst du, der müsse einer Frau genügen? Der Gemahl kann ihr doch zuweilen sehr missfallen, selbst wenn sie ihn liebt! Und dann macht er ja auch nicht viel Umstände, wenn er mal seine Frau bei günstiger Gelegenheit betrügen kann ... So ist's auch für die Frau langweilig, ihr ganzes Leben lang immer nur zu denken: Mein Mann, mein Mann, mein Mann! Es macht Spaß, mal mit einem andern Manne eine Kurzweil zu haben – es ist unterhaltend. Man lernt die andern kennen und weiß, welcher Unterschied zwischen den Männern besteht. Es gibt doch auch verschiedene Biersorten: einfaches Bier, bayrisches Bier, Wacholderbier, Moosbeerbier ... Es ist dumm, immer nur einfaches Bier zu trinken ...«

Während Ilja ihr zuhörte, trank er seinen Tee, und es schien ihm, dass dieser einen bittren Beigeschmack hatte. In den Reden dieses Weibes war etwas unangenehm Kreischendes, das für ihn neu war. Unwillkürlich erinnerte er sich Olympiadas, ihrer tiefen Stimme, ihrer ruhigen Bewegungen und glühenden Worte, in denen eine Kraft lag, die das Herz packte. Allerdings war Olympiada ein Frauenzimmer ohne höhere Bildung, darum war sie auch in ihrer Schamlosigkeit einfacher, schlichter ... Auf Tatjanas Scherze antwortete Ilja mit einem gezwungenen Lächeln. Es war ihm nicht wohl ums Herz, und er lachte nur darum, weil er nicht wusste, wovon und wie er mit dieser Frau reden sollte. Anderseits hörte er jedoch mit Interesse auf ihr Geplauder und sagte schließlich nachdenklich:

»Ich hätte nicht geglaubt, dass in eurem reinen Leben solche Zustände herrschen ...«

»Die Zustände, mein Lieber, sind überall die gleichen, die Zustände werden von den Menschen geschaffen, und die Menschen haben überall dasselbe Ziel: angenehm, das heißt ruhig, satt und behaglich zu leben, und um das zu können, brauchen sie Geld. Das erste Ziel des Menschen ist also: Geld. Geld erlangt man entweder durch eine Erbschaft oder durch einen Glücksfall. Wer ein Lotterielos besitzt, der darf auch auf Glück hoffen. Eine hübsche Frau besitzt schon von Haus aus ein Gewinnlos – ihre Schönheit. Mit Schönheit kann man viel gewinnen – oh! Und wer keine reichen Verwandten, keine Schönheit oder sonstige Lose besitzt, der muss eben arbeiten. Das ganze Leben arbeiten, ist eine dumme Sache ... Und ich, siehst du, arbeite, obgleich ich sogar zwei Lose besitze! Nun – die will ich eben beide an dich verpfänden. Nur Pasteten zu backen und einen finnigen Revieraufseher zu küssen – das genügt mir nicht als Gewinn ... Ich möcht' eben auch dich küssen ...«

Sie sah Ilja an und fragte scherzend:

»Es ist dir doch nicht unangenehm? ... Warum schaust du denn so böse drein?«

Sie legte ihre Arme um Iljas Schultern und sah ihm neugierig ins Gesicht.

»Ich bin nicht böse«, sagte Ilja.

»Wirklich nicht? Ach, wie gut von dir!« rief sie und lachte hell auf.

»Ich dachte eben darüber nach«, versetzte Ilja, die Worte langsam aussprechend, »dass alles richtig ist, was du sagst ... aber es liegt etwas Böses darin ...«

»Oho–o, was bist du für ein stachliger Igel! Etwas Böses – was heißt denn das? Erklär's mir mal!«

Doch er vermochte nichts zu erklären. Er selbst begriff nicht, was ihm eigentlich an ihren Worten missfiel. Olympiada hatte weit plumper gesprochen, doch hatten ihre Worte sein Herz nie so peinlich verletzt wie das Gezwitscher dieses kleinen, sauberen Vögelchens. Den ganzen Tag dachte er hartnäckig über das seltsame Gefühl der Unzufriedenheit nach, das in seinem Herzen durch diese für ihn so schmeichelhafte Verbindung erregt worden war, und er konnte den Ursprung dieses Gefühls nicht begreifen ...

Als er am Abend nach Hause kam, begegnete ihm Kirik in der Küche und sagte vergnügt:

»Na, heute hat aber Tanjuscha was Gutes gekocht! Fleischpastetchen, sag' ich dir – leid tut's einem, sie zu essen! Sünde ist's beinahe, wie wenn man lebendige Nachtigallen äße. Ich habe dir einen Teller voll übrig gelassen, Bruderherz! Häng' dein Magazin ab, setz' dich hin und lass dir sie gut schmecken ...«

Ilja sah ihn schuldbewusst an und sagte still lächelnd:

»Ich danke recht sehr!« Und mit einem Seufzer fügte er hinzu: »Sie sind ein guter Mensch ... weiß Gott!«

»Ach was!« wehrte Kirik ab. »Ein Teller voll Pasteten – 'ne Bagatelle! Nein, Bruder, wenn ich Polizeimeister wäre, hm – da könntest du vielleicht in die Lage kommen, mir mal Dankeschön zu sagen, o ja! Aber Polizeimeister werde ich nicht. Ich gebe den Dienst bei der Polizei auf und trete wahrscheinlich als Prokurist bei einem Kaufmann ein. Ein Prokurist – das ist schon etwas!«

Seine Frau machte sich am Ofen zu schaffen und sang dabei leise vor sich hin. Ilja schaute sie an und fühlte wiederum ein peinliches Missbehagen. Allmählich jedoch verschwand dieses Gefühl unter der Einwirkung neuer Eindrücke und Sorgen. Er hatte während dieser Tage keine Zeit, seinen Gedanken nachzuhängen: Die Einrichtung des Ladens und der Einkauf der Waren beschäftigte ihn ganz und gar. Unmerklich gewöhnte er sich dabei mit jedem Tage mehr an dieses Weib. Als Geliebte gefiel sie ihm immer mehr, wenn auch ihre Liebkosungen oft in ihm Scham, ja selbst Furcht vor ihr erweckten. Diese Liebkosungen, im Verein mit ihren Gesprächen, bewirkten, dass er sie als Weib verachten lernte. Jeden Morgen, wenn Kirik in den Dienst gegangen war, oder am Abend, wenn er sich in den Klub begab, rief sie Ilja zu sich herein oder kam in sein Zimmer und erzählte ihm allerhand Geschichten aus dem »Leben«. Alle diese Geschichten waren auf denselben lüsternen Ton gestimmt – wie wenn sie in einem Lande vorgefallen wären, das von lauter Betrügern und Betrügerinnen bewohnt wurde, welche nackt umhergingen und kein größeres Vergnügen als den Ehebruch kannten.

»Ist das wirklich alles wahr?«, fragte Ilja finster. Er wollte ihren Worten nicht glauben, doch war er ebenso wenig imstande, sie zu widerlegen. Sie aber lachte nur, während sie ihn küsste, und suchte ihre Behauptungen mit Tatsachen zu belegen:

»Fangen wir von oben an: Der Gouverneur lebt mit der Frau des Kameralhof-Direktors, und dieser hat erst kürzlich einem seiner Beamten die Frau entführt, hat ihr eine Wohnung in der Hundegasse eingerichtet und fährt zweimal in der Woche ganz offen bei ihr vor. Ich kenne sie: Ein ganz junges Ding ist's, noch kein Jahr verheiratet. Und ihren Gatten hat man als Steuerinspektor in die Provinz geschickt. Ich kenne auch ihn – was ist das für ein Inspektor? Ein ganz oberflächlicher Mensch, ein Dummkopf, ein Lakai ...«

Sie erzählte Ilja von Kaufleuten, die unreife Mädchen kauften und zum Laster verführten, von Kaufmannsfrauen, die sich Liebhaber hielten, von Damen aus der Gesellschaft, die, wenn sie schwanger wurden, sich die Leibesfrucht abtrieben.

Ilja hörte zu, und das Leben der Menschen erschien ihm wie eine Senkgrube, in der die Menschen gleich Würmern wimmelten.

»Pfui Teufel!« sprach er, von ihren Schilderungen ermüdet. »Und ist denn das Reine und Wahre nirgends zu finden? Sprich!«

»Was nennst du das ›Wahre‹?«, fragte sie verwundert. »Was ich erzähle, sind doch alles wahre Geschichten! ... Bist du sonderbar! Ich hab' mir das alles doch nicht selbst ausgedacht!«

»Ich rede nicht davon! Gibt's irgendwo etwas Wahres, Reines – oder nicht? Das möcht' ich wissen ...«

Sie verstand ihn nicht und lachte über ihn. Zuweilen nahm ihre Unterhaltung auch einen andern Charakter an. Sie sah ihn mit ihren grünlichen, in sinnlichem Feuer glühenden Augen an und fragte ihn:

»Wie hast du eigentlich zum ersten Mal kennengelernt, was ein Weib ist? Erzähl' einmal!«

Ilja schämte sich dieser Erinnerung, die ihm peinlich war. Er suchte dem zudringlichen Blicke seiner Geliebten auszuweichen und sprach düster, in vorwurfsvollem Tone:

»Was für widerliche Fragen du stellst! ... Schämen solltest du dich! ...«

Doch sie lachte ganz vergnügt und begann immer wieder in solcher Art zu reden, dass es Lunew zuweilen vorkam, als sei er von ihren schmutzigen Worten wie mit Pech besudelt. Und wenn sie dann in seinem Gesichte den Ausdruck der Unzufriedenheit und den Abscheu vor ihr bemerkte, weckte sie dreist in ihm die Begierde des Mannes und wusste durch ihre Liebkosungen die ihr feindlichen Regungen aus seinem Gemüte zu verscheuchen.

Eines Tages, als Ilja aus dem Laden heimkam, in dem die Tischler gerade mit der Einrichtung der Regale beschäftigt waren, sah er zu seinem nicht geringen Erstaunen in der Küche Matiza sitzen. Sie saß am Tische, hatte ihre großen Hände darauf gelegt und sprach mit der Wirtin, die am Ofen stand.

»Da,« sprach Tatjana Wlassjewna lächelnd, mit einer Kopfbewegung nach Matiza – »diese Dame erwartet Sie ... schon lange ...«

»Schönen guten Abend«, sprach die »Dame« und erhob sich schwerfällig von der Bank.

»Bah!«, rief Ilja. »Lebst du auch noch?«

»Einen faulen Klotz mögen nicht mal die Schweine fressen ...« versetzte Matiza mit ihrer tiefen Stimme.

Ilja hatte sie schon lange nicht mehr gesehen und betrachtete sie mit aufrichtigem Mitleid. Sie trug einen zerrissenen Barchentrock, ihren Kopf bedeckte ein vom Alter verschossenes Tuch, und ihre Füße waren bloß. Sie schleppte sich kaum über den Boden hin, musste sich mit den

Händen gegen die Wand stützen und kam so langsam in Iljas Zimmer, wo sie schwer auf den Stuhl niederfiel und mit heiserer Stimme zu reden begann:

»Nu werd' ich wohl bald krepieren ... Die Beine sind schon stark gelähmt ... und wenn sie ganz hin sind, kann ich mir kein Brot mehr suchen ... Dann heißt es: stirb! ...«

Ihr Gesicht war schrecklich aufgedunsen und ganz mit dunklen Flecken bedeckt, und die großen Augen waren zwischen den angeschwollenen Lidern nur als schmale Streifen sichtbar.

»Was guckst du dir meine Larve so an?« sprach sie zu Ilja. »Denkst wohl, ich hab' Prügel bekommen? Nein, das ist meine Krankheit ...«

»Was treibst du denn eigentlich?«, fragte Ilja.

»Auf den Kirchentreppen bettle ich mir ein paar Groschen zusammen«, ließ Matiza gleichmütig ihre Trompetenstimme erklingen. »Ich habe ein Anliegen an dich ... hab' von Perfischka gehört, dass du hier bei einem Beamten wohnst – und da bin ich gekommen ...«

»Möchtest du Tee trinken?«, schlug ihr Lunew vor. Es war ihm peinlich, Matizas Stimme zu hören und ihren schon bei Lebzeiten verwesenden, großen, morschen Körper zu sehen.

»Mögen die Teufel mit deinem Tee sich die Schwänze waschen ... Gib mir lieber 'nen Fünfer ... Und warum ich zu dir gekommen bin? Rate mal!«

Das Sprechen wurde ihr schwer. Sie war kurzatmig, und ein beklemmender Dunst ging von ihr aus.

»Na – warum denn?«, fragte Ilja; er wandte sich von ihr ab und dachte an die Kränkung, die er ihr einstmals angetan hatte.

»Erinnerst du dich noch der Maschutka? Wie? Hast wohl ein schwaches Gedächtnis ... seit du reich geworden bist?«

»Was macht sie denn? Wie geht's ihr?« fragte Ilja hastig.

Matiza schüttelte langsam den Kopf und sagte kurz:

»Aufgehängt hat sie sich noch nicht ...«

»So rede doch vernünftig!«, rief Ilja ärgerlich. »Was nörgelst du an mir herum? Hast sie doch selbst für 'nen Dreirubelschein verkauft! ...«

»Ich schimpfe auch nicht über dich – über mich schimpf ich ...« versetzte Matiza ruhig und begann ächzend von Mascha zu erzählen.

Ihr Gatte sei eifersüchtig und quäle Mascha auf jede Weise. Nirgends lasse der alte Kerl sie hingehen, auch nicht in den Laden: Sie sitze im Zimmer und dürfe nicht einmal auf den Hof hinaus, ohne ihn zu fragen. Seine Kinder habe er irgendwo untergebracht und lebe nun allein mit Mascha. Er quäle sie und räche sich an ihr dafür, dass sein erstes Weib ihn betrogen hätte – beide Kinder nämlich seien nicht von ihm. Schon zweimal sei Mascha von ihm weggelaufen, aber die Polizei habe sie jedes Mal wieder eingefangen und zu ihm zurückgebracht, und er habe sie dafür gepeinigt und sie hungern lassen.

»Ja – eine saubere Geschichte habt ihr da mit Perfischka eingefädelt!« sprach Ilja finster.

»Ich dachte doch, sie würde es bei ihm gut haben«, fuhr Matiza mit ihrer knarrenden Stimme fort. »Nun ist sie schlimmer dran als vorher. Besser wär's gewesen, wie ich's erst wollte, sie einem Reichen zu verkaufen ... Er hätte ihr Quartier und Kleider gegeben, und alles andere ...Und dann hätte sie ihn laufen lassen und hätte so gelebt ... Wie viele machen es nicht so!«

»Na – und warum bist du jetzt gekommen?«, fragte Ilja.

»Du wohnst doch bei einem Polizeimann ... Die sind's, die sie immer fangen ... Sag' ihm, man solle sie nicht fangen ... Mag sie doch fortlaufen! Vielleicht findet sie irgendwo ein Unterkommen ... Soll denn ein Mensch nicht mal mehr weglaufen dürfen?«

Ilja sann nach, was er wohl für Mascha tun könnte, doch fiel ihm nicht gleich etwas ein.

Matiza stand vom Stuhl auf und schob sich vorsichtig auf ihren Beinen vorwärts.

»Leb' wohl! ... Ich werde nun bald krepieren«, murmelte sie. »Dank' dir auch schön, feines Bürschchen, reicher Junge! ...«

Als sie zur Tür hinaus war, kam Tatjana Wlassjewna sogleich in Iljas Zimmer gestürzt, hing sich ihm an den Hals und fragte lachend:

»Das war sie also – deine erste Flamme, nicht wahr?«

Ilja befreite seinen Hals von den Armen seiner Geliebten, die ihn fest umschlungen hielten, und sprach unwillig:

»Siehst doch, dass sie kaum die Beine bewegt – und redest von solchen Dingen!«

Die Wirtin blickte neugierig in sein besorgtes Gesicht und ließ nicht nach, bis er ihr Maschas Geschichte erzählt hatte.

»Was ist da zu tun?«, fragte er sie.

»Nichts weiter«, antwortete Tatjana Wlassjewna achselzuckend. »Nach dem Gesetz gehört die Frau an die Seite des Mannes, und niemand hat das Recht, sie ihm wegzunehmen ...« Und mit der wichtigen Miene eines Menschen, der mit den Gesetzen gut Bescheid weiß und von ihrer Unerschütterlichkeit überzeugt ist, bewies sie Ilja haarklein, dass Mascha nichts weiter übrig bleibe, als sich den Anforderungen ihres Gatten zu fügen.

»Geduld muss sie haben«, sagte sie. »Er ist alt – sobald er stirbt, ist sie frei, und sein Vermögen gehört ihr ... Und dann heiratet mein Ilja eine junge Witwe mit Geld – nicht wahr?«

Sie lachte hell auf und begann von Neuem, Ilja Belehrungen zu geben:

»Am besten ist's, wenn du die Beziehungen zu deinen alten Bekannten ganz und gar abbrichst. Jetzt passen die nicht mehr zu dir ... und könnten dich sogar in Verlegenheit bringen. Sie sind alle so schmutzig und gewöhnlich ... Der zum Beispiel, dem du neulich Geld geborgt hast ... so ein Magerer, weißt du, mit finsteren Augen ...«

»Gratschew? ...«

»Na ja – meinetwegen Gratschew ... Was für lächerliche Vogelnamen die Leute aus dem Volke doch haben – Gratschew, Lunew, Pjetuchow, Skworzow. In unseren Kreisen sind schon die Namen vornehmer und schöner – Awtonomow, Korsakow, oder, wie mein Vater, Florianow! Und wie ich noch ein junges Mädchen war, machte mir ein Rechtskandidat Gloriantow den Hof ... Einmal, auf der Eisbahn, raubte er mir das Strumpfband vom Bein und drohte mir mit einem Skandal, wenn ich es mir nicht selbst bei ihm holen würde ...«

Ilja hörte ihre Erzählungen an und dachte dabei an seine Vergangenheit. Er fühlte sich durch unsichtbare Fäden mit ihr verknüpft, insbesondere mit Petrucha Filimonows Hause, das, wie es ihm schien, ihn stets an einem behaglichen, ruhigen Leben behindern würde ...

XX

Endlich hatte Ilja Lunews Traum sich verwirklicht.

Von stiller Freude erfüllt, stand er vom Morgen bis zum Abend hinter dem Verkaufstisch seines Ladens und schwelgte im Anblick all der Herrlichkeiten, die ihn rings umgaben. In den Regalen an den Wänden prangten, in strenger Ordnung aufgestellt, die Schachteln und Kartons;

das Schaufenster hatte er nett ausgeputzt – glänzende Schnallen, Portemonnaies, Seife, Knöpfe waren darin ausgelegt, und farbige Bänder und Spitzen hingen umher. Alles das sah hübsch bunt und sauber aus. Der solide, stattliche Inhaber des Ladens empfing seine Kunden mit einer höflichen Verbeugung und breitete mit Geschick die Waren vor ihnen auf dem Ladentische aus. Das Rauschen der Spitzen und Bänder war für seine Ohren eine angenehme Musik, und die Näherinnen der Umgegend, die bei ihm für ein paar Kopeken irgendetwas kauften, fand er alle gar schön und lieblich. Das Leben erschien ihm mit einem Mal so leicht und angenehm, es hatte einen so einfachen, klaren Sinn, und die Vergangenheit war wie in Nebel eingehüllt. Und er hatte nichts andres im Kopfe als seine Waren, seine Kunden, sein Geschäft ...

Ilja hatte einen kleinen Laufburschen angenommen, er ließ ihm eine hübsche graue Jacke machen und achtete sorgfältig darauf, dass der Junge sich sauber wusch und überhaupt so rein wie möglich hielt.

»Wir handeln beide mit so niedlichen Sachen, Gawrik,« sprach er zu dem Burschen, »da müssen wir uns auch selbst sauber halten.«

Gawrik war ein Junge von zwölf Jahren mit runden Backen, etwas pockennarbig, mit einem Stutznäschen, kleinen grauen Augen und einem beweglichen Gesichtchen. Er hatte eben die städtische Schule beendet und hielt sich für einen erwachsenen, ernsthaften Menschen. Auch ihm bereitete es Vergnügen, in dem sauberen kleinen Laden beschäftigt zu sein; es machte ihm Spaß, mit den Schachteln und Kartons herumzuhantieren, und er bemühte sich, der Kundschaft gegenüber im Punkte der Höflichkeit nicht hinter seinem Prinzipal zurückzubleiben.

Ilja beobachtete den Jungen und erinnerte sich der Zeit, da er selbst in dem Fischladen des Kaufmanns Strogany tätig gewesen war. Er fühlte eine ganz besondere Zuneigung zu dem Bürschchen, scherzte mit ihm freundlich und unterhielt sich mit ihm, wenn im Laden keine Käufer waren.

»Damit du dich nicht langweilst, Gawrik, musst du in deiner freien Zeit Bücher lesen«, riet er seinem kleinen Mitarbeiter. »Beim Buche vergeht dir die Zeit unbemerkt, und es bereitet dir Vergnügen ...«

Lunew war überhaupt gegen alle Welt sehr rücksichtsvoll und mild und lachte jeden so gutmütig an, als wenn er sagen wollte:

»Seht, ich hab' Glück gehabt ... Aber haltet nur aus – auch euch wird das Glück bald lächeln ...«

Er öffnete sein Magazin um sieben Uhr morgens und schloss es um neun Uhr abends. Es gab nicht viele Kunden, und Lunew saß, wenn er Zeit hatte, auf einem Stuhl vor der Tür, wärmte sich in den Strahlen der Frühlingssonne und dachte an gar nichts weiter. Gawrik saß gleichfalls vor der Tür, beobachtete die Vorübergehenden, neckte sie, lockte die Hunde an sich, warf mit Steinen nach den Tauben und Spatzen oder las, in der Erregung die Luft hörbar durch die Nase ziehend, in irgendeinem Buche. Zuweilen ließ sein Prinzipal sich etwas von ihm vorlesen, aber der Inhalt des Buches interessierte ihn nicht weiter: er horchte, während der Knabe las, vielmehr auf die Stille, den Frieden in seiner Seele. Diese Stille in seinem Innern belauschte er mit wahrem Entzücken, er berauschte sich an ihr, sie war so neu für ihn und so unsagbar angenehm. Zuweilen jedoch ward dieser Zustand wohligen Behagens durch ein kaum definierbares Gefühl, eine Vorahnung schwerer Sorge gestört, die wie ein Schatten über den Frieden seiner Seele huschte.

Dann begann Ilja, sich mit Gawrik zu unterhalten.

»Sag' mal, Gawrik«, fragte er, »was ist eigentlich dein Vater?«

»Briefträger ist er ...«

»Und eure Familie – ist die groß?«

»Sehr groß! Wir sind 'ne Menge Menschen. Einige sind groß, und manche sind noch klein.«

»Wie viele sind noch klein?«

»Fünf Stück. Und drei sind groß ... Die Großen sind schon alle in Stellung: ich bei Ihnen, Wassilij in Sibirien, als Telegrafist, und Ssonja – die gibt Stunden. Das ist ein tüchtiges Mädel! Zwölf Rubel monatlich bringt sie nach Hause. Und dann ist noch Mischka da ... der ist älter als ich ... er geht ins Gymnasium ...«

»Dann seid ihr doch vier Große, und nicht drei? ...«

»Wieso denn?«, rief Gawrik und fuhr in belehrendem Tone fort: »Mischka lernt doch noch ... Groß sind doch nur die, die schon arbeiten!«

»Lebt ihr in Not?«

»Natürlich!«, antwortete Gawrik mit Gleichmut und zog mit lautem Geräusch die Luft in seine Nase ein. Dann begann er, Ilja von seinen Zukunftsplänen zu erzählen:

»Wenn ich ganz groß bin, werde ich Soldat. Dann wird Krieg sein ... und ich geh' mit in den Krieg. Ich bin mutig ... Allen voran werde ich mich auf den Feind stürzen und ihm die Fahne abnehmen ... Mein Onkel hat auch eine Fahne erobert ... er hat dafür vom General Gurko ein Kreuz bekommen und fünf Rubel ...«

Ilja blickte lächelnd auf Gawriks pockennarbiges Gesicht und seine breite, beständig zuckende Nase. Des Abends, nach Geschäftsschluss, begab er sich in sein kleines Zimmer neben dem Laden. Dort stand auf dem Tische schon der Samowar bereit, den Gawrik besorgt hatte, und daneben lagen Brot und Wurst. Gawrik trank ein Glas Tee, aß ein Stück Brot dazu und legte sich dann im Laden zum Schlaf nieder, während Ilja noch lange, oft bis nach Mitternacht, beim Samowar sitzen blieb.

Zwei Stühle, ein Tisch, ein Bett und ein Spind für das Geschirr bildeten die Einrichtung von Iljas neuer Wohnung. Das Zimmer war niedrig und schmal und hatte ein quadratförmiges Fenster, durch das man die Beine der Menschen, die an ihm vorübergingen, das Dach des gegenüberliegenden Hauses und den Himmel über diesem Hause sehen konnte. Das Fenster hatte Ilja mit einem weißen Musselinvorhang versehen. Auf der Straßenseite war ein eisernes Gitter angebracht, was Ilja sehr missfiel. Über seinem Bett hatte er ein Bild aufgehängt, mit der Unterschrift: »Die menschlichen Altersstufen«. Dieses Bild gefiel Ilja sehr, und er hatte es sich schon längst kaufen wollen, war aber vor Eröffnung des Ladens aus irgendeinem Grunde nicht dazu gekommen, obschon es nur zehn Kopeken kostete. Die »menschlichen Altersstufen« waren auf einen kühn gewölbten Bogen verteilt, unter dem das Paradies abgebildet war. Hier sprach Zebaoth, von Lichtglanz und Blumen umgeben, mit Adam und Eva. Es waren im ganzen siebzehn Stufen da. Auf der ersten Stufe stand ein kleines Kind, das die Mutter am Gängelband hielt, und mit roten Buchstaben stand darunter geschrieben: »Die ersten Schritte«. Auf der zweiten Stufe war ein Kind, das umherhüpfte und die Trommel schlug, die Unterschrift lautete: »Fünf Jahre – es spielt«. Mit sieben Jahren begann man es zu belehren, mit zehn Jahren kam es in die Schule, mit einundzwanzig stand das erwachsene Menschenkind auf seiner Stufe mit dem Gewehr im Arm und lächelte, und darunter stand: »Dient seine Militärpflicht ab.« Auf der folgenden Stufe ist der Mensch fünfundzwanzig Jahre alt – er trägt einen Frack und hat einen Chapeau claque in der einen, einen Blumenstrauß in der anderen Hand, während darunter steht: »Bräutigam«. Dann ist ihm ein Bart gewachsen, er trägt einen langen Rock mit einem rosa Halstuch, steht neben einer dicken Frau im gelben Kleide und drückt ihr kräftig die Hand. Weiterhin ist er dann fünfunddreißig Jahre alt geworden: Mit aufgestreiften Hemdärmeln steht er vor dem Amboss und schmiedet ein Stück Eisen. Auf der Höhe der Stufenleiter sitzt er in einem roten Sessel und liest aus einer Zeitung vor, während seine Frau und vier Kinder ihm zuhören. Er selbst wie seine Familie sind anständig und sauber gekleidet, und die Gesichter aller sind gesund und zufrieden. Auf dieser Stufe ist er fünfzig Jahre alt. Aber nun senken sich die Stufen abwärts. Der Bart des Menschen ist schon grau, er trägt einen langen, gelben Kaftan, und in den Händen hält er ein Netz mit Fischen und ein Tongefäß. Unter dieser Stufe steht die Bezeichnung: »Häusliche Beschäftigung«; auf der folgenden schaukelt er seinen Enkel, auf der nächsten wird er »geführt«, da er bereits ein Achtziger ist, und auf der letzten Stufe, in seinem fünfundneunzigsten Jahre, sitzt er in einem Sessel, mit den Füßen im Sarge, und hinter seinem Sessel steht der Tod, die Sense im Arm ...

So beim Samowar sitzend, schaute Ilja auf das Bild, und es war ihm angenehm, das Leben des Menschen in dieser genauen, einfachen Art dargestellt zu sehen. Eine gewisse Ruhe ging von diesem Bilde aus, seine grellen Farben lachten den Beschauer an, als wollten sie versichern, dass das menschliche Leben, wie sie es darstellten, das echte, rechte Leben sei, wie jedermann es sich zum Muster nehmen solle. Während IIja diese Darstellung des menschlichen Lebens betrachtete, dachte er darüber nach, dass er das Ziel, nach dem er immer gestrebt, jetzt erreicht habe, und dass nun sein Leben ebenso glatt und akkurat verlaufen werde wie dort auf dem Bilde. Er wird zum Gipfel emporsteigen, und oben auf dem Gipfel, wenn er genug Geld gespart hat, wird er sich mit einem bescheidenen, gebildeten Mädchen verheiraten ...

Der Samowar brodelte und summte melancholisch. Durch die Fensterscheiben und den Musselinvorhang schaute der Himmel trüb auf Iljas Gesicht herab, die Sterne waren noch kaum sichtbar. Im Blinken der Himmelsgestirne liegt stets etwas so Beunruhigendes ...

Der Samowar tönte immer leiser, doch hatte der feine Ton etwas Aufdringliches, er klang wie das Summen einer Mücke und verwirrte Iljas Gedanken. Er hatte indes keine Lust, aufzustehen und die Zugröhre des Samowars zuzudecken: Wenn dieses Summen aufhörte, wird es im Zimmer doch gar zu still sein.

In seinem neuen Quartier ward Lunew von mancher neuen, bisher ihm unbekannten Empfindung heimgesucht. Früher hatte er stets neben andern Leuten hergelebt – nur dünne Bretterwände hatten ihn von ihnen getrennt; jetzt war er von aller Welt durch steinerne Mauern abgeschieden und merkte nichts von der Anwesenheit von Menschen jenseits derselben.

»Warum muss man nur sterben?«, fragte sich Lunew plötzlich, während er auf dem Bilde den Menschen betrachtete, der vom Gipfel des Glücks herab dem Grabe zuschreitet ... Und er erinnerte sich Jakow Filimonows, der stets über den Tod nachdachte, und an Jakows Worte: »Es muss interessant sein zu sterben ...«

Ilja suchte diese Erinnerung ärgerlich von sich abzuschütteln und seine Gedanken auf etwas anderes zu lenken.

»Was mögen jetzt Pawel und Wjera treiben?« ging ihm eine neue, überflüssige Frage durch den Kopf.

Eine Droschke fuhr die Straße entlang. Die Fensterscheiben wurden von dem Rasseln der Räder auf dem Straßenpflaster erschüttert, und die Lampe an der Wand zitterte. Dann ließen sich aus dem Laden seltsame Laute vernehmen – es war Gawrik, der im Traume sprach ... Die dichte Finsternis in der einen Zimmerecke scheint auf und ab zu wogen. Ilja sitzt da; mit den Ellbogen auf den Tisch gestützt, die Hände gegen die Schläfen haltend, und betrachtet das Bild. Neben dem Herrgott steht ein wohlgestalteter Löwe, auf dem Boden kriecht eine Schildkröte, schreitet ein Dachs daher, springt ein Frosch herum, und der Baum der Erkenntnis des Guten und Bösen ist mit mächtigen, blutroten Blumen geschmückt ... Der alte Mann mit den Füßen im Sarge hat Ähnlichkeit mit dem Kaufmann Poluektow – er ist ebenso kahlköpfig und mager wie dieser, und sein Hals ist ebenso dünn ... Das dumpfe Geräusch von Schritten hallt von der Straße herein: Irgendjemand geht langsam auf dem Bürgersteige an dem Laden vorüber. Der Samowar ist erloschen, und in dem Zimmer ist es jetzt so still, dass auch die Luft zu der gleichen Dichtigkeit wie die Wände erstarrt scheint.

Der Gedanke an den Kaufmann belästigte Ilja nicht, und überhaupt beunruhigten ihn seine düstern Gedanken nicht weiter – sie lagen sanft und weich an der Oberfläche seiner Seele, umwogten sie gleichsam wie die Wolken den Mond. Die Farben auf dem Bilde »Menschliche Altersstufen« erschienen, durch die Schleierhülle der Gedanken gesehen, ein wenig blasser, und es war, als ob ein Fleck auf das Bild fiele. Jedes Mal, wenn die Ermordung Poluektows Lunew durch den Kopf ging, sagte er sich in aller Ruhe, dass doch im Leben Gerechtigkeit herrschen müsse, dass also früher oder später den Menschen die Strafe für seine Sünden ereile. Während er aber so dachte, spähte er scharf in die dunkle Ecke des Zimmers, wo es so ganz besonders still war und aus dem Dunkel sich eine bestimmte Gestalt zu formen schien ... Dann entkleidete sich Ilja, legte sich ins Bett und löschte die Lampe aus. Er blies sie nicht auf einmal aus, sondern drehte erst die Schraube, die den Docht bewegte, hin und her. Die Flamme der Lampe verschwand beinahe und flackerte wieder empor, und die Finsternis hüpfte bald um das Bett herum, bald stürzte sie sich von allen Seiten darauf, um dann wieder in die Ecken des Zimmers zurückzuweichen. Ilja beobachtete, wie die unfühlbaren schwarzen Wogen ihn zu verschlingen suchten, und spielte so eine ganze Weile mit der Finsternis; die weit geöffneten Augen durchtasteten gleichsam das Dunkel, als wollte er darin mit seinem Blick etwas fangen ... Endlich zuckte die Flamme zum letzten Mal auf und verschwand; das Dunkel füllte für einen Augenblick das ganze Zimmer, schien aber noch nicht beruhigt nach dem Kampfe mit dem Licht und schwankte hin und her. Und mit einem Mal trat aus ihm vor Iljas Augen als trüb-blauer Fleck das Fenster hervor. In mondhellen Nächten fielen auf den Tisch und den Fußboden von dem eisernen Gitter vor dem Fenster schwarze Schattenstreifen. In dem Zimmer herrschte eine so gespannte Stille, dass es schien, als müsse alles darin erzittern, wenn jemand nur einen starken Atemzug tat. Lunew hüllte sich fest in seine Decke, umwickelte namentlich seinen Hals sehr sorgfältig und schaute, das Gesicht freilassend, so lange in das Dunkel des Zimmers, bis der Schlaf ihn übermannte. Am Morgen erwachte er rüstig und beruhigt, und er schämte sich fast, wenn er sich der Torheiten vom Abend vorher erinnerte. Er trank mit Gawrik den Morgentee auf dem Ladentisch und besah sich sein Magazin, als wenn es für ihn etwas ganz Neues wäre. Zuweilen erschien Pawel bei ihm von seiner Arbeit – voll Schmutz und Talg, in einer Bluse, die zahlreiche Brandlöcher aufwies, mit rußgeschwärztem Gesichte. Er hatte wieder Arbeit bei einem Brunnenmacher und schleppte einen Kessel mit Zinn, eine Anzahl Bleiröhren und einen Lötkolben mit sich herum. Er hatte es immer eilig, nach Hause zu kommen, und wenn Ilja ihm zuredete, doch noch ein Weilchen zu bleiben, sagte er mit verlegenem Lächeln:

»Ich kann nicht! Ich komm' mir immer vor, Bruder, als hätt' ich zu Hause einen Vogel Phönix im Bauer sitzen, und das Bauer wäre für ihn zu schwach. Ganze Tage lang sitzt sie dort allein ... und wer will's sagen, woran sie denkt? Ein langweiliges Leben hat für sie begonnen ... ich begreif das sehr gut ... Ja, wenn wir ein Kind hätten!«

Und Gratschew seufzte tief ... Eines Tages sagte er finster zu seinem Freunde:

»Alles Wasser hab' ich von meinem Garten abgeleitet ... wenn's mich nur nicht überschwemmt!«

Ein andermal, als Ilja fragte, ob Gratschew noch Verse schreibe, antwortete dieser lachend:

»Mit dem Finger an den Himmel, ja ... Ach, hol' der Teufel die Verse! Das ist kein Geschäft für uns arme Scharwerker ... Ich sitz' jetzt ganz auf dem Trocknen, Bruder. Nicht ein Funken im Kopfe ... nicht ein Fünkchen! Stets nur an sie muss ich denken ... nach ihr meine Sinne lenken ... Wenn ich löte ein Rohr... oder ein Brunnenloch bohr' ... Immer gehn durch den Schädel Gedanken mir an mein Mädel ... Siehst du, das sind jetzt meine Verse, ha ha! Leicht fällt ihr übrigens das Leben auch nicht ...«

»Und dir?«, fragte Ilja.

»Auch mir fällt's schwer, natürlich ... Wenn ich ihr doch mehr bieten könnte – sie ist so an Fröhlichkeit gewöhnt ... siehst du! Immer denkt sie ans Geld. Wenn man nur irgendwoher recht viel Geld kriegen könnte – sagt sie – dann wäre alles mit einem Mal umgewandelt ... Dumm bin ich gewesen, sagt sie ... hätte irgend 'nen Kaufmann bestehlen sollen ... Lauter Unsinn redet sie. Alles, weil ich ihr leid tu' ... ach ... ich versteh' sie! ... Es fällt ihr gar zu schwer ...«

Und plötzlich wurde er unruhig und lief fort.

Öfters kam auch zu Ilja der zerlumpte, halb nackte Schuster mit seiner unvermeidlichen Harmonika unterm Arm. Er erzählte von den Geschehnissen in Filimonows Hause und von Jakow. Mager, schmutzig und zerzaust, drückte sich Perfischka in der Tür des Ladens herum, lachte übers ganze Gesicht und ließ seiner Zunge freien Lauf:

»Petrucha hat also geheiratet – ein Weib wie 'ne rote Rübe, und einen Stiefsohn dazu wie 'ne Möhre. Einen ganzen Garten, bei Gott! Das Weib ist dick, kurz und rot, und ihr Gesicht drei Stockwerke hoch. Ein dreifaches Kinn nämlich hat sie – und nur einen Mund. Und Äuglein dazu wie ein Schweinchen ... Und ihr Herr Sohn – der ist gelb und lang und trägt eine Brille. Ein Aristokrat! Er heißt Ssawwa, und er spricht durch die Nase ... ist vor der Frau Mama gar artig und ehrbar, und hinter ihrem Rücken der erste Bummler. Eine saubere Gesellschaft ... allen Respekt! ... Und Jaschka, der macht jetzt 'ne Miene, als wenn er in irgend 'ne Ritze kriechen wollte, wie 'ne erschrockene Schwabe. Er trinkt insgeheim, der arme Junge, und hustet öffentlich so laut, wie er kann. Der Herr Papa hat ihm jedenfalls die Lunge beschädigt, und zwar ganz gehörig! Sie beißen tüchtig auf ihn los – und der Junge ist weich, da werden sie ihn leicht verdauen ... Dein Onkel hat aus Kiew einen Brief geschickt ... ich glaube, seine Mühe ist vergeblich: Einen Buckligen lässt man sicher nicht in den

Himmel 'rein! ... Und Matizas Beine sind ganz gelähmt: Im Wagen fährt sie jetzt. Hat sich 'nen Blinden angenommen, hat ihn vorgespannt und lenkt ihn wie ein Pferd – zum Lachen ist's. Na, sie ernähren sich doch schließlich beide – teilen redlich halb und halb, was sie erbetteln ... Ein Prachtweib, behaupt' ich, diese Matiza! Und hätt' ich nicht eine gar so gute Frau gehabt – ich hätt' unbedingt eben diese Matiza geheiratet ... Hab' in meinem Leben nur zwei so grundbrave Weiber kennengelernt: meine Frau und die Matiza... Sie trinkt ja, das ist richtig ... gute Menschen sind eben allemal Saufsäcke ...«

»Und was macht Maschutka?«, fragte ihn Ilja.

Bei der Erwähnung seiner Tochter schwand das Lächeln von dem Gesichte des Schusters, und seine Späße verstummten, wie wenn ein Herbstwind welke Blätter vom Baume schüttelte. Sein gelbes Gesicht verlängerte sich, und er sprach leise und verlegen:

»Mir ist nichts von ihr bekannt ... Chrjenow sagte zu mir einfach: Zeig' dich ja nicht in der Nähe, sonst kriegt sie ihre Prügel ... Spendier' doch was, Ilja Jakowlewitsch, dass ich mir ein Gläschen kaufen kann ...«

»Es geht mit dir abwärts, Perfilij!«, sagte Ilja mitleidvoll.

»Unwiderruflich abwärtsgeht's«, bestätigte der Schuster gelassen. »Viele Leute werden um mich trauern, wenn ich sterbe!«, fuhr er dann selbstbewusst fort. »Denn ich bin ein lustiger Bruder und weiß die Leute zu unterhalten. Alle jammern: Ach und Weh! O Sünde – o je! ... Und da komm' ich mit einem Mal, sing' ihnen ein Lied vor und bring' sie zum Lachen. Ob du für 'n Groschen gesündigt hast oder, für tausend Rubel – sterben musst du so und so, und die Teufel werden dich auf gleiche Weise peinigen ... Lasst auch mal 'nen lustigen Menschen auf Erden leben! ...«

So schwatzend, lachend und sich ereifernd, glich er ganz einem zerzausten alten Zeisig. Schließlich verschwand er aus dem Laden, und Ilja begleitete ihn zur Tür, nickte ihm zu und lächelte. Er fühlte, dass Perfischka ihm leidtat, und sagte sich andrerseits, dass sein Mitleid nicht angebracht sei. Seine Vergangenheit lag noch so gar nicht weit zurück, und alles, was ihn daran erinnerte, versetzte ihn in Unruhe. Er glich einem Menschen, der müde ist und sich zum Ausruhen hingelegt hat, an dessen Ohr aber die Herbstfliegen zudringlich summen und ihn am Schlaf verhindern. Wenn Ilja mit Pawel plauderte oder Perfischkas Erzählungen anhörte, lächelte er teilnahmsvoll, nickte mit dem Kopfe und wartete, bis sie endlich gingen. Pawels Reden namentlich machten auf ihn oft einen peinlichen Eindruck. Er bot ihm immer wieder Geld an und meinte achselzuckend:

»Auf andre Weise kann ich dir nicht helfen ... Höchstens, dass ich dir rate: Lass deine Wjera laufen ...«

»Das kann ich nicht«, sagte Pawel leise. »Man lässt jemanden laufen, den man nicht nötig hat ... ich aber hab' Wjera sehr nötig ... Leider wollen andere sie mir entreißen. Da liegt der Haken! ... Und vielleicht lieb' ich sie gar nicht mit der Seele, sondern aus Bosheit und Trotz. Sie ist das Beste, was das Leben mir geboten hat – mein Stückchen Glück. Soll ich mir das rauben lassen? Was bleibt mir dann übrig? ... Nein, ich tret' sie keinem ab – um keinen Preis! Töten werde ich sie, aber nicht von ihr lassen ...«

Gratschews mageres Gesicht bedeckte sich mit roten Flecken, und er ballte trotzig die Fäuste.

»Hast du denn bemerkt, dass sie hinter ihr her sind?«

»Das nicht ...«

»Wen meinst du also, wenn du sagst: Man wolle sie dir entreißen?« fragte Ilja nachdenklich.

»Es gibt eben solch eine Gewalt ... die sie mir entreißen will ... Ach, zum Teufel! Mein Vater ist eines Weibes wegen zugrunde gegangen, und ich habe, scheint's, dasselbe Los zu erwarten ...«

»Dir ist eben nicht zu helfen!«, sagte Lunew, und er fühlte dabei eine gewisse Genugtuung. Er bedauerte Pawel noch mehr als Perfischka, und wenn Gratschew so recht voll Hass und Wut sprach, erwachte auch in Iljas Herzen der Hass gegen irgendjemand. Aber der Feind, der Pawel gekränkt und sein Glück zerstört hatte, ließ sich nicht blicken – er blieb unsichtbar. Und Lunew fühlte, dass sein Hass ebenso überflüssig war wie sein Mitleid, wie fast alle seine Gefühle gegen andere Menschen. Alle diese Empfindungen schienen ihm unnötig und überflüssig.

»Ich weiß es – mir kann kein Mensch helfen ...«, erwiderte ihm Pawel finster. Er sah dem Kameraden mit forschendem Blick in das Gesicht und fuhr mit fester, unheimlicher Zuversicht fort: »Du hast dich in diesen Winkel zurückgezogen – und gedenkst hier ruhig zu sitzen ... Ich aber sage dir: Schon gibt es jemand, der in der Nacht nicht schlafen kann, sondern immer nur darauf sinnt, wie er dich hier herausbeißen könnte ... Und sie werden dich herausbeißen – oder du selbst gibst die Sache auf ...«

»Da kannst du lange warten!«, sagte Ilja lachend.

Aber Gratschew blieb bei seiner Meinung. Er blickte dem Freunde scharf ins Gesicht und redete hartnäckig auf ihn ein.

»Und ich sage dir – du gibst es auf! Nicht von der Art ist dein Charakter, dass du dein ganzes Leben still und friedlich in einem dunklen Loch verbringen könntest. Entweder fängst du an zu trinken, oder du machst Bankrott ... irgendetwas wird jedenfalls mit dir geschehen ...«

»Aber weshalb denn?«, rief Lunew verwundert.

»Nun, so ... Es steht dir nicht an, so ruhig zu leben ... Du bist ein prächtiger Kerl, ein Mensch, der eine Seele besitzt ... Es gibt solche Menschen: ihr ganzes Leben lang halten sie sich gerade, sind niemals krank, und mit einem Mal geht's: Schwapp!«

»Was – schwapp?«

»Sie fallen hin und sind tot ...«

Ilja lachte, streckte seine Glieder, ließ seine straffen Muskel spielen und seufzte dann tief, aus voller Brust.

»Das ist ja alles Unsinn!«, sagte er.

Am Abend jedoch, als er vor dem Samowar saß, erinnerte er sich unwillkürlich der Worte Gratschews und dachte über seine geschäftlichen Beziehungen zu Madame Awtonomow nach. Erfreut über ihren Vorschlag, auf gemeinsame Kosten einen Laden aufzumachen, hatte er allem zugestimmt, was sie ihm vorgeschlagen hatte. Und jetzt ward ihm plötzlich klar, dass, obschon er mehr als sie in das Geschäft eingelegt hatte, er eher ihr Kommis, als ihr Kompagnon war. Diese Entdeckung versetzte ihn in Bestürzung und Wut.

»Aha! Darum also umarmst du mich so herzhaft – willst dich unbemerkt an meine Taschen heranmachen!« sprach er in Gedanken zu Tatjana Wlassjewna. Und er beschloss, sein letztes Geld dranzugehen, um seiner Geliebten das Ladengeschäft abzukaufen und die Beziehungen zu ihr abzubrechen.

Es ward ihm nicht schwer, diesen Entschluss zu fassen. Tatjana Wlassjewna war ihm in letzter Zeit geradezu lästig gefallen, er konnte sich an ihre immer seltsameren Zärtlichkeiten nicht gewöhnen und sagte ihr eines Tages ins Gesicht:

»Was für ein schamloses Weibsbild bist du doch, Tanja!«

Aber sie hatte auf seine Bemerkung nur ein Kichern als Antwort. Sie erzählte ihm nach wie vor Geschichten aus den Kreisen ihrer Bekannten und eines Tages bemerkte Ilja zweifelnd:

»Wenn du die Wahrheit sagst, Tatjana, dann ist euer sogenanntes anständiges Leben nicht einen Schuss Pulver wert!«

»Weshalb denn? Es ist doch recht lustig so!« versetzte sie achselzuckend.

»Eine saubere Lustigkeit! Am Tage – nichts als Knickerei und in der Nacht – Ausschweifungen ...« »Wie naiv du doch bist!« rief Tatjana Wlassjewna lachend.

Und sie begann wieder vor ihm das saubere, bürgerlich-anständige, behagliche Leben zu rühmen und bemühte sich, den Schmutz und die Rohheiten dieses Lebens zu beschönigen.

»Ist denn das gut so?«, fragte Ilja.

»Du bist doch ein spaßiger Mensch! Ich sage nicht, dass es gut ist, aber wenn's nicht so wäre, dann wär's eben – langweilig!«

Zuweilen belehrte sie ihn:

»Es ist Zeit, dass du endlich deine Zitzhemden ablegst: Anständige Leute tragen Leinenwäsche ... Und dann gib acht, wie ich die Worte ausspreche, und lerne sie richtig aussprechen! Es heißt ›tausend‹ und nicht ›dausend‹, wie du zu sagen pflegst; und man sagt auch nicht ›wennehr‹, sondern ›wenn‹ ... Du bist jetzt kein Bauer mehr, musst also auch deine Bauernsprache ablegen.«

Immer häufiger wies sie auf diesen Unterschied zwischen ihm, dem Bauernburschen, und ihr selbst, der gebildeten Frau, hin, und nicht selten verletzten diese Hinweise Ilja. Als er noch mit Olympiada zusammenlebte, hatte er doch zuweilen das Gefühl gehabt, als ob dieses Weib ihm nahestände wie ein guter Kamerad. Tatjana Wlassjewna weckte niemals ein kameradschaftliches Gefühl in ihm; er sah, dass sie interessanter war als Olympiada, doch hatte er die Achtung vor ihr ganz und gar verloren. Als er noch bei Awtonomows wohnte, hatte er öfter gehört, wie Tatjana Wlassjewna vor dem Schlafengehen mitten in dem hastig hingemurmelten Vaterunser plötzlich ihren Gatten anfuhr:

»Kirja, steh auf und mach' die Küchentür zu – es zieht so! ...«

»Warum kniest du auch auf dem kalten Fußboden!«, antwortete ihr Kirik träg.

»Sei still, stör' mich nicht!«, flüsterte sie darauf – und fuhr fort in ihrem rasch hingeflüsterten Gebet: »Schenk' Deine Gnade, o Herr, Deinen Knechten Wlass, Nikolaj, dem frommen Asketen Mardarij ... und Deinen Mägden Eudoxia und Maria ... schenk' auch Gesundheit, o Herr, der Tatjana, dem Kirik, dem Sserafim ...«

Diese Hast ihres Gebets gefiel Ilja nicht: Er begriff, dass sie nicht aus innerem Bedürfnis, sondern aus Gewohnheit betete.

»Glaubst du an Gott, Tatjana?«, fragte er sie eines Tages.

»Was für eine Frage!«, rief sie verwundert. »Natürlich glaube ich an ihn! Warum fragst du?«

»So ... weil du es bei deinem Gebet immer so eilig hast, Schluss zu machen ...«, sagte Ilja lächelnd.

»Man sagt nicht ›Schluss machen‹, sondern ›fertig werden‹«, belehrte ihn Tatjana Wlassjewna. »Merk' dir das endlich! Ich werde am Tage immer so müde, siehst du, dass Gott mir meine Flüchtigkeit sicher verzeiht.« Und in überzeugtem Tone fügte sie, mit einem sinnenden Aufblick nach oben, hinzu: »Er verzeiht alles. Er ist barmherzig ...«

»Dazu habt ihr Ihn auch nur nötig, dass Er euch eure Gemeinheiten verzeihe«, dachte Ilja bitter. Ganz anders hatte Olympiada ihre Gebete verrichtet. Sie hatte stets lange und schweigend vor den Heiligenbildern gekniet, neigte den Kopf immer tief auf die Brust und verharrte so unbeweglich, wie versteinert ... Ihr Gesicht war düster und streng, und wenn man sie nach etwas fragte, antwortete sie nicht.

Jetzt, da Lunew begriff, dass Tatjana Wlassjewna ihn in der Angelegenheit mit dem Laden geschickt übertölpelt hatte, empfand er einen heftigen Widerwillen gegen sie.

»Wenn sie mir fremd wäre«, sagte er sich im stillen – »dann wollte ich nichts sagen. Alle sind darauf bedacht, ihre Mitmenschen zu betrügen ... Aber sie ist doch gewissermaßen ... mein Weib ... sie küsst und liebkost mich ... die abscheuliche Katze! ... Nur die ärgste Dirne kann so handeln ...«

Sein Benehmen gegen sie ward kühl und zurückhaltend, und er suchte ihren zärtlichen Annäherungen unter allerhand Vorwänden aus dem Wege zu gehen.

Um jene Zeit tauchte eine neue weibliche Erscheinung in seinem Lebenskreise auf. Es war Gawriks Schwester, die zuweilen in den Laden kam, um nach ihrem Bruder zu sehen. Sie war hochgewachsen, schlank und wohlgebaut, doch gar nicht hübsch, und wenn auch Gawrik versicherte, dass sie erst neunzehn Jahre alt sei, schien sie doch Ilja weit älter zu sein. Ihr Gesicht war lang, gelb und verhärmt; die hohe Stirn war von feinen Fältchen durchfurcht. Die weiten Löcher ihrer Entennase schienen wie im Zorn aufgeblasen, und die dünnen Lippen des kleinen Mundes waren stets fest geschlossen. Sie sprach mit deutlicher Betonung, doch offenbar ungern, durch die Zähne; ihre Gang war rasch, und sie ging mit hoch erhobenem Kopfe, als rühmte sie sich ihres hässlichen Gesichtes. Es war jedoch möglich, dass ihr Kopf durch den dicken, langen Zopf schwarzer Haare nach rückwärts gezogen wurde ... Die großen, schwarzen Augen dieses Mädchens blickten streng und ernst, und alle Züge ihres Gesichts gaben zusammengenommen ihrer Erscheinung einen auffallend geraden und unbeugsamen Ausdruck. Lunew fühlte sich schüchtern ihr gegenüber; sie erschien ihm stolz und erweckte in ihm Achtung. Jedes Mal, wenn sie in dem Laden erschien, reichte er ihr höflich einen Stuhl und lud sie ein:

»Bitte, setzen Sie sich!«

»Ich danke!«, antwortete sie mit kurzer Verneigung des Kopfes und nahm Platz. Lunew betrachtete verstohlen ihr Gesicht, das sich so scharf von allen ihm bisher bekannten Frauengesichtern unterschied, und musterte ihr braunes, sehr abgetragenes Kleid, ihre geflickten Schuhe und ihren gelben Strohhut. Sie saß da und sprach mit ihrem Bruder, und während sie mit den langen Fingern ihrer rechten Hand unhörbar auf ihrem Knie trommelte, schwang sie in der Linken ein durch einen Riemen zusammengehaltenes Paket Bücher. Es hatte für Ilja etwas Überraschendes, ein Mädchen, das so schlecht angezogen war, so stolz zu sehen. Zwei, drei Minuten saß sie in dem Laden, dann sagte sie zu ihrem Bruder:

»Na, leb' wohl! Mach' nicht zu viel Dummheiten! ...«

Und dem Prinzipal des Bruders schweigend mit dem Kopf zunickend, ging sie mit dem raschen Schritt eines tapferen Soldaten, der auf den Feind losstürmt, ihrer Wege.

»Wie ist doch deine Schwester so ... streng!«, sagte einmal Lunew zu Gawrik.

Gawrik blies seine Nase auf, riss die Augen weit auf, spreizte die Lippen auseinander und gab so seinem Gesichte einen absichtlich karikierten Ausdruck, der es dem Gesichte seiner Schwester auffallend ähnlich machte. Dann erklärte er dem Prinzipal lächelnd:

»So sieht sie aus ... aber sie verstellt sich ...«

»Warum sollte sie sich verstellen?«

»So ... sie liebt es, sich zu verstellen! Auch ich kann jedes beliebige Gesicht nachmachen ...«

Ilja interessierte sich lebhaft für das Mädchen, und wie früher von Tatjana Wlassjewna, so dachte er jetzt von dieser:

»Eine solche müsste ich heiraten ...«

Eines Tages brachte sie ein dickes Buch mit und sagte zu ihrem Bruder:

»Da, lies ...«

»Was ist es denn? Darf ich's mir mal ansehen?« fragte Ilja höflich.

Sie nahm das Buch aus den Händen des Bruders, reichte es Lunew und sagte:

»Don Quijote ist's ... Die Geschichte eines wackeren Ritters ...«

»Ah! Von Rittern hab' ich auch viel gelesen«, sprach Ilja mit liebenswürdigem Lächeln, während er ihr ins Gesicht sah.

Ihre Augenbrauen zuckten, und sie sagte in beabsichtigt trockenem Tone:

»Sie haben Märchen gelesen – das hier aber ist ein schönes, verständiges Buch. Darin wird ein Mensch beschrieben, der sich der Verteidigung der Unglücklichen, von menschlicher Ungerechtigkeit Unterdrückten geweiht hat ... Dieser Mensch war stets bereit, sein Leben für das Glück anderer zu opfern – verstehen Sie? Das Buch ist in komischem Tone gehalten – aber das verlangte der Geschmack der Zeit, in der es geschrieben ist ... Man muss es mit Ernst lesen.«

»So wollen wir's auch lesen«, sagte Ilja.

Es war das erste Mal, dass das Mädchen mit ihm sprach. Er empfand dabei eine ganz besondere Genugtuung und lächelte. Sie aber sah ihm ins Gesicht und sagte trocken:

»Ich glaube nicht, dass es Ihnen gefallen wird ...«

Und sie ging. Es schien Ilja, dass sie das Wort »Ihnen« besonders deutlich betont hatte. Das verletzte ihn, und er sagte zu Gawrik, der sich die Bilder in dem Buche besah: »Na, jetzt ist keine Zeit zum Lesen ...«

»Es sind doch keine Kunden da!« versetzte Gawrik, ohne das Buch zu schließen.

Ilja sah ihn an und schwieg. In seiner Erinnerung klangen die Worte des Mädchens über das Buch nach. Und von ihr selbst dachte er mit Missbehagen in seinem Herzen:

»Was für eine ... wichtige Person!«

XXI

Die Zeit floss dahin. Ilja stand hinter dem Ladentisch, drehte seinen Schnurrbart und verkaufte seine Ware, aber es schien ihm doch, dass die Tage gar zu langsam dahingingen. Zuweilen verspürte er den Wunsch, den Laden zu schließen und irgendwohin Spazieren zu gehen, doch er wusste, dass dies für sein Geschäft nicht gut sein würde, und so blieb er. Auch am Abend konnte er den Laden nicht verlassen: Gawrik hatte Angst, allein dazubleiben, und es war auch gefährlich, ihm das Geschäft anzuvertrauen. Er konnte leicht einen Brand anstiften oder einen Spitzbuben einlassen. Das Geschäft ließ sich nicht übel an: Ilja dachte schon daran, einen Gehilfen anzunehmen. Sein Verhältnis zur Awtonomowa hatte sich nach und nach gelockert, und Tatjana Wlassjewna schien damit ganz zufrieden. Sie grüßte kurz, wenn sie kam, und beschäftigte sich hauptsächlich mit einer sehr eingehenden Revision der Tageskasse. Wenn sie, in Iljas Zimmer sitzend, mit den Kugeln der Rechenmaschine klapperte, fühlte er, dass dieses Weib mit dem Vogelgesicht ihm zuwider war. Zuweilen jedoch erschien sie bei ihm vergnügt und munter, scherzte, kokettierte mit ihren Augen und nannte Ilja ihren Kompagnon. Dann ließ er sich hinreißen, und es erneuerte sich wieder das, was er im stillen eine »abscheuliche Gemeinheit« nannte.

Ab und zu kam auch Kirik in den Laden, pflanzte sich breit auf den Stuhl neben dem Ladentisch hin und spaßte mit den Näterinnen, die in den Laden kamen. Er hatte bereits seine Polizeiuniform ausgezogen, trug einen bequemen Zivilanzug und rühmte sich seiner Erfolge in der neuen Prokuristenstellung.

»Sechzig Rubel Gehalt und mindestens ebenso viel Nebenverdienst – nicht übel, was? Mit dem Nebenverdienst bin ich vorsichtig, halte mich ganz auf gesetzlicher Bahn ... Wir haben eine neue Wohnung – hast du schon gehört? Ein reizendes Quartier! Und eine Köchin haben wir gemietet – großartig kocht sie, die Kanaille! ... Vom Herbst an wird bei uns großer Empfang sein, wir werden Karten spielen ... Nett soll's werden, hol's der Teufel! Prächtig werden wir unsere Zeit verbringen, und wir hoffen auch, in der Lotterie zu gewinnen. Wir sind ja zwei, die mitspielen, ich und meine Frau – eins muss doch immer gewinnen! So bringen wir wieder ein, was uns die Gastereien kosten ... Ho ho, meiner Seele! Das nennt man billig und angenehm leben! ...«

Er machte sich's noch bequemer auf dem Stuhle, rauchte sich eine Zigarette an, stieß den Rauch weit von sich und fuhr in gedämpftem Tone fort:

»Da bin ich neulich über Land gefahren, Bruder – hast du schon gehört? Ich sag' dir: Mädel gibt es da ... der reine Zucker! Weißt du, solche Naturkinder ... so kernig, weißt du, so drall ... Und billig ist dir das, der Teufel soll mich holen! Ein Gläschen Likör, ein Pfund Pfefferkuchen – und sie ist dein!«

Lunew hörte zu und schwieg. Er bedauerte Kirik im Grunde genommen, ohne sich eigentlich Rechenschaft darüber abzulegen, warum er diesen dicken, beschränkten Burschen bedauerte. Gleichzeitig aber hatte er jedes Mal Lust, bei Awtonomows Anblick zu lachen. Er glaubte die Erzählungen Kiriks von seinen ländlichen Erfolgen nicht. Es schien ihm, dass Kirik aufschneide und nach fremden Berichten erzähle. Und war Ilja in schlechter Stimmung, dann dachte er beim Anhören von Kiriks Prahlereien:

»Du Knicker!«

»Jawohl, Bruder, großartig ist das – so im Schoße der Natur der Liebe zu huldigen ... in schlichter Schäferhütte, wie es in den Büchern heißt!«

»Wenn aber Tatjana Wlassjewna davon was erfährt?«

»Sie will davon gar nichts erfahren«, versetzte Kirik und blinzelte ihm lustig zu. »Sie weiß, dass sie gar nicht nötig hat, das zu wissen! ... Wir Männer sind eben von Natur wie die Hähne ... Na, und du, Bruder – hast du nicht auch schon deine Dame?«

»Ich bekenne mich schuldig«, sprach Ilja lächelnd.

»Eine Nähterin? Was? So 'ne pikante Brünette ...«

»Nein, keine Nähterin.«

»Oder 'ne Köchin? Eine Köchin ist auch nicht übel, die ist so hübsch warm und fürsorglich ...«

Ilja lachte wie toll, und dieses Lachen überzeugte Kirik davon, dass es in der Tat eine Köchin war.

»Musst sie öfter wechseln, nicht immer bei derselben bleiben«, riet er Ilja mit Kennermiene.

»Wie kommen Sie darauf, dass es gerade eine Köchin oder eine Nähterin sein muss? Bin ich denn keiner andern wert?«

»Sie stehen dir, Bruder, nach deiner gesellschaftlichen Stellung näher als alle anderen ... Du kannst doch nicht eine Liebschaft mit einer Dame oder einem Mädchen aus der guten Gesellschaft beginnen, das gibst du doch zu!«

»Weshalb denn nicht?«

»Ach, das ist doch klar! Ich will dich nicht beleidigen, aber du bleibst doch immer, mein Freund ... versteh mich recht! ... ein einfacher Mensch ... ein Bauer sozusagen.«

»Ich habe aber wirklich eine Liebschaft mit einer Dame«, sagte Ilja und schüttelte sich vor Lachen.

»Kleiner Spaßvogel!«, rief Kirik und lachte gleichfalls aus vollem Halse.

Sobald jedoch Awtonomow weg war und Lunew über die Worte des neugebackenen Prokuristen nachdachte, fühlte er, dass sie für ihn beleidigend waren. Es war ihm klar, dass Kirik, wenn er auch sonst ein gutmütiger Bursche war, sich doch für einen ganz besonderen Menschen hielt, mit dem er, Ilja, sich gar nicht vergleichen konnte. Und dabei hatten doch beide, Awtonomow wie seine Frau, von ihm einen recht ansehnlichen Vorteil. Perfischka hatte ihm erzählt, dass Petrucha sich über seinen Laden lustig mache und ihn einen Spitzbuben nenne. Und Jakow hatte dem Schuster gesagt, dass er, Ilja, früher besser, herzlicher und nicht so eingebildet gewesen sei wie jetzt. Auch Gawriks Schwester suchte Ilja jedes Mal einzuprägen, dass er nicht ihresgleichen war. Sie, die Tochter eines Briefträgers, die fast in Lumpen gekleidet war, schaute ihn an, als ob sie darüber zürnte, dass er auf derselben Erde lebe wie sie. Iljas Eigenliebe war, seit er den Laden eröffnet hatte, beträchtlich gewachsen, und er war noch empfindlicher geworden als früher. Sein Interesse für dieses eigengeartete, wenn auch nicht schöne Mädchen entwickelte sich mit jedem Tage mehr; er hätte gar zu gern gewusst, woher sie, dieses arme Ding, ihren Stolz nahm, der ihm immer mehr imponierte. Sie sprach ihn nie zuerst an, und das kränkte ihn. Ihr Bruder war doch schließlich nur sein Laufbursche, schon darum hätte sie gegen ihn, den Prinzipal, freundlicher sein sollen.

»Ich lese Ihr Buch vom Don Quijote«, sagte er zu ihr eines Tages.

»Nun, gefällt es Ihnen?«, fragte sie ihn, ohne ihn anzusehen.

»Ausgezeichnet gefällt es mir. Es ist so spaßig ... ein sonderbarer Mensch war's doch!«

Sie sah ihn an, und es war Ilja, als ob ihre schwarzen, stolzen Augen voll Hohn auf seinem Gesicht hafteten.

»Das wusste ich ja, dass Sie irgend so was sagen würden«, sprach sie langsam, mit scharfer Betonung.

Ilja glaubte aus ihren Worten etwas Beleidigendes, Feindseliges herauszuhören.

»Bin mal ein ungebildeter Mensch«, sagte er achselzuckend.

Sie gab ihm keine Antwort und tat, als ob sie ihn gar nicht gehört hätte.

Und wieder nahm von Iljas Seele jene bittere Stimmung Besitz, die schon daraus geschwunden schien – wiederum empfand er den alten Hass gegen die Menschen, grübelte lange und hartnäckig nach über die Gerechtigkeit in der Welt, über seine Schuld und das, was ihn in der Zukunft erwartete ... Sollte er immer so weiterleben – vom Morgen bis zum Abend in seinem Laden hocken, ganz allein mit seinen Gedanken beim Samowar sitzen und dann schlafen gehen, um am nächsten Morgen abermals in dem Laden zu stehen? Er wusste, dass viele kleine Ladenhändler, oder vielleicht alle, in dieser Weise lebten, aber er hatte zahlreiche Gründe, sowohl in seinem äußern wie in seinem innern Leben, die ihn berechtigten, sich für einen ganz besonderen Menschen zu halten, der den übrigen nicht ähnlich war. Jakows Worte fielen ihm ein:

»Gott möge dir kein Glück geben ... du bist so habgierig ...«

Diese Worte schienen ihm tief beleidigend. Nein, er war nicht habgierig. Er wollte ganz einfach nichts weiter, als behaglich und ruhig leben, von allen Menschen geachtet sein und nicht auf Schritt und Tritt von den andern hören:

»Siehst du, Ilja Lunew – ich bin besser als du! ...«

Und wiederum dachte er darüber nach, was ihn wohl in der Zukunft erwarte. Wird ihn für den Mord die Strafe ereilen oder nicht? Zuweilen schien es ihm, dass, wenn sie ihn treffen sollte, dies eine Ungerechtigkeit sein würde ... In der Stadt, sagte er sich, leben zahlreiche Mörder, Wüstlinge und Räuber. Alle diese haben mit Vorsatz gehandelt, und von vielen weiß man es auch – und dennoch leben sie, genießen die Freuden des Daseins und sind bisher von ihrer Strafe nicht ereilt worden. Von Rechts wegen aber sollte jede Kränkung, die ein Mensch dem andern zufügt, an dem Schuldigen gerächt werden. Auch die Bibel spricht an mehr als einer Stelle diesen Grundsatz aus. Diese Gedanken rissen die alten Wunden in seinem Herzen wieder auf, und ein heißes Gefühl der Rachsucht schrie in ihm nach Vergeltung für sein zerstörtes Leben. Zuweilen kam ihm der Gedanke, noch eine andere verwegene Tat zu vollbringen, vielleicht Petrucha Filimonows Haus anzuzünden, und wenn es dann brannte und von allen Seiten Menschen herzustürzten, ihnen zuzurufen:

»Ich habe es angezündet! Und ich habe auch den Kaufmann Poluektow ermordet.«

Die Menschen würden ihn ergreifen und vor Gericht schleppen, und er würde, wie sein Vater, nach Sibirien deportiert werden ... Dieser Gedanke steigerte den Aufruhr in Iljas Seele, und in seiner Rachbegier war er nahe daran, hinzugehen und Kirik die Liebschaft mit Tatjana zu verraten, oder den alten Chrjenow dafür blutig zu schlagen, dass er Mascha so quälte.

Wenn er zuweilen im Dunkeln auf seinem Bett lag, horchte er auf die tiefe Stille ringsum, und es war ihm, als ob im nächsten Augenblick alles um ihn her erbeben und in jähem Zusammenbruch mit lautem Krachen zusammenstürzen würde. Und in den wirbelnden Strudel würde auch er von einer geheimnisvollen Kraft hineingezogen werden, gleich einem vom Baume losgerissenen Blatt, das in den Wirbel gerät und darin seinen Untergang findet. Und Lunew erschauerte in der Vorahnung des Ungewöhnlichen, das bevorstand ...

Eines Abends, als er sich anschickte, den Laden zu schließen, erschien Pawel und sagte, ohne zu grüßen, mit ruhiger Stimme:

»Wjerka ist weggelaufen ...«

Er setzte sich auf einen Stuhl, stützte sich mit den Ellbogen auf den Ladentisch und begann leise zu pfeifen, während er auf die Straße hinaussah. Sein Gesicht war wie versteinert, nur sein kleiner, rötlicher Schnurrbart zuckte wie bei einem Kater.

»Ist sie allein gegangen oder mit einem andern?«, fragte Ilja.

»Ich weiß es nicht ... Schon den dritten Tag ist sie nicht zu Hause.«

Ilja sah ihn an und schwieg. Pawels ruhiges Gesicht und der gleichgültige Ton, in dem er sprach, ließen ihn nicht sogleich erraten, wie Gratschew sich zu der Flucht seiner Freundin zu verhalten gedachte. Er vermutete jedoch, dass hinter dieser Ruhe sich ein entscheidender Entschluss verbarg.

»Was gedenkst du zu tun?«, fragte Ilja leise, als er sah, dass Pawel keine Miene machte zu sprechen.

Da hörte Gratschew auf zu pfeifen, und ohne sich nach dem Freunde umzusehen, sagte er kurz:

»Ich werde sie erstechen ...«

»Ach was, wieder die alte Geschichte«, rief Ilja mit einer abwehrenden Geste. »Sie hat mir das Herz gebrochen«, sagte Pawel halblaut. »Mit diesem Messer mach' ich sie kalt!«

Er zog aus seinem Wams ein kleines Brotmesser und ließ es durch die Luft blitzen.

»Ein einziger Schnitt durch die Gurgel ...«, sagte er.

Doch Ilja entriss ihm das Messer, warf es auf den Ladentisch und sagte unwillig:

»Wie kann man gegen eine Fliege mit solchen Waffen fechten!«

Pawel stand vom Stuhl auf und wandte Ilja sein Gesicht zu. Seine Augen flammten vor Wut. Seine Züge waren ganz entstellt, und er zitterte an allen Gliedern. Gleich darauf jedoch sank er wieder auf den Stuhl zurück und sagte verächtlich:

»Dummkopf!«

»Und du bist mal klug!«

»Die Kraft liegt nicht im Messer, sondern im Arm ...«

»Was du sagst!«

»Und wenn mir die Arme abgehackt würden – verbluten muss sie! Mit den Zähnen beiß' ich ihr die Gurgel durch!«

»Das ist ja fürchterlich! ...«

»Rede mit mir nicht weiter, Ilja! ...« sprach Pawel jetzt wieder ruhiger. »Glaub's oder glaub's nicht – aber reize mich nicht! ... Das Schicksal hat mich schon genug gereizt ...«

»Aber so bedenk' doch, du sonderbarer Kauz ...« redete Ilja sanft auf ihn ein.

»Alles ist schon bedacht ... Übrigens, ich geh' jetzt ... Was soll ich mit dir viel reden? Du bist ein satter Mensch ... bist für mich kein Umgang ...«

»So rede doch keinen Unsinn«, schrie Lunew vorwurfsvoll.

»Ich bin hungrig an Seele und Körper ...«

»Ich wundere mich nur, wie die Menschen so sonderbar urteilen«, sprach Ilja mit spöttischem Achselzucken. »Wie ein Stück Vieh betrachten sie das Weib, wie ein Pferd. Willst du mich ziehen – gut, dann gibt's keine Prügel, und willst du nicht, dann gibt's eins auf den Schädel! ...

Aber zum Teufel, das Weib ist doch auch ein Mensch, hat auch seinen Charakter! ...«

Pawel sah ihn an und lachte heiser.

»Und wer bin ich – bin ich kein Mensch?«

»Aber du musst doch schließlich gerecht sein!«

»Geh zu allen Teufeln mit deiner Gerechtigkeit«, schrie Gratschew und sprang wütend vom Stuhl auf. »Bleib du meinetwegen gerecht – einem Satten wird das ja leicht ... Hast verstanden? Na, leb' wohl!«

Er verließ rasch den Laden und nahm in der Tür aus irgendeinem Grunde die Mütze vom Kopfe. Ilja sprang hinter dem Ladentisch hervor und eilte ihm nach, doch Gratschew schritt bereits auf der Straße daher, hielt die Mütze in der Hand und fuchtelte damit erregt in der Luft hin und her.

»Pawel!«, rief Lunew. »So warte doch!«

Er blieb nicht stehen, sah sich auch nicht einmal um, sondern bog in eine Seitengasse ein und verschwand. Ilja ging langsam hinter den Ladentisch; er fühlte, dass von den Worten des Kameraden sein Gesicht so heiß geworden war, als hätte er in einen bis zur Rotglut erhitzten Ofen gesehen.

»Der kann aber böse werden!«, ließ sich Gawriks Stimme vernehmen.

Ilja lächelte.

»Wen will er denn totstechen?«, fragte Gawrik, an den Ladentisch herantretend. Er hatte die Hände auf den Rücken gelegt, reckte den Kopf in die Höhe und war ganz rot vor Aufregung.

»Seine Frau«, sagte Ilja und schaute den Knaben an.

Gawrik schwieg, dann nahm er eine geheimnisvolle Miene an und erzählte leise seinem Prinzipal:

»Bei uns im Christi-Geburt-Viertel hat eine Frau ihren Mann mit Rattengift vergiftet ... Ein Schneider war's ...«

»Das kann schon vorkommen«, sprach Lunew, der immer noch an Pawel dachte.

»Und der da – wird er sie wirklich ermorden?«

»Lass mich, Gawrik! ...«

Der Junge drehte sich um, ging nach der Tür zu und sagte unterwegs:

»Warum heiraten sie, die dummen Teufel!«

Schon ergoss sich das abendliche Dämmerlicht in die Gasse, und in den Fenstern des gegenüber dem Lunewschen Laden gelegenen Hauses flammten die Lichter auf.

»Es ist Zeit zu schließen«, sagte Gawrik leise.

Ilja schaute nach den erleuchteten Fenstern hinüber. Der untere Teil derselben war mit Blumen verstellt, der obere durch weiße Vorhänge verhüllt. Durch das Laub der Blumen sah man einen Goldrahmen an der Wand. Wenn die Fenster geöffnet waren, klangen aus ihnen die Töne einer Gitarre, Gesang und lautes Lachen auf die Straße. In diesem Hause wurde fast an jedem Abend gesungen, gespielt und gelacht. Lunew wusste, dass dort ein Mitglied des Bezirksgerichts, Gromow mit Namen, wohnte, ein korpulenter Herr mit rotem Gesicht und großem, schwarzem Schnurrbart. Seine Frau war eine üppige Gestalt, hellblond und blauäugig; sie ging wie eine Märchenkönigin in der Straße umher, und wenn sie mit jemand sprach, lachte sie immer. Dann wohnte bei Gromows noch eine unverheiratete Schwester des Mannes, ein schlankes, brünettes, schwarzhaariges Mädchen; sie war stets von einem Schwarm von jungen Beamten umgeben, die sich fast an jedem Abend bei Gromow einfanden und sich lachend und singend die Zeit vertrieben.

»Es ist wirklich Zeit zuzumachen«, mahnte Gawrik zum zweiten Mal.

»Mach' zu ...«

Der Junge schloss die Tür, und im Laden wurde es dunkel. Dann hörte man das Klirren des Schlosses.

»Wie im Gefängnis!«, dachte Ilja für sich.

Die beleidigenden Worte Gratschews über seine Sattheit waren ihm wie ein Splitter ins Herz gedrungen. Er saß beim Samowar und dachte mit feindseligem Gefühl an Pawel; dass er imstande wäre, Wjera zu töten, wollte er durchaus nicht glauben.

»Ich hätt' mich ihrer nicht erst annehmen sollen«, dachte Ilja. »Hol' sie der Kuckuck, alle beide! Wissen selbst nicht zu leben und hindern noch andre daran ...« Gawrik trank den Tee von seiner Untertasse und ließ unter dem Tisch seine Beine baumeln.

»Ob er sie jetzt schon totgestochen hat?«, fragte er plötzlich seinen Prinzipal.

Lunew sah ihn finster an und sagte:

»Mach' rasch, trink und geh ins Bett!«

Der Samowar siedete und zischte, als wollte er vom Tisch herunterspringen.

Plötzlich blieb vor dem Fenster eine dunkle Gestalt stehen, und eine schüchterne, zitternde Stimme fragte:

»Wohnt hier nicht Ilja Jakowlewitsch?«

»Der wohnt hier«, rief Gawrik, sprang vom Stuhl auf und eilte so rasch zur Ladentür, dass Ilja nicht imstande war, ihn nach der Ursache seiner Aufregung zu fragen.

In der Tür erschien eine schlanke weibliche Gestalt mit einem Tüchlein auf dem Kopfe. Mit der einen Hand stützte sie sich gegen den Türpfosten, die andere hielt die Enden des Kopftuches am Halse fest. Sie stand seitwärts gewandt da, als wollte sie sogleich wieder weggehen.

»Treten Sie näher!«, rief Ilja, der die Fremde nicht erkannt hatte, in mürrischem Tone.

Sie fuhr zusammen, als sie seine Stimme vernahm, und hob den Kopf empor; ein Lächeln ging über ihr blasses, kleines Gesicht.

»Mascha!«, rief Ilja, vom Stuhl aufspringend. Sie lachte leise und schritt auf ihn zu.

»Hast mich nicht erkannt? ...«, sagte sie, mitten im Zimmer stehen bleibend.

»Mein Gott, wie konnte ich dich erkennen? Du bist ja ... so verändert ...«

Mit übertriebener Höflichkeit nahm Ilja sie bei der Hand und führte sie zum Tische. Er beugte sich über sie und sah ihr ins Gesicht, ohne dass er den Mut fand zu sagen, worin die Veränderung in ihrem Wesen bestehe. Sie war ungewöhnlich mager und ging, als ob die Beine unter ihr zusammenbrechen wollten.

»Woher kommst du denn? Bist du müde? Ach, du ... wie du aussiehst!« sprach er leise, während er ihr sorgsam einen Stuhl hinstellte und sie dabei immer wieder ansah.

»Sieh, wie er mich ...!«, sagte sie leise und schaute in Iljas Augen.

Jetzt, da das Licht der Lampe auf sie fiel, konnte er sie ganz deutlich sehen. Sie stützte sich gegen die Stuhllehne, ließ den Kopf auf die Schulter fallen und die dünnen Arme an den Seiten herabhängen. Ihre flache Brust atmete rasch. Ihr Körper war ganz fleischlos und schien aus lauter Knochen zu bestehen. Unter dem dünnen Baumwollstoff ihres Kleides traten die eckigen Schultern, die Ellbogen und Knie scharf hervor, und ihr abgezehrtes Gesicht war ganz schrecklich anzusehen. Die bläulich schimmernde Haut lag straff über Schläfen, Backenknochen und Kinn. Ihr schmerzlich verzogener Mund war halb geöffnet, hinter den dünnen Lippen waren die Zähne sichtbar; ihr kleines, schmales Gesicht trug den Ausdruck dumpfen Schmerzes, und ihre Augen schauten trüb und leblos drein.

»Bist du krank gewesen?«, fragte Ilja leise.

»Nein«, antwortete sie langsam. »Ich bin gesund ... Er hat mich so zugerichtet ...«

Ihre lang gedehnten, leisen Worte klangen wie ein Stöhnen, und die von den Lippen nicht bedeckten Zähne gaben ihrem Gesicht etwas Fischartiges ...

Gawrik stand neben Mascha und sah sie an, mit furchtsamen Augen und zusammengepressten Lippen.

»So geh doch schlafen!« sprach Lunew zu ihm.

Der Knabe ging in den Laden und machte sich dort ein Weilchen zu schaffen – dann steckte er den Kopf wieder hinter dem Türpfeiler hervor.

Mascha saß unbeweglich, nur ihre Augen, die sich langsam in ihren Höhlen bewegten, gingen von einem Gegenstand zum andern. Lunew goss ihr Tee ein, sah sie an und fand keine Worte, um die Jugendfreundin über ihre Schicksale auszufragen.

»Ganz schrecklich quält er mich ...«, begann sie. Ihre Lippen bebten, und ihre Augen schlossen sich für einen Augenblick. Und als sie sie öffnete, quollen unter ihren Wimpern zwei große, schwere Tränen hervor.

»Weine nicht«, sprach Ilja und wandte sich von ihr ab. »Trink lieber jetzt Tee ... da ... und erzähl' mir alles ... es wird dein Herz erleichtern ...«

»Ich fürchte mich ... wenn er kommt ...«, sagte Mascha und schüttelte den Kopf.

»Bist du ihm entlaufen?«

»Ja–a ... Schon zum vierten Mal ... Wenn ich's nicht länger ertragen kann ... lauf ich weg ... Das letzte Mal wollt' ich in den Brunnen springen ... aber er hat mich abgefangen ... und mich so geschlagen ... so gemartert ...«

Ihre Augen weiteten sich vor Schrecken bei der bloßen Erinnerung, und ihr Unterkiefer begann zu zittern. Sie ließ den Kopf sinken und sprach dann flüsternd weiter:

»Die Beine will er mir immer zerbrechen ...«

»Ach!«, rief Ilja. »Aber warum wehrst du dich nicht? Melde es doch der Polizei ... Sag', er misshandle dich ... dafür kommt er ins Gefängnis ...«

»A–a–ach, er ist ja selbst Richter!« sprach Mascha hoffnungslos.

»Chrjenow? Was redest du? Was für ein Richter ist er denn?«

»Ich weiß es doch! Neulich hatte er zwei Wochen lang hintereinander Sitzung ... hat in einem fort gerichtet ... Ganz böse und hungrig kam er nach Hause ... Nahm die Zange vom Samowar und hat mich damit in die Brust gezwickt ... hat sie gedreht und gedreht ... sieh her!«

Sie öffnete mit zitternden Händen ihr Kleid und zeigte Ilja ihre kleinen, welken Brüste, die ganz mit dunklen Flecken bedeckt waren und wie zerbissen aussahen.

»Mach' dein Kleid zu«, sprach Ilja düster. Es war ihm peinlich, diesen misshandelten, mitleiderregenden Körper zu sehen, und es schien ihm unglaublich, dass da vor ihm die Freundin seiner Kindheit, die prächtige kleine Mascha saß. Sie aber entblößte auch ihre Schulter und sprach mit derselben gleichmäßig traurigen Stimme:

»Sieh mal, wie er mir die Schulter zerschlagen hat! Und so seh' ich am ganzen Körper aus ... Der Leib ist ganz blau von Kneifwunden, und die Haare unter den Achseln hat er mir einzeln herausgerupft ...«

»Aber wofür denn das alles?«

»›Du liebst mich nicht‹, sagt er – und zwickt mich ...«

»Vielleicht warst du nicht mehr im Mädchenstande, wie er dich nahm?«

»I–ich? Wieso denn? Ihr habt mich doch hier gekannt, du und Jascha ... niemand hat mich je berührt ... Und auch jetzt bin ich ... nicht dafür geeignet ... schmerzhaft ist es mir und zuwider ...«

»Schweig, Mascha«, bat Ilja sie leise.

Sie schwieg still und saß mit der entblößten Brust wie versteinert da.

Ilja sah hinter dem Samowar hervor auf ihren hageren, misshandelten Körper und wiederholte:

»Mach' dein Kleid zu!«

»Ich schäme mich nicht vor dir«, antwortete sie tonlos, während sie mit den zitternden Fingern ihr Mieder zuknöpfte.

Es war still im Zimmer. Dann ließ sich plötzlich aus dem Laden lautes Schluchzen vernehmen. Ilja stand auf, ging nach der Tür und machte sie zu, während er ärgerlich sagte:

»Hör' auf, Gawrjuschka ...«

»Ist das der Junge?«, fragte Mascha.

Ilja bejahte ihre Frage.

»Warum weint er? Hat er Angst?«

»Nein ... er weint wohl aus Mitleid ...«

»Mit wem?«

»Mit dir ...«

»Sieh doch mal!« sprach Mascha gleichgültig, ohne dass in ihrem lebloschen Gesichte etwas sich geregt hätte. Dann trank sie ihren Tee; ihre Hände zitterten dabei, und die Untertasse schlug klirrend gegen ihre Zähne. Ilja schaute hinter dem Samowar hervor nach ihr hin und wusste nicht, ob sie ihm leidtat oder nicht.

»Was wirst du nun tun?«, fragte er sie nach langem Schweigen.

»Ich weiß es nicht«, versetzte sie und seufzte. »Was kann ich denn tun ...«

»Du musst ihn verklagen«, sprach Lunew fest und bestimmt.

»Er hat auch seine erste so gequält ...«, sagte Mascha. »Mit den Zöpfen hat er sie ans Bett angebunden, und gekniffen hat er sie ... ganz wie mich ... Einmal schlief ich und fühlte plötzlich solche Schmerzen ... ich erwache und schreie. Da hatte er ein Zündholz angebrannt und mir auf den Leib gelegt ...«

Lunew sprang vom Stuhl auf und rief laut, voll Empörung, dass sie morgen sogleich nach der Polizei gehen, dort ihren misshandelten Körper zeigen und Beschwerde gegen ihren Gatten einlegen solle. Sie rückte unruhig auf ihrem Stuhl hin und her, als sie ihn so laut schreien hörte, und sagte, sich ängstlich umschauend:

»Schrei nicht so, bitte! ... Man wird es hören ...«

»Nun gut«, sagte er und nahm wieder auf seinem Stuhle Platz, »ich selbst nehme die Sache in die Hand ... Heute bleibst du hier über Nacht, Maschutka, du wirst in meinem Bett schlafen ... und ich gehe in den Laden ...«

»Ich möcht' mich jetzt gleich hinlegen ... ich bin so müde ...«

Er rückte schweigend den Tisch vom Bett weg; Mascha legte sich darauf und suchte sich in die Bettdecke zu hüllen, vermochte es jedoch nicht und sagte still lächelnd:

»Ich bin so unbeholfen ... wie betrunken ...«

Ilja breitete die Decke über sie, schob ihr das Kissen zurecht und wollte in den Laden gehen, doch sie sagte unruhig:

»Sitz' noch ein Weilchen hier bei mir! Ich fürchte mich allein ... hab' immer solche Träume ...«

Er setzte sich neben sie auf den Stuhl, betrachtete ihr blasses, von den schwarzen Locken eingerahmtes Gesicht und wandte sich ab. Er verspürte Gewissensbisse, als er sie so kaum lebend wiedersah. Er erinnerte sich der Bitten Jakows und der Erzählungen Matizas über Maschas Ergehen und ließ seinen Kopf tief herabsinken.

Im Hause gegenüber wurde zweistimmig gesungen, die Worte des Liedes drangen durch das offene Fenster in Iljas Zimmer. Ein kräftiger Bass sang mit harter Betonung:

»Enttäuschet ist mein armes Herze ...«

»Ich schlaf schon ein«, murmelte Mascha. »Wie hübsch es bei dir ist ... und gesungen wird ... sehr schön singen sie!«

»Ja, die singen nun«, sagte Lunew bitter lachend. »Den einen wird das Fell abgezogen – und die andern heulen ...«

»Nicht will es wieder töricht sein ...«

sang drüben ein prächtiger Tenor weiter. Die hellen, wohlklingenden Töne schwebten durch die nächtliche Stille und stiegen leicht und frei in die Lüfte empor.

Lunew stand auf und schloss ärgerlich das Fenster – das Lied schien ihm nicht am Platze, es beleidigte ihn. Das Geräusch des Fensterrahmens erschreckte Mascha. Sie öffnete die Augen, hob ängstlich den Kopf empor und fragte:

»Wer ist da?«

»Ich hab' das Fenster geschlossen ...«

»Um Gottes willen! ... Gehst du fort?«

»Nein, nein ... fürchte dich nicht ...«

Sie legte den Kopf auf das Kissen zurück und schlief wieder ein. Die geringste Bewegung Iljas, der Widerhall der Schritte auf der Straße – alles beunruhigte sie; sie öffnete sogleich wieder die Augen und schrie im Traume:

»Sofort! ... ach! ... sofort! ...«

Lunew bemühte sich, ganz unbeweglich dazusitzen; er sah durchs Fenster, das er wieder geöffnet hatte, und dachte darüber nach, wie er Mascha helfen könnte. Er beschloss, sie jedenfalls so lange bei sich zu behalten, bis die Polizei sich ihrer Angelegenheit angenommen hätte.

»Ich muss die Sache durch Kirik machen«, sagte er sich im stillen.

»Bitte, bitte, noch etwas!« klang es von drüben, aus den Gromowschen Fenstern, laut herüber. Irgendjemand klatschte in die Hände. Mascha stöhnte im Traume, und bei Gromows wurde wieder gesungen:

>»Zwei Rappen ziehen die Karosse,
>Dem Friedhof naht der düstre Zug ...«

Lunew schüttelte förmlich in Verzweiflung den Kopf. Dieser Gesang, das fröhliche Schreien und Lachen – alles das störte ihn. Er stützte sich mit den Ellbogen auf das Fensterbrett, sah voll Hass und Ingrimm nach den erleuchteten Fenstern gegenüber und dachte, dass es gar nicht übel wäre, jetzt auf die Straße hinauszugehen und eins dieser Fenster mit Steinen zu bombardieren oder mitten unter die vergnügte Gesellschaft einen Schrotschuss abzufeuern. Er stellte sich vor, wie die Schrotkörner einschlagen würden ... alles rennt mit blutigen Gesichtern herum, überall ist Geschrei und Verwirrung. Und eine boshafte Freude erfüllte bei dieser Vorstellung sein Herz. Aber die Worte des Liedes, das dort drüben gesungen wurde, bohrten sich ihm wider seinen Willen in die Ohren, er wiederholte sie für sich und bemerkte mit Erstaunen, dass diese vergnügten Leute ein Lied sangen, in dem das Begräbnis einer Buhlerin geschildert wurde. Er lauschte mit großer Aufmerksamkeit auf die Worte des Liedes und dachte für sich:

»Warum singen sie das nur? Was für ein Vergnügen kann ihnen solch ein Lied bereiten? Was sie sich da ausgedacht haben, die Dummköpfe! Und hier, fünf Schritte von ihnen, liegt ein Menschenkind, das von seinesgleichen halb tot gequält ward, und niemand nimmt Anteil an seinen Qualen ...«

»Bravo! Bravo-o!« hallte es laut über die Straße.

Lunew lächelte und sah bald auf Mascha, bald auf die Straße. Lächerlich schien es ihm, dass die Leute dort sich damit belustigten, ein Lied auf das Begräbnis einer Buhldirne zu singen.

»Wassilij Wassilitsch!«, schrie Mascha im Traume. »O Gott!«

Sie fuhr vom Bett empor, wie wenn Feuer sie versengt hätte, warf die Bettdecke auf den Fußboden, breitete ihre Arme aus und blieb starr in dieser Haltung sitzen. Ihr Mund war halb geöffnet, und sie röchelte. Lunew beugte sich rasch über sie, da er fürchtete, dass sie sterben würde; dann aber, durch ihr regelmäßiges Atmen beruhigt, legte er die Bettdecke über sie und ging wieder ans Fenster. Er stieg auf das Fensterbrett, legte sein Gesicht an das eiserne Gitter und schaute in Gromows Fenster hinein. Dort sangen sie immer noch, entweder einzeln oder zu zweien oder im Chor. Musik ertönte dazu, und man hörte fröhliches Lachen. An den Fenstern huschten Frauengestalten vorüber, in Weiß, in Rosa oder in Blau. Ilja horchte auf die Lieder und war verwundert, wie diese Menschen lauter elegische, schwermütige Lieder von der Wolga, vom Begräbnis, von der Scholle des armen Mannes singen und nach jedem dieser Lieder so vergnügt sein konnten, als ob gar nichts wäre, als ob nicht sie, sondern ganz andere Leute gesungen hätten ... Machen sie wirklich schon menschlichen Gram und Schmerz zu ihrem Spielzeug?

Und jedes Mal, wenn Mascha sich ihm in Erinnerung brachte, schaute er unwillkürlich nach ihr hinüber und fragte sich, was nun mit ihr werden solle. Wenn mit einem Mal Tatjana bei ihm einträte und sie sähe? ... Was sollte er mit Mascha anfangen? Es ward ihm von alledem ganz wirr im Kopfe. Als er endlich schläfrig wurde, stieg er von dem Fensterbrett herunter und streckte sich, seinen Paletot statt des Kopfkissens benutzend, auf dem Fußboden neben dem Bett aus. Im Traume sah er, dass Mascha gestorben war: mitten in einem großen Speicher liegt sie auf der Erde, und um sie herum stehen elegante Damen in Weiß, Blau und Rosa und singen ihr Grablieder. Und während sie diese traurigen Lieder singen, lachen sie alle, bei den lustigen Liedern aber, die sie dann folgen lassen, weinen sie bitterlich, nicken traurig mit den Köpfen und wischen sich mit weißen Taschentüchern die Tränen aus den Augen. In dem Speicher ist es dunkel und feucht, und in einer Ecke steht der Schmied Ssawel, schmiedet ein eisernes Gitter und lässt seine Hammerschläge laut auf die glühenden Eisenstäbe niedersausen. Über das Dach des Speichers schreitet jemand hin und ruft:

»I-lja! Il–ja! ...«

Und er, Ilja, liegt gefesselt in dem Speicher, kann sich nur schwer umdrehen und vermag nicht zu sprechen ...

XXII

»Ilja! Bitte, steh auf! ...«

Er öffnete die Augen und erkannte Pawel Gratschew. Pawel saß auf einem Stuhle und stieß mit dem Fuße nach den Füßen des schlafenden Ilja. Ein heller Sonnenstrahl schaute in das Zimmer und fiel gerade auf den Samowar, der bereits siedend auf dem Tische stand. Lunew war vom Licht geblendet und kniff die Augen zusammen.

»Hör' doch mal, Ilja! ...«

Pawels Stimme war heiser, als ob er eine durchschwärmte Nacht hinter sich hätte; sein Gesicht war gelb, das Haar zerzaust. Lunew sah ihn an, sprang vom Boden auf und rief halblaut:

»Was gibt's?«

»Sie ist gefunden«, sagte Pawel und schüttelte traurig den Kopf.

»Wo ist sie denn?«, fragte Lunew, beugte sich über ihn und fasste ihn an der Schulter. Gratschew begann zu schwanken und sagte zerstreut:

»Eingesperrt hat man sie ...«

»Wofür denn?«, fragte Ilja mit jähem Flüstern.

Mascha war erwacht, fuhr bei Pawels Anblick zusammen und sah ihn mit erschrockenen Augen an. Aus der Tür des Ladens schaute Gawrik ins Zimmer und verzog missbilligend die Mundwinkel.

»Es heißt ... sie habe einem Kaufmann die Brieftasche gestohlen ...«

Ilja sah den Kameraden groß an und ging dann schweigend auf die Seite.

»Den Gehilfen des Stadtteilaufsehers hat sie ins Gesicht geschlagen ...«

»Natürlich«, sprach Ilja mit herbem Lachen. »Wenn sie schon ins Loch muss, springt sie gleich mit beiden Beinen 'rein!«

Mascha hatte begriffen, dass alles dies sie nichts anging, und sagte still lächelnd:

»Wenn sie mich doch ins Gefängnis einsperren möchten!«

Pawel schaute zuerst sie und dann Ilja an.

»Erkennst du sie nicht?«, fragte Ilja. »Das ist ja Mascha, Perfischkas Tochter – erinnerst du dich noch?«

»Ach so«, sprach Pawel gleichgültig und wandte sich von Mascha ab, obschon sie ihm als einem alten Bekannten freundlich zulächelte.

»Ilja!«, fuhr er düster fort – »und wenn sie das Geld für mich stehlen wollte?«

Ungewaschen und zerzaust, wie er war, setzte sich Lunew aufs Bett zu Maschas Füßen, schaute bald sie, bald Pawel an und war wie betäubt.

»Ich wusste,« sprach er langsam, »dass diese Geschichte kein gutes Ende nehmen wird.«

»Sie hat auf mich nicht gehört«, sprach Pawel gedrückt.

»So, so ...«, rief Lunew spöttisch. »Sie hat auf dich nicht gehört – darum ist's gekommen! Und was konntest du ihr denn sagen?«

»Ich liebte sie ...«

»Was Teufel sollte ihr deine Liebe?«

Lunew geriet in Hitze. Alle diese Geschichten, das Schicksal Pawels wie dasjenige Maschas, erweckten seinen Grimm. Und da er nicht wusste, an wem er seinen Ärger auslassen sollte, wandte er sich gegen Pawel.

»Jeder Mensch will vergnügt und angenehm leben ... also auch sie ...! Und du sagst ihr nur immer: Ich liebe dich, also lebe mit mir zusammen und leide an allem Mangel ... Meinst du, das sei so in Ordnung?«

»Und wie hätt' ich's denn machen sollen?«, fragte Pawel kleinmütig.

Diese Frage kühlte Lunew ein wenig ab. Er begann unwillkürlich, nachzusinnen.

Aus dem Laden schaute Gawrik ins Zimmer hinein.

»Soll ich den Laden öffnen?«, fragte er.

»Hol' der Teufel den ganzen Laden!«, rief Lunew heftig. »Was soll man hier für Geschäfte machen?«

»Bin ich dir im Wege?«, fragte Pawel. Er saß auf dem Stuhle, nach vorn gebeugt, die Ellbogen auf die Knie gestützt, und schaute auf den Boden. An seiner Schläfe zuckte heftig eine kleine, prall mit Blut gefüllte Ader.

»Du mir im Wege?«, rief Lunew und sah ihn an. »Nein, du bist mir nicht im Wege ... und auch Mascha ist es nicht. Uns allen – dir und mir und Mascha – ist irgendetwas anderes im Wege. Unsre Dummheit mag's sein, oder was sonst, ich weiß es nicht. Jedenfalls werden wir es nie dazu bringen, wie Menschen zu leben. Ich will kein Elend sehen, nichts Hässliches ... keine Sünde und sonstige Gemeinheit! Ich will es nicht – und dabei habe ich selbst ...«

Er schwieg und wurde bleich.

»Du denkst nur immer an dich«, sagte Pawel.

»Und an wen denkst du denn?«, fragte Ilja höhnisch. »Jeder hat seine eigne Eiterbeule, stöhnt mit seiner eignen Stimme ... Und ich rede doch nicht nur von mir, sondern von allen ... weil mich alle beunruhigen ...«

»Ich gehe schon«, sagte Gratschew und stand schwerfällig vom Stuhl auf.

»Ach«, rief Ilja, »musst dich doch nicht gleich gekränkt fühlen! ... Such' lieber die Dinge zu begreifen ...«

»Ich bin wie mit 'nem Ziegelstein vor den Kopf geschlagen«, erwiderte Pawel. »So leid tut es mir um Wjerka ... Was soll ich tun?«

»Gar nichts kannst du tun«, sprach Ilja mit Bestimmtheit. »Sie ist mal gefasst worden und wird verurteilt werden.«

Gratschew nahm wieder auf dem Stuhle Platz.

»Wenn ich aber sage, dass sie es für mich getan hat?«, sagte er.

»Bist du vielleicht ein Prinz? Sag's nur, dann kommst auch du ins Loch! ... Aber's ist Zeit, dass wir hier ein bisschen Ordnung machen. Kannst dich hier waschen ... und auch du, Mascha ... Wir gehen solange in den Laden, und du steh auf, mach' dich zurecht und schenk' uns den Tee ein ...«

Mascha fuhr zusammen, hob den Kopf vom Kissen auf und fragte Ilja:

»Muss ich nach Hause gehen?«

»Der Mensch hat dort sein Haus, wo man ihn wenigstens nicht quält ...«

Als sie im Laden waren, fragte Pawel mürrisch:

»Was macht sie denn hier bei dir? Sie sieht so elend aus ...«

Lunew erzählte ihm kurz, wie es Mascha gegangen. Zu seinem Erstaunen machten Maschas Schicksale auf Gratschew einigen Eindruck.

»Dieser alte Satan!«, schalt er entrüstet den Krämer.

Ilja stand neben ihm und ließ seinen Blick durch den Laden schweifen. »Du sagtest neulich mal, dass mich der Kram hier auch nicht glücklich machen würde ...« sprach er zu Pawel.

Er wies mit einer Handbewegung auf die Waren und nickte mit bittrem Lächeln.

»'s ist richtig, er macht mich nicht glücklich. Was gewinn' ich dabei, wenn ich immer auf demselben Fleck stehe und mit all dem Zeug hier handle? Meine Freiheit ist hin, ich kann mich nicht wegrühren. Früher zog ich durch die Gassen, wohin ich wollte, fand ein hübsches, bequemes Plätzchen und saß da ganz vergnügt ... Und jetzt steck' ich Tag für Tag nur hier – weiter nichts ...«

»Könntest vielleicht Wjera hier brauchen, ... als Verkäuferin«, sagte Pawel.

Ilja sah ihn an und schwieg.

»Kommt zum Tee!«, rief Mascha.

Beim Tee redeten alle drei nur wenig. Auf der Straße lag heller Sonnenschein, nackte Kinderfüße hüpften auf dem Trottoir; Gemüseverkäufer gingen am Fenster vorüber. Alles sprach vom Frühling, von schönen, warmen, hellen Tagen, und hier in dem engen Zimmer roch es dumpf und feucht. Ab und zu wurde ein düstres, leises Wort verlautbar, und der Samowar summte und spiegelte die Sonne wider.

»Da sitzen wir nun wie beim Leichenschmaus«, sagte Ilja.

»Und Wjerka ist die Tote«, fügte Gratschew hinzu. »Ob ich's am Ende nicht war, der sie ins Gefängnis getrieben hat?«

»Das ist leicht möglich«, pflichtete Ilja ihm mitleidlos bei.

Gratschew sah ihn vorwurfsvoll an.

»Bist doch ein böser Mensch ...«, sagte er.

»Wie käme ich dazu, gut zu sein?«, rief Ilja heftig. »Wer hat mir den Kopf gestreichelt? ... Ein Wesen vielleicht gab's, das mich lieb hatte ... und das war ein lasterhaftes Weib!«

Die heftige Erregung hatte sein Gesicht gerötet, und seine Augen hatten sich mit Blut gefüllt; in einem Anfall von Zorn sprang er vom Stuhl auf und hätte am liebsten gerast, geschimpft, mit den Fäusten gegen Tisch und Wände geschlagen.

Mascha erschrak, als sie ihn so sah, und begann, wie ein Kind, laut und kläglich zu weinen.

»Ich geh' fort ... lasst mich«, sagte sie mit zitternder Stimme und bewegte den Kopf hin und her, als wollte sie ihn irgendwo verstecken.

Lunew schwieg, er sah, dass auch Pawel ihn feindselig anblickte.

»Na, was weinst du denn?« sprach er dann ärgerlich zu Mascha. »Ich habe dich doch nicht angeschrien ... Brauchst nicht wegzugehen ... ich werde weggehen ... Ich muss einen Gang machen ... und Pawel mag hier bleiben mit dir ... Gawrilo! Wenn Tatjana Wlassjewna kommt ... wer ist denn da noch?«

Draußen wurde gegen die verschlossene Ladentür geklopft. Gawrik sah mit fragender Miene auf seinen Prinzipal.

»Öffne!« sprach Ilja.

Auf der Türschwelle erschien Gawriks Schwester. Ein paar Sekunden stand sie unbeweglich da, gerade, den Kopf in die Höhe gerichtet, und sah alle mit zusammengekniffenen Augen an. Dann erschien auf ihrem unschönen, hagern Gesicht eine Grimasse des Ekels, und ohne Iljas Gruß zu beachten, sprach sie zu ihrem Bruder:

»Gawrik, komm doch auf einen Augenblick zu mir heraus!«

Ilja fuhr zornig auf. Die Beleidigung trieb ihm das Blut mit solcher Heftigkeit ins Gesicht, dass ihn die Augen brannten.

»Grüßen Sie hübsch wieder, junges Fräulein, wenn man Sie grüßt!« fuhr er scharf, nur mit Mühe an sich haltend, heraus.

Sie hob den Kopf noch höher, während ihre Augenbrauen sich senkten. Die Lippen fest zusammenpressend, maß sie Ilja mit ihren Blicken und sprach nicht ein Wort. Auch Gawrik schaute unwillig auf seinen Prinzipal.

»Sie sind hier nicht bei Trunkenbolden oder Spitzbuben«, fuhr Lunew, zitternd vor Erregung, fort. »Man ist Ihnen mit Achtung begegnet, und als gebildetes Fräulein müssen Sie sich ebenso betragen.«

»Mach' keine Geschichten, Ssonja«, sagte plötzlich Gawrik in versöhnlichem Tone und ergriff ihre Hand.

Ein peinliches Schweigen trat ein. Ilja und das Mädchen sahen sich gegenseitig herausfordernd an, als ob sie etwas erwarteten. Mascha war leise in eine Ecke gegangen. Pawel blinzelte verständnislos mit den Augen.

»Na, so sprich doch, Ssonjka«, fuhr Gawrik ungeduldig fort. »Denkst wohl gar, man will dich hier beleidigen?«, fragte er, und mit einem vielsagenden Lächeln fügte er hinzu: »Sie sind doch mal so ... so sonderbar!«

Das Mädchen zerrte ihn an der Hand und fragte Lunew trocken und barsch:

»Was wünschen Sie von mir?«

»Nichts, nur wollt' ich sagen ...«

Ein kluger, klarer Gedanke durchzuckte plötzlich sein Hirn. Er schritt auf das Mädchen zu und sprach so höflich wie möglich:

»Erlauben Sie, dass ich Ihnen erkläre ... sehen Sie, wir sind hier drei Menschen ... Leute von dunkler Herkunft, und ungebildet ... und Sie sind eine Gebildete ...«

Er suchte ihr seinen Gedanken so klar wie möglich darzulegen und vermochte es doch nicht. Der gerade, strenge Blick ihrer schwarzen Augen, die ihn gleichsam von sich abstießen, verwirrte ihn. Ilja schlug die Augen nieder und murmelte verlegen, in ärgerlichem Tone:

»Ich kann Ihnen das nicht alles sagen. Wenn Sie Zeit haben, kommen Sie doch herein ... Nehmen Sie Platz.«

Und er trat zur Seite, um sie durchzulassen.

»Warte hier, Gawrik«, sprach das Mädchen und trat, während sie den Bruder an der Tür zurückließ, ins Zimmer. Lunew schob ihr ein Taburett hin, und sie nahm Platz. Pawel begab sich in den Laden, Mascha drückte sich ängstlich in den Winkel am Ofen, und Lunew stand unbeweglich, zwei Schritte von dem Mädchen entfernt, da und mühte sich vergeblich ab, die Unterhaltung einzuleiten.

»Nun?«, sagte sie.

»Hören Sie ... um was es sich handelt«, begann Ilja endlich mit einem tiefen Seufzer. »Dieses Mädchen da, sehen Sie – das heißt, sie ist gar kein Mädchen, sondern eine verheiratete Frau ... An einen Alten ist sie verheiratet ... und der tyrannisiert sie ... Ganz zerschlagen und blutrünstig ist sie von ihm fortgelaufen ... und zu mir geflüchtet ... Sie denken vielleicht etwas Schlimmes? Aber nichts derartiges liegt vor ...«

Er stockte häufig in seiner Rede und sprach in abgerissenen Sätzen, wobei er von dem doppelten Bestreben beherrscht war, sowohl die Geschichte Maschas zu erzählen, als auch seine eigne Ansicht über die Sache vor dem Mädchen darzulegen. Namentlich auf diese Darlegung seiner eignen Gedanken legte er Wert. Sie sah ihn unverwandt an, und ihre Augen bekamen allmählich einen weicheren Ausdruck.

»Ich verstehe Sie«, unterbrach sie Iljas Rede. »Sie wissen nicht, wie Sie in der Sache vorgehen sollen. Vor allem muss sie zum Arzt gebracht werden ... der soll sie untersuchen ... Ich kenne einen Doktor – wenn Sie wollen, bringe ich sie zu ihm. Gawrik, sieh doch mal nach, wie spät es ist! Elf Uhr, nicht? Da hat er gerade Sprechstunde ... Gawrik, hol' mal eine Droschke ... Und Sie, meine Liebe – aber machen Sie mich doch mit ihr bekannt ...«

Ilja rührte sich nicht vom Fleck. Er hatte nicht erwartet, dass dieses ernste, strenge Mädchen mit einer so weichen Stimme sprechen könnte. Auch ihr Gesicht setzte ihn in Erstaunen: dieses sonst so stolze Gesicht hatte jetzt einen so besorgten Ausdruck, und wenn auch die großen Nasenlöcher immer weiter wurden, so lag doch in diesen Zügen etwas Schönes und Schlichtes, das Ilja vorher nicht bemerkt hatte. Er betrachtete das Mädchen und lächelte schweigend und verlegen. Sie aber hatte sich bereits von ihm abgewandt, war an Mascha herangetreten und sprach leise mit ihr:

»Weinen Sie nicht, mein Täubchen! Haben Sie keine Angst ... Der Doktor ist ein prächtiger Mensch. Er wird Sie untersuchen und Ihnen ein Attest ausstellen ... das ist alles. Ich werde mit Ihnen hinfahren ... Nun, meine Liebe, weinen Sie nicht!«

Sie legte ihre Hände auf Maschas Schultern und wollte sie an ihre Brust ziehen.

»Oh! ... Es schmerzt so«, sprach Mascha mit leisem Stöhnen.

»Was haben Sie denn da?«

Lunew hörte immer nur zu und lächelte dabei.

»Was ist denn das, zum Teufel?«, schrie das Mädchen entsetzt und trat von Mascha fort. Ihr Gesicht war ganz bleich geworden, und in ihren Augen lag Schrecken und Empörung.

»Wie furchtbar ist sie zugerichtet ... oh!«

»So geht es uns«, rief Lunew voll Empörung. »Haben Sie gesehen? Und hier kann ich Ihnen noch einen zeigen – dort steht er! Erlauben Sie, dass ich ihn mit Ihnen bekanntmache: mein Freund Pawel Ssawelitsch Gratschew ...«

Pawel reichte dem Mädchen die Hand, ohne aufzublicken.

»Medwjedewa, Ssofia Nikonowna«, stellte sie sich vor und betrachtete Pawels düstres Gesicht. »Und Sie nennt man Ilja Jakowlewitsch?« wandte sie sich an Lunew.

»So ist's«, versetzte Ilja lebhaft, drückte kräftig ihre Hand und fuhr, ohne sie loszulassen, fort:

»Wenn Sie schon ... sehen Sie ... das eine tun, dann geben Sie uns auch in dem andern Ihren Rat! Auch hier sitzt ein Mensch in der Schlinge ...«

Sie sah aufmerksam und ernst in sein schönes, erregtes Gesicht und suchte, ohne Aufsehen ihre Hand aus der Seinigen zu befreien. Er aber erzählte ihr von Wjera und von Pawel, erzählte leidenschaftlich, mit Begeisterung. Und dann schüttelte er ihr kräftig die Hand und sagte:

»Verse hat er gemacht, und was für Verse! Aber in dieser Geschichte – ist er ganz ausgebrannt ... Und auch sie ... vielleicht denken Sie, wenn sie eine solche ist, dann sei mit ihr nichts anzufangen? Nein, denken Sie nicht so! Weder im Guten noch im Bösen geht der Mensch ganz auf!«

»Wie ist das zu verstehen?«, fragte das Mädchen.

»Nun – wenn der Mensch auch schlecht ist, so ist doch immer in ihm auch etwas Gutes – und ebenso ist in dem Guten immer etwas Schlechtes ... Unsere Seelen sind alle miteinander scheckig ... alle miteinander!«

»Das ist ganz richtig, was Sie da sagen«, sprach Gawriks Schwester und nickte mit wichtiger Miene. »Aber lassen Sie, bitte, meine Hand los – Sie tun mir weh!«

Ilja bat sie um Entschuldigung. Sie aber hörte nicht mehr auf ihn, sondern belehrte Pawel in überzeugendem Tone:

»Schämen Sie sich, so darf man die Dinge nicht gehen lassen! Hier heißt es handeln. Man muss für sie einen Verteidiger suchen – einen Advokaten, verstehen Sie? Ich werde Ihnen einen besorgen – hören Sie? Und nichts wird ihr geschehen – freisprechen wird man sie! Ich gebe Ihnen mein Wort darauf!«

Ihr Gesicht war ganz rot geworden, die Haare an den Schläfen sträubten sich wirr, und in ihren Augen glänzte eine ganz besondere Freude. Mascha stand neben ihr und sah sie mit der vertrauensvollen Neugier eines Kindes an. Lunew aber blickte auf Mascha und Pawel mit wichtiger, triumphierender Miene und empfand einen gewissen Stolz, dass dieses Mädchen in seinem Zimmer anwesend war.

»Wenn Sie wirklich helfen können,« sprach Pawel mit bebender Stimme, »dann helfen Sie!«

»Kommen Sie heut' Abend um sieben Uhr zu mir – einverstanden? Gawrik wird Ihnen sagen, wo wir wohnen ...«

»Ich werde kommen ... Keine Worte hab' ich, um Ihnen zu danken ...«

»Lassen wir das! Die Menschen sollen einander helfen.«

»Die – und helfen!«, rief Ilja mit Bitterkeit.

Das Mädchen wandte sich rasch nach ihm um, Gawrik aber, der sich in diesem Wirrwarr als der einzige vernünftige und gesetzte Mensch vorkam, zog sie am Ärmel und sagte:

»So fahr doch schon!«

»Mascha, ziehen Sie sich an!«

»Ich hab' ja nichts anzuziehen!«, erklärte Mascha schüchtern.

»Ach ... Nun, es ist ganz gleich! Kommen Sie! ... Sie sind um sieben Uhr da, Gratschew, ja? Auf Wiedersehen, Ilja Jakowlewitsch!«

Die Freunde drückten ihr achtungsvoll und schweigend die Hand, und sie ging mit Mascha, die sie an der Hand führte, fort. An der Tür wandte sie sich nochmals um und sagte zu Ilja, den Kopf hoch emporhebend:

»Ich habe noch vergessen ... Ich habe Sie vorhin nicht gegrüßt ... Das war eine Ungezogenheit ... ich bitte um Entschuldigung – hören Sie?«

Ihr Gesicht ward von heller Röte übergossen, und ihre Augen senkten sich in Verwirrung. Ilja sah sie an, und in seinem Herzen jubelte es freudig.

»Nochmals: Entschuldigen Sie! ... Ich glaubte, es wäre hier bei Ihnen ... ein Zechgelage ...«

Sie unterbrach sich, als ob sie ein Wort verschluckt hätte. Darauf fuhr sie fort:

»Und als Sie dann ... mich tadelten, da dachte ich, Sie sprächen als der Prinzipal hier ... Ich habe mich geirrt, und das freut mich sehr! Es war das Gefühl menschlicher Würde, das aus Ihnen sprach.«

Ein helles, seelenvolles Lächeln verklärte plötzlich ihre Züge, und sie sprach in herzlichem Tone, gleichsam den Wohlgeschmack ihrer eignen Worte genießend:

»Ich bin sehr froh ... es ist alles so schön geworden ... ganz ausnehmend schön!«

Und sie verschwand lächelnd wie eine kleine graue Wolke, die von den Strahlen der Morgenröte beleuchtet wird.

Die beiden Freunde schauten ihr nach. Ihre Gesichter hatten einen feierlichen, dabei unwillkürlich komisch wirkenden Ausdruck. Dann ließ Lunew seine Augen durch das Zimmer schweifen und sagte, Paschka mit dem Ellbogen anstoßend:

»Jetzt ist's hier sauber, was?«

Paschka lächelte still für sich.

»Das war 'n Bild«, fuhr Lunew mit einem leichten Seufzer fort. »Das hat sie gut gemacht ... wie?«

»Wie ein Wind hat sie alles rein gefegt! ...«

»Hast du gehört,« sprach Ilja triumphierend, während er mit einer Handbewegung sein Lockenhaar zurückstrich, »wie sie sich entschuldigte – was? So sieht ein wirklich gebildeter Mensch aus, der jeden zu achten weiß ... aber sich vor keinem beugt! Hast verstanden?«

»Eine edle Persönlichkeit«, bestätigte Gratschew lächelnd.

»Wie ein Stern ist sie aufgeflammt!«

»Hm–ja ... und wie sie alles mit einem Mal in Ordnung brachte und gleich wusste, wie etwas anzufassen ist!«

Lunew lachte vergnügt. Er war froh darüber, dass dieses stolze Mädchen sich als ein so einfaches, kluges Menschenkind entpuppt hatte, und es freute ihn, dass er vor ihr so gut bestanden hatte.

Gawrik drückte sich in ihrer Nähe herum und schien sich zu langweilen.

»Nun, Gawrilka,« sprach Ilja und fasste den Knaben an der Schulter, »deine Schwester ist ein prächtiges Mädchen!«

»Sie hat 'n gutes Herz«, sprach Gawrik in herablassendem Tone. »Wollen wir denn heute noch handeln – oder soll ein Feiertag sein? ... Ich möchte dann mal ins Freie gehen.«

»Nein, heute wird nicht gehandelt! Komm, Pawel, auch wir wollen spazierengehen!«

»Ich gehe auf die Polizei«, sagte Gratschew, und seine Stirn umwölkte sich wieder. »Vielleicht erlaubt man, dass ich sie sehe ...«

»Und ich geh' spazieren«, sprach Ilja.

Frisch und freudig bewegt, ging er gemächlichen Schrittes die Straße hinunter, dachte an Gawriks Schwester und verglich dieses Mädchen mit allen Menschen, denen er bisher im Leben begegnet war. Er hörte noch immer die Worte, mit denen sie sich vor ihm entschuldigt hatte, und er stellte sich ihr Gesicht vor, in dem jeder einzelne Zug das unbeugsame Streben nach irgendeinem Ziele zum Ausdruck brachte.

»Und wie sie mich zuerst heruntermachte!«, sagte er sich lächelnd und begann darüber nachzudenken, warum sie ihn früher, obschon sie ihn fast gar nicht kannte und kaum ein vernünftiges Wort mit ihm gesprochen hatte, so stolz und hochfahrend behandelt hatte.

Rings um ihn wogte das Leben. Gymnasiasten kamen daher und lachten, Karren mit Ware fuhren rasselnd vorüber, Droschken jagten die Straße entlang, und vor ihm humpelte ein Bettler, der mit seinem Stelzfuße auf die Fliesen des Bürgersteiges aufschlug. Zwei Arrestanten, die von einem Soldaten eskortiert wurden, trugen auf einer Stange einen Zuber mit irgendetwas, und ein kleiner Hund, dem die Zunge aus dem Halse hing, ging träg hinterher.

Das Rasseln, Poltern, Schreien und Stampfen floss zu einem lauten, aufregenden Lärm zusammen. In der Luft schwebte heißer Staub, der die Nasen kitzelte. Vom wolkenlosen blauen Himmel brannte heiß die Sonne nieder und übergoss die Erde mit ihrem strahlenden Glanze. Lunew blickte auf alles dies und empfand dabei eine Lust, wie er sie schon lange nicht kennengelernt hatte. Alles kam ihm so ganz besonders und so interessant vor. Dort kam ein hübsches junges Mädchen daher, mit frischem, rotwangigem Gesicht, und sah Ilja so offen und fröhlich an, als wollte es sagen:

»Was für ein trefflicher Mensch bist du doch!«

Und Lunew erwiderte seinerseits mit einem Lächeln.

Ein Ladenbursche läuft mit einer kupfernen Kanne in der Hand auf dem Bürgersteig umher, gießt kaltes Wasser auf die Steine und besprizt dabei die Füße der Passanten, während der Deckel der Kanne lustig klappert. Es ist heiß, stickig und geräuschvoll auf der Straße, und das dichte Grün der alten Linden auf dem städtischen Friedhof lockt mit seinem kühlen Schatten und seiner Stille. Der Friedhof ist mit einer weißen Steinmauer umfriedet, sein üppiger alter Baumwuchs erhebt sich wie eine mächtige Woge zum Himmel, und auf dem Kamme der Woge bilden die grünen Laubspitzen gleichsam den krönenden Schaum. Dort in der Höhe zeichnet sich jedes Blatt deutlich vom Himmelsblau ab, und leise erzitternd scheint es zu zerschmelzen ...

Lunew trat durch die Pforte des Kirchhofs, schritt langsam auf der breiten Allee dahin und sog den aromatischen Duft der blühenden Linden tief in seine Brust ein. Zwischen den Bäumen, im Schatten ihrer Zweige, standen Denkmäler aus Marmor und Granit, plump und schwer und an den Seiten von Moos bedeckt. Da und dort in dem geheimnisvollen Halbdunkel blinkten mit trübem Schein vergoldete Kreuze und Inschriften, die im Laufe der Jahre schon stark verwischt waren. Geißblatt, Akazien, Weißdorn und Holunder wuchsen in den Umgitterungen und verbargen mit ihren Zweigen die Gräber. Hier und da ward in dem dichten Grün ein schlichtes graues Holzkreuz sichtbar, dünne Reiser umgaben es von allen Seiten. Die weißen Stämme junger Birken schimmerten samtartig durch das dichte Laubwerk. Still und bescheiden schienen sie sich wie absichtlich im Schatten zu verbergen und wurden doch umso deutlicher gesehen. Hinter dem Gitterwerk auf den grünen Hügeln blühten bunte Blumen, eine Wespe summte in der Stille, ein weißes Schmetterlingspärchen spielte in der Luft, und geräuschlos schwebten winzig kleine Mückchen daher. Überall sprossten kraftvoll die Kräuter und Gräser dem Licht entgegen und bargen unter sich die traurigen Grabhügel; alles Grün des Friedhofes war erfüllt von dem unwiderstehlichen Drange zu wachsen, sich zu entwickeln, Licht und Luft zu verschlingen und die Säfte der fetten Erde in Farben, in Gerüche, in Schönheit umzuwandeln, welche die Herzen und Augen erfreute. Überall siegt das Leben, alles besiegt das Leben! ...

Es war Lunew angenehm, inmitten dieser Stille umherzuspazieren und aus voller Brust die süßen Düfte der Linden und der Blumen auf den Gräbern einzusaugen. Auch in ihm war alles still und friedlich. Seine Seele ruhte gleichsam aus, er dachte an nichts und gab sich ganz dem beglückenden Gefühl der Einsamkeit hin, das er schon lange nicht empfunden hatte. Er bog von der Hauptallee nach links ab, in einen schmalen Gang, verfolgte ihn langsam und las die Inschriften auf den Kreuzen und Denkmälern. Ganz eng war der Gang, beiderseits eingefasst von reich geschnörkelten Gittern aus Guss- und Schmiedeeisen.

>>Unter diesem Kreuz
liegt der Staub des Knechtes Gottes
Wonifantij<<

las Ilja und lächelte über den sonderbaren Namen. Über Wonifantijs sterblichen Überresten war ein gewaltiger Stein aus grauem Granit errichtet, und in derselben Reihe lag hinter einem zweiten Gitter Peter Babuschkin, achtundzwanzig Jahre alt ...

>>Der ist jung gestorben<<, sprach Ilja für sich.

Auf der bescheidenen weißen Marmorsäule las er die Worte:

>>Ein Blümlein ward geraubt der Erdenwelt,
Ein Sternlein mehr erglänzt am Himmelszelt.<<

Lunew las nachdenklich diesen Zweizeiler und fand, dass darin etwas Rührendes lag. Aber plötzlich war's ihm, als ob er einen jähen Stoß gerade ins Herz erhielte – er taumelte zurück und schloss fest die Augen. Doch auch durch die geschlossenen Augen noch las er die Inschrift, die ihn so jäh erschreckt hatte. Die glänzenden goldenen Buchstaben auf dem braunen Stein hatten sich gleichsam in sein Hirn eingegraben, und sie lauteten:

»Hier liegt der Leib des Kaufmanns der zweiten
Gilde Wassilij Gawrilowitsch Poluektow.«

Entsetzt über seinen eignen Schrecken, öffnete er die Augen und begann scheu rings in den Büschen Umschau zu halten ... Niemand war zu
sehen, nur irgendwo in der Ferne ward eine Totenmesse gelesen. Durch
die Stille des Friedhofes klang der feine Tenor eines Kirchendieners, der
die Worte sang:

»La-asset uns be-ete-en ...«

Eine tiefe, anscheinend mit irgendetwas unzufriedene Stimme antwortete ihm:

»Erba-arme Dich ...« – und kaum hörbar klang dazwischen das Klirren
des Weihrauchfasses.

Mit dem Rücken gegen den Stamm eines Ahorns gelehnt, schaute
Lunew auf das Grab des Menschen, den er ermordet hatte. Er hatte seine
Mütze mit dem Hinterkopf an den Baum gedrückt, dass sie sich vorn auf
seiner Stirn emporhob. Seine Brauen zogen sich zusammen, und die
Oberlippe zuckte und ließ die Zähne sehen. Die Hände steckte er ganz
tief in die Taschen seines Jacketts, und mit den Füßen stemmte er sich
gegen die Erde.

Poluektows Grabdenkmal stellte einen Sarkophag dar, auf dessen Deckel ein offenes Buch, ein Schädel und zwei gekreuzte Schenkelknochen
abgebildet waren. Innerhalb desselben Gitters befand sich noch ein zwei-
ter, kleinerer Sarkophag; seiner Aufschrift war zu entnehmen, dass in
diesem Grabe die Magd Gottes Eupraxia Poluektowa, zweiundzwanzig
Jahre alt, ruhte.

»Seine erste Gattin«, dachte Lunew. Er fasste diesen Gedanken nur mit
einem kleinen Teilchen seines Hirns, das im Übrigen von anstrengends-
ter Gedankenarbeit in Anspruch genommen war. Er war ganz erfüllt von
den Erinnerungen an Poluektow, von der ersten Begegnung mit ihm,
von der Szene, in der er ihn würgte und seine Hände von dem Speichel
des Greises benetzt wurden. Aber während Lunew alle diese Einzelheiten in seinem Gedächtnis wachrief, fühlte er weder Furcht noch Reue –
er schaute auf das Grab mit Hass, Erbitterung und tiefem Groll. Und mit
heißem Unwillen im Herzen, aufs Tiefste überzeugt von der Wahrheit
seiner Worte, sprach er zu dem Kaufmann in Gedanken:

»Deinetwegen, Verfluchter, hab' ich mein ganzes Leben zertrümmert,
deinetwegen, du alter Teufel! Wie soll ich nun leben? Für immer hab' ich
mich an dir beschmutzt!«

Er empfand das brennende Verlangen, diese Worte mit aller Kraft hinauszuschreien, und vermochte seinen tollen Wunsch kaum zu bezähmen. Vor ihm erschien das kleine, widerliche Gesicht Poluektows; daneben tauchte der grimmige, kahle Kopf des Kaufmanns Strogany mit seinen roten Augenbrauen auf, und die selbstzufriedene Fratze Petruchas, der dumme Kirik, der stumpfnasige Graubart Chrjenow mit seinen kleinen Äuglein – eine ganze Reihe von guten Bekannten. In seinen Ohren klang ein Sausen, und es war ihm, als ob alle diese Menschen ihn umringten und unaufhaltsam gerade auf ihn eindrängten.

Er trat von dem Baume weg – und die Mütze fiel ihm vom Kopfe. Als er sich niederbeugte, um sie aufzunehmen, vermochte er nicht, die Augen von dem Denkmal des Geldwechslers und Hehlers abzuwenden. Es ward ihm so schwül und so übel, das Blut drang ihm ins Gesicht, und die Augen schmerzten ihn von dem unverwandten Schauen. Nur mit großer Anstrengung vermochte er sie von dem Grabstein loszureißen, trat dann dicht an das Gitter heran, hielt sich mit den Händen an den Eisenstäben fest und spie, bebend vor Hass, auf das Grab ...

Als er das Grab verließ, trat er so schwer auf, als wollte er der Erde mit seinen Fußtritten wehtun.

Er hatte keine Lust, nach Hause zu gehen – auf seiner Seele lag es wie eine schwere Last, und ein krankhaftes Missbehagen peinigte ihn. Er ging langsam, ohne zu denken, ohne jemand anzuschauen oder sich für etwas zu interessieren. Als er ans Ende der Straße kam, bog er mechanisch um die Ecke, ging noch ein Stück und erkannte, dass er sich nicht weit von der Schenke Petrucha Filimonows befand. Er dachte an Jakow, und als er am Eingang des Filimonowschen Hauses war, schien es ihm, dass es ganz angebracht wäre, dort einen Besuch zu machen, wenn er auch keine allzu große Lust dazu empfand. Als er die Hintertreppe hinaufging, hörte er schon von weitem Perfischkas Stimme:

»Ach ja, ihr guten Leutchen: verschonet nur mich armen Wicht, zerbrechet mir die Rippen nicht ...«

Lunew blieb in der offenen Tür stehen; mitten durch eine Wolke von Staub und Tabaksqualm erblickte er Jakow hinter dem Büfett. Glatt gescheitelt, in einem Rock mit gestutzten Schößen und kurzen Ärmeln, lief Jakow hin und her, schüttelte den Tee in die Teekannen, zählte die Stückchen Zucker ab, goss Branntwein ein und hantierte geräuschvoll mit der Geldkasse herum. Die Kellnerburschen liefen zu ihm hin und riefen, während sie die Marken auf das Büfett warfen:

»Eine halbe Flasche! Einen Krug Bier! Für einen Zehner Bratfleisch!«

»Er hat's schon gelernt«, dachte Lunew mit einer gewissen Schadenfreude, als er sah, wie flink die roten Hände seines Freundes in der Luft
herumfuhren.

»Ach!«, rief Jakow freudig überrascht, als Lunew an das Büfett trat,
und blickte sogleich unruhig nach der Tür, die zum Wohnzimmer führte.
Seine Stirn war ganz von Schweiß bedeckt, und auf den gelben Wangen
waren rote Flecke sichtbar. Er fasste Iljas Hand und schüttelte sie.

»Was treibst du?«, fragte Lunew, während er sich zu einem Lächeln
zwang. »Haben sie dich ins Joch gespannt?«

»Was soll man machen?«, meinte Jakow und hustete trocken.

Jakows Brust war eingefallen, und er schien kleiner an Wuchs als früher.

»Wie lange ist's her, dass wir uns nicht gesehen haben?« sprach er und
schaute mit seinen gutmütigen, traurigen Augen in Iljas Gesicht. »Ich
möcht' gern wieder mal mit dir plaudern ... der Vater ist gerade nicht da
... Vielleicht gehst du dort hinein, in dein altes Zimmer ... ich will nur
meine Stiefmutter bitten, mich abzulösen ...«

Er öffnete die Tür zur Wohnung und rief respektvoll in das anstoßende
Zimmer hinein:

»Mamachen! ... Darf ich auf eine Minute bitten? ...«

Ilja trat in die kleine Kammer, die er einst gemeinsam mit dem Onkel
bewohnt hatte, und betrachtete sie aufmerksam. Sie war nur wenig verändert – die Tapeten waren dunkler geworden, statt zweier Betten war
jetzt nur eins darin, und darüber war ein Bücherbrett angebracht. An der
Stelle, wo früher Ilja geschlafen hatte, befand sich jetzt ein hoher, plumper Kasten.

»So – jetzt hab' ich mich auf ein Stündchen freigemacht!«, rief Jakow,
vor Freude strahlend, als er eingetreten war und den Haken an der Tür
vorgelegt hatte. »Willst du Tee trinken? Ja? – Heda, Iwa–an! Tee!«

Er begann wieder zu husten und hustete lange, während er sich mit der
Hand gegen die Wand stützte, den Kopf vorbeugte und mit gekrümm-
tem Rücken so dastand, als ob er irgendetwas aus seiner Brust heraus-
stoßen wollte.

»Bellst ja nicht schlecht!« sprach Lunew.

»Ich sieche so hin ... Wie froh bin ich, dass ich dich wieder mal sehe! ...
Wie solid du aussiehst! ... Na, wie lebst du denn?«

»Wie ich lebe?« versetzte Lunew zögernd. »Es macht sich ... und du?«

Lunew hatte keine Lust, von sich zu sprechen, oder überhaupt viel zu reden. Er blickte auf Jakow, und als er den Freund so ausgemergelt sah, hatte er Mitleid mit ihm. Aber es war ein kaltes, inhaltloses Mitleid.

»Ich – trage mein Schicksal, so gut ich kann, Bruder ...« sprach Jakow halblaut.

»Dein Vater hat dir das Blut ausgesogen ...«

»Was brauchst du einen Rubel, Kind?
Küss' lieber mich umsonst geschwind!«

sang hinter der Wand Perfischka zu seiner Harmonika.

»Was für ein Kasten ist denn das?«, fragte Ilja und zeigte auf das merkwürdige, plumpe Möbelstück, das an der Wand stand.

»Das ist ein altes Harmonium«, sagte Jakow. »Der Vater hat es für mich gekauft, ein Spottgeld hat er dafür bezahlt ... Lern' darauf spielen, sagte er – später kauf ich ein neues, das stellen wir in der Gaststube auf, und du kannst den Gästen was vorspielen. Wenigstens einen Nutzen wird man dann von dir haben ... Sehr schlau, nicht wahr? Jetzt sind in allen Schenken Instrumente, nur bei uns nicht. Es macht mir Spaß, darauf zu spielen ...«

»Was für ein gemeiner Kerl!«, sagte Ilja.

»Nein – wieso denn? Er hat recht: Er hat wirklich von mir keinen Nutzen!« Ilja sah unwillig auf den Freund und sagte bitter:

»Sag' ihm doch, er soll dich in der Schenke ausstellen, wenn du stirbst, und Entree dafür nehmen ... wenigstens 'nen Fünfer die Person! ... Da bringst du ihm auch noch Nutzen!«

Jakow lächelte verlegen und begann von Neuem zu husten, wobei er mit den Händen bald nach seiner Brust, bald nach dem Halse fasste.

Perfischka erzählte drinnen in der Schenke von irgendjemand:

»Die Fasten streng er halten tat,
Aß keinen Tag sich richtig satt,
Sein Bauch, der war so leer, so leer,
Doch war dafür gar sauber er ...«

»A – a – ach! ... Was hilft's schon!« sagte der Schuster dann, und seine vielgerühmte Harmonika übertönte mit ihren klangvollen Trillern den Text des Liedchens.

»Wie stehst du denn mit deinem Stiefbruder?«, fragte Ilja, als Jakows Hustenanfall vorüber war.

Dieser hob sein von der Anstrengung blau angelaufenes Gesicht empor und antwortete:

»Er lebt nicht bei uns: Seine Vorgesetzten erlauben es ihm nicht ... Eine Schenke, sagen sie ... Er spielt den vornehmen Herrn ...«

Jakow dämpfte seine Stimme zum Flüstern und fuhr traurig fort:

»Erinnerst du dich noch des Buches? Du weißt doch ... ja? Das hat er mir abgenommen ... Es sei ein sehr seltenes Buch, sagte er, das würde mit viel Geld bezahlt – und er nahm es mir fort ... Ich sagte zu ihm: ›Lass es mir doch!‹ Aber nein, er hat es mir nicht gelassen! ...«

Ilja musste lachen über den naiven Jaschka. Man brachte ihnen den Tee. Die Tapeten in dem kleinen Zimmer knisterten, und durch die Spalten in der dünnen Scheidewand fanden die Töne und Düfte ungehindert den Weg. Alles übertönend, ließ sich in der Schenke eine schrille, aufgeregte Stimme vernehmen:

»Du, Mitr Nikolaitsch – verdreh' mir meine ehrlichen Worte nicht auf so hundsföttische Manier im Munde!«

»Ich lese jetzt eine Geschichte, Bruder«, sagte Jakow, »sie heißt: ›Julia oder das Burgverlies in dem Schloss Mazzini‹ ... Sehr interessant ... Und du – wie hältst du es mit dem Lesen?«

»Ich spuck' auf alle Burgverliese – wohne selber nicht hoch hier auf Erden«, versetzte Lunew mürrisch.

Jakow sah ihn teilnahmsvoll an und fragte: »Ist bei dir auch irgendetwas nicht in Ordnung?«

Lunew überlegte, ob er Jakow von Maschas Schicksal etwas erzählen sollte oder nicht. Doch Jakow begann sogleich wieder in seiner sanften Weise:

»Sieh, Ilja – du sträubst und ärgerst dich immer – und es hat doch gar keinen Zweck, nach meiner Meinung! Schließlich sind doch die Menschen an gar nichts schuld, siehst du!«

Lunew trank seinen Tee und schwieg.

»›Und einem jeden wird zugemessen nach seinen Taten‹ – das ist ganz gewiss wahr! Nimm zum Beispiel meinen Vater ... Offen gesagt: Er ist ein Menschenschinder! Aber da erscheint Fjokla Timofejewna auf dem Plan – schwapp mit ihm unter den Pantoffel! Und jetzt führt er ein Leben – ach, ach, ach! Sogar zu trinken hat er schon begonnen vor Gram. Und wie lange ist's her, dass sie geheiratet haben? ... Jeden Menschen erwartet in Zukunft für seine Schlechtigkeiten solch eine Fjokla Timofejewna ...«

Ilja ward des Zuhörens überdrüssig – er drehte ungeduldig seine Tasse auf dem Teebrett hin und her und fragte dann plötzlich den Freund:

»Was erwartest du nun eigentlich?«

»Ich? Woher?« fragte Jakow mit leiser Stimme, während er seine Augen weit öffnete.

»Nun ... von der Zukunft – was erwartest du?«, wiederholte Ilja rau.

Jakow senkte schweigend den Kopf und wurde nachdenklich.

»Nun?«, sagte Ilja halblaut, während er im Herzen eine quälende Unruhe empfand und den lebhaften Wunsch hatte, die Schenke so rasch wie möglich zu verlassen.

»Was soll ich erwarten?« sprach Jakow leise, ohne ihn anzusehen. »Zu erwarten ... hab' ich nichts mehr! Ich werde sterben ... das ist alles.«

Er hob den Kopf empor und fuhr mit einem stillen, zufriedenen Lächeln auf dem abgezehrten Gesichte fort:

»Ich seh' jetzt immer blaue Traumbilder ... Alles ist blau ... nicht nur der Himmel, sondern auch die Erde und die Bäume, die Blumen, die Gräser – alles! Und eine solche Ruhe herrscht ... Als ob es gar nichts gäbe, so unbeweglich ist alles ... Du schreitest irgendwohin, ohne zu ermatten – weit weg, ohne Ende ... Und du kannst nicht begreifen: bist du oder bist du nicht? So leicht ist dir ums Herz ... Blaue Träume sind ein Vorzeichen des Todes!«

»Leb' wohl!« sprach Lunew und erhob sich vom Stuhle.

»Wohin eilst du denn? Bleib doch noch!«

»Nein –leb' wohl!«

Jakow erhob sich gleichfalls.

»Nun – so geh! ...«

Lunew hielt seine heiße Hand fest und starrte schweigend in das Gesicht des Freundes, ohne zu wissen, was er ihm zum Abschied sagen sollte. Und er wollte ihm doch noch irgendetwas sagen – es war ihm ein Bedürfnis, das er in seinem Herzen fast schmerzlich empfand.

»Was macht denn Maschutka? Es soll ihr nicht besonders gehen«, begann da Jakow selbst.

»Das hab' auch ich gehört ...« versetzte Ilja.

»Das Schicksal ist uns allen nicht gewogen ... Auch dir scheint's nicht leicht ums Herz zu sein ...«

Ein schmerzliches Lächeln umspielte bei diesen Worten seinen Mund. Der Ton seiner Stimme und seine Worte selbst erschienen so blutleer, so farblos ... Lunew öffnete seine Hand, und Jakows Hand sank kraftlos herab.

»Nun, Jascha, vergib! ...«

»Gott wird dir vergeben! Du kommst doch bald wieder?«

Ilja ging hinaus, ohne zu antworten.

Auf der Straße fühlte er sich leichter und freier. Es war ihm klar, dass Jakow bald sterben würde, und das reizte ihn zum Zorn gegen irgendjemand. Nicht Jakow war es, den er bedauerte – er hatte sich niemals recht vorstellen können, wie dieser stille Junge unter den Menschen würde leben können. Er hatte den Freund längst als einen dem Tode Geweihten betrachtet. Ihn beunruhigte vielmehr der Gedanke: Warum ist dieses Menschenkind, das nie jemand etwas zuleide getan hat, so gequält worden – warum wird es so vor der Zeit aus dem Dasein getrieben? Und aus diesem Gedanken schöpfte sein Hass gegen das Leben, der jetzt schon fast die Grundlage seines Seelenlebens bildete, neue Nahrung und Kraft.

In der Nacht konnte er keine Ruhe finden. In seinem Zimmer war es schwül, obschon das Fenster geöffnet war. Er ging auf den Hof hinaus und legte sich unter einer Rüster, dicht am Zaune, nieder. Er lag auf dem Rücken und blickte zum klaren Himmel empor, und je schärfer er hinblickte, desto mehr Sterne sah er an ihm. Die Milchstraße zog sich als breites, silbernes Band über den Himmel hin. Es ward ihm so wohl, so lauschig ums Herz, als er durch die Zweige des Baumes zu den flimmernden Lichtern emporblickte. Dort oben am Himmel, wo niemand ist, glänzen schimmernde Sterne, und die Erde hier unten – womit ist die geziert? Er kniff die Augen zusammen, und es schien ihm, als ob die Zweige des Baumes höher und höher emporwüchsen. Auf dem blauen, mit flimmernden Lichtern besäten Samtgrund des Himmels erschienen die schwarzen Umrisse des Laubes wie Hände, die zum Himmel emporgestreckt waren und seine Wölbung zu erreichen suchten. Ilja dachte an die blauen Träume des Freundes, und vor ihm tauchte die Gestalt Jakows auf – gleichfalls ganz blau, leicht und durchsichtig, mit guten, hellen Augen, die ein Paar Sternen glichen ... Und er sagte sich: Es lebte ein Mensch, und den quälten sie zu Tode, weil er sanft und friedlich lebte ... Jene aber, die ihn quälten, leben herrlich und in Freuden ...

XXIII

Gawriks Schwester kam jetzt fast täglich in Lunews Laden. Sie schien beständig in Sorgen um irgendetwas, begrüßte jedes Mal Ilja, schüttelte ihm kräftig die Hand, wechselte ein paar Worte mit ihm und verschwand dann, irgendeine neue Anregung für sein Denken zurücklassend. Eines Tages fragte sie ihn: »Finden Sie Gefallen daran, Handel zu treiben?«

»Nicht besonders«, antwortete Lunew achselzuckend. »Aber irgendwie muss man sich doch ernähren ...«

Sie schaute mit ihren ernsten Augen forschend in seine Züge, wobei ihr Gesicht noch gespannter erschien als sonst.

»Haben Sie es nie versucht, von irgendwelcher Arbeit zu leben?«, fragte das Mädchen.

Ilja verstand ihre Worte nicht und fragte:

»Was sagten Sie?«

»Ich fragte, ob Sie jemals gearbeitet haben? ...«

»Ich habe immer gearbeitet. Mein ganzes Leben lang. Jetzt treib' ich Handel ...« versetzte Lunew, über ihre seltsame Frage verwundert.

Sie aber lächelte – und in ihrem Lächeln lag etwas, das Ilja verletzte.

»Sie denken also, Handeltreiben sei Arbeit? Sie denken, das sei dasselbe?« fragte sie rasch.

»Natürlich!«

Er sah ihr ins Gesicht und fühlte, dass sie im Ernst sprach und nicht scherzte.

»O nein«, fuhr sie mit überlegenem Lächeln fort. »Von Arbeit kann man nur sprechen, wenn der Mensch etwas unter Anwendung seiner Kräfte hervorbringt ... wenn er etwas erzeugt ... Bänder, Borten, Stühle, Schränke ... Verstehen Sie?«

Lunew nickte schweigend mit dem Kopf und errötete. Er schämte sich, zu gestehen, dass er sie nicht verstand.

»Der Handel – wie kann man den als Arbeit bezeichnen? Er gibt doch den Menschen nichts«, sprach das Mädchen überzeugt und schaute dabei Ilja prüfend an.

»Gewiss,« versetzte er langsam und vorsichtig – »Sie haben recht ... Handeltreiben ist nicht sehr schwer, wenn man's versteht ... Aber der

Handel gibt doch dem Menschen etwas ... nämlich einen Gewinn ... Wenn er den nicht gäbe, wer würde wohl Handel treiben?«

Sie wandte sich schweigend von ihm ab, sprach mit ihrem Bruder und ging bald. Von Ilja verabschiedete sie sich nur durch ein Kopfnicken, ihr Gesicht war wieder frostig und stolz, wie es vor ihrer Bekanntschaft mit Mascha gewesen war. Ilja dachte nach, ob er sie nicht durch irgendein unvorsichtiges Wort verletzt hätte. Er rief sich alles ins Gedächtnis zurück, was er zu ihr gesprochen hatte, und fand darin nichts Beleidigendes. Dann sann er über ihre Worte nach, die ihn lebhaft beschäftigten. Welchen Unterschied sah sie eigentlich zwischen Handel und Arbeit?

Er konnte nicht begreifen, warum ihr Gesicht immer so grimmig, so verbissen war, während sie doch von Herzen gut war und nicht nur die Menschen bedauerte, sondern ihnen auch zu helfen wusste. Pawel besuchte sie in ihrem Heim und rühmte sie wie das ganze Leben in ihrer Familie mit Begeisterung.

»Kommst du hin zu ihnen, dann heißt es: ›Ach, seien Sie uns willkommen!‹ Essen sie zu Mittag – gleich bitten sie dich zu Tisch. Trinken sie Tee – bist du von selbst eingeladen. Alles ist so einfach, und Menschen gibt es da – eine Unmenge! So vergnügt sind alle, singen, schreien, disputieren über Bücher. Bücher liegen bei ihnen herum, wie in einem Laden. Eng ist's wohl, sie stoßen sich gegenseitig und lachen dabei. Lauter gebildete Menschen – ein Advokat ist da, und noch ein anderer, der bald Doktor sein wird, und Gymnasiasten, und allerhand solche Leute. Du vergisst ganz, wer du bist, und du lachst, rauchst und plauderst mit ihnen um die Wette. Prächtige Leute – so vergnügt, und dabei so ernst ...«

»Mich wird sie nicht einladen, siehst du ...« sprach Lunew mürrisch. »Das stolze Fräulein!«

»Die soll stolz sein?«, rief Pawel. »Ich sage dir – die Einfachheit selbst! Warte nicht erst, bis sie dich auffordert, sondern geh einfach hin ... Kommst hin – und bist da! Abgemacht! Wie im Gasthaus ist's bei ihnen – bei Gott, so frei, sag' ich dir. Was bin ich zum Beispiel gegen sie? Aber wie ich kaum zweimal da war – gehörte ich mit dazu. Interessant ist's! Zum Spiel wird ihnen das Leben ...«

»Na – und was macht Maschutka?«, fragte Ilja.

»Ganz gut geht's ihr ... Sie hat sich schon etwas erholt, sitzt da und lächelt. Sie kurieren sie mit irgendetwas ... geben ihr Milch zu trinken. Chrjenow wird gründlich reinfallen – der Advokat meinte, sie würden ihm ordentlich was aufbrummen ... Sie fahren immer mit Maschka zum Untersuchungsrichter. Was die Meinige betrifft, so kümmern sie sich auch, dass der Termin recht bald stattfinde ... Nein, es ist wirklich hübsch bei ihnen. Die Wohnung ist recht klein, und Menschen gibt's drin wie Holz im Ofen, und sie glühen auch ebenso ...«

»Und sie selbst – was macht sie?«, erkundigte sich Lunew.

Von Ssonja konnte Pawel nicht anders erzählen als damals, in seiner Kindheit, von den Arrestanten, die ihn schreiben und lesen gelehrt hatten. Er strengte sich an, die lobendsten Ausdrücke zu finden, und mischte immer wieder begeisterte Ausrufe in seine Darstellung.

»Ich sag' dir, Bruder, die? Oho–o, was die alles gelernt hat! Und alle kommandiert sie, und wenn jemand etwas gesagt hat, was ihr nicht gefällt, dann macht sie gleich frrr! ... Wie 'ne Katze ...«

»Ich kenne sie von der Seite«, sagte Ilja lächelnd.

Er beneidete Pawel: Gar zu gern wäre er bei der strengen Gymnasiastin eingeführt worden, aber seine Eigenliebe erlaubte ihm nicht, den einfachsten Weg zu wählen und ohne Weiteres hinzugehen.

Er stand hinter seinem Ladentisch und dachte trotzig für sich:

»Da gibt es nun so viel Menschen, und jeder ist darauf aus, von den andern irgendeinen Vorteil zu ziehen. Und sie – was für einen Vorteil hat sie wohl davon, sich Maschutkas und Wjeras anzunehmen? ... Sie ist arm ... der Tee und jedes Stückchen Brot – alles kostet Geld ... also muss sie wirklich sehr gut sein ... Und wie behandelt sie mich? Wie spricht sie mit mir? ... Worin bin ich schlechter als Pawel?«

Diese Gedanken beschäftigten Ilja so sehr, dass er sich gegen alles andere fast gleichgültig verhielt. In dem Dunkel seines Lebens hatte sich eine Spalte aufgetan, und durch diese sah oder vielmehr ahnte er in der Ferne ein Schimmern von etwas, das er noch nie erblickt hatte ...

»Mein lieber Freund,« sprach Tatjana Wlassjewna bei einem ihrer Besuche in trocken belehrendem Tone zu ihm – »das schmale Wollband muss wieder angeschafft werden ... Besatz ist auch ausgegangen ... Von dem schwarzen Zwirn Nummer fünfzig ist nur noch ganz wenig da ... Perlmutterknöpfe hat uns eine Firma angeboten – der Agent ist bei mir gewesen, ich hab' ihn hierher geschickt. War er da?«

»Nein«, antwortete Ilja kurz.

Dieses Weib war ihm immer widerwärtiger geworden. Er hegte den Verdacht, dass Tatjana Wlassjewna mit Korsakow, der kürzlich zum Bezirksaufseher ernannt worden war, angebändelt habe. Ihrem Kompagnon gab sie nur noch selten ein Stelldichein, obschon sie im Übrigen ebenso freundlich und frei mit ihm verkehrte wie früher. Lunew aber ging auch diesen wenigen Rendezvous unter irgendeinem Vorwand aus dem Wege. Als er sah, dass sich Tatjana nichts weiter daraus machte, schalt er sie im Stillen:

»Die Buhlerin ... die schamlose Dirne! ...«

Sie missfiel ihm namentlich dann, wenn sie in den Laden kam, um den Warenbestand zu revidieren. Sie tänzelte im Zimmer herum wie ein Kreisel, sprang auf den Ladentisch hinauf, holte die Kartons aus den oberen Fächern herunter, nieste von dem Staub, den sie dabei aufwirbelte, schüttelte den Kopf und räsonierte über Gawrik.

»Ein Ladenbursche muss geschickt und zuvorkommend sein. Man gibt ihm doch nicht darum zu essen, dass er den ganzen Tag an der Tür sitzen und sich die Nase mit den Fingern putzen soll! Und wenn die Prinzipalin spricht, dann hat er aufmerksam zuzuhören und nicht wie ein Popanz dazustehen ...«

Aber Gawrik hatte seinen eignen Charakter. Er hörte sich das Geplapper der Prinzipalin an und bewahrte dabei vollkommen seine Seelenruhe. Wenn sie irgendwo hinaufgekrochen war, um die oberen Fächer zu erreichen, und dabei ihre Röcke hoch emporhob, blinzelte er mit spitzbübischem Lächeln dem Prinzipal zu. Stets sprach er mit ihr grob, ohne jede Spur von Respekt. War sie dann fort, so sagte er zu Ilja:

»Der Kiebitz ist weggehopst!«

»So darf man von der Prinzipalin nicht sprechen«, sagte Ilja in tadelndem Ton, während er sich das Lachen zu verbeißen suchte.

»Was ist das für 'ne Prinzipalin!« protestierte Gawrik. »Kommt, schwatzt hier herum und hopst wieder weg ... Der Prinzipal sind Sie!«

»Und sie auch ...« suchte Ilja, der den soliden und offenherzigen Jungen gern hatte, schwach zu protestieren.

»Sie ist ein Kiebitz, nichts weiter«, sprach Gawrik und blieb bei seiner Meinung.

»Sie bringen dem Jungen nichts bei«, meinte die Awtonomowa einmal. »Und überhaupt ... ich muss sagen, dass alles bei uns in der letzten Zeit ... ohne Begeisterung betrieben wird, ohne Liebe zur Sache ...« Lunew schwieg. Er hasste sie von ganzer Seele und dachte:

»Meinetwegen kannst du dir das Bein verrenken, Satansweib, wenn du hierher trippelst!«

Von Onkel Terentij hatte Ilja um diese Zeit einen Brief erhalten, in dem jener schrieb, dass er nicht nur in Kiew, sondern auch im Kloster des heiligen Sergius und in Walaam gewesen sei. Beinahe wäre er auch nach Solowki an der Dwina gekommen, aber die Pilgerfahrt dahin lasse er vorläufig und gedenke bald wieder in der Heimat zu sein.

»Noch eine Annehmlichkeit«, dachte Ilja ärgerlich. »Jedenfalls wird er hier bei mir wohnen wollen ...«

Kunden erschienen im Laden, und während er mit ihrer Abfertigung beschäftigt war, kam Gawriks Schwester. Ganz matt, nur mühsam atmend, begrüßte sie ihn und fragte, mit dem Kopfe nach der Tür seines Zimmers nickend:

»Ist da drinnen ... Wasser?«

»Ich bringe Ihnen sogleich welches«, sagte Ilja.

»Lassen Sie ... ich werde mich selbst bedienen ...«

Sie ging in das Zimmer und blieb dort so lange, bis die Kunden fort waren und Lunew eintrat. Er traf sie vor den »menschlichen Altersstufen«, die sie prüfend betrachtete. Sie wandte den Kopf nach Ilja um, wies mit den Augen nach dem Bilde und sagte:

»Was für ein Schund ...«

Lunew fühlte, dass ihre Bemerkung ihn betroffen machte, und er lächelte, wie wenn er sich einer Schuld bewusst wäre. Doch bevor er sie noch um eine Erklärung angehen konnte, war sie fort ...

Ein paar Tage später brachte sie dem Bruder die Wäsche und machte ihm Vorwürfe darüber, dass er seine Kleider zu wenig schone, alles zerreiße und beschmutze.

»Nanu!«, rief Gawrik störrisch – »jetzt wirst auch du noch auf mir rumhacken! Noch nicht genug, dass die Prinzipalin immer nörgelt, wirst du mich noch kujonieren! ...«

»Was ist denn mit ihm? Ist er sehr ungezogen?« fragte die Gymnasiastin Ilja.

»Nicht mehr, als er darf ...«, antwortete Lunew freundlich.

»Ich bin doch ein ruhiger Mensch!« verteidigte sich der Junge.

»Seine Zunge ist etwas lose«, versetzte Ilja.

»Hörst du?« sprach Gawriks Schwester und zog die Brauen zusammen.

»Na, gewiss hör' ich's!« versetzte Gawrik ärgerlich.

»Es macht weiter nichts aus«, meinte Ilja gutmütig. »Ein Mensch, der wenigstens zu beißen versteht, ist immer besser dran als die andern ... Andere lassen sich schlagen und schweigen dazu ... steigen ins Grab, ohne ein Wort über das Unrecht zu sagen, das ihnen angetan ward ...«

Die Gymnasiastin hörte seine Worte, und über ihr Gesicht huschte ein beifälliges Lächeln. Ilja bemerkte das und fuhr unsicher fort:

»Was ich Sie fragen wollte ...«

»Was denn?«

Sie trat ganz dicht an ihn heran und sah ihm in die Augen. Er vermochte ihren Blick nicht auszuhalten, ließ den Kopf sinken und sagte:

»Soviel ich verstanden habe, lieben Sie die Kaufleute nicht?«

»Nicht sehr ...«

»Und warum nicht?«

»Sie leben von fremder Arbeit ...«, erklärte sie scharf betonend.

Ilja warf den Kopf in die Höhe und zog die Augenbrauen empor. Ihre Worte setzten ihn nicht nur in Erstaunen, sondern beleidigten ihn geradezu. Und sie hatte sie so einfach, wie etwas Selbstverständliches, hingesprochen ...

»Das ist ... nicht wahr«, erklärte Lunew laut, nachdem er eine Weile geschwiegen hatte.

Jetzt zuckte es über ihr Gesicht, und sie errötete.

»Wie teuer kommt Sie dieses Band da zu stehen?«, fragte sie frostig und streng.

»Das Band? Dieses hier? ... Siebzehn Kopeken der Arschin ...«

»Und wie teuer verkaufen Sie es?«

»Zu zwanzig Kopeken ...«

»Na also ... Die drei Kopeken, die Sie mehr nehmen, gehören nicht Ihnen, sondern dem, der das Band verfertigt hat. Verstehen Sie?«

»Nein!« gestand Lunew offen.

Da blitzte es in ihren Augen feindselig auf. Ilja sah das und ward kleinlaut, ärgerte sich jedoch gleich darauf über sich selbst wegen seiner Unbeholfenheit.

»Ich dachte mir's wohl, dass es Ihnen nicht leicht werden wird, diesen Gedanken zu begreifen«, sagte sie und entfernte sich vom Ladentisch nach der Tür zu. »Sie müssen sich nur vorstellen, dass Sie der Arbeiter sind, der alle diese Dinge hier hervorbringt ...«

Sie wies mit der Hand auf die Waren ringsum und fuhr fort, ihm darzulegen, wie die Arbeit alle bereichere außer demjenigen, der arbeite. Anfangs sprach sie so wie immer – frostig, mit deutlicher Betonung, und ihr unschönes Gesicht blieb dabei unbeweglich. Dann aber zuckten ihre Augenbrauen, die Stirn legte sich in Falten, die Nasenflügel blähten sich, und während sie den Kopf noch höher emporreckte, warf sie Ilja trotzig wuchtige Worte hin, die ganz durchdrungen waren von jugendlicher, unerschütterlicher Überzeugung.

»Der Handel steht zwischen dem Arbeiter und dem Käufer, er tut nichts weiter, als dass er den Preis der Ware erhöht ... Der Handel ist gesetzlich erlaubter Diebstahl ...«

Ilja fühlte sich beleidigt, doch fand er keine Worte, um dieses kecke Mädchen zu widerlegen, das ihm ins Gesicht sagte, er sei ein Nichtstuer und Dieb. Er presste die Zähne aufeinander, hörte auf ihre Worte und glaubte ihnen nicht, konnte ihnen nicht glauben. Und während er nach einem Worte suchte, das alle ihre Ausführungen mit einem Mal widerlegte und sie zum Schweigen brächte, hatte er zugleich seine Freude an ihrer Kühnheit.

»Das stimmt alles nicht«, unterbrach er sie schließlich mit lauter Stimme. Er fühlte, dass er ihre Darlegungen nicht länger anhören konnte, ohne zu antworten: »Nein ... ich bin nicht dieser Meinung!« In seiner Brust wallte es stürmisch auf, und auf sein Gesicht traten rote Flecke.

»Widerlegen Sie mich doch«, sagte sie ruhig, während sie auf dem Taburett Platz nahm und mit ihrem langen Zopfe spielte, der über ihre Schulter herabhing.

Lunew wandte sich ab, um ihrem angriffslustigen Blicke nicht zu begegnen.

»Ich werde Sie schon widerlegen«, platzte er laut heraus. »Durch mein ganzes Leben werde ich Sie widerlegen! Ich habe vielleicht einmal ... eine große Sünde begangen, früher, bevor ich das hier erreichte ...«

»Umso schlimmer ... aber das ist keine Widerlegung«, sprach das Mädchen, und ihre Worte wirkten auf Lunew abkühlend wie ein Wasserstrahl. Er stützte sich mit den Armen auf den Ladentisch, beugte sich vor, als ob er hinüberspringen wollte, schüttelte seinen Lockenkopf und sah sie ein paar Augenblicke schweigend an. Er war zwar durch ihr Auftreten gekränkt, aber er staunte doch über ihre Ruhe, und ihr unbeweglicher, überzeugungsvoller Blick hielt seinen Zorn im Zaume. Aus ihrem ganzen Auftreten fühlte er etwas Kraftvolles, Furchtloses heraus, und die Worte, mit denen er sie zu widerlegen gedacht, wollten nicht über seine Lippen.

»Nun, was haben Sie also zu sagen?«, fragte sie ihn kühl und herausfordernd. Dann lächelte sie und rief triumphierend:

»Ich wollte eigentlich mit Ihnen gar nicht streiten, denn was ich sagte, war die reine Wahrheit!«

»Sie wollen mit mir nicht streiten? Wirklich nicht?« versetzte Lunew mit dumpfer Stimme.

»Nein, wirklich nicht! Was können Sie überhaupt dagegen sagen?«

Und wiederum lächelte sie so überlegen.

»Auf Wiedersehen!«, sagte sie darauf.

Und sie ging fort und trug den Kopf noch höher als sonst.

»Ist ja alles Unsinn! Ist nicht richtig!« schrie Lunew hinter ihr her. Aber sie beachtete seinen Widerspruch nicht weiter.

Ilja ließ sich auf das Taburett nieder. Gawrik, der an der Tür stand, schaute ihn an und schien mit dem Auftreten seiner Schwester sehr zufrieden – sein Gesicht hatte einen feierlichen, triumphierenden Ausdruck.

»Was guckst du denn?«, rief Lunew ärgerlich, durch das Anstarren des Knaben unangenehm berührt. »Nichts ... nur so ...«, antwortete der Knabe.

»Lass das lieber«, sprach Lunew unwirsch und schwieg ein Weilchen. Und dann sagte er:

»Kannst spazierengehen ...«

Auch dann, als er allein war, vermochte er mit seinen Gedanken nicht ins Reine zu kommen. Er konnte sich in den tieferen Sinn dessen, was das Mädchen gesagt hatte, nicht hineindenken und empfand vor allem etwas persönlich Verletzendes in ihren Worten.

»Was habe ich ihr getan? ... Kommt, hunzt mich herunter und geht wieder ... Wart', komm mir noch einmal her! Dir will ich antworten ...«

Er drohte ihr, suchte aber zugleich in sich die Schuld zu entdecken, um deretwillen sie ihn beleidigt hatte. Er erinnerte sich dessen, was Pawel über ihren scharfen Verstand und ihre Einfachheit erzählt hatte.

»Den Paschka beleidigt sie nicht!«, dachte er.

Und er hob den Kopf auf und sah sein Bild im Spiegel. Die Spitzen seines schwarzen Schnurrbärtchens zuckten, die großen Augen schauten müde, und über den Backenknochen brannte helle Röte. Aber selbst jetzt war, trotz des unruhigen, finstern Ausdrucks, sein Gesicht immer noch hübsch, von einer derben Schönheit, und jedenfalls anziehender als das krankhafte, gelbe, knochige Gesicht Pawel Gratschews.

»Sollte ihr Paschka wirklich besser gefallen als ich?«, dachte er, aber sogleich gab er sich selbst die Antwort auf diese Frage:

»Was geht sie denn schließlich mein Gesicht an? Ich bin doch kein Freier für sie ...«

Er ging in sein. Zimmer, trank ein Glas Wasser und sah sich um. Das grelle Bild an der Wand fiel ihm in die Augen. Er musterte diese genau abgemessenen »menschlichen Altersstufen« und dachte:

»Es ist doch Schwindel ... Leben denn die Menschen so?«

Und nach kurzem Nachdenken sagte er sich:

»Wenn's auch der Fall wäre – so wäre es doch recht langweilig!«

Er ging langsam auf die Wand zu, riss das Bild herab und trug es in den Laden. Dort legte er es auf den Ladentisch, begann von Neuem die »Altersstufen des Menschen« zu betrachten und lächelte jetzt schon spöttisch darüber. Schließlich bekam er von den grellen Farben ein Flimmern vor den Augen.

Er knüllte das Bild zusammen und warf es unter den Ladentisch; doch es rollte wieder vor, gerade vor seine Füße. Dadurch aufgebracht, hob er es nochmals auf, knüllte es noch fester zusammen und warf es durch die Tür auf die Straße.

Auf der Straße ging es lärmend her. Diesseits auf dem Bürgersteig schritt jemand mit einem Knüttel in der Hand daher. Der Knüttel schlug auf die Fliesen auf, nicht im Takt zu den Schritten, sodass es schien, als ob der Daherschreitende drei Beine hätte. Die Tauben gurrten. Man hörte ein metallenes Klirren – ein Schornsteinfeger ging über das Dach. Eine Droschke fuhr an dem Laden vorüber. Ilja ward schläfrig und begann einzunicken. Alles rings um ihn schien zu schwanken. Er nahm halb im Schlafe die Rechenmaschine und zählte daran ab – zwanzig Kopeken. Davon zog er ab – siebzehn Kopeken. Es blieben drei Kopeken. Er knipste mit den Fingern nach den Kugeln, und diese drehten sich mit einem leisen Geräusch auf dem Draht, rückten auseinander und blieben stehen.

Ilja seufzte, stellte die Rechenmaschine beiseite, legte sich mit der Brust auf den Ladentisch, verharrte in dieser Haltung ganz still und lauschte auf das Klopfen seines Herzens.

Am nächsten Tage erschien Gawriks Schwester von Neuem. Sie sah ganz so aus wie immer, trug dasselbe alte Kleid und hatte denselben Ausdruck im Gesicht.

»Ach, du!«, sagte Lunew sich im Stillen, während er sie von seinem Zimmer aus feindselig beobachtete. Auf ihren Gruß antwortete er widerwillig, indem er gleich ihr den Kopf neigte. Sie ließ plötzlich ein gutmütiges Lachen hören und fragte freundlich:

»Sie sind ja so blass! Sind Sie krank?«

»Ich bin gesund«, antwortete Ilja kurz. Er bemühte sich, das durch ihre teilnehmende Frage in ihm hervorgerufene Gefühl vor ihr zu verbergen. Und dieses Gefühl war von angenehmer, freudiger Art. Das Lächeln und die freundlichen Worte des Mädchens hatten sein Herz weich und warm berührt, doch er war entschlossen, ihr zu zeigen, dass er sich verletzt fühle, und hoffte dabei im Stillen, dass sie noch einmal so lächeln, noch ein zweites so freundliches Wort zu ihm reden würde. Und er wartete voll Spannung, ohne sie anzusehen.

»Es scheint, dass Sie auf mich böse sind ... dass Sie sich gekränkt fühlen?«, ließ sich ihre Stimme vernehmen.

Ihre Worte klangen diesmal ganz anders als vorher, so hart und streng, dass Ilja sie verwundert anblickte. Sie war wieder ganz so herb wie sonst, und etwas Hochfahrendes, Abweisendes lag in ihren dunklen Augen.

»Ich bin an Kränkungen gewöhnt«, sagte Lunew und lachte sie herausfordernd an, während ein kaltes Gefühl der Enttäuschung seine Brust erfüllte.

»Du scheinst mit mir spielen zu wollen«, sagte er sich. »Erst streichelst du, und dann schlägst du! Nein, das passt mir nicht ...«

»Ich wollte Sie doch nicht beleidigen ...«

»Sie können mich auch schwerlich beleidigen«, versetzte er laut und schroff. »Ich weiß doch, was Sie wert sind: Sie sind ein Vogel, der nicht hoch fliegt.«

Ganz erstaunt richtete sie sich bei diesen Worten empor, doch Ilja sah schon nichts mehr: ein heißer Drang, ihr zu vergelten, was sie ihm zugefügt, hatte ihn erfasst, und langsam, absichtlich zögernd, warf er ihr harte, rohe Worte zu:

»Ihr Vornehmtun, dieser Stolz ... die kosten Sie nicht viel ... In den Gymnasien kann jeder sich das aneignen ... Ohne das bisschen Gymnasium wären Sie eine einfache Näherin oder ein Stubenmädchen ... Bei Ihrer Armut könnten Sie doch nichts anderes werden!«

»Was reden Sie da?«, rief sie leise, wie vom Schreck gelähmt.

Ilja schaute ihr ins Gesicht und sah mit Vergnügen, wie ihre Nasenflügel bebten und ihre Wangen sich röteten.

»Ich sage nur, was ich denke, und ich denke, dass Ihre ganze Vornehmheit für 'n Groschen zu haben ist ...«

»Ich weiß nichts von Vornehmheit«, rief das Mädchen mit gellender Stimme. Ihr Bruder kam zu ihr heran, fasste ihre Hand und sagte, während er mit hasserfüllten Augen auf seinen Prinzipal sah:

»Komm, Ssonjka, lass uns von hier fortgehen!«

Lunew sah sie an und sprach:

»Ja – geht nur! Ich brauch' euch so wenig, wie ihr mich braucht! ...«

Er sah sie beide noch einen Augenblick wie durch einen Nebel, worauf sie verschwanden. Er lachte hinter ihnen her. Dann, als er allein im Laden war, stand er ein paar Minuten unbeweglich, in dem herben Wohlgefühl befriedigter Rache schwelgend. Das verwirrte, von Zweifel erfüllte, leicht erschreckte Gesicht des Mädchens hatte sich tief in sein Gedächtnis eingeprägt.

»Aber dieser Bengel ... wie der gleich Partei nahm!« ging's ihm plötzlich durch den Kopf. Gawriks Verhalten war ihm wider den Strich, es störte seine Stimmung.

»Ein hochmütiges Pack!«, dachte er und lachte für sich. »Jetzt müsste noch Tanitschka kommen ... der würde ich auch gleich heimleuchten! ...«

Er verspürte in sich den Drang, alle Menschen von sich wegzustoßen, auf rücksichtsloseste, gröbste Art, ohne jede Schonung.

Doch Tanitschka kam nicht – den ganzen Tag war er allein, und dieser Tag erschien ihm schrecklich lang. Als er sich schlafen legte, kam er sich tief vereinsamt vor, und diese Vereinsamung erschien ihm noch peinlicher, noch verletzender als die Worte des Mädchens. Er schloss die Augen, horchte auf die Stille der Nacht und lauerte förmlich auf jeden Laut, und wenn ein Laut sich vernehmen ließ, erbebte er, hob ängstlich den Kopf vom Kissen empor und schaute mit weit geöffneten Augen in die

Finsternis. Bis zum Morgen vermochte er nicht einzuschlafen, sondern erwartete immerfort etwas, fühlte sich wie in einen Keller eingesperrt und erstickte in der Hitze beinahe unter der Last seiner wirren, zusammenhangslosen Gedanken. Er erhob sich mit schwerem Kopfe und wollte sich den Samowar bereitstellen, tat es jedoch nicht, sondern trank nur einen Krug Wasser, wusch sich und öffnete den Laden.

Gegen Mittag erschien Pawel, ärgerlich, mit finstern Brauen. Ohne den Freund zu grüßen, fragte er kurz:

»Was für ein Hochmutsteufel ist in dich gefahren?«

Ilja begriff, wovon er sprach, schüttelte resigniert den Kopf und dachte im Stillen:

»Auch der ist gegen mich ...«

»Warum hast du Ssofia Nikonowna beleidigt?«, fragte Pawel streng, während er sich vor ihn hinstellte. In Gratschews zornigem Gesicht und seinen vorwurfsvoll blickenden Augen las Ilja seine Verurteilung, doch verhielt er sich gleichgültig dagegen.

Langsam, mit müder Stimme sprach er:

»Du solltest erst grüßen, wenn du hereinkommst ... und die Mütze abnehmen. Dort ist ein Heiligenbild.«

Aber Pawel fasste seine Mütze am Schirm und zog sie noch tiefer in die Stirn, wobei er höhnisch den Mund verzog und hitzig, voll Empörung, mit bebender Stimme ihm zurief:

»Spiel' dich noch auf! Protz! Hast dich satt gefüttert! ... Solltest dich erinnern, wie du mal sagtest: Es gibt keinen Menschen, der sich unser annimmt! ... Und jetzt, da er sich gefunden hat, jagst du ihn fort! ... Ach, du Krämer!«

Ein stumpfes Gefühl der Schlaffheit hinderte Lunew, auf die Worte des Kameraden zu erwidern. Zerstreut schaute er auf das entrüstete, von Hohn erfüllte Gesicht Pawels und hatte dabei die Empfindung, dass die Vorwürfe des Freundes auf seine Seele gar keinen Eindruck machten. Er betrachtete Gratschews mageres Gesicht mit dem dünnen, gelben Bartwuchs, der auf Kinn und Lippe sprosste, und dachte:

»Hab' ich sie wirklich so tief gekränkt? Ich hätt's schlimmer machen können! ...«

»Sie versteht alles, vermag alles zu erklären ... und du benimmst dich gegen sie ... ach!« sprach Pawel, seine Rede immer wieder durch Ausrufe unterbrechend.

»Hör' auf!« sprach Lunew langsam. »Hast du mir Belehrungen zu geben? Ich tu', was ich will, und lebe, wie ich will. Zuwider seid ihr mir alle miteinander ... rennt hin und her und schwatzt nur!«

Und gegen das Warenregal gelehnt, sprach er nachdenklich, wie wenn er sich selbst eine Frage vorlegte:

»Was könnt ihr mir schließlich Neues sagen?«

»Sie kann alles«, rief Pawel im Ton tiefster Überzeugung und hob dabei unwillkürlich wie zum Schwur die Hand empor. »Sie wissen dort alles ...«

»Na, dann geh doch zu ihnen!«, rief Ilja ihm trocken.

Pawels Worte, wie überhaupt seine Begeisterung, waren ihm unangenehm, doch verspürte er keine Neigung, dem Freunde zu widersprechen. Eine dumpfe, öde Langeweile hinderte ihn, zu reden und zu denken, und fesselte ihn gleichsam.

»Ich geh' schon«, sprach Pawel düster. »Ich gehe, weil mir klar ist, dass ich nur mit jenen zusammenleben kann ... Bei ihnen kann man alles finden, was einem nottut, ja!«

»Brülle nicht so laut!« sprach Lunew leise, mit kraftloser Stimme.

Ein kleines Mädchen betrat den Laden und verlangte ein Dutzend Hemdknöpfe. Ilja gab ihr, ohne sich zu beeilen, das Verlangte, nahm ihr das Zwanzigkopekenstück ab, das sie in der Hand hielt, rieb es mit den Fingern und gab es dem Mädchen wieder zurück.

»Ich kann nicht herausgeben, bring das Geld später«, sagte er.

Er hatte wohl Kleingeld in seiner Kasse, aber der Schlüssel zu dieser lag in seinem Zimmer, und Lunew wollte ihn nicht holen. Als das Mädchen fort war, nahm Pawel das Gespräch nicht wieder auf. Er stand am Ladentisch, klopfte sich mit der Mütze, die er abgenommen, aufs Knie und sah Lunew an, als ob er von ihm etwas erwartete. Aber dieser hatte sich abgewandt und pfiff leise eine Melodie durch die Zähne.

»Nun, was hast du mir zu sagen?«, fragte Pawel herausfordernd.

»Nichts«, sagte Lunew nach kurzem Besinnen.

»Wirklich – also gar nichts?«

»Lass mich um Christi willen!«, rief Lunew ungeduldig.

Gratschew setzte die Mütze auf und entfernte sich. Ilja begleitete ihn mit den Augen und begann dann wieder zu pfeifen.

Ein großer roter Hund sah zur Tür herein, wedelte mit dem Schweife und verschwand. Dann sprach eine Bettlerin mit großer Nase vor. Sie verbeugte sich und sprach halblaut:

»Gebt mir doch, Väterchen, ein Almosen! ...«

Lunew schüttelte schweigend den Kopf – er gab ihr nichts. Auf der Straße wogte in der glühenden Luft das lärmende Treiben des Wochentags. Es war, als wenn ein gewaltiger Ofen geheizt würde, als wenn die vom Feuer verzehrten Holzstücke darin prasselten und eine heiße Glut ausströmten. Ein Karren mit langen Eisenstäben fährt vorüber: Die Enden der elastischen Stäbe senken sich hinten bis zur Erde und schlagen klirrend auf das Pflaster auf. Ein Scherenschleifer schärft ein Messer: Der böse, zischende Laut durchschneidet die Luft ...

Jede Minute bringt etwas Neues, Unerwartetes, und das Leben überrascht das Ohr durch die Mannigfaltigkeit seiner Laute, die Unermüdlichkeit seiner Bewegungen, die Fülle Seiner unerschöpflichen Schaffenskraft. Aber in Lunews Seele ist alles stehen geblieben – keine Gedanken, keine Wünsche sind darin, sondern nur eine schwere, dumpfe Müdigkeit. In diesem Zustande brachte er wie unter einem Albdruck den ganzen Tag und auch die folgende Nacht zu ... und noch viele Tage und Nächte. Leute kamen, kauften, was sie brauchten, und gingen wieder, und Ilja begleitete sie hinaus mit dem kühlen Gedanken:

»Sie brauchen mich nicht, und ich brauche sie nicht ... Ganz allein für mich will ich leben ...«

An Gawriks Stelle besorgte ihm die Köchin des Hauswirts, eine finstere, hagere Person mit rotem Gesichte, den Tee und das Mittagessen. Ihre Augen waren farblos, starr. Zuweilen, wenn Lunew sie ansah, war's ihm, als ob sich in der Tiefe seiner Seele etwas empörte:

»Soll ich denn niemals im Leben etwas Schönes sehen?«

Er hatte bisher unter dem Einfluss all der mannigfachen Eindrücke gelebt, die der Verkehr mit den Menschen mit sich brachte, und wenn er auch oft durch sie zu Zorn und Widerspruch gereizt worden war, so hatte er sich doch dabei wohler befunden. Jetzt hatten die Menschen sich von ihm zurückgezogen – nur die Kunden waren geblieben. Das Gefühl der Einsamkeit und die Sorge um ein ruhiges, behagliches Dasein, die ihn früher erfüllt hatten, waren gleichsam in einer völligen Gleichgültigkeit gegen alles versunken. Und wieder gingen nun, wie in stickiger Schwüle, seine Tage träg und langsam dahin ...

XXIV

Eines Morgens, als Ilja erwacht war und eben, auf dem Bett sitzend, darüber nachdachte, dass nun wieder ein neuer Tag angebrochen sei, den er durchleben müsse, erscholl draußen an der Ladentür ein mehrmaliges, rasches Klopfen.

Ilja dachte, es sei die Köchin, die ihm den Samowar bringe; er öffnete die Tür – und sah sich Auge in Auge seinem Onkel Terentij gegenüber.

»Ha, ha, ha!« lachte der Bucklige und schüttelte den Kopf. »Neun Uhr ist's – und bei dir ist der Laden noch nicht auf! Ein schöner Kaufmann!«

Ilja stand vor dem Onkel, ihm den Weg versperrend, und lächelte gleichfalls. Terentijs Gesicht war von der Sonne verbrannt, und wie verjüngt sah er aus; seine Augen blickten heiter und klar. Zu seinen Füßen lagen Reisetasche und Bündel, und er selbst sah zwischen ihnen aus wie ein Bündel.

»So lass mich doch 'rein in deine Wohnung!« sagte Terentij.

Ilja beförderte schweigend das Gepäck hinein, während Terentijs Augen das Heiligenbild suchten. Er bekreuzte sich vor diesem, verneigte sich tief und sagte:

»Ehre sei dir, o Herr! – Nun bin ich also daheim! Sei mir gegrüßt, Ilja!«

Als Lunew den Onkel umarmte, fühlte er, dass der Körper des Buckligen kräftiger, straffer geworden war.

»Zuerst möcht' ich mich waschen«, sagte Terentij und sah sich im Zimmer um. Das Umherwandern mit dem Pilgersack auf dem Rücken schien seinen Buckel heruntergepresst zu haben, er ging jetzt gerader, straffer, und trug den Kopf aufrecht.

»Was treibst du denn?«, fragte er seinen Neffen, während er mit der hohlen Hand das Wasser über sein Gesicht goss.

Es war Ilja angenehm, den Onkel so verjüngt zu sehen. Er machte sich am Tische zu schaffen, bereitete den Tee und antwortete auf die Fragen des Buckligen, wenn auch mit Vorsicht und Zurückhaltung.

»Und wie ist's dir ergangen?«, fragte er den Onkel.

»Mir? Ganz vortrefflich!« Terentij schloss die Augen und nickte zufrieden lächelnd mit dem Kopfe. »Ein schönes Stück bin ich herumgekommen. Ganz wundersam war es! Lebendiges Wasser hab' ich getrunken, mit einem Wort ...«

Er setzte sich an den Tisch, wickelte sein Bärtchen um den Finger und begann, den Kopf zur Seite geneigt, zu erzählen:

»Ich war bei Afanassij dem Sitzenden, und bei den Wundertätern von Perejaßlawl, und bei Mitrofanij von Woronesh, und bei Tichon Sadonskij ... setzte auch nach der Insel Walaam über ... ein gutes Stück Erde hab' ich durchpilgert! Und zu gar vielen Nothelfern hab' ich gebetet, eben komm' ich von dem letzten her: von Peter Fawronij in Murom ...«

Er fand offenbar ein großes Vergnügen darin, all die Namen der Heiligen und der Städte, die er besucht hatte, aufzuzählen. Sein Gesicht hatte einen seligen Ausdruck, die Augen blickten selbstbewusst. Er trug seine Reden in jener singenden Weise vor, in der geübte Erzähler die Volkssagen oder das Leben der Heiligen vorzutragen pflegen.

»In den Höhlen des heiligen Klosters von Kiew ist es so feierlich still, Finsternis herrscht in ihnen, dass einem bange wird, und in der Finsternis blinken die Lämpchen wie Kinderäuglein, und es duftet nach heiligem Chrisam ...«

Draußen ging plötzlich ein heftiger Regen nieder. Ein Winseln und Heulen ertönte, das Eisenblech der Dächer knatterte und dröhnte, das Wasser, das von ihnen niederrann, gluckerte, und in der Luft zitterte gleichsam ein Netz von dicken Stahlfäden.

»So – o«, meinte Ilja gedehnt, »Na, und ist dir leichter geworden ums Herz?«

Terentij schwieg eine Weile, dann beugte er sich zu Ilja hinüber und sagte mit gedämpfter Stimme:

»Ich will's durch ein Gleichnis ausdrücken, weißt du: wie der Stiefel den Fuß, so drückte mir die Sünde das Herz – meine unfreiwillige Sünde, die ich nur beging, weil Petrucha mir Zwang antat. Denn wär' ich damals ihm nicht gefolgt, so hätt' er mich aus dem Hause geworfen. Auf die Straße gesetzt hätt' er mich, glaubst du's?«

»Gewiss glaub' ich's«, stimmte Ilja ihm bei.

»Na, also ... und wie ich nun ging – da fühlte ich eine solche Erleichterung in meiner Seele. Ich pilgerte dahin und sprach: O Herr, siehst Du mich? Ich geh' zu Deinen Heiligen ...«

»Du hast also mit Ihm abgerechnet?«, fragte Lunwe lächelnd.

»Wie Er mein Gebet aufnehmen wird, weiß ich nicht!« sprach der Bucklige mit frommem Augenaufschlag.

»Und dein Gewissen? Ist das ruhig?«

Terentij sann einen Augenblick nach, als ob er auf irgendetwas horchte, und sprach dann:

»Es schweigt ...«

Ilja stand vom Stuhl auf und trat ans Fenster. Breite Bäche trüben Wassers flossen über den Bürgersteig; auf dem Straßendamm, zwischen den Steinen, standen kleine Lachen; der Regen klatschte auf sie nieder, und sie zitterten: Es war, als ob die ganze Straße erschauerte. Das Haus gegenüber hatte ein unfreundliches Aussehen, es war ganz nass, die Fensterscheiben waren angelaufen, und man konnte die Blumen auf dem Fensterbrett nicht sehen. Auf der Straße war es still – nur der Regen rauschte nieder, und die Bäche murmelten leise. Eine einzelne Taube suchte unter dem Dachsims auf der Brüstung des Giebelfensters Schutz, und die ganze Straße atmete öde, graue Langeweile.

»Der Herbst beginnt«, ging es Ilja durch den Kopf.

»Womit sonst will man sich rechtfertigen, wenn, nicht durchs Gebet?« sprach Terentij, während er seinen Reisesack öffnete.

»Eine sehr einfache Sache«, versetzte Ilja unwirsch, ohne sich nach dem Onkel umzudrehen. »Hast du gesündigt, dann bete – und du wirst wieder rein, kannst wieder aufs Neue lossündigen ...«

»Wieso denn? Im Gegenteil: Lebe streng ...«

»Warum denn?«

»Damit du ein reines Gewissen hast ..«

»Warum denn ein reines Gewissen?«

»Na, na, na«, sprach Terentij missbilligend. »Wie du das sagen kannst!«

»Gewiss sag' ich's«, versetzte Ilja trotzig und hart, während er dem Onkel den Rücken zuwandte.

»Das ist Sünde!«

»Mag's doch Sünde sein!«

»Du wirst dafür gestraft werden ...«

»Nein ...«

Jetzt wandte er sich vom Fenster ab und sah Terentij fest an. Der Bucklige suchte, mit den Lippen schmatzend, lange nach einer Entgegnung, und als er endlich Worte fand, sprach er:

»Und doch wird's der Fall sein! ... Sieh mich zum Beispiel: Auch ich hab' gesündigt und wurde dafür gestraft ..«

»Wodurch denn?«, fragte Ilja düster.

»Durch die Furcht. Immerfort lebt' ich in Furcht – es könnte plötzlich herauskommen ...«

»Und ich habe gesündigt und fürchte nichts«, erklärte Ilja lachend.

»Red' keinen Unsinn«, sprach Terentij in strengem Tone.

»Ich fürchte mich wirklich nicht! Schwer genug fällt mir das Leben, und doch ...«

»Ahaa!«, rief Terentij, während er sich triumphierend aufrichtete. »Das ist die Strafe!«

»Wofür denn?«, schrie Ilja außer sich, und seine Kinnlade bebte dabei. Terentij sah ihn ganz erschrocken an und fuchtelte mit einer Schnur, die er in der Hand hielt, in der Luft.

»So schrei doch nicht, schrei nicht!«, rief er halblaut.

Doch Ilja fuhr fort zu schreien. Seit Langem schon hatte er mit keinem Menschen gesprochen, und jetzt suchte alles, was sich in diesen Tagen der Vereinsamung in seiner Seele aufgehäuft hatte, nach einem Ausweg.

»Nicht nur rauben, auch morden darfst du – niemand wird dich strafen! ... Nur die Dummköpfe werden bestraft; wer es geschickt anfängt, der darf alles tun, alles.«

Plötzlich ließ sich hinter der Tür ein Poltern und Rollen vernehmen. Sie zuckten beide zusammen.

»Was war das?«, fragte der Bucklige leise, in furchtsamem Tone.

Ilja ging schweigend zur Ladentür, öffnete sie und warf einen Blick auf die Straße. Ein leises Pfeifen, Klatschen und Rauschen – ein ganzer Wirbel von Lauten – drang ins Zimmer.

»Ein paar Kartons sind heruntergefallen«, sprach Lunew, schloss die Tür und ging wieder an seinen Platz am Fenster.

Terentij setzte sich auf den Fußboden und machte sich an seinem Gepäck zu schaffen.

»Besinn dich, Ilja!« sprach er nach einer Weile. »Rede nicht so gottlos! Was für Worte hast du ausgestoßen, Bruder, oh, oh! Durch Gottlosigkeit kannst du den Herrn nicht erzürnen, wohl aber dich selbst zugrunde richten ... Es sind weise Worte ... hab' sie unterwegs von einem frommen Manne gehört ... Wie viel Weisheit hab' ich da vernommen! ...«

Er begann wieder von seiner Reise zu erzählen, während er Ilja von der Seite ansah. Dieser hörte auf seine Rede nur obenhin, wie auf das Rauschen des Regens, und hing seinen eignen Gedanken nach. Er überlegte, wie er sich jetzt mit dem Onkel einrichten sollte.

Sie richteten sich schließlich miteinander ganz leidlich ein. Terentij machte sich in jener Ecke, in der zur Nachtzeit die Finsternis zu nisten schien, zwischen dem Ofen und der Tür, aus alten Kisten ein Bett zurecht. Er übernahm alle Verpflichtungen Gawriks, stellte den Samowar zurecht, räumte den Laden und das Zimmer auf, holte das Essen aus dem Wirtshaus und murmelte dabei beständig fromme Lobgesänge vor sich hin. An den Abenden erzählte er seinem Neffen fromme Geschichten, wie die Frau des Hallelujew Christum den Herrn vor den Feinden rettete, indem sie ihr eignes Kind in den glühenden Ofen warf und den kleinen Christus dafür auf die Arme nahm; wie ein Mönch dreihundert Jahre lang dem Gesang eines Vögleins im Walde lauschte; dann die Legende von Kirik und Ulitta und noch viele, viele andere Geschichten. Lunew ließ ihn erzählen und war dabei in seine eignen Gedanken vertieft. An den Abenden ging er häufig spazieren, und dabei zog es ihn stets aus der Stadt hinaus – dort im Freien war es zur Nachtzeit so still, so dunkel und einsam wie in seiner Seele ...

Acht Tage nach seiner Rückkehr begab sich Terentij zu Petrucha Filimonow und kam von ihm ganz trostlos und tief empört zurück. Als Ilja fragte, was ihm wäre, antwortete er ausweichend.

»Nichts, nichts weiter ... Wollte bloß mal sehen, was sie dort treiben ... wollt' ein bisschen plaudern ...«

»Wie geht es Jakow?«, fragte Ilja.

»Jakow? Der wird wohl nicht mehr lange machen ... So gelb ist er und hustet ...«

Terentij schwieg, guckte in den Winkel und schaute ganz kläglich drein.

Gleichmäßig und einförmig ging ihr Leben dahin; alle Tage glichen einander, wie kupferne Fünfer von derselben Prägung. Tief in Lunews Seele barg sich finstrer Grimm, gleich einer großen Schlange, die alle Eindrücke dieser Tage verschlang. Niemand von den alten Bekannten kam zu ihm: Pawel und Mascha schienen einen neuen Weg im Leben gefunden zu haben; Matiza war durch den Hufschlag eines Pferdes zu Schaden gekommen und im Krankenhause gestorben; Perfischka war spurlos verschwunden, als wäre er in den Boden versunken. Lunew war immer auf dem Sprunge, Jakow noch einen Besuch abzustatten, hatte jedoch die Empfindung, dass er eigentlich mit dem todkranken Freunde nichts weiter zu reden hätte. Er las am Morgen die Zeitung, saß den Tag über im Laden, guckte zum Fenster hinaus und sah, wie der Herbstwind das gelbe Laub durch die Straßen jagte. Zuweilen verirrte sich auch in den Laden solch ein welkes Blättchen ...

»Ehrwürdiger Vater Tichon, bitte den Herrn für uns ...« sang Terentij, während er sich im Zimmer zu tun machte, mit seiner gleich trocknem Laub raschelnden Stimme.

Eines Sonntags, als Ilja die Zeitung entfaltete, sah er auf der ersten Seite ein Gedicht mit dem Titel: »Einst und jetzt« und der Unterschrift »P. Gratschew«. Gewidmet war es einer Dame, deren Name durch die Initialen »S. N. M.« angedeutet war.

Es lautete:

Von bittrer Not bedrängt
In rauen Jugendtagen,
Hab' ich in hartem Kampf
Durchs Leben mich geschlagen.

Die junge Seele tief
In Finsternis befangen,
Bin aufs Geratewohl
Ich meinen Weg gegangen.

Kein helles Leitgestirn
Durch Nacht und Nebel blinkte,
Kein leuchtend Wanderziel
Dem geistig Blinden winkte.

Doch von des Herzens Grund
Tönt' stets ein mahnend Klingen:
Wird endlich nicht ein Strahl
Die Finsternis durchdringen?

Und immer lauter klang's
Aus heißen Seelenqualen:
Ach, wollt' auf meinem Pfad
Das Licht mir doch erstrahlen!

Da plötzlich tratest du
Dem Suchenden entgegen,

Und sieh: ein heller Schein
Erglänzte allerwegen.

Er kam von jenem Licht,
Das deine Seel' erfüllte
Und durch das Dunkel brach,
Das meinen Geist umhüllte.

Ich sah den finstern Bann
Der Nebel jäh entschweben,
Und sonnig lag vor mir
Ein neues, frohes Leben.

Es führte deine Hand
Mich zu der Freunde Zelten
Und wies den Feind mir, dem
Fortan mein Kampf soll gelten ...

Lunew las das Gedicht und warf die Zeitung grollend zur Seite.

»Immer dichte, immer denk' dir was aus! Freunde ... Feind! ... Wer ein Dummkopf ist, dem ist jedermann ein Feind ... ja!« dachte er höhnisch lachend. Doch plötzlich, wie wenn noch ein zweites Herz in ihm redete, ging's ihm durch den Sinn:

»Wie wär's, wenn ich mal plötzlich bei ihnen vorspräche? Ich komm' einfach und sage: ›Hier bin ich!‹ ... Verzeiht mir! ...«

»Was denn verzeihen?«, fragte er sich dann wieder und brach diesen ganzen Gedankengang jäh mit den düstren Worten ab:

»Sie wird mich fortjagen ...«

Dann nahm er mit bittrem Neid im Herzen noch einmal die Zeitung auf, las nochmals Gratschews Gedicht und musste wieder an das Mädchen denken.

»Sie ist stolz ... wird mich so auf ihre Art ansehen ... Na, und ich kann abziehen, wie ich gekommen bin ...«

In derselben Zeitung las er unter den amtlichen Bekanntmachungen die Notiz, dass am dreiundzwanzigsten September im Bezirksgericht in der Diebstahlssache wider die Wjera Kapitanowa eine Verhandlung stattfinden würde. Ein schadenfrohes Gefühl regte sich in ihm, und er sprach, in Gedanken zu Pawel gewandt:

»Du dichtest Verse? Und sie sitzt immer noch im Gefängnis! ...«

»O Herr, sei mir Sünder gnädig«, flüsterte Terentij und schüttelte traurig seufzend den Kopf. Dann blickte er auf seinen Neffen, der noch immer in die Zeitung vertieft war, und rief ihn an:

»Ilja!«

»Was gibt's?«

»Dieser Petrucha ...«

Der Bucklige lächelte traurig und schwieg.

»Was denn?«, fragte Lunew.

»Besto–ohlen hat er mich!« sprach Terentij mit leiser Stimme und lächelte trübselig.

Ilja schaute gleichgültig in das Gesicht des Onkels und fragte:

»Wie viel habt ihr eigentlich damals gestohlen?«

Der Onkel rückte mit seinem Stuhle vom Tische ab, neigte den Kopf vor und bewegte, während seine Hände auf den Knien lagen, die Finger hin und her.

»Zehntausend, nicht wahr?«, sagte Lunew.

Der Bucklige hob erstaunt den Kopf und sprach gedehnt:

»Ze–ehn? ... Was denkst du, Herr des Himmels! Dreitausendsechshundert waren es im Ganzen, und noch 'ne Kleinigkeit – und du redest von zehntausend! ...«

»Aber der Alte hatte doch mehr als zehntausend Rubel!« sprach Ilja lächelnd.

»Ists möglich?«

»Gewiss ... er hat es selbst gesagt ...«

»Konnte er's denn überhaupt zusammenzählen?«

»Ebenso gut wie du und Petrucha ...«

Terentij wurde nachdenklich, und abermals senkte sich sein Kopf.

»Um wie viel hat dich denn Petrucha betrogen?«

»Um siebenhundert«, sprach Terentij mit einem Seufzer. »Du meinst also, es wären mehr als zehntausend gewesen? Wo hätte er aber so 'ne Menge Geld verstecken können?« fragte der Bucklige ganz erstaunt. »Wir haben doch alles weggenommen, soviel ich weiß ... Oder hat mich am Ende Petrucha schon damals betrogen ... wie?«

»Schweig endlich davon!« sprach Lunew hart. »Ja, es lohnt nicht mehr, jetzt davon zu reden«, stimmte Terentij ihm bei und seufzte tief.

Lunew dachte, wie habgierig doch die Menschen seien und wie viel Niedertracht in der Sucht nach Geld ihren Grund habe. Dann aber sagte er sich, wie schön es wäre, wenn er selbst so recht viel Geld hätte, Zehntausende, Hunderttausende, und stellte sich vor, wie er dann die Menschen in Erstaunen setzen würde. Auf allen vieren würde er sie kriechen lassen, haha! ... Und ganz hingerissen von dieser Vorstellung, schlug er voll Ingrimm mit der Faust auf den Tisch, dass er selbst von dem heftigen Schlage erbebte.

Als er auf den Onkel blickte, sah er, dass auch dieser ganz verblüfft, mit angstvollen Augen und offenem Munde, nach ihm schaute.

»Es geschah nur so in Gedanken«, sprach er verdrießlich und stand vom Tische auf.

»Glaub's schon«, versetzte Terentij misstrauisch.

Als Ilja in den Laden ging, schaute der Bucklige ihm forschend nach, und seine Lippen bewegten sich dabei tonlos. Ilja aber schien diesen verdächtigenden Blick hinter seinem Rücken zu spüren – er hatte schon längst bemerkt, dass der Onkel ihn beobachtete und ihn gar zu gern über irgendetwas ausgeforscht hätte.

Das veranlasste Lunew, den Gesprächen mit dem Onkel aus dem Wege zu gehen. Er fühlte es mit jedem Tage deutlicher, dass der Bucklige ihn in seiner Lebensführung behindere, und immer häufiger stellte er sich selbst die Frage:

»Wie lange soll sich das noch hinziehen?«

In Lunews Seele war das Geschwür allmählich reif geworden, immer trostloser erschien ihm das Leben, und schlimmer als alles andere war, dass er zu keiner Tätigkeit Lust hatte. Zu nichts zog es ihn hin, und zuweilen war es ihm, als ob er langsam in eine dunkle Grube versänke, immer tiefer und tiefer.

Bald nach Terentijs Ankunft erschien auch Tatjana Wlassjewna auf der Bildfläche, die eine Zeit lang außerhalb der Stadt geweilt hatte. Beim Anblick des buckligen Bäuerleins, das in dem braunen Barchenthemd umherging, verzog sie verächtlich die Mundwinkel und fragte Ilja:

»Das ist Ihr Onkel?«

»Ja«, antwortete Lunew kurz.

»Wird er bei Ihnen wohnen?«

»Selbstverständlich.«

Tatjana Wlassjewna fühlte etwas Feindseliges, Herausforderndes in den Antworten ihres Kompagnons und lenkte ihre Aufmerksamkeit von dem Buckligen ab. Terentij, der auf Gawriks Platze an der Tür stand, zwirbelte an seinem gelben Kinnbärtchen und schaute mit neugierigem Blick auf die schlanke, in Grau gekleidete Gestalt des kleinen Weibchens. Auch Lunew sah zu, wie sie gleich einem Sperling im Laden herumsprang, wartete schweigend, was sie noch fragen würde, und war bereit, sie mit bittren Schmähworten zu überschütten. Sie aber schaute nur von der Seite auf sein hasserfülltes Gesicht und verschonte ihn mit weiteren Fragen. Sie stand hinter dem Pult, durchblätterte das Kassenbuch und redete davon, wie angenehm es sei, ein paar Wochen auf dem Lande zuzubringen, wie billig sich das einrichten lasse, und wie günstig es auf die Gesundheit wirke.

»Wir hatten da einen Bach, ganz ruhig floss er dahin ... Und eine lustige Gesellschaft ... Ein Telegrafist spielte großartig auf der Geige ... Ich hab' auch rudern gelernt ... Aber was abscheulich ist – das sind die Bauernkinder. Die reine Plage! Zudringlich wie die Mücken – jammern und betteln in einem fort: Gib, gib, gib! Das bringen ihnen ihre Eltern bei ...«

»Kein Mensch bringt's ihnen bei«, versetzte Ilja frostig. »Ihre Eltern sind bei der Arbeit, und die Kinder wachsen ohne Aufsicht auf ... Was Sie sagen, ist nicht wahr!«

Tatjana Wlassjewna sah ihn erstaunt an und öffnete den Mund, als ob sie etwas erwidern wollte. In diesem Augenblick jedoch begann Terentij mit respektvollem Lächeln:

»Wenn sich jetzt mal Herrschaften im Dorf zeigen – so ist das ein Wunderding ... Früher verblieben die Herren für ihr ganzes Leben in ihren Dörfern ... Jetzt zeigen sie sich dort nur ganz gelegentlich ...«

Die Awtonomowa sah erst Terentij und dann Ilja an und blickte hierauf wieder, ohne ein Wort zu sagen, in das Kassenbuch. Terentij ward verlegen und begann an seinem Hemd zu zupfen. Eine Minute vielleicht schwiegen alle in dem Laden – man hörte nur das leise Geräusch der Blätter des Kassenbuches und ein leises Schurren: Terentij rieb sich den Buckel am Türpfosten ...

»Hör' mal, du, Onkel«, ließ sich plötzlich Ilja in trockenem Tone vernehmen, »wenn du wieder mal mit Herrschaften reden willst, dann bitt' sie vorher erst um Erlaubnis, hörst du? Geruhen Sie, bitte, musst du sagen – und musst vor ihnen hinknien ...«

Das Buch entschlüpfte den Händen Tatjanas und glitt an dem Schreib-pult herunter, doch konnte sie es noch fassen, schlug laut mit ihrer Hand darauf und lachte. Terentij beugte den Kopf vor und ging auf die Straße hinaus. Dann sah Tatjana Wlassjewna von der Seite lächelnd auf Lunews finstres Gesicht und fragte leise:

»Bist wohl böse? Weshalb denn?«

Ihr Gesicht hatte den alten schelmischen, lockenden Zug, und ihre Au-gen blitzten verführerisch.

Lunew streckte den Arm aus und packte sie bei der Schulter. In ihm loderte der Hass gegen sie auf und ein tierisches Begehren, sie an seine Brust zu pressen und das Knacken ihrer dünnen Knochen zu hören. Er zog sie, die Zähne fletschend, an sich heran, sie aber hatte seinen Arm umfasst und suchte ihre Schulter von ihm zu befreien, wobei sie flüster-te:

»Oh ... lass doch los! ... Es tut ja weh ... Bist du verrückt geworden? ... Hier können wir uns doch nicht umarmen ... Du, hör' mal: Den Onkel kannst du hier nicht behalten! Er ist bucklig ... Die Kunden werden Angst vor ihm haben ... So lass doch los! ...« Wir müssen sehen, dass wir ihn irgendwo unterbringen – hörst du?«

Aber er hatte sie bereits umfasst und beugte langsam den Kopf mit den weit aufgerissenen Augen über ihr Gesicht.

»Was willst du denn? ... Nicht doch ... Lass mich los! ...«

Sie ließ sich plötzlich niedergleiten und schlüpfte glatt wie ein Fisch unter seinen Armen fort. Lunew sah sie durch den heißen Nebel vor sei-nen Augen an der Ladentür stehen. Mit zitternden Händen zupfte sie ihre Jacke zurecht und sprach:

»Ach, wie grob du doch bist! Kannst du denn nicht warten?«

In seinem Kopfe rauschte es, als wenn darin Bergströme niederstürz-ten. Unbeweglich, mit fest zusammengekrampften Fingern stand er hin-ter dem Ladentisch und schaute auf sie, als sähe er in ihr alles Böse, alles Übel, alles Unglück seines Lebens verkörpert.

»Es ist ja sehr schön, mein Lieber, dass du so leidenschaftlich bist – aber man muss sich doch beherrschen können! ...«

»Geh fort!« sprach Ilja.

»Ich geh' schon. Heut' kann ich dich nicht empfangen, aber morgen, am dreiundzwanzigsten, hab' ich Geburtstag. Da kommst du doch?«

Sie nestelte, während sie sprach, an ihrer Brosche herum und sah Ilja nicht an.

»Geh fort!« wiederholte er, zitternd vor Begierde, sie zu packen und zu quälen.

Sie ging.

Gleich darauf erschien Terentij und fragte respektvoll: »Das war sie wohl, deine Geschäftsteilhaberin?«

Lunew nickte mit dem Kopfe und seufzte erleichtert auf ...

»Die hat's in sich ... ach, du! So klein sie ist ...«

»So gemein ist sie«, sprach Ilja mit tiefer Stimme.

»Hm«, brummte Terentij ungläubig.

Ilja fühlte auf seinem Gesichte den neugierigen, scharf beobachtenden Blick des Onkels und sprach ärgerlich:

»Na, was guckst du denn?«

»Ich? Der Herr erbarme sich! Wie du heute redest ...«

»Ich weiß, was ich rede ... Ich sagte, dass sie gemein ist – und damit basta. Könnte noch was Schlimmeres sagen – und auch das wäre wahr ...«

»Wirklich? Das also ist's«, rief der Bucklige mit schmerzlich bewegter Stimme.

»Was denn?«, schrie Ilja heftig.

»Du hast also ...«

»Was hab' ich also ...«

Terentij stand vor Ilja und trippelte, durch sein Schreien zugleich eingeschüchtert und verletzt, auf einer Stelle hin und her. Sein Gesicht zeigte eine klägliche Miene, und seine Augen blinzelten.

»Also ... du kennst sie ja am besten ...« sprach er nach einer Weile.

»Ob ich sie kenne! ...«, erwiderte Ilja und schwieg. Dann trat er zur Ladentür hinaus auf die Straße.

Draußen war es ungemütlich, seit einigen Tagen schon regnete es beständig. Die blanken grauen Pflastersteine des Fahrdamms starrten langweilig zu dem ebenso grauen Himmel empor, und sie glichen ganz und gar menschlichen Gesichtern. In den Vertiefungen zwischen ihnen lag der Schmutz, der ihre kalte Sauberkeit noch hervorhob ... Das gelbe Laub an den Bäumen erbebte in todesbangem Schauern. Irgendwo wurden mit Stöcken Teppiche oder Pelzsachen ausgeklopft – die kurzen, häufigen Schläge erstarben rasch in der feuchten Luft. Am Ende der Straße stiegen hinter den Dächern der Häuser dichte blaue und weiße Wolken am Himmel empor. Schwer, in gewaltigen Klumpen, krochen sie in die Höhe, eine nach der andern, höher und höher, beständig ihre Gestalt verändernd, bald dunklen Rauchsäulen gleichend, bald steilen Bergen oder den trüben Wogen eines Stromes. Es schien, dass sie alle zu der grauen Höhe nur emporstrebten, um von dort umso wuchtiger auf die Häuser, Bäume und Fluren herabzufallen.

Vor Kälte und Missbehagen zitternd, blickte Lunew auf die lebendige Wolkenwand vor seinen Augen und überließ sich seinen Gedanken.

»Ich muss das alles hier fahren lassen ... den Laden und alles andre ... Mag der Onkel das Geschäft betreiben ... mit Tanja zusammen ... Und ich geh' meiner Wege ...«

Er stellte sich das weite, feuchte Feld vor, und den von grauem Gewölk bedeckten Himmel und die breite, mit Birken bepflanzte Landstraße. Er schreitet dahin, mit einem Bündel auf dem Rücken, seine Füße versinken im Straßenkot, und der kalte Regen schlägt ihm ins Gesicht. Auf dem Felde wie auf der Straße ist nicht eine Menschenseele zu schauen – nicht einmal Dohlen sitzen auf den Bäumen, nur die grauen Wolken ziehen stumm über seinem Haupte dahin ...

»Ich häng' mich auf«, dachte er voll Gleichmut.

XXV

Als Ilja am Morgen des nächsten Tages erwachte, las er auf dem Abreißkalender die schwarze Ziffer »Dreiundzwanzig« und erinnerte sich, dass an diesem Tage die Verhandlung gegen Wjera stattfand. Er freute sich, dass er einen Anlass hatte, den Laden zu verlassen, und empfand eine lebhafte Teilnahme für das Schicksal des Mädchens; rasch trank er seinen Tee aus und begab sich fast laufend nach dem Gerichtsgebäude. Man ließ ihn nicht hinein – eine Menschenmenge drängte sich an der Freitreppe und wartete, bis die Tür geöffnet wurde.

Lunew stand, mit dem Rücken gegen die Mauer gelehnt, an der Tür. Ein weiter, freier Platz dehnte sich vor dem Gerichtsgebäude, und mitten auf dem Platze stand eine große Kirche. Das Antlitz der Sonne erschien blass und müde am Himmel, um sogleich wieder hinter dem Gewölk zu verschwinden. Fast in jeder Minute senkte sich weit hinten auf dem Platze ein großer, dunkler Schatten herab, kroch auf den Steinen vorwärts, kletterte an den Bäumen empor und schien so schwer, dass die Äste der Bäume sich förmlich unter ihm beugten; dann hüllte er die Kirche vom Fundament bis zum Kreuz hinauf ein, wälzte sich über sie hinweg und bewegte sich geräuschlos weiter auf das Gerichtsgebäude und die Menschen vor der Tür zu ...

Diese Menschen sahen alle merkwürdig grau aus und hatten recht hungrige Gesichter; sie schauten einander mit müden Augen an und sprachen langsam. Einer von ihnen – ein Langhaariger in einem leichten, bis ans Kinn hinauf zugeknöpften Paletot und zerknittertem Hute – drehte mit den von der Kälte steifen Fingern seinen spitzen, fuchsroten Bart und scharrte ungeduldig mit den in schadhaften Schuhen steckenden Füßen. Ein anderer, in einem geflickten Wams ohne Ärmel und tief in die Augen gezogener Mütze, stand da, den Kopf auf die Brust gesenkt, die eine Hand im Hemdenlatz, die andere in der Tasche. Er schien zu schlafen. Ein ganz schwarzer, kleiner Kerl in einem Jackett und hohen Stiefeln, der einem Käfer glich, schien sich sehr zu beunruhigen: er hob sein spitzes, blasses Gesichtchen empor, blickte zum Himmel auf, pfiff, runzelte die Brauen, suchte mit der Zunge seinen Schnurrbart zu fassen und sprach mehr als alle andern.

»Öffnen sie denn noch nicht?«, rief er, legte den Kopf auf die Seite und begann zu lauschen. »Nein ... hm!«, sprach er weiter. »Und's ist doch schon spät ... Sie sind nicht in die Bibliothek gegangen, mon cher?« fragte er den Langhaarigen.

»Nein, es ist zu früh ...« versetzte dieser mürrisch.

»Verdammt kühl ist's heute, nicht wahr?«

»Wir würden schön zappeln, wenn wir das Gericht und die Bibliothek nicht hätten!«, meinte der Langhaarige.

Der Schwarze zuckte schweigend die Achseln. Ilja betrachtete diese Leute und horchte auf ihre Gespräche. Er merkte, dass es dunkle Ehrenmänner einer gewissen Art waren, die von allerhand lichtscheuen Geschäften lebten, die Bauern betrogen, ihnen Bittschriften und allerhand sonstige Schriftstücke aufsetzten oder mit Bettelbriefen die Häuser abklapperten.

Ein Taubenpaar ließ sich auf dem Fahrdamm, nicht weit von der Freitreppe, nieder. Der dicke Tauber mit dem vorstehenden Kropf ging laut gurrend, von einer Seite immer nach der andern wackelnd, um die Taube herum.

»Fjuh!« pfiff der kleine Schwarze schrill. Der Mensch im Wams fuhr zusammen und hob den Kopf empor. Sein Gesicht war gedunsen, blau, mit gläsernen Augen.

»Ich kann Tauben nicht leiden«, bemerkte der Schwarze, während er den davonfliegenden Vögeln nachsah. »Sie sind so gefräßig ... wie reiche Krämer ... Und dann das ewige Girren ... zuwider ist mir's! – Sind Sie angeklagt?« wandte er sich unerwartet an Ilja.

»Nein ...«

Der Schwarze musterte Lunew vom Scheitel bis zu den Zehen und brummte vor sich hin:

»Das ist doch sonderbar ...«

»Was ist sonderbar?«, fragte Ilja lachend.

»Sie haben das Gesicht eines Angeklagten ...« warf der Schwarze hin ...
»Aha, jetzt wird geöffnet!«

Er schlüpfte als erster in die offene Tür des Gerichtsgebäudes. Verblüfft durch seine Bemerkung, folgte ihm Ilja und stieß in der Tür mit dem Langhaarigen zusammen.

»Nicht so drängen, Flegel« sprach dieser halblaut, versetzte seinerseits Ilja einen Stoß und trat vor ihm ein.

Dieser Stoß beleidigte Ilja nicht, sondern setzte ihn nur in Erstaunen.

»Merkwürdig!«, dachte er. »Stößt hier, als ob er ein vornehmer Herr wäre und überall die erste Geige spielte – und ist doch ein solcher Jammerkerl ...«

Im Gerichtssaal war es düster und still. Der lange, mit grünem Tuch überzogene Tisch, die Sessel mit den hohen Lehnen, die lebensgroßen Zarenporträts in den schweren Goldrahmen, die karmoisinroten Stühle für die Geschworenen, die lange hölzerne Bank hinter dem Gitter – alles das wirkte bedrückend auf das Gemüt und heischte Respekt. Die Fenster traten tief zurück in die grauen Wände, und die Segeltuchvorhänge fielen in dicken Falten über die Fenster herab, deren Scheiben dadurch matt erschienen. Die schweren Türen öffneten sich geräuschlos, und ohne Geräusch gingen auch alle die uniformierten Menschen in dem Saal hin und her. Lunew sah sich um, mit einem bangen Gefühl im Herzen; und als der Beamte verkündete, dass das »Gericht kommt«, zuckte er zusammen und sprang vor allen andern auf, ohne dass er wusste, dass der Brauch das Aufstehen verlangte.

Einer von den vier Menschen, die nun eintraten, war jener Gromow, der in dem Hause gegenüber von Iljas Laden wohnte. Er nahm auf dem mittleren Sessel Platz, fuhr sich mit beiden Händen durch das Haar und zupfte den reich mit Gold gestickten Kragen seiner Uniform zurecht. Sein Gesicht beruhigte Ilja ein wenig: Es war so gutmütig und rot wie immer, nur die Enden seines Schnurrbarts hatte Gromow nach oben gedreht. Rechts von ihm saß ein gemütlicher Alter, stumpfnasig, mit einer Brille auf den Augen und einem kleinen Bärtchen, und links ein Kahlkopf mit einem zweiteiligen roten Vollbart und gelbem, unbeweglichem Gesichte. Dann stand noch an dem Schreibpult ein junger Richter mit einem runden, glattgeschorenen Kopfe und hervorstehenden schwarzen Augen. Sie verharrten alle eine Zeit lang in Schweigen und blätterten in den Akten auf dem Tische; Lunew sah voll Respekt nach ihnen hin und erwartete, dass sogleich, im nächsten Augenblick, einer von ihnen sich erheben und laut und würdevoll irgendetwas sagen würde ...

Aber plötzlich, als Ilja seinen Kopf nach links wandte, sah er das wohlbekannte, glänzende, gleichsam frisch lackierte Gesicht Petrucha Filimonows. Petrucha saß auf einem der karmoisinroten Stühle in der ersten Reihe, stützte sich mit dem Nacken gegen die Lehne des Stuhles und betrachtete ruhig das Publikum. Zweimal glitt sein Auge über Iljas Gesicht, und jedes Mal verspürte Lunew in sich den Wunsch, aufzustehen und Petrucha oder Gromow oder allen Leuten im Saal etwas zuzurufen.

»Seht hin! ... Er hat seinen Sohn ermordet! ...« hätte er rufen mögen, und es war ihm, als brenne ihn etwas in der Kehle ...

»Sie sind angeklagt ...«, begann Gromow zu irgendjemandem mit freundlicher Stimme; aber Ilja sah nicht, zu wem Gromow sprach: Er sah nur in Petruchas Gesicht, ganz niedergedrückt von schweren Zweifeln und unfähig, sich mit der Tatsache abzufinden, dass dort ein Filimonow saß – als Richter! ...

»Sagen Sie, Angeklagter,« sprach der Vorsitzende mit träger Stimme, während er sich die Stirn rieb – »Sie haben zu dem Krämer Anissimow gesagt: ›Wart', das will ich dir heimzahlen?‹«

Irgendwo drehte sich kreischend ein Luftfenster.

»J–u ... i–u ... i–u ...«

Unter den Geschworenen sah Ilja noch zwei ihm bekannte Gesichter. Hinter Petrucha saß der Bauunternehmer Ssilatschew, ein großer Mensch mit langen Armen und einem kleinen, grimmig dreinschauenden Gesicht, ein Freund Filimonows, der immer mit ihm Puff spielte.

Von Ssilatschew hieß es, er habe sich einmal auf dem Bau mit seinem Polier gezankt und diesen vom Gerüst gestoßen, was eine schwere Verletzung und den Tod des Poliers herbeigeführt habe. Und in der ersten Reihe, zwei Plätze von Petrucha entfernt, saß Dodonow, der Inhaber eines Engrosgeschäfts in Galanteriewaren, einer von Iljas Lieferanten, der schon zweimal Bankrott gemacht und seine Gläubiger mit zehn Prozent abgefunden hatte.

»Zeuge! Wann haben Sie gesehen, dass Anissimows Haus brannte? ...«

»J–u ... iju ... ju ... ju«, kreischte das Luftfenster, und auch in Ilja tönte es wie ein dumpfes Kreischen. »Der Dummkopf!«, flüsterte leise jemand in Iljas Nähe. Ilja wandte sich um und erblickte dicht neben sich den kleinen schwarzen Menschen, der ihn draußen vor dem Gerichtsgebäude angesprochen hatte.

»Wer ist ein Dummkopf?«, fragte Ilja.

»Der Angeklagte ... Hatte eine so schöne Gelegenheit, den Zeugen zu widerlegen – und hat sie verpasst! Ich hätt' ihm ... äh!«

Ilja warf einen Blick auf den Angeklagten, einen hochgewachsenen Bauern mit eckigem Kopfe. Sein Gesicht war finster, erschrocken, und er fletschte die Zähne wie ein müder, verprügelter Hund, der sich, von den Gegnern umgeben, in eine Ecke drückt und nicht mehr die Kraft hat, sich zu verteidigen. Petrucha aber, Ssilatschew, Dodonow und die andern schauten ruhig, mit satten Augen, auf ihn. Es schien Lunew, dass sie alle einig waren in dem Gedanken:

»Hast dich erwischen lassen – also bist du schuldig ...«

»Es ist langweilig«, flüsterte der Nachbar Ilja zu. »Eine uninteressante Sache ... Der Angeklagte ist dumm, der Staatsanwalt – eine Schlafmütze, und die Zeugen sind Tölpel, wie immer. Wenn ich so Staatsanwalt wäre – ich hätte ihn in zehn Minuten verspeist ...«

»Ist er denn schuldig?«, fragte Lunew, während ein frostiger Schauer ihn überlief.

»Ich glaube ... kaum – aber verurteilen kann man ihn ... Er versteht es nicht, sich zu verteidigen. Die Bauern verstehen das überhaupt nicht. Ein zu dämliches Volk! Nichts als Knochen und Fleisch – aber von Verstand und Fixigkeit: nicht die Spur!«

»Das stimmt ...«

»Haben Sie ein Zwanzigkopekenstück?«

»Ja ...«

»Geben Sie es mir ...«

Ilja zog seinen Geldbeutel hervor und gab ihm das Geldstück, noch bevor er es recht überlegt hatte, ob er es geben sollte oder nicht. Als er es bereits fortgegeben hatte, dachte er, während er seinen Nachbar mit unwillkürlicher Achtung von der Seite ansah:

»Der versteht's!«

»Meine Herren Geschworenen!«, begann der Staatsanwalt mit sanfter, doch dabei eindringlicher Stimme. »Betrachten Sie einmal das Gesicht dieses Menschen – es ist beredter als die Aussagen der Zeugen, durch welche die Schuld des Angeklagten unwiderleglich festgestellt ist ... Dieses Gesicht muss Sie mit Notwendigkeit davon überzeugen, dass vor Ihnen ein Feind der gesetzlichen Ordnung, ein Feind der Gesellschaft steht ..«

Der Feind der Gesellschaft saß zwar, aber es musste ihm wohl unschicklich erschienen sein, zu sitzen, während von ihm behauptet wurde, dass er stehe – und so erhob er sich langsam, mit gesenktem Kopfe. Seine Arme hingen kraftlos am Rumpfe herunter, und die ganze lange, graue Gestalt beugte sich vor, als wenn er sich vorbereitete, in den Schlund der Gerechtigkeit unterzutauchen ...

Als Gromow die Unterbrechung der Sitzung ankündigte, ging Ilja mit dem schwarzen Kerlchen zusammen auf den Korridor hinaus. Der Schwarze zog aus der Tasche seines Jacketts eine zerdrückte Zigarette, glättete sie mit den Fingern und sagte:

»Er beteuert in einem fort, der dumme Kerl, dass er das Haus nicht angezündet hat. Aber hier hilft kein Beteuern, hier heißt es: Hosen runter – und feste drauf feuern! ... Wir sind hier gestrenge Herren! Wie kann man einem Krämer die Bude ausräuchern?«

»Ist er schuldig oder nicht? Was meinen Sie?« fragte Ilja nachdenklich.

»Gewiss ist er schuldig, weil er eben – dumm ist. Kluge Leute pflegen nicht schuldig zu sein«, schwatzte der Kleine in seiner sicheren, raschen Weise, während er forsch seine Zigarette paffte.

»Unter den Geschworenen sitzen Leute ...«, begann Ilja leise und schwerfällig.

»Geschäftsleute meistenteils«, fiel der Schwarze ihm ruhig ins Wort.

Ilja sah ihn an und sagte: »Einige davon kenn' ich ...«

»Aha! ...«

»Böse Brüder ... wenn man die Wahrheit sagen soll ...«

»Spitzbuben«, meinte der Kleine. Er sprach ganz laut, ohne sich irgendeinen Zwang aufzuerlegen. Als er seine Zigarette zu Ende geraucht hatte, spitzte er den Mund, begann zu pfeifen und guckte alle Leute unverfroren an, während alles an ihm, jedes kleinste Knöchelchen, in hungriger Unruhe zuckte.

»Das kann schon sein, dass Spitzbuben darunter sind«, fuhr er fort. »Überhaupt ist die ganze sogenannte Justiz in den meisten Fällen nichts weiter als eine Art Komödie ... von ganz leichter Art. Die satten Leute vertreiben sich damit die Zeit, die hungrigen Leute von ihren bösen Neigungen zu kurieren ... Ich war schon sehr oft bei Verhandlungen – aber ich hab's noch nie erlebt, dass die Hungrigen über einen Satten zu Gericht gesessen hätten ... Und wenn die Satten einen Satten verurteilen, dann geschieht 's höchstens wegen gar zu großer Gier ... Sollst nicht alles für dich nehmen, sollst auch uns was lassen ...« »Man sagt ja auch: Der Satte kann den Hungrigen nicht verstehen«, bemerkte Ilja.

»Unsinn!« versetzte der Schwarze. »Ausgezeichnet versteht er ihn ... Darum ist er auch so streng gegen ihn ...«

»Ich will nichts dagegen sagen, wenn einer satt und ehrbar ist«, sagte Ilja halblaut, »aber wenn er satt ist und ein Schuft dazu – wie kann er dann einen Menschen richten?«

»Die Schufte sind die strengsten Richter«, versetzte das schwarze Kerlchen ruhig. »Na, jetzt wollen wir uns mal die Diebstahlsgeschichte anhören ...«

»Die Angeklagte kenn' ich«, sagte Lunew leise.

»Ah!«, rief das Kerlchen und musterte Ilja mit einem raschen Blick. »Wollen uns mal Ihre Bekannte ansehen ...«

In Iljas Kopfe war es wirr und wüst. Er hätte den flinken kleinen Kerl, dem die Worte so glatt über die Lippen rollten wie Erbsen aus einem Sack, gerne noch manches gefragt, aber es war etwas Unangenehmes in dem ganzen Wesen dieses Menschen, das Lunew zurückschreckte. Im Übrigen drückte die Vorstellung, dass ein Petrucha hier als Richter sitzen konnte, alles Denken in ihm nieder. Diese Vorstellung legte sich wie ein eiserner Ring um sein Herz und beengte darin den Raum für alles andere ...

Als er an die Saaltür kam, bemerkte er in der Menge vor der Tür den kräftigen Nacken und die kleinen Ohren Pawel Gratschews. Er war erfreut, ihn zu sehen, zupfte ihn am Ärmel seines Paletots und verzog den

Mund zu einem breiten Lächeln. Auch Pawel lächelte, aber man sah es ihm an, dass er sich dazu zwang.

Sie standen ein paar Sekunden lang einander schweigend gegenüber.

»Bist hergekommen, um dir's anzusehen?«, sagte Pawel. »Und jene ... ist sie da?«, fragte Ilja verwirrt.

»Wer?«

»Deine Ssofia Nik ...«

»Sie ist nicht ›meine‹ ...« unterbrach ihn Pawel frostig.

Sie betraten beide den Saal.

»Komm, setz' dich zu mir!«, schlug Lunew vor.

»Ja ... siehst du ... ich bin in Gesellschaft ...«, antwortete Pawel stotternd.

»Ach so ... na, auch gut ...«

»Auf Wiedersehen!«

Gratschew ging rasch nach der entgegengesetzten Seite. Ilja blickte ihm nach mit einem Gefühl, als ob Pawel ihm mit seiner Hand rau über eine wunde Stelle am Körper gefahren wäre. Ein stechender Schmerz bemächtigte sich seiner. Es ärgerte ihn, dass Gratschew einen soliden, neuen Paletot trug, und dass sein Gesicht in diesen letzten Monaten eine gesündere, reinere Farbe bekommen hatte.

Auf der Bank, auf der Pawel Platz nahm, saß auch Gawriks Schwester. Pawel sprach etwas zu ihr, und sie wandte ihren Kopf rasch nach Lunew um. Als dieser ihr weit vorgestrecktes Gesicht auf sich gerichtet sah, wandte er sich ab, und seine Seele hüllte sich noch fester und dichter in Groll und Kränkung.

Man hatte Wjera in den Saal geführt: Sie stand hinter dem Gitter in einem grauen, langen Rock ohne Taille und einem weißen Tuch auf dem Kopfe. Eine Strähne ihres goldblonden Haares drängte sich an der linken Schläfe unter dem Tuch hervor; die Wangen waren blass, die Lippen fest geschlossen, und ihre weit geöffneten Augen sahen unbeweglich und ernst auf Gromow.

»Ja ... ja ... nein ...« klang ihre Stimme matt in Iljas Ohren.

Gromow sah sie freundlich an und sprach mit ihr in gedämpftem, weichem Tone, wie wenn ein Kater schnurrte.

»Bekennen Sie sich, schuldig, Kapitanowa, dass Sie in jener Nacht ...« kroch gleichsam seine geschmeidige, saftige Stimme an sie heran.

Lunew schaute auf Pawel, der mit tief vorgebeugtem Kopfe, die Augen zu Boden geschlagen, dasaß und seine Mütze in den Händen zerknüllte. Seine Nachbarin verharrte in kerzengerader Haltung und schaute drein, als ob sie selbst über alle – über Wjera, die Richter, das Publikum – zu Gericht säße. Ihr Kopf drehte sich bald nach der einen, bald nach der anderen Seite, um ihre Lippen spielte ein verächtlicher Zug, und unter den zusammengezogenen Brauen blitzten die stolzen Augen kalt und streng ...

»Ich bekenne mich schuldig«, sagte Wjera. Ihre Stimme klirrte gleichsam, wie wenn man an eine gesprungene feine Tasse klopfte.

Zwei von den Geschworenen, Dodonow und sein Nachbar, ein rothaariger, glattrasierter Mensch, steckten die Köpfe zusammen, bewegten leise die Lippen und betrachteten das Mädchen mit lächelnden Augen. Petrucha Filimonow hatte sich mit dem ganzen Körper vorgebeugt: Sein Gesicht war noch röter als sonst, und sein Schnurrbart zuckte. Auch von den andern Geschworenen schauten einige auf Wjera mit einem ganz besonderen Ausdruck, den Lunew richtig deutete, und der seinen Unwillen erregte.

»Sollen über sie Gericht halten – und starren sie schamlos an, die lüsternen Kerle!«, dachte er und biss die Zähne fest aufeinander. Und er hatte nicht übel Lust, Petrucha zuzurufen:

»He, du – Spitzbube! Woran denkst du?«

Es stieg ihm etwas in die Kehle wie eine schwere Kugel, und es würgte ihn und benahm ihm den Atem ...

»Sagen Sie mir, äh – Kapitanowa –« sprach der Staatsanwalt mit träger Stimme, während er die Augen herausdrückte wie ein Widder, dem die Hitze zusetzt – »beschäftigen Sie sich ... äh – schon lange mit der Prostitution?«

Wjera fuhr sich mit der Hand über das Gesicht, als wenn seine Frage sich an ihren errötenden Wangen festgeklebt hätte.

»Schon lange«, antwortete sie fest. Durch das Publikum ging ein Flüstern, als ob Schlangen über den Boden kröchen. Gratschew bückte sich noch tiefer, als wollte er sich verstecken, und zerknüllte seine Mütze in den Händen.

»Wie lange schon? ...«

Wjera schwieg und sah ernst und streng, mit weit geöffneten Augen, Gromow ins Gesicht.

313

»Ein Jahr? Zwei Jahre? Fünf Jahre?« fragte der Staatsanwalt beharrlich.

Wjera schwieg noch immer. Grau, wie aus Stein gehauen, stand sie unbeweglich da, nur die Enden des Kopftuches bewegten sich auf ihrer Brust.

»Sie haben das Recht, nicht zu antworten, wenn Sie nicht wollen«, sprach Gromow und fuhr mit der Hand über seinen Schnurrbart.

Da sprang der Advokat auf, ein magerer Mensch mit spitzem Bärtchen und länglichen Augen. Seine Nase war dünn und lang und sein Nacken breit, was sein Gesicht einem Beile ähnlich erscheinen ließ.

»Sagen Sie, Kapitanowa, was hat Sie veranlasst, sich ... diesem Gewerbe zu ergeben?«, fragte er mit hell klingender, scharfer Stimme.

»Nichts hat mich veranlasst«, antwortete Wjera und sah ihre Richter an.

»Hm ... das stimmt doch nicht ganz ... Sehen Sie ... mir ist bekannt ... Sie haben mir erzählt ...«

»Nichts ist Ihnen bekannt«, sprach Wjera. Sie wandte den Kopf nach ihm hin, maß ihn mit ihren Blicken und fuhr unwillig fort:

»Nichts hab' ich Ihnen erzählt ...«

Sie ließ ihre Augen über das Publikum hinschweifen, wandte sich dann zum Richtertisch und fragte, mit dem Kopfe nach dem Verteidiger nickend:

»Darf ich ihm die Antwort verweigern?«

Wiederum war es, als ob Schlangen durch den Saal huschten, aber diesmal zischten sie schon lauter und kräftiger. Ilja zitterte vor Aufregung und blickte auf Gratschew.

Er erwartete von ihm irgendetwas, erwartete es ganz bestimmt. Aber Pawel, der hinter seinem Vordermann hervorlugte, schwieg und rührte sich nicht. Gromow lächelte und sagte etwas mit glatten, süßlichen Worten. Dann sprach Wjera mit leiser, doch fester Stimme:

»Ich wollte reich sein, ganz einfach ... Darum nahm ich's, und weiter liegt nichts vor ... Bin immer so gewesen ...«

Die Geschworenen begannen, miteinander zu flüstern. Ihre Gesichter verfinsterten sich, und auch auf den Gesichtern der Richter zeigte sich Unzufriedenheit. Im Saal war es still geworden; von der Straße her vernahm man ein gleichmäßiges, dumpfes Geräusch von Schritten – Soldaten marschierten vorüber.

»In Anbetracht des Geständnisses der Angeklagten
schlagen ...« so begann der Staatsanwalt sein Plädoyer.

Ilja hielt es auf seinem Platze nicht länger aus. Er erho
gann auf und ab zu schreiten.

»Ruhig da!«, rief laut der Gerichtsdiener.

Da setzte er sich wieder und neigte, gleich Pawel, der
Brust. Er konnte das rote Gesicht Petruchas nicht sehen,
aufgeblasenen, wichtigtuerischen Ausdruck hatte, als wen
was beleidigt wäre. Und in dem unverändert liebenswürd
sah er hinter dem nachsichtigen Richter den Menschen
kalten Herzen und begriff, dass dieser allezeit heitere Herr
Menschen zu richten, wie ein Tischler gewohnt ist, Brett
Und durch Iljas Seele zuckte der bittere Gedanke:

»Wenn ich bekennen wollte – dann würden sie mich ganz
ten: Petrucha würde mich verurteilen! ... In die Zwangsarb
mich schicken, er selbst aber würde hier bleiben ...«

Ilja vertiefte sich in diesen Gedanken und saß da, ohne ir
anzuschauen oder auf etwas zu hören.

»Ich will nicht, dass ihr darüber redet!«, rief Wjera laut dur
mit zitternder Stimme, im Tone tiefer Kränkung. Und sie
schreien, fasste mit den Händen nach ihrer Brust und riss sic
vom Kopfe.

»Ich will nicht ... Ich will nicht!«

Wirrer Lärm erfüllte den Saal. Alle waren durch das Geschre
chens in Aufregung versetzt. Wjera aber warf sich hinter dem
und her, als hätte sie sich verbrannt, und brach in herzze
Schluchzen aus.

Ilja stand auf und wollte sich vorwärts stürzen, aber das Pub
ihn mit fort, und plötzlich sah er sich auf den Korridor hinausg

»Ihre Seele haben sie entblößt!«, vernahm er die Stimme de
Schwarzen.

Pawel Gratschew stand bleich und verstört an der Wand, sein
de bebte. Ilja trat auf ihn zu und sah mit finstren, boshaften Aug
Gesicht des alten Freundes.

»Was nun?« sprach er bitter zu Pawel. Dieser sah ihn an, öff
Mund und fand keine Worte.

»Hast einen Menschen auf dem Gewissen«, sagte Lunew zu ihm

Da fuhr Pawel zusammen, als ob ein Peitschenhieb über seinen Rücken gesaust wäre, hob die Hand empor, legte sie auf Lunews Schulter und sagte erregt:

»Bin ich wirklich schuld? Wir werden appellieren.«

Ilja befreite seine Schulter von Pawels Hand. Er wollte ihm zurufen:

»Ja, du bist schuld! Hättest frei hinausrufen sollen, dass sie für dich gestohlen hat!«

Aber stattdessen sagte er:

»Und Petrucha Filimonow ist ihr Richter! ... Ist das Gerechtigkeit, wie?« Und er lächelte.

Pawel richtete sich auf, sein Gesicht wurde rot, und er begann hastig irgendetwas darzulegen, doch Lunew hörte nicht auf ihn, sondern wandte sich zum Gehen.

Mit einem Lächeln um den Mund trat er auf die Straße hinaus und ging langsam weiter. Bis zum Abend wanderte er wie ein verlaufener Hund von Straße zu Straße, bis ein herbes Hungergefühl ihn aus seinem Brüten weckte.

XXVI

In den Fenstern der Häuser flammten die Lampen auf, und gelbe, breite Lichtstreifen, in denen sich die Schatten der Fensterblumen abhoben, fielen auf die Straße. Lunew blieb stehen, schaute auf die Schattenbilder und dachte an die Blumen in Gromows Garten, an Gromows Frau, die einer Königin der Sage glich, und an die traurigen Lieder, die man in ihrem Hause sang, und die doch keinen ihrer Gäste am Lachen hinderten ... Eine Katze schlich mit unhörbaren Schritten, vorsichtig die Pfoten aufs Pflaster setzend, über die Straße.

»Ein Wirtshaus ... ich will hineingehen ...«, dachte Ilja, als er aus einem hell erleuchteten Hause auf der anderen Straßenseite Musik vernahm, und betrat den Straßendamm.

»Heda, Vorsicht!«, schrie ihn jemand an. Dicht vor seinem Gesicht sah er das schwarze Maul eines Pferdes, das ihn mit seinem warmen Atem anhauchte. Er sprang zur Seite, horchte auf das Schimpfen des Kutschers zurück und entfernte sich wieder von dem Wirtshaus.

»Von einem Mietskutscher will ich mich nicht totfahren lassen«, dachte er ruhig. »Ich will nun etwas essen ... Die arme Wjera ist wohl jetzt ganz verloren ... Wie stolz sie war! ... Von Paschka wollte sie nichts sagen ...

sah, dass es sich nicht lohnte, vor dieser Gesellschaft von ihm zu sprechen ... Ein wackeres Mädchen – besser als alle andern! Olympiada hätte ... nein, auch Olympiada hat Charakter ... Aber Tanjka, die hätte sich herauszuwinden gewusst ...«

Es fiel ihm ein, dass Tatjana gerade heute ihren Geburtstag feierte und ihn zu sich eingeladen hatte. Anfangs empfand er Widerwillen bei dem Gedanken, dieser Einladung zu folgen. Aber fast in demselben Augenblick durchzuckte ein anderes, scharfes, stechendes Gefühl sein Herz ...

Er nahm eine Droschke und stand ein paar Minuten später, vom Licht geblendet, in der Tür des Speisezimmers der Awtonomows. Mit blödem Lächeln schaute er auf die Menschen, die dicht nebeneinander um den Tisch des großen Zimmers herum saßen.

»Ah–ah! Da ist er ja!« rief Kirik. »Hast du Konfekt mitgebracht? Oder sonst ein Geschenk für das Geburtstagskind? He? Wie steht's damit, Bruderherz?«

»Woher kommen Sie denn?«, fragte ihn die Hausfrau.

Kirik fasste ihn am Ärmel, führte ihn um den Tisch herum und stellte ihn den Gästen vor. Lunew drückte verschiedene warme Hände, die Gesichter der Gäste aber flossen in seinen Augen in ein einziges langes, lächelndes Gesicht mit großen Zähnen zusammen. Bratengeruch kitzelte seine Nase, das knatternde Geplauder der Frauen klang in seinen Ohren, und in den Augen hatte er ein heißes Gefühl, als wenn ein bunter Nebel sie umzöge. Als er sich setzte, merkte er, dass seine Beine ganz schwer waren vor Müdigkeit, und dass der Hunger in seinen Eingeweiden wühlte. Er nahm schweigend ein Stück Brot und begann zu essen. Einer der Gäste schnäuzte sich ganz laut, und in diesem Augenblick sagte Tatjana Wlassjewna zu ihm:

»Wollen Sie mir nicht gratulieren? Sie sind nett! Kommt, sagt kein Wort, setzt sich hin und isst! ...«

Unter dem Tische stieß sie kräftig mit ihrem Fuße gegen den Seinigen. Da legte er das Stück Brot auf den Tisch, rieb sich die Hände und sagte laut:

»Ich hab' heute den ganzen Tag im Gerichtssaal zugebracht ...«

Seine Stimme übertönte die Unterhaltung der Geburtstagsgäste. Lunew, der ihre Blicke auf seinem Gesichte fühlte, ward verlegen und schielte von der Seite nach ihnen hin. Man sah ihn misstrauisch an – offenbar zweifelten alle, dass dieser breitschultrige, kraushaarige Bursche überhaupt imstande sein würde, etwas Interessantes zu sagen. Peinliches

Schweigen herrschte im Zimmer. In Iljas Kopfe wirbelten zusammenhangslose Gedankenflocken, die plötzlich irgendwo versanken und im Dunkel seiner Seele verschwanden.

»Im Gerichtssaal ist's manchmal sehr interessant«, bemerkte Felizata Gryslowa, während sie mit einer kleinen Zange in einer Schachtel mit Süßigkeiten herumstocherte.

Auf Tatjana Wlassjewnas Wangen erschienen rote Flecke, während Kirik sich laut räusperte und zu Ilja sagte:

»Was ist denn das, Bruder? Holst mit der Faust aus und schlägst nicht zu! Na, du warst also im Gerichtssaal ...«

»Ich bring' sie in Verlegenheit«, dachte Ilja bei sich, und seine Lippen verzogen sich langsam zu einem Lächeln. Die Gäste nahmen ihre Unterhaltung wieder auf.

»Ich hörte einmal eine Verhandlung in einer Mordsache an«, erzählte ein junger Telegrafist, ein schwarzäugiger, blasser Mensch mit einem kleinen Schnurrbart.

»Ich lese und höre zu gern Mordgeschichten«, rief die Trawkina. Ihr Gatte aber ließ seinen Blick über die Anwesenden hinschweifen und sagte:

»Das öffentliche Gerichtsverfahren ist eine ungemein wohltätige Einrichtung ...«

»Es handelte sich um meinen Kollegen Jewgenijew«, fuhr der Telegrafist fort, »Er hatte gerade Dienst, scherzte mit einem Jungen und erschoss ihn plötzlich.«

»Ach, wie entsetzlich!«, rief Tatjana Wlassjewna.

»Mausetot war er gleich!«, fügte der Telegrafist mit einer gewissen Befriedigung hinzu.

»Und ich war einmal Zeuge in einer Sache«, begann Trawkin mit seiner rasselnden Stimme, »und da fand noch eine zweite Verhandlung gegen einen Kerl statt, der dreiundzwanzig Diebstähle begangen hatte. Nicht übel, was?«

Kirik lachte laut auf. Das Publikum teilte sich in zwei Gruppen: Die einen hörten auf die Erzählung des Telegrafisten über den Mord des Knaben, die andern auf die langweilige Geschichte Trawkins von dem Manne, der dreiundzwanzig Diebstähle begangen hatte. Ilja beobachtete die Gastgeberin und hatte dabei das Gefühl, dass in seinem Innern ein Flämmchen sich entzündet hatte – es leuchtete noch nicht, versengte jedoch sein Herz bereits empfindlich. Seit Lunew begriffen hatte, dass die Awtonomows befürchteten, er könnte sie vor ihren Gästen kompromittieren, war in seine Gedanken eine gewisse Ordnung gekommen.

Tatjana Wlassjewna machte sich im Nebenzimmer an dem Tische, auf dem die Flaschen standen, zu schaffen. Ihre rotseidene Bluse hob sich, wie ein greller Fleck von den hellen Tapeten ab; sie gaukelte wie ein Schmetterling durchs Zimmer, und auf dem kleinen Gesichtchen strahlte der Stolz der Hausfrau, die alles in schönster Ordnung weiß. Zweimal bemerkte Ilja, dass sie mit raschen, kaum merklichen Zeichen ihn zu sich rief, aber er ging nicht und fand ein Vergnügen darin, zu wissen, dass sie das beunruhigte.

»Was ist denn mit dir, Bruder? Du sitzt ja wie eine Eule da!« wandte sich plötzlich Kirik an ihn. »So sprich doch ... genier' dich nicht ... Hier sind gebildete Leute, die werden es dir nicht übel nehmen, wenn du mal danebenhaust ...«

»Heute stand ein Mädchen vor Gericht«, begann Ilja plötzlich mit lauter Stimme, »eine Bekannte von mir ... Sie ist eine Dirne, wissen Sie, aber ein treffliches Mädchen.«

Wiederum zog er die allgemeine Aufmerksamkeit auf sich, wieder starrten alle Gäste ihn an. Ein breites, ironisches Lächeln entblößte die Zähne Felizata Jegorownas, der Telegrafist begann an seinem Schnurrbart zu drehen und suchte dabei mit der Hand den Mund zu verdecken, und fast alle gaben sich den Anschein, als ob sie ernst und aufmerksam zuhörten. Plötzlich ließ Tatjana Wlassjewna einen Kasten mit Gabeln und Messern fallen, und das laute Geräusch, das sie verursachten, hallte im Herzen Iljas als wilde Schlachtmusik wider ... Er ließ seine weit geöffneten Augen ruhig über die Gesichter der Gäste gleiten und fuhr fort:

»Was lächeln Sie denn? Es gibt wirklich ganz vortreffliche Mädchen unter ihnen ...«

»Das mag schon sein«, unterbrach ihn Kirik, »aber du brauchst das hier nicht gerade ... nicht gar zu offen ...«

»Sie sind ja gebildete Leute«, meinte Ilja, »werden's nicht weiter übel nehmen, wenn ich mal danebenhaue ...«

Eine ganze Garbe von grellen Funken sprühte plötzlich in ihm auf. Ein schneidendes Lächeln erschien auf seinem Gesichte, und sein Herz ward beklommen von dem lebhaften Andrang der Worte, die plötzlich aus seinem Hirn hervorquellen wollten.

»Das Mädchen hatte einem Kaufmann Geld gestohlen ...«

»Scheint wirklich ein treffliches Mädchen«, meinte Kirik und schnitt eine komische Grimasse.

»Sie können sich wohl vorstellen, bei welcher Gelegenheit sie ihm das Geld gestohlen hat ... Aber vielleicht hatte sie es gar nicht gestohlen – vielleicht hatte er's ihr geschenkt ...«

»Tanitschka!«, rief Kirik – »komm doch mal her! Ilja erzählt hier so merkwürdige Anekdoten ...«

Aber Tatjana Wlassjewna stand bereits neben Ilja und sprach achselzuckend, mit gezwungenem Lächeln:

»Was ist denn da Großes? Eine ganz alltägliche Geschichte ... Du, Kirik, kennst solche Geschichten zu Hunderten ... junge Mädchen sind doch nicht da ... Aber lassen wir das für später, Herrschaften – jetzt wollen wir einen kleinen Imbiss nehmen ...«

»Ich bitte recht sehr!«, rief Kirik. »Auch ich will noch mal anbeißen, he, he! Der Witz ist zwar nicht weit her, aber na ...«

»Tut nichts, er regt den Appetit an«, sagte Trawkin und streichelte sich die Kehle.

Alle wandten sich von Ilja ab. Er begriff, dass die Gäste ihn nicht anhören mochten, da die Gastgeber es nicht wünschten, und das spornte ihn nur noch mehr an. Er erhob sich vom Stuhle und sprach, zu allen gewandt:

»Und über dieses Mädchen saßen Leute zu Gericht, die vielleicht selbst mehr als einmal sie gebraucht hatten ... Einige davon kenn' ich – und wenn ich sage, es sind Spitzbuben, so ist das noch viel zu mild ...«

»Erlauben Sie!«, sagte Gryslow streng, während er seinen Zeigefinger emporhob – »so dürfen Sie nicht reden! Das sind – Geschworene ... und ich selbst ...«

»Ganz recht, Geschworene!«, rief Ilja aus. »Aber können diese Leute gerecht urteilen, wenn ...«

»Erlau–ben Sie! Das Geschworenengericht ist eine der großen Reformen, die zum allgemeinen Wohl von Kaiser Alexander dem Zweiten eingeführt worden sind. Wie können Sie über eine staatliche Einrichtung solche Schmähungen aussprechen?«

Er krächzte seine Worte Ilja ins Gesicht, und seine glattrasierten, fetten Backen zitterten dabei, während seine Augen von rechts nach links und wieder zurück rollten. Alle umringten sie in dichtem Kreise, in dem angenehmen Gefühl eines bevorstehenden Skandals. Die Gastgeberin zupfte, ganz blass und aufgeregt, die Gäste an den Ärmeln und rief: »Ach, Herrschaften, lassen wir das doch! Es ist so uninteressant! – Kirik, so bitt' doch die Damen und Herren ...«

Kirik guckte zerstreut bald dahin, bald dorthin und rief:

»Ich bitte recht sehr! ... Gott segne sie, diese Reformen und Proformen, samt aller Philosophie ...«

»Das ist keine Philosophie, sondern Po–li–ti–ik!«, krächzte Trawkin, »und Leute, die solche Meinungen äußern wie der Herr da, nennt man politisch verdächtig!«

Ilja war wie von einem heißen Strudel erfasst. Es machte ihm Vergnügen, diesem dicken, glattrasierten Menschen mit den feuchten Lippen gegenüberzustehen und zu sehen, wie er sich ärgerte. Das Bewusstsein, dass die Awtonomows sich ihren Gästen gegenüber in Verlegenheit befanden, bereitete ihm ein ganz besonderes Vergnügen. Er ward immer ruhiger, und der innere Drang, mit diesen Leuten abzurechnen, ihnen dreiste Worte zu sagen, sie bis zur Raserei zu ärgern, richtete sich in ihm wie eine stählerne Sprungfeder auf und hob ihn zu einer Höhe empor, in der ihm zugleich wohl und schaurig zumute war. Immer ruhiger und fester klang seine Stimme.

»Nennen Sie mich, wie Sie wollen«, sagte er zu Trawkin – »Sie sind ja ein gebildeter Mann. Ich aber bleib' bei meiner Meinung, und ich frage: Kann der Satte den Hungrigen verstehen? ... Mag der Hungrige ein Dieb sein – aber der Satte ist erst recht ein Dieb! ...«

»Kirik Nikodimowitsch!«, schrie Trawkin wütend – »was ist das? Ich ... darf das nicht ...«

In diesem Augenblick jedoch schob Tatjana Wlassjewna ihren Arm unter den Seinigen, zog den Erregten mit sich fort und sagte laut zu ihm:

»Kommen Sie, Ihre geliebten Brötchen sind da – mit kleinen Heringen und harten Eiern und grüner Zwiebel, in Sahnenbutter zerrieben ...«

»Ha! Das darf ich ... nicht so hingehen lassen!« rief Trawkin tief empört und schmatzte mit den Lippen. Seine Gattin warf Ilja einen vernichtenden Blick zu, nahm den andern Arm ihres Gemahls und sprach zu ihm:

»Reg' dich nicht auf, Anton ... um solche Kleinigkeiten ...«

Und Tatjana Wlassjewna fuhr fort, den teuren Gast zu beruhigen:

»Marinierter Sterlet mit Paradiesäpfeln ...«

»Das war nicht schön von Ihnen, junger Mann,« sprach plötzlich Trawkin, zugleich vorwurfsvoll und großmütig, während er sich mit den

Füßen gegen den Boden stemmte und Ilja den Kopf zuwandte – »das war nicht schön! Man muss die Dinge richtig zu schätzen wissen ... man muss sie begreifen, ja!«

»Ich begreif sie aber nicht«, rief Ilja. »Darum red' ich eben ... Wie kommt es, dass Petruschka Filimonow der Herr des Lebens ist?«

Die Gäste gingen an Lunew vorüber und vermieden es sorgfältig, ihn zu streifen. Kirik aber trat dicht an ihn heran und sagte in grobem, beleidigendem Tone:

»Hol' dich der Teufel, du Tölpel – weiter bist du nichts!«

Ilja fuhr auf – es ward ihm dunkel vor den Augen, als ob er einen Schlag vor den Schädel erhalten hätte, und mit geballten Fäusten trat er drohend auf Awtonomow zu. Aber Kirik hatte sich rasch von ihm abgewandt, ohne seine Bewegungen zu bemerken, und war an den Imbisstisch herangetreten. Ilja ächzte tief auf ...

Er stand in der Tür, sah die Rücken der Leute, die um den Tisch herumstanden, und hörte sie schmatzen. Die grelle Bluse der Gastgeberin übergoss gleichsam alles ringsum mit einem düstern Rot, das sich wie ein Nebel vor Iljas Augen legte.

»Mm!« machte Trawkin zufrieden. »Alles ganz vorzüglich! ... Großartig einfach!«

»Wollen Sie etwas Pfeffer dazu?«, fragte die Gastgeberin liebenswürdig.

»Wart' – ich will dir gleich Pfeffer geben!«, dachte Lunew mit kaltem Hohn. Die Sprungfeder in ihm hatte sich in ganzer Länge aufgerollt, er reckte den Kopf hoch empor und war mit zwei Schritten an dem Tische. Er ergriff das erste beste mit Rotwein gefüllte Glas, streckte es Tatjana Wlassjewna hin und sagte mit scharfer Betonung, als wollte er sie mit seinen Worten töten:

»Lass uns trinken, Tanjka! ...«

Alles ward starr bei diesen Worten, und aller Blicke richteten sich auf den Sprecher. Die geöffneten Mundhöhlen mit den halb zerkauten Bissen darin erschienen wie hässliche Wunden auf den von Schreck und Bestürzung gelähmten Gesichtern.

»Na, mach' schon! Lass uns trinken! Kirik Nikodimowitsch, sag' doch meiner Liebsten, sie möcht' mit mir trinken! ... Was gehn uns die andern an? Warum immer im Geheimen sündigen? Gehn wir doch offen vor! Ich hab' mir das so vorgenommen, siehst du – von jetzt an soll alles offen geschehen ...«

»Schurke!«, schrie das Weib mit kreischender Stimme.

Ilja sah, wie sie mit dem Arm ausholte, und schlug den Teller, den sie nach ihm warf, mit der Faust zur Seite. Das Klirren des zerschlagenen Tellers erhöhte noch die Bestürzung der Gäste. Langsam, lautlos traten sie zur Seite und ließen Ilja allein, Aug' in Auge mit den Awtonomows. Kirik hielt ein Fischchen am Schwanze, blinzelte mit den Augen und schaute ganz blass, ganz kläglich und stumpfsinnig drein. Tatjana Wlassjewna bebte an allen Gliedern und drohte Ilja mit den Fäusten; ihr Gesicht hatte dieselbe Farbe wie ihre Bluse, und ihre Zunge brachte die Worte nur mit Mühe über die Lippen.

»Du ... lü–ügst ... lü–ügst!«, kreischte sie, den Hals nach Ilja ausstreckend.

»Willst du vielleicht, dass ich sage, wie du nackt aussiehst?« sprach Ilja ruhig. »Hast mir ja selbst die Muttermale gezeigt ... Dein Mann wird's bestätigen können, ob ich lüge oder nicht ...«

Man hörte Ausrufe und unterdrücktes Lachen. Die Awtonomowa streckte die Arme in die Luft, fasste sich an die Kehle und sank lautlos auf einen Stuhl.

»Polizei!«, schrie der Telegrafist. Kirik wandte sich nach ihm um und stürmte dann plötzlich, mit dem Kopfe voran, auf Ilja los.

Ilja hielt die Arme vor, gab ihm einen Stoß vor die Stirn und sagte grob:

»Wohin willst du denn? Du bist vollblütig ... Wenn ich dir eins vor den Schädel gebe, schlägst du lang hin ... Hör' lieber zu ... und ihr alle ... hört gleichfalls zu! ... Ihr kriegt sonst nie die Wahrheit zu hören ...«

Aber Kirik ließ sich nicht beirren, sondern neigte wieder den Kopf vor und machte einen neuen Angriff. Die Gäste sahen schweigend zu. Niemand rührte sich von seinem Platze, nur Trawkin ging leise, auf den Zehenspitzen, in eine Ecke, setzte sich dort auf eine Chaiselongue, faltete die Hände und schob sie zwischen die Knie.

»Nimm dich in acht – ich schlag' zu!«, warnte Ilja den anstürmenden Kirik. »Ich hab' keinen Anlass weiter, dir wehzutun, du bist dumm und unschädlich ... Hast mir nichts Böses getan ... Geh weg!«

Er stieß Kirik wieder fort, diesmal kräftiger als vorher, und suchte selbst an der Wand Deckung. Dort lehnte er sich mit dem Rücken an und fuhr fort zu sprechen, während er seine Augen über die Anwesenden hingleiten ließ.

»Deine Frau hat sich mir selbst an den Hals gehängt. Ein schlaues Weibsbild ... aber so verworfen! Keine Verworfenere gibt's in der ganzen Welt. Doch auch ihr – ihr alle seid ein verworfenes Pack. Ich war heute im Gericht ... da hab' ich richten gelernt! ...«

Er hatte so viel zu sagen, dass er nicht imstande war, seine Gedanken zu ordnen, und sie wie Steine hinausschleuderte.

»Ich will auch Tanja gar nicht beschuldigen ... Die Sache machte sich so ... von selbst, kann ich sagen ... Bei mir ist, solange ich lebe, alles immer von selbst gekommen ... wie von ungefähr ... Sogar einen Menschen hab' ich wie von ungefähr erwürgt ... Hab's gar nicht gewollt – und hab' ihn doch erwürgt ... Und denk' dir, Tanjka: Mit demselben Geld, das ich ihm raubte, betreiben wir beide unser Ladengeschäft! ...«

»Er ist verrückt!«, rief Kirik in plötzlicher Freude, sprang im Zimmer umher, immer von einem zum andern, und rief ängstlich und froh zugleich:

»Hören Sie? Er hat den Verstand verloren! ... Ach, Ilja! ... Ach, du! Wie du mir leidtust, Bruder!«

Ilja lachte laut auf. Es war ihm noch wohler und leichter ums Herz geworden, als er das von dem Morde gesagt hatte. Er stand da und fühlte den Boden nicht unter seinen Füßen, und es war ihm, als ob er immer höher, immer höher emporschwebte. Breitschultrig, stämmig stand er vor allen diesen Leuten, warf sich in die Brust und reckte den Kopf in die Höhe. Die schwarzen Locken umrahmten seine hohe, blasse Stirn und die Schläfen, und seine Augen schauten voll Hohn und Bosheit.

Tatjana erhob sich, schwankte zu Felizata Jegorowna hin und sagte zu ihr mit zitternder Stimme:

»Ich hab's längst kommen sehen ... er machte schon lange ... so wilde, schreckliche Augen ...«

»Wenn er verrückt geworden ist – dann muss man die Polizei rufen«, sprach Felizata in überzeugtem Tone, während sie Lunew ins Gesicht sah.

»Verrückt! Natürlich ist er verrückt!« schrie Kirik.

»Er wird uns noch alle blutig schlagen«, flüsterte Gryslow und sah sich unruhig im Zimmer um. Sie fürchteten sich, das Zimmer zu verlassen.

Lunew stand dicht neben der Tür, und wer hinaus wollte, musste an ihm vorüber. Er lachte in einem fort. Es war ihm angenehm, zu sehen, dass diese Leute ihn fürchteten, und als er ihre Gesichter betrachtete, bemerkte er, dass sie mit ihren Gastgebern durchaus kein Mitleid hatten und mit Vergnügen die ganze Nacht zugehört hätten, wie er sich über sein Liebchen lustig machte, wenn sie nicht zugleich Angst vor ihm gehabt hätten.

»Ich bin nicht verrückt«, sagte er und zog streng die Brauen zusammen. »Ich möchte nur, dass ihr hier bleibt und zuhört. Ich lass' euch nicht fort – und wenn ihr mir nahekommt, schlag' ich zu ... wenn's auch das Leben kostet ... Ich bin stark ...«

Er hob seinen langen Arm mit der kräftigen Faust empor, schüttelte ihn in der Luft und ließ ihn wieder sinken.

»Sagt einmal«, fuhr er dann fort – »was seid ihr für Menschen! Wozu lebt ihr eigentlich? Solche Knicker ... Solches Gesindel! ...«

»Du, hör' mal – halt dein Maul!«, schrie ihn Kirik an.

»Halt selber's Maul! Ich will jetzt reden ... Ich schau' euch an – wie ihr fresst und sauft, euch gegenseitig betrügt ... und keinen Menschen liebt ... Was wollt ihr eigentlich hier auf Erden? Ich hab' nach einem sauberen, anständigen Leben gestrebt ... es gibt keins! Nirgends gibt's ein solches! Bin nur selbst dabei beschmutzt und verdorben worden ... Ein guter Mensch kann unter euch nicht leben – er muss verkommen. Gute Menschen martert ihr zu Tode ... Und ich ... ich bin böse, unter euch aber bin ich wie eine schwache Katze im dunklen Keller, unter lauter Ratten ... Ihr – seid überall! Ihr richtet, ihr regiert, ihr macht die Gesetze ... Ekles Geschmeiß ...«

In diesem Augenblick sprang der Telegrafist behänd an Lunew vorüber und schlüpfte aus dem Zimmer.

»Ach – einen hab' ich entspringen lassen!«, sagte Ilja und hob den Kopf empor.

»Ich hol' die Polizei!«, schrie der Telegrafist aus dem anstoßenden Zimmer.

»Meinetwegen hol' sie! Mir ist alles gleich! ...« sagte Ilja.

Auch Tatjana Wlassjewna ging an ihm vorüber – wankend, wie im Schlaf, ohne ihn anzusehen.

»Die hat's bekommen!«, fuhr Lunew fort, und wies mit einem höhnischen Kopfnicken nach ihr hin. »Aber sie verdient es ... die Schlange ...«

»Halt's Maul!«, rief Awtonomow aus seiner Ecke. Dort kniete er am Boden und suchte etwas in der Kommodenschublade.

»Schrei nicht, du gutes dummes Kerlchen!«, antwortete ihm Ilja, während er auf einem Stuhle Platz nahm und die Hände über der Brust kreuzte. »Was schreist du? Ich hab' doch mit ihr gelebt, muss sie also kennen ... Auch einen Menschen hab' ich ermordet ... den Kaufmann Poluektow ... Ich hab' so manchmal von Poluektow mit dir gesprochen, erinnerst du dich? Eben darum tat ich's, weil ich ihn erwürgt hatte ... Und sein Geld steckt in unserem Ladengeschäft ... bei Gott!«

Ilja sah sich im Zimmer um. An den Wänden standen schweigend erschrockene, jämmerliche Menschen umher. Er hatte für sie nur Verachtung, ärgerte sich, dass er vor ihnen von dem Morde gesprochen hatte, und rief:

»Ihr denkt vielleicht, dass ich bereue, dass ich hier vor euch Buße tun will? Da könnt ihr lange warten! Ich mache mich lustig über euch – versteht ihr?«

Aus seiner Ecke sprang jetzt Kirik hervor, ganz zerzaust und rot im Gesichte. Er fuchtelte mit einem Revolver in der Luft, rollte wild die Augen und schrie:

»Jetzt sollst du mir nicht entgehen! Aha–a! Du hast also gemordet!?«

Die Damen begannen zu schreien. Trawkin, der immer noch auf der Chaiselongue saß, zappelte mit den Beinen und ächzte:

»Herrschaften! Ich halt's nicht länger aus! Lassen Sie mich gehen ... Das ist hier eine Familienangelegenheit ...«

Doch Awtonomow hörte nicht auf ihn. Er hüpfte vor Ilja auf und ab, zielte nach ihm und schrie:

»In die Zwangsarbeit! Wart', dir wollen wir's anstreichen! ...«

»Hör' mal – dein Pistolchen ist doch nicht etwa geladen?«, fragte Ilja ihn gleichgültig, während er ihn mit seinen müden Augen ansah. »Was tollst du denn herum? Ich lauf' doch nicht weg! ... Wüsste nicht, wohin ich gehen sollte ... Mit Zwangsarbeit drohst du mir? Meinetwegen – mir ist auch Zwangsarbeit recht ...«

»Anton! Anton!« erscholl die laute Stimme der Trawkina – »so komm doch schon!«

»Ich kann ja nicht, Mütterchen ...«

Sie nahm seinen Arm, und nun schritten sie beide, eng aneinander geschmiegt, die Köpfe auf die Brust gesenkt, an Ilja vorüber. Im anstoßenden Zimmer saß Tatjana Wlassjewna, ganz in Tränen aufgelöst, wimmernd und schluchzend.

In Lunews Brust wuchs und wuchs die dunkle, kalte Leere, und wie der bleiche Mond am herbstlichen Himmel, stand vor seiner Seele die Frage: »Was nun weiter? Mein ganzes Leben ist vernichtet!«

Awtonomow stand vor ihm und schrie triumphierend:

»Aha! Jetzt möchtest du uns weichmachen! Es wird dir nicht gelingen! ...«

»Keineswegs will ich das ... Hol' euch alle der Teufel! Auch bedauern kann ich euch nicht, lieber will ich einen Hund bedauern. Wenn ich so könnte, würde ich euch allen miteinander den Hals umdrehen ... Geh fort, Kirik – dein Anblick ist mir zuwider ...«

Die Gäste schlichen ganz leise aus dem Zimmer, die ängstlichen Blicke auf Ilja richtend. Er sah nur ein paar graue Flecke vorüberhuschen, die in ihm keinen Gedanken, kein Gefühl anregten. Die gähnende Leere in seiner Seele wuchs und verschlang alles. Er schwieg ein Weilchen, hörte sich Awtonomows Geschrei an und schlug ihm plötzlich im Scherz vor:

»Komm, Kirik, – wir wollen miteinander ringen!«

»Eine Kugel jag' ich dir in den Schädel!«, brüllte Kirik.

»Hast ja gar keine Kugel drin!« versetzte Lunew spöttisch und fügte zuversichtlich hinzu: »Ich würde dich beim Ringen schön in den Sand legen!«

Dann wandte er sich den noch anwesenden Gästen zu und sagte gleichmütig:

»Wenn ich doch ein Mittel wüsste, um euch alle auszutilgen! ... Ich weiß leider keins!«

Darauf sprach er kein Wort mehr, sondern saß da, unbeweglich, nichts mehr erwartend ...

Endlich kamen zwei Polizisten mit dem Stadtteilaufseher. Gleich hinter ihnen erschien Tatjana Wlassjewna – sie wies mit der Hand nach Ilja und sprach in atemloser Hast:

»Er hat uns gestanden ... dass er den Geldwechsler Poluektow ermordet hat ... damals, erinnern Sie sich?«

»Können Sie das bestätigen?«, fragte barsch der Stadtteilaufseher.

»Meinetwegen! Ich kann's ja bestätigen ...« antwortete Lunew in ruhigem, müdem Tone.

Der Stadtteilaufseher setzte sich an den Tisch und begann irgendetwas zu schreiben, die beiden Polizisten pflanzten sich links und rechts von Lunew auf; er schaute sie an, stieß einen schweren Seufzer aus und ließ den Kopf auf die Brust sinken.

Es war still im Zimmer, man hörte die Feder auf dem Papier kratzen; draußen, auf der Straße, richtete die Nacht ihre undurchdringlich schwarzen Mauern auf. An dem einen Fenster stand Kirik und schaute in das Dunkel hinaus. Plötzlich warf er den Revolver in eine Zimmerecke und sprach zu dem Stadtteilaufseher:

»Ssaweljew! Gib ihm eins ins Genick und lass ihn laufen – er ist verrückt ...«

Der Beamte sah auf Kirik, dachte nach und antwortete dann:

»Es geht nicht mehr ... die Anzeige liegt vor! ...«

»Ä–äh!«, seufzte Awtonomow.

»Bist 'n guter Kerl, Kirik Nikodimytsch!«, sagte Ilja geringschätzig lächelnd. »Es gibt solche Hunde – man schlägt sie, und sie lecken einem noch die Hände. Aber vielleicht bist du gar nicht gut? ... Vielleicht fürchtest du nur, dass ich auf dem Gericht von deiner Frau reden könnte? Hab' keine Angst ... das wird nicht geschehen! Ich schäme mich schon, an sie nur zu denken, viel weniger von ihr zu reden ...«

Awtonomow ging rasch ins andre Zimmer und setzte sich dort geräuschvoll auf einen Stuhl.

»Na, wie ist's –«, begann der Polizeibeamte, zu Ilja gewandt – »können Sie das Schriftstück hier unterschreiben?«

»Das kann ich ...«

Er nahm die Feder, und ohne das Protokoll zu lesen, schrieb er mit großen Buchstaben hin: »Ilja Lunew.«

Als er den Kopf emporhob, bemerkte er, dass der Beamte ihn mit Erstaunen ansah. Ein paar Sekunden blickten sie einander schweigend an – der eine neugierig und mit irgendetwas zufrieden, der andre – gleichgültig und ruhig.

»Das Gewissen hat wohl nicht schweigen wollen?«, fragte der Stadtteilaufseher halblaut.

»Es gibt kein Gewissen«, antwortete Ilja fest.

Sie schwiegen beide. Dann ließ sich aus dem anstoßenden Zimmer Kiriks Stimme vernehmen:

»Er ist verrückt geworden ...«

»Wir wollen gehen«, sagte der Beamte achselzuckend. »Die Hände will ich Ihnen nicht fesseln ... aber machen Sie keinen Fluchtversuch!«

»Wohin sollt' ich denn fliehen?« versetzte Ilja kurz.

»Schwören Sie, dass Sie nicht fliehen ... sagen Sie: bei Gott!«

Lunew schaute in das runzlige, von Mitgefühl bewegte Gesicht des Stadtteilaufsehers und sagte finster:

»Ich glaube nicht an Gott ...«

Der Aufseher zuckte die Achseln.

»Vorwärts, Kinder!« sprach er zu den Polizisten.

Als das Dunkel und die Feuchtigkeit der Nacht Lunew umfingen, seufzte er schwer, blieb stehen und schaute zum Himmel empor, der ganz schwarz war und sich tief zur Erde herabsenkte, sodass er der verräucherten Decke eines dumpfen, engen Zimmers glich.

»Gehen Sie weiter!«, sagte einer der Polizisten.

Und er ging ... Die Häuser ragten gleich Felsen zu beiden Seiten der Straße empor, der nasse Kot gluckerte unter den Füßen, und der Weg zog sich irgendwohin bergab, wo das Dunkel noch dichter war ... Ilja stolperte über einen Stein und wäre beinahe gefallen. In der trostlosen Leere seiner Seele regte sich wieder der zudringliche Gedanke:

»Was nun? ... Petruchas Gericht!?«

Und sogleich trat vor seinen Geist das Bild der Verhandlung: der liebenswürdige Gromow, die rote Fratze Filimonows ...

Die Zehen schmerzten ihn von dem Stoße gegen den Stein. Er ging langsamer. In seinen Ohren tönten die kecken Worte des kleinen Kerls:

»Ausgezeichnet versteht der Satte den Hungrigen – darum ist er auch so streng! ...«

Dann hörte er die leutselige Stimme Gromows:

»Bekennen Sie sich schuldig?«

Und der Staatsanwalt sprach gedehnt:

»Sagen Sie uns, Angeklagter ...«

Das rote Gesicht Petrucha Filimonows umwölkte sich, und seine wulstigen Lippen zuckten ...

Ein unaussprechlicher Gram drang spitz wie ein Dolch in Iljas Herz ein.

Er machte einen Sprung vorwärts und rannte, sich mit den Füßen kräftig von den Steinen abschnellend, mit aller Macht den Berg hinunter. Die Luft pfiff ihm in die Ohren, der Atem ging ihm aus – er aber schleuderte, mit den Armen weit ausholend, seinen Körper immer weiter vor, hinein in das Dunkel. Hinter ihm her trotteten schwerfällig die Polizisten, ein jähes, schrilles Pfeifen durchschnitt die Luft, und eine tiefe Bassstimme brüllte:

»Halt i–ihn!«

Alles rings um Ilja – die Häuser, der Straßendamm, der Himmel – zuckte und hüpfte und kroch auf ihn los als eine einzige schwarze, schwere Masse. Er stürzte vorwärts, verspürte keine Müdigkeit, ward beflügelt von dem heißen Wunsche, Petrucha nicht zu sehen. Etwas Graues, Gleichförmiges erhob sich vor ihm aus dem Dunkel und wehte ihn wie Verzweiflung an. Jähes Erinnern blitzte durch sein Hirn: Er wusste, dass diese Gasse fast unter einem rechten Winkel nach rechts zur Hauptstraße der Stadt abbog ... Dort sind Menschen, dort wird man ihn festnehmen! ...

»Ach, ihr – fangt mich doch!«, schrie er aus voller Brust, und den Kopf vorneigend, begann er noch schneller zu rennen ... Die kalte, graue steinerne Mauer erhob sich vor ihm. Ein Schlag, gleich dem Klatschen der Wogen im Strome, tönte dumpf und kurz durch das Dunkel der Nacht und verhallte ...

Zwei weitere dunkle Gestalten stürzten auf die Wand zu. Sie warfen sich auf die erste, die am Fuße der Mauer zusammengebrochen war, und richteten sich bald wieder auf ... Noch mehr Leute eilten vom Berge herab, man vernahm das Stampfen ihrer Füße und Geschrei und durchdringendes Pfeifen ...

»Hat sich wohl gar den Schädel eingerannt?«, fragte der eine der Polizisten schwer atmend.

Der andre zündete ein Streichholz an und kauerte sich nieder. Zu seinen Füßen sah er die zuckende Hand, ihre zur Faust geballten Finger streckten sich langsam.

»Der Schädel scheint ganz zertrümmert ...«

»Da, sieh – das Gehirn! ...«

Schwarze menschliche Gestalten tauchten in Umrissen aus der Finsternis hervor ...

»Ach, der Teufelskerl!«, sagte der Polizist, der stehen geblieben war. Sein Kamerad richtete sich vom Boden auf, bekreuzte sich und sprach mit matter Stimme, noch ganz außer Atem:

»Lass ihn dennoch ... in Frieden ruhen ... o Herr! ...«